Kristine Kathryn Rusch

DAS ERSTE BUCH DER FEY

Die Felsenwächter

Ins Deutsche übertragen von
Gerald Jung und Sabine Reinhardus

Knaur

Die amerikanische Originalausgabe erschien 1995
unter dem Titel »The First Book of the Fey: The Sacrifice/Part 1«
bei Bantam Spectra, New York

Besuchen Sie uns im Internet:
www.droemer-knaur.de

Deutsche Erstveröffentlichung 11/1999

Umschlagkonzept: Melissa Andersson
Umschlaggestaltung: Agentur Zero, München
Umschlagillustration: Richard Hescox,
»The Fire's Stone«/Agentur Thomas Schlück, Garbsen
Lektorat: Ralf Reiter
Satz: Ventura Publisher im Verlag
Druck und Bindung: Clausen & Bosse, Leck
Printed in Germany
ISBN 3-426-70168-5

2 4 5 3 1

Für meine Mutter,
Marian M. Rusch

DIE VISION

1

Das kleine Mädchen prallte in vollem Lauf mit Jewel zusammen, rutschte aus und stürzte auf die nassen Pflastersteine. Einen Augenblick blieb es überrascht sitzen. Sein Rock hatte sich nach oben geschoben und gab den Blick auf die hosenartige Unterwäsche frei, die alle Kinder in Nye trugen. Jewel stand reglos über ihr. Ihre Hüfte schmerzte von der Wucht des Zusammenstoßes, aber sie ließ sich nichts anmerken.

Sie hatte nicht damit gerechnet, hier, in den engen dunklen Straßen des Marktzentrums von Nyes größter Stadt, einem Kind zu begegnen. Die mit Kopfsteinen gepflasterte Straße war von hochaufragenden Steinhäusern gesäumt. Erst vor kurzem war ein heftiges Gewitter niedergegangen, doch die ersten Sonnenstrahlen, die sich jetzt zeigten, drangen nicht bis in die tiefen Häuserschluchten vor, und die Straße war noch so dunkel wie während des Unwetters.

»Esmeralda!« Durchdringend und schrill hallte die Stimme einer Frau durch die Straßen. Die Passanten schienen sie nicht zu hören. Sie eilten vorbei, preßten ihre sonderbaren kleinen Uhren an sich und gingen unbeirrt ihren Geschäften nach.

Das kleine Mädchen ordnete unterdessen seine Röcke und versuchte aufzustehen. Jewel kannte den panischen Ausdruck auf dem Gesicht des Kindes nur zu gut. Die heftigen Wutausbrüche ihres Großvaters hatten dieselben Gefühle in ihr ausgelöst. Sie machte einen Schritt auf die Kleine zu und ging in die Hocke, eine Bewegung, die ihr aufgrund ihrer bequemen Kleidung keinerlei Schwierigkeiten bereitete. Wie dankbar sie doch dafür war, daß sie Reithosen und Stiefel trug. »Warum bist du denn so gerannt?« fragte sie auf Nye.

»Weil ich Lust dazu hatte«, erwiderte das Mädchen.

Gute Antwort. Die Kinder in Nye spielten zuwenig. Ihre Eltern erlaubten es nicht. Dieses Mädchen hatte Mut.

Jewel streckte die Hand aus. Das Mädchen sah sie erstaunt an. Jewel war eine Angehörige der Fey. Man erkannte es an ihren schlanken, dunklen Händen, der dunklen Haut und den typisch geschwungenen Augenbrauen. Außerdem hatte sie schwarze Haare und etwas spitz zulaufende Ohren.

»Esmeralda!« In der Stimme der Frau schwang jetzt ein Unterton von Panik mit.

»Es wird ihr sicher nicht gefallen, wenn du dich schmutzig machst«, sagte Jewel.

Die Unterlippe des kleinen Mädchens zitterte leicht. Gerade als sie Jewels Hand ergreifen wollte, ertönte direkt hinter ihnen ein Schrei. Jewel wandte sich um. Sie erblickte eine Frau, die so eng geschnürt war, daß ihr Körper flach wie ein Brett wirkte. Kämpferisch schwang sie ihren Regenschirm wie ein Schwert. Jewel erhob sich, packte die Spitze des Schirms und entwand ihn der Angreiferin mühelos.

»Du wolltest mich doch nicht etwa schlagen?« fragte sie in ruhigem Ton, aber mit unverhohlener Drohung.

Obwohl die Frau nicht viel älter war als Jewel, zeichneten sich auf ihrer teigigen Haut um Augen und Mund schon erste Falten ab. Ein wenig abschätzig musterte sie mit ihren hellbraunen Augen Jewels dünne Weste. »Was hast du mit meiner Tochter gemacht?«

»Ihr beim Aufstehen geholfen. Hast du etwas dagegen einzuwenden?«

Die Frau warf einen Blick auf das Kind. Jewel stand zwischen den beiden. Dann neigte die Frau den Kopf. »Vergebt mir«, sagte sie, nicht im mindesten zerknirscht. »Ich habe mich vergessen.«

»In der Tat.« Jewel stellte den Schirm auf die Pflastersteine und stützte sich darauf. Robust, dachte sie. Eine gute Waffe.

Ohne Zweifel hatte die Frau ihn auch mit dieser Absicht benutzt. »Solltest du dich noch einmal vergessen, dann wird deine Tochter vielleicht ihre Mutter verlieren.«

»Soll das eine Drohung sein, Gebieterin?« Mit vor Wut blitzenden Augen blickte die Frau auf.

Gebieterin. Eine respektvolle Anrede der Nye. Die Fey mißtrauten solchen sprachlichen Künsten allerdings. Es gab andere Mittel, sich Respekt zu verschaffen. »Du bist nicht mächtig genug, um bedrohlich zu sein, gute Frau«, erwiderte Jewel und bediente sich desselben Tricks, nun zu ihrem eigenen Vorteil. »Ich habe dich nur gewarnt. Aus reiner Freundlichkeit.«

Sie kniete sich erneut neben das Mädchen. In den Augen der Kleinen standen Tränen. »Du darfst meiner Mama nicht weh tun«, flüsterte sie. »Ich wollte dich nicht anrempeln.«

»Das weiß ich«, antwortete Jewel. Sie zog die schweren Röcke des Kindes zurecht und half ihm auf die Beine. Dann reichte sie ihm den Regenschirm. Er war fast so groß wie das Mädchen. »Erinnere deine Mutter immer wieder daran, daß wir keine Feinde mehr sind. Ihr müßt lernen, mit uns zu leben.«

Mit Adleraugen verfolgte die Mutter jede Bewegung Jewels, die den Schmutz von den Röcken des Kindes klopfte. Die Fey staunte, wie dick der Stoff war. In solchen Kleidern würde sie glatt ersticken.

»Vielleicht kannst du deiner Mutter auch beibringen, daß es viel praktischer für Kinder ist, Hosen zu tragen, ob sie nun Jungen oder Mädchen sind.«

»Ich dachte, Ihr wolltet unsere Sitten nicht verändern.« Die Frau hatte erneut das Wort ergriffen, und ihre Stimme war voller Bitterkeit, obwohl sie den Kopf so respektvoll neigte, wie die Fey es befahlen. Jewel wollte sie im ersten Moment für diese Provokation bestrafen, entschied dann aber, daß ihre Zeit zu kostbar sei. Schon jetzt würde sie sich zu der Versammlung, die ihr Vater einberufen hatte, verspäten.

»Wir verändern nur die Gebräuche, die mit einem gesunden, produktiven Lebensstil unvereinbar sind. Kinder müssen sich bewegen und nicht wie kleine gezierte Äffchen bei Banketten herumsitzen.« Jewel lächelte, legte eine Hand unter das Kinn der Frau und hob ihren Kopf, bis ihre Blicke sich trafen. »Wenn sie anders gekleidet wäre, hätte sie mich nicht umgerannt.«

»Ihr habt kein Recht, unseren Lebensstil zu ändern«, sagte die Frau.

»Dazu haben wir jedes Recht«, gab Jewel zurück. »Wir haben beschlossen, eure Gebräuche nicht zu verändern, weil sie eure Produktivität erhalten. Ihr seid diejenigen, die keine Rechte haben. Ihr habt sie vor sechs Monaten verloren, als mein Großvater Herrscher über Nye wurde.«

Entsetzen breitete sich auf den Zügen der Frau aus. Ihre großen, runden Augen zogen sich zu schmalen Schlitzen zusammen, der Mund öffnete sich vor Staunen. »Ihr seid die Enkelin des Schwarzen Königs?«

Jewel ließ die Hand sinken und widerstand dem Drang, sie an ihren Reithosen abzuwischen. »Da hast du Glück gehabt, daß ich heute morgen so gut gelaunt bin, nicht wahr? Mich herauszufordern heißt, alle Fey herauszufordern.«

Panik trieb Röte in das Gesicht der Frau. Hastig zog sie ihre kleine Tochter an sich. Jewel übersah diese Geste und strich dem Mädchen eine lose Haarsträhne hinter das Ohr. »Paß gut auf deine Mutter auf, Esmeralda«, sagte sie und ging dann langsam die Straße hinunter.

An der Ecke angelangt, blickte sie noch einmal zurück. Die Frau stand immer noch an der gleichen Stelle, das Mädchen eng an sich gepreßt. Jewel schüttelte den Kopf. Die Bitterkeit der Nye war sinnlos. Sie gehörten jetzt zum Reich der Fey. Je schneller sie das begriffen, desto besser für sie.

Jewel faltete die Hände hinter dem Rücken. Nach dem Gewitter war die Luft warm und stickig, nur im Schatten der großen Gebäude war es ein wenig kühler. Das größte davon, die Bank von Nye, hatte ihr Großvater zu seinem Hauptquartier erklärt. Es erhob sich vierstöckig und steinern mitten im Marktzentrum und kam von allen Bauten in Nye einem Palast am nächsten.

Es war Mittag, und die Straßen waren fast menschenleer. Die wenigen Einheimischen, die noch unterwegs waren, machten einen großen Bogen um Jewel. Vor den Gebäuden standen Wachposten der Fey. Sie nickten ihr zu, und sie erwiderte den Gruß im Vorübergehen.

Vor sechs Monaten hatten sich die Nye ergeben, und immer noch hatte ihr Großvater überall Wachen postiert. Sechs kampflose Monate waren verstrichen, und Jewel wurde langsam unruhig.

Genau wie ihr Vater.

Er schmiedete bereits Pläne für die nächste Schlacht. Jewel war bereit, auch wenn ihr Großvater von der Kampfbereitschaft seiner Streitmacht noch nicht überzeugt war. Ihre Brüder glaubten ebenfalls nicht daran, aber sie waren auch noch jung. Die Eroberung von Nye war die erste Schlacht gewesen, in der sie mitgekämpft hatten.

Jewel hatte bereits sieben Jahre Erfahrung als Kriegerin. Sie hatte mit elf Jahren angefangen zu kämpfen, war aber, sehr zum Ärger ihres Vaters und Großvaters, immer noch in der Infanterie. Ihre Brüder dagegen waren begeistert. Sie nahmen an, daß man Jewel wegen ihres Mangels an Visionen als Thronfolgerin übergehen würde.

Sie hatte ihnen ihre sonderbaren Träume verschwiegen. Nicht einmal die Schamanin hatte sie aufgesucht, um mit ihr darüber zu sprechen.

Sie war jetzt auf dem großen Platz vor der Bank von Nye

angekommen. Sonnenstrahlen hatten das Kopfsteinpflaster erwärmt, und Dunstwolken stiegen auf. Durch ein geöffnetes Fenster hörte Jewel, wie die Stimmen ihres Vaters und Großvaters durcheinanderriefen.

Sie stritten, genau wie sie es befürchtet hatte.

Sobald ihr Vater die Sprache darauf brachte, Nye und den Kontinent Galinas zu verlassen und auf dem Wasserwege weiterzuziehen, widersprach ihr Großvater. Das nächste Ziel, das sich für eine Eroberung eignete, war ein Eiland mitten im Infrin-Meer. Die Blaue Insel war einer der wichtigsten Handelspartner Nyes und verfügte auch über Geschäftsverbindungen zu Ländern auf Leutia, dem südlichen Kontinent. Damit befand es sich in einer strategischen Schlüsselposition, die Nye niemals einnehmen würde. Dennoch teilte der Schwarze König die Ansichten seines Sohnes nicht. Für ihn war die Insel ein Tor, das zu durchschreiten die Fey noch nicht bereit waren.

Jewel wußte aus Erfahrung, daß sie ein Streitgespräch zwischen Vater und Großvater besser nicht unterbrach. Ihr Vater hatte sie darum gebeten, auf ihn zu warten, und das würde sie jetzt auch tun. Hier draußen.

Sie setzte sich auf die gefliesten Treppen, stützte einen gestiefelten Fuß auf die gegenüberliegende Wand und lehnte sich gegen die kühlen Steine. Es war ihr gleichgültig, daß deren rauhe Oberfläche einzelne Strähnen aus ihrem Zopf löste. Näher konnte sie nicht an das geöffnete Fenster herankommen, aber auch wenn sie die Augen schloß und sich völlig konzentrierte, vernahm sie nichts als ein dumpfes Stimmengewirr.

Niemand außer ihr schien die Bedeutung des Streits zu verstehen, der in diesem Raum tobte. Einheimische huschten vorüber, so schnell, wie das für Menschen möglich war, die sich in sechs Lagen von Kleidern bewegten. Ihre runden

Gesichter waren erhitzt, rot und schweißbedeckt. Jewel hatte schon mehrmals Witze darüber gerissen, daß die Nye nur deswegen im Kampf unterlegen waren, weil sie den richtigen Zeitpunkt verpaßt hatten, ihre umfangreiche Kleidung abzulegen.

Nicht, daß der Krieg den Geschäften in Nye geschadet hätte. Die Läden waren geöffnet, und die Straßenverkäufer boten aufdringlich ihre Waren feil, als wäre nichts geschehen. Glücklicherweise gab es in der Straße, in der sich die Bank befand, nur äußerst seriös aussehende Gebäude, und Straßenhändler waren hier nicht erlaubt. Wenn sie hier auf den Pflastersteinen ihren Geschäften nachgegangen wären, hätte Jewel überhaupt nichts hören können.

Die Einheimischen wieselten emsig in die Läden hinein und wieder hinaus, ohne auch nur einen einzigen Blick auf die fröhlichen, bunten Flaggen zu werfen, die vor den Gebäuden gehißt waren. Die verschiedenen Farben zeigten an, welche Waren hier verkauft wurden – Blau für alles, was in Nye hergestellt wurde, Grün, Rot und Lila für ausländische Güter. Die Bank von Nye wickelte ihre Geschäfte seit neuestem in dem Ziegelgebäude auf der gegenüberliegenden Straßenseite ab, und einige Kunden waren bereits eingetreten, die Geldbeutel fest an die Hüften gepreßt.

Das Schwindelgefühl traf Jewel plötzlich und unvorbereitet, und sie schloß die Augen. Alles drehte sich um sie, und ein jäher Kopfschmerz legte sich brennend um ihre Stirn. Ihr Vater rief: »Du hast sie umgebracht!« Eine Stimme antwortete in einer Sprache, die Jewel nicht verstand. Dann schrie ihr Vater: »Jemand muß ihr helfen! Bitte helft ihr!«

Jewels Atem ging stoßweise und abgerissen. Sie öffnete die Augen. Ein Mann beugte sich über sie. Seine Augenbrauen waren gerade, sein Haar lang und blond. Er war kräftig gebaut, weder ein Fey noch ein Nye. Seine Haut war bleich, aber nicht teigig. Er sah robust und gesund aus, so wie sie es bis jetzt nur bei den Fey gesehen hatte, aber seine Gestalt war vierschrötiger, wie mit kräftigen Pinselstrichen gemalt. Er sprach zu ihr in einer merkwürdigen Sprache. *Orma lii*, sagte er. Dann wiederholte er noch mehrmals ein anderes Wort.

Er nahm sie behutsam in die Arme und hielt sie so zärtlich, wie sie noch niemals umarmt worden war. Dann verwandelte sich die Szene, und während sie noch in den Armen des Fremden lag, trug sie plötzlich den schweren Heilerumhang ihres Vaters.

Eine Heilerin drückte ihr einen Umschlag auf die Stirn, der nach Rotwurz und Knoblauch roch und das Brennen sofort linderte. »Sie wird überleben«, sagte die Heilerin, »aber mehr kann ich nicht versprechen.«

»Was hat sie gesagt?« fragte der Fremde. Er sprach Fey mit einem merkwürdigen Akzent.

»Daß sie überleben wird«, erwiderte ihr Vater auf Nye. »Und unter Umständen wenig mehr als das.«

Der Fremde preßte sie noch enger an sich. »Jewel.« Er küßte sie zärtlich. *»Ne sneto. Ne sneto.«*

Sie strich mit zitternder Hand über seine Wange. Diese Nacht war anders, als sie sich vorgestellt hatte.

Dann war plötzlich alles wie immer. Jewel war zwei Stufen hinuntergerutscht, ihre Stirn schmerzte. Ihre Kehle war ausgetrocknet. Eine Vision. So intensiv, daß sie einen kurzen Augenblick lang jegliches Gefühl für die Gegenwart verloren hatte.

Ihr Herz pochte heftig gegen die Rippen. Noch niemals hatte sie ihren Vater so entsetzt gesehen. Und in ihrem ganzen Leben hatte sie noch niemand gesehen, der diesem Fremden glich. Er war kein Fey, daran ließen seine blasse Haut, die waagerechten Augenbrauen und die blauen Augen keinen Zweifel, und aus

Nye stammte er ebenfalls nicht, dazu war er zu breit gebaut und sah viel zu gesund aus. Dennoch kannte er sie offenbar gut genug, um sie liebevoll in seine Arme zu betten.

Die Eingangstür der Bank wurde aufgerissen, und Jewels Vater stürmte heraus. Sein schwarzer Umhang wirbelte um seine Beine. Er war ein besonders hochgewachsener Fey und wußte seine Körpergröße geschickt für dramatische Effekte einzusetzen. Jetzt schien er noch größer zu sein als sonst.

Jewel hatte ihn bis jetzt nur im Kampfgetümmel so wütend gesehen.

Sie schluckte und wünschte verzweifelt, sie könnte ihren plötzlichen Durst stillen. Langsam erhob sie sich, etwas ängstlich, daß der jähe Schwindel, den die Vision ausgelöst hatte, sich womöglich ein zweites Mal einstellen würde.

»Er hat nein gesagt, nicht wahr?« fragte sie. Sie mußte aufblicken, um in sein Gesicht sehen zu können.

»Er sagt ja.« Ihr Vater stieß die Worte so heftig hervor, als machten sie ihn zornig.

Sie runzelte überrascht die Stirn. »Warum bist du dann wütend? Du willst die Blaue Insel doch erobern.«

Ihr Vater sah sie an. Seine Augen blitzten, die Augenbrauen hatte er beinahe bis zum Haaransatz hochgezogen. »Er hat gesagt, ich beginge einen schweren Fehler. Ich zöge nur aus reiner Kampflust in diese Schlacht, nicht, weil ich das Reich ausdehnen wollte. Er sagte, es sei am besten, wenn ich gleich auf dem Schlachtfeld bliebe, damit der Thron des Schwarzen Königs von Blutgier verschont bleibt.«

Harte Worte. Zu hart. Der Streit zwischen den beiden Männern mußte sehr heftig gewesen sein. »Er hat im Zorn gesprochen«, sagte Jewel.

»Er hat geglaubt, was er sagte.« Vier Stufen auf einmal nehmend stürmte ihr Vater die Treppe hinunter und blieb neben Jewel stehen, so daß sie auf gleicher Höhe waren. »Ganz gleich, was er sagt, ich werde dich jedenfalls mitnehmen.«

»Was ist mit meinen Brüdern?« fragte Jewel. Das letzte Mal hatte sie ihren Vater nur begleiten dürfen, um auf ihre Brüder aufzupassen.

»Sie sind zu jung für diese Fahrt. Komm heute nacht in mein Lager und bring die Hüter mit. Wir müssen den Feldzug planen.«

Er wandte ihr den Rücken zu und schritt die restlichen Stufen hinab. Dann setzte er seinen Weg auf der Straße fort, und die Nye wichen ihm aus, als er mit flatterndem Umhang an ihnen vorübereilte.

Jewel stützte sich mit einer Hand gegen die Mauer. Der Schwindel war verflogen, aber tief in ihrem Inneren breitete sich ein Gefühl der Unruhe und Besorgnis aus. Sie hatte ihre Vision gehabt, nachdem ihr Vater beschlossen hatte, die Blaue Insel zu erobern. Gab es zwischen diesen beiden Ereignissen einen Zusammenhang?

Sie schüttelte den Kopf. Über Visionen stellte man besser keine Spekulationen an, soviel sollte sie doch wissen. Nur Leitführer hatten Visionen. Sie sollte glücklich sein, daß sie überhaupt eine so intensive Vision gehabt hatte. Sie schwächte ihre Befürchtung, niemals genug Kraft zu haben, um Schwarze Königin zu werden, ein wenig ab.

Plötzlich durchströmte sie ein seltsames Gefühl der Freude. Ihr Vater würde sie auf ihren ersten richtigen Feldzug mitnehmen. Nicht als Soldatin und Kindermädchen, sondern als Anführerin, die ihm bei der Planung half.

Ihr Großvater hatte viel über das Seßhaftwerden geredet, aber in einem täuschte er sich ganz gewiß: Die Kampflust lag auch ihr im Blut. Die Unruhe, die sie seit sechs Monaten spürte, würde jetzt ein sinnvolles Ventil finden.

Sie stieß sich von der feuchten Mauer ab. Wieder tauchte das fremde Gesicht aus ihrer Vision vor ihr auf.

»*Orma lii*«, flüsterte sie, ohne zu wissen, was es bedeutete. Sie würde sich ihrem Schicksal so stellen, wie es sich für eine Fey ziemte: in voller Kampfausrüstung und mit gezücktem Schwert.

DIE SCHLACHT

(Neun Monate später)

2

Es war Nachmittag, aber die dicken, schweren Wolken am Himmel sorgten für nächtliche Finsternis. Die heftigen Regenschauer wühlten den durchweichten Boden auf. Nicholas' Haare klebten ihm im Gesicht. Nur ein kurzer Augenblick im Freien, und schon war er völlig durchnäßt. Niemand hatte ihn beobachtet, als er in den Hof hinausgetreten war. Der Himmel mochte wissen, welchen Ärger er sich dadurch wieder einhandelte.

Es war die Aufgabe der Diener, den Prinzen vor sich selbst zu schützen, koste es, was es wolle. Auch dann, wenn er ihren Schutz ablehnte. Nicholas war jetzt achtzehn Jahre alt. Alt genug, um seine eigenen Entscheidungen zu treffen.

Er strich über den Knauf seines Schwertes. Die Scheide war an seinem Bein festgebunden, und die Lederriemen scheuerten auf seiner Haut. Der juwelengeschmückte Knauf fühlte sich glatt an. Es war gefährlich, bei diesem Wetter zum Kampf anzutreten, aber er nahm die zusätzliche Herausforderung nur allzu gerne an.

Außer einer mageren Katze auf der Suche nach einem Unterschlupf war niemand im Hof zu sehen. Hinter den verschlossenen Stalltüren brannte Licht; die Stallburschen waren mit den Pferden beschäftigt. Der Dienstbotentrakt lag noch im Dunkeln, nur Stephans Hütte war erleuchtet.

Stephan war ein alter Mann, der der königlichen Familie als Waffenmeister diente. Bereits vor Jahrzehnten hatte er Nicholas' Vater beigebracht, wie man mit dem Schwert umgeht, und dann lange Jahre ohne besondere Verpflichtungen gelebt, bis Nicholas schließlich fünfzehn Jahre alt geworden war. In diesen ruhigen Jahren war Stephan zum Gelehrten geworden und hatte sich mit der Geschichte der Blauen Insel beschäftigt. Er war außerdem Experte für die Kultur der Nye und hatte sich schließlich einem Volk zugewandt, das in seinen Augen die nächste Bedrohung der Insel darstellte: den Fey.

Nicholas waren zukünftige Gefahren gleichgültig, solange er nur lernte, wie man zu kämpfen hatte. Stephan unterrichtete ihn jetzt seit drei Jahren. In dieser Zeit hatte Nicholas zwar große Fortschritte gemacht, aber es war ihm bis jetzt noch kein einziges Mal gelungen, den Waffenmeister zu besiegen.

Die Fensterläden waren geschlossen, aber in der Hütte brannte Licht. Nicholas klopfte. Er hörte, wie jemand einen Stuhl über den Holzboden schob, dann wurde der Riegel zurückgelegt, und die Tür öffnete sich.

Im flackernden Kerzenlicht gruben sich die Falten in Stephans Gesicht noch tiefer. Sein kurzgeschnittenes graues Haar war zerzaust. Trotz der sommerlichen Jahreszeit trug er einen Winterpullover und dicke Hosen. »Bei allen Schwertern«, sagte er, »du bist ja völlig durchnäßt. Komm herein, bevor du dir den Tod holst.«

Nicholas strich sich die nassen Haare aus dem Gesicht. Seine Hände waren vor Kälte rot angelaufen. »Nein«, antwortete er. »Komm raus. Es ist Zeit für unser Training.«

»Nicht bei diesem Wetter«, erwiderte Stephan.

»Ich muß lernen, bei jedem Wetter zu kämpfen«, sagte Nicholas.

»Aber ich muß dich nur bei Sonnenschein unterrichten. Los, komm rein und trockne dich erst einmal ab.«

Nicholas trat ein. Stephan war der einzige Bedienstete, der es sich erlauben durfte, einen so respektlosen Ton anzuschlagen. Wahrscheinlich deshalb, weil er auch der einzige war, dem Nicholas völlig vertraute.

In der Hütte war es warm, im Kamin brannte Feuer, und auf dem Tisch lag ein aufgeschlagenes Buch. Stephan war einfach, aber gemütlich eingerichtet. »Was hast du dir nur gedacht?« fragte er. »Du weißt doch genau, daß wir bei solchem Wetter niemals kämpfen.«

»Es regnet jetzt schon seit drei Tagen«, sagte Nicholas. »Ich habe es satt, immer nur in der Stube zu hocken.«

»Du wirst dort bleiben, bis dieses Unwetter aufhört.«

»Das kann aber noch lange dauern. Normalerweise regnet es im Sommer nie.«

»Ich weiß.« Irgendwie brachte Stephan es fertig, diesen beiden Worten einen unheilvollen Klang zu verleihen.

Obwohl Nicholas sich gerne am Feuer aufgewärmt hätte, wäre es ihm nicht in den Sinn gekommen, dies ohne Stephans ausdrückliche Aufforderung zu tun. Der Raum war nicht groß und mit zwei Tischen, drei Stühlen und einer bescheidenen Bettstatt bereits gut gefüllt. An einer Wand stand ein Kleiderschrank, die restlichen Wände waren mit Schwertern und Messern in den unterschiedlichsten Formen und Größen dekoriert. Nicholas hatte seine Zweifel daran, ob all diese Waffen wirklich im Kampf benutzt worden waren, wie Stephan immer behauptete. Auf der Blauen Insel waren nicht viele Schlachten geschlagen worden, nicht einmal der Bauernaufstand war ein richtiger Krieg gewesen, wenn man den Abgesandten aus Nye glauben wollte, die ab und zu einen Besuch im Palast abstatteten. Nicholas vermutete, daß sich Stephan diese Geschichten ausgedacht hatte, damit er als Waffenmeister eine gewisse Berechtigung hatte. Wenn man es genau nahm, brauchte der König keinen Waffenmeister. Nicholas nahm nur deswegen Unterricht in der Waffenkunst, weil alles besser war, als tagaus, tagein bei den Auds zu sitzen.

»Mach dir's bequem«, sagte Stephan. »Trink einen Becher Met.«

Warmer Met hörte sich verführerisch an. Nicholas legte seinen tropfnassen Mantel ab und hängte ihn an den Haken hinter der Tür. Dann schüttelte er sich wie ein Küchenhund das Wasser aus den langen Haaren. Stephan protestierte brummelnd, als ihn einige Tropfen trafen, und wischte sich mit der Hand über das Gesicht.

»Für junge Prinzen sollte es endlich einen Etikettenmeister geben«, murmelte er.

»Entschuldige«, sagte Nicholas und grinste. Im Palast hätte er sich dergleichen niemals erlaubt: Jemand hätte es sehen und seinem Vater berichten können. Nicholas wurde den Erwartungen, die sein Vater in ihn setzte, niemals gerecht. Sein Vater wollte, daß ein Gelehrter aus ihm wurde, der alles über das Königreich wußte. Nicholas hingegen wollte reiten, Schwertkämpfe bestehen und die Frauen beeindrucken – auch wenn er noch gar keine kannte, die er hätte beeindrucken können.

Stephan ging zum Kamin, nahm einen Becher aus Steingut von einem seitlich angebrachten Brett und tauchte ihn in den mit Met gefüllten Topf, der am Rande des Feuerplatzes köchelte. Dann wischte er den Becher mit einem Tuch trocken.

Nicholas nahm ihn und trank einen Schluck. Die kochendheiße Flüssigkeit durchströmte ihn wärmend. Er mochte Stephans Met. Er war gerade süß genug, und Stephan fügte außerdem noch Butter hinzu, die er aus der Vorratskammer stibitzte. Sein Met war deshalb noch viel gehaltvoller als der Met des Königs.

Stephan klappte sein Buch zu und setzte sich an den Tisch. Nachlässig schob er mit dem Fuß einen Stuhl zu Nicholas, den sein Schüler mit der freien Hand ergriff. Dann seufzte er tief auf. »Ich vermute, das heißt, daß wir jetzt nicht hinausgehen.«

»Ich bin ein alter Mann«, sagte Stephan. »Ich muß ein wenig auf meine Gesundheit achten.«

»Vielleicht können wir uns dann zumindest hier drinnen im

Nahkampf üben. Ich bin immer noch nicht geschickt genug mit dem Dolch.«

Stephan grinste und blickte sich im Zimmer um. »Ich hänge aber an meinem Eigentum.«

Nicholas erwiderte das Grinsen nicht. Er war nicht ganz sicher, ob Stephan sich über seine Fortschritte lustig machte.

»Du machst alles goldrichtig mit dem Dolch.« Stephan hatte seinen Arm auf das Buch gelegt und hielt seinen Becher fest. »Du bist jedem Zweikampf gewachsen.«

»Sogar, wenn mein Gegner aus Nye stammt?«

»Du kannst es mit jedem aufnehmen«, sagte Stephan im gleichen, feierlichen Tonfall.

Von Nicholas' Haarspitzen tropfte kaltes Wasser auf seine Handgelenke. Er setzte sich so zurecht, daß die Tropfen über seinen Rücken rannen. »Glaubst du wirklich, daß ich so gut bin?«

»Ja, das glaube ich. Das einzige, was dir noch fehlt, ist Erfahrung.«

»Großartig«, sagte Nicholas. Er nippte an seinem Becher. Er hatte nicht damit gerechnet, daß Stephan ihn so uneingeschränkt loben würde. Aber heute benahm Stephan sich irgendwie seltsam. »Dich bedrückt etwas, nicht wahr?«

»Es ist das Wetter«, entgegnete Stephan. »Ich habe fast mein ganzes Leben in Jahn verbracht, aber einen solchen Sommerregen habe ich noch niemals erlebt.«

Nicholas zuckte die Achseln. »Die Dinge verändern sich.«

»Genau davor habe ich Angst«, murmelte Stephan.

»Wie meinst du das?«

Stephan schüttelte den Kopf. »Das sind nur die trübseligen Gedanken eines alten Mannes an verregneten Sommertagen. Sobald die Sonne scheint, bin ich wieder ganz der alte.«

»Ich hoffe, das wird nicht mehr lange dauern«, sagte Nicholas. »Ich werde allmählich unruhig.«

Stephan lächelte. Er stellte seinen Becher ab. An seinen durchtrainierten Armen traten die Muskeln hervor. »Wenn du mehr studieren würdest, wärst du bestimmt ruhiger.«

Nicholas verzog das Gesicht. Er blickte erst auf das einzige, fest verschlossene Fenster im Raum und sah dann zum glühenden Kaminfeuer. Es strahlte eine angenehme Wärme aus, auch wenn er in seiner nassen Kleidung zitterte. Er verabscheute es, wenn mitten am Tag Licht brannte und er sich nicht frei bewegen konnte. Es beunruhigte ihn manchmal, daß all sein Training und alle Arbeit vielleicht umsonst waren und er seine Fertigkeiten wieder einbüßen würde, weil ihn der Regen ans Haus fesselte.

»Ich bin zu jung, um den Rest meines Lebens im Zimmer zu verbringen«, sagte Nicholas. »Im übrigen ist mein Vater noch gar nicht so alt. Ich werde erst König sein, wenn ich älter bin als du.«

Stephan hob eine ergraute Braue. »Älter als ich.« Sein Tonfall war kurz, als hätte er sich über die Wahl der Worte geärgert. Er lehnte sich zurück, wippte auf seinem Stuhl und blickte Nicholas stirnrunzelnd an. »Hast du schon einmal daran gedacht, daß dein Vater vielleicht einen Berater brauchen könnte?«

»Mein Vater hat Hunderte von Beratern.«

»Die sind alle mit ihren eigenen Angelegenheiten beschäftigt. Du wärst der einzige, der seine Sorgen wirklich teilen würde.«

»Ich?« Nicholas trank noch einen Schluck Met. Die Flüssigkeit hatte sich abgekühlt und war jetzt zähflüssig und süß. »Er würde niemals auf mich hören.«

»Ganz im Gegenteil«, erwiderte Stephan. »Ich glaube, er würde deinen Rat sehr zu schätzen wissen.«

Nicholas erhob sich und schritt im Raum auf und ab. Seine feuchten Stiefel hinterließen Spuren auf dem Holzboden. Stephans Worte machten ihn unruhig. Ein Vater, der ihm zuhörte. Ein sonderbarer Gedanke.

»Hat er dir das gesagt?«

»Nicht direkt«, antwortete Stephan. »Er wünscht sich, daß du in der Lage wärst, mit ihm verschiedene Themen zu erörtern.«

Das hatte Nicholas auch schon gehört und als Nörgelei aufgefaßt. Seit dem Tod der Mutter hatte Nicholas' Vater hart daran gearbeitet, den Jungen so gut wie möglich zu erziehen. Obwohl erst die Diener und dann seine Stiefmutter sich am meisten mit Nicholas beschäftigten, hatte der Junge seinen Vater jeden Tag gesehen und einige Zeit mit ihm verbracht. Die Zuneigung zwischen beiden war aufrichtig, aber Nicholas hatte niemals geglaubt, er könnte seinem Vater ebenbürtig sein.

»Du versuchst nur, mich dazu zu bringen, daß ich mehr lerne.«

Stephan schüttelte den Kopf. »Ich will nichts weiter als dich ein wenig zum Nachdenken anregen. Ein Schwertkampf wird zu drei Vierteln mit dem Kopf entschieden. Je mehr Gebrauch du von deinem Verstand machst, desto besser wirst du mit Pferden und Schwertern umgehen.«

»Ich bin am besten, wenn ich überhaupt nicht nachdenke.« Mit diesen Worten trat Nicholas neben das Feuer, dessen Wärme wohltuend durch seine nassen Kleider drang.

»Du bist dann am besten, wenn du so kampferfahren bist, so sehr daran gewohnt, darüber nachzudenken, daß es dich keine Mühe mehr kostet. Stell dir einmal vor, du wärst in Staatsgeschäften ebenso beschlagen. Du bist jetzt schon geschickter mit dem Schwert, als es dein Vater jemals war. Du könntest auch ein besserer Regent werden als er.«

Nicholas grinste Stephan an. »Du versuchst ja nur, meinen Ehrgeiz anzustacheln.«

»Genau«, sagte Stephan. Sein Blick wanderte zu dem verschlossenen Fenster. Der Regen trommelte so heftig aufs Dach, daß er fast seine Worte übertönte. »Ich glaube, es kommt die Zeit, in der jeder von uns sein Bestes geben muß.«

3

Rugar stand am Bug des Schiffes. Er hatte die Kapuze aufgesetzt, und der Regen strömte über sein Gesicht. Kühler, wohltuender Regen. Er hatte vergessen, welche Machtgefühle es in ihm auslöste, das Wetter zu kontrollieren. Die Wetterkobolde hatten alle seine Wünsche erfüllt.

Morgen früh, wenn der Regen aufhörte, würden die Fey bereits über die ganze Insel verstreut sein.

Vorausgesetzt, die Landkarten waren präzise und die Steuermänner und der gefangene Nye hatten sich nicht getäuscht.

Rugar zog den Umhang fester um sich. Eigentlich hätte schon Land in Sicht kommen müssen. Den alten Karten nach zu urteilen, befanden sie sich bereits in unmittelbarer Nähe der Felsenwächter, aber außer dem grauen, kabbeligen Meer war nichts zu sehen. Der heftige Regen beeinträchtigte Rugars Sicht, aber über dem Schiff kreisten drei Tierreiter in Möwengestalt, die er den privaten Streitkräften seines Vaters entwendet hatte.

Rugar strich sich das nasse Haar aus der Stirn. Sein Mantel war mit Hilfe von Magie gegen Feuchtigkeit immun, aber manchmal hatte er es gern, wenn Wasser über seine Haut rann. Die Zauberkräfte seines Schuhmachers erwiesen sich als nicht ganz so wirkungsvoll. Rugars Füße glichen durchweichten Eisblöcken, die gegen das Leder rieben. Es wehte eine leichte Brise, gerade ausreichend, damit das Schiff ohne zusätzliche Hilfe von Rudern oder Zaubersprüchen vorankam.

Es ächzte unter seinen Füßen, und die Planken knarrten, während der Bug die Wassermassen zerteilte. Das Geräusch des hochaufschäumenden Fahrwassers ging im gleichmäßigen Trommeln des Regens fast unter. Rugar verschränkte die

Hände hinter dem Rücken. Er reiste gern, aber Segeln war etwas ganz anderes. Wenn er von Land zu Land zog, konnte er sich seinen Träumen von neuen Eroberungen hingeben, aber die Blaue Insel hatte er noch niemals gesehen, sondern nur Legenden, Geschichten und die Berichte der Nye gehört, die allesamt notorische Lügner waren. Der Schwarze König, Rugars Vater, schenkte nicht einmal der weitverbreiteten Ansicht Glauben, die Inselbewohner hätten noch niemals einen Krieg mitgemacht. Rugar allerdings glaubte daran. Warum sollte jemand diese Insel angreifen? Die Inselbewohner waren klug. Sie trieben Handel mit allen benachbarten Nationen und behandelten sie als bevorzugte Partner, obwohl sie (so lautete jedenfalls die Version der Nye) die Importwaren nicht unbedingt benötigten. Die Insel war wirtschaftlich völlig autark.

Sie lag zwischen zwei Kontinenten: Galinas und Leutia. Und damit war sie für die Fey strategisch gesehen der beste Punkt, um von dort aus ihren Eroberungszug einzuleiten, der die restliche Welt dem Reich der Fey einverleiben würde. Die Fey hatten bereits drei Kontinente überrannt, seit sie vor Jahrhunderten die Eccrasischen Berge verlassen hatten, und sie würden ihre Eroberungen nicht einstellen, nur weil sie das Ende von Galinas erreicht hatten. Es war die Bestimmung der Fey, so lange weiterzukämpfen, bis sich ihr Imperium über alle fünf Kontinente erstreckte.

Die Tatsache, daß die Blaue Insel eine reiche Insel war, machte den Gedanken an eine baldige Eroberung noch verführerischer. Nur noch ein paar Tage, und die Insel würde den Fey, würde Rugar gehören.

Und der Schwarze König würde sich dafür entschuldigen müssen, an seinem einzigen Sohn gezweifelt zu haben.

Eine Möwe kreischte über Rugars Kopf. Ihr durchdringendes Kra-Kra übertönte den Regen und das Klatschen der Bugwellen. Rugar blickte zu einem seiner Männer auf, der auf dem Rücken der Möwe saß. Sein Unterleib war mit dem Körper des Tieres verschmolzen, nur Oberkörper und Kopf des Mannes waren zu erkennen. Es schien, als säße er rittlings auf dem Rücken des Vogels. Der Kopf der Möwe war leicht nach vorne geneigt, um diese etwas unbequeme Verwandlung zu ermöglichen. Das war das einzige, woran man Mensch und Tier unterscheiden konnte. Seit der Kindheit des Reiters waren die beiden Wesen zu einem geworden.

Tierreiter waren den Gestaltwandlern verwandt. Im Unterschied zu diesen konnten sie aber nur eine einzige Gestalt annehmen, die sie dann für den Rest ihres Lebens beibehielten. Die Reiter legten Zeit und Ort jeder Verwandlung fest, aber ihre Stimmung wurde immer durch die Tiere beherrscht, die sie ausgewählt hatten. Rugar fragte sich immer wieder, was ein Reiterkind veranlaßte, statt eines Pferdes eine Möwe zu wählen. Er war jedoch dankbar, daß sich einige für Vögel entschieden. Die ständigen Klagen der Pferdereiter gingen ihm auf die Nerven. Diese hatten für die gesamte Dauer der Reise ihre menschliche Gestalt angenommen. Sie liefen jetzt rastlos wie eingesperrte Tiere unter Deck auf und ab und drohten damit, daß sie sich bald in Pferde verwandeln mußten, sonst verlören sie die Fähigkeit, es jemals wieder zu tun.

Rugar kannte diese Klagereden bereits von anderen Feldzügen auswendig und beachtete das Gejammer nicht mehr. Aber auf so engem Raum fiel es ihm von Tag zu Tag schwerer. Er wünschte, er hätte die Pferdereiter auf einem der anderen Schiffe untergebracht und nur die Möwenreiter behalten – auch wenn sie bis jetzt nicht so nützlich waren, wie er gehofft hatte. Wegen ihres merkwürdig aufgebauten Organismus waren Tierreiter nicht in der Lage, lange Reisen in Tiergestalt zurückzulegen. Rugar hätte liebend gerne die Möwenreiter bis zur Insel vorausgeschickt, sobald die Schiffe die Segel gesetzt hatten, aber da es unterwegs keine Landungsmöglichkeiten gab, hätte ein solcher Flug die Möwen getötet.

Rugar starrte geradeaus, als könnte er durch reine Konzentration die Felsenwächter zum Erscheinen zwingen. Den ganzen Tag über hatte niemand das Wort an ihn gerichtet. Seit es zu regnen begonnen hatte, sprach überhaupt niemand mehr mit ihm, es sei denn, seine Leute benötigten etwas. Wie jeden Morgen überprüfte Rugar die Hüter, ohne dabei den Nye aufzuschrecken, den sie in ihrem Bann hielten. Bis jetzt war alles glattgegangen.

Genau wie er es geplant hatte.

Die Möwe kreischte wieder und stieß auf das Schiff hinunter. Mit seinen winzigen Händen hielt sich der Reiter am Hals des Tieres fest, als müßte er wirklich sein Gleichgewicht auf dem Tier halten. Reiter gaben immer vor, daß sie tatsächlich ritten, obwohl sie ja körperlich mit dem Tier verschmolzen waren. Die Möwe umkreiste Rugar, landete dann auf dem Deck und rutschte über die Planken.

Er sah auf das Wesen hinunter. Der Möwenreiter, Muce, hatte jetzt die Halsfedern des Tieres losgelassen, streckte seine Arme aus, als seien sie verkrampft, und legte den Kopf in den Nacken, bis er Rugar sehen konnte. Dann grinste der Reiter und wuchs langsam. Als er seine volle Größe erreicht hatte, glitt der Körper des Tieres in seinen Leib hinein. Die Möwe schrie kurz auf, als protestierte sie, aber ihr Schrei erstickte, als sich der Vogelkörper flach gegen Muces Magen drückte.

In seiner menschlichen Gestalt überragte Muce Rugar, aber sein breiter Körper war seltsam formlos. Sein dunkler Schopf und seine Brusthaare glichen Federn, und er hatte auffallend lange, klauenartige Fingernägel. Für einen Fey war seine Nase ungewöhnlich groß. Lang und schmal, wie ein Schnabel, reichte sie bis über seinen Mund. Zusammen mit seinen dunklen Augen und den tief herabgezogenen Brauen verlieh diese Nase seinem Gesicht einen tierhaften Ausdruck.

Obwohl er nackt war, schien er den Regen nicht einmal zu bemerken.

»Die Wächter liegen direkt vor uns«, berichtete er. Seine Stimme hatte einen nasalen Klang. »Gleich dahinter liegt die Insel.«

Rugar grinste. »Unser Zeitplan war also korrekt. Morgen gehen wir an Land.«

Muce zuckte die Achseln. Er warf mit einer schnellen, vogelähnlichen Kopfbewegung einen Blick über die vor ihnen liegende Wasserfläche. »Aus der Luft sieht es so aus, als gebe es keine Passage zwischen den Wächtern. Das Wasser schäumt hoch, schlägt gegen die Felsen und liegt dann still. Ich stieß hinab und sah Felsspalten, aber das Wasser fiel mich an wie ein wildes Tier. Ich glaube nicht, daß ein einzelnes Schiff hindurchsteuern kann, von einer Flotte ganz zu schweigen.«

»Aber irgendeinen Handelsweg muß es zwischen Nye und der Insel doch geben«, sagte Rugar.

»Vielleicht existiert noch eine einfachere Route. Die Nye haben keinen Grund, uns die Wahrheit zu sagen.«

»Niemand belügt die Fey«, erwiderte Rugar.

Muce fröstelte. Nicht vor Kälte, vermutete Rugar. Die Fey hatten ein besonderes Talent zum Foltern.

»Du mußt jetzt die anderen Möwenreiter zusammenrufen, vielleicht könnt ihr ja doch einen Weg finden, diese Felsen zu überwinden«, befahl Rugar. »Je stärker unsere Rückendeckung, desto besser. Die Schiffe müssen unbeschadet durchkommen. Die Inselbewohner haben keinerlei Kampferfahrung. Wir werden ihnen zeigen, was Krieg wirklich bedeutet.«

»Hört sich an, als wollten wir sie abschlachten«, sagte Muce.

»Es wird nur einen Vormittag in Anspruch nehmen«, antwortete Rugar. »Sobald sie erkannt haben, wie überlegen wir ihnen sind, werden sie sich ergeben. Die Wächter sind unser einziges Hindernis.«

»Gut«, sagte Muce mit zweifelndem Unterton. »Ich rufe die anderen, und wir werden sehen, ob wir etwas entdecken.«

Ohne eine Antwort abzuwarten, reckte er die Arme und schrumpfte wieder zu seiner Möwengestalt. Als die Möwe erneut an seinem Bauch erschien, beendete sie ihren Schrei, der vorhin während der Verwandlung unterbrochen worden war. Das Tier trippelte rückwärts und erhob sich wieder in die Lüfte. Muce griff ihr in die Halsfedern und flog davon, ohne Rugar einen weiteren Blick zu gönnen.

Schon bald war der Möwenreiter in den schweren Regenwolken außer Sicht. Rugar beobachtete mit geballten Fäusten, wie er verschwand. Hoffentlich entsprach das, was er Muce gesagt hatte, der Wahrheit. Seit die Schiffe auf hoher See waren, hatte er keine Visionen mehr gehabt.

Er hatte damit gerechnet, vor dem jetzigen Zeitpunkt Visionen zu haben. Er hatte geglaubt, seine Visionen würden durch die näher rückende Insel an Kraft gewinnen oder zumindest seine letzte Vision, die ihn auch hierhergeführt hatte, vertiefen. Er hatte Jewel gesehen. Sie schritt als erwachsene Frau durch den Palast der Blauen Insel, als sei sie dort zu Hause. Aber diese Vision war nun schon vier Monate alt, und seither hatte ihn keine weitere mehr heimgesucht. Es hatte ihn beunruhigt, daß sie vielleicht blind in diese Schlacht ziehen würden, und er hatte sich darin geübt, kleine Schattenländer zu erschaffen, so wie damals als junger Visionär. Er hatte Tassen im Raum verteilt, die von den Schattenländern ergriffen und in einem von ihm erschaffenen Raum verborgen wurden. Auf diese Art wollte er sich beweisen, daß seine Zauberkraft ungebrochen war. Aber auf dieser Reise hatten ihm die Geheimen Mächte nur eine einzelne Vision gesandt, mit der er planen konnte.

Er hatte mit niemandem darüber gesprochen, daß er keine

Visionen mehr hatte, nicht einmal mit den Schamanen, die sich bereit erklärt hatten, ihn auf dieser Reise zu begleiten. Es war schwierig, Visionen vorherzusagen. Vielleicht würde er die Blaue Insel jenseits der Felsenwächter Sehen können.

Noch niemand hat die Blaue Insel erobert. Aus dem Dunst erhob sich die Stimme seines Vaters. Seit die Schiffe Nye verlassen hatten, beunruhigten die Argumente des Schwarzen Königs seinen Sohn.

Keiner hat es bisher versucht, hatte Rugar erwidert, obwohl er wußte, daß das nicht zutraf. Die Nye hatten Geschichten aus der Frühzeit ihrer Kultur erzählt, die von einer Streitmacht aus zwanzig langen Booten berichteten, denen es nicht gelungen war, die Blaue Insel zu unterwerfen. Die Geschichten waren so alt, daß sie manch einer für Legenden hielt.

Als sein Vater von diesem weit zurückliegenden Versuch hörte, protestierte er noch heftiger gegen die Pläne seines Sohnes. Sobald der Schwarze König erfahren hatte, daß Rugar Jewel mitnehmen wollte, hatte er seinen Sohn vehement angegriffen.

Sie ist die einzige Hoffnungsträgerin des Fey-Reiches. Bei diesen Worten hatte sich sein Vater schwer auf den massiven hölzernen Tisch in diesem Büro der früheren Bank von Nye gestützt. *Sie muß hierbleiben.*

Ich kann tun, was ich will, hatte Rugar erwidert. *Sie ist meine Tochter.*

Und was ist, wenn dein Plan fehlschlägt? Was sollen wir tun, wenn sie ums Leben kommt? Ihre Brüder sind zu jung, und die Schamanen sagen ihnen keine große Zukunft vorher. Jewel aber wird einzigartig sein – die beste Schwarze Königin, die wir jemals hatten. Falls du ihr die Gelegenheit dazu gibst.

Rugar war einen Schritt auf seinen Vater zugegangen. *Ich hatte eine Vision von Jewel, wie sie glücklich auf der Blauen*

Insel lebt. Hast du irgendwelche Visionen zu dieser Unternehmung gehabt?

Sein Vater schwieg.

Hast du etwas gesehen?

Man sieht auch ohne Visionen, daß du einen Fehler begehst, hatte der Schwarze König erwidert. *Was wir brauchen, ist Ruhe. Wir sind nicht kampfbereit.*

Also hast du nichts gesehen, hatte Rugar geantwortet. *Überhaupt nichts.*

Rugar atmete tief ein. Der Regen tropfte ihm von der Nasenspitze auf die Lippen. Er schmeckte kühl und frisch. Rugar hatte eine Vision gehabt, sein Vater jedoch nicht. Herrscher pflegten Visionen zu folgen, auch wenn es nicht die eigenen waren. Daran hatte Rugar seinen Vater nachdrücklich erinnert und den Schwarzen König damit in Rage versetzt.

Er hatte diese Reise ohne die Erlaubnis seines Vaters angetreten.

Aber auf die Erlaubnis kam es jetzt nicht an. Rugar hatte Jewel durch die Palasträume wandeln sehen. Er kannte die Vergangenheit der Insel. Es würde der einfachste Kampf in der Geschichte der Fey werden.

Innerhalb eines einzigen Tages würden die Fey die Blaue Insel erobern. Bevor das Inselvolk die Invasion überhaupt bemerkte, würde es für sie bereits zu spät sein.

4

Ein jäher Windstoß blies den scharlachrot- und golddurchwirkten Gobelin beiseite, der Bilder des Bauernaufstandes zeigte. Seine Mutter, die Königin – möge ihre Seele in Frieden ruhen –, hatte ihn im zweiten Jahr ihrer Ehe gestickt. Regen spritzte auf die Steinfliesen, und das Kaminfeuer flackerte unruhig. Der Raum war klein und hatte früher als Schlafkammer eines Leibwächters gedient. Er war feucht und unangenehm kühl. Alexander fröstelte in der unnatürlichen Kälte. Er reckte seinen Arm über die Stuhllehne und riß heftig an dem leicht verschossenen Klingelzug.

Der Regen machte ihn reizbar. Er hatte den Morgen verschlafen, am Nachmittag gelesen und umständliche, handschriftlich abgefaßte Staatspapiere unterzeichnet. Sein Abendessen hatte er allein eingenommen. Jetzt aber mußte er sich auch noch in seiner Freizeit mit Regierungsgeschäften auseinandersetzen. Nicht einmal dem König war es gestattet, einen Ältesten des Tabernakels abzuweisen. Matthias war für Alexanders Geschmack schon viel zu lange hier, ohne Auskunft darüber zu geben, warum er an diesem düsteren Abend die Räume des Königs aufgesucht hatte.

Matthias' blonde Locken ringelten sich bis auf seine Schultern, und sein Schnurrbart glänzte feucht vom Glühwein. Er trug immer noch das rituelle Gewand des Mitternachtssakraments, den langen schwarzen Talar mit der leuchtend roten Schärpe und das zierliche Filigranschwert, das an einer Halskette hing. Sein Barett hatte er auf dem mit Schnitzereien verzierten Holztischchen neben sich abgelegt. Das Gewicht der Kappe hatte die Haare flach an seinen Kopf gedrückt.

»Hoheit«, sagte Matthias lächelnd, »Ihr wißt bestimmt,

daß Ihr damit einen armen Tropf aus tiefstem Schlummer reißt?«

»Das ist mir gleichgültig.« Alexander erhob sich und schenkte Wein aus einem kleinen Krug nach, der über dem Feuer hing. Die Wärme der Fliesen direkt am Kamin drang durch seine ledernen Hausschuhe. »Sie hätten die Gobelins eben schon beim Aufhängen richtig befestigen sollen.«

Matthias stellte seinen braunen Becher ab und zupfte seine Kleidung zurecht. »Das schlechte Wetter verstimmt uns alle, Sire, aber deswegen haben wir noch kein Recht, die Dienerschaft zu mißbrauchen.«

Oder andere in müßiges Geplauder zu verwickeln. Aber Alexander sagte nichts. Bereits vor langer Zeit hatte er begriffen, daß Matthias erst dann verstand, daß seine Gesellschaft unerwünscht war, wenn man sich in völliges Schweigen hüllte.

Alexander hängte den Schöpflöffel wieder an seinen Platz neben dem Kamin. Vorsichtig, um den Inhalt des Bechers nicht zu verschütten, ging er an seinen Platz zurück. »Ich mißbrauche die Diener nicht«, widersprach Alexander. »Im Gegenteil, ich behandele sie zu nachsichtig. Sie haben ja schon fast die Kontrolle im Palast übernommen. Im Tabernakel ist das anders. Die Auds gehen barfuß. Beschuldigt mich also nicht, meine Diener zu mißbrauchen.«

»Auds sind keine Diener, Sire. Wenn sie erst einmal Schuhe bekommen, werden sie es zu schätzen wissen.« Matthias streckte seinen Fuß aus. Er trug Sandalen, aber seine Füße waren von den langen Jahren des Barfußlaufens völlig vernarbt. »Glaubt mir, sie genießen die wenigen Bequemlichkeiten, die ihnen gewährt sind.«

Alexander stieß einen Seufzer aus. Er und Matthias waren gemeinsam erzogen worden, aber als Zweitgeborener hatte Matthias der Kirche beitreten müssen. Alexander war als Einzelkind vom Augenblick seiner Geburt an dazu bestimmt, über die Blaue Insel zu herrschen. Matthias gelang es jedesmal, Alexander an die Unterschiede zwischen ihnen zu erinnern.

»Diener dürfen durchaus aufgeweckt werden, um für mein Wohlbefinden in einer regnerischen Nacht zu sorgen«, sagte Alexander eine Spur zu barsch.

»Natürlich«, lächelte Matthias. »Aber vielleicht darf ich noch kurz darauf hinweisen, daß auf diesem Gobelin jene Revolte abgebildet ist, die Euren Urgroßvater zum Krüppel machte.«

Alexander lachte auf. Seine Anspannung ließ plötzlich nach. Der Regen machte ihn melancholisch. Er erinnerte ihn an den vergangenen Winter, als seine zweite Frau gestorben war, Opfer eines Geistes, der mit einem kühlen Luftzug in sie eindrang und sich in ihren Lungen einnistete.

Obwohl sie in den Jahren ihrer Ehe meist zurückhaltend und still gewesen war, vermißte Alexander sie mehr, als er sich eingestehen wollte. Zur Abendstunde hatte sie ihm gegenübergesessen, und während ihre Nadel geräuschlos durch den Stoff geflogen war, hatte er geruhsam seinen Gedanken nachgehen können. Ihre Stickereien waren zwar nie so schön wie die seiner Mutter geworden, aber die Themen waren gefälliger.

Alexander nahm einen Schluck Wein. Er war stark gewürzt, und die Wärme kaschierte den Alkoholgehalt. Der Honiggeschmack des Met sagte ihm mehr zu. Heute nacht jedoch war er dem Wunsch seines Gastes nachgekommen. Im Tabernakel konnte Matthias keinen Glühwein bekommen.

»Wenn dieser Regen noch länger anhält, verrottet die Ernte direkt an den Wurzeln«, sagte Matthias.

Alexander seufzte leise in seinen Becher, aber Matthias schien dieser zarte Hinweis zu entgehen. Er kam einfach nicht zur Sache. Alexander wollte eigentlich vermeiden, daß dieser Besuch die Förmlichkeit eines Ratstreffens der Lords annahm, aber wenn Matthias Anstalten machte, noch länger zu bleiben, würde ihm wohl nichts anderes übrigbleiben. »Es regnet doch erst seit zwei Tagen«, erwiderte Alexander.

»Auf den Feldern steht bereits das Wasser.« Matthias lehnte sich zurück, und seine schmale Gestalt verschwand beinahe zwischen den dicken Kissen. »Ich habe noch heute morgen mit einem Aud geredet, der als Pilger über die ganze Insel reitet, und er sagte, jedes Feld jenseits von Killenys Brücke gliche einem See.«

»Wissen Auds denn überhaupt, wie ein See aussieht?«

»Ihr seid wirklich schlechter Laune.« Laut schlürfend trank Matthias einen Schluck Glühwein. Das Geräusch hallte in dem leeren Raum wider.

Alexander schüttelte den Kopf. »Nein. Ich würde mich nur gerne entspannen.«

Matthias spähte über den Rand seines Bechers zu ihm hinüber, und seine blauen Augen glitzerten belustigt. »Seid Ihr heute abend besonders höflich? Ihr hättet mir sagen können, daß Ihr nicht wünscht, besucht zu werden. Dann wäre ich zum Tabernakel zurückgeritten.«

»Ich dachte, ich wäre Euch bei diesem Regen zumindest einen warmen Trunk schuldig.«

»Den ich auch schon fast geleert habe.« Wieder nahm Matthias einen geräuschvollen Schluck. Immer noch redete er um den heißen Brei herum. Also mußte es sich um eine eher unangenehme Angelegenheit handeln.

»Nun«, sagte Alexander, fest entschlossen, Matthias zum Aufbruch zu zwingen, »Ihr habt Eure warmen Gemächer gewiß nicht nur verlassen, um mit mir über die Ernte zu reden. Erzählt mir von Nicholas. Deswegen seid Ihr doch gekommen, nicht wahr?«

Matthias nickte und umfaßte den Becher mit beiden Händen.

»Euer Sohn, Sire, hat das Herz eines Kriegers. Jeden Tag kommt er mit neuen Verletzungen und Narben zum Unterricht. Er ist entzückt über jede einzelne Wunde und würde die Zeit des Daniten mit ausführlichen Beschreibungen jedes Schnittes vergeuden, wenn ich ihn nicht unterbrechen würde.«

Wieder fuhr ein Windstoß herein und rüttelte an den Gobelins. Wo blieb eigentlich dieser vermaledeite Diener? Morgen früh würde die gesamte Dienerschaft eine Rüge erteilt bekommen, darum würde sich Alexander als erstes kümmern.

»Ich weiß, daß Nicholas Spaß an den neuen Fechtstunden hat. Zeigt er denn mehr Interesse am Unterricht, seit er sich auch im Kampf schult?«

Matthias seufzte. »Er lernt, Sire, aber er widerspricht zu häufig. Er behauptet, die Religion habe keinen Einfluß auf seine Zukunft als König.«

Der Glaube hatte keine Bedeutung für seine Zukunft als König. Alexander umfaßte seinen Becher und spürte die Wärme des gebrannten Tons an den Fingern. Er wußte nicht recht, wie er seinem Sohn das Studium der Religion nahebringen sollte. Ohne die Rocaanisten wäre Alexander ein viel strengerer Regent. Schon oft hatten sich Alexander und die Ratsherren in einer Angelegenheit bereits geeinigt, als die Rocaanisten das Thema aufgriffen und den König durch ihre Gebete und geistlichen Einwände zu einer großmütigeren Entscheidung veranlaßten. Wenn Nicholas die subtile Beziehung zwischen Kirche und Staat nicht verstand, würde er als Regent nur wenig bewirken können.

»Ich werde mit ihm darüber sprechen«, sagte Alexander.

Die Tür wurde geöffnet, und ein Diener trat herein und verbeugte sich. Sein graues Haar war vom Schlaf zerwühlt, und er hatte sich in aller Eile einen zerknitterten braunen Umhang übergeworfen. Er trug keine Schuhe, und seine Füße waren vor Kälte rot angelaufen. »Entschuldigt, Euer Hoheit, daß ich mich so verspäte, aber der Regen hat die Küche überflutet und das Herdfeuer fast ausgelöscht.«

Das Feuer im Herd ging niemals aus. Die ganze Nacht über diente es zum Backen oder zur Zubereitung wohlschmeckender Soßen. Außerdem speiste diese zentrale Feuerstelle alle anderen Kamine im Palast.

Alexander nickte. »Auch uns droht hier eine Überflutung. Die Gobelins müssen dichter an die Fenster genagelt werden. Sie sind lose und bespritzen uns schon den ganzen Abend mit Regenwasser.«

»Bitte um Vergebung, Sire, ich werde es sogleich richten«, sagte der Diener und verbeugte sich abermals.

Er entfernte sich rückwärts gehend aus der Tür. Matthias nahm sein Barett und setzte es auf den Scheitel. »Ich gehe jetzt wohl besser, Sire.«

Alexander spürte, wie ihm diese Worte einen eigenartigen Stich versetzten. Obwohl er sich nichts mehr wünschte, als endlich allein zu sein, fühlte er sich nun, als er seinen Willen bekommen sollte, einsam. »Ich werde morgen mit Nicholas reden.«

»Gut«, erwiderte Matthias. Er hatte sich langsam zu seiner vollen, ungewöhnlichen Körpergröße aufgerichtet. Alle Mitglieder seiner Familie waren auffällig große Leute, und wenn Matthias nicht so früh dem Glauben beigetreten wäre, hätte man ihn gewiß verdächtigt, mit dem Teufel im Bunde zu stehen. »Wenn sich sein Verhalten ändern sollte, lasse ich es Euch wissen.«

Der Diener trat wieder ein. Diesmal hatte er einen Hammer und ein paar Holznägel dabei. Matthias hielt die Tür fest, bevor sie zufiel, und nickte leicht mit dem Kopf. Das war seine Art, sich zu verbeugen. Dann verschwand er im Korridor. Alexander blickte ihm nach. Nicholas konnte sich glücklich schätzen, daß sich Matthias um sein Studium kümmerte. Keiner der anderen Ältesten hätte Alexander darauf hingewiesen, wie lasch die Haltung seines Sohnes war. Entweder, weil sie es für unwichtig gehalten hätten, oder aber, um später, sobald Nicholas König geworden war, die eigene Macht auszubauen. Matthias jedoch ging es nicht um Macht. Er wollte, daß alles blieb, wie es war.

Der Diener hatte die losen Gobelins jetzt zurückgezogen. Kühle Luft wehte herein. Alexander erhob sich ebenfalls und ging zum Feuer. Er wollte sich keine Erkältung zuziehen wie seine Frau, und jetzt war ein besonders gefährlicher Moment. Dieser Dauerregen war unnatürlich. Es gab zwar in jedem Sommer stürmische Regenfälle, aber niemals dieses unaufhörliche Regenwetter, unter dem die ganze Insel litt.

»Das Holz ist morsch, Sire. Bei der Nässe bricht es gleich stückweise heraus.«

»Dann repariere es«, sagte Alexander. Es war ihm gleichgültig, daß die albernen Holzrahmen, die seine Mutter für die Gobelins hatte anbringen lassen, morsch waren, und es kümmerte ihn auch nicht, daß eine kleine Flutwelle sein Kaminfeuer auszulöschen drohte. Etwas an diesem Wetter ließ ihn nicht zur Ruhe kommen. Etwas, das wichtiger war als kleinere Katastrophen im Haushalt. Etwas, das er, aus lauter Furcht, damit das Mißtrauen des ganzen Königreiches auf sich zu ziehen, nicht laut zu benennen wagte.

Dieses Wetter war irgendwie unnatürlich. In den fünfunddreißig Jahren seines bisherigen Lebens war es noch nie vorgekommen, daß der Regen tagelang die Sonne verdeckte. Er wünschte, er könnte einen Gesandten nach Nye schicken, um sich mit den dortigen Sehern zu beraten. Aber bereits vor einem Jahr hatten die Fey im Zug ihrer Eroberung des Kontinents Galinas auch Nye besetzt.

Die Rocaanisten glaubten nicht an das Zweite Gesicht, es sei denn, es handelte sich um einen Propheten ihres Gottes.

Und einen Rocaanpropheten hatte es seit fünfhundert Jahren nicht mehr gegeben. Alexander hatte sich einmal bei Matthias darüber beschwert, und Matthias hatte ihm geraten, auf die zarte, leise Stimme in seinem Inneren zu hören.

Genau diese Stimme sagte Alexander jetzt, daß Könige nicht allein regieren sollten. Er wünschte, er hätte vor zwei Jahren heimlich einen Seher aus Nye mitgebracht, um nun jemanden zu haben, mit dem er über seine Ängste reden konnte. Über dieses Gefühl, daß der Regen nur der erste Vorbote tiefgreifenderer Geschehnisse war, dunkler, als er sie jemals erlebt hatte.

5

Die Kabine war so winzig und klamm, daß die Feuchtigkeit sogar durch die dicke Matratze drang. Der Abdruck von Jewels Körper, die sich am frühen Morgen erhoben hatte, war immer noch darauf zu erkennen. Wie immer vor einer Schlacht hatte sie schlecht geschlafen. Sie stellte sich vor, wie sie mitten im Kampfgetümmel stand, wo sich der Geruch von Blut und Angst rings um sie verbreitete und die Schwerter betäubend laut gegeneinander klirrten.

Ihr Vater hatte recht. Der Kampf war das Lebenselixier der Fey. Sie war so aufgeregt, daß sie nicht mehr still liegen konnte.

Sie hatte ihre Laterne angezündet und an der Decke aufgehängt. Sie pendelte im Rhythmus des Schiffes hin und her. Jewel hätte schwören können, daß sich sogar die Wände im schwankenden Licht bewegten. Seit das Schiff einen Monat zuvor in Nye in See gestochen war, war sie gewachsen, und als sie jetzt auf der Bettkante saß, stießen ihre Knie gegen die grob zusammengezimmerte Wand. Wenn sie aus der Kabine trat, mußte sie den Kopf einziehen, und insgeheim wünschte sie sich, unten bei der Infanterie zu übernachten, denn dort, in der Mitte des Laderaumes, konnte sie wenigstens aufrecht stehen.

Aber lange konnte ihr Aufenthalt an Bord nicht mehr dauern. Schon bei Tagesanbruch würde sie wieder festen Boden unter den Füßen haben, und es war klar, daß sie die folgende Nacht nicht in ihrer Koje schlafen würde. Diesmal würde sie zusammen mit der Infanterie ihr Lager aufschlagen. Ihre kleinen Brüder waren beim Großvater in Nye geblieben, sie mußte also nicht mehr jeden Abend zum Quartier ihres

Vaters zurückkehren. Zum ersten Mal gehörte sie uneingeschränkt zur Truppe.

Zum ersten und letzten Mal. Sobald ihr Vater von ihren Visionen erfuhr, würde er sie aus der Infanterie nehmen und zu sich holen. Beinahe war sie enttäuscht, daß sie Sehen konnte. Sie hatte gehofft, ihre Fertigkeiten im Kampf noch weiter zu verbessern. Visionäre waren Führer und zu wertvoll für den Kampf. Jewel wußte schon lange, daß sie das Zeug zur Anführerin hatte, aber sie wäre zu gerne ein tüchtiges Mitglied der Infanterie oder Spionin geworden.

Sie umfaßte ihr langes schwarzes Haar und schwang es über die rechte Schulter. Dann flocht sie es schnell und geschickt zu einem Zopf, wickelte ihn um den Kopf und bedeckte den Schopf mit einem großen Barett. Anschließend schlüpfte sie in Reithosen, Stiefel und Lederwams. Zu guter Letzt warf sie ein Wollcape über, das einer der berühmtesten Weber der Fey angefertigt hatte. Der Zauber in dem Stoff wies jede Flüssigkeit ab, auch Blut.

Sie konnte jetzt auf dem Bett liegen bleiben, bis das Schiff die Felsenwächter passiert hatte. Die monumentale Formation war am Nachmittag gesichtet worden. Aber wenn sie sich jetzt nicht bewegte, würde sie verrückt werden. Außerdem wollte sie wach sein, um den ersten Blick auf die Blaue Insel zu werfen, den Schauplatz ihres letzten Feldzugs.

Sie nahm die Laterne von der Decke, hob das Glas hoch und blies die Lampe aus. Die Dunkelheit beruhigte sie. Sie stellte die Laterne wie immer neben der Tür ab und trat aus der Kabine.

Das Deck war schlüpfrig von Regen und Gischt. Jewel hielt sich an der nassen hölzernen Reling fest, um nicht auszugleiten. Die Luft war kalt, und sie fror. In der Kabine der Zauberhüter brannte Licht. Jewel spähte durch die Eingangstür. Die Hüter hatten einen Steuermann aus Nye in Hypnose versetzt.

Fünf von ihnen standen im Kreis um den Mann herum und hatten einen monotonen Gesang angestimmt, mit dem sie ihn in tiefster Trance hielten. Für diesen Teil der Reise kam alles auf sein Wissen an. Ohne ihn konnten sie die Felsenwächter nicht überwinden.

Jewel stieg die Treppe zum Bug hoch. Dort hatte sie ihren Vater zuletzt gesehen. Er war jetzt mit der Planung beschäftigt und hatte wahrscheinlich keine Zeit für sie. Trotzdem wollte sie in seiner Nähe sein. Sie wollte dabeisein, wenn er seinen ersten Triumph errang.

Die Argumente, die der Schwarze König in Nye gegen diesen Feldzug vorgebracht hatte, hatten ihr eingeleuchtet. Aber seit die Flotte ausgelaufen war, glaubte sie mehr und mehr an das, was ihr Vater gesagt hatte, obwohl sie mit ihm nicht mehr über den Angriff gesprochen hatte. Sie war eine junge Soldatin, war nur in den letzten Jahren des Feldzugs gegen Nye dabeigewesen, und sie vermißte den Kampf. Sie konnte sich nur ungefähr vorstellen, wie sich die Berufssoldaten fühlten. Die meisten Fey nahmen an den Kriegen teil. Diejenigen, die zu Hause blieben, standen in niedrigem Ansehen, obwohl auch sie von Nutzen waren. Aber ohne Kampferfahrung war man kein echter Fey.

Ihrem Großvater hatten Jahre, selbst Jahrzehnte ohne Kriege vorgeschwebt. Die Fey würden ihre Identität verlieren und ebenso verweichlicht und feige werden wie die Nye. Ihr Vater hatte recht – das durfte niemals geschehen.

Als Jewel am Bug ankam, war ihr Vater von einigen seiner Adjutanten umgeben. Der Regen fiel immer noch gleichmäßig, im Halbdunkel erkannte sie nur einige Gesichter: Oswel, der Befehlshaber der Infanterie, stand ohne Kopfbedeckung an der Reling. Seine schmalen Gesichtszüge hatten sich zu einer Grimasse verzogen. Caseo, Anführer der Hüter des Zaubers, sprach gerade. Die Kapuze seiner Kutte war herabgezogen, und er hatte die Hände zum Himmel erhoben. Ihr Vater wandte ihr den Rücken zu, und schüttelte bedächtig den Kopf hin und her, während er zuhörte.

Jewel setzte auf den nassen Planken vorsichtig einen Fuß vor den anderen und näherte sich langsam der Gruppe. Sie trat unauffällig neben ihren Vater und legte einen Arm um ihn. Eigentlich hatte sie bei diesen hochrangigen Zusammenkünften nichts zu suchen; sie war nur eine einfache Soldatin, eine Angehörige der Infanterie, deren Mitglieder über keinerlei Magie verfügten und häufig vorgeschickt wurden, um Angst und Schrecken zu verbreiten. Aber da sie die Enkelin des Schwarzen Königs war, wagte es niemand, sie wegzuschicken.

Der Wollumhang ihres Vaters war zwar trocken, aber die Haare klebten klatschnaß an seinen Wangen. Während dieser Reise war Jewel mit ihm zu gleicher Größe aufgeschossen und konnte ihm jetzt gerade ins Gesicht sehen. Seine Lippen waren aufgesprungen, die Nasenspitze vor Kälte rot angelaufen. Nur seine Augen blickten unverändert schwarz und glänzend. Ihr mandelförmiger Schnitt paßte besser zu seinen falkenhaften Zügen als zu den etwas weicher geformten Gesichtern der anderen Fey. Für einen Fey war er von mittlerem Wuchs. Caseo war größer, aber dennoch schien ihr Vater alle zu überragen.

Zum Zeichen, daß er sie bemerkt hatte, legte er den Arm um ihre Taille.

Caseo runzelte bei Jewels Anblick die Stirn und blickte dann zu Rugar, als sollte er seine Tochter zum Gehen auffordern. Mit einer eindeutigen Geste zog Rugar Jewel noch dichter an sich. Auch wenn sich die Hüter für die wichtigsten Fey hielten, so waren sie doch auf die Visionäre angewiesen. Auch Hüter waren nur Untertanen der königlichen Familie.

Hanouk, der weibliche Wetterkobold, hatte jetzt das Wort ergriffen. »Wir können die Ereignisse nicht exakt vorausplanen, Rugar.« Ihr einziger Schutz vor dem Regen bestand in einem dünnen Hemdchen. Rippen und Schlüsselbeine traten unter der Haut hervor, Nacken und Gesicht waren so deutlich von den Elementen gezeichnet, daß sie viel älter aussah, als sie war. »Du mußt dich entscheiden: Entweder soll der Regen demnächst aufhören oder erst nach der Landung.«

Caseos Seufzer wurde fast vollständig vom prasselnden Regen übertönt. »Wir können das Schiff bei dieser schlechten Sicht kaum steuern. Unser Medium aus Nye hat entsetzliche Angst. Bevor wir ihn in Trance versetzten, hat er uns beschworen, daß er das Schiff ohne gute Karte nicht an den Wächtern vorbeisteuern kann.«

»Ich war bei seiner Befragung dabei. Dieser Mann ist sein ganzes Leben lang zur Blauen Insel gesegelt. Er muß den Weg kennen«, sagte Jewels Vater.

»Seine letzte Fahrt liegt über ein Jahr zurück ...«

»Außerdem ist er ein Nye. Vielleicht belügt er uns«, wandte Oswel ein.

»Nein.« Caseos Ton duldete keinen Widerspruch. »Er belügt uns nicht. Aber er kann nicht wissen, ob sich die Strömung verändert hat oder ob zwischen den Felsen Fallen aufgebaut worden sind, als Reaktion auf unsere Eroberung von Nye. Es gibt in der ganzen Welt keinen Hafen, der so gut gesichert ist wie dieser, Rugar. Eine falsche Bewegung des Steuers, und wir gehen unter.«

»Wir gehen nicht unter«, bellte ihr Vater. Sein Griff um Jewels Taille wurde fester. »Die Inselbewohner sind isoliert. Sie fühlen sich völlig sicher und denken, ihr Hafen sei ohne ihre kostbaren Karten uneinnehmbar. Abgesehen von einigen Gerüchten, die sie vielleicht bei irgendwelchen Handelsgeschäften mit den Nye gehört haben, wissen sie nichts von uns und unseren geheimen Kräften.«

»Ebensowenig wie wir von ihnen wissen«, sagte Oswel.

»Mit dem kleinen Unterschied, daß sie seit mindestens

zehn Generationen in Frieden leben.« Jewel hatte den Tonfall ihres Vaters angenommen. »Wir sind ein kriegerisches Volk. Statt so furchtsam von diesen Inselleuten zu reden, sollten wir uns besser mit der Vorbereitung unserer Siegesfeier beschäftigen.«

»Das Unbekannte ist immer gefährlicher als das Bekannte«, sagte Rugar eine Spur freundlicher. »Aber in einem Punkt stimme ich Jewel zu: Wir dürfen nicht angsterfüllt in die Schlacht ziehen.« Er wandte sich an Hanouk. »Wir gehen wie geplant im Schutz des Regens und der Dunkelheit an Land. Sobald die Schiffe dann im Schattenland sind, wird sich das Wetter aufklären.«

»Ich steuere nicht gerne ohne Sicht«, sagte Caseo. »Gestatte doch wenigstens den Seefahrern, daß sie wie üblich ihre Arbeit verrichten.«

Jewel fühlte, wie sich ihr Vater anspannte, obwohl die Bewegung äußerlich unsichtbar blieb. »Willst du mir damit sagen, daß ich die gesamte Flotte gefährde, wenn ich nicht an strategischen Punkten Seefahrer einsetze? Ist das deine Ansicht, Caseo?«

Caseo schob die Hände in die Taschen seines Umhangs. Wasser tropfte von seiner Nasenspitze. »Ich hatte angenommen, daß du dich auf den Nye und die Hüter verlassen willst, damit sie den Steuerleuten den Kurs angeben. Von Seefahrern hast du nichts gesagt.«

Jewel biß sich auf die Unterlippe, um eine Antwort zu unterdrücken. Sie hatte noch nie gehört, daß jemand die Entscheidungen ihres Vaters in Frage stellte, aber sie hatte auch noch nie zuvor an einem Einsatztreffen mit einem Hüter teilgenommen.

»Ich brauche eure Zustimmung für meine Pläne nicht«, erwiderte Jewels Vater. »Ich teile euch alles mit, was ihr wissen müßt.«

»Also wirst du Seefahrer einsetzen?«

»Wir haben während der ganzen Reise mit Seefahrern gearbeitet, Caseo. Seit Tausenden von Jahren profitieren wir von ihrem Wissen. Ich sehe keinen Grund, sie von ihren Plätzen abzuziehen.« Jewels Vater legte den Kopf in den Nacken. Die Regentropfen perlten über sein Gesicht und verliehen ihm einen verwegenen Ausdruck. »Sei versichert, Caseo, daß ich mich niemals ausschließlich auf die Hüter verlassen werde.«

»Ohne die Loyalität der Hüter bist du in diesem Feldzug verloren.«

»Willst du damit andeuten, daß die Hüter dem Schwarzen König abtrünnig werden?« fragte Jewels Vater.

»Der Schwarze König wollte diesen Feldzug nicht.«

»Der Schwarze König hat die Ausrüstung dieser Flotte besorgt.«

Hanouk ergriff Caseos Arm. »Es ist dumm, mit dem Sohn des Schwarzen Königs zu streiten, Caseo. Du arbeitest hier genauso wie wir anderen. Vertraue auf Rugar. Er hat recht. Die Inselbewohner haben keine Erfahrung mit Kriegen. Heute abend feiern wir in ihrem Palast ein Freudenfest.«

Caseo wandte den Blick nicht von Jewels Vater. »Dein Vater hat mich bei seinen vergangenen Feldzügen immer über alles auf dem laufenden gehalten.«

»Davon bin ich überzeugt«, erwiderte Rugar. »Aber auch jetzt weißt du alles, was du wissen mußt.«

Regen klatschte auf die Planken und das Wasser. Die Reling knarrte, und das Schiff ächzte, wenn es von einer Welle hochgehoben wurde. Geradeaus, direkt in Jewels Gesichtsfeld, schälte sich ein Felsen aus dem Dunst, dessen schemenhafter Umriß immer deutlicher wurde, bis er sich drohend, mit naß glänzender Oberfläche vor ihnen auftürmte.

»Ich hoffe, du hast die Mächte gebeten, uns eine Kreatur aus der Meerestiefe bereitzustellen«, sagte Caseo. »Solltest du das unterlassen haben, dann hängt es ganz allein von unserem Verstand ab, ob wir überleben oder sterben.«

»Von unserem Verstand und dem Gedächtnis eines Nye«, fügte Oswel leise hinzu.

»Dieser Nye kann uns nur ein einziges Mal helfen«, sagte Caseo. »Wir sind zu tief in ihn eingedrungen. Morgen früh wird er nur noch eine leere Hülle sein.«

Das Wasser rann Jewel hinter den Ohren hinab in den Kragen. Sie fröstelte. Ein plötzlicher Schwindel traf sie unerwartet. Der Himmel lichtete sich, und sie sah ein Gesicht, das sich über sie beugte. Gerade Augenbrauen, langes, blondes Haar, breite Gesichtszüge. *Orma lii* , sagte er und wiederholte wieder und wieder dieses andere Wort. Er nahm sie in die Arme. Sie lächelte ihn an. Sein sonderbares Aussehen war ihr vertraut.

Ihre Stirn brannte. »Alles in Ordnung?« fragte ihr Vater. Noch nie zuvor hatte sie so heftige Schmerzen verspürt. »Jewel?«

Eine Hand legte sich noch fester um ihre Taille. Die Dunkelheit war zurückgekehrt. Der schräg herabfallende Regen war kälter geworden. Ihr Vater preßte sie so eng an sich, daß sie wußte, sie wäre ohne seine Hilfe gestürzt. Die anderen starrten sie an.

»Jewel?« wiederholte ihr Vater besorgt. »Ist alles in Ordnung mit dir?«

Sie hatte eine zweite Vision gehabt. Oder noch einmal dieselbe. Aber sie hatte diesen letzten Kampf verdient. Sie wollte ihn unbedingt. Noch dieser eine Kampf, dann würde sie es ihrem Vater sagen. Dann würde sie an seiner Seite sitzen, als zweite Anwärterin auf den Schwarzen Thron.

»Ich bin froh, wenn dieser Regen endlich aufhört«, sagte sie.

Alle, auch ihr Vater, begannen zu lachen, aber Rugars Augen blieben ernst. Er wußte, daß etwas Besonderes mit ihr geschehen war. Er würde sie später danach fragen. Jewel hoffte inständig, daß er damit bis nach der Eroberung der Blauen Insel wartete.

Er wandte sich wieder den anderen zu. »Wenn der Regen aufhört«, sagte er, »dann wird die Blaue Insel begriffen haben, daß die Fey gelandet sind.«

6

Jeden Morgen stand der Rocaan noch vor Anbruch der Dämmerung auf, streifte sein verschossenes Danitergewand über und entzündete eine einzige Kerze. In dem schwachen, unruhig flackernden Licht sah sein unordentliches Gemach genauso ärmlich aus wie die Zelle, die er sich mit anderen, jungen Daniten vor fünf Jahrzehnten geteilt hatte, bevor er endgültig in den Orden aufgenommen wurde. Er lief barfuß, obwohl seine Gelenke schmerzhaft geschwollen waren. Schon lange baten ihn die Ältesten, deswegen einen Arzt aufzusuchen. Er ging über den dicken Läufer, und als er bei der steinernen Treppe angekommen war, ließen die Schmerzen in seinen Füßen langsam nach.

Heute war ihm das Aufstehen besonders schwergefallen. Immer noch schlug der Regen gegen die Mauern des Gebäudes. Seine Gelenke schmerzten heftig, und er brachte es nur fertig, sein Bett zu verlassen, weil er sich selbst zur Belohnung eine Extraportion Pastete in Aussicht stellte. Erst als er die Kerze angezündet hatte und die Treppe hinabstieg, erkannte er, daß Gebete allein nicht mehr ausreichten. Der Gedanke tat ihm weh. Es war etwas, worüber er mit dem Heiligsten reden mußte.

Als er die Tür öffnete, war der Gang hell erleuchtet. Die Flammen unter den Lampenschirmen brannten kräftig; jemand hatte die Dochte erneuert und Öl nachgefüllt. Je älter er wurde, desto zahlreicher wurden diese kleinen Annehmlichkeiten. Es war, als wollten die Ältesten ihn dadurch vor dem Altern bewahren.

Die Wand war aus großen Steinen gemauert, deren weiße Tünche wöchentlich erneuert wurde. Den roten Läufer hatten die Auds in den Sümpfen von Kenniland gewebt. Die Wolle war eigens aus Nye importiert worden und besonders dick, weich und luxuriös. Selbst die Lampen mit ihrem geschwungenen, goldenen Fuß und dem kostbaren Glas sahen elegant aus.

Der Rocaan eilte aus dem Kerzenlicht zu der betont schmucklosen Hintertreppe. Der Stein war von den vielen Füßen glattpoliert, die seit Hunderten von Jahren hier hinauf- und hinabgestiegen waren. Die eisige Kälte der Stufen hatte eine beruhigende Wirkung. Der Rocaan hielt sich mit der linken Hand fest, während er langsam die schmale Treppe hinabstieg, die Kerze mit der Hand ausgestreckt, um die Stufen besser zu erkennen.

Als er unten angelangt war, schmerzten seine Gelenke erneut vor Kälte, und sein Gesicht war vor Anstrengung gerötet. Nur hier fühlte er sich noch lebendig. Als tötete der Luxus gerade das ab, wonach seine Seele besonders verlangte. Er brauchte die Armut und Kargheit, um sich darauf zu besinnen, was wahrer Glaube bedeutete.

Die Stufen führten zu einem schmalen Gang, der einen Teil der ursprünglichen Kirche bildete. Diese palastartige Kirche, seit langem schon als Tabernakel bekannt, war anfangs nicht mehr gewesen als die kleine Hütte eines Heiligen mit einem Weihrauchgefäß, einem Altar und einem Kissen, auf dem sich die vorbeiziehenden Gläubigen bei ihrem Zwiegespräch mit Gott niederknien konnten. An diesem einfachen Raum hatte sich nichts geändert, nur vor dreihundert Jahren hatte der Fünfunddreißigste Rocaan ein Fenster einbauen lassen, um sich von dort gegen Angreifer zur Wehr zu setzen, die ihn gewaltsam aus dem Tabernakel vertreiben wollten.

Der jetzige Rocaan hatte den Raum, der vorher über Generationen vergessen worden war, zu Beginn seiner Regentschaft entdeckt. Er ließ ihn öffnen und reinigen und stellte ihn wieder in seiner ursprünglichen Schmucklosigkeit her. Als er jetzt die massive hölzerne Tür öffnete, fand er dort sein Kissen, das Weihrauchgefäß und den kleinen handgeschnitzten Altar vor. Der Raum war mit Wandteppichen geschmückt, die die Ältesten in Auftrag gegeben hatten und auf denen das Leben des Roca abgebildet war. An einer Wand hing, die Klinge nach unten gerichtet, ein einfaches silbernes Schwert, zum Gedenken an den Tod des Roca und seine folgende Aufnahme in die Hand Gottes.

Der Raum war eiskalt und roch nach Schimmel und Meerwasser. Die Wandteppiche waren so naß, daß Wasser aus ihnen auf den Boden tropfte. Um das Betkissen des Rocaan hatte sich eine Pfütze gebildet, von der ein kleines Rinnsal bis zur Tür lief.

Der Rocaan seufzte. Er hatte diesen Raum herrichten lassen, um sich hier dem einfachen Glauben hinzugeben, den er als junger Danite empfunden hatte, aber solange der Regen nicht nachließ, würde er auch mit den Unbequemlichkeiten seiner jungen Jahre weiterleben müssen. Später, beim Frühstück, würde er die Ältesten bitten, neue Wandteppiche in Auftrag zu geben. Gewiß würde der Regen aufhören, sobald diese gewebt waren.

Er schritt über das schmale Rinnsal und steckte eine Kerze in den schmalen Kerzenständer. Dann biß er die Zähne zusammen und trat in die kleine Pfütze.

Das Wasser war noch viel kälter, als er erwartet hatte, und er unterdrückte einen Schrei, als der schmerzhafte Schock von den Füßen in die Beine schoß. Er mußte sein Gewand anheben, um den Saum vor der Nässe zu schützen. Er ging zum Fenster und schob den Gobelin beiseite. Er war so naß, daß er dreimal so schwer wog wie sonst. Modergeruch schlug ihm aus dem Gewebe entgegen.

Der Regen fiel schräg gegen die Mauer und peitschte dem Rocaan direkt ins Gesicht. Es war so dunkel, daß er nicht einmal den Fluß unterhalb des Tabernakels erkennen konnte. Falls es so etwas wie eine Morgendämmerung gab, wurde sie durch die unnatürlich dichten Wolken völlig verdeckt. Gestern hatte er in den alten Aufzeichnungen nach Berichten über einen vergleichbaren Sommer gesucht, aber niemals, in keiner dieser über die Jahrhunderte hinweg verfaßten Dokumentationen, hatte es auf der Blauen Insel einen so endlosen, dunklen, winterartigen Regen gegeben.

Unter den Auds wurde geflüstert, dieser Regen sei die Strafe des Heiligsten für die Bestechlichkeit der Rocaanisten und Kirchenführer. Sollte dem Heiligsten etwas mißfallen, so wäre Er gewiß noch viel unzufriedener mit dem Vorgänger des jetzigen Rocaan gewesen, der, so glaubte jedenfalls der derzeitige Amtsinhaber, mehr an luxuriösen Gottesdiensten interessiert war als an dem Seelenheil der Menschen.

Die Traditionalisten waren der Ansicht, der Regen sei der Beginn des Jüngsten Tages, von nun an gleite die Welt unaufhaltsam immer tiefer in die Dunkelheit, bis der Heiligste in seiner unendlichen Güte und Barmherzigkeit alle Gläubigen zu sich rufe.

Gestern hatte der Rocaan alle Ältesten versammelt und sie nach ihrer Meinung befragt. Fedo, dessen Meinung auf seiner profunden Kenntnis der Geschriebenen und Ungeschriebenen Worte fußte, war der Ansicht, dieser Regen sei nur eine Plage, um die Standfestigkeit der Gläubigen zu prüfen. Porciluna leitete aus den Geschriebenen und Ungeschriebenen Worten ab, der Regen sei ein Wunder, das Gott schon vor langer Zeit versprochen habe. Matthias schließlich, gesegnet sei sein ketzerisches Herz, schlug ohne jegliche Gelehrsamkeit vor, der Regen sei vielleicht nichts weiter als Regen, wenn auch ungewöhnlich, unerfreulich und ärgerlich.

Insgeheim teilte der Rocaan Matthias' Meinung. Er verabscheute es, den Göttern Motive zu unterstellen, für die der gesunde Menschenverstand einfache, einleuchtende Ursachen finden konnte.

Wasser lief über sein Gesicht und hinterließ Flecken auf seinem Gewand. Er ließ den durchweichten Wandteppich wieder gegen das Fenster fallen. Seine Füße waren taub. Er schlurfte durch die Pfütze und blieb vor dem Altar stehen, um den Weihrauch anzubrennen. Dann kniete er erneut auf dem Kissen nieder und jammerte leise, als der nasse Stoff unter seinem Gewicht nachgab.

Er neigte den Kopf zur inneren Einkehr und ließ noch einmal die Ereignisse des gestrigen Tages an sich vorbeiziehen. Früher hatte auch er geglaubt, was allen Kindern beigebracht wurde: daß der Heiligste noch die leiseste Stimme hörte und sie mit der Geschwindigkeit des Windes in Gottes Ohr leitete. Je älter er wurde, desto schwerer fiel es ihm, bei diesem einfachen Glauben zu bleiben. Er hatte mit leiser und bescheidener, aber auch mit lauter, böser Stimme zum Heiligsten gesprochen, und keines seiner Gebete schien jemals erhört worden zu sein. Manchmal glaubte er, die Gottheiten säßen vor der Ewigen Flamme, der Roca von Gottes Hand umfaßt und der Heiligste an seinem Ohr, und machten sich über die Bitten der armen Menschen auf Erden lustig.

Für einen Rocaan war das nicht gerade der richtige Gedanke, um ihn auf den Flügeln des Heiligsten zum Himmel zu entsenden. Er beugte den Kopf und unternahm einen erneuten Versuch. All diese Ausschmückungen des frühen Glaubens konnten die langen Jahre der Enttäuschungen nicht wegwischen. Nicht einmal der würzig-süße Geruch des Weihrauchs weckte jene freudigen Gefühle in ihm, die er als junger Danite während des Predigens der Geschriebenen und Ungeschriebenen Worte entlang des Cardidas empfunden hatte.

Er wünschte, er könnte sich noch einmal mit der alten Frau unterhalten, die in seinem ersten Jahr als Prediger zu ihm gekommen war. Sie war nach dem Frühgottesdienst erschienen, mit altersweisem Gesicht und eingefallenem, zahnlosem Mund.

Du bittest uns, unser Leben dem Heiligsten zu weihen, sagte sie mit zitternder Stimme, *damit er uns dafür mit Frieden und Freude erfüllt. Seit ich ein kleines Mädchen war, habe ich mein Leben dem Heiligsten gewidmet, aber Frieden und Freude habe ich niemals kennengelernt. Ihr müßt mir helfen, Gläubiger Herr, sonst werde ich mich für immer vom Schwert abwenden.*

Die Antwort, die er ihr gegeben hatte, erschien ihm schon damals unzulänglich: *Du mußt nur glauben, Schwester, und Frieden und Freude werden auch zu dir kommen.*

Erst jetzt begriff er ihre Verzweiflung. Vielleicht spürte niemand zu Lebzeiten Frieden und Freude. Die meisten starben vorher, und diejenigen, die alt wurden, schienen vom Leben enttäuscht und zornig zu sein. Womöglich hatten die Auds und die Ältesten die Worte von Anfang an falsch verstanden, und Frieden und Freude stellten sich erst nach dem Tod ein. Aber tief in seiner Seele fürchtete der Rocaan, daß Frieden und Freude am Ende nur zu jenen kamen, die Gott zu sich aufnahm.

Und seit dem ersten Roca hatte er niemanden mehr aufgenommen.

Die Kälte war jetzt bis in seine Lenden gekrochen. Schauer überliefen ihn, aber er würde so lange bleiben, bis er das Gefühl hatte, den Heiligsten irgendwie berührt zu haben.

Sein Nacken war jetzt schon völlig verkrampft. Der Regen schlug gegen die Wandteppiche. Vielleicht hatte der Geistliche, der ihn als Daniten eingesegnet hatte, doch recht gehabt: *Wir müssen uns ganz dem Heiligsten hingeben, mit all unseren Verfehlungen. Der Heiligste trägt Freude und Sorgen an Gottes Ohr. Aber denke immer daran, die Sorge ist unsere eigene Last, und Gott hat niemals versprochen, die Schmerzen unseres Fleisches zu erleichtern.*

Der Weihrauch verbreitete dicken, beißenden Rauch. Der Rocaan hustete und wischte sich die Hände an seinem Gewand ab. Das Betkissen war so naß, daß es langsam jede Faser seiner eigenen Kleidung mit Feuchtigkeit durchtränkte.

Wann würde Gott das Leiden beenden und Barmherzigkeit walten lassen? Der Rocaan war ein alter Mann. Eines Tages würde sich die Kälte in seinem ganzen Körper ausbreiten, und er würde krank und gebrechlich sterben. Jeder starb irgendwann, daran konnten auch alle Bitten an den Heiligsten nichts ändern. Sogar der Roca war in gewissem Sinn gestorben, als Gott ihn vor Jahrhunderten zu sich gerufen hatte.

Plötzlich glaubte der Rocaan, Stimmen durch den Wind zu hören, dazu das Knarren und Ächzen großer Schiffe. Er seufzte. Der Tag brach zu schnell an. Noch hatte er keinen Frieden mit seinem Schöpfer geschlossen. Das Ächzen hörte nicht auf, immer noch schlugen Wellen klatschend gegen einen Schiffsbug. Gleich würde er hören, wie die Hafenarbeiter hitzig um den besten Platz stritten, um die Waren zu verladen, und seine Konzentration auf die leise, zarte Stimme in seinem Inneren würde endgültig dahin sein.

Hafenarbeiter. Der Rocaan dachte plötzlich nicht mehr an den Heiligsten. Er hatte mit den Ältesten bereits über die Probleme geredet, die sich für die Seefahrt ergaben. Seit der Handel mit Nye zum Stillstand gekommen war, war die Hälfte derjenigen Inselbewohner, die vom Meer lebten, arbeitslos geworden. Insbesondere die Hafenarbeiter waren davon betroffen.

Er erhob sich. Seine Beine zitterten unter der dünnen, feuchten Kleidung. Die Stimmen klangen gedämpft, es waren nicht die üblichen Schreie und Flüche, die seine Andacht sonst immer unterbrachen. Er hielt sich am Altar fest, um das Gleichgewicht nicht zu verlieren, watete dann zum Fenster und zog den Wandteppich beiseite.

Es regnete immer noch heftig. Innerhalb von Sekunden war sein Gesicht naß, und das Wasser tropfte in sein Gewand. Draußen war es sogar noch dunkler geworden. Er legte die Hände auf die nasse Fensterbank, lehnte sich hinaus und spähte nach oben, sah jedoch nichts als einzelne Tropfen, die von seiner Kerze angestrahlt wurden. Die Wolkendecke war dicht. Kein Lichtstrahl drang hindurch. Der Wind blies von Westen und gab allen Schiffen, die auf dem Cardidas nach Jahn fahren wollten, Rückenwind. Das Knarren des Holzes wurde noch lauter. Der Rocaan kniff die Augen zusammen, konnte aber weder Schiffe noch Laternen erkennen.

In seinen Händen breitete sich jetzt ebenfalls Taubheit aus. Seine Füße spürte er schon nicht mehr. Falls dort unten wirklich ein Schiff lag, konnte dessen Kapitän, sollte er zufällig aufblicken, den Rocaan wie einen gewöhnlichen Schuljungen aus dem Fenster spähen sehen. Dieser Gedanke beunruhigte ihn plötzlich.

Als er den Wandteppich wieder fallen ließ, hörte er ein Geräusch, das er nicht mehr vernommen hatte, seit er als Kind mit seinem Vater fischen gegangen war. Ein Mann imitierte den Schrei eines Tieres, um seine Kameraden wortlos zu warnen. Es war ein Tier, das der Rocaan nicht kannte. Ein vereinbartes Signal, dem verabredete Handlungen vorausgegangen sein mußten. Der Kapitän eines Frachtschiffes würde niemals einen solchen Schrei ausstoßen.

Der Rocaan ergriff die Kerze und stellte sie vor die Tür, vorsichtig darauf bedacht, dem schmalen Rinnsal auszuweichen, das inzwischen bis in den Gang vorgedrungen war. Dann ging er in den kleinen Andachtsraum zurück und schloß die Tür hinter sich. Er wartete einen Augenblick, bis sich die Augen an die Dunkelheit gewöhnt hatten, und trat dann ans Fenster zurück.

Diesmal band er den Teppich beiseite und starrte auf den

Fluß hinunter. Er vernahm Wassergeplätscher und leise Stimmen, aber sosehr er sich auch konzentrierte, gelang es ihm nicht, die Worte zu verstehen. Er kniff die Augen zusammen, bis er die Umrisse der Schiffsmaste erkennen konnte. Es waren Dutzende, die nun langsam wieder wie eine geisterhafte Invasion in der Dunkelheit verschwanden.

Würde eine Flotte auf der Blauen Insel erwartet, hätte er davon gewußt. Er hätte die Auds angewiesen, sich um das leibliche Wohl der Ankommenden zu kümmern, die Daniten als Seelsorger zu den Gästen geschickt, dazu Geistliche, um den Kontakt zur organisierten Kirche in die Wege zu leiten, ja, vielleicht sogar einen oder zwei der Ältesten, wenn der Besuch bedeutend genug für politische Beziehungen war. Aber das hier war etwas anderes. Er wußte noch nicht, weshalb. Er mußte sich mit jemandem beraten. Mit einem vertrauenswürdigen Menschen, der diese Dinge durchschaute.

Ohne den Wandteppich wieder zu schließen, verließ er das Zimmer. Ein komisches Gefühl, auf tauben Füßen zu laufen. Als er sich zu seiner Kerze hinunterbeugte, bemerkte er, daß seine Füße blau angelaufen waren. Heute durfte er sich nicht mehr in diesem Raum aufhalten. Es war gewiß nicht des Höchsten Wille, daß ein Mann seine Füße verlor, um Gottes Segen zu erringen. Während er die Stufen erklomm, hielt er sich Halt suchend an der Wand fest, denn er hatte Mühe, mit seinen tauben Füßen die Höhe der Stufen einzuschätzen. Als er im Korridor ankam, übergab er seine Kerze einem Wachposten.

»Hol mir schnell den Ältesten Matthias«, sagte er. Dann ging er in seine Gemächer zurück.

Wie immer hatte in der Zwischenzeit jemand das Feuer angefacht und eine Schüssel daneben gestellt. Er warf einen Blick auf die warme, frisch gemolkene Ziegenmilch und biß dann in eines der Brötchen, die die Diener jeden Morgen frisch buken. Das Brot war noch heiß und teigig in der Mitte, genau so, wie er es gerne mochte. Dann zog er sein Gewand aus und ließ es achtlos auf dem Boden liegen, warf sich statt dessen seine Amtstracht über, die weiche rote Samtrobe, deren dicker Stoff ihn sofort wohlig wärmte. Er setzte sich auf die Fliesen und streckte die Füße in Richtung Feuer. Die nachlassende Betäubung rief zuerst das Gefühl von tausend Nadelstichen hervor, das jedoch nur zu bald in marternde Schmerzen überging, als sich seine Füße zusehends erwärmten. Er umfaßte sie und stellte überrascht fest, daß nur die Sohle warm war, nicht der Spann. Er preßte sie zusammen, als minderte der Druck den Schmerz.

Da klopfte es an der Tür.

Er seufzte und rutschte vom Feuer weg. Langsam und vorsichtig setzte er sich in seinen Sessel und stellte die Füße auf den Boden. Er wischte sich die Augen, schluckte und rief, ohne weiter auf seine Schmerzen zu achten: »Seid willkommen.«

Die Tür öffnete sich, und Matthias trat ein, bereits zu dieser frühen Stunde untadelig in seinen gebügelten, schwarzen Talar gekleidet, der bei jeder seiner Bewegungen leise rauschte. Sein einziges Zugeständnis an die ungewöhnliche Uhrzeit war die Tatsache, daß er kein Barett trug. Sein Haar war jedoch gekämmt, und er hatte sich frisch rasiert.

»Ich hoffe, Heiliger Herr, daß sich nichts Unschönes zugetragen hat«, eröffnete Matthias die Unterhaltung in beiläufigem Tonfall.

»Das hoffe ich ebenfalls«, sagte der Rocaan und biß die Zähne zusammen. Der Schmerz kam jetzt gleichmäßig, ab und zu von scharfen Stichen unterbrochen. »Ich möchte, daß Ihr in meinen Andachtsraum hinuntergeht, aus dem Fenster blickt und mir dann mitteilt, was Ihr gesehen habt.«

Etwas überrascht neigte Matthias leicht den Kopf. Er war

jung, der jüngste unter den Ältesten, sein Gesicht noch faltenlos und straff. »Und wonach soll ich Ausschau halten?«

»Das werde ich Euch erst sagen, wenn Ihr zurückgekehrt seid, um Euch nicht zu beeinflussen. Vielleicht wird das, was Ihr sehen sollt, schon verschwunden sein, also macht Euch keine Sorgen, wenn Euch gar nichts auffällt.«

Matthias runzelte die Stirn und faltete die Hände vor der Brust. Der schwarze Talar eines Ältesten war ebenfalls aus Samt gefertigt. Die Autoritäten der Kirche schienen der Ansicht zu sein, daß ihre hochrangigen Würdenträger so bequem wie möglich leben sollten. Immer wenn der Rocaan versucht war, etwas an diesem Umstand zu ändern, mußte er sich eingestehen, daß auch er dann sein weiches Bett, sein morgendliches Feuer und seine Süßigkeiten aufgeben müßte.

Matthias machte nicht den Eindruck, als wollte er der Aufforderung des Rocaan folgen.

»Noch etwas«, fügte der Rocaan hinzu, hauptsächlich, um Matthias etwas auf Trab zu bringen. »Macht kein Licht in diesem Raum. Ich fürchte, Ihr werdet im Dunkeln herumstolpern müssen.«

»Wie Ihr wollt.« Matthias beugte den Kopf und verließ den Raum langsam und rückwärts gewandt.

Erst als die Tür sich hinter ihm geschlossen hatte, gestattete sich der Rocaan ein leises Stöhnen. Der Schmerz ließ langsam nach, war aber während seiner Unterhaltung mit Matthias beinahe unerträglich gewesen. Nur noch die Zehen schmerzten. Er hob einen Fuß und massierte ihn. Zufrieden stellte er fest, daß die Haut nicht mehr blau gefärbt war, sondern ein gesundes Rot angenommen hatte. Keiner der Zehen sah unnatürlich weiß aus, wie er befürchtet hatte. Er hatte schon zu viele Daniten gesehen, die ihre Gliedmaßen durch diese winterliche Farbe verloren hatten.

Er biß erneut in sein Brötchen und trank etwas von der

Milch. Obwohl er jetzt keine Schmerzen mehr hatte, fühlte er sich unwohl. Er hatte sein Morgenritual noch nicht abgeschlossen. Aber um die Wahrheit zu sagen, spürte er schon seit langer Zeit keinen inneren Frieden mehr. Diese Unterbrechung hatte ihn lediglich ein wenig mehr beunruhigt.

Er legte den Kopf in den Nacken und vernahm nach einer Weile Schritte auf dem Korridor. Sie klangen jetzt dringlicher als vorher. Obwohl er mit dem Klopfen an der Tür gerechnet hatte, schreckte er doch auf. Also war es keine Täuschung. Er hatte Schiffe gesehen.

»Kommt herein«, rief er.

Matthias stand schon halb im Raum. Er schloß die Tür fest hinter sich und eilte dann die wenigen Treppenstufen herunter. »Schiffe«, sagte er. »Ich habe Schiffe gesehen. Dutzende. Soll ich den Obersten Hafenwächter holen lassen?«

Der Rocaan rieb sich über den Nasenrücken. Der Schmerz in den Füßen war vergangen, dafür hatten jetzt Kopfschmerzen über den Augen eingesetzt. »Sagt mir erst, was Ihr gesehen habt.«

»In der Dunkelheit dauerte es einen Moment«, erwiderte Matthias. »Und der Boden da drin ist verdammt naß.«

»Das kommt vom Regen«, sagte der Rocaan müde.

»Dann sah ich Masten, und als ich genauer hinblickte, erkannte ich Schiffe. Keine Schiffe aus Nye. Schiffe wie diese habe ich noch nie gesehen. Alles war ruhig, aber ich hörte Stimmengemurmel.«

»Was haben sie gesagt?«

»Ich konnte es nicht verstehen.«

»Ich ebensowenig.« Der Rocaan ließ die Hand sinken. Matthias' Gesicht war gerötet, seine Augen funkelten vor Aufregung. Der Rocaan seufzte. »Ich glaube, Ihr solltet zum König gehen.«

»Heiliger Herr?«

Der Rocaan spürte, wie ihn eine leichte Gereiztheit überkam. Mußte er denn alles erklären? Matthias war intelligent. Er hätte das Problem längst erkennen müssen. »Es sind unbekannte Schiffe, Matthias«, sagte der Rocaan. »Nicht angekündigt. Ich glaube, wir haben ungeladene Gäste.«

Matthias schüttelte den Kopf. »Aber das ist unmöglich. Ohne unsere Unterstützung kann niemand die Blaue Insel anlaufen.«

»Irgend jemand muß es früher schon einmal getan haben«, sagte der Rocaan. »Sonst wären wir nicht hier.«

Matthias trat einen Schritt zurück und sank dann in den Lehnstuhl neben dem Bett, als müßte er sich abstützen. »Warum sollte sich jemand ausgerechnet für die Blaue Insel interessieren?«

Er hatte die Frage leise gestellt, fast rhetorisch, trotzdem entschloß sich der Rocaan zu einer Antwort. »Wir sind eines der reichsten Länder der Welt. Es wäre Dummheit, uns einfach zu übersehen.«

Matthias sah den Rocaan mit einem durchdringenden Blick an. »Ihr wißt, um wen es sich handelt.«

»Ich habe einen Verdacht«, erwiderte der Rocaan. »Seit Jahrhunderten teilen wir unsere Gewässer mit Nye, ohne daß deren Seeleute bis jetzt in der Lage waren, allein den Weg zu uns zu finden. Hin und wieder haben auch andere Seeleute versucht, die Blaue Insel zu erreichen, doch alle zerschellten sie an den Felsenwächtern oder kamen in der Strömung um. Aber es gibt ein Volk, das uns noch niemals angegriffen hat, ein Volk, das seit geraumer Zeit Nye besetzt hält.«

»Die Fey«, hauchte Matthias.

»Genau«, sagte der Rocaan. Er hörte sich gelassener an, als er sich fühlte. »Wenn die Geschichten über sie der Wahrheit entsprechen, sind sie äußerst bösartig. Ihr müßt auf dem schnellsten Weg zum König.«

Matthias nickte und stand auf. Kurz vor der Treppe drehte

er sich noch einmal um. »Aber selbst wenn es die Fey sind … Wir können sie doch schlagen, nicht wahr?«

»Mit Gottes Hilfe«, erwiderte der Rocaan. Er faltete die Hände vor seinem gewölbten Bauch. Matthias verließ eilig den Raum. Die Antwort des Rocaan hatte ihn offenbar befriedigt.

Nicht jedoch den Rocaan selbst. Er blickte auf die geschlossene Tür. »Nein, Matthias«, murmelte er leise, als habe er die Frage noch nicht beantwortet. »Sie sind Soldaten, und wir sind Bauern. Sie werden uns abschlachten, bevor wir auch nur den Versuch unternehmen können, uns zu verteidigen.«

7

Das natürliche Hafenbecken des Cardidas auf der Höhe von Jahn, der Hauptstadt der Blauen Insel, war über eine Meile breit. Obwohl Rugar es schon vor seiner Ankunft gewußt hatte, war er nicht auf die gewaltigen Ausmaße des Stroms vorbereitet. Der Cardidas hatte starke Strömungen, und sein dunkles, bräunliches Wasser ließ auf Kupferanteile im Flußschlamm schließen. Die Brücke, die sich über den Hafen spannte, war ein Meisterwerk der Ingenieurskunst. Ihre Türme standen in Abständen von nur wenigen Metern, und die steinernen Bögen waren so weit gespannt, daß die Schiffe mühelos passieren konnten. Auch jetzt, bei Dunkelheit und Regen, war die Brücke ein beeindruckendes Wahrzeichen.

Aber Rugar brauchte diesen Anhaltspunkt nicht. Die Stadt Jahn, die rings um ihn aus der Dunkelheit aufstieg, war mit einprägsamen Wahrzeichen dicht bestückt. Hätte er auf der Karte nicht gesehen, daß der Palast an der nördlichen Seite des Flusses lag und die Sakralbauten an der südlichen, hätte er zweifellos angenommen, Jahn verfüge über zwei Paläste. Der Tabernakel mit seinen fünf Türmen war der imposantere Bau, dessen weiße Wände wie Flammen durch die Dunkelheit blitzten. Er lag auch näher am Wasser. Die Türme des Königspalastes hingegen konnte er durch den dichten Regenvorhang kaum erkennen.

Die Luft hier auf der Blauen Insel war nicht so salzig wie die Luft auf hoher See, an die Rugar gewöhnt war. Die Frische drang wohltuend und kräftigend in seine Lungen. Er war bereit, seinen Platz einzunehmen. Seine Truppen hatten sich bereits über die Stadt verteilt. Er hatte gesehen, wie Jewels Einheit das Schiff verließ; die eigene Tochter, die mehr als alle anderen einem Soldaten glich, hochgewachsen und stolz war sie inmitten der Truppe marschiert.

Dies würde ihr letzter Kampf sein. Sie wußten es beide. Obwohl sie noch nicht zugegeben hatte, was bei den Felsenwächtern geschehen war, wußte Rugar über alles Bescheid. Es war der Anfang einer Vision gewesen. Sie begann jetzt zu Sehen.

Rugar blieb am Bug stehen, wo er bereits seit der Landung der Schiffe stand. Von hier aus hatte er den Abmarsch seiner Truppen beobachtet, hatte gesehen, wie die Leute langsam im Schutz der Dunkelheit ihre strategischen Positionen bezogen, die bei Sonnenaufgang eine schnelle Eroberung der Stadt ermöglichen würden. Es konnte nicht mehr lange dauern.

Neben ihm hatten die Steuerleute die Seefahrer abgelöst, die sie alle sicher durch die Felsenwächter gesteuert hatten. Die Felsen waren gewaltig, dreimal so hoch wie die Schiffe. Rugar hatte das Gefühl gehabt, nicht mehr auf dem Meer zu schaukeln, sondern auf einer Wolke um einen Berggipfel zu schweben. Manchmal waren die Felswände zum Greifen nah gewesen. Er hatte all seine Kraft konzentriert, damit alles reibungslos verlief; nicht seine magischen Kräfte, denn diese verhalfen ihm nicht dazu, als Seefahrer zu arbeiten, sondern seine geistige Kraft, indem er aufmerksam jede Bewegung, jede plötzliche Kursabweichung registrierte, die das Schiff in Gefahr bringen konnte.

Das Gehirn des Nye war der Anstrengung schließlich nicht mehr gewachsen gewesen und hatte den Dienst versagt. Die Hüter waren gezwungen, sich auf die alten Karten zu verlassen. Doch dann hatte einer der Seefahrer einige zwar verängstigte, aber gesellige Meereswesen ausfindig gemacht, die sich selbst als Ze bezeichneten, und diese Wesen schienen mit den hiesigen Strömungen vertraut zu sein. Die Navigatoren hatten die Worte der Ze an die anderen Matrosen weitergegeben, und so hatte die Flotte mit Hilfe der Ze, der Seefahrer und der alten Karten die Felsenwächter ohne eine einzige Schramme überwunden.

Auch jetzt noch lagen die Seefahrer über die Reling gebeugt, körperlich anwesend, aber geistig immer noch in den Ze gefangen. Die Steuermänner standen neben ihnen und versuchten, sie wieder in die Gegenwart zurückzuholen. Rugar rieb sich die roten, aufgesprungenen Hände. Er benötigte dringend weitere Informationen.

Er ging zu dem Steuermann Kapad hinüber, der ihm am nächsten stand. Kapad war schon zur See gefahren, als Rugar noch bei der Infanterie diente. Kapads Augen waren eingefallen, seine Haut war ledrig, und er war geistig immer noch mit zwei Seefahrern verbunden. Er hatte silbrig ergraute Brauen, aber sein Schopf war tiefschwarz. In seiner vernarbten rechten Hand hielt er den Ärmel eines Seefahrers fest.

»Weck ihn noch nicht«, sagte Rugar. »Ich habe eine Frage.«

Kapad blinzelte erst, nickte dann aber. Obwohl er wußte, daß ein Steuermann die Information erst an den Seefahrer weitergab, mit dem er zusammenarbeitete, zerrte die Langsamkeit seiner Reaktion an Rugars Nerven.

»Ich muß wissen, durch welchen Zauber der Hafen beschützt wird.« Rugar wischte sich mit dem Handrücken das Regenwasser vom Gesicht. »Um genau zu sein, wüßte ich gerne über alle Zaubereien Bescheid, die die Fische beobachtet haben.«

Wieder blinzelte Kapad und nickte dann. Einen Moment lang stand er reglos, dann gab er bekannt: »Er fragt an.«

»Vielen Dank.« Rugar wartete, die Hände auf dem Rücken. Obwohl die Nye nichts von Zauberkräften der Inselbewohner berichtet hatten, lag dies vielleicht nur daran, daß sie nicht wußten, wo sie danach Ausschau halten sollten. Rugar wollte jegliche Überraschung vermeiden. Mit der Ausnahme der Fey war so gut wie kein der Magie kundiges Volk bekannt, auch die Fey selbst hatten bisher nur eine Handvoll Völker getroffen, deren Zauberkräfte jedoch recht unbedeutend gewesen waren. Trotzdem hielt Rugar es für sicherer, alles zu überprüfen.

Der Seefahrer neben Kapad rührte sich nicht. Auf der anderen Seite des Decks war ein anderer Seefahrer aufgestanden und taumelte jetzt mit vor das Gesicht geschlagener Hand rückwärts. Schließlich brach er auf dem mit kleinen Pfützen übersäten Deck zusammen. Wasser spritzte auf. Seine dunkle Haut war unnatürlich bleich, die Gesichtszüge völlig eingesunken. Der Steuermann, der ihn aufgeweckt hatte, nahm seine Hände und redete mit leiser Stimme auf ihn ein. Es kam nur selten vor, daß Seefahrer so lange im Einsatz waren. Seit Mitternacht hatten sie über der Reling gelehnt. Normalerweise arbeiteten sie im Zweierteam, verließen während der Reise ein Wesen und begaben sich in ein anderes.

Aber die Steuerleute waren noch niemals zuvor einem Ze begegnet und hatten die Seefahrer darum gebeten, so lange bei den Wesen zu bleiben, bis die Flotte in Jahn eingelaufen war.

Der Steuermann runzelte die Stirn und lehnte sich an die Reling. »Herr?« sagte er langsam und sprach dann jedes Wort so langsam aus, als lausche er beim Sprechen jemand anderem. »Die Ze sagen, sie wüßten nichts von Zauberkünsten.«

Diese Antwort hatte Rugar erhofft, aber er wollte ganz sichergehen. »Überhaupt keine?«

»Sie konnten die Bilder, die wir ihnen sandten, nicht verstehen. Sie haben die anderen gefragt, eine Seelöwin und ihren Sohn, einige Seeotter, vorbeiziehende Fische, aber keiner hat jemals so etwas wie Magie erlebt. Hätte ich es ihnen nicht erklärt, wäre ihnen die ganze Sache sowieso unmöglich vorgekommen.«

Rugar lächelte. Also hatten ihn die Nye nicht belogen. Er blickte zum Palast hinüber, der aus dieser Entfernung blaß und unwirklich aussah. Heute abend würde er im höchsten Turm speisen, mit herrlichem Blick über das Meer. »Danke«, sagte er. Er mußte noch viel erledigen, bevor er sich zu dieser Mahlzeit niedersetzen konnte.

Er lehnte sich über die Reling und betrachtete die nördliche Seite des Hafens. Die Docks, an denen alle Schiffstypen vom kleinen Fischkutter bis zum behäbigen Frachtkahn lagen, säumten in langen, regelmäßigen Reihen den Rand des Hafenbeckens. Die Fischzuchten, Lagerhallen und Getreidesilos zeichneten sich grau vor den Umrissen der Stadt ab, in deren Straßen sich seine Leute soeben verteilten. Seine Streitmacht entsprach etwa einem Drittel der Bevölkerung von Jahn.

Rugar ergriff die Strickleiter und kletterte langsam hinab. Dort unten wirkte die Nässe viel natürlicher, das dumpfe Geräusch, das entstand, als seine Stiefel an dem glatten, hölzernen Schiffsrumpf abrutschten, klang normal. Er sprang vom Ende der Leiter auf den Pier und zuckte zusammen, als das Geräusch den Regen übertönte.

Dann drehte er sich um und nahm die grauen Gebäude in Augenschein. Nirgendwo war eine Bewegung auszumachen. Nichts war zu sehen, nichts war zu hören, nur das Geplätscher des Regens auf dem Wasser. Er schob die Hände unter seinen Wollumhang und gestattete sich ein Frösteln.

Die einzigen Fey in seinem Blickfeld waren zwei Rotkappen, die sich vor einer der Lagerhallen unterhielten. Rugar vermutete, daß es die Halle war, in der die Hüter gerade ihr Quartier aufschlugen. Vor Beginn einer Schlacht hatten die Rotkappen nicht viel zu tun, aber dann waren sie von unschätzbarem Wert. Er war froh, daß er niemals hatte mit ihnen zusammenarbeiten müssen. Sie machten ihn unruhig. Kleinwüchsig und nicht in der Zauberkunst bewandert, wirkten sie wie zu breit geratene, verwachsene Fey. Sie hatten die gleichen geschwungenen Gesichtszüge, entbehrten aber jeglicher Anmut. Die meisten Rotkappen nahmen es mit der Reinlichkeit nicht eben genau. Ihre Häßlichkeit hielt die anderen Fey von ihnen fern, und ihr Mangel an Zauberkräften verhinderte, daß sie jemals die Macht an sich reißen würden.

Unter Rugars Füßen schwankte der Boden. Rugar haßte diese ersten Augenblicke an Land, wenn das Meer noch die Kontrolle über seine Bewegungen ausübte. Er wünschte sich, er verfügte über die Fähigkeit der Gestaltwandler, sich einer neuen Umgebung sofort anzupassen.

Vorsichtig ging Rugar über den Pier zum Ufer. Der Regen schien etwas nachzulassen. Die Wetterkobolde hatten ihn bereits vorgewarnt, daß sie die Regenfälle zeitlich nicht perfekt abstimmen konnten. Mit dem trockenen Ärmel wischte er sich das Wasser vom Gesicht. Es war höchste Zeit.

Er mußte die Schiffe verstecken, noch bevor die Inselbewohner erwachten.

Rugar trat vom Pier ans Ufer, und seine Stiefel versanken im zähen Schlamm. Er hob die Arme, schloß die Augen, malte sich alles genauso aus, wie es ihm die Generäle vor langer Zeit beigebracht hatten. Ein Land aus Nebel gebildet. Um dieses Land baute er einen so großen Behälter, daß nicht einmal hundert Riesen ihn zu halten vermocht hätten, und stülpte ihn vorsichtig über die Schiffe. An der östlichen Seite ließ er einen kleinen, runden, etwa faustgroßen Durchgang entstehen, den er mit Fey-Lichtern markierte. Dann schob er das ganze Gebilde in Richtung offenes Meer davon.

Der Klang des Regens hatte sich verändert. Das hohle Geräusch von Wasser, das auf Holz trommelt, war verschwunden und vom Klatschen der Regentropfen auf dem Wasser abgelöst worden. Rugar öffnete die Augen.

Die Schiffe waren verschwunden.

Sicher im Schattenland verborgen.

Wieder einmal hatte er die Tür geöffnet.

Rugar ließ die Arme sinken und fiel dann im Schlamm auf die Knie. Die Anstrengung, diese Schattenlande aufzubauen, hatte die letzte Kraft gekostet. Aber er konnte jetzt nicht aufhören. Die Kälte an seinen Beinen würde ihn am Einschlafen hindern. Und hatte die Schlacht einmal begonnen, würde ihn neue Energie beleben.

Die Schiffe waren verschwunden, die Truppen über die Stadt verstreut. Bald würde der Regen aufhören und die Sonne zum ersten Mal seit Tagen aufgehen. Die Leute würden erwachen und einen leeren Hafen und eine Stadt voller Fremder vorfinden.

Rugars Erschöpfung wurde von der Erregung wie weggeblasen. Die Fey würden schnell und mühelos zuschlagen.

Bis zum Abendessen würde die Stadt in ihren Händen sein, bei Anbruch der Dunkelheit gehörte die Insel ihnen. Sobald die Insel unterworfen war, würde Rugar zu seinem Vater segeln und ihm die gute Nachricht überbringen – und um die Entschuldigung des Schwarzen Königs höchstpersönlich entgegenzunehmen.

8

Nicholas fuhr aus dem Schlaf hoch. Irgend etwas war anders als sonst. Mißtrauisch lauschend setzte er sich in seinem Federbett auf, die klammen Decken noch am nackten Körper festgeklebt.

Es regnete nicht mehr.

Lächelnd schob er die Bettdecken zur Seite und stieg aus seinem hochbeinigen Schlaflager. Auch der Läufer, den seine Mutter von Hand gewebt hatte, fühlte sich feucht an. Dieser Regen schien alles aufgeweicht zu haben. Nicholas zog den dicken Vorhang vom Fenster und schaute neugierig hinaus.

Rot und feurig ging die Sonne im Osten auf. Überall spiegelten sich glitzernd und funkelnd ihre Strahlen in Pfützen und Tropfen. Die ungewohnte Helligkeit zwang ihn dazu, die Augen so lange abzuschirmen, bis sie sich an das Licht gewöhnt hatten. Er hatte vergessen, wie sehr er die Sonne liebte.

Bis auf die laut zwitschernden Vögel im Braunen Garten lag der Innenhof des Palastes verlassen da. Auch der Gärtner würde froh sein, daß es nicht mehr regnete. Vielleicht gelang es ihm sogar, das Gemüse zu retten. Er hatte sich schon Sorgen gemacht, daß man am Hofe den ganzen langen Winter hindurch nichts anderes als Äpfel würde essen müssen.

Noch kein Frühstück, und das Feuer im Kamin war erloschen. Nicholas war noch vor den Dienern erwacht. Er grinste. Dann stieß er einen lauten Freudenschrei aus, der wahrscheinlich den ganzen Palast auf Trab brachte. Es war schon eine Weile her, seit er sich zum letzten Mal in die Küche geschlichen hatte, um sich sein eigenes Frühstück zu holen. Er streifte ein abgerissenes Paar Hosen über, ein dickes Hemd und Stiefel. Dann griff er nach seinem Schwert und befestigte es an der Taille. Einen so schönen Morgen durfte man nicht ungenutzt verstreichen lassen. Sobald er sein Frühstück beendet hatte, würde er in den Hof gehen, den Fechtmeister wecken und endlich wieder üben.

Nicholas kicherte leise und ließ die Finger durch sein langes blondes Haar gleiten, um die vielen Knoten darin zu lösen. Dann band er es mit einem Lederriemchen im Nacken zusammen und öffnete die Tür.

Auf dem Korridor war nur ein älterer Diener unterwegs, der Feuerholz in die Gemächer von Nicholas' Vater brachte. Nicholas nickte ihm zu und eilte zur Treppe, flog mit knallenden Absätzen die Steinstufen hinunter.

Auch andere Bedienstete gingen bereits ihren ersten Pflichten des Tages nach. Ein junger Bursche, der Feuerholz in die Gemächer des Prinzen bringen sollte, glotzte ihn überrascht an, als Nicholas an ihm vorübereilte. Die rundliche Hausdame, die für diesen Flügel des Palastes zuständig war, schickte gerade einen Pulk Mädchen zur Galerie im Erdgeschoß des Turms der königlichen Familie. Ein frischer Windstoß trug den Geruch feuchter Erde herein, und Nicholas hielt einen Moment an den Doppelfenstern inne, um den Sonnenschein in sich aufzunehmen.

Jetzt erblickte er auch unten im Hof Diener. Die Milchmänner kamen mit großen Eimern vom Melken zurück, Kinder spielten auf den Pflastersteinen, während ihre Mütter auf ein Schwätzchen stehengeblieben waren. Ein Mann scheuchte sie alle auseinander, doch niemand war wirklich ungehalten darüber, niemand ärgerte sich. Offenbar hatten alle Menschen ebenso gute Laune wie Nicholas.

Er atmete noch einmal tief ein und eilte dann die letzten zwölf Stufen hinab und kam wie zum Kampf bereit vor den großen Steinbögen an. Dann jagte er durch den Audienzraum und erschreckte die Mädchen, die dort das Mobiliar putzten und die eingelegten Steinornamente wienerten. Während ihrer kurzen Regentschaft hatte seine Stiefmutter angeordnet, daß der Palast stets besonders reinlich sein sollte, und diese Anordnung hatte ihren Tod überdauert.

Sobald Nicholas im Festsaal angekommen war, schlug er ein gemächlicheres Tempo ein. Es war einer seiner Lieblingsräume. Nicht nur, weil hier die großen Staatsbankette abgehalten wurden. Der Raum war besonders lang und breit und verfügte über eine gewölbte Decke, die zwei Türme miteinander verband. Darüber befand sich kein Stockwerk mehr. Die Bogenfenster paßten sich der Form der Decke an, und einige der Fenster waren sogar mit Scheiben versehen, was eine besondere Kostbarkeit darstellte. Sein Großvater hatte sie einsetzen lassen, um Besucher zu beeindrucken, obwohl die höchsten Besucher, die Nicholas als kleiner Junge je gesehen hatte, die Bürgermeister von Nye gewesen waren.

Er mochte die feierliche Stimmung, die der Raum ausstrahlte, aber noch besser gefiel ihm die Geschichte, die damit verbunden war. An den Innenwänden hingen unzählige Schwerter, manche so alt wie die Geschichte der Blauen Insel. Das waren keine Zierschwerter. Die meisten waren vom intensiven Gebrauch mit Kerben und Kratzern bedeckt. Einige waren so kurz wie der Dolch, den der Fechtmeister zuweilen trug, und Nicholas' Großvater hatte seinem Enkel einmal erklärt, daß mit diesen Schwertern vor hundert Jahren Duelle ausgetragen worden waren.

Das Lieblingsschwert von Nicholas war jenes, das sein Urgroßvater während des Bauernaufstandes getragen hatte. Die Schwertspitze war noch immer vom Blut schwarz gefärbt. Die Legende sagte, daß sein Großvater, bevor er auf dem Schlachtfeld das Bewußtsein verlor, mit diesem Schwert den

Mann durchbohrt hatte, der ihn zum Krüppel gemacht hatte. Manchmal hatte Nicholas das Gefühl, die Seele seines Urur-großvaters sei auf ihn übergegangen. Niemand in seiner Familie hatte soviel Spaß am Kämpfen wie er. Als sein Sohn den Schwertkampf erlernen wollte, hatte Nicholas' Vater zunächst widersprochen und erst eingelenkt, als er erkannt hatte, daß Nicholas, wenn er seinen Willen nicht bekam, auch nichts anderes lernen würde.

Die Sonne blinzelte gedämpft durch das fleckige Glas. Heute wirkte der Festsaal nicht so wie sonst auf Nicholas, denn draußen erwartete ihn ein wunderbarer Tag.

Nicholas hastete an der Speisekammer vorbei, hörte, wie die Männer beim Buttern fluchten und Diener im Anrichteraum scherzten. Er blieb vor der Küche stehen, und die Hitze, die aus den großen Kaminen und Herden strömte, trieb ihm sofort den Schweiß ins Gesicht. Kurz nach Nicholas' Geburt hatte sein Vater die Küche nach den Anweisungen des Küchenmeisters umgestaltet. Man hatte eine hohe Decke und Luftabzüge im Dach einbauen lassen, und trotzdem war die Hitze immer noch überwältigend.

Die Bäcker buken Brot in den Ziegelsteinöfen, es roch nach Rauch und Hefe. Der Küchenmeister schalt gerade einen Helfer wegen der mangelhaften Qualität der Eier, die er für das Frühstück des Königs ausgewählt hatte, während der Kellermeister die Milch inspizierte, die die Milchmänner gebracht hatten. Im Lärm der Flammen und der lautstarken Unterhaltungen bemerkte niemand den Prinzen.

Lächelnd blieb er stehen. Dieses tägliche Schauspiel hatte ihm gefehlt. Es gehörte zu den Aufgaben der Diener, dafür zu sorgen, daß nichts davon bis in die oberen Stockwerke des Palastes drang, aber das bedeutete auch, daß Nicholas' Leben zu ruhig verlief. Er war zu jung für so viel Ruhe, zu jung, um die Verse der Geschriebenen und Ungeschriebenen Worte zu rezitieren, mit denen ihn die beleibten Auds überhäuften, und zu jung, um sich hinzusetzen wie sein Vater und sich die Klagen anzuhören, die ein Landstrich nach dem anderen wegen der schlechten Ernte des letzten Jahres oder der Qualität der Wolle in diesem Jahr erhob.

Er schlich in die Küche, stahl sich am Käsemacher vorbei und blieb am Ofen stehen, um nach dem darauf liegenden dampfenden Brot zu greifen. Der Bäckermeister schlug so fest nach seiner Hand, daß Nicholas sie hastig wegzog.

»Möchtest wohl deine Finger loswerden, was, mein Junge?« herrschte ihn der Bäcker an, noch bevor er erkannte, wer vor ihm stand. Er trat zurück, biß sich auf die Unterlippe und verneigte sich. Schweiß tropfte von seiner Nase. »Bitte um Vergebung, Hoheit, hab' nicht gedacht, daß Ihr es seid.«

Nicholas lachte. »Heute morgen bin ich nur ein einfacher Landmann, der ein einfaches Frühstück haben will.«

»O nein«, erwiderte der Bäcker. »Wenn Ihr nur ein einfacher Landmann wärt, hätt' ich Euch auf der Stelle niedergeschlagen. Geht mit den anderen in die Anrichte, ich bring' Euch sofort Euer Frühstück.«

»Ist recht«, sagte Nicholas. Die Unterhaltungen waren verstummt. Der Küchenmeister hatte die Arme über der Brust verschränkt, als mißbillige auch er Nicholas' Anwesenheit. »Bitte nur eine Kleinigkeit. An einem Morgen wie diesem will ich nicht zuviel essen.«

Er eilte aus der Küche in die Anrichte. Hier roch es nach Brot, und es war viel kühler als in der Küche. Frischgebackene Brotlaibe zierten bereits die Bretter an den Wänden, und das Besteck des Königs hing in eigenen Haltern an der Wand. Etwa ein Dutzend Diener saßen rund um einen grob zusammengezimmerten, mit Krümeln übersäten Tisch. Alle hatten angeschlagene Tassen mit Wasser vor sich. Sie lachten vergnügt, hielten jedoch jäh inne, als Nicholas eintrat. Sein Kammerdiener saß ebenfalls am Tisch. Mit rotem Gesicht und Furcht in den Augen trat er auf Nicholas zu.

»Ich wußte nicht, daß Ihr schon auf seid, Mylord«, sagte er. »Sonst schlaft Ihr meist noch ein Stündchen länger.«

»Wie kann man schlafen, wenn die Sonne endlich wieder scheint?« erwiderte Nicholas. Er fuhr ausgelassen mit der Hand über den kurzen braunen Schopf des Dieners. »Ich dachte, du wärst draußen, um die ersten Sonnenstrahlen zu genießen, die wir seit Tagen sehen.«

Der Diener, offensichtlich erleichtert, daß ihm keine Strafe drohte, weil er nichts von den Wünschen seines Herrn gewußt hatte, zuckte die Achseln.

»Ich war mir sicher, daß ich Euch begleiten würde, sobald Ihr aufgestanden seid«, sagte er.

Nicholas lachte. Sein Diener kannte ihn gut. Eigentlich sollte er seinem Herrn nur in dessen Gemächern dienen, aber Nicholas hätte es sich nicht träumen lassen, jemanden an einem so schönen Tag ins Innere des Palastes zu verbannen.

»Wie auch immer«, sagte er, »macht mir ein wenig Platz.« Er schnappte sich einen Stuhl und schob ihn an den Tisch. »Tut einfach so, als wäre ich einer von euch. Ich frühstücke nur schnell was, den Rest des Tages will ich draußen im Sonnenschein verbringen. Und als wäre ich der König, werde ich anordnen, daß ihr es heute genauso haltet.«

Die Diener bedankten sich lautstark und hoben ihre Wasserbecher, um auf Nicholas zu trinken. Er wünschte sich, sie würden ihm einmal auf den Rücken klopfen, wie sie es untereinander taten, aber eine derart vertrauliche Geste war für die Diener so gut wie unvorstellbar. Er mußte mit dem zufrieden sein, was er hatte.

Jetzt tauchte der Bäcker hinter ihm auf und legte einige Scheiben frischgebackenes Brot vor ihn. Der Käsemacher stellte ein wenig von dem teuren Käse dazu, und der Küchenmeister hatte einige Äpfel vom letzten Jahr für ihn in mundgerechte Stücke geschnitten. Es war viel mehr, als Nicholas eigentlich wollte, aber er wartete, bis der Bäcker verschwunden war, bevor er die zusätzlichen Stücke herumreichte.

Dann aß er schnell. Das Brot war in der dampfenden Mitte noch heiß und weich. Der Käse war so gereift, daß er unter seinen Fingern zu kleinen Stücken zerkrümelte. Sein scharfer Geschmack kontrastierte herrlich mit den süßen Äpfeln, die trotz des Überwinterns im Keller hart und fest waren.

Die anderen verspeisten gierig ihre Portionen. Normalerweise bekamen sie kein frisches Brot, sondern nur das, was übriggeblieben war. Er fragte sich, wie es wohl sein mochte, wenn man sein Frühstück in dem Raum einnahm, wo das frisch gebackene Brot aufbewahrt wurde, ohne davon kosten zu dürfen. Er liebte die kleinen Annehmlichkeiten seines Lebens.

Während er aß, unterhielten sich die anderen. Meist handelte es sich um den üblichen Klatsch: welcher Bauernsohn welche Dorfschönheit hofiert und dergleichen. Nicholas hörte aufmerksam zu, obwohl er nicht einmal die Hälfte der Namen kannte, und fühlte sich ausgeschlossen von einer Gesellschaftsschicht, die er kaum verstand. Niemand sprach ihn direkt an, und wenn er eine Frage stellte, so dauerte das Schweigen einen Augenblick zu lange, als müßten sie erst entscheiden, wer die Frage beantworten sollte. Schließlich war es immer sein eigener Diener, wahrscheinlich deshalb, weil es zu seinen Aufgaben zählte, mit Nicholas zu reden. Nach einer Weile hörte Nicholas auf zu fragen.

Nachdem er sein Frühstück beendet hatte, erhob er sich und dankte allen für ihre Gastfreundschaft. Sie stimmten in sein Lachen ein und bedankten sich ihrerseits, daß er ihnen dabei Gesellschaft geleistet hatte, aber er konnte sehen, wie erleichtert sie waren, daß er sie wieder allein ließ. Für den Rest des Tages würde er das Gesprächsthema in den Räumen der

Dienstboten sein, treppauf, treppab würde man Mutmaßungen über den Zweck seines Besuchs und seinen Charakter anstellen.

Er ging durch die Küche hinaus und winkte im Vorbeigehen dem Küchenmeister und dem Käsemacher zu. Er wischte sich mit dem Handrücken den Schweiß von der Stirn und mußte über sich selbst schmunzeln. Dann trat er durch die geöffnete hintere Küchentür in den Hof und trat die Knochen beiseite, die der gutmütige Koch für die Hunde hingelegt hatte.

Die Luft draußen war immer noch kühl und ein wenig feucht. Es würde nicht mehr lange dauern, bis sich die morgendliche Hitze ausbreitete, und die Sonne fühlte sich bereits angenehm auf seinen nackten Armen an. Der sanfte Morgenwind trug ihm eigenartige Rufe und Schreie zu, die er vorher nicht gehört hatte. Aber er war auch noch nie so früh im Hof gewesen.

Vor den Stallungen saßen die Katzen und putzten sich nach ihrer morgendlichen Milchration. Einer der Stallburschen hatte das Bein einer Stute angehoben und untersuchte den Huf im hellen Sonnenlicht. Die Pflastersteine glänzten immer noch feucht, waren mit Schlamm und den Abdrücken vieler Schuhe bedeckt. Nicht unbedingt der beste Boden für eine Fechtstunde. Nicholas sehnte sich nach einer Herausforderung, die seine Fähigkeiten erweiterte.

Er kam zur Unterkunft des Fechtmeisters, am Rande des Dienstbotentrakts. Nicholas klopfte an die Tür. Der kurze Ton übertönte die frühmorgendliche Geschäftigkeit des Palastes. Die Tür ging auf, und ein verschlafener, älter als sonst aussehender Stephan stand vor ihm.

»Die Sonne ist aufgegangen«, sagte Nicholas. »Ich dachte, wir vergeuden am besten keine Zeit mehr.«

»Immer diese Hitzköpfe«, erwiderte Stephan. Er kratzte sein zerzaustes, ergrauendes Haar und strich sich dann über die silbrigen Stoppeln am Kinn. »Ich bin gleich draußen.«

Ohne Nicholas hereinzubitten, schloß er die Tür.

Nicholas schritt ungeduldig vor der Hütte auf und ab und starrte dabei in den Himmel, als fürchtete er, die Sonne könne im nächsten Augenblick wieder verschwinden. Aber der Himmel strahlte in ungetrübtem Blau, keine einzige Wolke war zu sehen. Wenn nicht die Pfützen, der Schlamm und die nassen Steine gewesen wären, hätte Nicholas selbst nicht geglaubt, daß die Blaue Insel mitten in der Trockenzeit beinahe vom Regen überflutet worden wäre.

Die Rufe draußen auf der Straße wurden immer lauter, und Nicholas glaubte, die Schmerzensschreie einer Frau zu hören. Er runzelte die Stirn und fixierte die hohe Steinmauer, als könnte er hindurchsehen. Manchmal waren die Geräusche zu laut, als wären die Bauern mühelos imstande, bis ins Innere des Palastes vorzudringen. Nicholas war mit den Geschichten vom Bauernaufstand aufgewachsen, Geschichten, die von jenem Tag erzählten, als die Bauern diese Mauer erstürmt hatten und nur die schnelle Reaktion seines Ururgroßvaters und das Ölfaß des Küchenmeisters den Palast vor der Eroberung bewahrt hatten. Als kleiner Junge hatte Nicholas diesen Kampf häufig allein nachgespielt und dabei vom flachen Küchendach aus Wasserbecher zur Straßenseite der Mauer hin ausgeleert. Ein Diener, der bemerkte, wie gefährlich nahe Nicholas der neu eingezogenen Decke gekommen war, hatte seinem Spiel schließlich ein Ende bereitet.

Jetzt hörte Nicholas das Stampfen von Pferdehufen und trat von Stephans Tür zurück, um einen freien Blick auf das hölzerne Nebentor zu bekommen. Die Wachen gaben vom Turm aus Zeichen, und die Männer unten schlossen sich zu Zweiertrupps zusammen. Sie machten sich daran, an den Seilen zu ziehen, um das Tor zu öffnen. Zwei Pferde, auf denen Daniten mit rot verzierten Gewändern saßen, die sie als Angehörige des Tabernakels auswiesen, ritten in den Hof. Die

Männer ließen das Tor so eilig hinter ihnen herab, als hätte sie der gehetzte Gesichtsausdruck der Daniten angesteckt.

»Wir müssen sofort den König sehen«, sagte der rundlichere der beiden. Seine Stimme hallte durch den ganzen Hof.

Nicholas rannte los. Die Verabredung mit Stephan hatte er vergessen. Einer der Wachtposten sprach jetzt in gedämpftem Ton mit den Daniten. Ihre Pferde waren schweißüberströmt, und eines der Tiere scheute, als Nicholas sich näherte. Der Danite versuchte, im Sattel zu bleiben, bis schließlich ein Wachtposten die Zügel des Pferdes ergriff und es beruhigte.

»Aus welchem Grund wollt ihr den König sehen?« fragte Nicholas.

Der Danite warf ihm einen Blick zu und verbeugte sich dann, so gut er das eben auf einem Pferd konnte. »Wir kommen vom Tabernakel, Hoheit. Der Rocaan hat am Morgen Schiffe im Hafen gesehen, fremde Schiffe, die während des Regens angekommen sind. Die ganze Stadt ist voller Fremder, und als wir herritten, haben wir Schreie in den Straßen gehört. Nicht weit von hier rannte eine Frau mit zerfetzter Kleidung an uns vorbei und schrie, sie habe den Teufel gesehen.« Abrupt brach der Danite ab. Sein Gesicht war rot angelaufen, und er sah ebenso erschöpft aus wie sein Pferd. Der Tabernakel befand sich auf der gegenüberliegenden Seite des Flusses.

»Laßt uns sofort zu meinem Vater gehen«, sagte Nicholas. Er richtete sich so gerade auf, wie er konnte, und ahmte den geschäftsmäßigen Tonfall des Königs nach. »Wache! Schickt einen Boten voraus. Sagt meinem Vater, wir erwarten ihn in seinem Audienzraum. Sagt ihm, es sei dringend.« Er wandte sich an den Stallburschen, der neben ihm stand. »Du kümmerst dich um die Pferde. Sorge dafür, daß sie gut behandelt werden.«

Sein Herz hämmerte heftig, und er versuchte zu verbergen, daß er vor Aufregung zitterte. Irgend etwas war heute morgen in Jahn geschehen, etwas, das den Rocaan erschreckt und die Daniten mit Entsetzen erfüllt hatte.

Die Wache eilte davon. Die Daniten saßen ab, und Nicholas führte sie durch die Tür – nicht durch die Küche – zum inneren Hof. »Warum ist der Rocaan nicht selbst gekommen?« fragte er.

»Das war eigentlich seine Absicht«, erwiderte der hochgewachsene Danite. »Aber die Ältesten hielten es für zu gefährlich.«

Nicholas runzelte die Stirn. Wie lange wußte der Tabernakel schon von dieser Krise, ohne den König zu benachrichtigen?

Sie gingen durch einen schmalen Flur, dann durch den Festsaal, und schließlich geleitete Nicholas sie zur Tür, die zum Audienzraum des Königs führte.

Vor der Eichentür standen vier Wachtposten. Zwei davon öffneten mit genau choreographierten Bewegungen die Tür, als Nicholas und die beiden Daniten sich näherten.

Der offizielle Audienzraum roch muffig. Sein Vater hatte ihn seit Wochen nicht mehr benutzt. Uralte Speere zierten die Wände, und hinter dem Thronhimmel prangte das Wappen der königlichen Familie: zwei sich vor einem Herz kreuzende Schwerter.

Sein Vater war bereits eingetroffen. Er saß auf dem Thron und trug einen blauen Mantel, den er sonst nur beim familiären Frühstück zu tragen pflegte. Wie stumme Wächter standen zwei seiner Berater, Lord Stowe und Lord Powell, neben ihm. Sie waren noch unrasiert, und Lord Powells Pferdeschwanz saß etwas schief. Nicholas' Vater sah zumindest glattrasiert aus.

»Aus welchem Anlaß wird mein Tagesablauf unterbrochen?« erkundigte sich der König.

Noch während die Daniten sich verbeugten, trat Nicholas vor. »Gerade sind diese Männer vom Tabernakel zu uns gekommen. Sie berichten, im Hafen seien fremde Schiffe gelandet, und durch unsere Straßen gehen fremde Leute.«

»Wie viele Schiffe?« fragte sein Vater.

Der rundliche Danite trat vor. »Der Rocaan konnte nicht genau sagen, wie viele, Sire. Er hat sie noch vor der Morgendämmerung in Regen und Dunkelheit gesehen. Als die Sonne aufging, waren die Schiffe verschwunden.«

»Warum ist er dann nicht gekommen, um es mir selbst zu sagen?« fragte Nicholas' Vater und beugte sich mit gerunzelter Stirn, die Ellbogen auf die Knie gestützt, vor.

»Weil das noch nicht alles ist, Sire. In unseren Straßen sind Fremde, überall sind Schreie und lautes Gebrüll zu hören. Wir sahen eine Frau, die behauptete, der Teufel sei ihr auf den Fersen. Wir sahen das Blut in Bächen aus Türen und Hoftoren rinnen.« Während er sprach, warf der hochgewachsene Danite einen raschen Seitenblick auf Nicholas, als hätte er diese letzte Einzelheit vor einem Jungen lieber vermieden. Nicholas versteifte den Rücken und reckte die Brust. Er war kein Kind mehr. Hatte er nicht ebenso vernünftig reagiert wie sein Vater?

»Die Ältesten hielten es für unklug, einen hohen Würdenträger durch die Stadt zu schicken, deswegen fiel die Wahl auf uns.« Der rundliche Danite sagte es ohne Verärgerung, als wüßte er, wie unbedeutend ihre Existenz war. »Der Rocaan glaubt, daß eine Invasion auf unserer Insel stattfindet. Er glaubt, daß wir schnell handeln müssen, wenn wir nicht untergehen wollen.«

Nicholas verschlug es den Atem. Lord Stowe umklammerte die Lehne des Throns. Nicholas' Vater war bleich geworden. »Eine Invasion?« wiederholte er, als habe er das Wort nicht recht verstanden. »Aber … niemand kann die Blaue Insel erreichen. Die Felsenwächter beschützen uns, und seit Nye erobert wurde, haben wir keine Karte mehr anfertigen lassen.«

Plötzlich huschte ein Ausdruck des Entsetzens über sein Gesicht, bevor sich seine maskenhafte Miene wieder verschloß. Bei diesem Anblick überlief es Nicholas eiskalt.

»Weiß der Rocaan, woher die Schiffe kommen?« fragte sein Vater.

»Nein, Sire«, erwiderte der lange Danite. »Er ist nicht sicher. Er hat jedoch einen Verdacht.«

»Die Fey«, sagte Nicholas' Vater, seine eigene Frage beantwortend. »Sie sind gerissener, als wir dachten.«

9

Die Sonne brannte warm auf seiner Haut. Seit die Flotte von Nye ausgelaufen war, fror Schattengänger. Vor den anderen schrieb er dies dem Wind auf See zu, aber insgeheim wußte er, daß ihn fror, weil er wieder die Gestalt eines Fey angenommen hatte. Er war zu lange als General der Nye aufgetreten und hatte diesen Körper erst wenige Tage, bevor die Flotte in See stach, abgestoßen.

Der Schlamm lag dampfend unter den Sonnenstrahlen. Schattengänger stand neben dem breiten Zentralbau, vor dem sich die Wachen zum morgendlichen Appell versammelt hatten. Die Baracken, fünfundzwanzig kleine, hüttenähnliche Bauten, waren in einem perfekten Halbkreis vor dem Hauptgebäude angeordnet. An die nasse Holzwand gelehnt, hielt sich Schattengänger zwischen einer Hütte und dem Haupteingang verborgen. Die Gebäude in diesem Teil von Jahn waren, mit Ausnahme des Palastes, langgestreckt und zweistöckig. Die meisten bestanden aus Holz, nur einige der älteren hatten eine steinerne Fassade. Die Straße vor ihm war gepflastert, aber der Weg zum Hauptgebäude unbefestigt und schmutzig.

Schattengänger hatte den ganzen Morgen mit der Suche nach etwas, das einer Armee der Inselbewohner nahekam, zugebracht. Bevor die Flotte ausgelaufen war, hatte er das Gedächtnis des Nye-Generals erfolglos nach Hinweisen auf die Existenz einer Inselarmee abgeklopft. Offensichtlich verfügten die Inselbewohner über nichts dergleichen, lediglich über eine Leibgarde, die theoretisch für den Schutz des Königs vorgesehen war. Kein Nye hatte diese Garde jemals kämpfen sehen. Die einzigen Waffen, die sie trugen, dienten zeremoniellen Zwecken.

Schattengänger hatte eine gute Stunde gebraucht, bis er auf Personen gestoßen war, bei denen es sich um Wachposten handeln konnte. Schließlich war er drei Männern in schwarzen Tuniken und engen Hosen hierher gefolgt, in der Annahme, daß es sich bei dieser Kleidung um eine Art Uniform handelte. Als er sah, daß sich die Baracken an den Palast drängten wie Muscheln an ein Schiff, wußte er, daß er am Ziel war.

Er hatte nicht um diesen Auftrag gebeten. Er hatte nicht einmal zur Blauen Insel mitkommen wollen. Aber Rugar standen nur wenige Doppelgänger zur Verfügung, und Schattengänger war das Zivilleben zuwider. Im Auftrag des Königs die anderen Fey zu bespitzeln war keine Beschäftigung, die seinen Talenten gerecht wurde. Außerdem langweilten ihn die Nye. Er lebte seit fast einem Jahrzehnt in ihnen und konnte nichts Neues mehr von ihnen lernen. Die Tatsache, daß fast nichts über die Inselbewohner bekannt war, faszinierte ihn. Und auch der Gedanke an einen Mord, der einfach war und doch sein Ansehen hob, hatte seinen Reiz.

Um so nahe wie möglich an den König der Inselbewohner heranzukommen, hatte Rugar alle zehn Doppelgänger auf diese Reise mitgenommen. Schattengänger hatte die Absicht, derjenige zu sein, der den Herrscher tötete.

Allerdings hatte er den Mann, den er suchte, noch nicht ausfindig gemacht, und es blieb ihm nicht mehr viel Zeit. Seine Körpergröße, die sonnengebräunte Haut, die geschwungenen Brauen und leicht spitz zulaufenden Ohren verrieten ihn sofort als Fremden. Er wußte nicht, ob sich die Leute hier vor Fremden fürchteten. Zu viele Vorübergehende hatten ihn bereits bemerkt. Er konnte nicht mehr lange ungestört beobachten.

Sich dicht an der Wand haltend, näherte er sich dem Hauptgebäude. Die weißen Holzwände schienen vom Regen wie geschwollen. In dem Gebäude gab es kein einziges Fenster. Um besser beobachten zu können, mußte er ins Innere gelangen, was er gerne vermieden hätte, da er nicht auf einen plötzlichen Gestaltwechsel vorbereitet war.

Seine Linke fuhr an die Hüfte und berührte mit den Fingern den Griff seines Stiletts. Es war immer noch da. Gut. Ohne sein Stilett war er verloren.

Er warf einen prüfenden Blick auf die Baracken. Der Vorplatz war leer. Er erklomm die beiden Steinstufen zur Tür und drehte vorsichtig am Knauf. Schattengänger bewegte sich mit derselben Verstohlenheit, der er auch seinen Namen verdankte. Er hielt sich stets im Schatten und hoffte, daß niemand seine verdächtige Anwesenheit bemerken würde.

Im Gebäude roch es nach fettigem Fleisch und Schweiß. Er trat in die schmale Eingangshalle. Der Boden bestand aus ungeschliffenen Brettern, die Wände aus rohem Holz. Es war dunkel. Das einzige Licht kam aus dem Raum hinter der Halle, wo ein halbes Dutzend Lampen ihr Licht von Wandhaltern aus verbreiteten. Er spähte durch die Tür. Drinnen saß eine Gruppe lachender und ins Gespräch vertiefter Männer, auf den Tischen standen überall Teller mit Essensresten.

Diese Männer waren älter als diejenigen, denen er bis hierher gefolgt war. Mit zunehmendem Alter waren sie alle stattlicher geworden, und ihrer Haut fehlte die jugendliche Geschmeidigkeit. Auf Nye wären sie Führer gewesen. Wahrscheinlich also auch hier. Er hatte Glück.

Mit angehaltenem Atem spähte er in den Raum. Im Mittelpunkt der Unterhaltung stand ein Mann, dessen blondes Haar bereits etwas ausdünnte. Sein Kinn war besonders ausladend. In seinem fleischigen Gesicht gingen seine Augen beinahe unter, und sein Mund spitzte sich zwischen runden Wangen.

Perfekt. Wenn man einmal davon absah, daß er sich hier nicht vorbereiten konnte. Ein Doppelgänger hatte nur einen kurzen Moment zur Verfügung, bis das Blut, das er zum

Übergang brauchte, auf seiner Haut trocknete. Er mußte ein Opfer ganz in der Nähe finden.

Er stahl sich zur Eingangstür und schlich hinaus. Das Sonnenlicht schien blendend hell. Er hörte entfernte Rufe, Schreie und Kreischen. Seine Kameraden waren also bereits bei der Arbeit. Er mußte sich beeilen. Schon bald würde sich die Runde dort auflösen, und er verpaßte seine Gelegenheit.

Ein älterer Mann kam aus einer Seitentür des Palastes auf die Baracken zugerannt. Schattengänger schlüpfte ins Dunkle. Als der Mann die Treppe erreicht hatte, packte ihn Schattengänger mit einer raschen Bewegung und zog ihn zwischen die Gebäude.

Der Mann war dürr und knochig, die Haut hing in Falten um sein Gesicht, die bleichen Augen waren vom Schreck geweitet.

»Ich brauche Eure Hilfe, mein Freund«, sagte Schattengänger mit seiner sanftesten Stimme. Der Mann schüttelte den Kopf. Mit der rechten Hand ergriff Schattengänger die Schulter des Mannes und zog mit der linken das Stilett aus der Scheide an seiner Hüfte. Mit einer schnellen, geübten Bewegung stieß er die Klinge in den Hals des Mannes und durchtrennte die Halsschlagader, aus der das Blut wie ein Springbrunnen sprudelte.

Die Augen des Mannes wurden noch größer, seine Haut immer bleicher. Er gestikulierte wild, sank dann auf die Knie und stieß gurgelnde Hilferufe aus. Schattengänger streifte sich die Kleider vom eigenen Körper und stellte sich unter die Blutfontäne wie unter eine Dusche. Er verrieb das Blut auf seinem ganzen Körper, massierte es in seine Haare, bis der Strom langsam versiegte und der alte Mann mit dem Gesicht in den Staub fiel. Dann nahm Schattengänger die Kleider und quetschte auch noch die letzten Blutstropfen heraus.

Er rannte die Stufen hoch und durch die geöffnete Tür. Die

Runde löste sich gerade auf. Irgend jemand hatte den Männern offenbar von den Kämpfen am Hafen berichtet. Derjenige, den sich Schattengänger als Opfer ausgesucht hatte, saß immer noch am Tisch und bellte Befehle wie ein kleiner Hund.

Schattengängers Herz pochte gegen seinen Brustkasten. Er hatte es noch niemals im hellen Tageslicht getan, sondern immer die schützende Dunkelheit der Nacht vorgezogen. Glücklicherweise verschwanden alle Männer außer seinem Opfer jetzt durch eine Seitentür, und durch die Vordertür war niemand mehr eingetreten.

Schattengänger wartete, bis es still wurde, bevor er sich vorsichtig im Raum umsah. Das Blut gerann langsam. Er hatte nur noch einen Augenblick Zeit.

Sein Opfer saß mit gerötetem Gesicht allein am Tisch. Von seiner Stirn tropfte der Schweiß, obwohl es in dem Raum nicht heiß war. Offensichtlich war er allein.

Gut.

Schattengänger trat ein. Er wußte, daß der schockierende Anblick seines nackten, blutbedeckten Körpers ihm genügend Zeit ließ, den Raum zu durchqueren.

»Beim Schwerte«, stieß der Mann aus und stand so hastig auf, daß sein Stuhl polternd umfiel. »Wer in des Rocas Namen bist du?«

»Ich bin dein Doppelgänger«, erwiderte Schattengänger, während er zu ihm eilte. Immer noch hielt er das Stilett in der Rechten, aber als er auf den Tisch sprang, ließ er die Klinge scheppernd auf die Teller fallen.

Der Mann wollte zurückweichen, mußte sich jedoch am Tisch festhalten, um nicht über den umgestürzten Stuhl zu stolpern. Schattengänger sprang ihn an wie eine Spinne, umklammerte mit beiden Beinen Oberkörper und Oberarme des Mannes, damit dieser sich nicht bewegen konnte, und drückte die Ellbogen gegen seinen Nacken. Dann stieß er seine

Finger in die Augen des Mannes, die Daumen in dessen Mund, schob die Zähne gewaltsam auseinander und preßte die Daumen fest gegen den hinteren Teil der Kehle.

Er zog und zog und zog, bis sich das innerste Wesen des Mannes löste und für einen Augenblick wie ein verängstigtes Kind zwischen ihnen flatterte. Schattengänger biß in den Dunst und saugte ihn ein. Er fühlte die Schreie des Mannes mehr, als daß er sie hörte. Dann fühlte er, wie sich sein Körper verformte, drehte und dehnte, bis er schließlich eine weite Taille, kleine Augen und einen spitzen Mund hatte.

Der Körper zwischen seinen Beinen und Armen verschwand, und beinahe hätte er das Gleichgewicht verloren, bis er sich daran erinnerte, die eigenen Füße auf den Boden zu setzen. Klappernd fielen die Knochen seines Opfers zu Boden. Er zog einen Stuhl zu sich heran und sank darauf nieder.

In seinem Schädel vermischten sich Bilder, Erinnerungen, die nicht seine eigenen waren. Sein Magen drehte sich von der fettigen alten Ente, die der Koch ihnen vorgesetzt hatte, und er hatte Kopfschmerzen wie von einem Kater, obwohl er seit Wochen nichts getrunken hatte. Die Kultur war noch nicht deutlich erkennbar, ebensowenig die Sprache, aber es würde nur noch einen Augenblick dauern. Er mußte nur warten.

Er wischte sich mit dem Handrücken über den Mund. Kleider. Er saß hier vollständig nackt. Quartiermeister Grundy war in seinem ganzen Leben nicht nackt gewesen. Glücklicherweise befand sich seine Unterkunft gleich hier im Gebäude. Mit etwas Glück konnte er sie erreichen und die Uniform anziehen, die der Quartiermeister letzte Nacht abgelegt hatte.

Dann vermischten sich beide Persönlichkeiten, und er ballte die Fäuste. Quartiermeister. Nicht Hauptmann der Wache. Womöglich mußte er diesen schmerzhaften Prozeß noch einmal durchmachen. Das war eben das Resultat unzureichender kultureller Kenntnis, schlechter Vorbereitung und übermäßiger Arroganz.

Schattengänger unterdrückte seinen Ärger. Er war hier. Er hatte einen Inselbewohner übernommen. Er mußte eine Kultur kennenlernen und Leute manipulieren. Noch war er dem König nicht nahe, aber das war bestimmt bald soweit.

Davon war er überzeugt.

10

Ihre Hände waren gekrümmt und schmerzten vor Kälte. Eleanora stöhnte, als sie die altbackene Brotkruste in zwei Hälften brach. Die kleinere davon legte sie für die Mittagsmahlzeit beiseite, scharrte die Krumen in die Handfläche und biß von der größeren Hälfte ab. Das Brot knirschte zwischen den wenigen Zähnen, die ihr noch geblieben waren. Sie schlurfte zur Tür, öffnete sie und streute die Krumen auf den Fußweg.

So hungrig konnte sie gar nicht sein, daß für die Vögel nichts mehr abfiel.

Zum ersten Mal seit Tagen schien die Sonne. Wie Diamanten glitzerte das Licht in den Blättern der Bäume. Das Land ringsum glich zwar noch einem schmutzigen Sumpf, aber sie vertraute darauf, daß alles bald trocknen würde. Vielleicht konnte sie dann zu Coulters Hütte gehen und ihn bitten, ihr ein wenig Holz zu hacken. Vielleicht konnte sie ihn irgendwann einmal für seine Hilfe bezahlen.

Sie ging wieder hinein und schloß die Tür. Im Zimmer war es dunkel und spürbar kälter als draußen. Vor zwei Abenden hatte sie zum letzten Mal Feuer gemacht, als sie die Reste ihres Eintopfs gegessen hatte und dann in der Wärme der Asche eingeschlafen war. Das wenige Feuerholz, das sie noch besaß, sparte sie auf, obwohl sie nicht wußte, wofür. Manchmal dachte sie, sie sparte es auf, um in ihrer Sterbenacht warm zu liegen.

Sie machte sich keine Illusionen darüber, daß sie noch lange leben würde. Ihr Körper war zu alt, um Hunger und Kälte noch lange zu trotzen. Ihre Kleidung hing um sie herum wie eine lose Decke, und sie konnte jeden einzelnen Knochen an ihrem

Arm erkennen. Glücklicherweise hatte sie keinen Spiegel und mußte so die Verwüstungen nicht sehen, die das Leid in ihrem Gesicht angerichtet hatte.

Drew hatte ihr Gesicht immer für schön gehalten.

Aber Drew war seit sechs Monaten tot, und sie würde ihm bald folgen. Zuvor hatte sie niemals begriffen, wieviel einfacher das Leben war, wenn man sein Unglück teilen konnte. Während sie Wurzeln zum Essen ausgegraben hatte, hatte er immer schon Reisig für das Feuer gesammelt.

Sie vermißte ihn mehr, als sie es jemals für möglich gehalten hätte. Sie hatten vom ersten Tag an viel gestritten, aber sie hatten sich leidenschaftlich geliebt. Und er hatte ihr niemals vorgehalten, daß sie kinderlos blieben, ebensowenig wie sie ihm vorhielt, daß er unfähig zur Landarbeit oder Schafzucht war. Er hatte geschickte Hände, und die Nachbarn hatten ihn auf ihre Weise dafür belohnt: ein Dutzend Eier für ein repariertes Rad; einen Monat lang Brot als Lohn für einen soliden Kamin. Seit seinem Tod hatte Eleanora von den Resten dieser Mildtätigkeit gelebt, aber seit der Regen eingesetzt hatte, war es damit vorbei.

Sie aß ein Stück von dem trockenen Brot und spülte es mit einem Glas Regenwasser hinunter, das sie in der Nacht gesammelt hatte. Das Wasser schmeckte kühl, frisch und süß. Sogar der Regen hatte seine guten Seiten.

Vielleicht sollte sie gar nicht warten, bis der Schlamm getrocknet war. Vielleicht schaffte sie es auch so bis zu Coulter. Es war gleichgültig, ob ihre Röcke schmutzig wurden. Die waren sowieso alt, und sie mußte auf niemanden einen guten Eindruck machen.

Sie schluckte das restliche Brot, öffnete erneut die Tür und rechnete damit, die Vögel aufzuschrecken. Zu ihrer Überraschung lagen die Krumen jedoch immer noch unangetastet auf dem Fußweg. Keine vierkralligen Spuren waren in dem

Schlamm zu sehen. Während des Regens hatten die Vögel die Krumen fast noch im Fluge gefangen. Sie waren über ihrer Hütte gekreist, als warteten sie bereits auf das frühmorgendliche Ritual.

Heute waren sie jedoch ausgeblieben, und sie selbst war so mit der Sonne beschäftigt gewesen, daß sie es nicht bemerkt hatte. Sie blickte zu den Bäumen hinüber, an deren Ästen die Regentropfen glitzerten. Eigentlich müßten die Vögel im Sonnenschein laut zwitschern. Ihr fiel jetzt auf, daß sie seit dem Aufwachen keinen Vogel gehört hatte.

Merkwürdig. Sehr merkwürdig.

Wenn die Natur dir ins Ohr flüstert, mußt du zuhören, hatte Drew immer gesagt. Sie wollte sich gerade umdrehen und für den Rat danken, als sie begriff, daß er mit der Stimme der Vergangenheit zu ihr gesprochen hatte. Tausendmal am Tag ertappte sie sich dabei, wie sie plötzlich mit einer Liebe aufblickte, die ihr erkaltetes Herz erfüllte, nur um ein ums andere Mal zu bemerken, daß das, was sie gesehen oder gehört hatte, nicht Drew gewesen war.

Bis zu seinem Tod hatte sie nicht begriffen, wie sehr er bereits zu einem Teil ihrer selbst geworden war.

Die Bäume, die hoch vor ihr aufragten, schlanke Birken und mächtige Eichen, erschienen ihr mit einem Mal bedrohlich. Wenn sie nur wenige Schritte tiefer in den Wald hineinginge, würde die Dunkelheit sie umfangen. Die Dunkelheit und das, was die Vögel zum Schweigen gebracht hatte.

Kein Wind, kein Rascheln kleiner Tiere, kein anderes Geräusch als der Cardidas, der eine halbe Meile hinter der Hütte in Richtung Jahn gurgelte. Dieser Fluß verstummte niemals.

Der Fluß. Sie wandte sich in seine Richtung. Das braune Wasser reflektierte das Sonnenlicht auf seinen kleinen, glitzernden Wellen. In der Nacht war Eleanora auf ihrem kalten feuchten Lager erwacht und hatte die Arme nach Drew ausgestreckt, der nicht mehr neben ihr lag. Gleichmäßig war der Regen niedergerauscht. Trotzdem hatte sie geglaubt, Stimmen zu vernehmen. Sie hatte sich aufgesetzt, gelauscht, ob sie Drews Stimme aus dem Gemurmel heraushörte, in der Hoffnung, er sei zu ihr zurückgekommen. Aber die Stimmen waren entfernt und fremd, so daß sie sich nach einer Weile selbst einredete, daß ihr der Regen einen Streich gespielt hatte.

Aber vielleicht hatte sie sich die Stimmen gar nicht eingebildet.

Sie schauderte. Es hatte keinen Sinn, sich irgend etwas zurechtzuspinnen. Sie mußte jetzt für sich selbst sorgen.

Sie nahm ihren Schal vom Haken, verließ die Hütte und zog die Tür hinter sich zu. Saugend umschloß der Schlamm ihre Füße und quoll durch die Löcher in ihren Sohlen. Sie machte einen Bogen um die Krümel. Vielleicht pickten die Vögel sie auf, wenn sie zurückkamen. Dann schlug sie den Weg in den Wald ein.

Seit Tagen war hier niemand gegangen. Der Schlamm wälzte sich wie ein Fluß über den Pfad. Nach einer Weile versuchte Eleanora, auf dem grasbewachsenen Rand zu gehen, aber auch dort war der Boden sumpfig. Es war besser, im Schlamm weiterzugehen. Dort war es zumindest gleichmäßig tief.

Die Bäume ragten links und rechts in den Himmel und verdeckten die Sonne. Wasser perlte von den Zweigen, als hätte der Regen niemals aufgehört. Die einzigen Lebenszeichen waren die Regentropfen, die auf den Boden klatschten, und ihre Füße, die mit schmatzendem Geräusch im Schlamm versanken. Es war, als wäre sie in einer leeren Welt erwacht.

Sie kam an dem Hochsitz vorbei, den Drew vor einigen Jahren errichtet hatte. Er wurde von allen Nachbarn im Herbst und Winter benutzt, wenn es nur wenig Wild gab, obwohl die Jagd in diesen Wäldern strengstens untersagt war. Aber der

König kam niemals hierher. Er rechnete nicht damit, daß seine Untertanen wilderten, und falls er sie im Verdacht haben sollte, schien es ihn nicht weiter zu kümmern.

Noch niemals war sie so tief in den Wald eingedrungen, ohne ein Tier aufzuschrecken.

Obwohl sie sich erst auf halbem Wege zu Coulters Hütte befand, waren ihre Beine jetzt schon müde. Ihre Verfassung war noch schlechter, als sie angenommen hatte, sie war nicht einmal mehr imstande, eine so kurze Strecke zu laufen, ohne an den Rand der Erschöpfung zu kommen.

Vermutlich rührte ihr Unbehagen nicht nur daher, daß sie alt war. Die Kälte, die sie heute morgen geweckt hatte, saß ihr immer noch in allen Knochen, und sie rieb sich mit den Händen über die dünnen Arme, während sie weiterstapfte.

Als sie die Weggabelung erreichte, waren ihre Röcke naß und schwer. Sie hielt im Laufen inne und ließ sich so schwer gegen einen feuchten Birkenstamm fallen, daß feine Wassertröpfchen herabnieselten. In einiger Entfernung vernahm sie Stimmen. Nachdenklich runzelte sie die Stirn. Sie waren so gedämpft wie die Stimmen, die sie in der Nacht gehört hatte, und genauso unverständlich. Dann hörte sie einen Mann rufen. Es war Coulter, der jemandem befahl wegzugehen. Seine Worte endeten mit einem unterdrückten Schrei.

Sie hob die Röcke, um zu ihrer eigenen Hütte zurückzueilen, als sie den gellenden Schrei der Frau vernahm. Sie kannte diesen Schrei. Sie selbst hatte so geschrien, als sie Drews leblosen Körper sah, weiß und aufgedunsen vom Flußwasser.

Beim Schwerte, sie konnte sich nicht einfach davonmachen. Es gab keinen Grund, ihre eigene Haut zu retten. Ihr war nichts mehr geblieben. Aber Coulter und seine Frau, Mehan, hatten ein Baby. Sie hatten einen Gemüsegarten, einen Webstuhl und eine kleine Schafherde. Sie waren jung. Sie hatten alles, was Eleanora nicht hatte.

Sie drehte sich um und lief in die Richtung, aus der der Schrei ertönt war. Ihre Beine gaben nach und zwangen sie, langsamer zu laufen, als sie wollte. Ihre Knochen waren zerbrechlich, es reichte aus zu stolpern, um sich etwas zu brechen. Dann würde sie niemandem helfen können.

Als ob sie das in ihrem jetzigen Zustand könnte! Aber vielleicht war alles nicht so schlimm, wie sie jetzt befürchtete. Vielleicht hatte Coulter sich selbst verletzt, und seine Frau war zu jung, um die Lage zu beurteilen.

Mehans Jammern und die Stimmen wurden immer lauter. Eine männliche Stimme übertönte alle anderen, der Mann sprach Nye.

Eleanora war jetzt am Rande der Lichtung angekommen und blieb stehen. Ihr Gesicht war gerötet, sie zitterte. Sie mußte sich an einem Baum festhalten, um nicht niederzusinken.

Vor ihr lag Coulters Hütte. Mindestens ein Dutzend Männer standen im Garten, alle schlank, hochgewachsen und elegant. Sie trugen Hosen und feste Lederhemden von einem ihr unbekannten Schnitt. Alle waren leicht dunkelhäutig, die Gesichter wirkten schön und furchterregend zugleich. Sie standen über Coulters Körper gebeugt, dessen Haut wie ein zerfetztes Gewand an ihm herabhing, während sein Blut in der schlammigen Erde versickerte.

Seine Frau, Mehan, kniete neben ihm. Sie hielt seinen noch unversehrten Kopf und heulte lauthals. Eleanora klammerte sich noch fester an den Baum. Übelkeit schnürte ihr die Kehle zu. Sie zwang sich, ihren Magen durch kurze, gleichmäßige Atemzüge zu beruhigen. Sie konnte sich später um sich selbst kümmern, später, wenn sie wieder allein war. Wenn sie Zeit zum Nachdenken hatte.

Einer der Männer trat jetzt einen Schritt vor und packte Mehans Arm. Seine Stimme war sanft, und Eleanora biß sich überrascht auf die Unterlippe. Das war kein Mann, sondern eine Frau. Eine hochgewachsene Frau in Männerkleidung. Eleanora blickte noch einmal zu den anderen Fremdlingen hinüber und erkannte, daß über die Hälfte von ihnen Frauen waren.

Wieder drehte sich ihr der Magen um, und das karge Frühstück stieg ihr in der Kehle hoch. Sie versuchte, so lautlos wie möglich zu würgen, und zog sich geräuschlos hinter den Baum zurück. Sie hoffte, daß die Fremdlinge sie nicht gehört hatten. Frauen. Frauen nahmen niemals an Kriegen teil. In den Aufständen und Revolten ihrer Kindheit, selbst während des Bauernaufstandes, in dem ihr Vater noch gekämpft hatte, waren die Frauen immer zu Hause geblieben, hatten mit den Verletzten gelitten, aber nie, niemals hatten sie die Waffen gegen ein anderes Lebewesen erhoben. Sie hätte niemals gedacht, daß eine Frau dazu fähig wäre.

Sie riß ein Blatt von einem Busch und wischte sich über den Mund. Ihr war schwindlig. Jedesmal, wenn sie die Augen schloß, sah sie Coulters gemarterten Körper vor sich. Wenn sie nicht still war, stand ihr dasselbe Ende bevor. Vielleicht auch dann, wenn sie sich ruhig verhielt.

Sie spähte um den Baum herum. Einige der Fremden zeigten in ihre Richtung, aber die Anführerin schüttelte den Kopf. Die Fremden führten jetzt eine aufgeregte Diskussion in ihrer kehligen Sprache, die sie nicht verstand, und diese Diskussion betraf sie.

Eleanora wartete, bis alle den Blick abwandten, und zog sich dann tiefer ins Gebüsch zurück. Die Jahre im Wald hatten sie Lautlosigkeit gelehrt. Sie konnte sich bewegen, ohne einen noch so kleinen Zweig zu zerbrechen oder die Äste eines Busches zu berühren. Eine Fähigkeit, die sie ebenfalls Drew verdankte. Sie dankte ihm schweigend.

Mehan hatte die Hände auf den Körper ihres Mannes gelegt und schluchzte haltlos. Wieder und wieder rief sie seinen

Namen, als könnte sie ihn dadurch zum Leben erwecken. Die Frau, die sie am Haar festhielt, zog daran, und Mehans Kopf wurde mit einem Ruck zurückgerissen. Die Fremdlinge setzten ihr Streitgespräch fort, und schließlich trat einer von ihnen, kleiner gewachsen und mit schrofferen Gesichtszügen, die flacher und kürzer wirkten, vor. Er trug braune Kleidung, und sein Gesicht war blutbeschmiert.

Die Frau, die Mehan festhielt, sagte etwas zu ihm, und er kicherte. Dann fuhr die Frau mit ihren Händen über Mehans Arm, und Mehan schrie, als sich ihre Haut löste. Der kleine Mann fing die Haut wie eine besondere Leckerei auf und stopfte sie in einen großen Beutel an seinem Gürtel.

Schockiert und fasziniert zugleich sah Eleanora zu. Sie verfügten über besondere Kräfte. Die Frau trug keine Waffen, und doch hatte sie die Haut von Mehans Knochen wie mit einem Schälmesser abgezogen. Offensichtlich hatten sie die Hütte bis jetzt noch nicht betreten, aber sobald sie es taten, würden sie das Baby finden, und das arme unschuldige Wesen mußte ebenso langsam und qualvoll sterben wie seine Eltern.

Eleanora konnte nichts für Mehan tun. Sie war nur eine alte Frau, die kaum noch die Kraft aufbrachte, durch den Wald zu gehen. Aber vielleicht konnte sie wenigstens dem Kind helfen, sei es auch nur für kurze Zeit, bis der erste Blutdurst der Fremdlinge gestillt war.

Viel Zeit blieb ihr nicht. Mehans Schreie retteten vielleicht ihr Kind. Eleanora hastete durch den Wald zum Hintereingang der Hütte. Coulters Hütte war groß genug für drei Räume, und im vorletzten Frühjahr hatte er sich sogar den Luxus einer zweiten Eingangstür geleistet. Er hatte sie eingebaut, um auf diese Weise im Sommer die heiße Küche zu lüften, ohne zu ahnen, daß er dadurch vielleicht das Leben seines Kindes rettete.

Das hoffte Eleanora jedenfalls.

Sie betete so hingebungsvoll wie noch nie zuvor und schloß einen Pakt mit Gott. Sie hatte noch niemals besonders tief an Gott geglaubt, denn sie hatte in ihrem langen Leben zu viel gesehen, um die Versprechungen der Geschriebenen und Ungeschriebenen Worte für etwas anderes zu halten als einen winzigen Hoffnungsschimmer, aber genau diese Hoffnung brauchte sie jetzt. Sie brauchte jede Hilfe, die sie bekommen konnte.

Mehans Schreie waren langgezogen und gräßlich. Die Schreie ihres Mannes hatten sich anders angehört. Wozu war eine solche Folter gut, wenn das Opfer ohnehin starb? Empfanden diese Fremden etwa eine perverse Lust daran? Oder wußten sie, daß Eleanora zuhörte? Sollte dies eine Art Lektion sein, die sie ihr erteilten?

Der Platz hinter der Küche war dunkel, die Sonnenstrahlen drangen erst am Nachmittag bis hierhin vor. Immer noch herrschte kühle, morgendliche Feuchte. Die Fremden waren noch nicht hier gewesen, auf dem Schlamm waren keine Fußspuren zu sehen. Eleanora verfluchte den Schlamm. Sobald die Fremden die Hintertür entdeckten, würden sie auch ihre Fußspuren sehen und konnten sie durch den Wald verfolgen.

Doch auch dafür würde ihr ein Ausweg einfallen.

Sie schob das Problem erst einmal beiseite und konzentrierte sich auf die Hütte. Mehans Schreie waren in ein Stöhnen übergegangen, das in seiner Passivität noch furchtbarer klang. Das Leben wich langsam aus ihr, aber sie wurde nicht ohnmächtig.

Eleanora ging durch den Schlamm und legte sich dabei einen Plan zurecht. Es war ein armseliger Plan, aber immerhin ein Anfang.

Sie stieß die Tür auf und betrat die Hütte. Es roch nach frischgebackenem Brot. Sie konnte einfach nicht anders, sie mußte eine Scheibe davon nehmen. Wenn sie diesem Kind helfen wollte zu überleben, dann mußte sie essen. Als sie die warme Brotscheibe von dem kleinen Tisch nahm, hörte sie ein leises Wimmern.

Die Schreie des Babys gingen im Todesröcheln seiner Mutter unter. Vielleicht hatte der Heiligste Eleanora erhört. Vielleicht hatten die Worte recht, wenn sie behaupteten, der Roca liebte die Kinder vor allen anderen Wesen.

Aber noch hatte sie den kleinen Jungen nicht gerettet. Daß sie sich in der Hütte befand, war nur ein erster Schritt.

Sie folgte dem Wimmern in ein kleines Nebenzimmer. Coulter hatte dem Baby eine Wiege gebaut, und Mehan hatte sie mit gewebten Decken so weich ausgekleidet, daß der Kleine wie ein winziger König darin lag. Eleanora stopfte die Brotscheibe in ihre Rocktasche und hob das Baby mitsamt den Decken hoch. Sobald sie das Kind berührte, ging sein Wimmern in lautes Weinen über.

»Es tut mir leid«, flüsterte sie. »Ich wünschte, ich wäre deine Mama.«

Ihre Stimme beruhigte den Kleinen. Sie legte ihn an ihre Schulter und erinnerte sich dabei an all die Nächte, in denen sie sich nach einem kleinen Wesen wie ihm gesehnt hatte, jemandem, den sie und Drew gemacht hatten, winzig, warm und liebevoll.

Draußen waren die Schreie seiner Mutter abrupt abgebrochen, genau wie Coulters. Entsetzt blieb Eleanora stehen. Wenn die Fremden sie fanden … Würde sie auf dieselbe Art sterben? Und was würde dann aus dem Kind?

Vorsichtig wickelte sie den kleinen Jungen in die Decken, die seine Schreie dämpfen sollten, ohne ihn zu ersticken, und eilte dann zur Tür. Dort blieb sie abrupt stehen. Von nun an mußte sie sich langsam bewegen. Wenn sie jetzt vorsichtig war, konnte das später ihre Rettung sein. Sie drehte sich um und warf einen Blick über die Schulter zurück. Sorgfältig ging sie in ihren eigenen Fußspuren durch den Schlamm.

Vor der Hütte mischten sich die Stimmen wieder im Streitgespräch. Der kleine Mann kicherte erneut, und Eleanora überlief es kalt und heiß. Die Fremdlinge hatten sie noch nicht entdeckt. Offenbar verliehen ihnen ihre Zauberkräfte keine Allwissenheit.

Schneller als erwartet hatte sie den Wald erreicht. Die Fußspuren sahen aus, als sei jemand in die Hütte gegangen und dort geblieben. Die Fremden würden kostbare Zeit verlieren, wenn sie in all den Winkeln und Ecken, die Coulter für seine Frau gezimmert hatte, nach dem Eindringling suchten. Erst dann würden sie ihr in den Wald folgen.

Der Säugling gab leise Schluchzer von sich. Sein kleiner Körper zitterte. Er spürte ihre Angst. Sie strich über das warme Bündel. Sie würden ihn nicht verbluten lassen. Niemand würde das tun, solange Eleanora atmete.

Sie ging in ihren eigenen Spuren bis zu der Weggabelung zurück. Dann verließ sie den Pfad und stapfte querfeldein durch das sumpfige Gras. Sie rannte, so schnell es ihr alter Körper und die durchnäßten Röcke zuließen. Das Baby, das dabei hin- und hergeworfen wurde, protestierte wimmernd, verhielt sich sonst aber ruhig. Nach allem, was Eleanora gesehen hatte, zogen diese Fremden über Land und schlachteten alles ab, was ihnen in die Quere kam. Wenn sie vom Fluß gekommen und als erstes Coulter heimgesucht hatten, mußten sie aus Jahn kommen. Eleanora konnte nur hoffen, daß sie bis jetzt nicht zu ihren anderen Nachbarn vorgedrungen waren.

Zuerst mußte sie zu Helters Hütte, unten am Blumenfluß, so weit entfernt von Cardidas und Jahn, wie sie zu Fuß kommen konnte.

Helter war ein tüchtiger Mann. Er wußte bestimmt, was zu tun war.

11

Jewel wischte sich den Schweiß von den Brauen. Schwer und nutzlos schlug das Schwert gegen ihre Hüften. Sie stand in der Mitte der Straße und beobachtete, was vor sich ging. Die Truppe von hundert Soldaten erkundete unter dem Kommando von Shima die Mauer, die den Palast umgab, oder schikanierte die Bauern, die es wagten, sich einzumischen. Drei Inselbewohner waren bereits getötet, ihre verstümmelten Körper zur Abschreckung auf die Straße geworfen worden. Schon jetzt hatten die Mörder einige mutige Seelen dazu gebracht, ihre Entschlossenheit zur Gegenwehr aufzugeben.

Das Problem war schon wenige Minuten nach ihrer Ankunft deutlich geworden. Die Inselbewohner hielten sich nicht an die traditionelle Art des Befestigungsbaus. Dieser Palast verfügte über vier Tore, eines an jeder Seite.

Jewel fürchtete halb, daß Shima ihnen sogleich befehlen würde, drei weitere Rammböcke aufzutreiben. Jeder Augenblick, der verstrich, gab den Inselbewohnern zusätzliche Zeit, sich zu organisieren. Aber bis jetzt hatte es noch keinen ernstzunehmenden Widerstand gegeben.

Shima stand in der Nähe des ersten Tores. Sie war ungewöhnlich dünn, ihr langes Haar weiß und ihr Gesicht von Narben aus allen Schlachten übersät, in denen sie gekämpft hatte. Sie war einer der unbedeutenderen Visionäre ohne weitere Talente und hatte sich vor langer Zeit entschlossen, die Infanterie anzuführen, indem sie behauptete, die Jugend mache die Stärke einer Armee aus.

Eher hitzig besprach sie das Problem soeben mit einem ihrer Adjutanten, und ihre laute Stimme erhob sich über Staubwolken und geschäftiges Durcheinander. Jewel rieb sich die Arme.

Sie hatte den Müßiggang immer für die Geißel aller Kriegsführung gehalten.

Burden stieß mit ihr zusammen. Schützend legte sich seine Hand um ihren Ellbogen. Er war ein Jahr jünger als sie, aber sie standen sich seit ihren Kindertagen nahe. Als seine Familie ihn im Alter von zwölf Jahren wegen fehlender Zauberkräfte vor die Tür gesetzt hatte, war er der Infanterie beigetreten. Ganz gleich, wie sehr die Schamanen auch auf seine Eltern einredeten, seine Familie nahm ihn nicht mehr auf. Von da an hatte Jewel ihn beobachtet, ohne zu ahnen, daß er eines Tages größer und stärker als sie werden würde. Sein Gesicht war von den Feldzügen gegen die Nye immer noch sonnengebräunt, und in den letzten Monaten war sein Lächeln selbstbewußter geworden.

Im Moment lächelte er jedoch nicht. »Wenn sie so weitermacht, verschenkt sie unsere sämtlichen strategischen Vorteile«, raunte er verschwörerisch.

»Ich weiß«, erwiderte Jewel im selben Ton. Sie blickte rasch um sich. Auch die restliche Truppe machte einen nervösen Eindruck. Wenn Shima nicht bald etwas unternahm, würde die Infanterie auf eigene Faust loslegen, was unvermeidlich eine Katastrophe nach sich zöge. Die meisten Infanteristen waren noch keine zwanzig, zu jung, um über Zauberkraft oder ausreichend viel Verstand zu verfügen.

»Du solltest mit ihr reden.«

»Und was soll ich ihr sagen?«

Sein Griff wurde fester, und er zog sie so dicht an sich, als wären sie Liebende, die einander umarmten. Auf diesen Trick würde Shima bestimmt nicht hereinfallen, aber sie debattierte immer noch mit dem Adjutanten.

»Du hast doch sicher schon einen Plan. Ich kann es dir ansehen.«

Jewel warf ihm einen Blick von der Seite zu. Seit dem

Feldzug in Nye hatte er abgenommen. Dadurch traten seine hohen Wangenknochen und die großen Augen noch auffälliger hervor. »Wie kommst du darauf?«

»Deine Ungeduld verrät dich. Du reagierst gereizt, wenn jemand einen groben Schnitzer begeht.«

Nun, in diesem Fall handelte es sich um mehr als nur einen Schnitzer. Er sah, wie ärgerlich sie war. So deutlich, als sei die Schlacht schon vorbei, hatte sie Gesehen, was getan werden mußte. Sie brauchten keine vier Rammböcke. Sie brauchten Verstärkung, um die anderen drei Tore zu bewachen, während sie sich zu dem einen Zutritt verschafften.

»Wenn ich mit ihr spreche, denkt sie bestimmt, ich will ihre Autorität untergraben.«

Burden zuckte mit den Achseln. »Es ist doch gleichgültig, was sie denkt.«

»Sie ist immerhin meine Vorgesetzte.«

»Und du bist die Enkelin des Schwarzen Königs. Eines Tages werden wir doch alle auf dich hören.«

Jewel seufzte. Man diente auch in den unteren Divisionen, um zu lernen, wie man sich unterordnet. Unterordnung fiel ihr schwer. Sie wischte sich den Schweiß von der Stirn. Sogar nach dem Regen war die Luft in dieser Stadt so ausgesucht schmutzig, wie sie es noch nie erlebt hatte.

Eine Gruppe Soldaten stand vor einer der Ladentüren und spielte Katz und Maus mit den Leuten, die sich dahinter befanden. Das Lachen der Soldaten drang bis zur Straße. Shima schien es nicht zu hören. Sie wies erst in Richtung Tor und dann auf den Rammbock. Die Truppen liefen auseinander und wanderten die Straße hinunter, um die Beute in Augenschein zu nehmen.

Jewel drängte sich, hier einen Arm, dort eine Schulter streifend, an ihren Kameraden vorbei. Ihr fiel auf, daß die Soldaten recht gelassen waren. Obwohl sie kurz vor einer

Schlacht standen, wirkten sie kein bißchen aufgeregt. Es war ein großer Unterschied, ob man hier kämpfte oder in Nye. Die Nye hatten über eine Armee verfügt, die die nordöstliche Grenze unzählige Male vor Eindringlingen gesichert hatte. Vor der Ankunft der Fey waren sie noch nie besiegt worden.

Die Leute hier schienen hingegen nicht die geringste Ahnung von Verteidigung zu haben.

Das Sonnenlicht beschien die Mauer, und die feuchten, grauen Steine sahen beinahe hell aus. Wenn Jewel die Augen zusammenkniff, konnte sie deutlich die Beobachtungsposten erkennen, die sich in kleinen Türmen hinter den Toren befanden. Noch etwas, woran man denken mußte.

Die Worte des Streitgesprächs waren immer deutlicher zu hören, als sie sich Shima näherte. »... sagen, wir zerstören eines der Gebäude und benutzen die Holzteile als Rammböcke«, sagte der Leutnant in diesem Augenblick.

Shima schüttelte den Kopf. »Holz zersplittert an diesen Toren. Nein. Laßt uns zum Schiff zurückkehren. Dort haben wir noch Ersatzwerkzeuge.«

»Aber die Schiffe sind im Schattenland«, mischte sich Jewel ein. Sie war vor den beiden stehengeblieben, den Rücken zur Truppe. »Und ich kann dir mit Sicherheit sagen, daß mein Vater sie nicht herausholen wird.«

»Der Nachlässigkeit deines Vaters haben wir den ganzen Ärger hier hauptsächlich zu verdanken«, fuhr Shima sie barsch an. »Uralte Karten. Keine Gebäudepläne. Keinerlei Informationen über die Inselbewohner. Er hat Glück, daß sie solche Trottel sind. Was hat er sich dabei gedacht, uns so schlecht vorbereitet hierher zu schicken?«

»Er hat alles so gut vorbereitet, wie er konnte. Hätten sie gemeinsam mit Nye-Streitkräften hier angegriffen, wäre das Überraschungsmoment verlorengegangen.«

Shima setzte zu einer Antwort an, aber Jewel hob die

Hand. »Dieses Überraschungsmoment verspielen wir gerade nach und nach«, erwiderte Jewel. »Wie du ganz richtig bemerkt hast, wissen wir nicht, wozu die Menschen hier imstande sind.«

»Du vergißt dich«, erwiderte Shima und richtete sich zu voller Größe auf. Sie war beinahe einen halben Kopf größer als Jewel.

Jewel trat einen Schritt zurück, um nicht aufblicken zu müssen. »Ich glaube, du vergißt dich selbst«, sagte sie. »Wenn es sein muß, dann werde ich selbst das Kommando über diese Truppen übernehmen und die Anweisungen meines Vaters ausführen.«

Der Leutnant machte einen Schritt beiseite. Seine Augen waren weit geöffnet und sein Gesicht von der Hitze gerötet. Langsam breitete sich Schweigen aus, als die anderen Truppenmitglieder nach und nach begriffen, daß ein Machtkampf im Gange war. Nur das höhnische Gelächter, das aus dem Inneren des Ladens drang, lenkte ein wenig von der Spannung ab. Von der anderen Seite des Tores konnte Jewel keinen Laut vernehmen. Das bereitete ihr Sorgen. Sie wußte, daß die Inselbewohner das Streitgespräch hören konnten, war sich aber nicht sicher, ob sie es auch verstanden.

Shimas Blick glitt jetzt von Jewel zu den hinter ihr stehenden Soldaten. Irgend etwas in deren Haltung hatte sie anscheinend überzeugt, denn als sie Jewel wieder ansah, wirkte ihr kantiges Gesicht noch angespannter. »Ich vermute, du hast eine Lösung des Problems parat.«

Jewel nickte. »Du mußt eine kleine Truppe losschicken, um Verstärkung zu holen. Wir brauchen ein zweites Team. Dann teilst du unsere Einheit in zwei Hälften. Die eine Hälfte bleibt hier und erstürmt dieses Tor. Die andere Hälfte teilst du in Drittel auf. Jedes Drittel bewacht ein Tor. Sollte irgend jemand den Versuch machen, aus dem Palast zu flüchten, hätten wir einen Vorteil. Außerdem können wir auf diese Weise in den Palast eindringen.«

Shima nickte dem Adjutanten zu. »Schnapp dir vier Mann und lauf zu den Docks. Wir brauchen so schnell wie möglich noch hundert Leute.«

Der Adjutant verneigte sich knapp und eilte davon. Jewel achtete nicht darauf, wen er sich als Begleiter wählte. Ihr Blick war immer noch auf Shima gerichtet.

Shimas Gestalt war stocksteif. Sie bellte der restlichen Truppe einige Befehle zu und teilte sie dann genau so auf, wie Jewel es vorgeschlagen hatte. Sobald alle Soldaten in Reih und Glied standen, ließ sie die neuen Einheiten abmarschieren. Dann blickte sie zu Jewel.

»Ein guter Plan. Hast du ihn aus irgendeiner Geschichtsstunde, an die ich mich nicht mehr erinnere?«

Jewel verstand sofort, worauf die Frage eigentlich abzielte. Shima war immer noch eine gute Befehlshaberin, auch wenn sie sich nicht schnell genug auf neue Situationen einstellte. »Nein«, sagte Jewel. »Ich habe ihn Gesehen.«

Shima wich einen Schritt nach hinten. Ein Fey, der Visionen hatte, war immer mächtig, und das galt insbesondere für die Familienmitglieder des Schwarzen Königs. »Ich kann dein Leben jetzt nicht aufs Spiel setzen.«

»Du hast keine Wahl.« Jewel ließ die Hand gegen ihr Schwert fallen. »Ich bin gekommen, um zu kämpfen.«

»Du wirst an meiner Seite kämpfen und mir helfen, die Schlacht zu Sehen.«

»Nein«, erwiderte Jewel. »Du brauchst mich nicht. Dein Zorn über die Taktik meines Vaters beeinflußt deinen gesunden Menschenverstand. Denk einmal eine Minute lang ruhig nach. Er kann Schlachten besser voraussehen als jeder von uns. Sein Geist ist so umfassend, daß er Schattenlande aufbauen kann, die groß genug sind, um alle unsere Schiffe zu verbergen.

Glaubst du wirklich, er hätte uns hierhergebracht, wenn seine Vision falsch wäre? Oder glaubst du, er führte uns absichtlich in eine Niederlage?«

Shima wandte den Blick ab. Etwa dreißig Soldaten waren hinter der Mauer verschwunden. Die übriggebliebenen brachten den Rammbock vor dem Tor in Position. »Ich glaube«, antwortete Shima schließlich, »daß der Eroberungsdrang deines Vaters seine Visionen trübt.«

Schockiert hielt Jewel die Luft an. Noch nie zuvor hatte es jemand gewagt, Kritik an ihrem Vater zu üben.

Shima nahm eilig Jewels Hand. Ihr Griff war fest, die Haut rauh und vernarbt. Sie beugte sich vor, so daß niemand außer Jewel ihre Worte hören konnte. »Seit wir Nye verlassen haben, habe ich in jeder Nacht meinen eigenen Körper gesehen, zerschlagen und blutig an den Ufern dieses verdammten Flusses. Und ich war nicht die einzige. Hunderte von uns Fey wurden getötet. Diese Leute sehen nicht bedrohlich aus, aber meine Vision sagt mir, daß sie uns alle töten werden.«

Jewel erschauerte. Sie erinnerte sich an ihre eigene Vision, an den heftigen Schmerz, an den Mann, der nicht den Fey angehörte, an seine Besorgnis über ihren Zustand. Starb sie in dieser Vision? Sie wußte es nicht.

»Wenn das wahr wäre, hätte mein Vater uns nicht hierhergeführt«, sagte Jewel. »Fey sterben im Kampf. Das geschieht in jeder Schlacht.«

»Nicht in diesem Ausmaß. Und nicht auf so grauenhafte Weise. Es war, als verfügten manche von ihnen über dieselben Fähigkeiten wie unsere Fußsoldaten.«

Jewel schluckte. Von allen Fey flößten ihr die Fußtruppen mit ihrer Liebe zur Folter und der Bereitschaft, ihre bloßen Hände als Mordwerkzeuge zu benutzen, den tiefsten Abscheu ein. Jedes Opfer eines Fußsoldaten starb nicht durch einen direkten Angriff, sondern durch Verstümmelung und Blutverlust. »Es hat keinen Sinn, jetzt mit mir darüber zu diskutieren«, sagte Jewel. »Wir sind hier. Wir sind verantwortlich.«

»Ich sage es dir, weil ich nicht glaube, daß ich führen kann, wenn diese Vision meine Sicht trübt.«

Jewel nickte. Jetzt hatte sie verstanden. Shima beging keine Fehler, weil sie wütend war, sondern weil sie Angst hatte.

»Ich stehe dir zur Seite«, sagte Jewel.

Shima blickte sie einen Augenblick an, und Jewel glaubte, etwas wie Furcht im Gesicht ihrer Befehlshaberin zu erkennen. Dieser kurze Blick ließ Jewel tiefer erschauern als jede verbale Bestätigung. Befehlshaber hatten niemals Angst. Sie waren voller Selbstvertrauen und Stärke.

Nicht unerfahren, so wie Jewel.

»Wir sollten dieses Tor knacken«, sagte Shima. In ihrem Ton schwang die unausgesprochene Frage mit, ob diese Anordnung mit Jewels Visionen übereinstimme.

»Es liegt neben den Ställen«, sagte Jewel. »Wir können die Pferde losmachen und auf diese Weise verhindern, daß zu viele von ihnen flüchten oder daß reitende Boten entkommen.«

Sie wußten beide, daß eine perfekte Abschirmung nicht möglich war. Wenn erst der Rammbock gegen das Tor donnerte, mußte jeder Befehlshaber im Palast begreifen, was vor sich ging, und seine Leute durch die anderen Tore in den Kampf schicken.

Dabei wußten die Fey nicht einmal, ob sich überhaupt Befehlshaber innerhalb der Palastmauern befanden. Zum ersten Mal verstand Jewel, warum Shima verunsichert war.

Jewel überflog mit einem Blick, was vor sich ging. Die Marodeure hatten den Laden verlassen. Die Tür war geschlossen. Die Staubwolken hatten sich gelegt, nur noch eine kleine Streitmacht war übriggeblieben. Einige Soldaten standen angriffsbereit neben dem Rammbock. Sie warteten nur auf ein Zeichen, um ihn anzuheben und in Position zu bringen.

Das Hochheben war besonders schwierig, denn bei dem Kriegsgerät handelte es sich um eine alte Eiche, von deren dickem Stamm Blätter und Äste entfernt worden waren. Die Hüter hatten ihrem Vater geraten, einen Rammbock zu bauen, sobald sie die Blaue Insel erreichten, aber er hatte darauf bestanden, den Stamm herzutransportieren, selbst als sie wegen des Gewichts noch ein zusätzliches Schiff auf die Reise mitnehmen mußten.

»Wir stürmen!« rief Shima. Die kleine Gruppe begrüßte die Entscheidung mit lautem Jubel. Gemeinsam hoben die zwanzig Soldaten den Rammbock an. Im Vergleich zu dem mächtigen Stamm wirkten sie winzig. Sie standen einen Augenblick still, die Gesichter vor Anstrengung gerötet, holten tief Luft und trabten dann los, bis der Rammbock gegen das Tor donnerte.

Das Geräusch hallte dumpf in den Straßen wider. Jewel fühlte, wie der Boden unter ihren Füßen erzitterte. Ihr ganzer Körper war angespannt. Dort, wo der Rammbock das Tor getroffen hatte, war das Holz abgesplittert. Die Soldaten gingen im Gleichschritt ein paar Schritte zurück und setzten abermals an. Wieder ein dumpfer Schlag und ein Beben. Jewel horchte angestrengt, aber hinter dem Tor war nichts zu vernehmen.

Auf der anderen Seite der Straße wurde die Tür einen Spalt weit geöffnet. Sonnenlicht glänzte auf blasser Haut. Jewel konnte die Furcht beinahe riechen. Niemals zuvor hatte jemand versucht, den Palast zu stürmen. Eines der wenigen Dinge, die jeder über die Blaue Insel wußte, war, daß bisher jeder Eroberungsversuch gescheitert war.

Wieder schlug der Rammbock dumpf gegen das Tor. Dieses Mal stoben winzige Stückchen Holz in alle Richtungen. Jewels Blick untersuchte das Tor. Sie hatte Angst, die Splitter könnten vom Rammbock stammen, nicht von der Tür. Aber das Tor gab in der Mitte tatsächlich langsam nach, bleiche Holzstücke ragten in den leuchtend blauen Himmel.

Schweigend beobachteten die Angreifer das berstende Tor. Das einzige Geräusch waren die Stiefel der Soldaten, die in gleichmäßigem Rhythmus über den Boden scharrten, und der darauffolgende Schlag, wenn der Rammbock gegen das Tor stieß. Mit undurchdringlicher Miene und verschränkten Armen sah Shima zu. Jewel fragte sich, ob sie die ganze Reise von Nye bis hierher in dieser angespannten Furcht verbracht hatte und ob es anderen ebenso ergangen war.

Auf der Straße wurden Stimmen laut. Das Geräusch schwerer Stiefel, die im Gleichschritt marschierten, übertönte das Scharren. Jewel und Shima blickten auf. Sie konnten die Verstärkung noch nicht sehen, aber hören.

Wieder krachte der Rammbock knirschend gegen das Tor, und diesmal hinterließen die herausbrechenden Holzsplitter ein kleines Loch. Über Jewels Arme lief eine Gänsehaut. Sie erkannte Pflastersteine, ein graues Steingebäude, Beine, die vorbeiwirbelten. Pferde wieherten voller Panik, und in der Morgenluft waren aufgeregte Stimmen zu hören, die sich in einer fremden Sprache verständigten.

Nur noch wenige Stöße, und das Tor war überwunden. Jewel sah auf und bemerkte, daß Burden sie anstarrte. Die Sonne schmeichelte seinem Gesicht, sie schimmerte auf seinen hohen Wangenknochen und betonte die schönen dunklen Augen. Als sich ihre Blicke trafen, lächelte er ihr zu. Sie erwiderte sein Lächeln. Eine sonderbare Freude erfüllte sie plötzlich. Sie liebte den Kampf. Sie hätte sich nicht von Shimas Angst anstecken lassen dürfen.

Shima ging hinter den Rammbock, um dort auf die Truppenverstärkung zu warten. Wieder donnerte der Stamm gegen das Tor und vergrößerte die Öffnung. Die Soldaten zogen den Stamm heraus und setzten zu einem neuerlichen Stoß an. Das

Loch war jetzt groß genug, um Soldaten hindurchzulassen, dennoch war bisher kein Gegenangriff von den Palastmauern herab erfolgt. Es schien, als hätten sie noch ausreichend Zeit, den Durchbruch zu vergrößern.

Inzwischen war auch die Verstärkung eingetroffen, ungefähr so viele Männer wie die Einheit, der Jewel angehörte. Sie nahmen die ganze Breite der Straße ein – schlanke, durchtrainierte Soldaten in Lederanzügen, die Schwerter ihrer Familien an den Hüften.

Die Gruppe, die den Rammbock bediente, trabte wieder auf das Tor zu und setzte den Stoß diesmal etwas tiefer an. Knackend und knirschend gab das Holz unter dem Ansturm nach. Innen schrie jemand auf, und es dauerte eine Minute, bis Jewel begriff, daß ein Pferd diesen Schrei ausgestoßen hatte. Die Soldaten legten den Rammbock nieder, zückten die Schwerter und stürmten durch das Tor.

Die Hälfte der soeben eingetroffenen Truppe folgte ihnen unter lautem Kriegsgeschrei. Die andere Hälfte verteilte sich im Laufschritt auf die verbliebenen Tore. Jewel zog ihr Schwert und folgte den Kriegern in den Palast, nicht ohne sich mit einem Blick zu vergewissern, daß Shima ihr folgte.

Die ersten Soldaten hatten bereits die Pferde losgebunden, und die erschrockenen Tiere galoppierten ziellos durch das Durcheinander, suchten in panischer Angst einen Weg ins Freie. Stallburschen versuchten, die Stalltüren zu schließen. Die Angreifer drängten sich in einen engen Gang zwischen den Stallungen und einem anderen Gebäude. Einige der Soldaten am Rand der Truppe waren in einen Kampf mit der Wachmannschaft verwickelt. Metall klirrte gegen Metall. Babys weinten, Mütter schrien und Pferde bäumten sich auf, drohten alles niederzutrampeln. Unaufhaltsam schob sich der Fey-Trupp durch den Gang, und ein Stück weiter vorne erkannte Jewel die ersten Türme des Palastes. Dieser Palast hatte Fenster, und sie sah, wie jemand hoch oben die schweren Vorhänge beiseite schob und einen Eimer über den Soldaten ausgoß, dessen Inhalt so siedend heiß war, daß er noch in der Luft dampfte.

Jewel stieß einen Warnschrei aus, aber es war zu spät. Schon hatte die Flüssigkeit die Truppen unterhalb des Fensters getroffen, und ihre Schreie vermischten sich mit dem Wiehern der Pferde. Jewel schlug eine andere Richtung ein, versuchte aber immer noch, sich durch die tobende Masse einen Weg nach vorne zu bahnen. Bittere Ausdünstungen von Schweiß und Furcht erfüllten die Luft und vermischten sich mit dem aufgewirbelten Staub, der bei Jewel einen heftigen Niesreiz auslöste.

Immer mehr Wachtposten drangen jetzt aus dem Palast, betäubend laut schlug Stahl gegen Stahl. Auch andere Inselbewohner hatten sich dem Kampf angeschlossen und alle Waffen herbeigeschleppt, derer sie habhaft werden konnten: Äxte, Messer, Stöcke. Jewel sah das alles, ohne eingreifen zu können, denn noch immer steckte sie in der Menschenmenge fest. Endlich gelang es ihr, sich in der Nähe einer Flügeltür im unteren Teil des Palastes aus dem Gedränge zu befreien. Von diesem Teil des Gebäudes ging eine gewaltige Hitze aus, und sie vermutete, daß sie sich in der Nähe der Küche befand. Sie warf einen Blick nach oben, aber dort waren keine Fenster.

Dann öffneten sich die Türen plötzlich, und eine kleine Gruppe Männer trat heraus, einige davon schon in fortgeschrittenem Alter. Alle schwangen behelfsmäßige Waffen. Der Mann an der Spitze hielt ein langes, gezacktes Messer, seine weiße Kleidung war mit Schmutz und Fett bespritzt. Jewel prägte sich diese Details sogar noch ein, während sie sich auf ihn stürzte und mit ihrem Schwert nach seinem Bauch zielte. Er duckte sich, um den Schlag abzufangen. Sie schlug ihr Schwert so kraftvoll gegen sein Messer, daß ihr Arm von der

Wucht des Hiebes zitterte. Das Messer rutschte ihm aus den Fingern und schnitt in seine Hand. Dann bohrte sie ihr Schwert in seinen Leib.

Er taumelte rückwärts und hätte sie beinahe mit sich gerissen, aber sie umklammerte ihr Schwert so fest, daß es sich wieder aus seinem Körper löste. Blut sickerte durch den weißen Stoff, und er starrte ungläubig nach unten, als versetzte ihn die Erkenntnis, daß er bluten konnte, in schieres Entsetzen. Dann ging er zu Boden, noch am Leben, aber außer Gefecht.

Seine Kameraden hatten sich unterdessen zerstreut. Jewel würde sie den Kämpfern überlassen, die ihr gefolgt waren. Sie wollte sehen, was im Inneren des Gebäudes vor sich ging.

Sie stieß die Tür auf und stand in der Küche. Durch die dicken Wände drang kein Kampflärm, und in dem großen heißen Raum war es beinahe unerträglich still. Im Ziegelsteinofen verbrannte das Brot. Niemand kümmerte sich um das unruhig flackernde Herdfeuer. Im hinteren Teil der Küche, in der Nähe der Anrichte, liefen Diener hin und her und transportierten heißes Fett und kochendes Wasser über die Hintertreppe nach oben. Sie hatten eine Art Kette gebildet, um die Eroberer pausenlos begießen zu können.

Jewel zog sich langsam rückwärts aus der Küche zurück. Hier kam sie allein nicht weiter. Sie brauchte Hilfe, andere Soldaten, mit denen sie diese Kette zerstören konnte.

Sie ging wieder hinaus, zurück in den Lärm, den Staub und das Blut. Die Schreie waren schwächer geworden, wurden übertönt vom Keuchen und Klirren des Kampfes. Jewel spähte über das Durcheinander, und plötzlich verschwamm ihre Sicht.

Sie stand mit ihrem Vater neben dem Fluß, seine Stimme wurde vor Panik immer lauter. Über den ganzen Strand lagen die Körper verstreut, Körper von Fey mit grausam verunstalteten Gesichtern, als wären sie in der heißen Sonne geschmolzen. Sie selbst war mit Blut bedeckt. Ihr Vater brüllte Befehle, aber niemand schien ihm zuzuhören. Alle starrten ungläubig auf die vor ihnen liegenden Leichen.

Ein Arm zog sie in den Schutz einer Mauernische, kurz bevor ein Messer haarscharf an ihrem Gesicht vorbeifuhr. Burden stand schweißgebadet neben ihr. »Woran im Namen aller Mächte hast du gerade gedacht?« stieß er keuchend hervor. »Der Mann hätte dich fast getötet.«

Sie wußte nicht, welchen Mann er meinte. Außer dem Messer hatte sie nichts gesehen. Einen Augenblick war sie mit ihren Gedanken an einem anderen Ort gewesen.

»Wir müssen dich hier irgendwie herausbekommen«, sagte er.

Sie schüttelte den Kopf. »Hol ein paar Soldaten. Wir müssen hinein. Ich weiß, wie wir sie daran hindern können, unseren Leuten Unrat über den Kopf zu schütten.«

Burden blitzte sie einen Moment lang wütend an, bevor er ihren Arm losließ. Er wußte aber, daß jetzt keine Zeit für Diskussionen blieb. Er schob sich bis an den Rand der Menschenmenge vor und zog einige Soldaten an den Armen aus dem Getümmel.

Sie zwickte sich in den pochenden Ellbogen und holte tief Luft. Irgendwie hatte Shima sie angesteckt. Seit Jewel von der Vision der Anführerin gehört hatte, empfand sie Furcht. Sobald diese Schlacht geschlagen war, würde Jewel ein Gespräch mit der Schamanin führen müssen, um herauszufinden, ob sich Visionen wie Schlangen von Geist zu Geist winden konnten.

Aber bis dahin wollte sie sich keinesfalls von ihrer Angst lähmen lassen. Denn wenn sie mitten in der Schlacht von ihr Besitz ergriff, war sie verloren.

12

Vor dem Fenster schrie ein Mann. Es war ein heiseres, lautes, langgezogenes Geräusch, das eher dem Schrei eines Tieres in Todesqualen glich als dem eines Menschen. Matthias hielt auf den Stufen inne und mußte sich mit der Rechten an der feuchten Steinwand stützen. Hier, auf der Treppe zwischen dem ersten und zweiten Stock, war er dem Kampf noch näher.

Die Angst schnürte ihm fast die Kehle zu, und er schluckte krampfhaft. Mit zitternden Fingern zog er an der Schnur, die den Wandteppich zurückhielt. Das dicke Gewebe entfaltete sich, schlug gegen den hölzernen Fensterrahmen und dämpfte den Lärm. Der Schrei wurde noch gellender und schmerzerfüllter. Matthias hastete am Fenster vorbei und verfluchte die plötzliche Dunkelheit, die jeden Schritt gefährlich erscheinen ließ, aber er konnte einfach nicht anders.

Er hatte heute schon zu viele Menschen sterben sehen.

Grausam sterben sehen. Sein Magen drehte sich ihm um bei dem Gedanken, wie man ihnen die Haut Zentimeter für Zentimeter abgezogen hatte. Die Blutströme hatten den Schlamm dunkel gefärbt. Um den Tabernakel herum lagen die Leichen, verlassen und hoffnungslos. Bis jetzt war der Tabernakel verschont geblieben, ohne daß Matthias den Grund begriffen hätte. Die prächtigen Türme, die Fenster mit den Wandteppichen und die juwelenbesetzten Türen ließen keinen Zweifel daran, daß der Tabernakel mehr Reichtümer enthielt als jedes andere Gebäude der Blauen Insel, vielleicht mit Ausnahme des Palastes.

Wieder würgte es ihn, und er schluckte erneut. Wenn die Fey nicht gekommen waren, um die Insel zu plündern, was suchten sie dann hier? Die einzige Antwort, die er auf diese Frage finden konnte, nachdem er ihre entsetzlichen Grausamkeiten auf der Straße gesehen hatte, war die, daß das Töten ihnen Freude bereitete.

Eilig hastete er die letzten Stufen zum ersten Stock hinunter. Die Daniten hatten sich um die Türen und Fenster geschart und alles umklammert, was halbwegs zur Waffe taugte. Manche hatten sogar ihre winzigen symbolischen Schwerter gezückt, eine Tatsache, die jeden der anderen Ältesten mit Verachtung erfüllt hätte. Matthias glaubte jedoch, daß Gott Verständnis für jeden hatte, der seine eigene Haut retten wollte, so gut er es eben vermochte.

Verständnis und vielleicht sogar Vergebung.

Einige Auds und Diener rannten aufgeregt durch die mit roten Teppichen ausgelegten Räume. Die Verwirrung der Männer spiegelte sich deutlich in ihren Gesichtern. Manche versuchten sogar, über die Köpfe der Daniten hinwegzuspähen, um zu sehen, wodurch der Lärm draußen verursacht wurde.

Der Schrei endete schließlich in einem schauerlichen Heulen, aber die darauf folgende Stille war beinahe noch entsetzlicher.

Matthias raffte die schwarze Robe vor seiner Brust zusammen und eilte weiter, an den fest verriegelten Türen vorbei, den Elfenbeinbüsten früherer Rocaans, vorbei an den goldgerahmten Porträts an den Wänden des Korridors. Einer der Auds, ein kleingewachsener, glatzköpfiger Mann, den er nicht kannte, packte ihn am Arm, obwohl dies ein Verstoß gegen die Etikette war.

»Bitte, verehrter Herr, wir brauchen hier dringend Palastwachen. Nur sie können uns retten.«

Der Griff des Mannes war fest und zwang Matthias zum Stehenbleiben. Er blickte auf die Hand, die seinen Arm umfaßte. Entsprechend der Verachtung der Auds für jeden

Schmuck waren die dicken plumpen Finger mit ihren abgebissenen Nägeln unberingt. Langsam richtete Matthias seinen Blick auf das Gesicht des Mannes.

»Nur eines kann uns retten«, erwiderte Matthias langsam. »Der Heiligste, der unsere Gebete an Gott weitergibt.«

Matthias entwand sich dem Griff des Auds und ging weiter, ohne eine Antwort abzuwarten. Immer mehr Diener rannten an ihm vorbei, beladen mit Stecken und Reisig zum Feuermachen. Ein großer Mann in der weißen Kleidung des Küchenmeisters schleppte ein großes sakrales Schwert, das er von der Tür der Kapelle der Diener gerissen hatten. Matthias unterdrückte eine Rüge. Falls der Mann diesen Tag überlebte, konnte er ihn immer noch dafür bestrafen.

Aber wahrscheinlich, da war sich Matthias ziemlich sicher, würde das niemandem hier gelingen.

Er holte tief Luft, um sich zu beruhigen. Noch niemals hatte er eine solche Schlacht gesehen. Es hatte begonnen, kurz nachdem er die Daniten zum König gesandt hatte. In der ganzen Stadt wurden die Leute von den Fey mit dem Schwert abgeschlachtet. Dann war dieser letzte Trupp Fey angekommen, Kämpfer, die einem Mann mit bloßen Händen die Haut abziehen konnten. Matthias hatte vom Fenster des Rocaan drei Menschen auf diese Art sterben sehen, bevor er in seinem Innersten begriff, daß Schmerz und Leiden der Gequälten real waren, daß weder der Heiligste noch der Roca selbst sich vom Himmel herabschwingen würden, um die aufrechten Gläubigen zu beschützen.

Dennoch hatten sie den Tabernakel bis jetzt verschont.

Aber wie lange noch?

Endlich hatte er die Krümmung des Korridors erreicht, die den neuen Flügel des Tabernakels mit der ehemaligen Kirche verband. Hier waren die Steine alt und porös, die Teppiche verschossen, und die Beleuchtung bestand aus einfachen Kerzen in winzigen goldenen Kerzenhaltern. Matthias ergriff eine der Kerzen und steckte dann einen Schlüssel in das Schloß einer kleinen Holztür.

Langsam drehte er den Schlüssel, das Schloß beschwerte sich ächzend über die ungewohnte Benutzung. Einen Augenblick lang fürchtete Matthias, es würde sich überhaupt nicht mehr öffnen lassen, aber dann spürte er, wie der Mechanismus nachgab. Er stieß die Tür auf und hustete, als aufwirbelnde Staubflocken ihm entgegenwehten.

Er warf einen Blick über die Schulter. Hinter ihm im Korridor war niemand zu sehen. Er befestigte zuerst die Kerze, trat dann ein und schloß die Tür hinter sich.

Die Kerze sorgte nur für spärliches Licht. Es beleuchtete seine Hand, seinen Arm und einen Bruchteil der Wand. Matthias konnte die Treppen nicht erkennen, nicht sehen, ob sie in all den Jahren, in denen sich keine Menschenseele hierher verirrt hatte, morsch geworden war. Die Luft war abgestanden und staubig. Vorsichtig machte er einen Schritt nach vorne und tastete mit dem Zeh in seinem Lederschuh nach dem Rand der Stufe. Als er ihn gefunden hatte, wagte er einen zögernden Schritt in die Dunkelheit.

Etwas verfing sich in seinem Haar, und er unterdrückte einen Schrei, während er mit seiner Linken so lange umhertastete, bis sich seine Finger in den klebrigen Strängen eines Spinnennetzes verfingen. Er verzog das Gesicht, stieg aber weiter hinunter. Vorsichtshalber streckte er die Hand vor dem Gesicht aus, damit ihn die schmierige Spinnwebe nicht noch einmal berührte.

Beim Gesegneten Schwerte, er hätte sich heute morgen nicht träumen lassen, daß er diese Treppe hier benutzen würde. Er hatte vielmehr damit gerechnet, seiner täglichen Routine nachzugehen, die Verhandlungen mit dem Rocaan über das Land südlich der Killeny-Brücke für die Auds abzuschließen, anschließend mit Nicholas, dem Königssohn, über dessen Mangel an Glauben zu sprechen und schließlich in der Gesellschaft des Rocaan sein Abendbrot einzunehmen. Matthias hatte nicht im geringsten damit gerechnet, daß die Welt, die ihm vertraut war, bis zum Abend nicht mehr existierte.

Niemand hätte das voraussehen können, und selbst wenn, so wäre keiner in der Lage gewesen, sich darauf vorzubereiten. Es gab keine Soldaten, nur ein paar Wachen, die mit jahrhundertealten Geschichten über die Bauernkriege gedrillt wurden. Das Meer und die Felsen hatten die Blaue Insel beschützt. Bis jetzt.

Je tiefer Matthias unter den Tabernakel vordrang, desto kälter und feuchter wurde die Luft. Irgendwo vor ihm tropfte Wasser auf den Boden. Von dort stieg ein sumpfiger Geruch nach Verwesung auf, und er wollte lieber nicht daran denken, welch seltsame Kreaturen er auf seinem Weg antreffen mochte.

Die Stufen wanden sich in die Dunkelheit. Matthias stützte sich auf das morsche Geländer und zählte die Treppenabsätze: zwei, drei, vier. Auf dem fünften blieb er stehen und hielt die Kerze in der vergeblichen Hoffnung vor sich, das Ende der Treppe von hier aus erkennen zu können.

Er erstarrte. Der Rand des Treppenabsatzes war weggebrochen, der Rest der Stufen verschwunden. Diese unterirdischen Gänge waren also nicht die Lösung des Problems. Er hatte gehofft, den Rocaan hier unten verstecken zu können. Aber nicht einmal ein junger Mann hätte den Sprung in den Abgrund überlebt. Er schluckte. Sein Kehle war wie ausgetrocknet. Erst jetzt begriff er, welches Entsetzen ihn übermannte, sobald er allein war. Er umklammerte das Schwert an seinem Hals mehr aus Gewohnheit als in dem Wunsch, den Heiligsten anzurufen. Er mußte die Treppe wieder hochsteigen und eine andere Lösung finden.

Aber er wollte nicht zurück in das Chaos. Er wollte aufwachen und feststellen, daß alles nur ein Alptraum gewesen war, daß er wohlig warm in seinem Bett lag, während der Regen fiel und dieser ungewöhnliche Sommer weiterging. Er wollte diesen Tag noch einmal von neuem beginnen, ohne das Höllenloch des Rocaan zu betreten, ohne die geisterhaften Mastbäume auf dem Cardidas zu entdecken, ohne das panische Entsetzen zu spüren, das sich langsam in seinem Magen ausbreitete.

Das Tropfen des Wassers hinter ihm wurde immer schwächer. Die schmale Kerze war fast heruntergebrannt, das geschmolzene Wachs floß warm über seine Finger. Da er sich allein in der Dunkelheit fürchtete, ging er langsam, aber seine Einbildungskraft trieb ihn immer weiter voran. Sein Verstand sagte ihm, daß er alles genauso vorfinden würde, wie er es verlassen hatte, wenn er oben angekommen war: Auds und Diener in Panik, die Daniten in Erwartung des Angriffs, Würdenträger, die die Tür zu den Räumen des Rocaan blockierten. Aber der Teil seines Gehirns, der seine Träume und Ängste beherbergte, konnte die Bilder des Todes, die er heute morgen gesehen hatte, nicht vergessen.

Er wollte nicht auf diese Art sterben.

Er wollte nicht wissen, daß es kein Leben über den Tod hinaus gab, daß der Rocaanismus nichts anderes war als die Vision eines verrückten, charismatischen Mannes, dem es gelungen war, vor Hunderten von Jahren alle Gläubigen dieser Insel unter seiner Schirmherrschaft zu vereinigen. Matthias blieb stehen und rieb sich mit der freien Hand über das Gesicht. In Zeiten der Not wandten sich wahre Gläubige an ihren Gott, während ihm selbst, als Gelehrter, Religionsführer und Verstandesmensch, nichts blieb, dem er sich zuwenden konnte.

Obwohl er versucht hatte zu glauben. Seit er als Zweitgeborener in einer Familie von Landbesitzern zur Welt gekommen war, versuchte er zu glauben. Er war der Sohn, der immer im Schatten seines Bruders stehen würde, es sei denn, sein eigener Schatten im Tabernakel würde so groß werden, daß niemand, nicht einmal sein Bruder, ihn noch übersehen konnte. Der Moralist in ihm hatte es immer für falsch gehalten, daß er die Kirche benutzte, um sein persönliches Ansehen zu vergrößern. Dieser Teil in ihm protestierte nun am lautesten und warf ihm vor, daß er sich nur deswegen in der Klemme befand, weil er an der Macht der Geschriebenen und Ungeschriebenen Worte gezweifelt hatte.

Matthias stieg weiter hinauf, vier Stufen auf einmal nehmend, und hielt sich am morschen Geländer fest. Das Kerzenlicht flackerte. Nur noch einen Augenblick, und es würde erlöschen. Seine Furcht vor der Dunkelheit war schließlich stärker als seine Furcht vor der wirklichen Welt, und er stieß die Tür mit einer Kraft auf, die ihn selbst überraschte …

… bis sich die Tür schon nach wenigen Zentimetern nicht mehr weiter öffnen ließ. Während Matthias' Kerze erlosch, drang durch den Türspalt Licht vom Korridor herein. Stimmen, die in einer ihm unbekannten Sprache riefen, hallten durch den Korridor, gefolgt von Schreien und den Geräuschen dumpfen Aufprallens. Einen wahnsinnigen Augenblick lang erwog er zurückzulaufen, aber er wußte, daß er das nicht konnte. Er mußte seine Pflicht gegenüber dem Rocaan erfüllen, eine Pflicht, die ihm ebenso wichtig war wie sein eigenes Leben. Er konnte den alten Mann jetzt nicht einfach im Stich lassen.

Matthias zerrte an der Tür und öffnete sie diesmal weit genug, um den Kopf hinausstrecken zu können. Zu seiner großen Erleichterung war niemand zu sehen außer dem leblosen Körper eines Auds, der die Tür versperrte.

Großer Gott! Sie befanden sich also bereits im Gebäude!

Dasselbe Entsetzen, das er schon unten auf der Treppe verspürt hatte, schnürte ihm die Kehle zu. Er drückte abermals gegen die Tür. Die Panik verlieh ihm ungeahnte Kräfte. Der

Körper des Aud wurde zur Seite geschoben, Matthias betrat den Korridor und schlug die Tür hinter sich zu. Die Steinmauern waren mit Blut bespritzt, das in Strömen zu Boden rann.

Er mußte ins nächsthöhere Stockwerk gelangen. Er mußte es *sehen.*

Die Schreie und das metallene Klirren kamen von dort, wo er ursprünglich hergekommen war. Er mußte durch den Dienstbotentrakt gehen.

Matthias schritt über den Körper des Aud und rannte den Korridor hinunter. Überall gab es Anzeichen von Tumult: Kerzen lagen auf dem Boden, Tische waren umgestoßen. Jemand hatte ein Porträt des Zehnten Rocaan zerschlitzt, die Leinwand hatte sich zusammengerollt, und überall lagen kleine Farbreste über den Boden verstreut.

Als Matthias hinter der Kapelle der Dienstboten um die letzte Ecke bog, sah er sie. Eine Gruppe von zwanzig Fey, groß, schlank und schrecklich anzusehen in ihren schwarzen Lederuniformen. Sie standen über den Körper eines anderen Aud gebeugt und unterhielten sich in ihrer kehligen Sprache. Tiefes Lachen unterbrach ihr Gespräch, als ein etwas kleinerer Fey mit einer roten Kappe und verzerrtem Gesichtsausdruck sich zu dem Aud hinunterbückte und lange, tropfende Streifen von dessen Körper zog, die er in eine Tasche an seiner Taille steckte.

Es dauerte einen Augenblick, bis Matthias begriff, daß es sich bei diesen Streifen um die Haut des Mannes handelte.

Unwillkürlich entwich ihm ein entsetztes Stöhnen. Die Fey drehten sich wie ein Mann zu ihm um, und Matthias starrte in ihre dunklen, nichtssagenden, leeren Augen.

Der kleine Mann machte einen Schritt in seine Richtung und riß Matthias aus seiner Erstarrung. Er schrie auf und drehte sich um. Er wollte nicht sterben wie dieser Aud und wußte doch, daß ihn wahrscheinlich dasselbe Schicksal ereilen würde. Wenn er den Korridor wieder zurücklief, würden sie ihn fangen, ihn häuten, und dann würde auch sein Blut von diesen Wänden tropfen. Er hatte keine Waffen, um sich zu verteidigen. Er war ihnen wehrlos ausgeliefert.

Matthias rannte zur Kapelle der Diener, in der Hoffnung, dort eines der zeremoniellen Schwerter ergreifen zu können. Sie hatten die richtige Größe, und der Roca würde sich nicht daran stören, wenn sein Symbol dazu mißbraucht wurde, um das Leben eines Gläubigen zu retten.

Falls der Roca überhaupt existierte.

Und falls man Matthias als Gläubigen bezeichnen konnte.

Dennoch erschien ihm in diesem Moment seine Seele weniger kostbar als sein Leben.

Er stieß die Doppeltüren zur Kapelle auf und legte die Hände auf die leere Stelle an der Wand, wo sich früher das geweihte Schwert befunden hatte. Er glitt auf dem schlüpfrigen Steinboden aus. Irgend jemand hatte den Teppich beiseite getreten und eine Flüssigkeit auf den Boden geschüttet. Erst nach einigen Augenblicken erkannte Matthias, daß es sich dabei um Blut handelte.

Die Bänke waren umgekippt, und überall lagen Körper mit bloßen, zumeist unverletzten Füßen. Daniten, Auds, Diener, sie alle waren ums Leben gekommen. Aber er konnte jetzt nicht stehenbleiben, um das Ausmaß der Vernichtung genauer zu studieren. Er mußte suchen, mußte eine Waffe finden, die sein eigenes Leben rettete.

Er hastete zum Altar. Das Podium war umgestoßen und zerstört worden. Über dem Altar lag ein toter Diener, dessen Gesicht zur Hälfte so zerfetzt aussah, als habe jemand hier oben, am heiligsten aller Orte, versucht, ihn aufzuschlitzen. In der ganzen Kapelle roch es nach Blut. Und sämtliche zeremoniellen Schwerter waren verschwunden.

Matthias taumelte. Er saß in der Falle. Der Weg durch den

Hinterausgang führte ihn direkt vor das Gebäude, und wenn er denselben Weg zurück einschlug, lief er seinen Verfolgern in die Arme.

Als hätten sie seine Gedanken gehört, stürmten sie jetzt durch beide Türen zugleich herein. Sie hatten sich geteilt und rannten von zwei Seiten auf ihn zu. Daß sie keine Waffen in den Händen hielten, jagte ihm erst recht einen Schauer über den Rücken.

Aber er würde nicht auf diese Art sterben. Er würde nicht zulassen, daß sie ihn hier umbrachten. Vergeblich durchsuchte er den toten Diener nach einer Waffe. Dann sah er die schimmernden Weihwassergefäße, die der Roca am vergangenen Abend für das Mitternachtssakrament gesegnet hatte. Die Behälter waren aus dickem, schwerem Glas. Vielleicht konnte er die Fey damit so lange aufhalten, bis ihm etwas anderes einfiel.

Matthias packte eine Flasche nach der anderen und schleuderte sie auf die Fey, erst auf die Gruppe vor ihm, dann auf diejenigen, die sich rechts von ihm befanden. Das erste Gefäß zerschellte am Boden, und die Fey schrien schmerzerfüllt auf. Dann zerbrach die nächste Flasche. Matthias warf und warf, bis er schließlich bemerkte, daß die Fey nicht mehr näher kamen.

In der Kapelle breitete sich ein immer stärker werdender, durchdringender Geruch aus. Es roch verbrannt. Erst nach einiger Zeit erkannte Matthias, daß sämtliche Fey ihre Beine umklammerten und schrien. Sie lagen am Boden und wälzten sich in ihrem eigenen Blut. Er warf einen Blick hinter sich. Er hatte ungefähr zehn Flaschen auf sie geworfen, bestimmt nicht genug, um so vielen Männern schwere Schnittwunden zuzufügen.

Plötzlich sah er, daß die Männer nicht bluteten, sondern daß sich die Kleider von ihnen abschälten, als wollten sie sich davonmachen. Er schlug die Hand vor den Mund und blieb einen Augenblick fassungslos stehen. Die Fey lagen in der Flüssigkeit, und jedesmal, wenn das Weihwasser ihre Körper berührte, schrien sie. Der kleine Mann war bereits tot, in seinem verzerrten Gesicht ließ sich nur noch das Weiße der Augen erkennen.

Matthias' Hände zitterten. Das, was geschehen war, erfüllte ihn mit nacktem Entsetzen, aber er mußte es genau wissen. Er mußte es ganz genau wissen. Das Glas konnte die Männer nicht getötet haben, also mußte es das Wasser gewesen sein.

Das Weihwasser.

Matthias nahm eines der Gefäße und schritt die Treppe hinunter. Sein Herz klopfte so ungestüm, daß er kaum atmen konnte. Er entkorkte die Flasche und wartete, bis er den Fey sah, der ihn als erster bemerkt hatte. Das Wesen lebte noch, Beine und Hände waren eine einzige, verbrannte Masse, die Kleider zerrissen und zerfetzt.

Sein Blick begegnete dem von Matthias, seine Haut war bleich und die dunklen, mandelförmigen Augen durch den Schock weit aufgerissen. »Was hast du getan?« fragte er auf Nye, wenn auch mit einem Akzent behaftet.

Diese Worte überraschten Matthias. Er fragte sich, ob sie sich nur verstellten und mit Hilfe dieses Tricks bereits die anderen überwältigt hatten. Er verspritzte das Wasser, und es traf die vollendeten Gesichtszüge des Fey. Das Wesen schrie, bis ihm die Lippen über dem Mund schmolzen. Matthias stand wie angewurzelt da und beobachtete mit Tränen in den Augen, wie das Wesen – dieser Mann – sich aufbäumte, als das Fleisch über seiner Nase zu schmelzen begann und er langsam erstickte.

Die anderen Fey stöhnten immer noch leise, hatten den Tod ihres Anführers nicht bemerkt. Matthias aber beobachtete, wie der Führer für schier endlose Zeit mit verunstalteten Händen an seinem konturlosen Gesicht zerrte, bis er sich endlich nicht mehr bewegte.

Matthias stolperte die Stufen zum Altar hinauf. Die Schreie in der Kapelle übertönten die anderen Schreie im Tabernakel. Aber genau hier und in den anderen Kapellen, die sich im Gebäude befanden, lag der Schlüssel, um alles zu beenden.

Schnell befestigte er den Saum des Talars an seiner Taille und füllte den großen Beutel, der auf diese Art entstand, mit den Weihwassergefäßen. Er nahm so viele mit, wie er tragen konnte.

Auf dem Weg zu den Doppeltüren der Kapelle machte er einen vorsichtigen Bogen um die verwundeten und sterbenden Fey. Er war gezwungen, sich langsam zu bewegen, aber diesen Preis war er für sein Überleben nur zu gerne zu zahlen bereit.

13

Er schmeckte Blut auf den Lippen. Fledderer wischte sich mit der Hand über den Mund, aber das machte es nur noch schlimmer. Die schmierige Flüssigkeit verteilte sich über seine Haut. Er verabscheute diesen Teil seiner Arbeit. Er roch nach Eisen und Tod, und dieser Geruch würde ein paar Tage lang an ihm haftenbleiben.

Leicht schwankend ging Fledderer zwischen den Gebäuden auf der Straße entlang, auf der überall Leichen lagen. Als er den Infanteristen zuvor auf dieser Straße zum Palast gefolgt war, hatte er einen eigentümlichen Fischgeruch bemerkt. Jetzt nahm er nur noch seinen eigenen Gestank wahr.

Vor ihm, am steinigen Flußufer, lagen die Lagerhäuser und Docks. Dahinter glitzerte das bräunliche Wasser des Cardidas, kein Schiff war zu sehen. Nur ein kleiner, unnatürlicher Lichterkreis verriet, daß die Schiffe im Schattenland verborgen waren. Im hellen Sonnenlicht war der Kreis fast nicht zu erkennen. Trotzdem warf Fledderer einen Blick in seine Richtung. Die vertrauenerweckende Nähe von etwas Bekanntem gab ihm ein Gefühl der Sicherheit.

Die Umgebung der Docks war genauso verlassen wie der Fluß. Die Brücke, noch vor wenigen Stunden bevölkert von panischen Pferden und schreienden Inselbewohnern, war leer. Nur über dem Geländer hingen noch einige leblose Körper. Fledderer sah nirgendwo Rotkappen bei der Arbeit, aber sie waren schließlich nicht sehr groß und hinter der Steinmauer nicht einfach zu erkennen. Reiche Ernte, und so nahe am Schattenland. Hätte er doch auch einmal soviel Glück.

Als er das Lagerhaus endlich wieder erreicht hatte, kam es ihm vor, als sei er bereits mehrere Meilen gelaufen. Mit der

Last, die er in den Beuteln am Gürtel trug, fühlte er sich doppelt so schwer. Die Beutel wurden nur von den geschicktesten Domestiken aus Schafsblasen mit einem besonderen Zauber belegt. In ihnen ließ sich noch das glitschigste Material sicher aufbewahren. Einmal hatte Fledderer eine Rotkappe mit undichten Beuteln gesehen. Der arme Mann hatte auf dem Weg zum Lager eine Spur blutiger Tropfen hinter sich hergezogen, und einer der Hüter hatte ihn dafür verprügelt.

Fledderer war umsichtig genug, keine Spur zu hinterlassen. Sein ganzes Leben hatte er darauf geachtet, keinen Fehler zu begehen. Aber es hatte ihn nicht weitergebracht. Rotkappen blieben ihr Leben lang Opfer ihrer Abstammung: Zu klein, gedrungen und der Zauberkraft nicht kundig, erfüllten sie nur im Krieg eine Funktion. In Friedenszeiten lebten die Kappen in Siedlungen außerhalb der Wohngebiete der anderen Fey, damit sie die ›echten‹ Fey nicht daran erinnerten, daß nicht alle Angehörigen ihrer Rasse hochgewachsen, schlank und wohlgeraten waren.

Dennoch sehnte sich Fledderer nach Frieden. Im letzten Jahr hatte er sich die Hände nicht schmutzig machen müssen, war er keinen einzigen Tag mit Unrat verschmiert gewesen. Er hatte keine Befehle von Infanteristen befolgen und auch keine Hautstreifen irgendwelcher armer Teufel in die Hand nehmen müssen.

Fledderer schluckte und fuhr sich mit der Zunge über die Lippen. Er stöhnte auf, als er das Blut schmeckte. Er trat auf den abschüssigen Pfad, der zu den Lagerhallen führte, glitt aus und rutschte die Böschung hinunter. Er stützte sich mit einer Hand auf, damit die Beutel an seiner Taille nicht aufplatzten, und als er das Ende des Abhangs erreichte, waren seine eigenen Handflächen aufgerissen und blutig. Er wischte sich die Hände an den Hosen ab und eilte in das neue Versteck der Hüter.

Sie hatten in der größten Lagerhalle in Flußnähe Quartier bezogen. Die Türen bestanden aus grauem, verwittertem Holz, das an manchen Stellen abgesplittert war. Davor lagen einige tote Inselbewohner, noch mehr lagen am Strand, und die meisten von ihnen waren nicht von den Fußtruppen, sondern von der Infanterie getötet worden. Das große Blutbad stand ihnen allen, falls es überhaupt stattfinden würde, erst noch bevor.

Schnell ging Fledderer die hölzerne Rampe hoch und öffnete die Tür. Das Gebäude roch nach verdorbenem Fisch und brackigem Wasser. Er nieste und war dankbar, daß etwas anderes als Blutgeruch in seine Nase drang. Jemand hatte sich bereits darangemacht, Fey-Lampen herzustellen und sie eine neben der anderen auf den Holzboden zu stellen. Die darin gefangenen Seelen klopften gegen das Glas, das Licht leuchtete hell und freundlich. Fledderer blieb stehen und starrte in eine der Lampen. Ein schlanker Mann, dessen winziges Gesicht einen verwirrten Ausdruck trug, flatterte darin umher. Wahrscheinlich hatten die Inselbewohner noch niemals Fey-Lampen gesehen, und der arme Mann hatte vermutlich keine Ahnung, daß er darin gefangen bleiben würde, bis seine Seele erlosch. Er erinnerte sich vielleicht nicht einmal mehr daran, wie man ihn gefangen hatte. Die Irrlichtfänger verrichteten ihre Arbeit mit der Unterstützung der Domestiken rasch und geschickt.

»Bist du eine Kappe oder jemand, um den ich mich kümmern sollte?« Caseos tiefe Stimme erhob sich grollend in den Tiefen der Lagerhalle.

Mit klopfendem Herzen blieb Fledderer stehen. Von allen Hütern war Caseo nicht nur der mächtigste, sondern auch derjenige, der seine Macht besonders gern ausspielte. »Nummer fünfzehn«, rief Fledderer, und seine Stimme hob sich auf der letzten Silbe.

»Nun, dann tritt näher, mein Junge. Der Tag hat gerade erst angefangen.«

Junge. Ärgerlich preßte Fledderer die Lippen aufeinander. Seit über dreißig Jahren war er kein Junge mehr. Er verfügte zwar nicht über Zauberkräfte und besaß keinen hochgewachsenen, gertenschlanken Körper, aber deswegen war er noch lange kein Junge. Er war ebenso ein Fey, ein erwachsener Fey, wie alle anderen.

Er atmete tief durch. Er wollte sich keinesfalls von seinem Zorn leiten lassen, wenn er mit einem Hüter zusammentraf. Diesen Fehler hatte er nur einmal begangen. Danach mußte er mit fünf Tage alten Leichen auf einem Schlachtfeld bei Uehe arbeiten. Er war damals fast zwanzig Jahre alt und hatte noch niemals zuvor derart verweste Leichen gesehen oder gerochen. Seitdem hatte er es auch tunlichst vermieden.

»Ich komme, Herr«, sagte Fledderer. Er folgte dem Schein der Lampen. Sie beleuchteten kahle Wände aus rohem Holz. An mehreren Haken hingen eine Handvoll zerrissener Netze. Die meisten Haken waren jedoch leer.

Als er um die Ecke bog, befand er sich plötzlich in einem Raum, der so hell erleuchtet war wie eine sommerliche Wiese zur Mittagszeit. An allen Wänden und Decken hingen Fey-Lampen, einige standen auch auf dem Boden. Die Einrichtung war zum größten Teil an die Wand geschoben worden, nur ein überdimensional großer Tisch und zehn Stühle für die älteren Hüter standen noch im Raum. Hier waren alle zwanzig Hüter versammelt. Sie beugten sich über kleine Papierstücke und hatten ihre Roben fest geschlossen. Solanda, die Gestaltwandlerin, war ebenfalls anwesend und schritt wie ein gehetztes Tier auf und ab.

Fledderer sah sie einen Augenblick an. Ihr gelbbraunes Haar, die goldene Haut und ihre natürliche Anmut machten sie zur perfektesten aller Fey. Das dunkelbraune Geburtszeichen auf dem Kinn, das alle Gestaltwandler trugen, erhöhte ihre Schönheit sogar noch.

Caseo hatte die Hände auf den Tisch gestützt und beugte sich vor. Auch er studierte irgendein Papier, vielleicht eine Landkarte, aber Fledderer war nicht nahe genug, um es genau zu erkennen. Caseo hatte die Kapuze, die sein hageres Gesicht sonst meistens verdeckte, abgestreift. Als er sich Fledderer zuwandte, sahen seine Augen wie dunkle Löcher in seinen schmalen Gesichtszügen aus.

»Na, mein Junge«, sagte Caseo, »bring es hierher. Ich bin sicher, da draußen wartet noch mehr Arbeit auf dich.«

Fledderer schluckte die Beleidigung und trat vor. Die Hüter am Tisch wichen ihm aus. Solanda beugte sich vor, nahm das vor Caseo liegende Papier und steckte es blitzschnell in ihren Ärmel. Dann drehte sie Fledderer den Rücken zu, als fühlte sie sich durch seine Häßlichkeit persönlich beleidigt.

Fledderer blieb am Rand des Tisches stehen, der sich gegen seine Brust drückte. Der Tisch war sehr lang und aus besonders dickem Holz. Alte Blutspuren zeichneten sich auf der Platte ab, und er wußte, daß die Inselbewohner hier Fische ausgenommen hatten. In diesem Raum war der Fischgeruch besonders ausgeprägt.

Fledderer zog die Beutel vom Gürtel und reckte sich, um sie auf den Tisch zu legen. Obwohl ihm dies sichtlich Schwierigkeiten bereitete, half ihm niemand. Die Beutel nahmen die Form langer, schwabbeliger, blasenartiger Schläuche an, widerliche Verpackungen widerlicher Inhalte. Jetzt verstand er, warum Solanda sich abgewandt hatte.

Caseo ergriff einen davon, hob ihn abschätzend hoch und grinste Fledderer zu. »Woher hast du sie?«

»Vom Palast«, erwiderte er. »Sie sind schon drinnen.«

Caseos Grinsen wurde noch breiter. »Vielleicht dauert alles gar nicht so lange, wie wir dachten. Der Uferstreifen und die meisten Läden sind bereits in unserer Hand. Ein paar von diesen mitleiderregenden Geschöpfen müssen wir am Leben lassen, damit sie uns helfen, das Land zu bestellen.«

Caseo beugte sich über den Beutel und öffnete ihn mit der rechten Hand, wobei er ihn mit der linken festhielt. Er legte den Lederriemen auf den Tisch, griff in die Schafsblase und zog einen langen, schleimigen Streifen Haut heraus, ein wenig gekräuselt durch seine Länge und schwarz von Blut. Vorsichtig hielt er ihn zwischen Daumen und Zeigefinger fest.

»Sind alle Streifen so dünn geschnitten?« fragte Caseo.

Fledderer nickte. »Die Infanterie griff schnell an und ließ viele von ihnen am Leben. Die Fußtruppen hatten nicht viel Arbeit.«

»Völlig unberührt«, sagte Caseo, zu den anderen Hütern gewandt. »Schaut euch das an. Gekräuselt, dünn, unverfälscht. Rugar hatte doch recht. Diese Insel ist für uns ein wahres Paradies.«

Fledderer biß sich auf die Unterlippe. Natürlich waren auch ihm die Meinungsverschiedenheiten zu Ohren gekommen, die Befürchtung, Rugars Visionäre Kraft lasse nach. Caseos Worte übten eine beruhigende Wirkung auf ihn aus. Unverfälscht. Generationen von Inselbewohnern, deren Leben von keinerlei schädlichen Zauberkräften beeinflußt worden war. Kein Wunder, daß ihre Seelen in den Fey-Lampen so strahlend hell leuchteten. Die Einwohner von Galinas hingegen waren den Fey schon vor ihrer Eroberung begegnet. Es machte den Kampf viel schwerer und die Nahrung, die die Blutnutzer entnahmen, viel dünner.

»Entschuldigt, Herr«, sagte Fledderer, wohl wissend, daß er jetzt nicht mehr gebraucht wurde. »Darf ich gehen?«

»Gleich, mein Junge«, erwiderte Caseo. Er verstaute die Haut wieder im Beutel und reichte sie zum Versiegeln an einen anderen Hüter. Er säuberte sich die Finger mit einem kleinen

Tuch, das man ihm reichte. Dann drehte er sich zu Fledderer um, lehnte sich mit der Hüfte an den Tisch und verschränkte die Arme. »Du hast gesagt, du hast diese Reste im Palast gefunden.«

Fledderer nickte. »Ich bin sicher, daß dort noch mehr zu holen ist.«

»Davon bin ich ebenfalls überzeugt«, sagte Caseo. »Deswegen möchte ich, daß du die anderen Kappen aus dem Hafengebiet zusammentrommelst und zum Palast führst. Wir sind hier mit unserer Arbeit fertig, und die Fußtruppen sind schon längst weitergezogen. Die Kappen werden sich wahrscheinlich eher damit beschäftigen, Steine ins Wasser zu werfen, als sich nach neuer Arbeit umzusehen.«

Fledderer preßte die Lippen fest zusammen und richtete sich auf. Es gab jetzt keinen Zweifel mehr, daß Caseo ihn absichtlich reizen wollte. Die Hüter, und übrigens auch alle anderen, wußten nur zu gut, wie sehr eine tüchtige Kappe ihre Arbeit verabscheute. Rotkappen, die ihre Arbeit gern verrichteten, verfielen schnell dem Wahnsinn und wurden unzuverlässig.

»Darf ich gehen?« wiederholte Fledderer, diesmal ohne die vorschriftsmäßige Verbeugung vor Caseo.

»Hört ihr, er bestreitet es nicht einmal. Hast du auch Steinchen geworfen, bevor du uns gefunden hast, mein Junge?«

Fledderer zog ein paar neue Beutel aus seinem Hemd und fädelte sie an seinem Gürtel auf. Als er damit fertig war, wiederholte er in ruhigem Tonfall: »Darf ich jetzt gehen?«

Nachlässig winkte Caseo mit der Hand. »Du hast schon genug Zeit vergeudet. Geh jetzt.«

Fledderer drehte sich auf dem Absatz um und stolzierte hinaus. Durch die ungewohnte Helligkeit in dem Zimmer der Hüter zuckten rote und grüne Blitze vor seinen Augen. Als er in der Dunkelheit verschwand, hörte er Solandas Stimme. Sie klang genauso warm, voll und musikalisch, wie er angenommen hatte, und er mußte die Ohren spitzen, um ihre Worte zu verstehen.

»Wenn du den kleinen Troll noch weiter ärgerst, dann wird er sich eines Tages an dir rächen.«

Fledderer fühlte, wie sein Gesicht heiß wurde. ›Kleiner Troll‹ war noch schlimmer als ›mein Junge‹. Er neigte den Kopf und schlurfte davon. Es war sein Schicksal, von allen gehaßt zu werden, er verdiente diesen Haß, weil er häßlich und klein war und nicht über Zauberkräfte verfügte. Aber manchmal wünschte er sich den Tag herbei, an dem ihn niemand daran erinnerte, wie abstoßend er war. Das würde ein wahrer Festtag sein.

Er stieß die Doppeltüren auf und trat ins Sonnenlicht hinaus. Von allen Seiten ertönten Schreie, Klirren und Kampfgeräusche. Der Lärm hatte zugenommen, wahrscheinlich, weil er sich näher am Fluß befand und die Laute über das Wasser getragen wurden. Ohne einen Blick auf die Leichen zu werfen, eilte er die Rampe hinunter, auf der Suche nach anderen Fey, die genauso kleinwüchsig und blutbesudelt waren wie er.

Erst nach einer Weile begriff er, daß am anderen Ufer etwas Merkwürdiges vor sich ging.

Statt der wilden Freudenschreie, die sonst die siegreichen Schlachten der Fey begleiteten, vernahm er schmerzerfülltes Schluchzen. Er schirmte die Augen gegen die Sonne ab und eilte zum Pier hinunter, den Blick starr auf das riesige Gebäude am anderen Ufer geheftet.

Der Bau war wie eine Festung angelegt: Vier Türme standen schützend um einen massiven Zentralturm. Alle Türme hatten Fenster, und auf jeden von ihnen war ein riesiges weißes Schwert mit nach unten gerichteter Klinge gemalt. Die Türme waren nicht durch Mauern, sondern durch Übergänge miteinander verbunden. Die Steine waren ungleich groß, als seien verschiedene Abschnitte des Gebäudes zu unterschiedlichen Zeiten erbaut worden.

Als Fledderer die Augen zusammenkniff, konnte er erkennen, daß dort Leute aus den Fenstern gestoßen wurden. Hochgewachsene, schlanke Gestalten in schwarzem Leder, unbewaffnet, gekleidet in der leichten Kampfuniform der Fey. Die meisten schrien nicht. Aus den oberen Turmfenstern lehnten sich Inselbewohner in schwarzen Talaren und gossen aus winzigen Gefäßen eine Flüssigkeit auf die Kämpfenden. Eine große Dunstwolke erhob sich über der Szenerie, und als sie sich bis zu Fledderer ausdehnte, trat er unwillkürlich einen Schritt zurück. Der beißende Gestank der Verwesung stieg ihm in die Nase, genau wie die Ausdünstungen der Leichen, um die er sich als Junge hatte kümmern müssen.

Dort drüben, in dieser Festung, die er aus den Angriffsplänen als religiöses Zentrum der Inselbewohner wiedererkannte … dort starben Fey. Die Inselbewohner mußten über irgendeinen Zauber verfügen, deswegen hatte das Gebäude auch keine Mauern. Sie benötigten diesen Schutz nicht. Sie konnten genauso töten wie die Fey.

Fledderer biß sich auf die Unterlippe und blinzelte. Schwarzgekleidete Gestalten hatten sich inzwischen unter die Fey gemischt. Sonnenlicht glitzerte auf schweren Glasflaschen, mehr von dieser Flüssigkeit wurde vergossen. Sobald sie einen Fey berührte, stieg Dampf auf. Fledderer warf einen Blick auf die Lagerhalle. Wenn er Caseo warnte, konnten sie vielleicht Rugar noch rechtzeitig erreichen, die Schiffe aus den Schattenlanden holen und die Insel verlassen.

Aber Fledderer konnte Rugar auch ohne Caseos Hilfe finden. Dann mußte Caseo sich allein durchschlagen.

Fledderer rannte am Dock entlang. Der nur halb durchdachte Plan hörte sich in seinen Ohren gut an. Dann fiel ihm plötzlich ein, daß er nicht wußte, wo Rugar sich aufhielt.

Außerdem brauchten die Fey die Hüter dringend. Sie konnten sich neuen Zauber ausdenken, neue Kampfmethoden erfinden. Wenn sich etwas Ungewöhnliches ereignete, mußten zuerst die Hüter davon erfahren, damit sie alle anderen retten konnten.

Er verfluchte die Mysterien, die ihn hierhergeführt hatten und ihm diese ersehnte, persönliche Rache nicht erlaubten. Dann rannte er die Rampe hoch, stieß die Doppeltüren auf und hoffte, daß Caseo ihm glauben würde.

14

Alexander hatte das Kriegszimmer zuvor erst einmal betreten. Damals, als sein Großvater ihn stolz hierhergeführt hatte, war er noch ein kleiner Junge gewesen. Er hatte erfahren, wie hier der Bauernaufstand beendet und daß der Raum eigens dafür entworfen worden war, die unteren Bevölkerungsschichten zu kontrollieren.

Jetzt war Alexander wieder hier. Er war kein kleiner Junge mehr, sondern ein König, der sich unversehens mitten in einem Krieg wiederfand. Er trug das einfache Bauernhemd und die langen Hosen – eine Ironie des Schicksals, die ihm keineswegs entging –, auf denen sein Sohn bestanden hatte, weil sie den Umständen angemessen waren. Er mußte sich jetzt freier bewegen können, als es in seinen Roben möglich war. Er hatte die Ärmel hochgekrempelt und saß zusammen mit seinen Beratern und Stephan, dem Fechtmeister seines Sohnes, über den Bauplänen des Palastes. Sie befanden sich zu zwölft in einem Raum, der nicht größer war als sein Schlafzimmer.

Es schien fast, als ob sie sich versteckten.

Der Raum roch feucht und muffig. Alte, zerknitterte und von Mäusen angenagte Karten bedeckten die Wände. Lord Stowe hatte soeben eine herabgerissen und fegte damit den Staub von dem langen, schmutzigen Tisch in der Mitte des Zimmers. Die Berater hatten darauf bestanden, das Treffen hier abzuhalten, im höchsten Turm, geschützt von einer besonders langen Treppe und einem Geheimausgang hinter dem Thron. Derjenige, der ihn entworfen hatte, mußte schmächtiger gewesen sein als Alexander. Es war unmöglich, hier entdeckt zu werden. Es sei denn, die Angreifer kannten die Baupläne.

Aber niemand wußte von der Existenz dieses Zimmers. Nur

der König erfuhr von seinem jeweiligen Vorgänger davon. Ein schriftlicher Beweis existierte nicht. Nicht einmal die Berater wußten etwas von dem Fluchtweg, der sich hinter einer doppelten Wand bis in die unterirdischen Verliese hinabschlängelte.

Alexander hatte den Raum zuerst allein betreten, um zu sehen, ob seine Erinnerungen ihn nicht trogen. Abgesehen von einer Spinnwebe, die so groß war wie sein Kopf, hatte der versteckte Gang den Eindruck vermittelt, im Notfall zur Rettung der eigenen Haut zu dienen.

Wenn er bloß Nicholas finden könnte! Er wollte sich und seinen Sohn retten.

Nach dem Treffen mit den Daniten war Nicholas plötzlich verschwunden, angeblich, um Stephan zu suchen. Aber Stephan war inzwischen bei Alexander, und keiner von beiden hatte Nicholas gesehen.

Danach hatten sie nicht mehr viel miteinander geredet. Sie wußten, wo Nicholas steckte. Mitten im Schlachtgetümmel, berauscht vom Kampf, ohne einen Gedanken an die Zukunft zu verschwenden.

Oder tot. Oder sterbend. Ganz allein dort unten.

Alexander hatte vier Wachen beauftragt, nach Nicholas zu suchen. Er hatte es aber aufgegeben, als einer der Posten mit schlaff herabhängendem Arm, den er sich mit einem Stück Wandteppich abgebunden hatte, zurückgekehrt war und die Neuigkeiten überbrachte, vor denen sie sich insgeheim gefürchtet hatten.

Die Fey hatten das Tor aufgebrochen und befanden sich im Innern des Palastes. Die Lords Oast und Stowe waren aufs Dach geklettert und hatten von dort hinabgeschaut. Sie waren mit aschfahlen Gesichtern und zitternden Händen zurückgekommen. Sie wiederholten, was der Wachposten in seinem Bericht bereits stillschweigend vorausgesetzt hatte:

Es mußte ein Wunder geschehen, wenn irgend jemand dieses Gemetzel dort unten überleben wollte.

Also versuchte Alexander, nicht mehr daran zu denken. Niemand würde ihn einfach davonziehen lassen, und vom Schwertkampf verstand er ebenfalls so gut wie nichts. Nicholas hatte sich zumindest darin geübt. Alexander blieb im Kriegszimmer und versuchte, eine Verteidigungstaktik aufzubauen, die niemand je für nötig gehalten hätte.

»Als die Bauern den Palast stürmten«, äußerte Monte, der Anführer der Wache, gerade, »wurden sie mit Schwertern und brennenden Fackeln zurückgetrieben. Dazu genügte eine einzige, ein wenig aufeinander abgestimmte Anstrengung.« Er war ein großer Mann, muskelbepackt und ohne ein Gramm Fett am Leib. Seine Arme hatten denselben Umfang wie Alexanders Oberschenkel. Er hatte ein hageres Gesicht, sein Haar war eher braun als blond und, entgegen der herrschenden Mode, kurz geschnitten.

»Die damaligen Angreifer waren wütend und schlecht organisiert.« Stephan sprach im Stehen, einen Fuß auf einen klapprigen alten Stuhl gestützt. Obwohl er fast zwanzig Jahre älter war als die anderen im Raum, stand er kerzengerade, sein Körper vom Alter ungebeugt. Er strahlte eine Kraft aus, die keiner der anderen Männer zu besitzen schien. »Die Fey sind Kampfmaschinen. Sie kommen aus den Eccrasischen Bergen, ihre Zauberkünste haben dort ihren Ursprung. Bevor sie Galinas eroberten, haben sie schon zwei weitere Kontinente überrannt. Spätestens nach der Eroberung von Nye hätten wir auf ihren Angriff vorbereitet sein sollen. Nichts wird sie aufhalten, bevor sie nicht die ganze Welt beherrschen.«

Alexander fuhr sich mit den Fingern durch das lange blonde Haar. Er mußte seine Gedanken von Nicholas ablenken. »Wollt Ihr damit sagen, daß wir keine Chance gegen sie haben?«

»Diese Daniten hatten keine Ahnung, wie groß die Flotte

tatsächlich war«, sagte Lord Powell. Das Haar fiel ihm unordentlich in das aufgedunsene Gesicht, sein Pferdeschwanz hatte sich fast völlig aufgelöst. Er sah aus, als käme er direkt vom Schlachtfeld, obwohl er keine Minute von Alexanders Seite gewichen war. »Genug, um das Hafenbecken des Cardidas zu füllen. Selbst wenn sie aus einer Laune heraus hierhergekommen sind, hatten sie immerhin einen Monat Zeit, um alles zu planen.«

Alexander sah die Männer an, deren Augen vor Furcht weit aufgerissen waren. Ihre Gesichter waren bleich, die Hände zitterten. Sie hatten bereits über den Ausgang dieses Kampfes entschieden. Sie waren bereit, sich zu ergeben und zuzulassen, daß die Fey ihm die Blaue Insel wegnahmen, ihm, Alexander, dessen Familie in direkter Linie vom Roca abstammte. Dort unten kämpfte jetzt Nicholas, sein Sohn, und er würde im Alter von achtzehn Jahren sterben, wenn Alexander die Situation weiterhin sich selbst überließ.

Aber das würde er nicht tun. Wenn die Insel sich den Fey schon ergeben mußte, dann nur in einem gerechten Kampf.

»Schlagt Ihr vor«, fragte er so ruhig, wie er es vermochte, »daß wir die Insel dieser überlegenen Streitmacht einfach überlassen sollen?«

»Aber n-nein, natürlich nicht«, erwiderte Powell und wich einen Schritt zurück. »Aber ich ... ehrlich gesagt, Sire, ich weiß nicht, wie wir es verhindern sollen.«

»Aha, das wißt Ihr also nicht.« Alexander fühlte, wie ihn langsam der Zorn übermannte. Er trat einen Schritt vor und drängte seinen Berater mit dem Rücken gegen den Tisch. »Ich habe noch niemals eine Schlacht angeführt, aber eines weiß ich genau. Wir werden uns nicht einfach kampflos ergeben und uns totstellen, weil wir Angst vor ein paar Zauberern haben, die das Infrin-Meer überquert haben. Wir werden die Blaue Insel nicht aufgeben, weil wir glauben, die Fey wären unbesiegbar. Wir werden ihnen mit jedem Atemzug in unserem Körper Widerstand leisten, und wenn uns dann scheint, daß unser Land nicht überleben wird, dann werden wir es eigenhändig verwüsten, bevor sie die Schätze der Insel an sich reißen können. Wir werden dafür sorgen, daß es für sie jeden Wert verliert. Wir werden eine Lösung finden, und sei es, daß jeder Mann, jede Frau, jedes Kind dieses Landes bei dem Versuch, diese Lösung zu finden, stirbt. Habe ich mich verständlich ausgedrückt?«

Niemand antwortete. Nur ihre Augen waren noch weiter aufgerissen, die Gesichter noch bleicher.

»Habt Ihr verstanden?« Seine Stimme hallte in dem leeren Raum. Im darauf folgenden Schweigen hörte er die weit entfernten Rufe und Schreie von unten.

»Voll und ganz.« Stephan verließ seinen Stuhl und trat neben Alexander. »Ich habe es mir zur Lebensaufgabe gemacht, die Geschichte der Kriegsführung zu studieren. Auch die der Fey. Jetzt ist die Gelegenheit gekommen, meine Kenntnisse endlich einmal praktisch anwenden zu können.«

»Gut«, sagte Alexander. »Und der Rest von euch?«

Das Schweigen hielt an. Niemand erwiderte seinen Blick. Schließlich zuckte Powell die Achseln. »Sire, wir haben uns noch niemals in einer solchen Situation befunden. Wir …«

»Ich vielleicht?« Alexander konnte den Sarkasmus in seiner Stimme nicht länger unterdrücken. Wozu hatte man Berater, wenn sie einen nicht berieten? Aber er konnte nicht den ganzen Tag mit Diskussionen verbringen. Er mußte auf der Stelle Entscheidungen treffen. Dort unten starben Menschen.

»Sire …« Powell nahm einen erneuten Anlauf, aber Alexander schnitt ihm mit einer Handbewegung das Wort ab.

»Wir werden angegriffen, und dort unten kämpfen unsere Leute, so gut sie das ohne unsere Planung, Führung und Hilfe vermögen. Die Fey haben unsere Mauern erstürmt. Das hätte ihnen niemals gelingen dürfen. Eure Leute hätten sie vorher aufhalten müssen.« Er zeigte auf Monte. »Aber jetzt sind sie im Palast, und wir müssen sie wieder hinausbefördern. Sie hatten die Überraschung auf ihrer Seite, wir sind jedoch in der Überzahl. Wir haben diese Festung, die meine Familie zur Zeit des Bauernaufstandes baute. Wir müssen sie verteidigen. Monte! Zieht Eure Leute zusammen! Ich will einen koordinierten Angriff bei den Toren und eine Blockade sämtlicher Eingänge. Kein Fey betritt mehr den Palast. Habt Ihr das verstanden?«

Monte nickte und wartete dann mit auf den Rücken gelegten Händen.

»Dann macht Euch an die Arbeit, Mann!« sagte Alexander. »Ich bin Euer König! Der Oberbefehlshaber! Ihr werdet tun, was ich sage! *Ihr alle werdet das tun, was ich sage!*«

»Jawohl, Sire.« Monte setzte sich in Richtung Tür in Bewegung und hielt dann plötzlich inne. »Aber wir haben geschworen, Euch zu beschützen.«

»Laßt ein paar Männer auf der Treppe zurück«, sagte Stephan. »Das dürfte ausreichen, falls unsere anderen Pläne fehlschlagen.«

Einen Augenblick funkelte Alexander den Fechtmeister an, bis er begriff, daß ihm der Ältere nicht etwa in den Rücken fiel, sondern seine Pläne unterstützte. Monte blickte zwischen den beiden Männern hin und her, und Alexander unterdrückte einen Seufzer. »Tut, was Stephan sagt.«

»Und benutzt eure Schwerter«, sagte Stephan. »Seht zu, daß dieses Ungeziefer euch nicht zu nahe kommt. Manche töten durch bloße Berührung mit den Händen.«

»Jawohl, Sire.« Monte ging rückwärts aus der Tür und zog sie im Hinausgehen hinter sich zu. Alexander wandte sich den anderen zu. Einige sahen gebannt auf die Tür, als müßte Monte gleich zurückkommen und sie vor Alexanders prüfendem Blick retten. Andere musterten intensiv den Boden vor ihren Füßen.

Einen so jämmerlichen Haufen hatte er noch niemals gesehen. Warum mußte es erst zu einer Krise kommen, bis er begriff, daß er derart unzulängliche Helfer hatte? »Stephan, Ihr bleibt bei mir. Lord Holte, Ihr organisiert die Verteidigung im dritten Stockwerk. Laßt diese Kreaturen nicht höher in den Türmen hinaufkommen. Lord Stowe, Ihr übernehmt den zweiten Stock. Wenn die Fey sich dort schon ausgebreitet haben, helft Lord Holte, um zu verhindern, daß sie noch weiter vordringen. Lord Powell, Ihr konzentriert Euch auf den ersten Stock. Lord Oast, Eure Aufgabe ist es, den Innenhof und das ganze Areal innerhalb der Außenmauern zu verteidigen. Die anderen dienen als Melder und Boten zwischen diesen Befehlshabern und uns hier oben. Unser Ziel besteht darin, die Fey aus dem Palast zu vertreiben. Sind sie erst einmal auf die Straße zurückgewichen, werden wir uns Gedanken darüber machen, wie wir sie ganz von unserer Insel vertreiben.«

»Sire«, sagte Powell und streckte die Hände aus. »Wir haben keinerlei militärische Ausbildung. Wir wissen nicht, was wir tun.«

»Dann lernt Ihr es eben beim Kämpfen. Das ist übrigens Euer dritter Einwand, Powell. Schön, Ihr helft also Lord Oast im Hof, und Lord Enflor übernimmt den ersten Stock. Sollte es irgendwelche kleineren Probleme geben, müßt Ihr sie selbst lösen. Fähige Anführer sind die Schlüssel zum Erfolg. Gebt unseren Leuten Führung. Ich werde nicht zulassen, daß diese Marodeure die Blaue Insel unterwerfen, und jeder, der ihnen dabei hilft, und sei es aus Nachlässigkeit, wird durch meine eigenen Hände sterben. Habt Ihr mich verstanden?«

Die Männer starrten ihn an. Powells Gesicht war rot angelaufen, aber er protestierte nicht mehr. Alexanders Kehle war trocken, seine Muskeln angespannt. Wenn ihn jemand ungeschickt berührt hätte, wäre er aufgesprungen wie eine mechanische Feder. Das Problem war damit noch lange nicht gelöst.

Er wußte es, und seine Berater wußten es auch. Aber er konnte sich nicht einfach im Turmzimmer verstecken und tatenlos zusehen, wie die Fey sein Land überrannten.

»Sobald sich der Palast wieder in unseren Händen befindet, treffen wir uns hier wieder und planen, wie wir sie aus der Stadt vertreiben. Bis dahin will ich keinen von Euch hier sehen. Ich erwarte, daß wir siegen.« Er holte tief Atem. Niemand machte auch nur den Versuch zu sprechen. Die Geräusche von unten wurden lauter. »Stephan bleibt hier, alle anderen begeben sich auf ihre Posten.«

»Bevor wir gehen«, sagte Powell, »würde ich gerne vom Fechtmeister hören, was er über die Fey weiß.«

Ein weiterer Versuch der Verzögerung. Alexander wollte gerade auf seinen Berater losgehen, als ihm Stephan die Hand auf den Arm legte. »Ich kann Euch nichts über die Fey sagen, was Ihr nicht selbst dort unten erfahren würdet«, erwiderte er.

Powell nickte und wandte sich mit verschränkten Händen um. Er ging so langsam, als hoffte er, Alexander widerriefe seine Befehle doch noch. Aber Alexander hatte nicht die Absicht. Er wollte jetzt keine Fragen mehr hören.

Kurz darauf waren die Männer verschwunden. Der letzte schloß die Tür hinter sich, deren Schloß in der Stille laut zuschnappte. Alexander wartete einen Moment, dann sank er auf einen der Stühle.

Ein schwacher Schrei, so wie er noch nie zuvor einen gehört hatte, tönte von unten herauf. Er hörte sich nach Niederlage an. Alexander schloß die Augen und gestattete sich, einen Augenblick nur Privatperson zu sein und kein König.

»Wir brauchen einen ausgefeilteren Plan«, sagte Stephan mit leiser Stimme. Er war näher herangerückt, und Alexander fühlte die Wärme, die sein Körper ausstrahlte, roch den leichten Schweißgeruch, der von ihm ausging.

Er seufzte und öffnete die Augen.

»Sie sind uns überlegen. Wir können sie nicht aus dem Palast vertreiben.« Stephan lehnte sich an den Tisch. »Wenn sie drin sind, sind sie drin.«

»Warum sind sie uns so überlegen?« fragte Alexander.

»Sie töten durch bloße Berührung. Sie verfügen über magische Kräfte. Manche behaupten, sie könnten sogar in den Körper eines Menschen eindringen und ihn für ihre Zwecke benutzen.«

»Sie können doch nicht allmächtig sein«, sagte Alexander. »Sonst wären sie schon viel früher zu uns gekommen.«

»Oh, sie sind sterblich.« Stephan legte die Hände auf seine Knie. Seine Stimme klang ruhig, aber sein Haar war zerzaust und die unrasierten Wangen mit grauen Haarstoppeln bedeckt. »Sie sterben genauso schnell wie wir. Vom Schwert durchbohrt, durch Blutverlust. Sie sind nicht übermenschlich, Sire. Sie besitzen einfach mehr Fähigkeiten als wir. Es ist, als eroberten sie uns mit Pfeil und Bogen, während wir noch nicht einmal gelernt haben, mit Stöcken zu kämpfen.«

Alexander lehnte sich zurück. Er war ein Narr gewesen, daß er ernsthaft angenommen hatte, die natürlichen Verteidigungsanlagen der Insel reichten aus, um Wesen wie die Fey von hier fernzuhalten. Die Eroberung von Nye hätte ihm eine Warnung sein sollen. Die Fey waren so weit nach Osten vorgedrungen, wie sie konnten. Es lag auf der Hand, daß ihr nächster Anlaufpunkt die Blaue Insel sein würde.

»Was sollen wir jetzt tun?« fragte Alexander, aber er war sich nicht sicher, ob er die Antwort auf diese Frage wirklich hören wollte.

»Wir schlagen uns irgendwie bis zum Abend durch«, erwiderte Stephan. »Und hoffen, daß wir noch so lange leben, bis ein neuer Tag anbricht.«

15

Nicht weit vom Cardidas entfernt hatte sich Rugar seinen Stützpunkt eingerichtet. Er hatte einen Gasthof besetzt und Besitzer und Gäste mit dem Hintergedanken entkommen lassen, daß die Furcht, die sie verbreiteten, den Fey von größerem Nutzen sein würde als ihr vergossenes Blut. Nackte Angst vermochte eine Schlacht schneller zu entscheiden als das Töten. Vernichtung führte manchmal dazu, daß die Angegriffenen wütend und rebellisch reagierten. Hingegen verlieh ein wenig Gnade hin und wieder, umrankt von Furcht und wilden Spekulationen, der Truppe ungeahnte Stärke.

Der Gasthof war ein zweigeschossiges Holzhaus mit einem großen Gemeinschaftsraum, der in diesem Jahrhundert noch nicht gereinigt worden war. Die Küche war so verdreckt, daß Rugar es vermied, Tische und Geschirr zu berühren. Alle Strohmatratzen in den Räumen der oberen Etage waren verlaust. Sollten seine Leute hier ihr Nachtlager aufschlagen, würde er dafür sorgen, daß die Matratzen verbrannt und die Räume gesäubert wurden.

Gleich nach seiner Ankunft hatte er einen großen Holztisch abgewischt, näher an die Tür geschoben und ihn zu seiner Kommandozentrale ernannt. Er saß mit untergeschlagenen Beinen darauf und teilte Befehle aus wie Essensrationen. Seinen Offizieren war es gestattet, sich mit ihm zu beraten, bevor sie Anweisungen erteilten oder seine Pläne abänderten. Was er in Jahn vorgefunden hatte, gefiel ihm. Die Invasion verlief noch einfacher als erhofft. Zur Überraschung der Fey gaben die Inselbewohner entweder einfach auf oder liefen in panischer Angst davon, statt zurückzuschlagen. Lediglich im Palast hatte es koordinierte Versuche gegeben, die Fey aufzuhalten, aber gerade diese Versuche hatten gezeigt, wie unerfahren die Inselbewohner waren.

Draußen tönten das Gebrüll und der Lärm der Schlacht. Vor ungefähr einer Stunde hatte Rugar die dumpfen Schläge des Rammbocks gegen das Palasttor gehört, gefolgt vom Triumphgeschrei seiner hineinstürmenden Leute. Es war jetzt nur noch eine Frage der Zeit, bis die Fey Jahn endgültig erobert hatten. Sobald der Palast sich in den Händen der Fey befand, würden diese Leute ohne Rückgrat vor ihren neuen Herrschern kapitulieren.

Über einzelnen Stadtteilen stieg der Staub der rennenden, flüchtenden und kämpfenden Menschen auf. Es roch unangenehm nach Blut, Angst und Schweiß, deren unverkennbarer Charakter sich über den Geruch von frischem Brot und Abwasser gelegt hatte, der sonst die Stadt erfüllte. Die rege Tätigkeit um ihn herum machte Rugar ruhelos. Er hatte diesen Angriff zu lange geplant, um sich jetzt in einen improvisierten Stützpunkt am Rande des Geschehens zurückzuziehen.

Er kletterte vom Tisch herunter, spürte die kühle Luft an seinen Beinen und fuhr sich mit den Händen durch das schwarze Haar. Schon seit einiger Zeit hatte ihn niemand mehr aufgesucht. Seine Aufgabe als Koordinator war abgeschlossen, falls nicht eine plötzliche Krisensituation entstand, womit er jetzt nicht mehr rechnete. Seine Truppen verstreuten sich über das Land und verbreiteten überall Entsetzen. Ihr Befehl lautete, jedes Haus, Dorf und jede Stadt zu unterwerfen, bis sie am anderen Ende der Insel ankamen oder bis die Inselbewohner sich ergaben. Dabei sollten sie sowenig Schaden wie möglich anrichten. Die Fey waren auf die Insel gekommen, weil sie reich war, und dieser Reichtum sollte erhalten werden.

Flankiert von seinen Leibwächtern trat er ins Freie. Rusty und Eisenfaust begleiteten ihn schon von Kindesbeinen an. Sie hatten ihn seit jeher beschützt, und er hatte sich immer um sie gekümmert. Sie waren älter geworden, aber ihre Körper waren noch immer schlank und durchtrainiert, ihre Bewegungen schnell und zuverlässig. Sie würden ihm überallhin folgen.

Rugar machte einen Schritt vorwärts, als die Landschaft vor seinen Augen plötzlich verschwamm. Er wollte schreien, doch sein Mund war fest verschlossen. Irgend etwas brannte in seinem Gesicht, kroch in seine Nase, füllte seine Augen. Er konnte nicht mehr atmen. Er krallte die Finger ins Gesicht und stürzte. Dann änderte sich die Szenerie von neuem. Er lag in einem hölzernen Raum mit umgestürzten Bänken, dreißig Fey lagen rücklings mit schmelzenden Gesichtern auf dem Boden, die Körper bereits der Todesstarre verfallen. Ein schwarzgekleideter Mann rannte aus dem Raum, in den Armen jede Menge kleiner Glasgefäße.

Wasser fiel vom Himmel und schwächte ihn. Je mehr auf ihn niedertropfte, desto schwächer wurde er, bis er schließlich fast genauso schwach war wie ein Inselbewohner. Sein zusätzlicher Muskel im Gehirn, der etwas aus dem Nichts erschuf, war zu Asche verbrannt, die der Wind verwehte.

Er lag auf dem durchweichten Boden, das Gesicht halb im Schlamm vergraben. Um atmen zu können, mußte er sich umdrehen. Rusty kniete neben ihm, das Gesicht von Sorgenfalten durchzogen. Rugar richtete sich halb auf und wischte sich über Nase und Mund. »Alles in Ordnung«, sagte er, und seine Stimme klang so rauh, als habe er sie lange Zeit nicht benutzt.

Er blickte in die blendenden Sonnenstrahlen und sah Hunderte von Fey auf den Straßen und neben den Gebäuden liegen, die Gesichter unkenntlich, die Körper grotesk verdreht. Nicht weit davon entfernt hoben die Inselbewohner eine gewaltige Grube aus, in die sie Kalk schütteten. Entsetzen erfüllte ihn, als er begriff, daß es sich um ein Massengrab handelte. Es waren keine Fey mehr am Leben, um ihre eigenen Toten zu beerdigen.

Sein Kinn war naß, sein Mund wie ausgetrocknet. Der Rücken schmerzte ihn. Er lag zur Hälfte in dem Schlammloch, Speichel rann über sein Gesicht. Er sah bestimmt aus wie ein Idiot. Glücklicherweise hatten ihn Rusty und Eisenfaust schon häufig gesehen, wenn er Visionen hatte.

Aber noch niemals so.

»Sagt mir, daß ich in Ohnmacht gefallen bin«, stieß er hervor, als er sich jetzt in eine sitzende Position hochzog. »Erzählt mir, daß mich die Erschöpfung übermannt hat und daß ihr meine Träume nicht stören wolltet.«

»Deine Augen waren offen«, erwiderte Rusty. Sein dunkles Gesicht war aschfahl. »Du hattest den Inneren Blick.«

»So habe ich dich noch niemals gesehen«, fügte Eisenfaust hinzu. Seine Stimme bebte. »Als hätte dich eine unsichtbare Kraft zu Boden geworfen.«

Rugars Augen und Mund waren geöffnet gewesen. Er hatte die Vision gefühlt, geschmeckt und gerochen. Er schloß die Augen und ließ die Szenen noch einmal an sich vorüberziehen. Jewel war nicht unter den Toten. Er selbst ebenfalls nicht. Vielleicht nur zu Anfang. Aber er wußte nicht, ob dieser Augenblick großen Schmerzes sein eigener Tod oder nur ein Teil der Vision gewesen war, ob er nur gefühlt hatte, was dieser schwarzgekleidete Mann den Fey angetan hatte.

Er fröstelte, was zu einem gewissen Teil mit dem Schlamm zu tun hatte. Er war vollständig damit bedeckt.

»Geht es dir wirklich besser?« fragte Eisenfaust.

»Mir geht es gut.«

»Dann befreien wir dich jetzt von dem Schlamm«, sagte Rusty und ergriff Rugars Arm.

Rugar riß sich los. »Nein«, erwiderte er. »Ich muß nachdenken. Laßt mich hier allein nachdenken.«

»Wir dürfen dich nicht allein lassen«, erwiderte Eisenfaust.

Wütend blickte Rugar ihn an. Sie würden tun, was er ihnen befahl. Eisenfaust wich zurück. Rusty sah Eisenfaust an. Sie waren schon so lange mit Rugar zusammen, daß es keiner überflüssigen Worte bedurfte.

»Wir warten in der Nähe des Eingangs«, sagte Rusty. »Von dort aus können wir dich sehen.«

»Gut«, sagte Rugar. Es war ihm gleichgültig, was sie taten, solange sie ihn nur allein ließen. Er ließ den Kopf bis auf die schlammbedeckten Knie sinken. Er war dermaßen von seinen Empfindungen überwältigt, daß er zitterte. Er mußte diese Gefühle trennen: in jene, die die Vision ausgelöst hatten, und jene, die er momentan tatsächlich empfand.

Die Visionen waren von Angst und Schrecken erfüllt. Todesangst, Panik vor dem Ersticken, Entsetzen über die vielen herumliegenden Leichen. Der Kalk roch nach Verwesung. Normalerweise brauchte er Tage, um so etwas zu verarbeiten. Aber jetzt mußte er sein eigenes Entsetzen überwinden.

Im Sitzen erging es ihm nicht besser. Er mußte sich bewegen. Er steckte eine Hand in die weiche Erde und spürte die warme, sämige Flüssigkeit. Er stand auf, Schlamm tropfte von seiner Kleidung. Was für einen herrlichen Befehlshaber er jetzt abgab: der Sohn des Schwarzen Königs, hochgewachsen und stolz mitten im Feindesland.

Er mußte über den Gedanken lächeln. Wie ein Hund schüttelte er den Schlamm ab und bog den Kopf zurück. Die Sonne beschien den Boden, den seine eigenen Wetterkobolde in Schlamm verwandelt hatten. Seine Truppen waren über die gesamte Insel zerstreut, verbreiteten Tod, Verwüstung und Entsetzen, unterminierten die Führung. Bis jetzt war der Feldzug ein voller Erfolg. Das Entsetzen, das er fühlte, hatte ausschließlich mit seiner Vision zu tun.

Diese Vision widersprach der anderen, die er gehabt hatte.

Er verließ das Schlammloch und ging auf dem glitschigen Gras auf und ab. Vor Jahrzehnten hatte ihm sein Vater erklärt, Visionen kämen in willkürlicher Folge. Es war möglich, daß er seinen Todesabend mit achtzig Jahren sah, gemeinsam mit der Geburt seines Kindes im Alter von zwanzig. Die Vision der toten Fey konnte erst in Jahren Wirklichkeit werden. Keines der Gesichter war deutlich zu erkennen gewesen, sonst hätte Rugar den Zeitpunkt dieser Ereignisse genauer bestimmen können.

Seine Vision von Jewel hingegen war eindeutiger ausgefallen. In ihr war seine Tochter nur ein paar Jahre älter als jetzt und ging mit einem Kind auf den Armen durch den Palast der Inselbewohner. Diese Vision konnte er zeitlich genau festlegen. Sie würde bald eintreffen.

Diese Visionen hatten ihn erst nach der Landung auf der Insel heimgesucht. Vielleicht war er blind, wenn er auf dem Meer war. Davon hatte er schon gehört. Visionen stellten sich schneller ein, wenn er erschöpft war, so wie jetzt. In diesem Zustand war sein Geist empfänglicher.

Er sollte dankbar sein, daß die Visionen wieder zurückgekommen waren.

»Rugar.« Die Stimme klang atemlos. Rugar schloß die Augen und ging weiter auf und ab. Er hoffte inständig, der Besitzer der Stimme würde daraus schließen, daß er jetzt auf keinen Fall stören durfte, wenn er nicht von Rugars Leibwächtern entfernt werden wollte.

»Rugar! Bei allen Mächten, Rugar, du mußt mich unbedingt anhören.«

Endlich erkannte er die Stimme. Es war Caseo. Caseo, der sich eigentlich gemeinsam mit den anderen Hütern des Zaubers in den Lagerhallen befinden sollte, um die Beute der Rotkappen entgegenzunehmen und weitere maßgeschneiderte Zaubereien für die Blaue Insel zu ersinnen. Rugar unterdrückte einen Seufzer. Er wußte, wie lächerlich er aussah, aber es kümmerte ihn nicht. Er verschränkte die Arme und wirbelte herum. »Du bist nicht auf deinem Posten.«

»Mit gutem Grund.« Caseos Augen waren weit aufgerissen. »Rugar, sie schlachten uns ab.«

»Wer?« Vielleicht war dies nur eine von Caseos wilden Übertreibungen.

»Die Inselbewohner. Auf der anderen Seite des Flusses. In meinem ganzen Leben habe ich noch nie etwas so Furchtbares gesehen.« Caseo sah im Tageslicht noch hohlwangiger aus. Er nahm seine Stellung als Oberster Hüter sehr ernst. Er wäre bestimmt nicht einfach zu Rugar gekommen, um ein Gerücht zu verbreiten.

Rugar überkam ein neuerliches Frösteln. »Was ist geschehen?«

»Ich weiß es nicht genau. Der Geruch treibt in Wolken herüber, ein kräftiger, ätzender Verwesungsgeruch, und wenn er sich lichtet, können wir sehen, wie schwarzgekleidete Inselbewohner irgendeine Flüssigkeit über unsere Leute gießen. Sie schreien, Rugar, sie schreien – und sie sterben schreiend.«

Rusty und Eisenfaust waren näher gekommen. Sie hielten sich in respektvollem Abstand, standen aber doch so nahe, als steckte Caseos Aufregung sie ebenfalls an.

Rugars Mund war trocken. »Wo genau findet das statt, Caseo?«

»In diesem großen Gebäude auf der anderen Seite. Es hat viele Türme und kein Eingangstor. Das Gebäude, in dem ihre Religion ihr Hauptquartier hat, wie die Leute in Nye sagten.«

Seine Worte fanden kaum Beachtung. Rugar sah stattdessen vor seinem geistigen Auge einen schwarzgekleideten Mann aus einem Raum laufen. Er hatte den Arm voller Glasgefäße. *Wasser vom Himmel, das ihn schwach machte.* Wasser. »Flüssig«, sagte er.

»Was?« fragte Caseo.

»Kein Wunder«, murmelte Rugar. Seine Leute lagen im Sterben. Scharenweise, wie noch niemals zuvor. Kein Wunder, daß ihn seine Vision flach niedergestreckt hatte. Der erste und der zweite Teil waren keine Vorhersagen. Sie waren bereits grausame Gegenwart. Und wenn er ihr kein rasches Ende bereitete, würde der dritte Teil die Zukunft sein.

Er packte Caseos Schulter. »Du mußt mich hinbringen«, sagte Rugar. »Jetzt sofort.«

»Das kann ich nicht«, erwiderte Caseo. »Sie bringen dich dort um.«

Rugar schüttelte den Kopf. »Ich habe alles in einer Vision gesehen. Wir müssen sie aufhalten. Wir haben keine andere Wahl.«

16

Noch niemals hatte in den Räumen des Rocaan ein solches Durcheinander geherrscht. Der Boden war schlammbedeckt. Die Sofas hatte man an die Wand geschoben und den Tisch in die Mitte des Raumes gerückt. Irgend jemand hatte freundlicherweise die Tür zu seinem Schlafzimmer geschlossen. Mindestens vierzig Leute befanden sich in dem Raum, entweder über Glasgefäße gebeugt oder damit beschäftigt, die gefüllten Flaschen in den Korridor zu tragen. Das Stimmengewirr war ohrenbetäubend und verstummte nur gelegentlich, wenn ein besonders lauter Schrei aus dem Hof ertönte.

Trotz der zunehmenden Hitze saß der Rocaan am Feuer. Er trug immer noch seinen schweren Talar und war barfuß. Sein Frühstück stand unberührt auf einem Tisch neben ihm. Jemand hatte die Gobelins vom Fenster zurückgezogen. Ungehindert drangen die ersehnten Sonnenstrahlen, aber auch die Todesschreie in den Raum.

Das Weihwasser. Sein Weihwasser tötete sie. Das Weihwasser, mit dem der Roca selbst jenes Schwert gereinigt hatte, mit dem ihn die feindlichen Soldaten anschließend durchbohrten. Von Rocaan zu Rocaan war das Geheimnis des Wassers über viele Generationen weitergegeben worden. Während des Mitternachtssakraments der Gemeinde wurde es in kleinen Gefäßen gereicht, damit die Gläubigen ihre Schwerter in der rituellen Reinigungszeremonie säubern konnten.

Und hier saß er, der Fünfzigste Rocaan, und wußte nur zu genau, wie wenig Gefäße sich im Tabernakel befanden, daß ihr Inhalt tödlich war und daß ohne dieses Wasser alle Bewohner der Blauen Insel verloren waren.

Wenn er jemals des Ohres Gottes bedurft hatte, dann jetzt.

Aber er fühlte die Gegenwart des Heiligsten nicht. Er war allein.

Ganz allein. Die einzige Person in diesem Raum, die sich nicht bewegte, Pläne schmiedete oder diskutierte. Er wünschte, sie würden alle verschwinden, damit er ungestört nachdenken konnte. Tief in seinem Innersten fühlte er, daß es unrecht war, mit Weihwasser zu töten, mochte es auch noch so zuverlässig und schnell wirken.

Die Ältesten hatten die Aufsicht in den Räumen des Rocaan übernommen. Sie ließen die Auds an allen geweihten Orten, in Kapellen und Hinterzimmern nach weiterem Weihwasser suchen. Die Ältesten hatten nichts zu ihm gesagt, sich nicht mit ihm beraten, abgesehen von Matthias' eiliger Nachricht hinsichtlich der Wirkung des Wassers. Diese Mitteilung war von allen Vertrauten des Rocaan, den Geistlichen und den höchsten Autoritäten des Tabernakels mit einhelliger Begeisterung aufgenommen worden.

Mit Begeisterung!

Der Rocaan stützte den Kopf in die Hände. Seine Handflächen waren heiß und feucht. Sein Körper schmerzte von den Anstrengungen des Morgens. Sogar sein Sessel war ihm unbequem geworden. Er zog die Knie an, bis seine bloßen Füße unter der Robe verschwanden, ein Trick, den er seit der Zeit, als er noch ein Aud gewesen war, nicht mehr angewandt hatte.

Früh am Morgen hatten ihn die heulenden Rufe erschreckt, und er hatte sich in inbrünstigem Gebet für sein Volk auf die Knie geworfen. Er hatte das kleine Silberschwert, das er um seinen Hals trug, fest umklammert und sich gefragt, ob er es mit derselben Ruhe und Demut in seinen Körper aufnehmen würde wie der Roca vor vielen Jahrhunderten.

Der zum Helden gewordene Märtyrer, der im Tode Gottes Liebe empfangen hatte.

Der Rocaan wünschte sich nichts sehnlicher für sein Volk,

als daß es ebenfalls dieser Liebe teilhaftig würde. Statt dessen schlugen sie jetzt mit einer Waffe zurück, die er weder als solche kannte noch guthieß. Der Rocaanismus verurteilte jede Form von Mord. Doch was taten sie jetzt anderes, als mit jener Substanz zu töten, die er geweiht hatte?

Warme Finger strichen über seinen Arm, und er zuckte zusammen. Er blickte auf. Matthias beugte sich über ihn. Feuerholz knisterte, und zwei Auds stritten, wer die nächsten Gefäße zu den Daniten im darunterliegenden Stockwerk bringen sollte. Matthias' blonde Locken waren zerzaust, sein Schnurrbart sah aus, als hätte er nervös darauf herumgekaut. Unter seinen Augen zeichneten sich dunkle Ringe ab.

»Heiliger Herr«, sagte Matthias. »Wir müssen reden.«

Der Rocaan sah sich im Zimmer um. Dort standen drei Daniten beieinander und diskutierten. Auf allen Tischen standen Glasgefäße, und die Auds schleppten immer noch mehr herbei. Von unten ertönten die Schreie der Sterbenden, die ein seltsames Gegengewicht zu dem dumpfen Gemurmel der Unterhaltung hier oben bildeten.

»Heiliger Herr?« wiederholte Matthias.

So hatte sich im Laufe eines Morgens alles verändert.

»Ja«, sagte der Rocaan. »Wir müssen uns unterhalten. Unter vier Augen.«

Er verstand nicht, wie aus seinem Raum die Kommandozentrale eines Krieges geworden war, den er ablehnte. Es war unerträglich. »Schickt sie hinaus«, bat er Matthias. »Schickt sie alle weg. Dann können wir miteinander reden.«

»Aber sie fühlen sich hier in Sicherheit.«

Der Rocaan warf einen verbitterten Blick auf die Glasflaschen. »Sie haben jetzt eine andere Sicherheit.«

Matthias folgte seinem Blick und runzelte die Stirn. Er drückte den Arm des Rocaan und erhob sich. Nacheinander sprach er mit den Ältesten, die alle zum Rocaan hinübersahen, bevor sie nickten. Die Ältesten sprachen mit den anderen Geistlichen, und innerhalb weniger Minuten waren Glasgefäße und Menschen aus dem Zimmer verschwunden.

Die Schreie von draußen wurden lauter. Nur das Knistern und Knacken des Feuers klang vertraut. Schweiß lief über die Stirn des Rocaan, an seinem Auge vorbei bis auf die Wange. Es sah aus wie eine Träne, aber seine Augen waren trocken.

»Sie sind weg, Heiliger Herr«, sagte Matthias. Er stand mit verschränkten Händen und geneigtem Kopf vor ihm. Die blonden Locken auf seinem Scheitel bildeten nur noch einen dünnen Kranz.

Jetzt, da die Sofas an die Wand geschoben waren, wirkte der Raum größer. Überall auf dem Tisch standen Glasgefäße herum, auf dem Boden lagen Tabletts. Mit einem Ruck erhob sich der Rocaan von seinem Stuhl. Die Hitze war ihm plötzlich fast unerträglich. »Ihr glaubt nicht an den Roca, oder, Matthias?«

Rasch hob Matthias den Kopf. Zu seiner vollen Größe aufgerichtet, überragte er den Rocaan beinahe um Hauptes-länge. »Ich bin einer der Ältesten.«

Der Rocaan nickte. »Ein Zweitgeborener. Eine Familienent-scheidung. Ihr habt einen wachen Verstand, einen Hang zur Realität und begreift schnell. Bei einem Ältesten ebenso schät-zenswert wie selten.«

»Wir haben jetzt keine Zeit, philosophische Diskussionen zu führen«, sagte Matthias. »Dort unten sterben Menschen.«

»Und wir töten sie.« Der Rocaan nahm Matthias' Hand und führte ihn zu dem Fenster auf der gegenüberliegenden Seite des Zimmers. Er zog den Gobelin zurück, auf dem der erste Rocaan zu sehen war, wie er Gottes Ohr berührte, und blickte hinaus.

Die Sonne ließ alles weiß und rein erscheinen. Im Moos, das in der Nähe des Fensters wuchs, hingen noch vereinzelte

Wassertropfen. Im Hof lagen Leichen. Ihre Gesichter waren zerstört; im Todeskampf hatten sie Arme und Beine angezogen, um ihre Schmerzen zu lindern. Noch niemals hatte der Rocaan etwas Derartiges gesehen.

Er wich zurück und schob Matthias an das Fenster, blieb aber dicht hinter ihm stehen, so daß Matthias gezwungen war, auf den Tod dort unten zu blicken.

»Die Geschriebenen und Ungeschriebenen Worte verbieten das Töten«, sagte der Rocaan.

»Diese Geschöpfe sind bösartig«, erwiderte Matthias mit bebender Stimme. »Sie haben die Macht, Menschen durch bloße Berührung mit dem Finger zu töten.«

»›Die bösen Taten der Menschen verderben ganze Nationen‹«, zitierte der Rocaan. »›Wir müssen das Böse bekämpfen, indem wir Gutes tun.‹«

»›Im Angesicht unserer Feinde müssen wir stark sein.‹« Matthias wandte sich um und sah dem Rocaan direkt ins Gesicht. Er war so nahe, daß der alte Mann die Wärme seines Körpers spüren konnte.

»Stark, ja«, erwiderte der. »Aber nicht einmal der Roca selbst hat sich physisch gewehrt.«

»Wir haben jetzt keine Zeit für solche Erörterungen«, sagte Matthias. »Während wir uns unterhalten, sterben unsere Leute in der ganzen Stadt. Nur hier haben wir die Antwort darauf gefunden.«

»Die Antwort liegt im Weihwasser«, sagte der Rocaan. »Und es geht nicht einfach nur darum, das Wasser des Cardidas zu weihen. Das Geheimnis wurde vom Roca an den Ersten Rocaan weitergegeben, es wurde jedem Rocaan wie ein sorgsam gehüteter Schlüssel überreicht. Nur ich bin in der Lage, diese Waffe herzustellen, und deshalb müßt Ihr mir zuhören.«

Matthias biß sich auf die Oberlippe. Seine untere Zahnreihe war gelb und schief.

»Der Roca hat uns das Weihwasser nicht zum Töten gegeben«, sagte der Rocaan.

»Nein, er hat es uns zum Leben gegeben«, erwiderte Matthias. »Erst jetzt haben wir das Geheimnis verstanden. Kommt es mit einem frommen Mann in Berührung, so wird er gereinigt, trifft es einen Bösen, kommt er dadurch um.«

Der Rocaan schauderte. »Eure Gedanken greifen zu kurz. Wenn das Weihwasser die Bösen tötet, müßte jeder Sünder, der das Mitternachtssakrament besucht, jeder Mörder, jeder Dieb sterben. Was hier geschieht, geht weit darüber hinaus. Als hätte die Anwesenheit der Fey einen neuen Zauber zum Leben erweckt, dem ich meine Zustimmung verweigere.«

Wieder ertönte ein Schrei aus dem Hof, der langgezogene, laute Todesschrei eines Mannes. Im selben Augenblick pochte jemand gegen die Tür. »Heiliger Herr!« rief die Stimme. »Das Weihwasser geht zur Neige.«

Matthias leckte sich die Lippen. Noch nie hatte der Rocaan seine Augen so voller Panik gesehen. Matthias schluckte, als sei er zu nervös, um zu reden, und senkte dann den Kopf. Er sah den Rocaan nicht an, während er sprach. »Wenn Ihr nicht mehr Wasser segnet, Heiliger Herr, dann werdet Ihr das höchste Gesetz der Geschriebenen und Ungeschriebenen Worte brechen. Ihr habt recht, wenn Ihr sagt, daß der Mensch nicht töten soll, aber in den Worten und in unserer Geschichte sind auch Kriege eingeschrieben. Die Unterstützung des Königs beim Bauernaufstand wurde von dem damaligen Rocaan als heiliger Krieg bezeichnet. Wollt Ihr behaupten, daß man sich nicht verteidigen darf?«

Matthias verfügte über den Verstand eines Gelehrten. Der Rocaan hatte sich dieses Verstandes in der Vergangenheit schon oft bedient, aber jetzt konnte er ihm nicht folgen. Er würde sich erst verteidigen, wenn er das Argument verstanden hatte. »Welches Gesetz breche ich?«

Matthias sah auf, sein bleiches Gesicht war gerötet. »Ihr würdet morden, Heiliger Herr. Massenmord begehen. Ihr würdet uns … Ihr verurteilt uns alle zum Tode.«

Der Rocaan trat einen Schritt zurück. Das hatte er nicht bedacht. Sein Kopf begann schmerzhaft zu pochen. Es klopfte erneut an die Tür.

Matthias schob sich dicht an ihn heran. Er setzte seinen hochgewachsenen Körper wie eine einschüchternde Waffe ein. »Wir sind machtlos gegen Zauberkräfte. Wir überleben sie nicht. Wenn wir uns gegen diese Wesen nicht verteidigen, werden wir abgeschlachtet wie die Schafe vor der Stadt. Während wir hier reden, könnte der König bereits im Sterben liegen. Der König, ein direkter Nachfahre des Roca auf Erden. Durch das Gesetz des Schwertes sind wir verpflichtet, alle Gläubigen zu schützen. Die Fey sind keine Gläubigen. Sie sind etwas anderes. Vielleicht eine Plage, die geschickt wurde, um uns alle zu vernichten. Vielleicht aber ist es unserer Generation bestimmt, neue Eigenschaften des Weih- wassers zu entdecken. Vielleicht ist alles ein Zeichen, daß die Gebete des Heiligsten Gottes Ohr erreicht haben und erhört worden sind. Dies alles wollt Ihr uns vorenthalten. Ihr wollt versuchen, ein ebenso großer Märtyrer zu werden wie der Roca. Er ist gestorben, um uns zu retten, Heiliger Herr. Eure Handlung würde uns nicht retten. Sie würde uns alle zur Schlachtbank führen.«

Wieder klopfte es an die Tür. Keiner der beiden Männer schien es zu hören.

Der Rocaan war in seinen Stuhl zurückgesunken. Er war es nicht gewohnt, schnelle Entscheidungen zu treffen. Während all seiner Jahre als Rocaan hatte man noch niemals von ihm verlangt, sich ohne lange Gebete und reifliche Bedenkzeit zu entscheiden. Und doch mußte er jetzt, innerhalb von wenigen Augenblicken, eine Entscheidung treffen, die die Beziehung zwischen den Gläubigen, Gott und dem Roca tiefgreifend verändern würde.

»Heiliger Herr! Bitte!« rief es von draußen.

»Bitte«, flüsterte auch Matthias.

»Vergib mir«, murmelte der Rocaan lautlos. Er hatte sich an den Heiligsten gewandt, bat um Vergebung für nicht nur eine, sondern zwei Sünden. Am heutigen Tag würde er das Gesetz zweimal verletzen. Er seufzte. »Sagt ihnen, daß sie ihr Wasser bekommen.«

Matthias nickte und ging zur Tür. Der Rocaan starrte auf den Kamin, in die rote Glut unter den Flammen. Er wartete auf die zarte kleine Stimme in seinem Inneren. Aber dort ließ sich keine Stimme vernehmen. Nichts sagte ihm, welches der rechte und welches der falsche Weg war. *Der Mann ist verflucht, der seine Entscheidungen nur auf seinem eigenen Wissen begründet.*

Als Matthias sein Gespräch mit dem Mann vor der Tür beendet hatte, schloß er sie wieder. »Und woher nehmen wir dieses Wasser?« fragte Matthias.

Langsam erhob sich der Rocaan. Er spürte jedes einzelne seiner Lebensjahre.

»Wir werden es selbst herstellen!«

Matthias keuchte auf. »Liegt Ihr im Sterben, Heiliger Herr?«

Der Rocaan schüttelte den Kopf. »Nein. Aber ich weigere mich, das Blut der Angreifer nur meine Hände beflecken zu lassen.«

17

Solanda durchstreifte unruhig das Lagerhaus. Der rechteckige Bau, der noch am Morgen so groß ausgesehen hatte, erschien ihr jetzt winzig. Sie hatte sich in jeden Stuhl gesetzt und die Hand über die zerkratzte Tischplatte gleiten lassen. Der durchdringende Fischgeruch ließ ihren Magen knurren. Die unebenen Bohlen wackelten unter ihren bloßen Füßen. Sie vermied es, die widerlichen Beutel voller Blut und Hautfetzen anzusehen. Die Kreaturen, die sie benutzten, waren keine richtigen Fey. Es gab nur eine Handvoll wahrer Fey, und sie hatte das Glück, eine von ihnen zu sein. Und sie hatte gleichzeitig das Pech, daß sie zusammen mit Rugar reisen mußte.

Sie verdankte ihm viel, aber so viel nun auch wieder nicht.

Keine Fenster. Sie verabscheute die Dunkelheit. Sie blieb vor einer Fey-Lampe stehen und hockte sich hin. Wie ein gefangener Schmetterling flatterte die kleine Seele darin gegen das Glas. Solanda strich mit ihrem langen Zeigefinger über die kühle Oberfläche. Das Wesen flatterte noch aufgeregter. Wenn sie das Glas öffnete, würde die Seele entfliehen. Als Kind hatte sie immer versucht, Fey-Lampen zu öffnen und die herausfliegenden Seelen zu fangen. Es war ihr nur ein einziges Mal gelungen, und die Seele hatte ihr den Mund verbrannt.

Sie erhob sich und ging weiter. Sie hatten kein Recht, sie hier allein zurückzulassen. Caseo hatte geflucht. Er wollte sofort zu Rugar gehen. Die Krise auf der anderen Uferseite dürfte für sie alle schwerwiegende Folgen haben.

Solanda hatte sich noch nie so nutzlos gefühlt. Rugar hatte ihr verboten, nach draußen zu gehen oder sich sonstwie einzumischen. Bis jetzt hatte er noch keinen Auftrag für sie, vielleicht würde es überhaupt keinen mehr geben. Falls die Invasion der Blauen Insel sich anders als geplant entwickeln sollte, dann würde sie der Schlüssel zur Eroberung des Eilands sein. Augenblicklich war sie jedoch nicht mehr als eine Reservewaffe. Schon im Feldzug gegen Nye war sie nicht eingesetzt worden, und jetzt hatte sie einen ganzen Ozean überquert, nur um sich hier in diesem schmuddeligen Lagerhaus zu verstecken und Beutel voll Blut zu bewachen, die minderwertige Fey hergebracht hatten.

Sie würde das nicht länger hinnehmen.

Als sie bei der nächsten Runde wieder an der Ausgangstür vorüberkam, verließ sie den Raum und die helle, wunderbare Beleuchtung. Sie bog um die Ecke und überquerte den Holzboden. Die Planken fühlten sich glitschig unter ihren bloßen Füßen an, und der Fischgeruch war aufdringlicher geworden. Ihr Magen knurrte. Rugar hatte ihr befohlen, in diesem entsetzlichen Lagerhaus zu warten, ohne Fenster, ohne Essen, ohne ihr zu sagen, wann die anderen zurückkommen würden. Sollten sie sich doch Sorgen machen, falls sie früher zurückkehrten als Solanda. Sie war eben nicht der Typ, der es lange an einem Ort aushielt.

Diese Ruhelosigkeit kam von ihrem Katzenwesen. Sie hatte in all den Jahren gelernt, nicht gegen alle katzenhaften Instinkte anzukämpfen. Manche waren durchaus nützlich. Andere einfach nur störend. Das einzige Problem der Gestaltwandler bestand darin, daß die Wahl der Spezies, in die man sich verwandelte, irgendwann endgültig festgelegt werden mußte. Solanda hatte diese Entscheidung bereits mit drei Jahren getroffen, als die andauernden Gestaltwandlungen ihre Gesundheit bedrohten. Jeder Gestaltwandler erreichte diesen Punkt einmal, aber bei Solanda war er besonders früh eingetreten, und das ärgerte sie. Bis zum heutigen Tage hatte sie keiner Menschenseele anvertraut, daß sie sich deswegen in eine Katze verwandelte, weil sie als kleines Mädchen gedacht hatte, daß Katzen die schönsten Tiere waren, die es gab.

Sie ging über den Flur. Hier fühlte sich das Holz trockener an, und der Fischgeruch ließ nach. Am Eingang angekommen, legte sie die Hände auf die Tür und stieß sie mit einem Ruck auf. Das hereinflutende Sonnenlicht, das sie für einen Moment blendete, trug ihr vielfältige Geräusche zu. Sie stand blinzelnd in der weit geöffneten Tür und hoffte, daß niemand sie sah.

Langsam gewöhnte sie sich an die gleißende Helligkeit. Die Rampe, die vom Lagerhaus zum Pier führte, war leer. Sie betrat sie. Das Holz war ganz warm von der Sonne. Sie wandte ihr Gesicht dem Licht entgegen und fröstelte. Der Cardidas schlug gegen die Mauer des Hafenbeckens. Sie blieb stehen. Vor wenigen Augenblicken hatten hier noch Menschen geschrien. Dort drüben. Sie konnte sie jetzt kaum noch hören, auch wenn sie sich größte Mühe gab. Der Kampflärm war anscheinend schwächer geworden.

Ihre Nackenhaare kribbelten. Sie war nicht mehr allein, wandte ihren Blick der Straße zu. Hinter ihr stand ein Mann. Er war barfuß, genau wie sie, aber er trug ein schwarzes Gewand, das wie eine lose Decke um seinen Körper hing. Er hielt eine Glasflasche in der Hand und sah verwirrt aus, als suchte er nach etwas. Sie glitt in den Schatten des Lagerhauses, ging aber nicht hinein. Er war einer der Menschen von der Insel. Und er suchte nach Fey.

Vom Fluß her stieg ein durchdringender Geruch auf. Verdorben und schwer hing er in der Luft wie Nebel. Sie blickte über das Wasser. Dort, auf der anderen Seite, bei dem großen Gebäude sah sie Fey und weitere Schwarzgekleidete. Aber nur die Fey schrien. Das war es, was fehlte: der Siegesschrei der Fey.

Kein Wunder, daß Caseo Angst hatte. Die Fey hatten noch niemals einen Kampf verloren.

Sie mußte sofort zurück in die Lagerhalle. Sie schlich an der Wand entlang. Da entdeckte sie der Mann mit dem schwarzen Gewand. Er stieß einen überraschten Laut aus, rannte dann auf sie zu und fuchtelte dabei mit der offenen Flasche wie mit einer Waffe herum.

Wie mit einer Waffe.

Anscheinend glaubte er, er könnte Fey töten.

Die Fey am anderen Ufer schrien und starben, umgeben von schwarzen Kutten.

Unverhofft und rasch übermannte sie die Furcht. Wenn sie ins Gebäude lief, würde er sie dort finden. Und auch das Blut. Und die Lampen. Er würde ihren Vorrat vernichten, und das würde ihr Caseo niemals vergeben. Vor lauter Panik blieb sie wie angewurzelt stehen.

Dieser schwarzgekleidete Mann hatte ein besonders dummes Gesicht. Es war rundlich und rosa, die runden Augen so verwaschen blau, wie sie es noch nie gesehen hatte. Seine zerbissenen Lippen waren aufgesprungen, das Haar schütter. Die geraden, farblosen Augenbrauen zeichneten sich auf seiner hellen Haut kaum ab. Sein Gesicht war so fleischig, daß man die Wangenknochen nicht mehr erkennen konnte. Selbst die Nye hatten mehr Farbe im Gesicht. Es durfte einfach nicht geschehen, daß sie von der Hand eines so häßlichen Menschen starb. Sie würde es nicht zulassen.

Sie fühlte, wie sich ihr Körper zusammenzog, wie Körpermasse in die kleinere Gestalt hineingepreßt wurde. Der Mann hielt mitten im Lauf inne, als traute er den eigenen Augen nicht, rannte dann jedoch weiter, wobei er unaufhörlich leise Laute des Entsetzens ausstieß. Schließlich war die Gestaltwandlung vollendet. Sie blickte auf ihre Hände, sah voller Befriedigung auf die vertrauten, goldfarbenen Pfoten, das weiche Fell und die Schnurrhaare, die zu beiden Seiten ihrer Nase hervorstachen. Sie zuckte mit dem Schwanz, sprang von der Rampe und jagte so schnell sie konnte vor dem einfältigen Inselbewohner davon.

In Windeseile schlüpfte sie unter die Seitenwand der Lagerhalle und lief dort flink und geschmeidig entlang, bis der Fischgestank nachließ. Seine Füße patschten auf dem sumpfigen Boden hinterher, und das schmatzende Geräusch verstärkte ihre Furcht. Sie hielt sich an der Seitenwand der Halle, bis sie eine verborgene Stelle unter der Hintertreppe entdeckte. Sie kroch unter die Stufe, dorthin, wo der Schatten am schwärzesten war, und schloß fest die Augen. Eine wirkliche Katze hätte niemals daran gedacht, aber schon als Kind hatte sie gelernt, wie verräterisch reflektierende Augen sein können.

Sie atmete stoßweise, und ihr Herz klopfte heftig. Diese Flaschen! Darin hielten sie den Tod versteckt. Und er hatte ihren Wandel gesehen. Dieser Dummkopf. Sie mußte sich sein Gesicht merken und ihn umbringen, sobald sich eine Gelegenheit dazu bot.

Das schmatzende Geräusch kam näher. Vorsichtig spähte sie zwischen den halbgeschlossenen Lidern hindurch. Er war neben den Stufen stehengeblieben. Seine Fußnägel waren lang und gelb, rollten sich nach oben und waren mit Schmutz bespritzt; der Spann war mit blonden gelockten Härchen bedeckt. Sie war froh, daß sie zu weit weg war, um etwas riechen zu können. Der ausgeprägte Geruchssinn der Katzen hatte seine Vor- und Nachteile.

Der Fischgestank erinnerte sie an ihren Hunger. Sie wollte, daß der Kerl ging, damit sie endlich fressen konnte. Dann würde sie jemand finden, der ihr half. Sie würde diesen lästigen Inselbewohner schon wiederfinden und töten.

Er stampfte jetzt weiter, und sie verharrte reglos, bis sie ihn nicht mehr hören konnte. Er hinterließ tiefe Fußspuren, die sich in dem nassen Boden sofort mit Wasser füllten. Ihre Pfoten waren kalt, und sie haßte die Feuchtigkeit auf ihrem Fell.

Die Schreie und Rufe waren wieder angeschwollen. Sie hörte Stimmen in einer Sprache, die sie nicht verstand. Sie spähte durch die Ritzen der Treppe und sah mehrere Schwarzgekleidete zusammenstehen, die in ihren Händen Flaschen hielten, als seien es Schwerter. Ihr Mann befand sich nicht darunter. Sie unterhielten sich einen Augenblick und machten sich dann in verschiedene Richtungen davon.

Sie setzte sich auf die Hinterläufe, und ein Gefühl, dem sie zu vertrauen gelernt hatte, stieg langsam in ihr auf. Caseo hatte gedacht, das Problem läge auf der anderen Seite des Flusses: der Gestank, die Toten. Er hatte beschlossen, Rugar aufzusuchen und ihn vor einer Überquerung des Flusses zu warnen. Vielleicht gelang es Caseo, Rugar von den Schwarzgekleideten fernzuhalten.

Aber hier und jetzt gab es ein weiteres Problem. Hier, auf der Seite der Lagerhallen. Caseo würde nicht rechtzeitig zurückkommen. Die Schwarzgekleideten lagen auf der Lauer und warteten nur auf den richtigen Moment, um anzugreifen.

Nervös leckte Solanda ihr rechtes Bein, in dessen weichem Fell sich ihre rauhe Zunge verfing. Das Waschen beruhigte sie so sehr, daß sie es gelegentlich in ihrer menschlichen Gestalt vermißte.

Sie würde hier warten, bis die Schwarzgekleideten weggegangen waren. Dann mußte sie so schnell wie möglich in die Stadt und versuchen, daß sie jemanden fand, vielleicht Caseo oder Rugar, egal wen, der alle warnte, der allen die Botschaft überbrachte, daß die Schwarzgekleideten angreifen würden, daß sie im Hinterhalt lagen und zum Töten bereit waren.

Sie war jetzt mit ihrem Bein fertig, machte sich daran, die Pfoten vom Schmutz zu säubern, und konnte dabei ein wohliges Schnurren nicht unterdrücken.

Also erfüllte die Reise doch ihren Zweck. Solanda würde nicht nutzlos sein wie im Feldzug gegen die Nye. Die langen

Stunden, in denen ihr Fell langsam durchnäßt worden war, die katzengroßen Ratten, die ihr beim Aufwachen ins Gesicht gestarrt hatten, all das war nicht umsonst gewesen. Sie würde erneut den Beweis antreten, daß die Gestaltwandler allen anderen Fey überlegen waren.

Sie war sehr zufrieden, daß sich ihr diese Gelegenheit jetzt endlich bot.

18

Langsam wurde sein Arm müde. Nicholas stand auf halber Höhe der Küchenstufen, von wo aus er auf die hochgewachsenen, schlanken Eindringlinge, die ihn zu überwältigen drohten, einstieß und -hieb. Mann an Mann standen die Kämpfenden auf den Stufen bis in die Küche hinunter und verteilten sich weiter auf den Anrichteraum und die dahinterliegenden Räume. Als er das letzte Mal Zeit für einen raschen Blick auf das Geschehen gefunden hatte, drosch das Küchenpersonal mit allem, was sich irgendwie als Waffe gebrauchen ließ, auf die Fey ein. Frauen hielten Stöcke ins Feuer und machten Fackeln daraus. Aber immer noch riß der Strom der Fey, der durch die Tür neben den Herden in den Raum quoll, nicht ab. Die Luft war stickig, es roch nach Angst.

Nicholas hatte alles vergessen, was ihm Stephan über Anmut, Raffinesse und andere Feinheiten des Fechtkampfs beigebracht hatte. Nicholas' ganzes Schwert war zur Waffe geworden. Mit der flachen Seite der Klinge hatte er einem Mann ins Gesicht geschlagen, mit der scharfen Kante hatte er einer Frau den Daumen abgehackt, und mit dem Knauf hatte er einen so wuchtigen Hieb auf den Kopf eines anderen Angreifers niedergehen lassen, daß dieser bewußtlos zu Boden sank.

Waffen klirrten, und Menschen schrien aufgeregt durcheinander. In Anrichte, Küche und Hof hörte Nicholas den unheimlichen Siegesschrei der Fey.

Er und die anderen Inselbewohner verwundeten die Fey, hielten ihren Vormarsch auf, zwangen sie zum Rückzug und gelegentlich sogar zum Verschwinden. Dennoch behielten die Fey die Oberhand. Die Mehrzahl des Küchenpersonals verfügte über keinerlei richtige Waffen. Die Diener waren zum Festsaal geeilt und hatten dort die Waffen von den Wänden gerissen. Auf Nicholas' Befehl hatte sich fast eine Stunde lang eine Menschenkette gebildet, die eimerweise dampfendes Wasser auf die Fey goß, aber schließlich waren die Angreifer doch bis in die Küche vorgedrungen.

Dann hatten ihn die Fey zwischen zwei Treppenabsätzen gestellt, und hätte er nicht Unterricht bei Stephan gehabt, so hätten sie ihn wahrscheinlich auf der Stelle umgebracht. Aber Nicholas' Geschicklichkeit im Umgang mit dem Schwert überraschte seine Angreifer, und es gelang ihm, die zwei Treppenstufen viel länger zu halten, als er gedacht hatte.

Die Stufen waren glitschig vom Blut.

Nicholas' Haar klebte am Kopf. Sein Körper war schweißgebadet. Aber der Griff um das Schwert war noch immer fest. Er stand jetzt schon so lange in derselben Haltung, den rechten Fuß zwei Treppen höher, den linken gegen die Mauer gestemmt, daß sich die Muskeln in seinem rechten Bein verkrampften. Hinter ihm ertönte das Klirren der Schwerter, und weiter unten, am Fuß der Treppe, sah er den Küchenmeister kämpfen. Der Käsemacher hielt mit Tranchiermessern an der Tür zur Anrichte die Stellung. Andere Diener setzten sich mit irgendwelchen Waffen zur Wehr, die sie zufällig gefunden hatten, aber sie verfügten über keine Kampferfahrung. Und die Fey waren erbarmungslos. Für jeden, den Nicholas verwundete, erschien ein neuer, und für jeden, den er tötete, schlüpfte ein Ersatzmann an ihm vorbei und verschwand auf der Treppe nach oben.

Nicholas wußte nicht, was im Palast sonst noch vor sich ging. Er befürchtete, daß die Vordertreppe nicht so gut verteidigt wurde wie diese Treppe hier und daß die Fey längst in den ganzen Palast eingedrungen waren und seinen Vater getötet hatten.

Nicholas' Arm bewegte sich wie von selbst. Er kämpfte jetzt

gegen eine besonders junge Fey. Die Einzelheiten verschwammen: Alle Fey hatten schwarzes Haar, dunkle Haut und ungewöhnlich geschwungene Augenbrauen. Im Kampf gab es jedoch deutliche Unterschiede zwischen ihnen. Nicht alle stritten mit derselben Tapferkeit gegen Nicholas und sein Schwert.

Überall auf den Stufen und dem Küchenboden lagen Leichen. Die mit Backstein ummauerten Öfen waren geöffnet, und irgend jemand hatte die Verwundeten hineingeschoben, wodurch die Luft noch schlechter wurde. Ein junger Diener lag mit aufgeschlitzter Brust da, sein Kopf war auf dem Steinfußboden zerschmettert worden. Sobald Nicholas den Blick abwandte, verschwanden die Leichen oder wurden bis zur Unkenntlichkeit zertrampelt, aber dieser junge Diener blieb in seiner unnatürlichen Haltung auf der Treppe liegen. Seine Augen waren weit geöffnet, und er starrte zur Decke, als flehte er den Gott, dem Matthias diente, demütig um Gnade an.

Der Fechtstil der jungen Fey, mit der Nicholas gerade kämpfte, war ungewöhnlich. Sie – Nicholas gewöhnte sich nur allmählich an Frauen in Uniform – stieß hektisch in seine Richtung, und ihre Bewegungen waren so schnell, daß er ihren Arm hin und wieder nicht einmal sehen konnte. Sie hatte ihn schon mehrfach getroffen und ihm als erste Gegnerin eine Wunde zugefügt. Er parierte ihre Schläge eher mit Logik als mit Hilfe seiner Wahrnehmung. Schließlich gelang es ihm, das Schwert in Richtung ihres Bauches zu stoßen, und sie wehrte den Schlag nicht rechtzeitig ab. Sie taumelte rückwärts, und er mußte alle Muskeln in seinem ermüdeten Arm anspannen, um sein Schwert festzuhalten. Als sie rücklings die Stufen hinuntertaumelte, riß sie zwei andere Fey mit sich und blockierte dadurch für einige Sekunden die nachrückenden Angreifer. Nicholas nutzte die Zeit, um einen Blick über die Schulter zu werfen.

»Ich brauche Verstärkung«, rief er. »Bitte schickt jemanden runter zu mir.«

»Es ist niemand da«, antwortete eine Stimme von oben.

Um ihn herum klirrten die Schwerter. Unten setzten die Fey zu einem neuen Angriff an. Nicholas spähte um die Ecke und sah, wie der Bäcker und drei weitere Inselbewohner sich gegen Fey zur Wehr setzten. Er kannte keinen der drei, aber sie erkannten ihn.

»Bitte«, wiederholte er.

»Mein Gott«, sagte jemand weiter oben, »das ist ja Nicholas.«

Seine Leute umringten ihn, und einige andere kämpften sich die Treppe hinunter, indem sie die Fey zur Seite stießen. Nicholas wollte gerade die restlichen Stufen hinaufsteigen, als er von hinten niedergeschlagen wurde.

Er stürzte, umklammerte im Fallen sein Schwert und hielt es von seinem Körper weg, um sich nicht selbst zu verletzen. Er fand auf den blutigen Stufen keinen Halt und rutschte nach unten. Mit der freien Hand berührte er plötzlich die aufgeschlitzte Brust des Dieners. Er schrie angeekelt auf, riß die Hand zurück und wollte gerade aufstehen, als jemand sein Haar packte und ihm den Kopf zurückriß.

Über ihn gebeugt stand eine Frau. Sie hatte die gleichen geschwungenen Augenbrauen wie die anderen Fey und auch das gleiche schwarze Haar, das zu einem langen Zopf geflochten war. Ihre Augen funkelten, die Wangen waren vor Anstrengung gerötet; ihren freien Arm hielt sie ausgestreckt und machte Anstalten, ihm ein Messer in die Kehle zu stoßen.

Er hätte niemals geglaubt, daß der Engel des Todes so schön sein könnte.

»Alle Wetter!« ertönte jetzt wieder die Stimme von oben. »Haut ihn da raus! Es ist Nicholas! Sie haben Nicholas!«

Die Stimme lenkte die Frau einen entscheidenden Augenblick ab. Nicholas konnte sich nicht umdrehen, um sie zurückzustoßen, aber er packte ihren Fußknöchel und riß kräftig daran. Ihr Griff in seinem Haar lockerte sich, und er riß seinen Kopf mit einem Ruck los. Sie zückte ihr Messer, und er erhob das Schwert. Klirrend schlugen die beiden Waffen gegeneinander, aber Nicholas hatte sich nicht gut genug abgestützt und verlor das Gleichgewicht.

Stimmen ertönten, die seinen Namen riefen. Die Fey schlang einen Arm um ihn, und ihr Messer ritzte seinen Adamsapfel.

»Laß das Schwert fallen!« befahl sie auf Nye. Nicholas erstarrte. Er konnte nicht weiter an ihrem Fußknöchel ziehen, ohne seinen Hals in Gefahr zu bringen, und in seiner ungünstigen Position konnte er sie auch nicht selbst mit dem Schwert bedrohen. Ihre Überlegenheit sorgte dafür, daß die Inselbewohner reglos stehengeblieben waren. Von draußen ertönte der Kampflärm, als sei nichts geschehen. In der Nähe des Herdfeuers erhoben sich Stimmen, und Nicholas hörte den Hilferuf seines Kammerdieners aus der Anrichte.

Die Inselbewohner hatten auf den Stufen einen Kreis um ihn geschlossen, als stellten die restlichen Fey keinerlei Gefahr mehr dar. Seine Leute, die Bediensteten des Schlosses, alle, die ihn kannten, umringten ihn und umklammerten dabei so hilflos ihre Waffen, als wüßten sie nicht, was sie tun sollten.

Auch die Fey in der Nähe hatten alle Kampfhandlungen eingestellt. Sie beobachteten die Frau mit derselben Konzentration wie die Inselbewohner Nicholas.

Die Frau lächelte. Sie konnte nicht viel älter sein als er selbst. »Du bist wichtig für sie«, sagte sie. »Ich glaube, du solltest besser mit mir kommen.«

Nicht um alles in der Welt würde er einem dieser Eindringlinge folgen. Aber er hatte keine Wahl. Er war nicht der Roca. Er würde nicht zum Märtyrer werden, insbesondere nicht für eine Sache, von der er nichts verstand. Die Fey preßte die Messerspitze kräftiger gegen seinen Hals; dann drückte sie sein

Kinn leicht nach oben und gab ihm zu verstehen, daß er aufstehen sollte.

»Laß das Schwert fallen«, wiederholte sie.

Da es im Moment doch keinen Nutzen für ihn hatte, ließ er los. Aber er verstärkte seinen Griff um ihre Fußknöchel. Ihre Lederschuhe waren so weich, daß er die Knöchel durch das Leder hindurch spürte.

»Und mich läßt du jetzt gefälligst auch los!« Ihre Augen funkelten, während sie sprach. Anscheinend gefiel ihr seine herausfordernde Art.

Die kühle Messerklinge drückte immer noch gegen sein Kinn. Er fühlte, wie sich das Metall langsam an seiner Haut erwärmte. »Ich glaube nicht, daß du mich töten wirst«, sagte er. Durch den Druck der Messerspitze klangen die Worte leicht gepreßt. Er beherrschte Nye nicht so fließend wie sie.

Ihre Lippen öffneten sich, und sie wurde blaß. Das Funkeln war plötzlich aus ihren Augen verschwunden. »Was bedeutet *Orma lii?*«

Nicholas zuckte überrascht zusammen. *Orma lii* war ein Wort der Inselbewohner. Sie hatte die Betonung auf die zweite Silbe statt auf die erste gelegt, und sie sprach langsam, da sie die Worte offenbar nicht verstand. Nicholas selbst hatte sie kaum verstanden. Das Klirren der Schwerter und die Schmerzensschreie hinter ihm dauerten an. Nur hier, in dem kleinen Kreis am Treppenabsatz, ruhten die Waffen.

Ein Fey, der neben ihr stand, ein besonders hochgewachsener, schlanker Junge mit großen Augen, zischte: »Jewel!«, als wäre er schockiert, daß sie ihr Angriffsziel plötzlich aus den Augen verloren hatte. Aber Nicholas' Neugier war geweckt. Sie hatte ihn schon einmal gesehen. Das hatte er aus ihren Augen gelesen.

»Es schmerzt, wenn man mit einem Messer an der Kehle reden muß«, antwortete er.

»Falls du glaubst, ich werde es wegziehen, um dir das Reden zu erleichtern, dann täuschst du dich«, sagte sie. »Beantworte meine Frage.«

»Ich kann nicht glauben, daß du dich bis in mein Haus vorgekämpft hast, nur um mich nach der Bedeutung dieser einfachen Worte zu fragen. Dieselbe Frage hättest du jedem Bewohner dieser Insel direkt nach eurer Landung stellen und damit viele Leben retten können.«

»Du hältst dich wohl für besonders schlau«, gab sie zurück, aber das Funkeln war in ihre Augen zurückgekehrt. Der verbale Schlagabtausch machte ihr offensichtlich Spaß – nur war dafür hier nicht der rechte Platz.

Dumpfes Murmeln ging durch die Gruppe, als das Gespräch in beide Sprachen übersetzt wurde. Der Kreis der Umstehenden hatte sich vergrößert. In der Anrichte wurde nicht mehr gekämpft. Über den Lärm der Schlacht erhoben sich die Worte: *Sie haben Nicholas!*

»Es geht hier nicht um Schlauheit«, sagte er. »Ich habe keine Ahnung, aus welchem Grund ihr gekommen seid.«

»Das dürfte doch nicht so schwer zu erraten sein.« Sie drückte die Klinge fester gegen sein Kinn. Ohne ihre Haltung zu verändern, war sie plötzlich wieder zu einer Eroberin geworden. »Steh auf!«

Er verstärkte den Griff um ihre Knöchel. Sie jammerte leise auf, eher vor Ungeduld als vor Schmerz.

»Also möchtest du wirklich, daß ich dir deinen hübschen Kopf abschneide?« Ihr Ton war so beiläufig, als diskutierten sie darüber, ob man bei einer leckeren Mahlzeit noch ein zweites Mal zugreifen sollte oder nicht.

Hinter den beiden wurde ein leises Keuchen laut. Dann drängte sich der Bäcker gewaltsam die Stufen hinunter. »Mich nimm, Frau«, sagte er in gebrochenem Nye. »Bitte.«

Sie beachtete ihn nicht. Statt dessen betrachtete sie Nicholas, und ein zufriedenes Lächeln breitete sich auf ihrem Gesicht aus. Ihre Schönheit war atemberaubend. Diese Mischung aus ätherischer Anmut und schierer Kraft hatte Nicholas noch nie zuvor gesehen.

»Es scheint, als ob du mir lebendig von größerem Nutzen bist als tot«, sagte sie. Befehlsgewohnt wandte sie sich an ihre Leute. »Burden! Rielle! Stellt ihn auf die Füße.«

In der Küche wurde nicht mehr gekämpft, nur in der Nähe der Tür konnte Nicholas noch eine gewisse Bewegung wahrnehmen.

Alle Fey hatten die Waffen gesenkt und starrten auf die Frau.

Der schlanke Fey, der bereits einmal gesprochen hatte, und ein anderer männlicher Fey traten zu Nicholas und hievten ihn hoch. Die Frau zog ihr Messer zurück. Sie banden ihm die Hände so fest auf den Rücken, daß seine Schultern knirschten und die Lederbänder tief einschnitten.

Sie schob das Messer in den Gürtel. Offenbar hatte sie volles Vertrauen, daß die anderen Fey ihr den Rücken freihielten. Sie trat so nah an Nicholas heran, daß er die Wärme ihres Körpers spürte. Sie war nicht kleiner als er, und es war ein eigenartiges Gefühl, ihr ebenso direkt wie einem Mann in die Augen zu blicken.

Das Haar auf ihrer Stirn war feucht vom Schweiß. »Warum bewundern dich alle so?« fragte sie. »Bist du eine bedeutende Persönlichkeit?«

Sein Herz klopfte heftig, und er mußte sich Mühe geben, um gleichmäßig zu atmen. Sie waren alle so unvorbereitet. Er hatte keine Ahnung, wer oder was diese Frau war, er wußte nur, daß sie ihn töten konnte, wenn sie es wollte. Er wußte nicht, ob es besser war, sich zu ergeben oder zu sterben. Er wußte nur eines: Er wollte nicht sterben.

»›Geht es dir gut?‹« sagte er.

Ihre Augenbrauen verwandelten sich in gerade Striche, als sie fragend die Stirn runzelte. »Was?«

Er hatte sie erneut aus der Fassung gebracht. Darin lag eine seltsame Macht. Sie war es gewohnt, alles unter Kontrolle zu haben. »Es bedeutet soviel wie ›Alles in Ordnung?‹«

Ihre Lippen öffneten sich leicht, und sie hatte wieder denselben gequälten Gesichtsausdruck wie vorhin. »Sag es noch einmal in deiner Sprache«, sagte sie leise, als wäre sie allein mit Nicholas und bäte um zärtliche Liebesworte.

Er wiederholte die Worte ebenso leise in der Sprache der Inselbewohner. Tränen stiegen in ihre Augen, aber sie wandte den Blick nicht von ihm.

Der schlanke Fey, der Nicholas festhielt, sagte etwas in einer Sprache, die Nicholas nicht verstand. Die Frau winkte kurz ab und antwortete ihm dann in derselben Sprache, ohne den Blick von Nicholas zu wenden.

»Wer bist du?« fragte sie schließlich auf Nye.

»Spielt das eine Rolle?« erwiderte Nicholas. Die Meinungsverschiedenheit zwischen den beiden Fey erfüllte ihn mit Panik. »Du wirst mich ohnehin töten.«

Sie schüttelte den Kopf und wischte dann mit ihrem Daumen das Blut von seinem Hals. Ihre Haut war warm und rauh. »Nein«, sagte sie. »Das werde ich nicht tun.«

Die plötzliche Zärtlichkeit verwirrte ihn. Er blickte auf den Fey, der ihn noch immer festhielt, und sah die Wut in seinen Augen. Nicholas' eigene Leute beobachteten alles. Sie rührten sich nicht. Die Menge war inzwischen immer weiter angewachsen. Nur noch in der Nähe der Küchentür wurde gekämpft, sonst war alles still. Die Schlachtrufe kamen jetzt aus dem Hof.

Der Bäcker schob sich unauffällig durch die Menge und drängte langsam zur Tür der Anrichte. Nicholas verstand, was er vorhatte. Er würde versuchen, Hilfe zu holen.

Auch die Fey-Frau ließ den Blick jetzt über die Versammlung wandern und schaute dann wieder Nicholas an. »Ich kann jeden hier so lange foltern lassen, bis er mir deinen Namen sagt.«

»Nein«, sagte Nicholas und ahmte dabei ihren Tonfall nach. »Das wirst du nicht tun.«

»So viel Mut bei einem Mann in einer so ausweglosen Lage. Wenn ich dich töte«, und bei diesen Worten riß sie ihr Messer wieder aus dem Gürtel und setzte es so blitzschnell an seine Kehle, daß er sie auch mit ungefesselten Händen nicht hätte daran hindern können, »würden sie etwas Kostbares verlieren.«

Den Dienern, blutbesudelt und müde vom Kampf, stand das schiere Entsetzen ins Gesicht geschrieben.

Sie stand so dicht vor ihm, daß er ihre Brüste spürte, die sich gegen seinen Brustkasten preßten. »Ich halte deine Leute in Schach, wenn ich dich bedrohe.« Sie lächelte kalt. »Du verleihst mir so viel Macht, daß ich dich behalten werde.«

Sie drehte sich zu den hinter ihr stehenden Fey um. »Bereitet alles hier für ein improvisiertes Gefängnis vor und entwaffnet diese erbärmlichen Leute.« Sie begannen sofort mit der Ausführung ihrer Befehle. »Sag deinen Leuten, daß ich dich töten werde, wenn sie weiter gegen uns kämpfen.«

Nicholas schwieg.

Sie packte sein blutbeflecktes Hemd und zog ihn noch dichter an sich heran. »Los, sag's ihnen.« Der Kragen schnitt in seinen Nacken. Er nickte. Sie trat zurück, damit er jeden in der Küche deutlich sehen konnte. Von den Küchenjungen, die die Herde säuberten, bis zu den Frauen, die die Speisen reichten, starrten ihn alle Bediensteten mit weit aufgerissenen Augen an.

»Meine Freunde«, sagte er in der Sprache der Inselbewohner. »Es ist gleichgültig, was mit mir geschieht. Nur die Blaue Insel zählt. Tötet die Angreifer. Tötet sie alle.«

Einen Moment lang standen die Inselbewohner reglos da. Dann warfen sie sich wie ein Mann nach vorne und fielen die überraschten Fey an. Messer bohrten sich in die Rücken der Eindringlinge, Schmerzenslaute ertönten, als die Schädel der Angreifer zertrümmert wurden. Von der anderen Seite des Raumes ertönten gellende Schreie, als eine ältere Frau einen Fey ins Herdfeuer stieß.

Die Frau packte Nicholas, ihr Messer lag jetzt wieder dicht an seinem Hals. »Was hast du zu ihnen gesagt?«

»Das dürfte doch nicht so schwer zu erraten sein«, erwiderte er.

19

Rugar strich sich mit der schmutzigen Hand über das verklebte Haar und holte tief Luft. Er eilte auf den wenigen trockenen Flecken des schlammigen Weges in Richtung Hauptstraße. Caseo, Rusty und Eisenfaust folgten ihm auf dem Fuße. Noch bevor Rugar die Straße erreicht hatte, bot sich ihm ein Anblick, der seine schlimmsten Befürchtungen bestätigte.

Die Fey stürzten Hals über Kopf davon, ohne dabei einen Gedanken an körperliche Anmut zu verschwenden. Sie hatten die Waffen gesenkt, und jeder lief für sich allein; der Truppenverband hatte sich völlig aufgelöst. Zweifellos waren sie auf der Flucht. Rugar hatte in seinen zahlreichen Schlachten zu viele flüchtende Soldaten gesehen, als daß er sich jetzt womöglich irrte. Hinter den Fey kamen übergewichtige Inselbewohner in schwarzen Roben angewatschelt, die kleine Flakons mit einer klaren Flüssigkeit schwenkten. Einige Fey warfen die Arme um den eigenen Körper, andere fielen schreiend auf die Pflastersteine und wanden sich im Todeskampf. Rugar weigerte sich zu begreifen, was dort vor sich ging. Gestank breitete sich aus … Es roch nach verbranntem Fleisch und nach etwas anderem, noch Beißenderem, ein Geruch, der ihm nicht vertraut war.

Sein Herzschlag verdoppelte sich bei dem Geräusch der hastig flüchtenden Füße. Im Schatten eines verlassenen Ladens blieb er stehen und beobachtete, wie seine mächtige Armee vor diesen unbewaffneten Inselbewohnern, die Glasflaschen mit Wasser schwangen, in die Knie ging. Seine Kehle war trocken; zum ersten Mal erlebte er aus der Perspektive des Opfers, wie Panik mit der Geschwindigkeit eines Buschfeuers von einem zum anderen übersprang.

Caseo tauchte hinter ihm auf. Sein Atem war abgerissen, nicht vor Erschöpfung, sondern vor Furcht. »Sie bringen uns alle um!« stieß er hervor.

»Und wir hindern sie nicht daran«, erwiderte Rugar. Aber er glaubte nicht an seine eigenen Worte. Auch er wollte sich umdrehen und fliehen.

Aber das durfte er nicht. Er mußte ihnen Mut geben, er war die Hoffnung der Fey.

Der Schlamm auf seinem Gesicht war getrocknet und erschwerte ihm das Sprechen. Er wischte die Lehmbrocken ab und schüttelte sie aus dem Haar. Er mußte seine Leute neu sammeln.

»Caseo«, befahl er, »benachrichtige die Truppen drüben am Palast. Wir müssen ihnen mitteilen, was hier vor sich geht. Wenn du das erledigt hast, möchte ich, daß du die Hüter zusammenrufst. Vielleicht findet ihr ein Gegengift für diese Flüssigkeit. Versucht in Erfahrung zu bringen, über welche Zauberkräfte die Inselbewohner verfügen.«

Caseo nickte. Es schien ihn zu beruhigen, daß er eine Aufgabe hatte. Er eilte eine der Seitenstraßen hinunter, und seine hohe Gestalt bewegte sich mit der Energie, die ihn noch vor einem Augenblick völlig verlassen zu haben schien.

»Rusty«, wandte sich Rugar an seinen Leibwächter. Er wußte, daß sie da waren, ohne sich erst nach ihnen umzudrehen. »Benachrichtigt die übrigen Truppen innerhalb und außerhalb der Stadt: Auch sie müssen wissen, was hier vor sich geht.«

»Was ist mit dir?« Links hinter Rugar ertönte Rustys rauhe Stimme.

»Eisenfaust und ich sehen nach, ob die Gefahr wirklich so groß ist, wie Caseo sagt.« Furcht umklammerte Rugars Herz. Sein Vater hatte ihn gewarnt. Aber keiner von beiden hatte erkannt, daß das Entsetzen der Eroberer stärker sein konnte als jedes Entsetzen, das Rugar jemals bei einem seiner Opfer erlebt hatte. Vielleicht lag es daran, daß er es diesmal fast am eigenen Leib erfuhr.

Vor ihm liefen die Fey immer noch wie gehetztes Wild davon, das an nichts anderes mehr denkt als an die Flucht. Ein junger Infanterist stolperte und fiel auf das Kopfsteinpflaster. Der schwarzgekleidete Inselbewohner, der an ihm vorübereilte, schüttete den verbliebenen Inhalt seines Fläschchens auf den Rücken des Gestürzten. Der Junge schrie, die Gesichtszüge wie erstarrt in einer Mischung aus Überraschung und Schmerz. Sein Rücken dampfte, und er wälzte sich hin und her, als wollte er Flammen ersticken. Dann lag er plötzlich still. Auch aus der Ferne konnte Rugar erkennen, daß der Junge tot war.

Rugar wandte sich um. Seine Leute starben, und er mußte sie retten. Und zwar rasch, bevor sich Panik ausbreitete und die Moral untergrub. Alles, was sie brauchten, war ein Mittel, um die Schwarzkittel zu töten. Die Hüter mußten wissen, worauf sie ihre Zauberkräfte konzentrieren sollten. Da er Caseo zum Palast geschickt hatte, mußte er wohl oder übel selbst zur Lagerhalle. Rugar schlüpfte zwischen zwei Gebäuden hindurch und eilte dann die enge Gasse hinunter, die zum Hafen führte.

Dort, in einiger Entfernung zum Kampfgetümmel, wurde der Geruch immer strenger, aber das Geschrei verstummte, nur gelegentlich erinnerten gellende Schmerzensschreie an das entsetzliche Treiben. An einer Kreuzung machte Eisenfaust Anstalten, auf jemanden zuzugehen, aber Rugar erwischte ihn gerade noch am Arm. Er konnte jetzt nicht riskieren, seinen Leibwächter zu verlieren. Außerdem war es besser, die Kampfgefährten nicht zu berühren, solange sie nicht genau wußten, wodurch diese sonderbaren Verletzungen hervorgerufen wurden.

Als sie am Hafen ankamen, war der Geruch schwächer geworden. Der beißende Rauch war verweht, nichts war mehr zu sehen als die weißen Gebäude, errichtet von einem Volk, das durch den Seehandel wohlhabend geworden war. Das Sonnenlicht brach sich glitzernd auf den Wellen des breiten Cardidas, und die Leichen lagen verstreut wie Kinderspielzeug auf dem schlammigen Boden.

Rugar stieß einen Schrei aus und trat näher. Er hatte schon auf zahllosen Schlachtfeldern zwischen den Toten gestanden, aber es waren niemals seine eigenen Toten gewesen. Sicher, auch er hatte hier und da ein paar Männer verloren, aber es waren noch niemals so viele gewesen, und noch nie waren sie auf so gräßliche Weise gestorben. Ein Hüter, nur noch an seinem Umhang zu erkennen, lag unten an der Rampe des Lagerhauses. Drei Fußsoldaten, deren Gesichter völlig unkenntlich und deren Hände mit ihren Oberkörpern verschmolzen waren, zuckten direkt vor seinen Füßen nebeneinander im Todeskampf. Sie waren am Ersticken, soviel hatte er verstanden, aber erst jetzt wurde ihm klar, was dies für ein langsamer, qualvoller Tod war. Sie hatten keine Nasenlöcher und keinen Mund mehr, und es gab keine Hinweise auf ihre einstige Identität. Doch er war kein Heiler. Er wußte nicht, wie er sie retten sollte.

Unter den Niedergemetzelten war keine schwarze Robe zu sehen, nur eine goldfarbene Katze strich zwischen den Leichen herum und blieb gelegentlich stehen, um mit der Pfote die menschlichen Überreste zu berühren. Eisenfaust hatte seinen Platz neben Rugar verlassen und schritt zwischen den Sterbenden hindurch. Er blieb neben einer zitternden Frau stehen und wölbte seine Hände über ihrem Gesicht, als hätte er Angst, sie zu berühren. Endlich rührte sie sich nicht mehr, und er sackte mit gekrümmten Schultern neben ihr zusammen wie nach einer schweren Niederlage.

»Diese Inselbewohner verfügen über einen großen Zauber.« Seine Stimme schwankte ungläubig. Zum ersten Mal begegneten sie Wesen, die dieselben oder sogar noch weiter entwickelte Fähigkeiten besaßen wie ihr eigenes Volk.

»Vielleicht sind es Fey.«

Rugar wirbelte herum. Wo gerade noch die Katze gesessen hatte, stand jetzt Solanda. Die Haut rings um ihre Augen lockerte sich gerade in den letzten Zuckungen der Verwandlung. Sie war nackt, Hände und Füße waren mit Schlamm bedeckt.

»Was hast du gesehen?« fragte er auf der verzweifelten Suche nach irgendeinem Anhaltspunkt. Falls sie Fey waren, so gab es vielleicht einen alten Gegenzauber, eine Art Rache.

»Ich sah, wie sie mit ihrer magischen Flüssigkeit töteten«, sagte Solanda, und ihre Stimme war so sanft wie ein Schnurren. »Wir töten auf viele verschiedene Arten, mit unseren Händen, unserem Geist, unseren Messern. Vielleicht verfügen sie über dieselben Kräfte.«

»Davon haben die Nye nichts gesagt.«

»Hast du schon jemals einem eroberten Volk Glauben geschenkt?« Ihre Worte hingen in der Luft. Sie legte die Hand auf ihre schlanke Hüfte, und ihre Augen waren so undurchdringlich wie die einer Katze. »Sie hatten mehr als einen Grund, uns anzulügen.«

Rugar hatte sich nicht allein auf die Erzählungen der Nye verlassen. Seine Leute hatten die Geschichtsbücher studiert, den Legenden gelauscht. Aber niemand hatte damit gerechnet, daß sich die Inselbewohner magischer Kräfte bedienten.

Nur diejenigen mit den unheilverkündenden Visionen hatten den Verdacht geäußert, daß Rugar womöglich einen Fehler beginge.

Als er das Stöhnen ringsum hörte, stellten sich seine Nackenhaare auf. »Was hast du gesehen?« wiederholte er.

»Zuerst habe ich nur ein paar von diesen kleinen, übelriechenden Männern gesehen«, sagte Solanda. »Dann verwandelte ich mich und suchte mir ein Versteck. Von diesem Versteck aus habe ich noch mehr gesehen. Dieses Gift tötet.« Sie warf einen Blick auf den Soldaten neben sich. Zwei schlanke, vollendet geformte Hände zogen schwach an der weichen Haut, dort, wo sich vorher das Gesicht befunden hatte. »Gestaltwandler sind ihnen unbekannt, ich habe einen von ihnen zu Tode erschreckt, als ich mich direkt vor seinen Augen wandelte. Anscheinend haben sie auch keine Frauen.«

Diese beiden Beobachtungen hielt Rugar für unwichtig. Das einzige, was ihn zufriedenstellen konnte, war eine Lösung, die diesem Alptraum hier auf der Stelle ein Ende bereitete.

»Ich habe etwas, das dich interessieren könnte«, sagte Solanda. »Folge mir.« Sie ergriff seine Hand und zog ihn von dem sterbenden Jungen fort. Rugar stolperte über Körper, über sich windende Fey, die versuchten, ihn zu berühren, die ihre Hände nach ihm ausstreckten. Der Gestank war bestialisch: verbranntes Fleisch, Angst und einsetzende Verwesung, alles überlagert vom schlammigen Geruch des Flusses und den üblen Fischdünsten. Hände strichen über seine Knöchel. Wie ein aus dem Rhythmus geratener Chor erklangen die Schreie der Sterbenden, unmelodisch, aber voller ergreifendem Gefühl.

Merkwürdig kalt lag Solandas Hand in der seinen, als gehörte auch sie schon zu den Toten. Sie hielt ihn fest, drückte seine Finger zusammen, grub ihre Nägel in seine Haut. Sie war ebenso entsetzt und verstört wie er selbst.

Er blickte zu Eisenfaust, der immer noch neben der toten Frau kauerte. Einen Augenblick lang befürchtete Rugar, dieser schreckliche Tod könnte sich wie eine Epidemie verbreiten, wie eine Seuche, die sich unterschiedslos von einem auf den anderen übertrug. Aber Eisenfausts Gesichtszüge waren unverändert. Er war in sich zusammengesunken und wiegte sich langsam vor und zurück, als hätte ihm dieses Gemetzel den Verstand geraubt.

Rugar wandte den Blick von Eisenfaust ab in die Richtung, aus der sie gekommen waren. Es waren keine schwarzgekleideten Inselbewohner zu sehen. Sie mußten gespürt haben, daß sie hier ganze Arbeit geleistet hatten, und waren zu anderen Schauplätzen weitergezogen. Wie entsetzlich für sein Volk. Von Wesen angegriffen zu werden, über die sie nichts wußten, um dann auf diese furchtbare Art zu sterben.

Als Solanda bei der Lagerhalle angekommen war, lief sie an der Rampe vorbei. Sie schlich an der Außenwand des Gebäudes entlang und hielt sich dabei immer im Schatten. Ihr Griff um Rugars Arm lockerte sich nicht. Es war kühl im Schatten, nur die Sonne verlieh dem Tag Wärme. Rugar fröstelte. Zumindest gab es hier keine Sterbenden, die ihre Hände nach ihm ausstreckten, niemanden, der seine ungeschützte Haut berühren konnte.

»Beeil dich«, sagte Solanda, und erst dann begriff er, daß er in der Geborgenheit des Schattens seine Schritte verlangsamt hatte. Alles hatte sich auf kleine Einzelheiten und Bilder reduziert: die Kälte; Solandas trockene Hand in der seinen; eine einzelne Stimme, die sich über das Klagen erhob, dieses Klagen, das wie eine Verhöhnung des gewohnten Siegesrufes der Fey klang; Eisenfaust, angesichts der Zerstörung vor seinen Augen zusammengekauert wie ein Kind; das Sonnenlicht auf dem Fluß, das fröhlich in der verpesteten Luft flimmerte. Als Ganzes betrachtet war es zuviel. Als Einzelbild war es schlicht überwältigend.

Solanda hatte jetzt das andere Ende der Lagerhalle erreicht. Dort war der Boden aufgeweicht, aber die einzigen Spuren, die zu sehen waren, stammten von einer Frau und einer kleinen Katze. Hier hatte sie sich versteckt, und hier hielt sie ihren Fund verborgen.

Sie ließ seine Hand los und bückte sich. Rugar rieb seine blutleeren Finger. Ihre Nägel hatten winzige Abdrücke auf seiner Haut hinterlassen. Solanda bewegte sich mit der besonderen Vorsicht und Anmut, wie sie nur den Gestaltwandlern eigen war. Sie stützte sich mit einer Hand an die Holzwand des Gebäudes und langte, elegant das Gleichgewicht haltend, mit der anderen Hand unter die Treppenstufen.

Das Jammern hatte aufgehört, so daß mit einem Mal das gedämpftere Stöhnen zu vernehmen war. Rugar lehnte sich gegen die Wand, stellte sich aber sofort wieder aufrecht hin, als er bemerkte, daß die hölzernen Bretter sich mit Wasser vollgesogen hatten.

Auch Solanda hatte sich wieder aufgerichtet. Zwischen zwei Fingern ihrer linken Hand hielt sie einen Beutel. Mit der anderen Hand öffnete sie ihn vorsichtig und hielt ihn dann Rugar hin, damit er hineinspähen konnte.

Der Beutel enthielt ein Fläschchen. Es war geformt wie ein Flakon, mit schlankem Hals und breitem Boden. Das Glas war diamantförmig geschliffen und glitzerte wie die Sonne auf einer bewegten Wasseroberfläche. Trotz des merkwürdigen, dreieckigen Umrisses konnte Rugar die Flüssigkeit im Inneren schwappen sehen. Die Flasche war mit einem Stöpsel verschlossen, der nicht anders aussah als alle anderen Stöpsel, die Rugar bis jetzt gesehen hatte.

»Wie hast du das in die Finger bekommen?« fragte er. Obwohl ihn die bedrohliche Nähe dieses todbringenden Giftes erschauern ließ, starrte er fasziniert auf das Glas.

Sie verschloß den Beutel wieder, indem sie das Lederband straff anzog und es dann um ihr Handgelenk wickelte. »Ich habe beobachtet, wie sie einen kleinen Vorrat versteckten. Als sie weg waren, habe ich alles überprüft. Es sind immer noch mindestens zwölf Flaschen da, aber ich habe den Beutel über diese hier gestülpt und darauf geachtet, sie nicht zu berühren. Ich glaube, mit Hilfe dieser Flasche können die Hüter herausfinden, mit welchem Zauber wir es zu tun haben.«

Rugar stieß ruckartig die Luft aus. Er hätte sein Leben niemals für ein einfaches Glasfläschchen aufs Spiel gesetzt. Aber Solanda hatte es getan. Es tat ihm leid, daß er sie jemals für leidenschaftslos und kalt gehalten hatte. Vielleicht hatte sie damit den Schlüssel zur Rettung der Fey gefunden.

Allerdings wußte er nicht, wie er die Hüter erreichen sollte. Caseo hatte er zum Palast geschickt. Wenn Caseo zuvor hierhergekommen war, um Rugar zu suchen, dann hatte er die anderen Hüter bereits weggeschickt: Rugar warf einen Blick auf das Lagerhaus, und ein Schauder überlief ihn. Oder lagen dort drinnen noch mehr Tote?

»Weißt du, wo sich die anderen Hüter aufhalten?« fragte er Solanda.

Sie umklammerte das Lederband so fest, als könnte es sie vor allen Grausamkeiten ringsum beschützen. Sie sah ihm nicht in die Augen. »Caseo hat sie ins Schattenland geschickt.«

Rugar richtete sich zu seiner vollen Größe auf. Nur er allein hatte die Befugnis, die Fey ins Schattenland zu schicken. Dennoch war an dem Befehl nichts auszusetzen. »Haben sie es geschafft?«

Sie hob den Kopf nur langsam, mit der lässigen, unerschütterlichen Ruhe einer Katze. »Ich weiß es nicht. Er bat mich, hier im Lagerhaus zu warten, solange er nach dir sucht.«

Rugar runzelte die Stirn. Dieser Befehl hingegen war völlig unsinnig. Gestaltwandler waren nicht gerade reichlich gesät, und Solanda war die einzige, die sie mit über das Infrin-Meer gebracht hatten. Aber Gestaltwandler konnten sich so verstecken, daß sie alles beobachten konnten, so wie Solanda es getan hatte. Das bedeutete, daß es etwas Wertvolles im Lagerhaus gab, das beschützt werden mußte.

»Die Beutel der Rotkappen«, fragte er, »sind sie ...?«

»Im Lagerhaus? Ja.« In Erwartung eines Tadels holte Solanda tief Luft. »Aber keiner der Inselbewohner hat es betreten.«

Rugar nickte. In einer normalen Situation wäre das keine ausreichende Entschuldigung dafür gewesen, daß sie ihren Posten verlassen hatte, aber hier handelte es sich keineswegs um eine normale Situation. Die stöhnenden, sich hin- und herwälzenden Sterbenden waren Beweis genug.

Das Schattenland. Immerhin eine Idee. Dort hatte er Zeit, hatten sie alle Zeit genug, um herauszufinden, welche Waffe die Inselbewohner gegen sie zum Einsatz brachten.

»Nimm das Fläschchen mit ins Schattenland. Sag den Hütern, sie sollen sofort herausfinden, woraus die Flüssigkeit besteht, und erkläre ihnen genau, wie gefährlich das Zeug ist. Falls du auf deinem Weg eine Rotkappe triffst, sag ihr, sie soll alle Beutel einsammeln. Bis wir das Problem gelöst haben, schaffen wir alles ins Schattenland.«

Solanda warf einen Blick auf den Flakon, und so etwas wie Furcht spiegelte sich plötzlich auf ihrem Gesicht. Solange sie das Fläschchen bei sich trug, konnte sie sich nicht wandeln. Es mußte ihr irgendwie gelingen, die Schattenlande in ihrer menschlichen Gestalt zu erreichen.

»Geh, so schnell du kannst«, sagte Rugar, um ihr zu zeigen, daß er ihre schwierige Lage verstand.

Solanda bog um die Ecke des Lagerhauses und blieb wie angewurzelt stehen. Rugar hatte sich direkt hinter ihr in Bewegung gesetzt und fühlte ihre plötzliche Erstarrung. Hinter dem Gebäude hatte man nichts von den Geräuschen vernommen. Das Gebäude selbst hatte sie gedämpft. Doch jetzt erhob sich das regelmäßige Stampfen von Pferdehufen über das Stöhnen und Wimmern der Gemarterten. Rugar spähte um die Ecke des Gebäudes. Die Reiter trugen schwarze Roben. Dutzende von Pferden und Reitern, die immer mehr Fläschchen zu den kämpfenden Inselbewohnern brachten, vermutete er.

Solanda stieß zischend die Luft aus. Sie konnte jederzeit in ihr Versteck unter der Treppe zurück, aber Rugar und

Eisenfaust saßen in der Falle. Sie konnten sich auch nicht im Lagerhaus verstecken, das vielleicht ebenfalls durchsucht wurde.

»Bring das zurück in dein Versteck«, befahl ihr Rugar. »Und geh ebenfalls in Deckung.«

»Was wirst du tun?« fragte sie.

»Ich hole Eisenfaust. Mach dir keine Sorgen um uns. Wir werden es schon schaffen.« Er wandte ihr den Rücken zu, ohne ihre Umwandlung zu beobachten. Dieser Prozeß beunruhigte ihn immer. Statt dessen marschierte er in Richtung der Toten, schritt über Leichen und stöhnte, als Hände über ihn strichen, Stimmen ihn um Gnade anflehten, Fey sich im Todeskampf wanden. Das Hufgetrappel wurde immer lauter, und er fragte sich, ob die Soldaten ihn von der Brücke aus sehen konnten.

Eisenfaust kniete inmitten der Sterbenden. Er hatte die Knie bis an die Brust hochgezogen und mit den Armen umschlungen, als könnte er auf diese Weise sein Herz vor dem Anblick all seiner toten Kameraden schützen. Als er Rugar erblickte, sah er mit verschleierten Augen zu ihm auf.

Das Donnern der Hufe war jetzt noch näher gekommen und deutlich auf der hölzernen Brücke zu hören. Rugar kauerte sich neben seinem Leibwächter nieder. Er spürte das Entsetzen des Mannes. Sie konnten sich nirgendwo verstecken.

Außer an genau dieser Stelle.

»Stell dich tot«, befahl Rugar.

Eisenfaust sah seinen Anführer so verständnislos an, als wäre dieser plötzlich übergeschnappt. Rugar legte den Arm um seine Schulter und drückte ihn auf den Boden. Dann warf er sich neben ihn, das Gesicht dem schlammigen Boden zugewandt. Der Schlamm war hier dick und zäh. Er schob seine Hände bis zu den Gelenken hinein und hoffte, daß es so aussah, als hätten sie sich aufgelöst.

Der Leichengestank trieb ihm die Tränen in die Augen. Er

betete, daß er recht hatte und die körperliche Entstellung nicht ansteckend war, denn sonst hatten er und Eisenfaust sich spätestens jetzt infiziert.

Er spürte das Dröhnen der Hufe mehr, als daß er es hörte. Die Pferde ritten offenbar in nächster Nähe vorbei. Rugar hoffte inständig, daß sich Solanda gut versteckt hatte.

Sein Herz klopfte im gleichen Rhythmus wie die Hufe der Pferde. Er schloß die Augen in der Erwartung, daß jener Tod vorüberzog, den er in seiner Vision gesehen hatte.

20

Eleanora blieb an der Weggabelung stehen. Sie befand sich mitten im Wald, wo die Bäume besonders hoch und mächtig aufragten. Kein Sonnenlicht drang durch die Zweige, aber sogar hier fielen noch letzte Regentropfen auf den Boden. An der Gabelung stand eine große, knorrige Eiche. Eleanora benutzte ihre krummen Wurzeln als Sitzgelegenheit, ohne darauf zu achten, daß das feuchte Holz den letzten, noch trockenen Teil ihres Rocks durchnäßte. Ihr Magen knurrte, und es war ihr vor Erschöpfung schwindlig. Der Kleine war schwer. Sie bettete ihn in seine Decken und wiegte ihn auf dem Schoß.

Er hatte die kleine Stirn in Falten gelegt und starrte sie mit hellblauen Augen an, als hätte er tausend Fragen und wüßte nicht, wie er sie stellen sollte. Seit Eleanora das Haus verlassen hatte, war er fast die ganze Zeit über still gewesen. Sie hatte schon Angst, daß sie ihn verletzt haben könnte, aber es schien ihm gutzugehen.

Er war erst ein paar Monate alt. Sie hatte nichts, was sie ihm geben, nichts, womit sie ihn füttern konnte. Helters Haus lag weiter entfernt, als sie gedacht hatte, aber vielleicht erschien es ihr auch nur so, weil sie sowohl in Panik als auch zu Tode erschöpft war. Die Gabelung lag ungefähr auf der Hälfte des Weges. Sie war so müde, daß sie sich nicht sicher war, ob sie es noch weiter schaffte.

Sie lehnte den Kopf an den Stamm und spürte, wie die Nässe durch ihr Haar drang. Vielleicht brauchte sie ja nur einen Augenblick Ruhe, um sich zu erholen. Sie hatte keine Geräusche auf dem Weg hinter sich gehört, keinerlei Anzeichen dafür, daß diese schrecklichen Eindringlinge ihr folgten. Ohne das Baby auf ihrem Schoß hätte sie vielleicht selbst nicht mehr an ihre Geschichte geglaubt.

Vielleicht ging es ihr besser, wenn sie etwas aß. Sie nahm das Brot aus der Tasche, riß ein großes Stück davon ab und stopfte es dann so schnell in sich hinein, daß sie kaum die weiche Frische schmeckte. Von dem unerwarteten Leckerbissen lief ihr das Wasser im Mund zusammen, und sie mußte an sich halten, um nicht das ganze Brot auf einmal zu verschlingen. Das wäre Verschwendung gewesen. Ihr Magen war nicht mehr in der Lage, so viel Nahrung auf einmal aufzunehmen.

Sie schob den restlichen Laib in ihre Tasche und wiegte das Baby abermals. Obwohl es nötig gewesen wäre, konnte sie seine Windeln nicht wechseln, und sie hatte auch keine Milch. Der kleine Junge konnte noch keine feste Nahrung zu sich nehmen, und sie wollte nicht riskieren, daß er an dem Brot erstickte. Sie entschloß sich schließlich, ihm ein paar Wassertropfen von den Blättern zu geben. Erst verschmähte er das Wasser, aber als sie es auf ihre Fingerspitzen tropfen ließ, saugte er gierig daran.

»Armer Kleiner«, flüsterte sie. Wie plötzlich sich sein Leben verändert hatte. Sie strich mit der Hand über sein zartes Köpfchen und spürte die seidigen Haarsträhnen. Seine Unterlippe bebte, aber er weinte nicht.

Mit zitternden Händen wickelte Eleanora die Decken wieder fester um den Säugling. Dann legte sie ihn an ihre Schulter, stützte das Köpfchen mit der rechten und seinen Körper mit der linken Hand. Sie hatte ihn jetzt auf alle möglichen Arten getragen, aber mittlerweile schmerzten ihre Arme in jeder Haltung. Sonderbar, keine Erfahrung mit Babys zu haben, wenn man so alt war wie sie.

Ach, Drew, dachte sie. Ich hätte nie geglaubt, daß ich das noch einmal brauchen würde.

Langsam erhob sie sich und ging um den Baum herum, um keine Fußspuren auf dem Weg zu hinterlassen. Sie schlug den rechten Pfad ein, der zum Blumenfluß führte, aber sie ging nicht direkt auf dem Weg, sondern ein Stück daneben, hinter der ersten Baumreihe. Äste streiften sie links und rechts, Wasser lief über ihr Gesicht. Sie konnte den Kleinen vor dem Schlimmsten abschirmen, aber als ein Ast gegen seinen kleinen Rücken schlug, begann er zu wimmern. Außerhalb der Sichtweite der großen Eiche ging sein Wimmern in Schluchzen über.

»Bitte«, flüsterte sie. »Bitte, sei still.«

Sein Weinen wurde lauter. Er reagierte nicht auf ihre Worte, sondern auf ihre Furcht, die immer größer wurde. Sie war nur eine alte Frau. Sie war nicht besonders stark. Sie wußte nicht mehr, warum sie sich diese Last aufgebürdet hatte. Noch am Morgen hätte sie nichts weiter zu fürchten gehabt als einen langsamen Tod.

Nachdem sie sich eine Zeitlang zwischen den Bäumen hindurchgeschlängelt hatte, kehrte sie zum Pfad zurück. Über welche magischen Kräfte diese Wesen auch verfügen mochten, an der Weggabelung würden sie ihre Spuren jedenfalls nicht finden. Sie hielt den Kleinen jetzt so, daß sein Gesicht an ihrer Brust lag, um sein Weinen zu dämpfen, ohne ihn dabei zu ersticken. Die Bäume standen nicht mehr so dicht, und sie vernahm das Gurgeln des Flusses. Vielleicht lag die Gabelung gar nicht auf der Hälfte des Weges, vielleicht hatte sie sich getäuscht. Vielleicht war sie schon näher am Ziel, als sie angenommen hatte.

Sie stolperte über eine Wurzel, und ein jäher Schmerz schoß durch ihr Bein. Der Griff um das Kind lockerte sich, und einen Augenblick lang fürchtete sie, daß sie den Kleinen fallen lassen, auf ihn stürzen und ihn dabei umbringen würde. Aber sie fing ihn rechtzeitig auf, und es gelang ihr, das Gleichgewicht zu halten. Die Schmerzen in ihrem Bein waren jedoch so stark, daß sie anhalten mußte.

Das Weinen des Kindes war inzwischen in schrilles Kreischen übergegangen. Sie legte den kleinen Burschen wieder an ihre Schulter, klopfte ihm beruhigend auf den Rücken und versuchte ihn zu trösten. Aber er ließ sich nicht trösten. Es war, als wüßte er mit einem Mal, daß er zum Waisenkind geworden war und diesen Tag vielleicht nicht überleben würde. Aber das alles konnte er nicht wissen. Wahrscheinlich spürte er nur die Müdigkeit, die Kälte und die Nässe.

Vorsichtig versuchte Eleanora, auf dem verletzten Bein aufzutreten. Der heftige Schmerz strahlte vom Spann bis in den Oberschenkel aus, hinderte sie jedoch nicht am Weitergehen. Während der ersten Schritte humpelte sie, dann verfiel sie wieder in ihr früheres Tempo. Sie hatte beschlossen, daß ihr Überleben die Schmerzen bei weitem aufwiegen würde.

Auf die Bäume folgte Gebüsch, die Dunkelheit des Waldes lichtete sich allmählich. Durch das Blätterdach fielen die ersten Sonnenstrahlen. Aber außer dem Greinen des Kindes war nichts zu hören.

Mit einem Mal war ihre Kehle wie ausgetrocknet. Und wenn sie sich nun getäuscht hatte? Wenn diese Eindringlinge nicht aus Jahn kamen, sondern von der Küste her? Vielleicht waren alle Menschen zwischen Blumenfluß und dem Meer bereits tot. Noch mehr Leichen, noch mehr Blut. Wenn sie die Augen schloß, sah sie die gehäuteten Körper in den Gärten liegen, sah diese großen schlanken Wesen auf den Schwellen der Häuser stehen und lachen.

Wenn alle Menschen zwischen Coulters Haus und dem Infrin-Meer umgebracht worden waren, gab es keinen Grund mehr, sich noch länger im Wald zu verstecken. Dann mußten sie und das Kind ebenfalls sterben. Vielleicht gelang es ihr noch, um das Leben des Kleinen zu bitten. Sie konnten ihn so erziehen, wie sie wollten. Sie selbst würde man töten; sie war nur eine alte Frau, die sich in Dinge eingemischt hatte, die sie nichts angingen. Aber ein Kind. Ein Kind war für jedes Volk eine Kostbarkeit.

Der Kleine zitterte, schluckte und hörte plötzlich auf zu weinen. Ein Zittern durchlief den winzigen Körper, als wäre er plötzlich sogar zum Weinen zu müde.

Eleanora kam um die nächste Wegbiegung und sah eine Lichtung vor sich. Die Sonne beschien das Gras, und sie sah Leute hin und her gehen und Kinder am Waldrand spielen.

Also waren sie noch am Leben. Diese Wesen waren nicht zuerst hier entlanggekommen.

Die Erleichterung verlieh ihr einen Rest dringend benötigter Kraft. Sie war nicht mehr in der Lage zu rennen, aber sie versuchte, so schnell wie möglich durch Morast und Nässe zu humpeln.

Als sie zwischen den Bäumen hervorbrach, schrien die Kinder auf und liefen entsetzt davon. Erst dann wurde ihr klar, was sie für einen erschreckenden Anblick bieten mußte.

»Hilfe!« schrie sie. »Bitte! Helft mir!«

Ihre Beine versagten ihr den Dienst. Irgendwie hielt sie sich noch aufrecht, um das Baby nicht zu gefährden. Die Sonne wärmte ihre Haut, aber ihre Kleider hatten sich mit Wasser vollgesogen und hingen schwer an ihr herunter. Der Kleine hatte wieder zu weinen angefangen.

Drei Männer und zwei Frauen rannten auf sie zu. Eleanora erkannte sie: Helter und seine Frau Lowe; Pier und seine Frau Vy; und Arl, der unverheiratet war. Lowe nahm ihr das Kind ab, und Eleanora stürzte, wie von einer Zentnerlast befreit, zu Boden. Noch im Fallen fingen die Männer sie auf und ließen sie langsam auf die Erde gleiten.

»Eleanora?« fragte Helter mit unsicherer Stimme.

»Ja«, sagte sie. Sie schloß die Augen. Alles drehte sich. Alles war gut. Sie war bei Freunden, war in Sicherheit. Aber nicht für lange.

»Das Kind muß dringend versorgt werden«, sagte sie. »Es ist Coulters Sohn. Seine Eltern sind tot.«

»Tot?« fragte Lowe. Das Baby in ihren Armen wimmerte.

»Ermordet«, erwiderte Eleanora. Dann berichtete sie in kurzen, abgerissenen Sätzen alles, was sich heute morgen zugetragen hatte. Vy blickte von ihr zu dem Kleinen, als sei die Geschichte nur durch die Anwesenheit des Babys glaubhaft. Pier stützte sie mit seinem kräftigen Arm. Arl beobachtete den Waldrand, als fürchtete er, die Fremden würden jeden Augenblick durch das Unterholz stürzen.

Als Eleanora geendet hatte, herrschte ein langes Schweigen. Die Kinder hatten sich ebenfalls herangeschlichen und mit weit aufgerissenen Augen zugehört. Eleanora wünschte, sie hätte es ihnen nicht erzählt, aber sie hatte keine andere Wahl gehabt.

Schwarze Punkte tanzten vor ihren Augen. Sie würde nicht mehr lange durchhalten. Furcht und Erschöpfung forderten ihren Tribut. »Ich habe nichts gegessen«, sagte sie in die Stille hinein.

Ihre Stimme schien Lowe aus ihrer schockartigen Erstarrung zu befreien. »Ja«, sagte sie. »Und dieses Baby muß gewickelt werden.« Sie drückte den Kleinen zärtlich an sich.

Helter nickte. »Laßt uns hineingehen. Wir müssen einen Plan aushecken.«

Einen Plan. Eleanora schloß für einen Augenblick die Augen. Sie mußten sich für diesen Plan allein auf ihre Aussagen verlassen, dabei konnte sie nicht einmal sagen, ob die Eindringlinge Menschen waren oder nicht. Sie wußte nicht, ob man sie mit Messern verletzen konnte, ob sie überhaupt sterblich waren.

»Komm, Eleanora.« Piers Stimme erklang leise neben ihr. »Wir kümmern uns um dich.«

Das hoffte sie. Als Pier ihr auf die Füße half, öffnete sie die Augen.

Arl hatte sich nicht bewegt. Er starrte immer noch zum Waldrand hinüber, und stilles Entsetzen zeichnete sich auf seinen Zügen ab. »Sie werden auch zu uns kommen, nicht wahr?« flüsterte er.

»Ich fürchte, ja«, erwiderte Eleanora. Sie hatte nicht den geringsten Zweifel daran.

21

Die Schwarzkittel hasteten an ihm vorüber. Fledderer verschmolz mit den Schatten vor der menschenleeren Fassade der Ladenzeile. Er befand sich jetzt auf einer staubigen Straße direkt dem Palast gegenüber, aber er hatte das Gefühl, als wäre er noch meilenweit von seinem Ziel entfernt. Seit er zu Caseo gelaufen war, um ihm die schrecklichen Vorfälle auf der anderen Seite des Flusses zu berichten, hatte er über fünfzig Fey sterben sehen. Kein Blut war geflossen, dafür breitete sich jedesmal ein unerträglicher Gestank aus, begleitet von schrillen Schmerzensschreien. Bis jetzt hatten ihn die Schwarzkittel noch nicht entdeckt, aber sobald sie ihn sahen, würden sie ihn umbringen, denn seine Kleider waren mit dem Blut eines Inselbewohners befleckt.

Caseo hatte ihn zum Palast zurückgeschickt, wo er seine Arbeit weiterverrichten sollte, aber Fledderer brachte es einfach nicht fertig. Sein Beutel war leer. Er schaffte es nicht, noch mal diese Mauern zu betreten und in einer Welt gefangen zu sein, die die Blaue Insel stärker repräsentierte als alles andere. Außerdem wirkte der Blutzauber nicht mehr. Er hatte Fußsoldaten beobachtet, die versucht hatten, Schwarzkittel anzugreifen. Noch bevor die Soldaten ihren Gegnern Rißwunden zufügen konnten, hatten die Schwarzkittel ihre Hände bereits mit der tödlichen Flüssigkeit übergossen.

Die Inselbewohner hatten die Oberhand gewonnen.

Als Fledderer ankam, hatte er durch ein Loch im aufgebrochenen Tor gespäht und Inselbewohner im Nahkampf gegen Infanteristen gesehen. Die Fußsoldaten waren gerade dazugestoßen und hatten begonnen, ihre Opfer abzuschlachten. Sie waren auf der Suche nach Rotkappen, von denen bereits drei im Innern des Palastes beschäftigt waren, und als Fledderer seine Kameraden so emsig arbeiten sah, hatte er sich wieder in den Schatten geduckt. Schon jetzt befand sich in der Lagerhalle ein Vorrat an Blutbeuteln, der für ein halbes Jahr ausreichte.

Falls sie überhaupt noch so lange leben würden.

Die Holzwand war noch immer feucht vom Regen. Das nasse Hemd klebte ihm bereits an der Haut. Er zitterte am ganzen Körper. Hier gab es kein Versteck, und es war nur eine Frage der Zeit, bis sie auch ihn gefunden und mit diesem furchtbaren Gift getötet hatten.

Die Schwarzkittel blieben jetzt an den Palasttoren stehen und spähten ein wenig unschlüssig hindurch. Überall auf den Straßen lagen Fey-Soldaten, die im Todeskampf stöhnten und schrien. Fledderer bemühte sich vergebens, den Blick abzuwenden. Der entsetzliche Anblick geschmolzener Hände und konturloser Gesichter hielt ihn gefangen. Fast sah er sich selbst schon im Staub liegen und diesen grausamen Tod sterben.

Merkwürdig, daß er plötzlich so berührt davon war. Er war schon oft im Blut anderer gewatet oder hatte es für die Herstellung magischer Gifte eingesammelt. Er wollte gar nicht daran denken, wie viele Menschen er hatte sterben sehen. In seinem ganzen Leben hatte er bisher jedoch höchstens eine Handvoll toter Fey gesehen, nicht Dutzende von ihnen wie jetzt.

Die Schwarzkittel hatten den Palast immer noch nicht betreten. Das Durcheinander schien sie abzuhalten. Sie streckten ihre Fläschchen aus und zählten. Fledderer kroch zur Seitenwand des Gebäudes, sorgsam darauf bedacht, nicht ins Sonnenlicht zu geraten. Einige Fey an der Straßenseite hatten ihn inzwischen erblickt und forderten ihn auf, ihnen beizustehen. Er legte einen Finger an die Lippen. Er konnte ihnen nicht helfen, ohne Gefahr zu laufen, selbst zu sterben. Verstanden sie das denn nicht?

Die Schwarzkittel hatten anscheinend nichts bemerkt. Jetzt, da sie stillstanden, wirkten sie weniger furchteinflößend. Es waren nicht mehr als zwanzig, und jeder von ihnen trug ein oder zwei Flaschen. Bestimmt nicht genug, um alle Kämpfer anzugreifen, die sich gerade im Palast verteilten.

Fledderer leckte sich die Lippen. Vielleicht wußten die Fey im Palast nichts von dieser neuen Gefahr, die ihnen drohte. Irgend jemand mußte sie warnen.

Er legte eine Hand auf die feuchte Mauer. Wenn er sie warnen wollte, mußte er zunächst einen Weg finden, um die Straße zu überqueren, ohne daß ihn die Schwarzkittel entdeckten. Er hatte Caseo schon einmal gewarnt, und er fühlte sich nicht heldenhaft genug, es ein zweites Mal zu tun.

»Sieh mal einer an, wie sie sich verdrücken und davonschleichen, als sei ihr unbedeutendes Leben von irgendeinem Wert ...«

Die Stimme war unbekannt und nasal. Fledderer wirbelte herum. Sein Herz klopfte heftig. Ein schwergewichtiger Mann mit geschürzten Lippen, fleischigen Wangen und kleinen runden Augen stand vor ihm. Der Mann war ein Inselbewohner und trug die Uniform der Königlichen Wache.

Der Mann lächelte angesichts von Fledderers lähmendem Entsetzen. »Deine Beutel sind leer, mein Junge.«

Fledderer biß sich auf die Unterlippe. Er war zu verwirrt, um zu antworten. Seine Hände fuhren hastig zu den trockenen, leeren Beuteln, die schlaff an seiner Hüfte hingen. Dann erst ging ihm auf, was der Mann gerade gesagt hatte. Seit wann wußten die Inselbewohner über diese Beutel Bescheid?

»Wer ... wer seid Ihr?« stieß er hervor und drehte sich dabei mit dem Rücken zur Wand, um besser gedeckt zu sein.

Das Lächeln des Mannes wurde so breit, daß seine Augen

fast unter den Fältchen verschwanden. »Quartiermeister Grundy«, erwiderte er leichthin, als fände er den Namen amüsant.

»I-Ihr habt keine Flasche«, sagte Fledderer.

»Natürlich nicht«, antwortete der Mann. »Der Inhalt würde mich umbringen.«

Erst vergaß Fledderer vor lauter Überraschung den Mund zu schließen; dann klappte er ihn schnell zu. Umbringen? Er runzelte die Stirn und lehnte sich dann Halt suchend gegen die Mauer, als seine Knie weich wurden. Fey. Der Mann sprach Fey. Es war unmöglich, daß ein Inselbewohner diese Sprache beherrschte. Er blickte in die Schweinsäuglein des Mannes. Er war zu weit entfernt, um erkennen zu können, ob sich Goldflecken darin befanden.

»Wer bist du?« wiederholte er.

Der Mann lachte. Sein meckerndes Gelächter erhob sich über das Stöhnen der Sterbenden. »Ach, Fledderer. Ich bin dein alter Freund Schattengänger. Erkennst du mich nicht?«

Der Doppelgänger. Fledderer rutschte jetzt endgültig auf den Boden und landete mit dem Hinterteil im Schlamm. Die Erleichterung machte ihn ganz kraftlos. »Ich dachte, du würdest mich töten.«

»Das würde ich auch gerne.« Jetzt lächelte Schattengänger nicht mehr. »Du hast kein Blut für mich. Ich bin im falschen Körper. Ich muß noch einmal wechseln.«

Einen Augenblick lehnte Fledderer den Kopf gegen die Knie. Er atmete mehrmals tief durch und versuchte, sich zu beruhigen. Schattengänger. Irgendwo hatte Schattengänger gelernt, Rotkappen gegenüber tolerant zu sein. Er war der einzige Doppelgänger, der Fledderer mit einem gewissen Respekt behandelte.

Als Fledderer wieder das Gefühl hatte, einigermaßen normal atmen zu können, warf er einen Blick auf die Schwarzen Talare. Sie standen noch immer dichtgedrängt am Tor. »Ein

Quartiermeister?« sagte er, als hätte er die Bedeutung des Wortes erst jetzt begriffen. »Einer, der für die Baracken zuständig ist?«

»Ich hatte nur wenig Vorbereitungszeit«, gab Schattengänger unwirsch zurück.

»Wer sind diese Inselbewohner mit den Flaschen dort drüben?« Fledderer blickte Schattengänger immer noch nicht an. Die Fey, die in nächster Nähe der Ladenzeile lagen, hatten aufgehört zu stöhnen. Sie sahen tot aus.

»Es sind Daniten. Religiöse Inselbewohner.« Schattengänger sprach mit ausdrucksloser Stimme. Fledderer warf ihm einen Blick zu. Die Haut des Doppelgängers war von der Hitze gerötet, Schweiß tropfte ihm vom Haaransatz. Der Körper, den Schattengänger gewählt hatte, war in jeder Hinsicht ungeeignet. Er war weder durchtrainiert noch beweglich. »Ich verstehe es auch nicht. Grundy weiß nichts von den magischen Kräften der Daniten. Er hat sie auch noch nie als Krieger erlebt. Entweder habe ich einen ungewöhnlich dämlichen Wirt, oder irgend etwas stimmt hier nicht.«

»Alles ist so merkwürdig«, sagte Fledderer. »Als läge ein Fluch auf uns.«

Schattengänger nickte. Er starrte über Fledderers Kopf hinweg auf die hinter ihnen liegende Straße.

»Wirst du einen von denen übernehmen?«

Schattengänger schüttelte den Kopf. »Grundy ist im Augenblick recht nützlich. Ich bin mir gar nicht sicher, ob ein Danite der richtige Ort für mich wäre. Im allgemeinen haben sie keinen Zutritt zum König, und das ist ja schließlich mein Auftrag. Außerdem sind sie nicht besonders mächtig. Ich frage mich, ob uns ein Fey verraten hat.«

»So etwas würde keiner von uns tun«, antwortete Fledderer, aber noch bevor er zu Ende gesprochen hatte, war die Überzeugung aus seiner Stimme gewichen. Er erinnerte sich an

Unterhaltungen auf dem Schiff, an Visionen, die im Widerspruch zu Rugars offen zur Schau getragener Zuversicht standen. Kein Fey würde jemals gegen eine Vision handeln. Aber es hatte auch noch niemals Überläufer unter den Fey gegeben.

»Ist Shimas Truppe im Palast?« fragte Schattengänger. Die Frage war weniger zur Information als zur bloßen Bestätigung gestellt worden.

Fledderer nickte. Die Schwarzkittel berieten immer noch. Die Fey, die sich zur ihren Füßen krümmten, schienen sie gar nicht zu bemerken.

»Dann ist Jewel auch dort«, sagte Schattengänger.

Fledderer erstarrte. Die Enkelin des Schwarzen Königs. Die Frauen aus dieser Dynastie verfügten häufig über besondere Kräfte, aber Jewel hatte bis jetzt noch keine Anzeichen davon gezeigt. Sie war noch jung und diente bei der Infanterie, um Erfahrungen zu sammeln.

»Wir können die Schwarzkittel nicht aufhalten«, sagte Fledderer.

»Wir müssen sie nicht aufhalten«, erwiderte Schattengänger. Er blickte über Fledderers Kopf hinweg auf den hinter ihm tobenden Kampf. »Wir müssen die zukünftige Schwarze Königin retten.«

Fledderer schluckte. Das bedeutete, über die Straße zu gehen und sich mitten ins Gefecht zu stürzen. Das kam nicht in Frage. »Dabei werden wir sterben.«

Schattengänger schüttelte den Kopf. »Ich nicht. Sie werden doch keinen Quartiermeister töten.«

»Aber wenn du bespritzt wirst ...«

»Ich werde mich vorsehen.«

»Einer von unseren Leuten könnte dich angreifen.«

»Das werden sie nicht tun«, sagte Schattengänger mit einer Zuversicht, die ihm Fledderer nicht abnahm. Er hatte bereits gesehen, wie Doppelgänger von Fey getötet worden waren.

Das Stampfen der Hufe kam näher. Fledderers Mund war trocken vor Angst. »Ich kann dich nicht allein gehen lassen.«

»Als ob du es auch nur bis über die Straße schaffen würdest, so blutbesudelt und verschmiert, wie du aussiehst.«

Fledderer wischte sich mit dem Handrücken über den Mund, aber das half nichts. Das Blut war bereits festgeklebt. »Die kriegen mich sowieso.«

Schattengänger schüttelte den Kopf. Grundys Kopf. Schweiß tropfte von seinem Kinn. »Kommt nicht in Frage. Du schleichst jetzt durch die Hintergäßchen und Nebenstraßen. Wie es sich für eine gute Rotkappe gehört, wirst du jedem Inselbewohner ausweichen und zu den Schiffen zurückgehen.«

»Zu den Schiffen?« Einen Augenblick lang verspürte Fledderer so etwas wie einen Funken Hoffnung. Schiffe bedeuteten Sicherheit. Kein Inselbewohner konnte auf die Schiffe kommen. »Aber die sind im Schattenland.«

Schattengänger nickte. Er bückte sich, bis er sich auf gleicher Augenhöhe mit Fledderer befand. Jetzt sah Fledderer die goldenen Flecken in seinen Augen. Die nicht ganz perfekte Wölbung der Lider. »Sieh mal«, sagte er und sprach wie Schattengänger, nur in einer anderen Tonlage. »Du mußt zu den Wetterkobolden gehen und um Regen bitten.«

»Das ist Rugars Aufgabe.«

»Rugar ist vielleicht schon tot.«

Fledderer überlief ein Frösteln. Alle konnten sterben. Die Pferde waren jetzt ganz in der Nähe, er fühlte, wie die Erde unter ihren Hufen bebte. Noch niemals hatten die Fey auf diese Art verloren. Niemals, weder in seiner, Fledderers, Erfahrung noch in ihrer gesamten Geschichte. Rugar tot? Heute nachmittag schien alles möglich.

»Warum Regen?« fragte er, nur für den Fall, daß die Kobolde

es wissen wollten. Er war der Niedrigste der Niedrigen. Er hatte kein Recht, irgend etwas zu verlangen, auch wenn Rugar tot war.

»Weil wir dadurch zumindest eine Möglichkeit zur Flucht hätten«, antwortete Schattengänger.

Der Regen würde das Gift verwässern und ihnen Deckung geben. Fledderer nickte.

»Du kümmerst dich um Jewel?«

Schattengänger klopfte Fledderer auf die Schulter. »Irgendeiner muß es ja tun.« Er erhob sich wieder. »Viel Glück.«

»Das wünsche ich dir auch«, antwortete Fledderer.

Aber Schattengänger schien ihn gar nicht mehr zu hören. Schleppend und langsam ging er jetzt an Fledderer vorbei, gar nicht wie der geschmeidige, bewegliche Schattengänger. Er trat auf die Straße hinaus, als die Pferde, auf deren Rücken noch mehr Schwarzkittel saßen, von der anderen Gruppe am Tor angehalten wurden. Die Robenträger winkten Schattengänger heran. Er stolzierte zu ihnen hinüber. Fledderer biß sich auf die Unterlippe. Sie würden Schattengänger töten. Aber nein. Sie lachten und klopften ihm auf den Rücken.

Schattengänger warf einen kurzen Blick zurück. Fledderer duckte sich und machte sich aus dem Staub. Hintergäßchen und Seitenstraßen. Er mußte es irgendwie bis zum Fluß schaffen.

Wenn er das Ufer erreichte, würde er vielleicht sogar überleben.

22

Sie würden alle sterben. Ohne Ausnahme. Er wußte es.

In der Nähe des zerstörten Tores hatte sich Lord Powell zusammengekauert, sein Haar hing wirr und verfilzt herab, sein Hemd war zerrissen und die Arme blutbesudelt. Nur mit knapper Not war er lebend aus dem Palast herausgekommen. Dann hatte er vorsichtig auf die Straße gespäht und noch mehr Eindringlinge erblickt, diese bösartigen Wesen, die jeden niedermachten, den er kannte. Die Schreie und Rufe, der Geruch von Blut, Urin und Angst raubten ihm fast den Verstand.

Hinter dem zersplitterten Holz hatte er ein sicheres Versteck gefunden. Mit der Rechten umklammerte er sein Schwert und wartete. Wenn einer der Angreifer auf ihn zukäme, würde er zuschlagen. Zumindest einen von ihnen würde er töten, bevor sie ihn umbrachten.

Denn was der König auch gesagt haben mochte, soviel stand fest: Sie würden alle sterben. Der König hatte es gewußt; sie hatten es alle in seinem Gesicht gelesen. Er wollte, daß sie im Kampf um die Blaue Insel starben, ohne etwas über die Angreifer zu wissen. Vielleicht war es aber besser, unter den neuen Herrschern zu leben, als zu sterben. Es gab nur eine einzige Möglichkeit, das herauszufinden.

Er würde sich ergeben. Genau das würde er tun. Nicholas befand sich bereits in ihrer Gewalt. Powell hatte es gesehen, als er durch die Küche geschlichen war. Gefangen von einer Frau. Die Diener hatten keinen Zweifel daran gelassen, wer Nicholas war. Powell hatte sich rasch davongemacht, bevor sie ihn ebenfalls entdeckten. Er wollte keine Geisel sein. Er wollte leben, nicht gefoltert werden und sterben. Er hatte zu viele Menschen gesehen, die vor seinen Augen getötet worden waren.

Holzsplitter bohrten sich in seinen Rücken. Ein Mann schrie und landete so dicht vor Powell, daß er ihm direkt in die Augen blickte. Ein Fey setzte den Stiefel auf die Kehle des Mannes und stieß ihm ein Schwert durch den Hals. Powell unterdrückte ein Keuchen, als das Blut des Mannes über sein Bein spritzte. Aber er rührte sich nicht. Schon die geringste Bewegung würde ihn verraten, und dann wäre auch er ein toter Mann.

Der Fey bemerkte ihn nicht. Er zog das Schwert aus seinem Opfer und stürzte sich wieder ins Getümmel.

Draußen vor dem Tor wieherten Pferde. Powell linste durch ein Loch im Holz. Daniten. Was hatten die hier verloren? War der Tabernakel etwa schon besetzt? Er packte sein Schwert noch fester. Verdammt, er wünschte, er könnte mit diesem Ding auch umgehen.

Die Daniten hielten kleine Fläschchen in den Händen und redeten aufgeregt auf einen der Quartiermeister ein. Einer von ihnen hob seine Flasche hoch, und der Quartiermeister schüttelte lachend den Kopf. »Ich bin Wachsoldat«, sagte der dicke Mann so laut, daß sich seine Stimme über den Lärm ringsum erhob. »Kein Priester.«

Der Quartiermeister überquerte den Hof mit gezücktem, aber nicht erhobenem Schwert. Powell wandte sich vom Tor ab. Um ihn herum schrien und weinten Menschen. Er wischte sich mit dem Arm über das Gesicht und stöhnte auf, als er spürte, wie das angetrocknete Blut auf seiner verschwitzten Stirn klebte.

Sie hatten gelacht.

Die Daniten hatten *gelacht.*

Er runzelte die Stirn und spähte noch einmal durch das Tor. Die Daniten waren verschwunden. Der Quartiermeister war mit einem merkwürdigen Ausdruck auf seinem fleischigen Gesicht stehengeblieben. Powell biß sich auf die Unterlippe. Wie konnten sie nur angesichts dieser schrecklichen Ereignisse lachen? Hatten sie das etwa alles so geplant? Sie waren es schließlich gewesen, die dem König als erste Meldung erstattet hatten. Sie waren diejenigen gewesen, die sich ungewöhnlich verhielten, die sich benahmen, als hätte es überhaupt keine Vorwarnung gegeben. Vielleicht war das alles ja nur der fehlgeschlagene Versuch eines Staatsstreiches?

Nein. Er zuckte zusammen, als hinter ihm jäh ein markerschütternder Schrei abriß. Der Quartiermeister bemerkte die Bewegung und drehte sich um. Ihre Blicke trafen sich. Das Lächeln des Wachtpostens wirkte kühl. Powell nickte ihm zu. Unverschämter Kerl. Er hatte wohl keine Ahnung, wie er sich Ranghöheren gegenüber zu benehmen hatte. Wahrscheinlich fand der Quartiermeister es witzig, daß sich einer der Lords fluchtbereit neben dem Tor versteckt hielt.

Powell würde schon dafür sorgen, daß ihm das Lachen verging. Er würde die Ursache für die Heiterkeit dieses wichtigtuerischen Soldaten herausfinden. Powell packte sein Schwert, trat von der Öffnung zurück und hielt die Waffe wie einen Schild vor sich. Es befanden sich keine Fey in der Nähe. Sie hatten sich bei den Zugängen zum Palast zusammengerottet.

Powell machte erst einen, dann zwei Schritte nach vorne. Nur ungern verließ er den Schutz der zersplitterten Holztür. Dann stand der Quartiermeister plötzlich vor ihm, ein riesiger Körper, eher muskulös als dick, ein Schutzwall vor der Zerstörung. Er grinste ihn freundlich an. Powell wunderte sich, wieso er ihn jemals für kalt gehalten hatte.

»Habt Ihr auf mich gewartet?« Die Stimme des Quartiermeisters dröhnte über den Hof. Erschrocken sah Powell sich um und legte zum Zeichen der Verschwiegenheit den Finger auf die Lippen.

»Gut.« Der Quartiermeister kauerte sich vor dem soeben

getöteten Mann nieder. Powell blickte auf die Leiche hinunter. Der Kopf war fast vom Körper getrennt, und vor seinen Füßen sammelte sich das Blut in einer kleinen Pfütze. »Ein Geschenk?« fragte der Quartiermeister.

Powell runzelte die Stirn. Er war anscheinend schon ganz verwirrt, vielleicht von der Hitze, dem Lärm oder der Helligkeit. Sein Gehör ließ ihn offenbar im Stich. »Was?«

Der Quartiermeister lachte und tunkte seine Hände in das Blut. Dann beschmierte er seinen ganzen Körper damit. Lord Powell lief es eiskalt über den Rücken. Irgend etwas stimmte hier nicht, irgend etwas lief hier vollkommen verkehrt. Er trat vorsichtig einen Schritt zurück, aber der Quartiermeister ergriff seinen Arm.

»Nicht so hastig«, sagte er, und jetzt war da wieder dieser kalte Blick in seinen Augen. »Ich brauche Euch, *Lord* Powell.«

Der Griff des Quartiermeisters war fest. Vergeblich versuchte Powell ihn abzuschütteln. Während sich der Quartiermeister mit einer Hand die Kleider abstreifte und seinen Körper mit dem restlichen Blut beschmierte, starrte er Lord Powell unverwandt an.

Hilfesuchend blickte sich Powell um. Jeder, den er sah, kämpfte gegen einen Fey, von denjenigen an den Palasttüren abgesehen. Es gab niemanden, der ihm hätte beistehen können. Niemanden, der seine mißliche Lage bemerkte. Ihm blieb keine Wahl.

Er hob sein Schwert und schlug es gegen das Handgelenk seines Angreifers. Die Klinge schnitt tief ins Fleisch. Es knirschte, als sie auf den Knochen traf. Der Quartiermeister schrie auf, sein Griff löste sich. Powell riß sich los und rannte stolpernd, mit weichen Knien, quer über den Hof zurück zum Palast. Alles war besser als dieser Wahnsinnige.

Ein Körper prallte gegen seinen und warf ihn in den Schlamm. Sein Schwung war dahin. Powell versuchte wegzurollen, aber das Ding auf ihm war zu schwer. Er blickte über die Schulter und sah das Gesicht des Quartiermeisters, der ihm sein Kinn in den Rücken drückte. Der Quartiermeister legte seine Hände und Füße um Powell und drückte ihn fest auf den Boden.

Er kämpfte, aber irgend etwas riß an ihm, zerrte ihn aus seiner eigenen Haut heraus. Es war nicht schmerzhaft. Er konnte sich an nichts mehr festhalten. Dann war er für einen Moment wie losgelöst und schwebte über seinem eigenen Körper.

Der da auf ihm lag, war nicht mehr der Quartiermeister, sondern ein langer, dünner Fey, dessen nackter Körper mit Schmutz und Blut bedeckt war. Sein Gesicht hatte einen wilden, fast tierhaften Ausdruck. Dann sah er hoch, erblickte Powell und atmete tief ein.

Powell versuchte sich festzuhalten, irgendwo, an irgend etwas, aber er wurde mit unwiderstehlicher Kraft zu diesem animalischen Wesen gesogen. Er war von Luft umgeben … war selbst ein Teil davon … und dann …

… war er Quartiermeister Grundy, nichts als ungezügelter Appetit und Prahlsucht, er saß gerade beim Frühstück, als dieses Ding, dieses …

… Schattengänger, ein Fey, ein Doppelgänger, selbst nur ein halber Mensch, in Nye verletzt, fast getötet, jetzt zu einer neuen Insel unterwegs, auf einen einfachen Kampf hoffend …

Ich verliere mich in ihnen, dachte Powell, und dann ergab er sich in sein Schicksal.

23

Das Geräusch der stampfenden Hufe wurde leiser. Zur Sicherheit hielt Rugar die Augen noch ein paar Sekunden, die ihm wie eine Ewigkeit vorkamen, geschlossen. Seine rechte Wange war tief in den Schlamm gedrückt, er atmete flach. Der Leichengestank brachte ihn zum Würgen.

Eine Katastrophe. Es war eine Katastrophe. Der Zauber der Inselbewohner war noch mächtiger, als er gedacht hatte. Er befand sich mitten in einem richtigen Krieg.

Der Schlamm auf seiner Haut war kalt. Die Kälte breitete sich in seinem Körper aus. Er mußte nachdenken, aber dafür war jetzt keine Zeit. Er hatte die Truppen zurückgezogen, aber es mußte etwas mit ihnen geschehen, bis er einen Beschluß gefaßt hatte, wie er gegen diese neue Bedrohung vorgehen sollte.

Er öffnete die Augen. Der Körper neben ihm war in fötaler Haltung zusammengekauert und hatte die Arme über den geschmolzenen Kopf erhoben. Die Gesichtszüge waren völlig unkenntlich. Rugar fröstelte. Er wußte, wie es war, auf diese Art zu sterben, wenn man spürte, wie sich der ganze Körper veränderte, wie sich die Nasenflügel schlossen und der Mund versiegelt wurde. Er schluckte, aber der Gestank blieb in seiner Kehle stecken wie ein Stück Brot.

Weit entfernt erhoben sich Schreie und Metallgeklirr im entgegengesetzten Rhythmus zu seinem eigenen Atem. Sein Herz pochte ihm gegen die Rippen. Er war am Leben. Viele seiner Leute waren es nicht mehr.

Wieder schluckte er und setzte sich hin. Langsam zog er die Hände aus dem Schlamm und wischte sie an seiner Kleidung ab. Die Fingernägel waren blau angelaufen, die Hände weiß verfärbt. Links und rechts neben ihm lagen Leichen, so weit das Auge reichte. Auf dem Fluß glitzerte das Sonnenlicht und leuchtete die Szene bis in den letzten Winkel aus.

Tot. In all den Jahren als Soldat hatte er noch niemals ein solches Massaker erlebt, obwohl es Geschichten von früheren Schlachten gab, die Ähnliches berichteten, von Tagen, an denen die Fey einsehen mußten, daß ihre Zauberkräfte sie nicht vor allem schützen konnten.

Die Fey ritten von den Eccrasischen Bergen herunter, und in ihrem Gefolge ritt der Tod. Als sie auf die Schwerter der Ghitlus trafen, lernten die Fey, von fremder Hand zu sterben. Sie zogen sich in die Berge zurück, fertigten ihre eigenen Schwerter, und so entstand die Infanterie. Die Infanterie und die Fähigkeit der Fey, ihren Feinden die Stärke zu entziehen und zu ihrem eigenen Vorteil zu gebrauchen.

Rugar hatte ein ganzes Truppenkontingent mitgenommen. Es würde nicht lange dauern, bis sie herausgefunden hatten, auf welche Weise das Wasser wirkte. Er mußte nur genügend Zeit dafür finden.

Die Fey hatten sich schon einmal zurückgezogen. Sie konnten es wieder tun.

Der Schlamm auf seinen Händen war angetrocknet. Er hielt Ausschau nach Solanda, konnte sie aber nirgends entdecken. Er brauchte unbedingt dieses Fläschchen, das sie gestohlen hatte. Die Flasche und etwas Zeit. Caseo hatte die Hüter ins Schattenland geschickt. Es würde nur wenig Zeit in Anspruch nehmen, die gesamte Armee dorthin zu schicken. Rugar hatte das Schattenland groß genug gebaut, um alle Schiffe aufzunehmen, und auf den Schiffen befand sich ausreichend Proviant. Unter den Inselbewohnern würde das Verschwinden der Fey sicher einige Verwirrung auslösen, und sobald die Fey hinter das Geheimnis der Flaschen gekommen waren, hatten sie den Vorteil der Überraschung wieder auf ihrer Seite.

Alles war gut. Alles, was sie aus diesem Durcheinander befreite.

Er nahm einen tiefen, zitternden Atemzug, um sich wieder unter Kontrolle zu bekommen. Dann beugte er sich über den entstellten Leichnam zu Eisenfaust hinüber. Dieser hatte sich mit der linken Seite in den Schlamm gegraben, seine Nase und sein rechtes Auge fielen nur einem besonders aufmerksamen Betrachter auf. Rugars schmutzige Hand schwebte über Eisenfausts Schulter, ohne sie zu berühren.

»Sie sind weg«, sagte er ruhig.

Eisenfaust rührte sich nicht.

»Eisenfaust«, wiederholte Rugar. »Sie sind weg.«

Dann senkte er die Hand und berührte Eisenfaust. Er war erleichtert, als er die Wärme eines lebendigen Menschen unter dem Hemd spürte. Eisenfaust öffnete die Augen. Sein Blick war genauso kalt wie der Boden unter ihnen.

Rugar zuckte zusammen. Sie würden ihm die Schuld an diesem Blutbad geben, genau wie sein Vater. Wenn er die Niederlage jetzt noch in einen Sieg verwandeln wollte, mußte er sehr stark sein. Am besten fing er damit an, die Truppen an seiner Seite zusammenzuhalten.

»Ich habe einen Plan«, sagte er. »Aber zuerst müssen wir unsere Leute ins Schattenland bringen.«

Eisenfaust setzte sich auf. Von einer Seite seines Scheitels tropfte der Schlamm. Er machte keinen Versuch, den Schmutz abzuwischen. »Zurückziehen?«

»Bis wir das Geheimnis ihres Zaubers gelüftet haben«, erläuterte Rugar. »Und dann bringen wir sie alle um.«

Eisenfaust schnaubte verächtlich und wandte den Blick ab.

Rugar packte Eisenfausts Kinn so fest, daß er ihm die Wangenknochen quetschte. »Wenn du willst, kannst du hier sterben«, sagte Rugar. »Aber ich werde nicht vergessen, daß du schon nach einer einzigen Schlacht aufgegeben hast und als

Feigling gestorben bist. Und immer, wenn die Fey über Ehrlosigkeit reden, wird dein Name fallen.«

»So lange wird keiner von uns mehr leben«, gab Eisenfaust zurück.

Rugar starrte ihn an. Das schlammbedeckte Gesicht des Mannes war leer. Er diente Rugar seit vielen Jahren und hatte bis jetzt immer zu ihm gehalten. Durfte er ihm seine Reaktion wirklich verübeln? Sie saßen mitten in einem Leichenhaufen. Wenn Rugar alle töten wollte, die heute das Vertrauen in ihn verloren hatten, mußte er den Großteil seiner übriggebliebenen Armee vernichten.

»Wir werden leben. Und wir werden gewinnen.« Er ließ Eisenfausts Kinn los. »Wir müssen zum Rückzug ins Schattenland blasen. Ich brauche deine Hilfe, um die Nachricht zu verbreiten.«

»Fey ziehen sich nicht zurück«, sagte Eisenfaust.

»Fey sterben keinen sinnlosen Tod.« Rugar hatte sich erhoben. Rings um ihn her lag ein Leichnam neben dem anderen. »Wir gehen ins Schattenland und bereiten unsere Rache vor.«

24

Noch während ihm die Frau die Klinge gegen die Kehle drückte, spürte er eine zweite Klinge im Rücken. Sie hielt ihn fest und hielt seinen Hinterkopf wie eine Geliebte mit einer Hand umfangen. Nicholas stand am unteren Treppenabsatz. Um ihn herum blitzten Schwerter, Menschen schrien, Blut spritzte. Wie Tränen lief ihm der Schweiß seitlich am Gesicht herunter.

Er wartete darauf zu sterben.

Die dunklen Augen der Frau sahen merkwürdig verletzt aus. Um die beiden tobte der Kampf, als wären sie durch eine Glaswand davon getrennt.

Irgend etwas klirrte in der Anrichte, und eine Handvoll Fey stürmte die Stufen hinauf. Weitere Fey drängten durch die offene Tür in den Raum herein. Eine Magd drückte jedem Inselbewohner, der an ihr vorbeikam, eine Fackel aus Holz in die Hand, die sie mit einem Stück Stoff von ihrem Rock umwickelt hatte.

Das zweite Messer bohrte sich immer schmerzhafter in sein Kreuz. Eine andere Hand packte ihn bei der Schulter, nicht ihre Hand, sondern eine andere, weniger freundliche und wesentlich kräftigere. Eine männliche Stimme übertönte das Durcheinander, und Nicholas erkannte die Stimme des aufgebrachten männlichen Fey, der ihn festhielt.

Die Frau schüttelte den Kopf.

Das Messer bohrte sich tiefer. Die Frau rief etwas, offenbar einen Befehl. Die Messerspitze wich von seinem Rücken, aber der Schmerz blieb und veränderte sich. Statt durchdringend und heftig war er jetzt gleichmäßig und dumpf.

Seine Hände waren gebunden, aber wenn es ihm irgendwie

gelingen sollte, sich loszureißen, konnte jemand seine Fesseln zerschneiden. Die Frau hatte sich nicht bewegt, ihre Messerspitze war immer noch allerhöchstens einen Herzschlag weit von seiner Kehle entfernt.

»Bring es hinter dich«, sagte er auf Nye.

Klingen blitzten. Jemand schrie. Die Diener hinter ihm setzten sich mit Töpfen und Messern zur Wehr. Die meisten Fey kämpften mit Schwertern.

Sie stand immer noch reglos da. Der männliche Griff um Nicholas' Schulter wurde fester. Auch der Mann sprach jetzt, und während er redete, spürte Nicholas, wie der andere seinen Körper zur Seite schob. Er hatte eindeutig die Absicht, Nicholas das Messer in den Rücken zu stoßen.

Nicholas hob die Arme, so hoch er konnte, und rammte sie dann so heftig wie möglich in den Bauch des Angreifers. Der Stoß war zwar nicht besonders kräftig, kam aber überraschend, und der Mann grunzte vor Schmerz. Nicholas trat einen Schritt zurück, duckte sich und drehte sich blitzschnell weg. Er stolperte über einen am Boden liegenden Körper, strauchelte, gewann sein Gleichgewicht wieder und torkelte dann rückwärts in den Küchenmeister.

»Schneid mir die Fesseln auf!« keuchte Nicholas in der Sprache der Inselbewohner.

Die Frau bückte sich und hob Nicholas' Schwert auf. Sie hielt es in der Linken, das Messer in der Rechten; in vollendeter Haltung stand sie mit leicht gespreizten Beinen kampfbereit vor ihm. Die anderen Fey hatten einen Halbkreis um sie gebildet und kämpften, um die Inselbewohner abzuwehren. Nicholas blickte sich um. Die Inselbewohner in seiner Nähe hatten dasselbe für ihn getan.

Der Druck um seine Handgelenke ließ plötzlich nach. Jemand schob ihm ein Schwert in die Hand. Der Knauf war von Schweiß und Blut schlüpfrig. Mit der freien Hand hielt Nicholas das Schwert wie einen Schild vor sich. Seine Schultern schmerzten, die Arme und die Hände, in denen das Blut jetzt wieder zirkulierte, kribbelten von der Anstrengung der Bewegung.

»Du hättest mich töten sollen«, sagte er auf Nye zu der Frau. »Denn ich habe keine Skrupel, dich zu töten.«

Noch beim Sprechen wandte er sich zur Seite und bemerkte die drohende Gefahr zu spät. Das Messer des wütenden Fey fuhr dort durch die Luft, wo Nicholas eben noch gestanden hatte, und ritzte Nicholas' Brustkorb. Nicholas holte mit dem Schwert aus und versetzte seinem Gegner einen Schlag mit der flachen Seite der Klinge.

»Nein, Burden«, schrie die Frau auf Nye. »Er gehört mir.«

»Dann töte ihn«, erwiderte Burden in derselben Sprache. Seine Atem ging in heftigen Stößen. »Sonst tötet er dich.«

»Er wird mich nicht töten«, sagte sie.

Als Nicholas sie abermals anblickte, wie sie dort vor ihm stand, hochaufgerichtet und stolz, mit schweißglänzendem Gesicht und energisch funkelnden Augen, wußte er, daß sie recht hatte. Er konnte sie ebensowenig töten wie sie ihn.

Aber das mußte sie ja nicht unbedingt erfahren. Und er mußte sie ja nicht töten. Es war deutlich, daß diese Truppe unter ihrem Befehl stand. Sie war für ihre Leute genauso unentbehrlich wie er für die seinen.

Er stieß mit dem Schwert zu, und der neben ihm stehende Fey schrie auf. Der Küchenmeister hatte ihm ein Messer in die Seite gebohrt. Die Frau parierte Nicholas' Hieb, aber sie wandte ihren Blick dabei dem jungen Burschen zu.

Der Fey hatte seinerseits den Küchenmeister am Arm getroffen, und heißes, dampfendes Blut bespritzte Nicholas. Er trat einen Schritt zurück. Seine Füße glitten auf dem nassen Boden aus. Der Fey strauchelte und fuchtelte hilflos mit dem Schwert herum.

Wieder griff die Frau ihn an, und klirrend wehrte Nicholas ihren Schwertschlag ab, während er sich gleichzeitig außer Reichweite der Waffe brachte. Der Küchenmeister war auf die Knie gesunken und riß sein Hemd in Fetzen, um mit zitternder Hand einen improvisierten Verband herzustellen.

Ein Mann stieß einen gellenden Schrei aus. Nicholas hielt die Frau mit ausgestrecktem Arm auf Distanz. Seine Muskeln bebten vor Anstrengung. Er hatte fast den ganzen Tag über gekämpft, und die Angst hatte ihn dazu gebracht, seinem Körper Höchstleistungen abzuverlangen. Die körperliche Erschöpfung war jetzt deutlich an dem unkontrollierten Zittern seines Arms zu erkennen.

Der Frau hingegen war kein Zeichen von Ermüdung anzusehen. Ihr Körper war schlank, aber kräftig. Die Muskeln traten deutlich auf ihren Armen hervor. So etwas hatte Nicholas noch nie zuvor bei einer Frau gesehen. Sie würde ihn allein durch ihre Ausdauer besiegen. Also mußte er sie mit dem Verstand schlagen.

Über ihren Köpfen ertönte ein Krachen, und ein Körper rollte so schnell die Stufen herunter, daß Nicholas nicht sehen konnte, ob es sich um einen Fey oder einen Inselbewohner handelte. Die kurze Ablenkung verschaffte der Fey einen winzigen Vorteil. Sie stieß mit dem Messer zu, und als Nicholas auswich, fühlte er noch den Schlag der Klinge gegen seinen Rücken. Er hielt sein Schwert hoch, um sie abzuwehren, aber als er sich umdrehte, stellte er fest, daß Burden den Versuch machte, das blutige Messer des Küchenmeisters in Nicholas' Rücken zu stechen. Nicholas wehrte den Stoß mit dem Arm ab und stöhnte auf, als die Klinge auf den Knochen traf. Dann packte er Burdens Kinn und stieß ihn zurück. Andere Inselbewohner wandten sich zu ihnen um, und plötzlich befand sich Nicholas Auge in Auge mit der Frau. Ihr Messer war nur Zentimeter von seinem Magen entfernt.

»Das wirst du nicht tun«, sagte er auf Nye.

Noch ehe sie antworten konnte, hatte er ihr das Messer aus der Hand geschlagen und sein Schwert gegen ihren Leib gerichtet. Sie keuchte entsetzt auf. Sie waren einander so nah, daß ihr Schwert nutzlos war. Dann schob sie sich rückwärts durch die Menge. Ihre eigenen Leute waren so damit beschäftigt, gegen die Inselbewohner zu kämpfen, daß sie die Notlage ihrer Anführerin nicht einmal bemerkten.

Schließlich prallte sie rücklings gegen die Wand neben der Tür zur Anrichte. Sie blickte erst auf Nicholas' Klinge und dann wieder in sein Gesicht. »Und du auch nicht«, sagte sie.

Mit einer schnellen Bewegung ließ er sein Schwert fallen und legte seine verletzte Hand um ihren schmalen Hals. »Das muß ich auch nicht«, sagte er, während er seinen Körper so fest an sie preßte, daß sie sich nicht befreien konnte. »Ich habe dich in der Hand, und aus unserer kurzen Bekanntschaft schließe ich, daß das deinen Leuten gar nicht gefallen wird.«

Ihr Blick traf den seinen, und wieder war er überrascht von ihrer Größe und Stärke. Sie wich nicht aus. Er spürte die Wärme ihres Körpers.

Sein Arm schmerzte. Er hätte zu gern seine Haltung verändert, aber das war unmöglich. Er forderte die Diener ringsum auf, ihm zu helfen, aber es dauerte eine Weile, bis jemand reagierte.

Solange er wartete, musterte er sie aufmerksam. Die geschwungenen Brauen, die nußbraune Haut, die zarten Knochen, die ihrem Gesicht einen anmutigen Ausdruck verliehen, unterschieden ihr Äußeres von dem eines Inselbewohners. Ihr Atem ging ebenso heftig wie sein eigener. Wie ein einziges Wesen atmeten sie gleichzeitig ein und aus.

»Dein Rücken ist ungeschützt«, bemerkte sie.

»Um dich festzuhalten, bin ich bereit, dieses Risiko einzugehen«, erwiderte er. Und genau so meinte er es auch.

25

Sie war so mit Schmutz und Blut beschmiert, daß sie sich schon wie eine Rotkappe vorkam. Shima kämpfte mechanisch, zielte und tötete, als befände sie sich allein auf dem Feld. Die Schlacht hatte sich mittlerweile zu dem organisierten Chaos entwickelt, in das jeder Kampf irgendwann zu münden schien, und selbst wenn sie in der Lage gewesen wäre, Befehle zu erteilen, so hätte sie doch niemand gehört.

Die Sonne brannte ihr warm auf den Rücken. Shima befand sich immer noch im Hof. Der größte Teil ihrer Truppe war in den Palast eingedrungen, aber sie wartete hier draußen auf Verstärkung. Dutzende von Fey waren ebenfalls hiergeblieben und kämpften mit denjenigen Inselbewohnern, die noch Widerstand leisteten. Die Inselbewohner waren unfähige Kämpfer mit einer armseligen Technik. Die meisten von ihnen benutzten nicht einmal Schwerter, sondern kämpften mit Holzstecken oder improvisierten Waffen, die beim ersten kräftigen Schlag zerbrachen.

Vielleicht hatte sie sich getäuscht. Vielleicht hatte Jewel recht gehabt. Vielleicht war die Vision trügerisch gewesen. Bis jetzt war der Angriff problemlos verlaufen. Nach einem Tag mit vollem Kampfeinsatz der Fey würden sich die Inselbewohner ergeben.

Zumindest schütteten sie kein kochendes Wasser mehr aus den Fenstern. Der Schlamm war hier ziemlich tief, rings um sie herum glänzte die Haut der verletzten Fey rötlich. Menschen stöhnten. Die Toten lagen dort, wo sie gefallen waren, die offenen Augen vorwurfsvoll zur Sonne gerichtet.

Sie versetzte dem Inselbewohner, mit dem sie gerade kämpfte, einen Hieb und duckte sich dann hinter eine Säule, um Atem zu schöpfen. Seit die Fey in den Palast eingedrungen waren, hatte sie ununterbrochen gekämpft; hatte ihren Truppen erlaubt, ohne sie in den Palast vorzustoßen, und Jewel stillschweigend das Kommando übergeben. Shima wußte seit langem, daß es früher oder später auf einem Feldzug so kommen würde. Sie hatte jedoch keine Ahnung gehabt, daß es schon diesmal soweit sein würde.

Das Scheppern von Metall mischte sich mit Schmerzensschreien. Sie fuhr sich mit dem Handrücken über die Stirn. Schmutz und getrocknetes Blut hinterließen dunkle Spuren.

Gerade als sie sich wieder ins Getümmel stürzen wollte, sah sie, wie sich ein Soldat der Inselbewohner mit dem Blut eines toten Kameraden beschmierte. Sie hielt inne. Bislang hatte sie keine Beweise dafür gefunden, daß sich die Inselbewohner derselben Waffen bedienten wie die Fey. Sie hatte nicht einmal daran gedacht, daß sie über ähnliche Kräfte verfügten.

Oder handelte es sich hier um einen Doppelgänger? Es wäre nützlich zu wissen, um welchen.

Vorsichtig, den Rücken immer gedeckt, schlich sie um die Säule herum und spähte über die Kämpfenden hinweg. Der Soldat hielt einen schlanken Mann mittlerer Größe am Arm gepackt, und plötzlich waren beide verschwunden.

Ein blutender Inselbewohner taumelte gegen Shima und ging dann zu Boden. Der Fey, der den Inselbewohner verletzt hatte, war bereits in den nächsten Kampf mit einem keulenschwingenden Mann verwickelt. Shima stand eine Sekunde lang unbehelligt da, lange genug, um zu sehen, wie sich der schlanke Mann aufrichtete. Er war allein, nackt und unverletzt.

Genau, wie sie vermutet hatte. Ein Doppelgänger. Sie umklammerte ihr Schwert fester und zog das Messer aus der Scheide. Dann drängte sie sich durch die Menge, beendete mehr als einen Zweikampf mit dem entscheidenden Hieb und blieb sogar einmal kurz stehen, um einem Mann den Leib aufzuschlitzen.

Der Doppelgänger hatte sich gebückt. Sie sah nur seinen nackten Rücken. Dann richtete er sich auf, streifte sich ein Hemd über den Kopf und schwankte, während er eine Hose anzog. Es schien endlos lange zu dauern, aber schließlich war sie doch bei ihm angekommen.

»Welcher bist du?« fragte sie so leise wie möglich.

Er blickte sie prüfend über seine lange schmale Nase hinweg an, und einen Augenblick dachte sie, sie hätte einen Fehler begangen. Dann lächelte er.

»Schattengänger«, gab er auf Nye zurück und legte einen Finger an die Lippen.

Kein Befehl, sondern ein Zeichen des Einverständnisses. Er blickte sich um, konnte jedoch niemanden entdecken, der ihn beobachtete. Er beugte sich zu Shima hinüber und flüsterte auf Fey: »Draußen vor dem Tor befinden sich Daniten. Sie haben Weihwasser bei sich, ein Gift, das uns tötet. Ich habe heute schon zu viele Menschen sterben sehen. Ihr müßt sofort den Rückzug durch das andere Tor antreten. Geht zum Fluß. Versammelt euch im Schattenland.«

Ein tödliches Gift? Für gewöhnlich starben Fey nicht auf Feldzügen. Nicht in großer Zahl. Jedenfalls nie auch nur annähernd so viele, um einen Doppelgänger in Panik zu versetzen. Ihre Furcht, die sich während des ganzen Tages langsam gesteigert hatte, machte Shima plötzlich schwindlig.

»Wo ist Jewel?« fragte Schattengänger.

»Im Palast.«

»Ich hole sie heraus. Nur als meine Gefangene ist sie jetzt noch in Sicherheit.«

Shima holte tief Luft. Vielleicht gab es noch einen anderen Ausweg? Wenn sie jetzt ohne Zögern handelte, konnte sie es schaffen. Sie mußte einfach daran glauben.

Sie spähte durch ein Loch im Tor. Schwarzgekleidete, barfüßige Inselbewohner standen auf der Straße. Jeder von ihnen hielt eine Flasche in der Hand, und sie sahen nicht verängstigt aus. Viel weniger verängstigt, als sich Shima fühlte.

»Sind das Daniten?« fragte sie.

»Ja«, bestätigte der Doppelgänger.

»Sie sehen nicht besonders gefährlich aus.«

»Das Gift tötet bei der kleinsten Berührung. Ruf deine Truppen zurück.«

Rückzug. In den fünfzehn Jahren ihrer Tätigkeit als Kommandeurin hatte sie ihre Truppen noch kein einziges Mal dazu aufgerufen. Oder gehört, daß ein anderer diesen Befehl gab. Hätte sie Schattengängers Wandel nicht mit eigenen Augen gesehen, sie hätte ihn für einen gut informierten Spion der Inselbewohner gehalten, der auf ihre Truppe angesetzt worden war.

Sie schluckte. »Du kümmerst dich um die Leute im Palast?«

»Nur um Jewel«, sagte er. »Den Rest erledigst du.«

Sie nickte. »Geh jetzt lieber«, sagte sie, »sonst wundern sich die anderen noch, warum ich dich nicht töte.«

Ohne sich noch einmal nach ihr umzudrehen, rannte er davon. Die Inselbewohner drängten sich um ihn, als wäre er jemand, der besonderen Schutz genoß. Er hatte offenbar eine einflußreiche Persönlichkeit übernommen.

Sie wandte den Blick von ihm ab. Zum Rückzug rufen.

Sie kletterte auf einen Haufen zersplittertes Holz und schrie, so laut sie konnte, aber ihre Stimme ging im Kampflärm unter. Mit aller Kraft versuchte sie es ein zweites Mal: »Soldaten! Durch das Westtor zum Fluß hinunter! Auf der Stelle! Weicht den Inselbewohnern aus! Sie verfügen über einen mächtigen Zauber!«

Die Fey in ihrer Nähe blickten überrascht auf; manche brachten sich dabei um ihren Vorteil und wurden erschlagen oder erstochen. Wie eine Welle durchliefen ihre Worte die Menge. Sie wollte gerade ein drittes Mal ansetzen, als etwas Nasses ihren Rücken traf. Sie drehte sich um.

Ein Inselbewohner in schwarzer Robe hastete an ihr vorbei, in der Hand hielt er eine Flasche. Ihre Vision war richtig gewesen.

»Zieht euch sofort zurück«, schrie sie, als die Schmerzen sich in ihrem Körper ausbreiteten. Krampfhaft zuckend fiel sie zu Boden, während sich ihr Körper veränderte wie der eines unerfahrenen Gestaltwandlers. Ihr letzter zusammenhängender Gedanke war der, daß sie verrückt gewesen waren, alles wegen dieser erbärmlichen Insel aufs Spiel zu setzen. Dann kämpfte sie ihren letzten, hoffnungslosen Kampf ums Überleben.

26

Alexander schritt ruhelos auf und ab. Seine Schritte wirbelten jahrzehntealten Staub auf, der sich auf seine Hände und sein Gesicht legte und ihn zum Niesen brachte. Der Raum hatte kein Fenster, das er hätte öffnen können. Aber dann wäre der Lärm vom Hof noch lauter gewesen, und er hätte ein sichtbares Ziel abgegeben. Er haßte diese erzwungene Untätigkeit. Die Leute führten seine Anweisungen aus, mehr konnte er nicht erwarten. Manchmal wünschte er sich, er wäre so spontan und naiv wie Nicholas. Hätte er die Last seiner Pflichten nicht so deutlich gespürt, er hätte sich ebenfalls ins Getümmel gestürzt und bis zur völligen Erschöpfung gekämpft.

Natürlich hätte das auch nicht viel genützt. Der einzige von ihnen, der sich mit der Kriegführung auskannte, war Stephan. Er hatte diese Kunst ebenso gründlich studiert wie Matthias die Religion. Nicht einmal die Wachen wußten, was sie in einem richtigen Kampf zu tun hatten. Mitunter hatten sie die königliche Familie vor wütenden Bauern oder Palastintrigen beschützen müssen, aber das ließ sich nicht mit dem Angriff der Fey vergleichen. Die Fey hatten die besten Armeen der Welt besiegt.

Stephan saß vor dem Tisch auf einem Stuhl, zeichnete Pläne, zerknüllte die Skizzen und warf sie in die Ecke. Schon bald würden alle alten Karten und Dokumente hier im Raum nur noch ein Haufen beschmiertes Papier sein. Alexanders Vater wäre über einen solchen Frevel entsetzt gewesen, doch Alexander dachte, daß es jetzt darauf auch nicht mehr ankomme: Sollte Stephan doch alles in diesem Raum zerstören. Ohne Zukunft war auch die Geschichte der Blauen Insel bedeutungslos geworden.

Sie hätten diskutieren, denken, planen sollen, aber die Größe der Aufgabe überforderte sie völlig. Alexander wußte einfach nicht, wo er anfangen sollte.

»Wie lange sollen wir noch hier oben bleiben?« fragte er. »Bis der Kampflärm leiser wird?«

Stephan blickte von seinen Zeichnungen auf. »Oder bis uns jemand Bescheid sagt.«

»Das kommt mir alles sinnlos vor«, sagte Alexander. »Daß ich am Leben bleiben muß, obwohl es nichts mehr gibt, das ich regieren kann.«

»Solange der König am Leben ist, gibt es auch ein Königreich«, entgegnete Stephan. »Sie können nicht jeden auf dieser Insel töten, und das werden sie auch nicht tun. Das ist nicht ihre Art. Nach ihren Eroberungen lassen sie die besetzten Gebiete für ihr Imperium arbeiten. Sie sind sehr tüchtig. Sie werden auch hier Fey-Gouverneure einsetzen, die die Überlebenden härter schuften lassen als je zuvor. Die Blaue Insel ist reich an Bodenschätzen, die die Fey nicht allein erschließen können. Also werden sie einige unserer Leute am Leben lassen. Leute, die ständig zu Euch aufsehen werden.«

»Sogar Ihr macht ja schon Pläne für die Zeit nach unserer Vernichtung.« Alexander setzte sich auf die Bank, die Stephan gegenüberstand. Staubwolken stiegen auf, und er nieste abermals. Dann strich er sich das Haar aus der Stirn.

»Wir sind Esel, wenn wir denken, wir könnten diesen ersten Angriff irgendwie überstehen. Wir werden die Verlierer sein, Sire. Das müssen wir hinnehmen. Aber wir müssen uns nicht mit der Niederlage abfinden.« Stephan rieb sich über das stoppelige Kinn. »Und deswegen müßt Ihr hierbleiben.«

Alexander seufzte und legte den Kopf auf die Arme. Dju hatte ihn gewarnt. Bei seinem letzten Besuch, kurz vor der Eroberung von Nye, hatte Dju Alexander um eine private Audienz gebeten. *Sie werden uns einfach überrennen,* hatte Dju gesagt. *Und als nächstes werden sie Euch heimsuchen.*

Aber niemand kann die Blaue Insel ohne unsere Hilfe erreichen, hatte Alexander geantwortet.

Die Fey schon. Sie verfügen über andere Möglichkeiten als wir. Schon jetzt haben sie unsere Ostgrenzen eingenommen, obwohl wir seit Jahrzehnten auf ihren Angriff vorbereitet waren. Unsere Soldaten sind ausgebildet und kampfbereit. Ihr habt nicht einmal richtige Soldaten, Sire. Die Fey werden Euch an einem einzigen Nachmittag besiegen.

Warum sagt Ihr mir das? fragte Alexander.

Euer Mangel an Zukunftsplanung beunruhigt mich, und Eure Vorstellung, daß Ihr nicht zu dieser Welt gehört, beunruhigt mich noch viel mehr. Für Nye mag es vielleicht zu spät sein, aber der Blauen Insel bleibt noch ausreichend Zeit.

Er hatte es nicht hören wollen. Er war mehrfach von Leuten seines Vertrauens gewarnt worden, aber er hatte sich immer taub gestellt. Er hatte es vorgezogen zu glauben, daß das Eiland sie beschützte, so wie es seine Bewohner immer beschützt hatte. Durch diesen Mangel an Voraussicht hatte er seine Leute zum Tode verurteilt.

Seinen eigenen Sohn zum Tode verurteilt.

»Ich wünschte, Nicholas wäre hier«, sagte er.

»Ich auch«, sagte Stephan. »Wir brauchen ihn genauso wie Euch.«

Alexander hob den Kopf. Stephan hatte den Blick abgewandt. Seine Wangen waren gerötet. Der geschäftsmäßige Tonfall hatte seine Sorge um Alexanders Sohn überspielt. Stephan hatte sich ebenso um Nicholas gekümmert wie Alexander, vielleicht sogar noch mehr.

Sollte Nicholas den heutigen Tag überleben, so hatte er das Stephan zu verdanken, nicht Alexander.

Er mußte nachdenken. Sie waren vom Fluß gekommen. Sie

hatten nicht nur eine Invasion geplant, sondern sie wollten das gesamte Eiland unterwerfen und sich hier ansiedeln. Stephan hatte gesagt, daß sie ebenso verletzlich waren wie die Inselbewohner, aber über die größere Macht verfügten. Falls es den Inselbewohnern gelänge, die Anzahl der Angreifer zu dezimieren und gleichzeitig den besonderen Fähigkeiten der Fey aus dem Weg zu gehen, dann hatten sie vielleicht eine Chance.

Stephan hatte recht: Dazu mußten sie erst einmal diesen Tag überleben.

Alexander trommelte mit den Händen auf den Tisch und stand auf. »Wir brauchen einen detaillierten Plan«, sagte er. »Einen, der darüber hinausgeht, aufs bloße Überleben zu hoffen und mich als Kern zu benutzen.«

Stephan verschränkte die Finger und legte sie hinter den Kopf. »Was habt Ihr im Sinn?«

Vor der Tür wurden Stimmen laut. Alexander erstarrte. Langsam erhob sich auch Stephan, zog das Schwert und stellte sich neben den Türrahmen. Dann klopfte jemand an die Tür. Alexander legte die Hand auf den Griff seines Schwertes.

»Herein«, sagte er, als die Tür auch schon aufflog. Monte, der Hauptmann der Palastwache, taumelte in den Raum. Seine Kleider waren blutbeschmiert, sein Unterarm aufgeschlitzt. Aus vielen kleinen Schnittwunden tropfte das Blut, auch sein Gesicht war verdreckt. Er zerrte einen Daniten hinter sich her, einen rundlichen Mann mit bloßen Füßen, dessen schwarzes Gewand in Fetzen herabhing. In der Hand hielt er ein Fläschchen, wie es sonst nur während des Mitternachtssakraments benutzt wurde.

»Was gibt es?« Alexanders Hand blieb auf dem Schwertknauf liegen. Stephan kauerte immer noch neben der Tür. Die Wachen drängten sich vor der Tür, die Rücken dem Raum zugewandt.

»Wir haben sie, Sire«, sagte Monte. Er stieß die Worte keuchend hervor, als ringe er nach Luft.

»›Sie‹«? fragte Alexander, der sich keiner unbegründeten Hoffnung hingeben wollte.

»Die … Fey, Sire … Sie liegen … im Sterben.«

»Alle?«

»Nein, noch nicht«, sagte der Danite mit gesenktem Kopf. Seine Stimme schien aus der Tiefe seines Körpers zu kommen. »Aber bald. Das Weihwasser tötet sie, Sire.«

Stephan senkte das Schwert. »Wie bitte?« fragte er.

»Es tötet sie.« Der Danite blickte den Fechtmeister an. »Es … äh, es bringt sie zum Schmelzen.«

Alexander fühlte, wie sich etwas in seiner Brust löste, Beklemmung, Panik. Ohne direkt auf die Worte des Daniten einzugehen, wandte er sich an Monte. »Stimmt das?«

Monte nickte. »Ich habe … es mit eigenen Augen gesehen, auf … auf dem Weg hierher … Er hat diese Flasche benutzt, und … sie fingen an zu … sich zu winden … zu schreien, und dann sind sie gestorben. Es war furchtbar … Es war … wunderbar.«

»Sind sie schon aus dem Palast geflohen?«

»Noch nicht«, erwiderte Monte. Langsam schien er wieder zu Atem zu kommen. »Als ich die Daniten sah, dachte ich … ich sollte sie zuerst hierherbringen. Sie bereiten einen … Angriff auf die Fey vor, die sich noch im Palast befinden.«

»Wird das Weihwasser denn ausreichen?« fragte Stephan den Daniten.

»Das weiß ich nicht«, antwortete dieser. »Aber wir haben noch mehr vom Rocaan bekommen. Zwischen hier und dem Tabernakel sind Hunderte von Fey gestorben.«

»Hunderte«, keuchte Stephan überrascht.

»Es ist ein Wunder«, sagte der Danite.

»Ein Wunder, das wir unbedingt ausnutzen sollten«, stellte

Monte fest. »So schnell wie möglich … Ohne diese Waffe werden wir alle sterben.«

»Dann sorgt dafür, daß sie an alle, die sie benötigen, verteilt wird. Laßt mich unverzüglich wissen, wenn die Fey den Palast verlassen haben.«

»Ja, Sire.« Monte ließ den Daniten los. »Gebt dem König Euer Weihwasser.«

»Nein«, sagte Stephan etwas zu schnell. »Gebt es mir.«

Der Danite blickte unsicher von einem zum anderen. Die Überraschung stand ihm deutlich ins Gesicht geschrieben.

»Gebt es Stephan«, ordnete Alexander an.

Monte verneigte sich und eilte zur Tür.

»Einen Augenblick«, rief Alexander. »Monte, habt Ihr auf dem Weg hierher …« Er schwieg plötzlich. Er wollte sich keine Blöße geben, wußte aber auch nicht, wie er es vermeiden sollte. »Habt Ihr meinen Sohn gesehen?«

Ohne sich umzudrehen, blieb Monte stehen. Seine Schultern spannten sich sichtlich an. »Nein, Sire.«

Alexander wünschte, er hätte sein Gesicht sehen können. Er hatte das Gefühl, daß ihn der Hauptmann belog. Alexander schluckte. Er konnte Monte den Befehl geben, sich umzudrehen, aber das war jetzt nicht der richtige Zeitpunkt. Die Wache hatte einen Eid darauf geleistet, den König und seinen Sohn zu beschützen. Falls Monte wußte, wo sich Nicholas aufhielt, würde er ihm bestimmt Hilfe schicken.

»Nun gut«, sagte Alexander. »Beginnt mit eurem Gegenangriff und sorgt dafür, daß jemand auch die Wachen hier oben mit Weihwasser versorgt.«

»Sehr wohl, Sire.« Mit einem kurzen Nicken nahm Monte den Befehl seines Königs entgegen und verließ den Raum.

Stephan versetzte dem Daniten einen leichten Schubs. »Ihr begleitet ihn.«

»Aber …«

»Befehl des Königs«, sagte Stephan.

Verwirrt runzelte der Danite die Stirn, setzte sich aber in Bewegung. Stephan schloß die Tür hinter ihm. »Merkwürdig«, sagte er und lehnte sich dagegen. Er hielt die Flasche vor die Augen. Das Wasser darin schimmerte matt.

»Ich hätte noch die eine oder andere Frage an den Daniten gehabt«, äußerte Alexander.

»Nicht jetzt, Sire«, antwortete Stephan. »Warten wir zunächst ab, wie sich der Gegenangriff entwickelt.«

»Eigentlich solltet Ihr meinen Wünschen Folge leisten«, sagte Alexander, dem nicht entgangen war, daß Stephan es ihm gegenüber am nötigen Respekt deutlich fehlen ließ.

»Meine Aufgabe ist es, Euch zu beschützen.« Stephan stellte die Flasche auf den Konferenztisch. »Wie können wir sicher sein, daß der Danite einer von unseren Leuten ist?«

»Er kam zusammen mit Monte«, erwiderte Alexander. Stephan sah ihn vielsagend an. Alexander runzelte die Stirn und warf einen Blick auf die Flasche. »Glaubt Ihr vielleicht, das soll ein Trick sein, um mich hinters Licht zu führen?«

»Man kann es nicht ausschließen, Sire.«

»Aber warum sollte Monte …?« Alexander hielt inne. Plötzlich erinnerte er sich an ihre Unterhaltung, nachdem der Berater den Raum verlassen hatte. »Glaubt Ihr, die Fey haben ihre Zauberkräfte auf Monte angewandt?«

»Wir dürfen uns keinen Fehler leisten«, sagte Stephan. »Im Moment gibt es nur zwei Menschen, denen wir mit Sicherheit vertrauen können: mir und Euch.«

»Beim Schwerte.« Alexander ließ sich schwer auf die Bank sinken. »Und auch wir können einander nur dann vertrauen, wenn wir zusammenbleiben.« Soviel Mißtrauen war ihm fremd. Leuten nicht mehr vertrauen zu können, die er schon sein ganzes Leben lang kannte. Wie hatte sich seine Welt nur so schnell verändern können? »So können wir nicht leben.«

»Wenn das Weihwasser wirkt«, sagte Stephan, »müssen wir uns eine Prüfung für alle ausdenken, die Euch nahestehen. Aber noch ist nichts erwiesen.«

»Wenn das Weihwasser wirkt …«, wiederholte Alexander und legte das Gesicht in die Hände, um seine Gefühle zu verbergen. »Wenn es wirkt, dann besteht noch Hoffnung.«

27

Der neue Körper war schlank, aber kraftlos. Schattengänger fluchte, als er über den Hof eilte. Er haßte die Beschränkungen seiner Zauberkraft, die ihn zwang, exakt alle Eigenschaften seines Wirtskörpers zu übernehmen. Der erste Inselbewohner war zu dick gewesen, und dieser hier war keinen Deut besser. Nur aufgrund relativer Jugend und ausgezeichneten Erbguts war dieser Körper schlank geblieben, nicht durch Training und gesunde Ernährung. Schon jetzt war er außer Atem.

Der Kampf rings um ihn tobte weiter. Am Hintereingang, der zur Küche führte, fochten Fey und Inselbewohner verbissen gegeneinander. Rufe und Schreie ertönten. Klingen blitzten im Sonnenlicht. Neben ihm bediente sich ein älterer Diener eines eisernen Faßreifens, um damit nach vorübereilenden Fey zu schlagen. Immer wieder warf Schattengänger prüfende Blicke in alle Richtungen. Er hatte Angst, daß die Daniten in seine Nähe kamen. Sie würden zwar nicht versuchen, ihn zu töten, er war schließlich der ehrenwerte Lord Powell, aber wenn nur ein Tropfen von diesem Weihwasser auf ihn spritzte … Ein Schauder überlief ihn. Niemand hatte einen solchen Tod verdient.

Durch den Körperwechsel hatte er immer noch Orientierungsprobleme. Die Persönlichkeiten der Inselbewohner ließen sich nicht so einfach übernehmen. In Nye war er nach einem Wechsel sofort mit seinem Opfer verschmolzen. Hier dauerte es viel länger, bis er Zugang zum Wissensstand dieser Kultur fand. Der zweite Wechsel zwang ihn, sein Tempo noch weiter zu drosseln. Die Verwandlung machte ihm überhaupt mehr zu schaffen, als er wahrhaben wollte.

Hinter ihm rief Shima zum Rückzug. Ihre Stimme zitterte.

Seine gestohlenen Kleider waren zu eng. Er konnte nur hoffen, daß niemand bemerkt hatte, daß sich Lord Powell umgezogen hatte. Immerhin hatte er in dem heillosen Durcheinander noch daran gedacht, sein Stilett einzustecken.

Er verbarg sich hinter einer Säule und kauerte sich zusammen wie Powell. Er hoffte auch, daß niemand gehört hatte, wie er mit Shima auf Fey sprach. Das würde ihn von Anfang an verdächtig machen. Aber er hatte jetzt keine Zeit, sich darüber Sorgen zu machen. Er mußte so schnell wie möglich Jewel finden.

Mitten im Ruf riß Shimas Stimme jäh ab. Er drehte sich um und sah, wie die Daniten sich einen Weg durch die Menge bahnten. Der Gestank stieg auf ... und die Siegesrufe der Fey gingen in Schreie des Entsetzens über. Schattengänger atmete tief ein und stürzte sich dann in das Gedränge vor der Küchentür.

Die Inselbewohner schlugen mit brennenden Holzstöcken nach ihren Angreifern. Sie kämpften mit Messern und Schwertern, die sie den Toten und Sterbenden entrissen hatten. Die Infanterie der Fey hielt mit ihren Schwertern dagegen, ihre jugendlichen Gesichter waren schweißbedeckt. Die Ausdünstungen der Sterbenden waren noch nicht bis in diesen Teil des Hofes vorgedrungen. Hier roch es nach Rauch und Angst.

Beide Persönlichkeiten in ihm erkannten vereinzelte Gesichter. Die meisten der kämpfenden Inselbewohner gehörten zum Küchenpersonal, nur wenige Wachtposten hatten sich bis hierher durchgeschlagen. Der Käsemacher hielt zwei Fey mit der Kurbel des Butterfasses in Schach. Dabei schrie er aus vollem Leib.

Alle Fey hier gehörten zu Shimas Truppe. Es waren junge Infanteristen, deren Zauberkräfte sich erst noch entwickeln mußten, oder Unglückliche, die über keine nennenswerten Zauberkräfte verfügten. Schattengänger schlängelte sich durch die Kämpfenden, dankte Powell im stillen für seine Körpergröße und legte mit jedem Schritt einen größeren Abstand zwischen sich und die Daniten.

Er drückte sich an der Mauer entlang. Schreie, Rufe, Kreischen, alles vermischte sich zu einem einzigen verwischten Geräusch. Er konnte nicht mehr zwischen seiner eigenen Sprache und derjenigen der Inselbewohner unterscheiden. In der Hoffnung, Jewel irgendwo zu entdecken, spähte er angestrengt durch den Rauch in alle Ecken.

Erst als er die Stufen erreicht hatte, die zur Küche führten, fiel ihm etwas Ungewöhnliches auf.

Dort drinnen standen Inselbewohner und Fey Seite an Seite in einem Halbkreis. Alle Gesichter hatten denselben Ausdruck: eine Mischung aus Verwirrung und Hoffnung. Alle hielten die Waffen gesenkt, als hätten sie Angst, sie zu gebrauchen.

Neben Schattengänger stand Burden. Sein Schwert war blutbefleckt, er atmete schwer. Schattengänger folgte seinem Blick.

Dort, in der Mitte des Halbkreises, hielt Nicholas Jewel fest umschlungen, während seine Leute ihre Hände fesselten. Sie wehrte sich nicht.

Schattengänger schluckte. Panisches Entsetzen erfaßte ihn. Die Daniten konnten sie nicht erwischt haben, sonst läge sie im Sterben. Hatte der junge Inselbewohner sie etwa im Kampf besiegt? Jewel, die Enkelin des Königs, eine der gefährlichsten Kämpferinnen der Fey?

Er drängte sich durch die Menge. Sein Herz schlug heftig angesichts des Risikos, das er einging. Jeden Augenblick konnten Fey oder Inselbewohner auf ihn losgehen. Nur die sonderbare Situation verlieh ihm einen gewissen Schutz.

»Gut gemacht, Hoheit«, sagte er jetzt laut. »Unsere erste Gefangene. Habt Ihr sie besiegt?«

Nicholas blickte auf. Sein Gesichtsausdruck wurde wachsam.

»Lord Powell. Hattet Ihr nicht Befehl, meinem Vater zu helfen?«

Jewel beobachtete Schattengänger mit leicht gerunzelter Stirn. Einige Fey behaupteten von sich, Doppelgänger erkennen zu können, aber die Enkelin des Königs gehörte nicht dazu. Trotzdem hatte Schattengänger das Gefühl, daß sie seine Tarnung durchschaute.

»Euer Vater hat mich hergeschickt«, antwortete Schattengänger. Als er das sagte, erschien plötzlich ein deutliches Bild vor seinen Augen. Er wußte, wo sich der König befand, und er kannte auch den Weg dorthin. Wenn er schneller war als diese Daniten, gelang es ihm vielleicht doch noch, die Inselbewohner zu demoralisieren.

Aber jetzt mußte er sich zuerst um Jewel kümmern. Rugar durfte seine Tochter um keinen Preis verlieren.

»Ich soll die Kampfhandlungen im Hof überwachen.« Er streckte seine Hand aus, während er langsam näher kam. »Aber Ihr habt offenbar alles gut unter Kontrolle. Laßt mich diese Gefangene zum König führen.«

»Ich weiß noch nicht, ob sie eine Gefangene ist«, sagte Nicholas. Dann bemerkte Schattengänger das Schwert in der linken Hand des jungen Mannes. Seine lähmende Angst wuchs.

»Ach so?« Wenn Schattengänger Jewel retten wollte, mußte er möglichst unbeteiligt wirken. Und Powell hatte sich eingebildet, diesen Jungen zu kennen. Nichts als waghalsige Neugier und Dreistigkeit, der jede innere Stärke fehlte. Schattengänger hoffte, daß sich sein Wirt nicht in Nicholas getäuscht hatte. »Nun, wenn sie unbedeutend ist, so tötet sie.«

Die Worte gingen ihm leichter über die Lippen, als er

gedacht hatte. Nicholas hielt sein Schwert noch fester, schüttelte aber den Kopf. »Sie ist wichtig«, sagte er leise.

Schattengänger trat einen Schritt näher. Jewel bewegte sich nicht. Sie hatte den Blick unverwandt auf sein Gesicht geheftet. »Dann überlaßt sie mir. Ihr könnt Eure Aufgabe hier unten weiterführen. Die Daniten sind auf dem Weg hierher, und sie bringen ein Gift, das diese Kreaturen tötet, noch bevor sie einen Todesschrei ausstoßen können. Wir haben die Situation jetzt unter Kontrolle.«

Die Inselbewohner hatten Jewel Fesseln angelegt, aber Nicholas hielt sie immer noch fest an sich gepreßt. »Wo wollt Ihr sie hinbringen?«

»Zu den Baracken. Wir müssen die Angreifer aushorchen, und da Ihr sie für wichtig haltet …«

»Ich selbst werde sie zu meinem Vater bringen.«

»Was?« Schattengänger konnte seine Überraschung nicht verbergen.

»Alle hören auf sie, alle befolgen ihre Befehle. Sie ist eine wichtige Persönlichkeit. Mein Vater kann sie verhören, vielleicht sogar mit ihr verhandeln.«

Der Eigensinn des jungen Mannes ließ Schattengänger das Schlimmste befürchten. Er zwang sich zu lächeln. »Wahrscheinlich ist sie nur die Kommandeurin einer Division. Sie weiß sicher nicht allzuviel. Außerdem besteht für uns keine Notwendigkeit mehr zu verhandeln. Wir haben schließlich das Weihwasser. Wir werden diese Schlacht gewinnen, Hoheit.«

»Seid Ihr wirklich dieser Ansicht, Mylord?« Der Junge erwiderte sein Lächeln. »Dann seid mein Helfer.« Er nahm Jewels Arm und zog sie in Richtung Treppe. »Ihr wißt, wo sich mein Vater aufhält. Bringt mich zu ihm.«

Schattengänger schluckte. Hinter ihm ertönten die Schreie der sterbenden Fey. Er warf einen Blick über die Schulter. Die Daniten hatten jetzt die Tür erreicht und drängten sich in den

Raum. Der Gestank folgte ihnen. Alle Fey würden sterben. Jeder einzelne. Sogar Jewel.

Er versuchte sich nichts von seiner Furcht anmerken zu lassen und suchte im Geiste nach Powells Kenntnis des Schlosses. Es waren noch nicht alle Einzelteile zusammengesetzt, aber einiges konnte er bereits erkennen. Auch wenn es Schattengänger gelang, Jewel zu retten, mußte er zuerst durch den Festsaal, die Unterkünfte und auf die Straße. Die Straße, von der die Daniten gekommen waren.

Für die Inselbewohner war er einer ihrer Mächtigen, einer der Lords. Es würde sich später gewiß noch eine Situation ergeben, die besser geeignet war, Jewel zu befreien und ins Schattenland zu bringen.

Die Schreie hinter ihm wurden immer lauter. Er wünschte sich, die Inselbewohner würden nur für einen einzigen Augenblick verschwinden. Dann könnte er seinen Leuten eine Warnung zurufen. Aber das war eben der Preis seines Berufes. Er kannte ihn, seit er als Junge an der Schlacht von Issan teilgenommen hatte.

»In Ordnung«, sagte er, trat näher und ergriff Jewels freien Arm. »Ich führe Euch hin.«

Nicholas errötete, als Schattengänger Jewel berührte. Jewel bewegte sich nicht. Schattengänger blickte auf sie hinunter und sah, daß ihr Gesichtsausdruck leer und ihr Blick verschleiert war.

Eine Vision.

Er unterdrückte einen Fluch. Die Enkelin des Schwarzen Königs kämpfte bei der Infanterie, obwohl die Gefahr bestand, daß sich ihr Körper während einer Vision in eine leere Hülle verwandelte. Sie hatte es vor allen geheimgehalten. Zwangsläufig. Rugar hätte sie nicht am Kampf teilnehmen lassen, wenn er von ihren magischen Kräften gewußt hätte.

»Was ist los mit ihr?« fragte Nicholas mit erhobener Stimme.

Er war plötzlich wieder ein Junge und nicht der Mann, der er vorgab zu sein.

»Ich weiß es nicht«, antwortete Schattengänger. »Vielleicht irgendeine Kriegslist. Laßt sie mich von hier wegschaffen ...«

»Nein!« widersprach Nicholas entschlossen. »Sie kommt mit mir.«

Die Anspannung in Jewels Körper ließ nach, und sie sackte unter den Händen der beiden in sich zusammen. Schattengänger legte eine Hand auf ihren Rücken, Nicholas stützte sie mit seinem Körper. Powell kannte den Jungen nicht gut genug, um zu wissen, wie er sich Frauen gegenüber für gewöhnlich benahm. Er wußte nur von einem gewissen Mangel an Interesse.

Vielleicht war er einer der Grausamen ... einer von denen, die die Magie der Fey-Frauen gewaltsam zu zerstören versuchten.

Jewels Lider flatterten. Langsam richtete sie den Blick auf das Gesicht des Doppelgängers und lächelte dann. »Schattengänger«, flüsterte sie auf Fey.

Er konnte nicht reagieren. Er durfte keine Bewegung machen, die ihn vielleicht verraten würde, obwohl er nur zu gerne etwas, egal was, gesagt hätte. Statt dessen drückte er sie am Arm, während das Entsetzen in ihm noch wuchs. Er war nicht mehr nur Rugar und dem Schwarzen König gegenüber verantwortlich. Er trug die Verantwortung für alle Fey. Wenn Jewel etwas zustieß, war auch ihr Volk seiner Zukunft beraubt.

28

Sie erwachte nur langsam aus einem tiefen Schlaf und hörte ein kleines Kind weinen. Sie fragte sich, warum der Roca sie so quälte. Sie wünschte, Drew läge neben ihr und würde sie zärtlich umarmen, wie er es immer getan hatte. *Es ist doch nur ein Vogel, mein Liebling,* hatte er dann immer liebevoll gemurmelt. *Nur ein kleiner Vogel.* Aber auch als sie langsam zu sich kam, verstummte das Geräusch nicht. Das laute, herzzerreißende Weinen eines Babys. Und die leise, besänftigende Stimme einer Frau. Eleanora runzelte die Stirn. Ihr tat alles weh. Als sie die Augen öffnete, drehte sich der Raum. Die Decke war aus Stroh, und sie lag auf weichem Untergrund.

Der Raum war nicht sehr groß, mit groben, unbehandelten Wänden. Neben dem Bett stand ein kleiner Tisch, darauf eine einzelne Kerze. Das Fenster am Fuß des Bettes hatte keine Vorhänge. Das Zimmer roch nach getrocknetem Schlamm und frischer Milch.

Eleanora blinzelte verwirrt. Erst allmählich wurde die Erinnerung wieder wach. Sie hatten ihr zu den Hütten helfen müssen, deren kleiner Halbkreis das Dorf am Blumenfluß bildete. Kurz vor Helters Hütte war sie ohnmächtig geworden. Ihr schwacher Körper hatte ihr den Dienst versagt. Sie mußten sie auf das Bett gelegt haben.

Aber diese Fremdlinge waren noch nicht gekommen.

»Ich glaube, wir sollten zu Coulter gehen und selbst überprüfen, was sie uns erzählt hat.« Eine männliche Stimme drang durch das Fenster.

»Vielleicht sind sie in eine andere Richtung weitergezogen«, mischte sich eine Frau, wahrscheinlich Vy, ein. »Sonst hätte sie das Baby nicht mitgenommen.«

»Wirklich?« In Helters leiser Stimme lag ein zweifelnder Unterton. »Wir wissen doch alle, wie verrückt sie auf Kinder ist.«

Eleanora spürte einen Kloß im Hals. Sie stemmte sich hoch, wollte, daß das Gefühl der Unwirklichkeit nachließ. *Verrückt nach Kindern.* Sie hatte Helter immer für einen Freund gehalten. Er war Drews Freund gewesen, sonst nichts. Vielleicht nicht einmal das.

»Sie ist nicht verrückt nach Kindern«, erwiderte Vy. »Sie hat sie gern, so wie viele andere Frauen auch. Sie war diejenige, die Gitwens Sohn nach Hause gebracht hat, als er damals zum Fluß gelaufen ist. Sie hätte ihn bei sich behalten können. Es ist kurz nach Drews Tod passiert.«

Eleanora fuhr sich mit zitternder Hand über das Gesicht. Das Baby weinte nicht mehr, aber die Frau in dem nahe gelegenen Raum unterbrach ihren Singsang nicht. Sogar mit Coulters Haus verglichen war das von Helter groß. Helters Familie wohnte schon seit Generationen hier, und Helters Vater war immer der Ansicht gewesen, getrennt lebende Leute bräuchten auch getrennte Räume.

Sie stützte sich gegen die Wand und setzte sich langsam auf. Splitter bohrten sich in ihre Finger. Das Zimmer mußte erst vor kurzem angebaut worden sein. Sie zog sich die Decke von den Beinen. Kurzzeitig befiel sie ein heftiges Schwindelgefühl, dann ließ es nach und verschwand schließlich. Die Anstrengung war zuviel für eine alte, ausgehungerte Frau.

»Warum schicken wir niemanden runter zu Coulter? Falls wirklich Gefahr besteht, sollten wir darüber Bescheid wissen, und wenn sie das Kind tatsächlich gestohlen hat, müssen wir es Coulter sagen.« Helter hatte sehr entschieden gesprochen. Es hörte sich an, als wäre er dabei näher an das Fenster getreten.

Eleanora atmete tief durch und erhob sich vorsichtig. Dann strich sie die Decken auf dem Bett glatt. Es war eine Federmatratze in einem Holzrahmen, viel bequemer als der Strohsack bei ihr zu Hause auf dem Boden. Sie ging zur Tür.

Direkt nebenan befand sich die Küche. Genau wie bei Coulter stand auch hier ein Allesbrenner, der sämtliche Räume beheizte. Der Tisch war alt und verkratzt. Lowe hielt das Baby an der Schulter und klopfte ihm mit der Hand den winzigen Rücken. Das kleine Gesicht war vom Weinen gerötet, die Augen fest zusammengekniffen, und der Atem ging regelmäßig. Als Lowe Eleanora sah, lächelte sie.

»Er wird es überstehen«, sagte sie. »Er vermißt seine Eltern, aber es wird schon alles gutgehen.«

»Hat er gegessen?« fragte Eleanora. Sie hielt sich mit einer Hand am Türrahmen fest.

»Wir haben ihm etwas warme Ziegenmilch gegeben. Er hat alles getrunken.« Forschend blickte Lowe Eleanora an. »Wie geht es dir?«

Eleanora strich sich über die Haare. »Ein bißchen wackelig noch, aber sonst recht gut. Wie lange habe ich geschlafen?«

»Nicht lange«, antwortete Lowe. »Du brauchst noch viel mehr Schlaf.«

»Ist auf dem Pfad noch nichts zu sehen? Ist mir niemand gefolgt?«

Lowe schüttelte den Kopf.

Eleanora löste sich vom Türrahmen und ging quer durch den Raum nach draußen. Noch schien die Sonne, aber die Kühle der Dämmerung war bereits zu spüren. Die Hütten lagen im Schatten der Bäume. Alle Dörfler saßen um den Baumstumpf in der Nähe von Helters Vorgarten, an dem sie ihre Versammlungen abzuhalten pflegten. Helter stand am Rande des Gartens, gleich neben den blühenden Beerensträuchern.

Von innen hatte es sich angehört, als stünde er viel näher am Haus.

Sobald die anderen Eleanora erblickten, brach die Unterhaltung ab. Helter drehte sich um.

Eleanora hatte schon seit Jahren nicht mehr so viele Leute auf einmal gesehen, vielleicht noch nicht einmal in ihrem ganzen Leben. Sie räusperte sich. »Wenn ihr Leute zu Coulter schicken wollt«, sagte sie, »dann vergewissert euch vorher, daß sie sich verteidigen können. Und daß sie wissen, wie man sich im Wald verbirgt.«

Helter hatte immerhin Anstand genug, den Blick zu senken. »Wir haben niemand auf dem Waldweg gesehen.«

Eleanora zuckte die Achseln. »Vielleicht wissen sie nicht, daß so weitab auch noch Siedlungen liegen. Ich hatte Angst, sie würden mir folgen. Vielleicht haben sie mich gar nicht bemerkt.«

»Du mußt zugeben, daß deine Geschichte ziemlich unglaubwürdig klingt«, sagte Helter.

»Und wenn sie sich noch so seltsam anhört, so heißt das noch lange nicht, daß ich gelogen habe.« Sie ließ die Arme locker herabhängen und versuchte, einen entspannten Eindruck zu machen. Wenn sie sich ihre Nervosität anmerken ließ, machte sie ihn noch mißtrauischer. »Wenn ich das Kind tatsächlich gestohlen hätte, glaubst du wirklich, ich hätte es dann hierhergebracht, an einen Ort, an dem man seine Eltern kennt, und euch obendrein noch gesagt, wo das Kind herkommt? Ich bin alt, Helter, nicht dumm.«

»Ich glaube auch, daß wir Eleanoras Schilderung ernst nehmen sollten«, ließ sich Vy vernehmen. Sie saß am Rande des Halbkreises, mit dem Rücken an den Baumstumpf gelehnt. »Was sie über diese Fremdlinge gesagt hat, hört sich erschreckend an. Wenn sie imstande sind, Coulter zu töten, können sie jeden von uns umbringen.«

Helter wandte sich wieder an die Gruppe. »Ich habe Arl auf den Waldweg geschickt. Er soll nachsehen, ob irgend etwas Ungewöhnliches vorgefallen ist.«

»Arl?« Eleanora kam langsam näher und blieb neben Helter stehen. »Er ist doch fast noch ein Junge.«

»Er kann sich genauso gut verstecken wie eine alte Frau«, gab Helter grob zurück.

Eleanora errötete. »Ich schäme mich nicht für das, was ich getan habe, Helter. Ich habe das Leben eines Kindes gerettet. Jetzt liegt es an euch, eure eigenen Leben zu retten. Diese Kreaturen sind grausam und herzlos ...«

Sie hielt inne. Ein Rascheln im Wald hatte sie erschreckt. Sie wirbelte herum und wurde erneut von einem Schwindelgefühl ergriffen, aber diesmal gelang es ihr, aufrecht stehenzubleiben.

Arl kam in Begleitung eines Daniten, den Eleanora nicht kannte, über die Lichtung gelaufen. Der Danite, der die Kirche in der Nähe des Blumenflusses betreute, hatte sich seit über einem Jahr nicht mehr hier blicken lassen.

»Es sind schreckliche Kreaturen!« Arl blieb am Rande der Versammlung stehen. Sein jungenhaftes Gesicht war blaß, aber die Augen hatten einen abwesenden Ausdruck, wie ihn Eleanora bisher nur in den Gesichtern alternder Menschen gesehen hatte. Er lehnte sich an den Daniten.

Dieser war dünn und nicht viel älter als Arl. Sein Haar umschloß den Kopf wie eine enge Kappe, seine Robe war tropfnaß und die Füße schlammbedeckt. Er umklammerte eine kleine Flasche.

»Coulter ist tot«, sagte Arl, »genau wie Eleanora gesagt hat. Die Körper ...« Seine Stimme versagte, und er schüttelte den Kopf. »So etwas habe ich noch nie gesehen.«

»Wo ist die Frau?« fragte der Danite.

»Hier«, erwiderte Eleanora. Ihr war zwar nicht mehr

schwindlig, aber sie wagte es nicht vorzutreten. Sie senkte den Kopf und wartete darauf, daß auch er sie verurteilte.

Er ging auf sie zu und legte jetzt einen nassen Finger auf ihre Stirn. »Du bist gesegnet«, sagte er. »Nicht viele sehen die Fey und bleiben am Leben.«

»Ihr wißt, wer sie sind?« fragte sie.

Er nickte. »Ich bin von Jahn hergeritten, um zu sehen, ob sie auch die Landbevölkerung angegriffen haben. Die Stadt ist besetzt, aber es ist uns gelungen, sie zurückzudrängen. Sie sind Dämonen. Weihwasser vernichtet sie.«

»Er hat diejenigen, die bei Coulter zurückgeblieben sind, mit ein paar Spritzern Weihwasser getötet«, sagte Arl. Er warf einen Blick auf Helter. »Das war auch gut so. Sie wollten nämlich gerade auf mich losgehen.«

»Ich hatte dir doch gesagt, daß du dich verstecken sollst«, gab Helter zurück.

Mit zitternder Hand wischte sich Arl über die Brauen. »Sie wußten, daß Eleanora dort gewesen war. Sie wußten, daß sie das Baby mitgenommen hatte. Sie dachten, sie würde zurückkehren, und hatten Kundschafter in den Wald geschickt. Der Geistliche Herr kam gerade zur rechten Zeit.«

»Was sind das für Wesen?« fragte Vy.

»Dämonen«, wiederholte der Danite geduldig, als hätte sie ihn beim ersten Mal nicht richtig verstanden. »Sie sind in Schiffen über das Meer gekommen, aber sie besitzen Zauberkräfte, und ihre Schiffe sind plötzlich verschwunden.«

»Warum läßt der Roca das zu?« fragte Eleanora.

»Der Roca hat für sein Volk gesorgt, für all jene, die gläubig sind.« Der Danite hielt das Fläschchen mit Weihwasser hoch. »Das ist alles, was ich euch jetzt geben kann, aber laßt den Jungen mit mir gehen, und ich werde ihn morgen mit einem größeren Vorrat zurückschicken. Wir haben ein Lager außerhalb der Stadt angelegt, nur für die Landbevölkerung. Bald wird uns noch mehr davon zur Verfügung stehen. Einer der Ältesten hat versprochen, Daniten und Auds über Land zu schicken, sobald die Bedrohung durch die Fey abgewendet ist, und sie werden Flaschen mit Weihwasser verteilen, für den Fall, daß die Dämonen zurückkehren.«

Helter wandte sich zu Arl. »Willst du mit ihm gehen?«

Arl nickte. Er hatte dunkle Ringe unter den Augen. Sein Gesicht war von der Erschöpfung gezeichnet. Er sah doppelt so alt aus wie noch am Morgen, als Eleanora angekommen war. »Keiner sollte so etwas Entsetzliches noch einmal sehen müssen. Ich ... ich weiß jetzt, wovor wir uns in acht nehmen müssen.«

Sein Blick traf den Eleanoras. Nur sie beide hatten jene furchtbaren Ereignisse mit eigenen Augen gesehen. Sie teilten die gleichen Geister. Die Geister und das Entsetzen.

»Geht es dem Kleinen gut?« fragte Arl so leise, daß sie ihn kaum verstehen konnte.

»Ja, mit dem Kind ist alles in Ordnung«, erwiderte sie. Eleanora wußte, wie wichtig es war, nach einem solchen Gemetzel zu wissen, daß es auch so etwas wie unschuldiges Leben gab. »Lowe hat es gerade schlafen gelegt.«

Arl lächelte. Dann berührte er den Arm des Daniten. »Kommt, laßt uns nach dem Kind sehen und etwas essen.«

»Dann müssen wir aber gehen«, antwortete der Danite. »Diese Dämonen werden nicht warten. Sie kommen sicherlich so schnell sie können auch hierher.«

Sie gingen zu Helters Hütte. Schon jetzt wirkten sie wie ein Team, eine Kampfeinheit, die sich der Invasion der Fremdlinge entgegenstemmte.

Eleanora sah ihnen nach. Helter seufzte und schaute sie an. »Ich muß mich bei dir entschuldigen«, sagte er. »Ich hätte auf dich hören sollen.«

»Ich weiß«, antwortete sie. Seine Worte munterten sie etwas

auf. »Aber das ist jetzt nicht wichtig. Wir müssen einen Weg finden, uns vor ihnen zu schützen.« Und zwar so schnell wie möglich. Sie brachte nicht genügend Mut auf, um den Jungen und den Daniten zu fragen, ob sie Spuren hinterlassen hatten. Sie wollte nicht wissen, wie einfach es für die Fey war, sie aufzuspüren.

29

Die Vision hatte sie schwindlig gemacht. Jewel schüttelte den Kopf und atmete tief ein. Schattengänger hielt sie fest. Direkt, nachdem die Vision vorüber war, hatte sie ihn erkannt. Sie hatte seinen Gestaltwechsel Gesehen; die Kleider, die er jetzt trug, hatte er angelegt, als er den Mann im Hof getötet hatte.

Aber es war jetzt nicht der richtige Zeitpunkt, um sich über ihre eigene Lage den Kopf zu zerbrechen. Die Schwarzkittel kamen zur Tür herein, und der Gestank der Verwesung, den sie aus ihrer früheren Vision kannte, breitete sich aus; das glitzernde, todbringende Wasser der Schwarzkittel gab den Ausschlag. Jewels Körper erschlaffte. Die Männer, die sie festhielten, konnten mit ihr machen, was sie wollten. Sie hatte jetzt nur eine Aufgabe: Sie mußte ihr Volk retten. Shima hatte sich nicht geirrt. Sie befanden sich an einem Ort des Todes.

»Lauft!« schrie sie auf Fey. »Lauft um euer Leben!« Die Fey in ihrer Nähe blickten sie fassungslos an. Burden hob den Kopf. Sein Mund war leicht geöffnet.

»Lauft!« wiederholte sie. »Diese Inselbewohner hinter euch bringen den Tod. Ich habe es Gesehen! Ich bin die Tochter Rugars, und ich gebe euch diesen Befehl! Lauft!«

Der Mann aus ihrer Vision schüttelte sie leicht. Schattengänger verstärkte den Griff um ihren Arm. Plötzlich wußte sie, welches Gefühl von ihm ausging. Angst. Er war vor Angst wie gelähmt. Sie hatte es auf seinem fremden Gesicht nicht gleich erkennen können.

Burden kam auf sie zu, aber sie schüttelte den Kopf. »Ich bin verloren«, sagte sie ohne Umschweife zu ihm. »Diesmal mußt du auf mich hören! Schaff unsere Leute von hier weg! Sonst werden sie alle sterben!«

Er mußte einfach verstehen, daß sie ihm einen Befehl erteilte. Er mußte verstehen, daß sie nicht als Freundin oder verängstigte Soldatin zu ihm sprach, sondern als seine zukünftige Befehlshaberin. Er nickte und hob das Schwert über den Kopf.

»Die Enkelin des Schwarzen Königs befiehlt uns zu fliehen!«

Die Schwarzkittel kamen immer näher. Schattengänger zog Jewel am Arm. Er sagte etwas in der Sprache der Inselbewohner zu dem Mann neben ihr, dem Mann aus ihrer ersten Vision, und gemeinsam schoben sie Jewel in Richtung Treppe.

Sie rutschte auf dem blutigen Boden aus, stolperte über Leichen. Sie war es nicht gewohnt, sich ohne Hilfe ihrer Arme zu bewegen, nicht aus eigener Kraft vorwärts zu gehen. Schattengänger vermied es, sie anzusehen. Sein Gesicht war schmal, die Nase gekrümmt, das Haar lang und blond. Vielleicht hatte sie sich ja getäuscht. Vielleicht hatte sie in der Verwirrung, die auf ihre Vision folgte, einen Inselbewohner für einen ihrer Leute gehalten.

»Schattengänger«, sagte sie hastig, den Blick starr auf Burdens Rücken geheftet. »Schattengänger, wenn du es bist, dann drücke dreimal meinen Arm. Sonst werde ich jetzt versuchen, zusammen mit meinen Leuten zu kämpfen.«

Ihr Arm wurde rasch und kaum spürbar dreimal zusammengepreßt: eins, zwei, drei. Der Mann ihrer Vision sah sie erstaunt an. Er äußerte etwas zu Schattengänger, der eine barsche Antwort gab.

Vier tote Inselbewohner lagen am Fuß der Stufen. Ein weiterer lag mit unnatürlich verrenkten Gliedern quer über der Treppe. Der Gestank folgte Jewel und ihren beiden Bewachern, zusammen mit dem dumpfen Aufschlagen von Körpern und gellenden Todesschreien. Es waren die Todesschreie der Fey.

Jewels Nackenhaare sträubten sich.

Sie stolperte. Der Mann aus ihrer Vision stützte sie. Auch er schien sie zu kennen. Er beschützte sie ebenso, wie sie ihn beschützt hatte. Schattengänger warf einen Blick über die Schulter und biß sich auf die Unterlippe. Der Mann legte einen Arm um ihren Rücken. Seine Berührung war ihr seltsam vertraut.

»Wir bringen dich zum König«, sagte er auf Nye.

»Meine Leute liegen hier unten im Sterben.«

»Sei froh, daß dir dieses Schicksal erspart bleibt.«

Immer mehr Körper brachen auf den Stufen zusammen. Die meisten Inselbewohner waren in der Küche geblieben, hatten aber aufgehört zu kämpfen. Schreie gellten, viele davon rissen abrupt ab. Ein Soldat der Fey war an der Tür zusammengesunken, seinen Schwertverletzungen erlegen. Jewel öffnete den Mund, um die Fey zu warnen, die weiter oben standen, aber es war niemand mehr da. Entweder hatten sie ihren Befehl vernommen oder bereits aus eigenem Entschluß den Rückzug angetreten.

Rückzug. Kein typisches Fey-Wort. Sie schloß die Augen und ließ sich von den Männern noch eine Treppe höher ziehen. Die Fey zogen sich nicht zurück. Sie fragte sich, ob ihr Vater noch am Leben war und von alledem erfuhr. Sie war sich nicht sicher, ob sie ihm wünschen sollte, noch am Leben zu sein oder nicht: Er würde es mit Sicherheit nicht verwinden, der Befehlshaber einer solchen Niederlage zu sein, aber dennoch konnte sie sich ein Leben ohne ihn nicht vorstellen.

Dabei ließ sie es selbst gerade eben zu, daß man sie zum König führte. Mit Schattengänger an ihrer Seite. Er war einer der Besten. Sie mußte ihm vertrauen, damit es ihm gelang, sie zu retten. Dem Mann ihrer Vision konnte sie ihr Vertrauen nicht schenken, ganz gleich, wie sehr sie sich zu ihm hingezogen fühlte.

Die Männer unterhielten sich wieder in der Sprache der Inselbewohner. Jewel wünschte, sie hätte die Fähigkeit eines Doppelgängers, fremde Sprachen sofort zu verstehen. Zu gern hätte sie gewußt, worüber die beiden redeten, aber sie konnte keinen von ihnen fragen.

Der junge Mann hatte seine Stimme etwas angehoben, und Schattengänger zuckte die Achseln. Wieder bogen sie um eine Ecke und erklommen eine weitere Treppe. Hier hatte man die Gobelins von den Fenstern gerissen, es lagen keine Leichen mehr auf dem Boden. Die Stufen wurden immer schmaler und steiler. Sie befanden sich in einem eher unzugänglichen, wenig benutzten Teil des Schlosses.

Eine Handvoll Inselbewohner drängte sich an ihnen vorbei die Stufen hinab. Alle verneigten sich. Vor dem jungen Mann? Vor Schattengänger? Sie wußte es nicht.

»Wer ist der Mann, dem du erlaubst, mich zu berühren?« fragte sie auf Nye den Mann ihrer Vision.

Er lächelte. Sie hatte ihn noch niemals zuvor lächeln sehen. Er sah atemberaubend gut aus. Die ausgeprägten Wangenknochen und fremdartig geformten Züge verliehen ihm eine Strenge, die sie faszinierte. »Wie bitte?« gab er ebenfalls auf Nye zurück. »Willst du denn gar nicht mehr wissen, wer ich bin?«

Das hätte Jewel nur zu gerne gewußt, und sie fragte sich auch, wie in aller Welt sie es hatte zulassen können, daß man sie gefangennahm, während ihre Leute unten im Hof starben. Burden hätte ihr geantwortet, daß die Enkelin des Schwarzen Königs verpflichtet war zu überleben. Wortlos hatte ihr Schattengänger dasselbe gesagt. Aber sie war schon immer eine Kämpfernatur gewesen. Vielleicht brachte wenigstens das

Treffen mit dem König neue Erkenntnisse, die sie ihrem Vater übermitteln konnte. Vorausgesetzt, er lebte noch.

»Wie weit ist es denn noch bis zu diesem König?« fragte sie. »Kämpft er nicht inmitten seiner Truppen?«

»Er hat noch nie an einem Kampf teilgenommen«, sagte der Mann leise. »Wir sind kein kriegerisches Volk, so wie ihr.«

Der strenge Ton hielt sie von weiteren Fragen ab. Schattengänger schwieg. Die Stufen wanden sich höher und höher. Ihre Glieder waren bleischwer. Erst jetzt bemerkte sie, wieviel Kraft sie der Kampf gekostet hatte.

Als sie das Ende der Treppe erreicht hatten, blieb der Mann neben ihr stehen. Vor einer großen Holztür standen fünf Wachen postiert. Er sprach mit ihnen, und sie verneigten sich vor ihm. Also war er es gewesen, dem die Inselbewohner Respekt gezollt hatten, nicht Schattengänger. Jewel widerstand dem Drang, einen Blick über ihre Schulter zu werfen.

Das war nicht mehr nötig. Einer der Wächter öffnete die Tür, und der Mann führte sie in den Raum.

Sie betraten ein großes staubiges Zimmer. Der Boden war mit zusammengeknülltem Papier übersät, und überall auf dem schmutzigen Boden waren Fußspuren zu sehen. Es gab keine Fenster, aber wenn sie aufmerksam lauschte, konnte sie die Schreie von unten hören. Also waren nicht alle Wände aus massivem Stein. Mitten im Raum stand ein langer Tisch mit Stühlen und Bänken.

Drei ihr unbekannte Männer befanden sich bereits drinnen. Ein Mann in einer schwarzen Robe hielt eine Flasche umklammert. Jewels Atem stockte, sie zwang sich jedoch, reglos stehenzubleiben. *Zeige niemals deine Furcht*, lautete einer der ersten Grundsätze, sobald man in Gefangenschaft geriet. *Furcht ist ein Zeichen von Schwäche*. Der zweite Mann war alt, mit einem Kinn voll Bartstoppeln. Seine wässerigen blauen

Augen musterten sie so aufmerksam, als wäre sie eine besondere Kostbarkeit.

Der dritte war ein schlanker, dunkelblonder Mann mit blauen Augen. Er war jünger, als sie erwartet hatte. Er war nicht groß, wirkte durch seine geschmeidigen Bewegungen aber so. Er trug Hosen und ein weites Hemd, als wären es besonders unbequeme Kleidungsstücke. Sein Blick wanderte immer wieder zu dem jungen Mann hinüber, und Jewel spürte seine kaum verhaltene Freude.

Sie blickte auf den Mann ihrer Vision und fuhr bis ins Mark zusammen. Er war die jüngere Ausgabe des Mannes, der ihr gegenüberstand.

»Ich vermute, du hast mich aus einem bestimmten Grund hierhergebracht«, sagte sie barsch und blickte dabei auf den Mann, der sie festhielt.

»Benimm dich«, erwiderte er. »Ich stelle dich dem König vor.«

»Dann laß dich nicht davon abhalten. Welcher von diesen Feiglingen ist denn dein König?«

Bei dem Wort ›Feigling‹ traten der Grauhaarige und der Mann in der schwarzen Robe einen Schritt zurück. Damit war ihr Verdacht bestätigt. Der dritte Mann war der König.

»Der König bin ich«, sagte er auf Nye. »Mein Name ist Alexander, und ich würde deine Hand ergreifen, wie es bei uns Brauch ist, wenn nicht Stephan gesagt hätte, daß die Fey durch eine einzige Berührung töten können.«

»Wenn das wahr wäre«, erwiderte Jewel, nicht willens, irgendwelche Geheimnisse über die Zauberkräfte ihres Volkes zu enthüllen, »dann wäre dein Sohn bereits ein toter Mann.«

Ein Ausdruck des Entsetzens glitt über das Gesicht des Königs, als er auf den Mann blickte, der sie festhielt. Ohnmächtiger Zorn ergriff Jewel, Zorn auf sich selbst. Sie hatte den Prinzen der Blauen Insel in ihrer Gewalt gehabt und diese einmalige Gelegenheit vertan, anstatt sie zu ihrem Vorteil zu nutzen. Als seine Leute bereit waren, für ihn zu sterben, hätte sie wissen müssen, wem sie das Messer an die Kehle drückte.

Der König stellte jetzt in der Inselsprache einige Fragen an seinen Sohn, und dieser schüttelte den Kopf.

»Und du«, sagte der König auf Nye, »wer bist du?«

»Mein Name ist Jewel.« Sie wußten nichts von ihrem Volk. Sie konnten aus ihrem Namen nicht schließen, wer sie war.

»Jewel. Etwas Kostbares? Oder ist es eine Übersetzung?«

»*Jewel*«, sagte sie auf fey und übersetzte es dann auf nye. »Jewel ist mein Name in Fey. Eine Zeitlang hat unser Volk seinen Kindern den Namen alltäglicher Dinge gegeben, so wie es Sitte bei den L'Nacin war.«

»Die Besiegten leben in den Siegern weiter«, äußerte der Mann, den der König Stephan genannt hatte.

Jewel antwortete nicht. Sie würdigte ihn keines Blicks, aber aus den Augenwinkeln beobachtete sie argwöhnisch den Mann in der schwarzen Robe. Er hielt die Flasche so fest, daß seine Fingerknöchel weiß hervortraten. Sie fühlte die Anspannung in Schattengängers Körper hinter sich.

»Was habt ihr mit mir vor?« erkundigte sie sich.

»Mein Sohn hielt dich für so wichtig, daß er beschlossen hat, dich zu mir zu bringen«, erwiderte der König. Er lehnte sich an den Tisch und stellte einen Fuß auf die Bank. »Wer bist du, Jewel?«

Der Prinz hatte seine Hände noch nicht von ihr gelöst. Sie sah ihn von der Seite an und bemerkte, daß er sie beobachtete. Ihr Herz pochte heftig. Eine Vision verband sie mit einem Prinzen, dem sie nie zuvor begegnet war. Wie sonderbar, sich hier wiederzufinden.

»Ich bin nur eine einfache Soldatin.«

»Er sagte, die anderen hätten dich wie eine Person von Rang behandelt.«

Der Mann in der Robe hob die Flasche an seine Brust, als hingen seine weiteren Bewegungen von ihrer Antwort ab.

Sie zuckte die Achseln. »Unsere Anführerin war nicht da. In diesem Fall war es meine Aufgabe, das Kommando zu übernehmen.«

»Nein«, widersprach der Prinz. »Sie haben dich mit größerem Respekt behandelt.«

Jewel schnaubte verächtlich. »Ihr lebt hier in völliger Isolation. Ihr beurteilt mein Volk nach Maßstäben, die nur für euch gelten. Ihr wißt nichts von uns und unseren Sitten. Alle unsere Anführer, ganz gleich, wie viele Schulterstreifen sie haben, werden mit Respekt behandelt, selbst wenn sie erst mitten im Kampf zu Anführern gemacht werden.«

»Du hättest mich töten können«, sagte der Prinz. »Aber du hast es nicht getan.«

»Ich muß verrückt gewesen sein«, antwortete sie.

Der Schwarzkittel öffnete den Verschluß der Flasche und wechselte einige Worte mit dem König. Stephan biß sich auf die Unterlippe und starrte Jewel an. Der König blickte zwischen ihr und der Flasche hin und her.

»Ich glaube«, sagte Schattengänger auf Nye, »wir sollten erst einmal klären, wer sie ist, bevor wir sie als Versuchsobjekt benutzen.« Das waren seine ersten Worte, seit sie diesen Raum betreten hatten.

Jewel erstarrte. Es war eine unwillkürliche Reaktion, die sie nicht beeinflussen konnte. Nein. Ihren eigenen Tod hatte sie nicht Gesehen. Waren Visionäre nicht angeblich dazu in der Lage? Aber sie hatte nur den Prinzen Gesehen, wie er sich über sie beugte und sie fragte, wie es ihr gehe.

Der Prinz verstärkte seinen Griff und zog sie näher zu sich. »Was bewirkt dieses Zeug?« fragte er den Schwarzgekleideten.

Dieser erwiderte in der Landessprache, und der Prinz wurde bleich.

»Wir wissen nichts von diesen Menschen«, sagte er auf Nye. Er wollte offenbar, daß sie ihn verstand, obwohl sie nicht wußte, warum. Vielleicht damit sie begriff, daß er ihr erneut das Leben rettete? »Sie zu töten bringt uns nicht weiter. Wenn wir von dem Mädchen mehr über ihr Volk erfahren, dann können wir uns besser auf die Zukunft vorbereiten.«

Der Schwarzkittel wechselte einige Worte mit dem König. Dieser schüttelte den Kopf. Dann stützte er den Ellbogen aufs Knie und wandte sich an Jewel. »Der Danite sagt, er weiß nicht, was ein einziger Tropfen bewirken würde. Er vermutet, daß du davon nicht stirbst. Ein Guß hingegen kostet dich das Leben. Er schlägt vor, daß wir dich foltern, wenn du nicht freiwillig redest.«

»Und er bezeichnet sich als Mann Gottes?« warf Schattengänger ein.

Warnend machte Jewel einen Schritt rückwärts in seine Richtung. Idiot! Verstand er denn nicht, daß er sich mit dieser Verhöhnung schadete und verdächtig machte? Sie wußten bereits zuviel über die Zauberkräfte der Fey. Vielleicht errieten sie auch, daß er ein anderer war, als er zu sein vorgab.

Der Prinz hielt sie fest und runzelte die Stirn.

Der Mann in der schwarzen Robe erteilte Schattengänger eine scharfe Rüge. Schattengänger erwiderte etwas in der Inselsprache. Das Gesicht des Mannes wurde rot vor Zorn.

Jewel versuchte die beiden so wenig wie möglich zu beachten und heftete den Blick auf den König. »Ihr wißt doch noch gar nicht, ob ich vielleicht aus freiem Willen reden werde. Warum sprecht Ihr dann jetzt schon von Folter?«

Der König musterte sie aufmerksam. In sein Gesicht hatten sich tiefe Falten eingegraben, die ersten grauen Strähnen waren in seinem Haar zu sehen. Traurigkeit. Sein gesamtes Wesen strahlte Traurigkeit aus.

»Für jemanden, der im nächsten Augenblick sterben könnte,

machst du einen erstaunlich furchtlosen Eindruck«, sagte der König.

Jewel hatte sich aufgerichtet und den Griff des Prinzen abgeschüttelt. »Ich bin Soldatin«, sagte sie. »Ich bin mein ganzes Leben lang zum Sterben ausgebildet worden.«

Das Gesicht des Königs blieb undurchdringlich, aber Stephan und der Schwarzkittel hatten den Mund leicht geöffnet. Ein wohliger Schauer der Aufregung überlief Jewel. Sie wußten wirklich nicht das geringste über ihr Volk. Sie konnte mit ihnen sprechen, sie belügen und den Fey helfen, indem sie falsche Befürchtungen in ihnen weckte. Sie mußte in Ruhe überlegen, wie sie dabei am besten vorgehen sollte. Hoffentlich blieb ihr noch genug Zeit.

Der König sah sie lange nachdenklich an. Dann stand er auf, als könnte er seine Energie nicht länger bezähmen. Er schritt in dem breiten Raum auf und ab und ging an den anderen Männern vorbei, als wären sie Luft. Schließlich blieb er direkt vor ihr stehen.

Er war ein paar Zentimeter kleiner als sein Sohn. Sie mußte den Blick senken, um ihn anzusehen. Sie sah, daß sich in seinen Augen eine innere Ruhelosigkeit widerspiegelte, und sie verstand, warum ihre Worte ihn berührt hatten: Er haßte es, in diesem Raum eingesperrt zu sein, während sein Volk draußen starb.

»Was habt ihr hier vor?« Er sprach leise, und seine Stimme bebte vor Zorn. Er meinte damit nicht Jewel allein, sondern alle Fey, die ihr Vater hergebracht hatte.

Sie konnte nichts Falsches darin sehen, ihm die Wahrheit zu sagen. »Die Fey haben schon die halbe Welt erobert«, sagte sie. »Die Blaue Insel ist zufällig eine der reichsten Inseln der Welt, und wir wollen sie in unseren Besitz bringen.«

»Wir haben niemandem etwas zuleide getan. Wir treiben mit allen Handel, die auch mit uns Handel treiben wollen. Ihr hattet keinen Grund für euren grausamen Überfall.« Er spuckte ein wenig, als er die Silben aussprach. Obwohl ihr Kinn feucht davon wurde, wandte Jewel den Kopf nicht ab.

»Wir treiben mit niemandem Handel«, erwiderte sie.

»Aber wir hätten euch bestimmt akzeptiert.«

Sie schob das Kinn vor und setzte ein Gesicht auf, das an ihrer Autorität keinen Zweifel ließ. »Wir handeln mit niemandem«, wiederholte sie.

Er neigte leicht den Kopf und blickte zu ihr auf. Dunkle Schatten lagen unter seinen Augen, Schatten, die nicht allein von der heutigen Schlacht herrührten. »Die vielen Toten«, sagte er langsam, »für etwas, das wir euch auch freiwillig gegeben hätten.«

»Aber ihr hättet uns nicht alles gegeben.«

Der Prinz ließ sie los. Sie spürte den Verlust seiner Wärme. Obwohl sie ihn nicht kannte, verließ sie sich auf ihn. Er trat zur Seite, neben seinen Vater, so daß er ihr Gesicht beobachten konnte. Schattengänger blieb hinter ihr stehen und versuchte den Eindruck zu erwecken, als blickte er zur Tür. In Wirklichkeit deckte er Jewels Rücken.

»Gibt es irgendeine Möglichkeit, dieses Gemetzel zu beenden? Können wir mit euch verhandeln?«

»Die Fey verhandeln niemals«, erwiderte sie, ohne zu wissen, ob das noch der Wahrheit entsprach. Die Fey hatten sich noch nie zuvor in einer solchen Situation befunden.

»Du fragst die falsche Person«, bemerkte der Prinz. »Sie behauptet ja, nur eine Befehlshaberin der Infanterie zu sein.«

»Wer ist euer Anführer?« fragte der König.

»Rugar.«

»Rugar? Ist er …«

»Unser Anführer.« Sie hatte nicht die Absicht, ihn über die Zusammenhänge zwischen der militärischen und der politischen Hierarchie der Fey aufzuklären. Auf dem Eiland herrschten andere Regeln. Sollten die Inselbewohner es doch selbst herausfinden.

»Wie kann ich ihn finden?« erkundigte sich der König. Er stand so dicht vor ihr, als könnte er sie durch seine körperliche Nähe zwingen, die Wahrheit zu sagen.

»Soviel ich weiß«, erwiderte Jewel ruhig. »könnte er tot sein. Unsere Anführer nehmen am Kampf teil.«

Wieder eine Beleidigung. Der König errötete, und der Schwarzkittel kam einen Schritt näher. Der König hielt ihn mit einer Handbewegung zurück.

»Ein sonderbarer Schlachtplan«, ließ sich Stephan hinter ihr vernehmen. »Wie ist ein organisierter Kampf möglich, wenn euer Anführer stirbt?«

Er versuchte sie dazu zu bringen, über genau jene Dinge zu sprechen, die sie keinesfalls preisgeben wollte. »Wir haben unsere eigenen Methoden, um zu wissen, was getan werden muß«, sagte sie. Sollten sie doch die Anspielung verstehen, wie sie wollten.

Der Schwarzkittel verlieh seinem Ärger mit heftigen Worten Ausdruck. Der König antwortete ihm mit fester Stimme und fügte dann einen an Stephan gerichteten Kommentar hinzu. Stephan nickte.

»Ich dachte, du wolltest mit uns zusammenarbeiten«, äußerte der König.

»Ich beantworte eure Fragen.«

»Du gibst nur Belanglosigkeiten von dir.«

»Dann stellt mir bessere Fragen.«

Leise, als wollte er ihr helfen, sagte der Prinz: »Sieh dich vor. Er ist unser König.«

»Er ist nicht mein König.«

»Deine Unverschämtheiten vereinfachen die Sache nicht gerade«, warf Stephan ein.

Jewel zuckte die Achseln. Die Bewegung war schmerzhaft.

Ihre Arme waren eingeschlafen. »Dann werdet ihr überhaupt nichts in Erfahrung bringen.«

Der Mann in der schwarzen Robe machte einen Schritt auf sie zu und schleuderte Wasser aus dem Fläschchen. Alles wirkte wie in Zeitlupe. Obwohl Jewel zurückwich, war ihre Bewegung zu langsam. Der Prinz stieß gegen sie, und sie geriet ins Taumeln. Als sie aufblickte, stellte sie fest, daß er sie mit seinem Körper vor dem Wasser geschützt hatte.

Ihr Herz schlug ungestüm. Schattengänger hielt sie immer noch an den Armen gepackt, als versuchte er sie zu retten, während er sie in Wirklichkeit als Schild benutzt hatte.

»Was hast du getan?« fragte sie den Schwarzkittel. »Bist du so begierig, deinen Zauber einzusetzen, daß du nicht einmal den Befehl des Königs abwarten kannst?«

Der Prinz streifte sein Hemd ab, unter dem sich ein schlanker, muskulöser Oberkörper verbarg. Er wischte sich das Wasser vom Gesicht und warf das Hemd anschließend in eine Ecke. »Ich würde ihn an deiner Stelle nicht noch mehr reizen.«

»Der Mann hinter mir sagt, dieser Mensch sei ein religiöses Wesen. Aber sind es nicht gerade die Religiösen unter euch, die sich aufs Töten besonders gut verstehen?« Jewels panisches Entsetzen machte es ihr unmöglich zu schweigen. Schattengänger umklammerte ihre Schulter noch fester. Der Schwarzkittel erhob sein Fläschchen mit dem Gift wie ein Rachewerkzeug.

»Verschwindet«, fuhr ihn der Prinz an.

Der Mann suchte den Blick des Königs. Dieser stieß einige heftige Worte in der Landessprache aus. Während er antwortete, deutete der Schwarzkittel aufgeregt auf Jewel. Der König wiederholte einen Satz zweimal, bevor sich der Mann verbeugte und den Raum verließ.

Als sich die Tür öffnete, spähten die draußen stehenden Wachposten neugierig herein. Der Schwarzkittel schob sich unwirsch an ihnen vorbei. Dann wurde die Tür zugeschlagen.

»Ihr habt merkwürdige Sitten«, sagte Jewel auf Nye. »Ist Ungehorsam bei euch üblich?«

»Heute ist ein besonderer Tag«, erwiderte der König. »Ich würde jetzt nicht mit dir sprechen, wenn der Danite mir nicht gesagt hätte, daß eure Leute in den meisten Teilen unserer Stadt im Sterben liegen. Eure Invasion ist gescheitert.«

Die Finger des Doppelgängers gruben sich in ihre Schultern. Es war schmerzhaft, aber sie konnte nicht ausweichen. Sie glaubte es noch nicht recht, aber seit der Ankunft auf der Insel war nichts mehr nach Plan verlaufen. Trotzdem, über das Doppelleben von Schattengänger wußten sie nichts.

»Wenn wir sowieso scheitern, wozu braucht ihr mich noch?« fragte sie.

»Weil ich nicht glauben kann, daß es so leicht ist, die Fey zu besiegen«, antwortete der König. Er fuhr sich mit der Hand durch das dichte Haar. »Mylord, bringt sie ins Verlies und laßt sie dort von einem Posten Eures Vertrauens bewachen. Ich möchte nicht nach unten gehen und dort erfahren, daß irgendein Übereifriger schon vor mir dort war.«

»Ich werde mit ihr gehen«, sagte der Prinz.

»Nein«, sagte der König. »Du bleibst bei mir.«

Jewel schluckte krampfhaft. Sie konnte ihr Glück noch nicht fassen. Würde man sie wirklich mit Schattengänger allein lassen? Das wäre fast zu einfach.

»Lord Powell kennt die Wachen nicht«, warf Stephan jetzt ein. »Ich begleite die beiden und komme sofort wieder zurück. Außerdem möchte ich die Niederlage mit eigenen Augen sehen.«

»Ich werde schon mit ihr fertig«, sagte Schattengänger.

Stephan lächelte nachsichtig. »Wahrscheinlich würdet Ihr

schon bei den ersten Anzeichen von Schwierigkeiten die Beine in die Hand nehmen. Habe ich Eure Erlaubnis, Sire?«

Der König nickte. Er wechselte einige Worte in der Landessprache mit den beiden Männern. Jewel wünschte, ihre Arme wären nicht taub. Schattengänger konnte den alten Mann niederschlagen und sie dann befreien. Anschließend könnten sie zu ihren Leuten stoßen. Es würde ganz einfach sein.

Das hoffte sie jedenfalls.

30

Die Sonne ging langsam unter. Der Himmel über dem Cardidas färbte sich blutrot. Lange Schatten verbargen den Rocaan auf seinem Balkon. Er fühlte sich leer, ausgehöhlt. Unten im Hof lagen die Leichen wie Abfall herum. Der Gestank war so durchdringend, daß man ihn fast mit Händen greifen konnte. Von jetzt an würde er immer der Geruch der Angst bleiben.

Matthias hielt sich in seinem Gemach auf und überwachte die Herstellung des letzten Weihwassers für den heutigen Tag. Eine Flasche nach der anderen wurde auf Tabletts weggetragen, als seien alle Bewohner der Blauen Insel auf einmal zum Mitternachtssakrament erschienen und bedürften der Segnung.

Soweit der Rocaan sehen konnte, wurde nicht mehr gekämpft. Im Hafen flackerten Lichter, aber die Schiffe waren weg. Er hatte so lange in die Dämmerung gestarrt, daß ihm schien, als sähe er gelegentlich einen Fey über das Wasser des Cardidas verschwinden. Vielleicht handelte es sich um verlorene Seelen auf ihrem letzten Weg.

O Heiligster! Der Rocaan legte den Kopf in den Nacken. Er konnte nicht glauben, daß Gott dieses Werk der Vernichtung guthieß.

Der Gestank berührte ihn, drang tief in seinen Körper ein. Er würde ihn niemals mehr abwaschen können. Wenn nur das Durcheinander nicht so groß gewesen wäre, wenn er sich doch mit einigen der anderen Ältesten beraten hätte, statt nur auf Matthias zu hören. Matthias war noch niemals gläubig gewesen. Matthias hatte stets seinen Verstand benutzt, um alles zu rechtfertigen.

Er hatte panische Angst vor den Fey.

Der ganze Körper des Rocaan schmerzte, jedes Gelenk in den Händen, Ellbogen und Schultern, außerdem sein Rükken ... Das alles rührte von der Arbeit her, der er sich am Nachmittag gewidmet hatte.

Er konnte Matthias nicht für die Zerstörung verantwortlich machen. Nicht Matthias hatte die Entscheidung getroffen – obwohl er dabei geholfen hatte, das Weihwasser herzustellen –, sondern der Rocaan selbst.

Er wußte nicht, wie viele Menschen gestorben waren. Dort unten hatte er fast hundert Leichen gezählt.

Wieder flackerten Lichter am Hafen. Fünf Fey standen am Pier und waren plötzlich verschwunden. Die Kampfgeräusche waren verstummt. Nur das Stöhnen der Überlebenden erfüllte jetzt die Stadt. Ach, könnte er doch nur zum gestrigen Tag zurückkehren, als seine größten Sorgen sein alternder Körper und der unaufhörliche Regen gewesen waren. Niemals hätte er geglaubt, daß eine ganze Welt innerhalb eines Tages untergehen könnte, aber genau das war geschehen, und sein ganzes Leben war durch diesen Untergang ausgelöscht.

Wäre es ein Verbrechen, wenn er jetzt auch noch seinen eigenen Körper vernichtete?

Ein Mann muß lernen, seine Handlungen zu verantworten. Denn nur daran, wie er aus seinen Fehlern lernt, wird er gemessen werden.

Aber am Ende seines Lebens durfte niemand so furchtbare Fehler begehen. Nichts in seinem ganzen Leben hatte den Rocaan auf die Ereignisse vorbereitet. Überhaupt nichts. Ein gerechter Gott dürfte eine solche Wahl niemals zulassen: die Wahl zwischen Hunderten toter Fey und Hunderten toter Inselbewohner. Natürlich hatte der Rocaan zugunsten seines eigenen Volkes entschieden.

Was aber, wenn dies eine Prüfung war, ähnlich derjenigen,

die der Roca kurz vor seinem Tode hatte bestehen müssen? Die Geschichte war dem Rocaan ebenso vertraut wie die Schmerzen, mit denen er allmorgendlich erwachte. Als der Roca gebeten wurde, sich zu entscheiden, ob er es vorzöge, seine eigenen Leute in eine hoffnungslose Schlacht zu führen, die sie nicht gewinnen konnten, oder statt dessen die Soldaten des Feindes zu töten, beschloß er, sich selbst zu opfern.

Die Geschriebenen und Ungeschriebenen Worte äußerten sich unmißverständlich über dieses Opfer, sie berichteten, wie der Roca starb und dann in Gottes Hand aufgenommen wurde. Über das Schicksal seines Volkes und darüber, was aus den feindlichen Soldaten wurde, schwiegen sich die Worte jedoch aus.

Bisher hatte sich der Rocaan ausschließlich mit den Ritualen und Zeremonien, die das Wunder begleiteten, auseinandergesetzt. Noch nie hatte er die Konsequenzen erwogen, die sich daraus für die Menschen ergaben. Das Kirchenrecht sagte nichts darüber aus, ob der Roca Erfolg mit dieser dritten Lösung gehabt hatte. Es beschäftigte sich nur mit der Tatsache, daß der Roca, ein Heiliger, in Gottes schützender Hand Zuflucht vor der Ewigen Flamme gefunden hatte und von diesem Moment an zu einem direkten Werkzeug des göttlichen Willens wurde.

Aber was war der göttliche Wille? Und wie sollte der Rocaan, der weltliche Vertreter des Roca, etwas davon wissen?

»Ihr braucht eine Lampe.«

Der Klang von Matthias' Stimme ließ den Rocaan zusammenzucken.

»Ich ziehe die Dunkelheit vor«, sagte der Rocaan. »Sie verhüllt die schreckliche Wahrheit des Tages.«

Matthias trat auf den Balkon. Die geöffnete Tür warf einen dreieckigen Lichtstrahl auf den Boden. Matthias' blondes Haar war zerzaust, sein Gesicht zeigte Spuren der Anstrengung. »Zumindest haben wir überlebt«, sagte er.

»Aber um welchen Preis?« fragte der Rocaan. Er streckte die Beine aus und fühlte den Schmerz in jedem einzelnen überanstrengten Muskel.

Matthias ließ sich in den Stuhl neben ihm sinken. Für einen kurzen Augenblick überdeckte Matthias' Schweißgeruch den Gestank des Todes. »Es blieb uns keine Wahl, Heiliger Herr.«

»Wir haben nicht einmal über andere Möglichkeiten nachgedacht«, widersprach der Rocaan. »Wir sind blind dem Pfad gefolgt, den wir zu erkennen meinten. Vielleicht hätte ich mich selbst opfern sollen, so wie es der Roca vor vielen Jahrhunderten getan hat.«

»Und was weiter?« fragte Matthias. »Sie hätten Euch abgeschlachtet, und keiner von uns hätte überlebt.«

»Ich bin kein Erlöser«, sagte der Rocaan. »Ich habe nichts als Zerstörung gebracht.« Ohne auf den jähen Schmerz in Rücken und Füßen zu achten, stand er auf, ging zum Rand des Balkons und beugte sich über die Brüstung. Die Lichter im Hafen flackerten immer noch.

»Der Roca wußte, daß er Gott gefällig war«, sagte Matthias.

»Auch ein Rocaan darf auf Gottes Liebe hoffen«, erwiderte der Rocaan. Das Holz, auf dem seine Arme ruhten, war noch feucht. »Außerdem vergeßt Ihr, daß auch damals noch Menschen und feindliche Soldaten in diese Geschichte verwickelt waren. Ihr seid ein großer Gelehrter, Matthias. Was ist aus den Menschen geworden, die der Roca zu verteidigen schwor? Was aus den Feinden?«

»›Der Feind ist allgegenwärtig, denn er lauert in uns selbst.‹«

»Aus den Geschriebenen und Ungeschriebenen Worten vermag ich auch zu zitieren. Sie schweigen sich darüber aus. Gibt die Geschichte uns eine Antwort auf die Frage?«

»Die Geschichte?« Die Verwirrung war Matthias' Stimme deutlich anzuhören.

Immer noch flackerten die Lichter, es waren sicher ein Dutzend. »Ja. Wir studieren den Roca. Wir glauben, daß er ein Mensch war. Wir benutzen die Worte zur geistigen Führung, aber wir wissen nichts über die Wahrhaftigkeit dieses Menschen.« Der Rocaan umfaßte das nasse Holz. »Bis jetzt war das bedeutungslos. Bis zu diesem Augenblick habe ich noch nicht einmal daran gedacht.«

»Es gibt historische Präzedenzfälle für das, was wir heute getan haben«, sagte Matthias. »Den Fünfundvierzigsten Rocaan, den Dreiundzwanzigsten ...«

»Vielleicht haben sie alle nicht verstanden, was der Heiligste ihnen sagen wollte. Vielleicht ist es die Pflicht der Rocaan, sich alle paar Generationen für ihr Volk zu opfern. Vielleicht ist es eine Art Glaubensprüfung. Vielleicht haben wir das Fundament unseres Glaubens erschüttert, weil wir dieser Pflicht nicht nachgekommen sind.«

Der Stuhl hinter ihm ächzte, als Matthias sich erhob. Er trat an die Brüstung und stellte sich neben den Rocaan. Seine Körpergröße machte es ihm unmöglich, die Arme aufzustützen. Er legte die Hände hinter dem Rücken übereinander und starrte über das Gemetzel hinweg zum Fluß. »Ihr sprecht über Dinge, von denen wir nichts wissen können«, erwiderte er leise. »Die Fey hätten Euch getötet. Soviel ist sicher.«

»Und vielleicht wäre ich in Gottes Hand aufgenommen worden. Vielleicht ist das die Pflicht eines Rocaan. Nicht die Führerschaft in dieser Welt, sondern in der nächsten.«

»Davon steht nichts in den Geschriebenen und Ungeschriebenen Worten.«

»Die Worte sind voll solcher Ermahnungen, die sich an den Roca richten. Sagt mir eines, Matthias: Wer sind die Soldaten des Feindes? Wir wissen es nicht. Es ist nur eine allgemeine

Bezeichnung. Vielleicht waren es Cemeni und die anderen Anführer des Bauernaufstandes. Vielleicht hatte der Fünfundvierzigste Rocaan es versäumt, dem Vorbild des Roca zu folgen. Vielleicht sind das hier nur andere Soldaten des Feindes, und ich habe ebenfalls versagt.«

»Ich glaube, Gott macht es niemandem leicht, die richtige Wahl zu treffen«, entgegnete Matthias.

»Und ich glaube, diese Antwort ist zu einfach für ein so kompliziertes Problem.« Der Rocaan ließ zu, daß seine körperliche Erschöpfung die Oberhand gewann. »Ich habe für heute genug. Ich möchte mich in meine Gemächer zurückziehen.«

»Wartet.« Matthias legte eine Hand auf die Schulter des Rocaan. »Was sind das für Lichter?«

»Sie flackern schon den ganzen Abend.«

»Ich hatte gerade den Eindruck, als wäre jemand in ihrem Schein verschwunden.«

Beruhigend klopfte der Rocaan auf Matthias' Schulter. »Ich glaube, es sind Fey-Seelen, die ihrem eigenen Schöpfer begegnen.«

»Oder ein neuer Zaubertrick der Fey, den wir noch nicht kennen. Was ist aus ihren Schiffen geworden, Heiliger Herr? Schiffe von dieser Größe verschwinden nicht einfach aus unserem Hafen, aber trotzdem haben unsere Leute keine Spur von ihnen finden können.«

Der Rocaan spürte ein unerklärliches Frösteln und eine noch merkwürdigere Hoffnung. Wenn die Fey noch nicht vernichtet waren, ergab sich vielleicht doch noch eine Gelegenheit für ihn, seinem Gott zu dienen. Er blickte in den dunklen Hof hinunter, als könnte er sehen, wie sich die Toten unverletzt und erstarkt wieder erhoben.

»Wofür haltet Ihr es?« flüsterte er.

Matthias schüttelte den Kopf. »Ich weiß nicht«, sagte er. »Aber ich verspreche Euch bis morgen früh eine Antwort.«

31

Das Schattenland saugte alle Farbe aus den Schiffen. Rugar stand an Deck der *Feire* und beobachtete, wie sich seine Leute nach und nach an Bord schleppten, blutig, geschlagen und entsetzt. In ihrer gesamten Geschichte waren die Fey noch niemals auf einen solch überlegenen Gegner getroffen.

Rugars Kleidung roch nach Schmutz und jenem sonderbaren Verwesungsgeruch, den die Leichen in der Nähe des Hafens ausströmten. Seit seinem Rückzug in die Schattenlande hatte er den Eingangskreis am Pier etwas erweitert und mit noch mehr Fey-Lampen gekennzeichnet. Ein Fußsoldat stand draußen und tauschte die schwächer werdenden Lampen gegen neue aus. Bis jetzt waren schon hundert Fey ins Schattenland zurückgekehrt. Er wollte sichergehen, daß alle Überlebenden den Weg hierher fanden.

Seine Suche nach Jewel war bisher erfolglos geblieben. Er hoffte, daß es ihr gelungen war, die *Eccrasia* zu erreichen, aber er hatte noch keine Gelegenheit gehabt, dort nach ihr zu suchen.

»Herr, noch einer von unseren Leuten!« rief ihm jetzt ein weiblicher Wetterkobold von ihrem Ausguck am Bug zu. Er erstarrte. Dieses Schattenland war in Eile und dem Vertrauen darauf entstanden, daß darin nur die Schiffe und höchstens fünfzig Armeeangehörige untergebracht werden mußten. Schon jetzt zeigten sich die Folgen der unerwartet hohen Belastung, die sein Werk zu tragen hatte. Einige Ränder waren bereits aufgerissen, und ein aufmerksamer Beobachter konnte immer wieder Lichter und Teile des Schiffes sehen. Er war dankbar für die Dunkelheit, ohne die die Inselbewohner sie schon längst aufgespürt hätten.

Er fühlte sich unbehaglich in seiner schlammverkrusteten Kleidung und wünschte sich einen Augenblick, nur einen einzigen Augenblick, um nach seiner vermißten Tochter suchen zu können – und um ein Bad zu nehmen. Aber er war der einzige, der das Schattenland reparieren konnte. Während er das Deck überquerte, hallten seine Fußtritte in dem hohlen Nichts, aus dem das Schattenland bestand. Soldaten, die sich nicht in die Finsternis unter Deck zurückziehen wollten, saßen zusammengekauert an der Reling und lehnten sich aneinander, um es etwas bequemer zu haben. Er nickte ihnen zu und versuchte, sie mit einem Vertrauen, das er selbst nicht mehr hatte, zu beruhigen.

Diese Niederlage war unerwartet über sie hereingebrochen. Er hatte sich auf einen kurzen Kampf und einen schnellen Sieg eingestellt. Ein weiterer Fehler. Hätte er gewußt, daß sich diese Invasion in eine lange, kräftezehrende Reihe von Angriffen verwandeln würde, hätte er mehr geschlafen und sich selbst besser auf die Anstrengungen vorbereitet, denen seine Kräfte jetzt ausgesetzt waren.

So wie die Dinge lagen, würde er gemeinsam mit den Hütern an einem Gift arbeiten müssen, das den Zauber der Inselbewohner wirkungslos machte. Er mußte die Schattenlande instand halten, während seine Kundschafter einen neuen Standort suchten. Dort würde er ein neues Schattenland errichten, eines, das stabiler war und seine gesamte Armee aufnehmen konnte. Ein solcher Versuch war nicht mehr unternommen worden, seit die Königin vor zweihundert Jahren ein ebenso großes Schattenland bei der Schlacht von Ycyno aufgebaut hatte. Er hoffte, daß seine Kräfte dazu ausreichten.

Der Wetterkobold stand am Bug, nahe der Reling. Er wies auf ein Loch im Schattenland, aber das war überflüssig. Das Geräusch des Wassers, das gegen die Hafenmauer schwappte, war deutlich zu hören, und die kühle Brise, die den Geruch des Todes vor sich hertrieb, wehte bis ins Schattenland herein. Er betrachtete den Riß und sah, daß er an jener Seite des Ufers lag, wo das schreckliche, palastähnliche Gebäude stand, in dem die Vernichtung der Fey ihren Anfang genommen hatte.

»Danke«, sagte er. »Ich kümmere mich sofort darum.«

Trotzdem blieb er einen Augenblick stehen und blickte durch das Loch auf die deutlichen Umrisse und klaren Linien der wirklichen Welt. Er lebte nicht gern im Schattenland, auch wenn es immer nur ein paar Tage waren. Das Grau war deprimierend. Es drückte die Stimmung, statt sie zu heben.

Dann streckte er sich und ergriff die weichen Ränder der Schatten. Er schloß die Augen, dichtete den Riß mit Hilfe seiner Vision und ließ den Saum, der dabei entstand, durch bloße Willenskraft sich im Schatten auflösen. Als er die Augen öffnete, war der Riß nicht mehr zu sehen. Um ihn herum herrschte nichts als Grau. Ein Grau, das nicht enden wollte.

Und Stille. Die Stille irritierte ihn besonders. Keiner der zurückkehrenden Soldaten sagte etwas. Sie suchten sich einen Platz, ließen sich dort fallen und blieben fast reglos liegen.

Das war nicht die erste Schlacht, die die Fey verloren, aber sie waren noch nie zuvor auf diese Weise geschlagen worden. Zwar waren ihnen auch in der Vergangenheit verschiedene Feinde so deutlich an Anzahl überlegen gewesen wie jetzt die Inselbewohner, aber es hatte sich dabei stets um gut ausgebildete Kampfeinheiten gehandelt, die mit hochentwickelten Spezialwaffen gekämpft hatten. Noch nie zuvor waren die Fey einem Gegner begegnet, dessen Zauber mächtiger als der ihre war. So waren die Fey nach und nach zu der Überzeugung gelangt, daß sie die einzigen waren, die über solche Kräfte verfügten. Für Rugar war es ein Schock, daß sich diese Überzeugung jetzt als falsch erwies, und der entsetzliche Tod, den seine Leute sterben mußten, verstörte ihn ebenfalls zutiefst. Trotzdem lag es jetzt nur an ihm, daß die Fey neuen Mut schöpften.

Er eilte über das Deck, bis er die Brücke erreichte, die die Schiffe im Schattenland miteinander verband. Im Schattenland gab es keine natürlichen Lebensbedingungen – es gab kein Wasser, keinen Boden, nichts außer der Luft, die ein Visionär in das unsichtbare Versteck hineinströmen ließ. Die Wände der Schattenlande waren durchlässig, damit Luft eindringen konnte, so, wie es ein früherer Schwarzer König einmal erfunden hatte. Von allem anderen waren sie im Schattenland vollständig abgeschirmt, und deswegen war es gefährlich, diese Welt zu verlassen.

Rugar hatte ein einfaches Schattenland gebaut, dessen Wände straff und dünn waren. Als er die Brücke überquerte, spürte Rugar die feuchte Kälte. Beim nächsten Schattenland, das für einen längeren Aufenthalt bestimmt war, würde er diesen Fehler vermeiden.

Er überquerte den Steg und ging zur Kommandobrücke der *Eccrasia*, dem Flaggschiff der Flotte. Die Soldaten unterhielten sich halblaut, so daß er nur einige Fetzen ihrer Unterhaltung aufschnappte:

»... Schwarzkittel ...«

»... ich hätte niemals gedacht, daß ein so plumper Kerl ...«

»... auf Pferden ...«

»... der ganze Raum voller Leichen ...«

»... ohne Gesichter ...«

»... die meisten lebten sogar noch ...«

Auch er hatte das Ausmaß der Vernichtung mit eigenen Augen gesehen. Der Gedanke, daß die Identität der Toten ausgelöscht war, machte ihn wütend. Er konnte die Worte seines Vaters einfach nicht vergessen.

Die Blaue Insel ist noch niemals erobert worden.

Und seine eigene schnippische Antwort: *Bis jetzt hat es auch noch niemand versucht.*

Dabei hatte er lediglich Berichte der Fey und der Nye studiert. Vielleicht war die Blaue Insel schon einmal von Leutia aus angegriffen worden, obwohl dieser Kontinent in weiter Ferne lag. Ohne seine Annahme jemals zu überprüfen, war er davon ausgegangen, daß Leutia mit einem Flecken so weit nördlich von seinem Territorium weder Kriege geführt noch Handel getrieben hätte. Vielleicht war alles falsch, was er über die Blaue Insel zu wissen geglaubt hatte. Nach dem heutigen Morgen wäre das keine Überraschung mehr.

Auf dem Weg zu seiner Kabine kam er an Jewels Tür vorbei. Er klopfte vorsichtig. Die Tür war aus dünnem Holz, doch er vernahm kein Geräusch von der anderen Seite.

»Jewel«, sagte er leise.

Auf dem Rückweg von seiner Kabine würde er die Tür öffnen und nachsehen, ob sie vielleicht im Bett lag und schlief. Aber er bezweifelte es. In Krisenzeiten war sie immer an seiner Seite.

Er lehnte die Hand gegen die Tür und stützte die Stirn auf die Hand. Wenn sie tot war, würde er sich das niemals verzeihen. Jewel, sein klügstes Kind. Dabei hatte er sie doch Gesehen, wie sie durch den Palast der Inselbewohner schritt, als gehörte er ihr.

Sie konnte nicht sterben.

Er hätte es vorher gewußt.

Vorsichtig öffnete er die Tür. Sie schwang lautlos auf, und er trat in die Dunkelheit. Er zündete die Laterne an, die Jewel an ihrem gewohnten Platz abgestellt hatte, und fand es sonderbar, daß das Licht nicht hin- und herschwankte wie sonst auf See.

Die Kabine war klein, und sie war leer. In der Koje war noch der Abdruck von Jewels Körper auf der Matratze zu erkennen, und quer über das Bett hatte sie ein Nachthemd geworfen, als wollte sie es später wieder benutzen.

Er setzte sich auf den Rand der Koje. Es gab mindestens hundert Orte, an denen sie sich aufhalten konnte: bei den Verwundeten auf der *Feire* oder bei den Hütern. Vielleicht befand sie sich auch noch außerhalb des Schattenlandes und half den Verwundeten auf ihrem Weg hierher.

Er würde sie bitten, daß sie in Zukunft nach einer Schlacht direkt zu ihm kam, damit er sich keine Sorgen um sie machen mußte und mit klarem Verstand kämpfen konnte. Aus diesem Grund hatten die Berater des Schwarzen Königs auch vorgeschlagen, daß Familienmitglieder niemals in derselben Einheit kämpfen sollten. Aber da die Tradition es auch verlangte, daß Familien immer eng beisammenblieben, hatte niemand den Vorschlag berücksichtigt.

Es sah ihm gar nicht ähnlich, sich solche Sorgen zu machen.

Womöglich war alles nur eine Prüfung, die ihm seine eigene Überheblichkeit vor Augen führen sollte. Der Sohn des Schwarzen Königs, der herausragende militärische Anführer, erlitt eine vernichtende Niederlage durch die Hand von Pazifisten. Aber vielleicht war das ein bißchen weit hergeholt. Wenn es ihm gelang, diese Niederlage in einen Sieg zu verwandeln, mußten das Volk der Fey und seine Kinder, abgesehen von Jewel, ja nichts davon erfahren.

Er nahm ihr Nachthemd in die Hand und drückte es an sich. Das Baumwollgewebe stammte vom Fuß der Eccrasischen Berge. Der Zauber, der darin verwoben worden war, hielt den Träger besonders warm und machte es dadurch zu einem sehr kostbaren Stück. Jewel liebte das Nachthemd und trug es seit über einem Jahr. Sie hatte es anfertigen lassen, weil sie selbst über keine besonderen Zauberkräfte verfügte.

»Rugar?« Eine leise männliche Stimme ertönte.

Rugar blickte unwirsch auf. Daß er gerade in diesem Moment der Verletzbarkeit überrascht werden mußte! Ein junger Fey stand vor ihm. Er war schlank, hochgewachsen und trug das Wams der Infanterie. Sein linker Ärmel war zerrissen, der Arm hing kraftlos herab. Direkt über dem Ellbogen war ein fleckiger Verband angelegt worden.

Er trat in den Lichtkegel. Sein Gesicht war blutverschmiert, nicht wie das einer Rotkappe, sondern wie das eines Mannes, der gekämpft hatte.

»Tut mir leid«, sagte Rugar. »Ich kann dich im Moment nirgends einordnen.«

»Burden.« Sogar der Name des Jungen strahlte Traurigkeit aus.

Ein Freund von Jewel. Einer, der mit ihr gemeinsam diente und ein Auge auf sie geworfen hatte. Rugar hatte gehofft, daß Jewel die Zuneigung des jungen Mannes ein wenig erwidern würde, bevor sie sich endgültig band. Seiner Meinung nach war ein Techtelmechtel mit einem Mann der Infanterie eine gute Vorbereitung auf das Leben, das Jewel später erwartete. Jetzt lief es Rugar jedoch eiskalt den Rücken hinunter. Er wickelte das Nachthemd um seine Finger.

»Bist du auf der Suche nach Jewel?«

Burden schüttelte den Kopf. »Ich habe dich gesucht.«

Rugar hatte das Nachthemd so straff um seine Hand gebunden, daß er Daumen und Zeigefinger nicht mehr bewegen konnte. Er preßte die Faust um das Material und hielt sie wie einen Schild vor die Brust, als wollte er sich damit vor allem, was Burden sagen konnte, abschirmen.

»Du kämpfst mit Jewel in einer Truppe.« Es war keine Frage. Soviel wußte er von der Einheit, in der Jewel diente.

»Unter Shima.« Der Junge stützte seinen verletzten Arm mit dem gesunden. »Shima ist tot.«

»Ich hoffe, sie starb als aufrechte Kriegerin.«

»Das Gift traf sie, während sie uns zum Rückzug rief.«

Burden stieß die Worte mit kaum verhohlener Wut hervor. »Sie hat lange gebraucht, bis sie gestorben ist.«

Rugar löste seine Finger von dem Nachthemd. Es wäre jetzt an ihm gewesen, aufzustehen und die Unterhaltung mit diesem unbedeutenden Jungen, der keinerlei Macht hatte, in die üblichen Bahnen zu lenken. Aber er brachte es nicht fertig. Er hörte die verhaltene Anklage hinter den Worten und fühlte ihre Berechtigung. Shima hatte ihn davor gewarnt, daß sie auf diesem Feldzug sterben würde und daß er einen Fehler beging.

»Was ist mit Jewel?«

»Jewel hat die Truppe in den Palast geführt.« Der Junge lehnte sich erschöpft gegen den Türrahmen. Sein Gesicht war blaß vom Blutverlust.

»Ist sie tot?« fragte Rugar.

»Ich weiß es nicht«, erwiderte der Junge.

»Hast du sie nicht beschützt?« Rugar erhob sich. Jetzt hatte er einen Grund für seinen Zorn gefunden, etwas, das von seiner eigenen Schuld ablenkte.

»Ich bin bei ihrer Verteidigung fast ums Leben gekommen.« Der Junge stieß sich vom Türrahmen ab und richtete sich zu seiner vollen Größe auf. Er wußte, daß er durch diese Haltung den Anwärter auf den Königsthron der Fey herausforderte, aber sein Zorn war so übermächtig, daß ihn das nicht davon abhielt.

Rugar kannte dieses Gefühl. Er hatte es auf Hunderten von Schlachtfeldern erlebt. »Was ist geschehen?«

»Sie haben sie gefangengenommen.«

»Gefangengenommen?« Ungläubig sprach Rugar das Wort nach. »Sie haben Gefangene gemacht?« Das hörte er zum ersten Mal. Für ein Volk ohne kriegerische Erfahrung war das Verhalten der Inselbewohner unerwartet klug.

»Sie haben nur eine einzige Gefangene gemacht.«

Die kostbarste. Jewel. Rugar ließ sich auf die Matratze

sinken. Sie fühlte sich steinhart an. Alle schmerzlichen Erfahrungen stiegen in ihm auf, zusammen mit einer Panik, wie er sie noch nie kennengelernt hatte. »Woher wußten sie, wer sie war?«

»Sie schien den Mann, der sie gefangennahm, zu kennen. Sie hat auf Nye mit ihm gesprochen und ihn verschont.«

»Sie hat ihn verschont?« Was der Junge da erzählte, ergab überhaupt keinen Sinn. Jewel – die Befehle nicht befolgt! Ausgerechnet Jewel, die besser als die meisten anderen begriff, wie notwendig feste Regeln während einer Schlacht waren. »Und sie hat ihm gestattet, sie gefangenzunehmen? Und *ihr* habt es zugelassen?«

»Die Schwarzkittel tauchten plötzlich im Palast auf, und sie hat uns den Befehl zum Rückzug gegeben. Ich habe noch versucht, sie zu befreien, aber der Mann stieß sie rasch von mir weg.« Burden schwankte leicht. Wenn man seine Wunden nicht bald versorgte, würde er vor Rugar zusammenbrechen.

»Du mußt jetzt erst einmal selbst versorgt werden, mein Junge«, sagte Rugar mit freundlicher Stimme. Dieser Bursche, dieser Burden, hatte versucht, Jewel zu befreien. Das allein war schon viel wert. »Ich bin dir dankbar, daß du mich aufgesucht hast.«

»Wir müssen sie irgendwie hierherbringen.«

»Ja«, antwortete Rugar. »Das werden wir auch.«

Burden starrte ihn kurz an, legte dann seine gesunde Hand an die Stirn und zog sich rückwärts aus der Kabine zurück. Seine unregelmäßigen, aber festen Fußtritte hallten, als er langsam über das Deck ging.

Rugar umklammerte den Bettrand. Sie hatten Jewel! Und das Gift. Sie konnten sie foltern. Sie konnten sie umbringen und ihn über ihren Tod belügen. Irgendwie hatten sie herausgefunden, wie sich Rugars Geist am schnellsten besiegen ließ.

Sie hatten sein Herz gefangengenommen.

32

Alexander lehnte sich gegen die geschlossene Tür. Er zitterte. Die fremdartige Schönheit des Mädchens hatte ihn beeindruckt: die geschwungenen Augenbrauen, die hohen Wangenknochen und diese dunklen Augen. Ihre Größe hatte ihm imponiert, und sie war sich dessen durchaus bewußt gewesen.

Ich bin Soldatin. Ich bin mein ganzes Leben lang zum Sterben ausgebildet worden.

Alexander hatte das nicht gelernt, und ihre Nähe hatte ihn verwirrt. Ohne sie schien das Kriegszimmer plötzlich leer.

»Ist sie nicht umwerfend?« fragte Nicholas.

Alexander hob den Kopf. Sein Sohn stand am Kopfende des Tisches. Er war über und über mit Blut bedeckt. Einzelne Haarsträhnen hatten sich aus seinem Pferdeschwanz gelöst und hingen ihm ins Gesicht. Er stützte den rechten Fuß auf die Bank und den rechten Arm auf den Oberschenkel. Eine ziemlich lässige Haltung für jemanden, der gerade erst dem Tode entronnen war.

»Sie ist unsere Feindin.«

Nicholas zuckte die Schultern. »Besser ein Feind, auf den man stolz sein kann, als einer, dessen man sich schämen muß.«

Wie die Bande wildgewordener Bauern, derer sich König Konstantin hatte erwehren müssen. Die Worte hingen unausgesprochen in der Luft.

Alexander stieß sich von der Tür ab. Er hatte gehofft, daß das Blut und die Gewalt dieses Tages Nicholas von seinen romantischen Träumen heilen würden. Aber dieses Mädchen schien nur noch Öl ins Feuer zu gießen.

Er trat zu seinem Sohn und legte ihm die Hand auf die

Schulter. Nicholas' Wangen und Hals waren von Blutspritzern übersät. Sein Sohn blickte zu ihm auf, und endlich sah Alexander hinter der äußeren Gestalt des erwachsenen Mannes wieder seinen Jungen.

»Du hättest sterben können«, sagte er.

Nicholas schüttelte den Kopf. »Halb so schlimm.«

»Ich könnte es nicht ertragen, wenn du stirbst.«

Nicholas lächelte schief. »Du meinst, das Königreich könnte es nicht ertragen.«

Alexander schüttelte den Kopf. Auch seine Hand war jetzt blutbefleckt. »Nein«, wiederholte er leise. »Ich könnte es nicht.«

Vor fast zwei Jahrzehnten, in der Nacht von Nicholas' Geburt, hatte Alexander seinen kleinen Sohn im Arm gehalten. Da war Nicholas noch so winzig gewesen, daß sein Rücken und das winzige Hinterteil ganz in Alexanders Hand gepaßt hatten. Das Baby hatte so zerbrechlich an seiner Schulter geruht, sein kleiner Schädel noch ganz weich. In diesen ersten Jahren war Alexander abends oft in das Zimmer seines Sohnes getreten und hatte das schlafende Kind betrachtet. Immer wieder staunte er über dieses Wunder, an dessen Entstehung er selbst beteiligt gewesen war. Alexanders Frau hatte von diesen nächtlichen Besuchen nichts gewußt. Als sie mit Nicholas schwanger war, hatte sie ihren Mann gebeten, das eheliche Bett zu verlassen, und ihm unmißverständlich zu verstehen gegeben, daß er erst zurückzukehren brauchte, falls dem Jungen etwas zustieß. Alexanders zweite Frau hatte ihm keine Nachkommen geschenkt, und dieser hoch aufgeschossene Knabe, immer noch ein zerbrechliches Gebilde aus Fleisch und Blut, war Alexanders einzige Zukunft.

Alexander seufzte und wischte sich die Hand an der Hose ab. Er sehnte sich danach, dieses Zimmer endlich zu verlassen. Aber es war noch zu früh; erst mußten ihm seine Berater bestätigen, daß die Luft wieder rein war. »Du hättest hier bei mir bleiben sollen«, sagte er.

»Aber Vater, unten wurde doch gekämpft.«

Alexander nickte. »Und gestorben.«

»Mein Platz war dort.«

»Nein«, erwiderte Alexander. Immer noch hallten die Worte des Mädchens in seinem Kopf wider. *Unsere Führer kämpfen.* »Wir kämpfen nicht. Ich weiß nicht, wie die Fremden das halten, aber unser ganzes System beruht auf dir und mir als Denkern, Führern und Vorbildern. Dein Tod würde die Moral der Blauen Insel untergraben. Und das können wir jetzt nicht gebrauchen.«

Nicholas schnaubte. »Glaubst du nicht, unser Volk würde seine Heimat verteidigen?«

»Wir sind ein Teil ihrer Heimat.« Alexander klopfte mit der Hand auf die Bank neben sich. »Setz dich, Nicky.«

Der Kosename seiner Kindheit. Nicholas blickte auf die Bank, aber er rührte sich nicht.

»Nicholas«, versuchte es Alexander noch einmal. »Du bist müde. Laß dich nicht von deinem Stolz daran hindern, deinem Körper die verdiente Ruhe zu gönnen.«

Nicholas lächelte verständnisvoll und setzte sich neben seinen Vater.

All dieses Blut auf seiner Haut ... Der Junge war schlank, aber muskulöser, als Alexander je gewesen war. Die Schwertübungen mit Stephan hatten ihn so gekräftigt.

Alexander seufzte. Er mußte Nicholas mit seinen Worten erreichen, denn wenn er versagte, würde er das einzige verlieren, das ihm etwas bedeutete. »Ich weiß sehr wohl«, sagte er schließlich, »daß du anders sein willst als ich. Ich bin eher ein Gelehrter. Ich unterhalte mich lieber mit Matthias, statt mich im Schwertkampf zu üben, und studiere lieber die Lageberichte über das Königreich, als auszureiten. Aber du hast noch nicht erkannt, Nicky, daß du tatsächlich anders *bist.* Du bist stärker und klüger als ich, und du hast deine eigenen Interessen. Wenn du deine Ausbildung beendest, könntest du mein Berater werden.«

»Ich weiß nicht, warum Bücher so wichtig sein sollen ...«, setzte Nicholas an, aber Alexander hob die Hand und gebot ihm Schweigen.

»Ich brauche dich jetzt, Nicky«, fuhr er fort. »Du mußt begreifen, was es heißt, König zu sein, und mir zur Seite stehen. Wir wissen nur wenig über diese Eindringlinge, und das, was wir wissen, kann falsch sein. Allein dieses Mädchen zu berühren hätte dich umbringen können. Dieselbe Luft zu atmen wie sie ...«

»Sie hätte mir nichts getan.«

Diesmal verstummte Alexander. Er fuhr sich mit der Hand durchs Haar. Auch ihm war die seltsame Schönheit des Mädchens aufgefallen, aber er schätzte sie richtig ein – als Versuchung. Nicholas war noch so jung, daß jede Frau ihn anzog. Alexander wollte es schon aussprechen, aber dann überlegte er es sich anders und schwieg. Er durfte seinen Sohn nicht verärgern.

»Warum sagst du das?« fragte er.

Nicholas wurde rot. Er senkte den Blick und musterte seine Hände. Alexanders Blick folgte dem seinen. Nicholas' Hände waren zerkratzt und blutig. Der lange Schnitt auf dem Rücken der Linken blutete noch immer.

»Ich sage das, weil sie mich schon hatte«, entgegnete Nicholas.

Alexander packte Nicholas' rechte Hand und zog sie von der Wunde weg. »Was meinst du mit: Sie ›hatte‹ dich?«

Nicholas starrte auf ihre vereinten Hände, bis Alexander ihn losließ. »Ich kämpfte auf den Stufen an der Küchentür. Ich hatte auf dem obersten Absatz eine Position gefunden, in der ich Rückendeckung und guten Halt hatte, wie Stephan es mir beigebracht hat. Aber ich muß einen Augenblick nicht aufgepaßt haben, denn kurz darauf traf mich ein Stoß, so heftig, daß ich die Stufen hinunterrollte.«

Alexander hätte gern die Augen geschlossen. Er bemühte sich, gleichmäßig zu atmen. Nicholas' Geschichte war nicht gerade dazu angetan, ihn zu beruhigen. Je mehr er hörte, desto dringender wurde sein Wunsch, seinen Sohn aus den Kampfhandlungen herauszuhalten.

»Ich landete neben diesem Toten …«, Nicholas schauderte, »… und als ich aufblickte, war sie über mir, das Schwert an meiner Kehle.«

Eine unvorsichtige Bewegung hätte an diesem Nachmittag genügt, und sein Sohn wäre jetzt tot.

»Sie hat mich nicht getötet, Papa. Sie hat es nicht einmal versucht. Es war, als ob sie mich kannte.«

Während Nicholas erzählte, bedeckte sich Alexanders Körper mit einer dünnen Schweißschicht. Er umklammerte seine Knie, um das Zittern seiner Hände zu verbergen. »Wahrscheinlich wußte sie, wer du bist.«

»Nein«, widersprach Nicholas. »Als die Dienerschaft herbeieilte, um mich zu schützen, war sie ganz überrascht.«

Beim Heiligsten! Alexander fühlte, wie ihm der Schweiß über den Rücken rann. Der Junge redete, als schilderte er einen harmlosen Ausritt vor die Tore der Stadt.

»Sie fragte mich sogar, wer ich sei. Ich wollte nicht antworten. Aber dann kannte sie mich, Papa. Und sie hat ihre Leute daran gehindert, mich zu töten.«

»Und dann hast du die Oberhand gewonnen?«

»Ich fand eine Möglichkeit zu entkommen.«

Nicholas mußte die Beunruhigung seines Vaters gespürt haben, denn er hörte auf zu erzählen. Alexander war erleichtert. Nicholas war in Sicherheit. Nur darauf kam es an. Und darauf, daß sein Sohn nie mehr in eine solche Lage geriet.

»Du kannst dir nicht vorstellen, was sie dir hätte antun können«, sagte Alexander langsam. »Sie hätte dich verzaubern können. Vielleicht suchten sie jemanden, um uns auszuspionieren. Vielleicht ist das alles Teil eines Plans.«

Nicholas schüttelte verneinend den Kopf. »Als sie schließlich merkte, daß sie selbst gefangen war, schien sie eher erstaunt darüber zu sein.«

Alexander seufzte. Über dieses Thema würden sie sich wohl niemals einig werden.

»Egal, was du von diesem Mädchen hältst, es ist jetzt an der Zeit, daß du mir zur Seite stehst. Denk nach, mein Sohn! Was wäre geschehen, wenn du zu ihren Füßen gestorben wärst? Wie hätten sich die Diener gefühlt? Hätten sie weitergekämpft?«

Nicholas errötete noch tiefer. Er wußte die Antwort ebensogut wie Alexander.

»Ich weiß, daß du dir schon dein ganzes Leben lang wünschst, auf die Probe gestellt zu werden.« Alexander legte die Hand auf den nackten Rücken des Jungen. Nicholas' Haut war überraschend feucht und kalt. Trotz des Mutes, den er bewiesen hatte, hatte Nicholas unter großer Anspannung gestanden. »Jetzt hast du deine Prüfung gehabt«, fuhr Alexander mit sanfterer Stimme fort, »und du bist ihr mit so viel Mut entgegengetreten, wie ihn seit deinem Ururgroßvater keiner von uns mehr aufgebracht hat. Noch jahrelang wird unser Volk von deinen Heldentaten sprechen. Genau das haben wir gebraucht. Jetzt wissen die Leute, daß wir bereit sind, alles für die Blaue Insel zu opfern.«

Alexander zog sein eigenes Hemd aus und legte es Nicholas um die Schultern. »Aber wir können nicht alles aufs Spiel setzen, denn sonst verlieren wir das einzige, was uns stark macht. Glaubst du, für mich war es einfach, mich von diesem Mädchen verhöhnen zu lassen? Auch ich hätte mich gern dort draußen am Kampf beteiligt.« Er konnte nicht länger sitzen bleiben und erhob sich. »Selbst durch diese Wände kann ich die Todesschreie der Gefallenen hören. Ich wäre nur zu gern dort draußen, und wenn ich nur ein einziges Leben retten könnte …«

»Genauso ist es, Papa«, entgegnete Nicholas und zog das Hemd enger um sich.

»… aber wenn ich hier in diesem Zimmer bleibe, kann ich mehr als nur ein Leben retten. Ich kann Hunderte von Leben retten. Ich kann die ganze Blaue Insel retten.« Alexander verschränkte die Hände hinter dem Rücken und überlegte, bevor er weitersprach. »Nicky, wir haben Glück, daß wir das Weihwasser haben. Glück, daß wir in der Lage sind, die Fey zu vertreiben. Glück, daß dieses Mädchen solche Angst vor den Daniten hatte, daß sie dir gefolgt ist. Nye hat sich jahrelang gewehrt und eine ganze Generation junger Männer im Kampf gegen die Fey verloren. Und jetzt gehört das ganze Land den Fey. Du hast das Mädchen gehört. Sie hat gesagt: ›Ihr hättet uns nicht alles gegeben‹, und sie hat recht. Das hätten wir nicht getan. Wir sind noch immer ein Volk, ein Königreich. Wir treffen unsere eigenen Entscheidungen. Du hast sie gehört, Nicky. Sie spricht fließend Nye, aber Nye ist eine tote Sprache, seit das Land nur noch ein Teil des Reiches der Fey ist. Wir dagegen sind klein, aber souverän, und ich bin entschlossen, dafür zu sorgen, daß das auch so bleibt.«

Nicholas schlüpfte in die Hemdsärmel. Er ließ fast unmerklich die Schultern hängen, als würde ihm jetzt plötzlich alles zuviel. »Wie willst du das erreichen, Vater?«

Alexander schüttelte den Kopf. »Ich weiß es nicht. Die Fey führen schon Krieg, seit Gott den Roca aufgenommen hat. Wir haben nie gekämpft. Wir haben immer nur Handel getrieben.

Es ist, als hätte uns der Roca vor vielen Generationen das Weihwasser vermacht, um uns heute vor dieser Bedrohung zu schützen.«

»Das glaubst du, Vater?« fragte Nicholas. »Du warst doch sonst nie religiös.«

»Wie wäre es sonst zu erklären?« erwiderte Alexander. »Die Fey sind hier mit einer starken Streitmacht eingetroffen. Sie haben genug Soldaten, um die Stadt noch vor Anbruch der Nacht zu erobern. Wir dagegen haben keine Erfahrung. Wir verstehen nichts von Kriegführung, und trotzdem haben wir sie aufgehalten. Nenn es Glück, Bestimmung oder Gottes Wille, aber wir haben jedenfalls überlebt. Und ich beabsichtige, so weiterzumachen.«

Nicholas lehnte sich zurück. Sein Gesicht war von der Erschöpfung gezeichnet; um seine Augen lagen so dunkle Schatten, daß sie tief in ihre Höhlen versunken schienen.

»Ich brauche deine Hilfe, Nicky«, bat Alexander. »Wir müssen diese Entscheidungen gemeinsam treffen. Wir müssen gemeinsam lernen. Denn sie werden hinter uns her sein. Die Fey sind gerissen. Sie wissen, was das Leben des Anführers wert ist, und sie werden soviel wie möglich vernichten.«

»Aber du hast doch gesagt, daß wir diesmal gewonnen haben.«

»Diese eine Schlacht«, erklärte Alexander. »Den Krieg haben wir erst gewonnen, wenn alle Eindringlinge tot sind.«

»Oder wenn wir sie nach Nye zurückjagen.«

»Nein«, sagte Alexander. »Wenn sie nach Nye zurückkehren, werden sie es wieder versuchen. Auch wenn wir nicht mehr tun können, so müssen wir sie auf jeden Fall daran hindern, die Insel zu verlassen.«

33

Jewel hielt in der linken Hand eine Fackel. Ihre Handgelenke schmerzten immer noch vom Druck der Fesseln. Keuchend lehnte sie sich gegen die Tür, die Treppe im Rücken.

Fürs erste war sie in Sicherheit. Der Treppenabsatz bot ein gewisses Maß an Schutz, aber das konnte sich in Sekundenschnelle ändern. Auch die Leute des Königs mußten die Schreie gehört haben, die immer noch in ihren Ohren hallten. Sie hatte nur ein einziges Mal einen Blick über die Schulter geworfen, um festzustellen, ob Schattengänger hinter ihr war, aber sie hatte ihn nicht gesehen. Ihre Hoffnung war ohnehin vergebens. Schattengänger war dazu ausgebildet worden, Jewels Leben als wichtiger als sein eigenes anzusehen.

Sie mußte es schaffen, den Palast lebend zu verlassen und sich dann ins Schattenland zurückziehen. Während Stephan eine Fackel suchte, hatte Schattengänger Jewel mitgeteilt, daß die Fey sich im Schattenland wiedertreffen sollten.

Das waren die letzten Worte gewesen, die sie mit Schattengänger gewechselt hatte.

Vorsichtig stieß sie die Tür auf und spähte durch den Spalt. Der Gang war mit Leichen übersät. Leichen der Fey, gräßlich zugerichtet. Sie wandte den Blick ab. So nah wie heute war sie dem Tod noch nie gewesen. Nur der Prinz hatte sie durch seine rasche Reaktion gerettet. Sonst läge auch sie jetzt entstellt auf dem Boden eines Korridors.

Wenn sie jemand entdeckte, würde er sie töten.

Der ansonsten dunkle Korridor wurde nur von einer einzigen, in einem Wandhalter steckenden Fackel erleuchtet. Außer den Toten sah sie keinen Menschen. Trümmer von zerbrochenem Mobiliar lagen verstreut herum, und der Boden war naß.

Jewel hoffte bloß, daß der Zauber, der in das Material ihrer Stiefel eingewebt war, ihre Füße auch vor diesem falschen Wasser schützen würde.

Sie stieß die Tür ganz auf. Der Geruch verfaulenden Fleisches brachte sie zum Würgen. Sie biß sich auf die Unterlippe und setzte einen Fuß auf den nassen Boden. Als das Wasser von ihren Stiefeln abperlte, entfuhr ihr ein erleichterter Seufzer. Dann kniete sie sich neben die Toten und durchsuchte sie nach Waffen, wobei sie es vermied, in ihre Gesichter zu blicken.

Man hatte ihnen die Waffen abgenommen.

Anscheinend verstanden die Bewohner der Blauen Insel doch etwas vom Krieg.

Jewel erkannte diesen Korridor nicht wieder. Schattengänger und Stephan hatten sie zu den Verliesen geführt, wo Schattengänger ihre Fesseln durchschnitten, ihr eine Fackel in die Hand gedrückt und ihr befohlen hatte zu rennen, so schnell sie konnte.

Und das hatte sie getan, mochten ihr die Mächte vergeben. Sie hatte nicht einmal abgewartet, ob Schattengänger ihr folgte. Sie kannte das Gesetz: Ein Doppelgänger mußte das Leben der Königlichen Familie um jeden Preis verteidigen. Aber das machte es beim ersten Mal nicht einfacher. Jewel hatte dieses Vorrecht nie zuvor in Anspruch nehmen müssen.

Vom anderen Ende des Ganges dröhnten Schritte. Sie rappelte sich hoch und rannte zur Treppe. Auch die Stufen waren mit Toten übersät; die meisten von ihnen Fey. Nur wenige Inselbewohner waren unter ihnen, blutüberströmt, aber ihre Körper schienen unversehrt. Offensichtlich hatten weder die Fußsoldaten noch die Rotkappen es geschafft, den Palast zu betreten. Jedenfalls konnte Jewel keine Anzeichen dafür erkennen.

Was für ein Blutbad! Sie hoffte, daß ihr Vater sich rechtzeitig ins Schattenland zurückgezogen hatte. Falls auch er sich unter den Toten befand, würde sie ihm nie von ihrem Abenteuer berichten können.

Sie sprang die Stufen hinunter, bog um die Ecke und fand sich in einem Festsaal wieder. Auch hier war der Boden mit Leichen bedeckt, aber diesmal waren es vor allem Inselbewohner. Die Fey waren weit vorgedrungen, bevor die Giftträger sie eingeholt hatten. Ihr Vater hatte recht gehabt: Ohne dieses geheimnisvolle Gift wäre die Blaue Insel jetzt in der Gewalt der Fey.

Wer auch immer den Gang entlanggekommen war, er war ihr nicht gefolgt. Jewel blieb neben einem toten Inselbewohner stehen. Dieser hier war schlank und männlichen Geschlechts. Er trug ein blaßbraunes Gewand, in dessen Schutz sie vielleicht ungesehen zum Hafen gelangen konnte. Wenn sie es schaffte, es ihm auszuziehen.

Schattengänger hatte sein Stilett mitgenommen, und andere Waffen sah sie nicht. Wenigstens war dieser Fußboden trocken. Sonst hätte sie es nie gewagt, etwas auf dem Boden mit bloßen Händen zu berühren.

Jemand hatte dem Mann die Kehle durchgeschnitten. Kragen und Schulterpartie seines Gewandes waren mit getrocknetem Blut verkrustet. Jewel löste das Band unter seinem Kinn, aber dann entdeckte sie, daß es sich um eine Verzierung ohne jede Funktion handelte. Sie würde dem Mann das Gewand über den Kopf ziehen müssen. Ein schmutziges Geschäft, das eher zu einer Rotkappe paßte. Aber sie hatte keine Wahl.

Sie erhob sich und steckte die Fackel in eine leere Halterung. Dann trat sie wieder neben den Toten. Sie zerrte am Saum des Gewandes, bis es sich um die Taille des Mannes bauschte. Dann hob sie seine Beine an und zog ihn nach unten. Sie keuchte vor Anstrengung so laut, daß sie Angst hatte, sich zu verraten.

Bei diesem Gedanken beeilte sie sich noch mehr. So leise

sie konnte, ließ sie die Beine des Mannes sinken, dann zog sie an den Armen und richtete den Oberkörper auf. Die Haut des Mannes war feuchtkalt, kaum noch warm. Sie fühlte sich sehr tot an. Jewel schauderte. Sie stützte der Leiche mit einer Hand den Rücken und streifte mit der anderen das Gewand nach oben. Unter seinem Gewand war der Inselbewohner nackt, und sie wandte die Augen von seinem bleichen, welken Körper ab. Das Gewand verfing sich an seinem Hinterkopf, und sie mußte es erst losmachen, bevor sie es ihm endgültig ausziehen konnte.

Dann schlüpfte sie selbst hinein. Als der starke, unangenehme Blutgeruch auf ihre Schleimhäute traf, zuckte sie zusammen. Das Gewand besaß eine Kapuze, die ebenfalls blutverkrustet war, sich aber auf der Straße noch als nützlich erweisen konnte.

Jewel war größer als der Tote. Das Gewand reichte ihr nur bis zur Mitte der Waden und ließ ihre kunstvoll gearbeiteten Stiefel frei. Auf der Blauen Insel trug niemand solches Schuhwerk – jedenfalls hatte sie noch keinen gesehen. Einen Augenblick hielt sie inne und betrachtete nachdenklich die Füße des Toten, aber seine Schuhe waren aus unbehandeltem, dünnem Leder. Sie riskierte eher, erkannt zu werden, als daß sie ihre Füße diesem unwirklichen Wasser aussetzte.

Stimmen hallten durch das obere Stockwerk. Sie unterhielten sich in der Inselsprache; die seltsamen, fließenden Laute kamen Jewel schon fast vertraut vor. Jewel riß die Fackel aus der Halterung und stieg vorsichtig über die Leichen hinweg, bis sie den Festsaal fast durchquert hatte.

Die Fenster waren mit Glasscheiben ausgestattet – eine kostspielige Angelegenheit, aber die Blaue Insel war schließlich für ihren Reichtum bekannt. Im Hof bewegte sich etwas: Mehrere Inselbewohner sammelten die Waffen der gefallenen Fey ein. Jewel folgte dem Gang bis zur Speisekammer. Auch hier roch es ekelerregend nach verwesendem Fleisch. Diese Kampfgefährten waren noch zu erkennen, aber trotzdem blickte Jewel rasch zur Seite. Das Herdfeuer brannte noch, und zum Teil kam der Geruch von dort. Eine zur Hälfte schon verbrannte Leiche lag auf den Fliesen der Einfassung. Jemand hatte versucht, sie aus dem Feuer zu ziehen.

Jewel ging um den Toten herum, vorbei an den Ziegelöfen, die jetzt erloschen und kalt waren, und trat durch die offene Tür ins Freie. Aus einer Ecke des Hofes ertönten Klagelaute. Mit ihrer freien Hand schob Jewel sich die Kapuze aus dem Gesicht. Ein kleiner Inseljunge hockte neben den geschlossenen Stalltüren, die Arme um einen toten Mann geschlungen. Er schluchzte.

Eine Frau erblickte Jewel und rief ihr etwas in der Inselsprache zu. Jewel schüttelte den Kopf und ging weiter. Sie hoffte, daß diese Geste unmißverständlich gewesen war, aber die Frau folgte ihr. Jewel duckte sich noch tiefer unter ihre Kapuze und widerstand der Versuchung, einfach loszurennen. Wenn die Frau sie anhielt, würde sie sofort merken, daß Jewel eine Fey war. Und falls auch sie dieses Gift bei sich trug, war Jewel verloren.

Wieder mußte sie über ein paar Leichen steigen, um sich durch das zerstörte Tor schieben zu können. Die Frau wiederholte ihren Anruf, aber Jewel schüttelte wieder den Kopf. Sie wünschte sich, außer den Worten aus ihrer Vision und denen, die der Prinz sie gelehrt hatte, wenigstens ein paar Worte Inselsprache zu beherrschen. Aber der Satz »Ist alles in Ordnung?« würde bloß eine Unterhaltung eröffnen, anstatt sie zu verhindern.

Jewel ging mit schnellem Schritt die Straße entlang. Noch am Morgen hatte diese Allee so vielversprechend ausgesehen. Jetzt war sie übersät mit den verunstalteten Körpern ihrer toten Freunde. Sie warf einen letzten Blick auf den Palast. Schattengänger mußte sich noch hinter diesen Mauern befinden. Entweder kämpfte er um sein Leben, oder auch er war inzwischen tot.

Ihretwegen.

Und was war mit Burden, Shima und den anderen? Sie wußte nicht, wie viele ihrer Freunde tot zu ihren Füßen lagen. Wie vielen hätte sie noch helfen können, wenn sie nicht diesem Inseljungen gefolgt wäre?

Die Straßen waren bedrohlich still. Jewel schien eine der wenigen Personen zu sein, die sich überhaupt noch bewegen konnten. Wahrscheinlich versteckten sich die Inselbewohner, hielten sich an ihren dummen Wasserwaffen fest und ersannen Pläne, die Fey endgültig zu vernichten. Die einzigen Fey, die Jewel sah, waren tot.

Tot.

Sie stieg über eine Leiche nach der anderen; der Geruch wühlte sich wie etwas Lebendiges durch ihre Nase. Jetzt, wo sie es geschafft hatte, den Palast zu verlassen, würde sie auch die Schattenlande erreichen können. Wenn sie erst einmal dort angekommen war, fand sie ihren Vater wieder. Und falls sie ihn nicht fand, mußte sie selbst das Kommando übernehmen.

Sie würde dafür sorgen, daß die Hüter einen Gegenzauber für das Gift entwickelten.

Und dann mußten die Inselbewohner für ihre Taten bitter bezahlen.

34

Die Fackel in Matthias' Hand war heiß. Er hielt sie vor sich ausgestreckt und versuchte, mit der anderen Hand das Gleichgewicht zu halten. Auf dem Weg die Treppe hinunter hielt er sich dicht an der Wand. In den tiefer gelegenen Räumen des Tabernakels hatte niemand Fackeln angezündet, und die Dunkelheit machte ihn nervös. Die Leichen sahen aus wie graue Klumpen; die umgestürzten Tische und Stühle bildeten ein Labyrinth, durch das er sich behutsam hindurchwinden mußte. In der Luft des Treppenhauses hing ein schwacher Geruch nach verkohltem Fleisch. Der Boden war klebrig, aber Matthias wollte lieber nicht darüber nachdenken, auf oder in was er da trat.

Seine Kehle war wie ausgedörrt. Als die Treppe das erste Stockwerk erreichte, verdrängte er den Wunsch, sich durch die Tür zu flüchten. So viele Tote an diesem heiligen Ort. Das verletzte ein Zartgefühl, das er bei sich nicht vermutet hätte. Beim Anblick der verdrehten, grauen Leichen verspürte er eine fast abergläubische Ahnung von Unheil. Dabei hatte er gehofft, inzwischen auch darüber erhaben zu sein. Bis jetzt hatte er nie an lebende Tote geglaubt. Aber jetzt schienen sich ihre Glieder im Schein der Fackel zu bewegen; blicklose Augen reflektierten den Feuerschein, Münder standen offen, als wollten sie gleich zu reden anfangen. Vielleicht, wenn er sich nur fest genug zwickte, würde dieser Alptraum verfliegen und endlich der Morgen kommen.

Als er den Schutz des Treppenhauses verließ, streckte er abwehrend die Hand aus. Noch ein paar Zentimeter, dann hatte er es geschafft. Er war den Toten jetzt so nah, daß sich seine Nackenhaare aufstellten. Fast wäre die Fackel seiner Hand entglitten, als er über ein Stuhlbein stolperte. Einen Augenblick lang konnte er sich nicht entscheiden, ob er lieber die Fackel fallen lassen oder riskieren sollte zu stürzen. Die Vorstellung, mitten unter den Toten zu liegen, versetzte ihn in Panik. Schließlich griff er blindlings nach dem Kleidungsstück eines Toten, um sein Gleichgewicht wiederzufinden. Als ihm klarwurde, woran er sich eben festgehalten hatte, mußte er einen Aufschrei unterdrücken.

Die Ausdünstungen der Leichen waren kaum zu ertragen. Falls er jemals zurückkam, würde er sofort einigen der überlebenden Auds befehlen, hier sauberzumachen. Aber vorher mußte er entscheiden, was mit den Toten geschehen sollte. Sie konnten nicht einfach in den Cardidas geworfen werden.

Er hielt die Fackel so fest umklammert, daß seine Hand schmerzte. Als er sich freiwillig gemeldet hatte, zum Hafen zu gehen, hatte er sich nicht vorgestellt, was das bedeutete. So viele Tote. So viele Erinnerungen an die Schrecken des Tages.

Schließlich erreichte Matthias die Torflügel. Die Körper der Gefallenen hielten sie offen, aber jemand hatte zwischen ihnen einen Weg gebahnt. Als er hinaus ins Mondlicht trat, seufzte er vor Erleichterung. Sobald er die Mauern des Tabernakels hinter sich gelassen hatte, fühlte er sich sicherer.

Hier draußen lagen die Leichen einzeln verstreut, nicht zu Haufen getürmt wie in den Räumen. Das Mondlicht überstrahlte den Schein seiner Fackel, und am Himmel funkelten die Sterne. Wenn Matthias den Blick nach oben richtete, schien die Welt wieder so zu sein, wie er sie von klein auf kannte. Fast konnte er die Geräusche der nächtlichen Stadt hören: die Rufe der Straßenmädchen, den Streit zweier Betrunkener. Aber das war nur Einbildung. Eine seltsame Stille hatte sich auf Jahn gesenkt. Der Fluß plätscherte, und die Wellen schlugen gegen den Strand; sonst war alles ruhig.

Die Brise, die vom Fluß herüberwehte, war kühl und feucht.

Matthias strich sich das Haar aus der Stirn. Die Erschöpfung war von ihm gewichen. Er war überrascht, daß sein Körper, der heute so gnadenlos strapaziert worden war, immer noch Kraftreserven zu besitzen schien.

Er senkte die Fackel. Würde sie ihn verraten? Wahrscheinlich. Er wußte nicht, wer außer ihm noch durch diese Nacht schlich. Er drehte sich um und zog eine nicht angezündete Fackel aus der Halterung neben der Tür, ließ sie zu Boden fallen und steckte seine eigene Fackel in den Schlitz. Ihr Schein spiegelte sich auf den geöffneten Torflügeln. Als die Brise die Flamme bewegte, erleuchtete sie flackernd das Innere des Tabernakels.

Matthias überlief ein Schauder. Am liebsten hätte er diese Räume nie mehr betreten.

Er wischte sich die Hände an seiner schmutzigen Robe ab und suchte sich zwischen den Gefallenen einen Weg über das Mosaik. Dieses Mosaik, das schilderte, wie der Zweite Rocaan seinen Gläubigen außerhalb Jahns die Geschriebenen Worte brachte, hatte er immer besonders gemocht. Die freudige Miene des Rocaan beim Anblick der Worte erinnerte Matthias an seine eigene Freude beim Studieren. Aber jetzt fragte er sich, ob er wohl jemals wieder imstande sein würde, das Mosaik mit dem gleichen Genuß wie früher zu betrachten.

Das waren kleine Verluste. Er konnte sich auf die kleinen Verluste konzentrieren, um nicht an die großen denken zu müssen. Über die großen nachzudenken würde ihn um den Verstand bringen.

Die Mauern, die das Gelände des Tabernakels umschlossen, verbargen die Aussicht auf den Cardidas. Eine Sekunde lang glaubte Matthias, über dem Wasser Stimmen zu hören. Er hielt den Atem an und horchte, aber er konnte nicht feststellen, ob er tatsächlich gesprochene Worte vernommen hatte.

Kleine Schauer liefen ihm über den Rücken. Das Wispern

des Flusses klang wie das Flüstern der Toten. Er griff nach dem kleinen Schwert, das um seinen Nacken hing, und ließ die Finger über die stumpfe Klinge gleiten. Wenn er es jemals nötig gehabt hatte, an Gott, an den Roca zu glauben, so war es heute. *Der Glaube der Feiglinge ist fest,* verkündeten die Geschriebenen und die Ungeschriebenen Worte.

Er bezog diesen Spruch nicht gern auf sich selbst. Aber vor dem heutigen Tag hatte er die Wahrheit nicht erkannt, die hinter diesen Worten steckte.

Er hätte lieber einem Aud befehlen sollen, diese Aufgabe zu übernehmen. Aber er kannte die Auds nicht gut genug, um einen auszuwählen, der sachlich berichten würde, was er gesehen hatte, und er wußte auch nicht, wie viele von ihnen überhaupt noch am Leben waren. Der Rocaan hatte befohlen, die seltsamen Lichter zu überprüfen, und Matthias hatte sein Wort gegeben. Er konnte nicht einfach sein Wort brechen und umkehren.

Die Blätter der jungen Bäume neben den Torflügeln raschelten im Wind. Matthias ließ sein kleines Schwert los und stieß das Tor auf. Insgeheim dankte er dem Heiligsten, daß wenigstens einer genug Verstand besessen hatte, es zu schließen. Außer einer vereinzelten Leiche hier und dort war die Straße menschenleer. Der Schlamm war von Pferdehufen, Wagenrädern und Hunderten von Füßen aufgewühlt. Er schmatzte unter dem Holz seiner Sandalen, beschmutzte die Sohlen seiner Füße und quoll kalt zwischen seinen Zehen hindurch. Matthias ignorierte das unangenehme Gefühl, schloß die Augen und ließ die Eindrücke des Tages an sich vorüberziehen: die schmelzenden Gesichter der Fey, Blut, das auf die sauberen Fußböden spritzte.

Von hier aus hatte er eine gute Sicht auf den Fluß. Die Lichter flackerten in unregelmäßigen Abständen, wie eine Tür, die sich abwechselnd öffnet und schließt. Wieder hörte er

Stimmen, aber sie unterhielten sich in einer Sprache, die er nicht verstand.

So leise wie möglich schlich er geduckt am Straßenrand entlang. Jedesmal, wenn seine Füße im Schlamm ein Geräusch verursachten, zuckte er zusammen. Wenn er doch nur mehr über die Fey wüßte! Konnten sie sich unsichtbar machen? Er widerstand dem Drang, wie ein Blinder die Hände auszustrecken, um sich vor einer unsichtbaren Macht zu schützen.

Die einzigen Stimmen, die weit und breit zu hören waren, kamen vom Fluß. Die Schiffe waren fort. Vielleicht hatten sie auch die Schiffe unsichtbar gemacht. Aber dann hätte er doch hören müssen, wie das Wasser gegen die hölzernen Rümpfe schlug, und das war nicht der Fall. Nur die fremden, verschwörerischen Stimmen und die seltsamen Lichter weckten sein Mißtrauen.

Als Matthias die Brücke erreicht hatte, machte er eine kurze Pause. Entweder ging er jetzt zurück, holte das Weihwasser und überquerte dann erst die Brücke, um zu sehen, was auf der anderen Flußseite vor sich ging, oder er kletterte die Uferböschung hinunter und schlich sich auf dieser Seite des Flusses so nah heran, wie er es wagte.

Wenn es lebensgefährlich war, sollte er lieber einen Aud vorschicken. Der Rocaan brauchte Matthias noch. Er wollte gewiß nicht, daß Matthias starb. Wenn er das gewollt hätte, hätte er ihm niemals gezeigt, wie man das Weihwasser zubereitete. Der Vorgang war wohl die erstaunlichste Zeremonie gewesen, der Matthias in der Kirche jemals beigewohnt hatte.

Er klammerte sich an das hölzerne Geländer, das den Pfad neben der Brücke säumte. Der Fluß selbst war noch etwa anderthalb Meilen entfernt, ganz zu schweigen von der Hafenöffnung auf der anderen Seite. Im hellen Licht des Tages schien sie immer weit entfernt. Bei Nacht wirkte sie gefährlich nah.

Trotzdem würde er seinen Plan ausführen. Matthias schlug den schlammigen Weg zum Ufer hinunter ein. Mit einer Hand mußte er sich auf dem nassen Boden abstützen, um nicht auszurutschen. Hier wuchsen hohe Binsen, die seine Robe streiften und seine nackten Arme kitzelten. Wenn er sich bewegte, raschelten sie, und er hatte Angst, daß der Wind das Geräusch über das Wasser trüge. Schließlich kauerte er sich unter einen Baum, der seine Krone bis über das Wasser reckte. Ein bei Tag schattiges Plätzchen, das ihm jetzt die Illusion von Schutz bot.

Die Stimmen auf dem anderen Ufer waren verstummt. Ein einzelnes Licht flammte auf und erlosch über dem breiten Pier, der zu den Lagerhäusern führte. Hier waren die Schiffe vertäut gewesen. Matthias setzte sich hin und wartete ab, bis sich sein Atem beruhigt und die Augen an das Mondlicht und die Dunkelheit gewöhnt hatten.

Die Zeit verging. Er wußte nicht, wie lange er so gesessen hatte. Jedenfalls lange genug, um am ganzen Körper steif zu werden. Plötzlich glaubte er, kleine, flackernde Lichter zu sehen, die einen perfekten Kreis bildeten. Aufgrund der Entfernung ließ sich die Beobachtung schwer beurteilen, aber es schien ihm so, als könnte der Kreis nicht größer als sein eigener Kopf sein. Er schwebte über dem Pier wie die Lichter eines winzigen Leuchtturms.

Darum bemüht, kein Geräusch zu machen, veränderte Matthias vorsichtig seine Position. Er zog die Knie an die Brust und schlang die Arme darum. Als das Gras leise raschelte, verschwanden die größeren Lichter. Er hoffte, daß die Fey ihn nicht gehört hatten, daß er nicht schon längst umzingelt war. Im Lauf seiner religiösen Studien hatte er sich die Anwesenheit Unsichtbarer nur schwerlich vorstellen können, aber jetzt, im

Angesicht eines zaubermächtigen Feindes, fiel es ihm nicht mehr schwer. Einen Augenblick lang saß er so still wie ein Toter.

Als er schon aufgeben wollte, hörte er wieder Schritte und Stimmen über dem Wasser. Er blinzelte, als könne er so im Dunkeln besser sehen. Vier Gestalten bewegten sich auf dem Pier – nein, fünf. Einer von ihnen legte den Arm um einen anderen, der Schwierigkeiten mit dem Gehen zu haben schien.

Sie waren groß, größer als er selbst, und ziemlich dünn. Nicht wie Inselbewohner. Die Bewohner der Blauen Insel waren klein und gedrungen. Man hatte geglaubt, Matthias wäre von einem Dämon besessen, als er in seinem fünfzehnten Lebensjahr plötzlich in die Höhe geschossen war. Er holte tief Luft und beobachtete die Fremden.

Die Fey liefen jetzt im Gänsemarsch hintereinander. Der Anführer blieb stehen und gab den Personen hinter ihm ein Zeichen. Eine tiefe, gedämpfte Stimme drang über das Wasser an Matthias' Ohr. Sie benutzte die kehligen Laute, die Matthias nicht verstand. Dann steckte der Anführer die Hand durch den kleinen Lichtkreis.

Der Lichtschein breitete sich aus, bis er die ganze Hafenanlage erleuchtete. Jetzt konnte Matthias auch die anderen vier Gestalten deutlich erkennen. Sie waren blutbedeckt, und der, den die anderen stützten, schien bewußtlos zu sein. Verwundet.

Das Licht schien aus dem Nichts zu kommen. Es war, als risse der Saum des Nachthimmels auf und enthüllte das gefangene Tageslicht. Matthias sah den Widerschein des Lichts auf dem Pier, aber nicht seine Quelle, als versperrte ein Gebäude ihm den Blick durch eine offene Tür. Aber da war sowenig ein Gebäude wie das Geräusch von Wellen gegen Schiffsrümpfe. Die Angst, die ihn die ganze Nacht lang verfolgt hatte, kehrte zurück. Er bekam eine Gänsehaut.

Die Fey stießen den Verwundeten in den Lichtschein, und er verschwand spurlos. Dann folgten ihm seine Kameraden, einer nach dem anderen. Als sie alle verschwunden waren, hielt sich der Lichtschein nur noch einen kurzen Moment, bevor auch er erlosch. Matthias zwinkerte. Jetzt schien die Welt wieder in Ordnung.

Außer dem kleinen Lichtkreis, der noch immer über dem Pier schimmerte.

Wäre Matthias ein mutiger Mann gewesen, wäre er jetzt in den Tabernakel zurückgekehrt, hätte sich alles Weihwasser, das er finden konnte, geholt und es durch den Kreis geschüttet. Aber er war nicht mutig. Er war kein echtes Kind des Roca. Er hielt nichts davon, sich selbst für das Wohl seiner Mitmenschen zu opfern.

»Vergib mir«, flüsterte er dem Heiligsten zu.

Er ließ den Kopf auf die Knie sinken. Die Brise zerzauste sein Haar und liebkoste seinen Hinterkopf. Er blieb so lange still dort sitzen, bis ihm die Bedeutung dessen, was er soeben mit angesehen hatte, klargeworden war.

Die Fey hatten sich nicht zurückgezogen. Sie sammelten sich von neuem. Und sie würden es wieder versuchen. Die heutige Schlacht um Jahn war keine endgültige Niederlage. Sie war der Anfang einer langen, schrecklichen Geschichte.

DIE BELAGERUNG

(Ein Jahr später)

35

Emaque kauerte auf dem Deck. Die *Uehe* war eines der kleineren Schiffe, das man eigens ausgewählt hatte, weil es sich auf schwierigen Passagen leicht steuern ließ. Die Wetterkobolde hatten heftigen Regen befohlen. Die eisigen Tropfen umfingen Emaque in dichtem Wirbel und durchnäßten ihn bis auf die Haut. Er war nicht reich genug, um sich Schutzkleidung leisten zu können, und solange er im Schattenland lebte, war das auch noch nie nötig gewesen. Trotzdem war dieses stürmische, kalte Regenwetter immer noch besser als jener graue, leere Ort. Rugar hatte getan, was er konnte, damit die Fey sich dort zu Hause fühlten, aber ein richtiges Zuhause war nicht so neblig, mit halb durchsichtigen Wänden und ohne Himmel. Niemand war dafür geschaffen, so lange im Schattenland zu verweilen. Emaque staunte, daß sie es trotzdem alle so lange ausgehalten hatten.

Wasser tropfte ihm in den Mund, und er leckte sich die kalten Tropfen von den Lippen. Er lehnte sich gegen die hölzerne Reling und wartete darauf, daß ihn jemand rief. Als er noch neu an Bord war, hatte er sich die ganze Zeit an der Reling festhalten müssen. Seit er das letzte Mal auf einem Schiff gewesen war, war schon ein Jahr vergangen – seit dem schrecklichen Tag, als sie die Schlacht um Jahn verloren hatten. Für die anschließenden Erkundungsfahrten ins Infrin-Meer hatte man ihn nicht ausgewählt, wofür er sehr dankbar war. Zu viele Fey waren in den Geplänkeln und Schlachten des letzten Jahres gestorben. Niemand hatte Statistik darüber geführt, aber Emaque schätzte, daß die Streitmacht der Fey um die Hälfte geschrumpft war. Nach der Ersten und Zweiten Schlacht um Jahn hatte Rugar den Versuch aufgegeben, die Stadt auf einen Streich zu erobern. Allerdings bewährten sich die kleinen Attacken und Überraschungsangriffe kaum besser. Und die Hüter waren noch immer damit beschäftigt, ein Mittel zu finden, das das Gift der Inselbewohner neutralisierte.

Emaque war nicht im Kampf zu Lande eingesetzt worden, und auch von den Fluchtversuchen auf dem Fluß hatte er sich ferngehalten. Die ersten beiden Schiffe waren gesunken, und auch von der Besatzung des dritten und vierten hatte kaum einer überlebt. Emaque war sich auch nicht sicher, ob er eigentlich an dieser Fahrt hier teilnehmen wollte, aber er hatte keine Wahl. Als Seefahrer war er den Fey und dem Meer verpflichtet.

Imatar, der zweite Seefahrer auf diesem Schiff, klammerte sich direkt vor ihm an die Reling. Ihre Aufgabe bestand darin, gemeinsam den Steuermann sicher durch die tückische Mündung des Cardidas zu lotsen, vorbei an den Felsenwächtern und hinaus aufs offene Meer. Sobald sie das geschafft hatten, sollten sie dem Schwarzen König Rugars Botschaft überbringen.

Regen prasselte auf das Deck, und der Cardidas toste gegen die Flanken des Schiffes. Das Fahrzeug schwankte so heftig, daß es schwierig war, aufrecht zu stehen. Die meisten Mitglieder der Besatzung hatten sich auf ihre Posten unter Deck verzogen. Durch den dichten Regen konnte Emaque kaum etwas erkennen.

Dieses Wetter stimmte ihn nachdenklich. Hätte er gewußt, daß er über ein Jahr auf der Blauen Insel verbringen mußte, hätte er sich nie für die Invasion der Insel beworben. Aber er hatte eine Prämie gewittert, und außerdem hatte er ein Auge auf eine der Domestiken geworfen. Sie würde seinen Antrag erst annehmen, wenn er genug Geld hatte, um sich ein eigenes Schiff kaufen zu können. Das unstete Leben einer Soldatenfrau war nichts für sie. Sie lebte gern in Nye und wollte sich dort niederlassen.

Wahrscheinlich hatte sie das auch schon getan. So lange hatte sie sicher nicht auf ihn gewartet.

Emaque seufzte und wechselte die Sitzstellung. Jetzt hatten sie die Flußmündung fast erreicht. Er roch das Salz in der Luft, als wäre der Regen selbst damit getränkt. Er spürte, wie seine innere Erregung wuchs. Es war schon zu lange her, seit er sich seiner wahren Fähigkeiten bedient hatte. Er hatte es satt, Häuser und Möbel zu bauen und mit den Händen zu arbeiten. Es war an der Zeit, dem Ruf der Zauberkraft zu gehorchen: Zeit, mit der Tiefe zu sprechen.

Ungeduldig erhob er sich. Imatar winkte ihm, sich wieder hinzuhocken, aber Emaque konnte diese geduckte Haltung nicht länger ertragen. Die grünen Bäume am Ufer, der braune Schlamm, das düstere Grau des Flusses selbst: das alles war Balsam für seine Augen. Farben hatte er im Schattenland mehr als alles andere vermißt.

In der Nähe der Mündung verbreiterte sich der Fluß. Emaque erinnerte sich daran. Auf der Hinfahrt hatte ihn der Ze vor den Sandbänken und überraschenden Untiefen gewarnt. Er hatte in jener Nacht als erster mit einem Ze sprechen dürfen. Inzwischen bedienten sich alle Seefahrer der Ze.

Die Ze waren längliche, aalähnliche Fische mit einer Vorliebe für die schleimigen Algen, die auf Felsen wuchsen. Trotz ihrer Hilfsbereitschaft waren die Ze ziemliche Klatschbasen. Sie wanderten von Felsen zu Felsen und lebten ihr Leben auf Kosten der Mißgeschicke anderer. Auf dem Weg zur Blauen Insel hatte Emaque sich die Lebensgeschichte jedes einzelnen Fisches anhören müssen, der vorüberschwamm, um sich dann aus dem Wortschwall Informationen über die Fahrtroute herauszupicken.

Er lehnte sich über die Reling und beobachtete den Schiffsrumpf, der die Wellen zerteilte. Gischt brannte auf seinen Wangen, ein prickelndes Gefühl, das der kühle Regen wieder besänftigte. Dieses Gefühl, das anderen Gesetzen als denen der Fey gehorchte, war angenehm und lenkte seine Gedanken von den bevorstehenden Schwierigkeiten ab.

»Stell dich lieber nicht auf.« Emaque zuckte zusammen. Dann drehte er sich um. Kapad stand in seiner Allwetterkleidung hinter ihm. Die Tropfen perlten von der Wolle ab und verliehen seiner Gestalt einen unwirklichen Schimmer.

»Ist doch egal«, erwiderte Emaque. »Wir haben die Mündung schon fast erreicht.«

»Ich weiß«, sagte Kapad. »Heute werde ich die Verbindung rechtzeitig herstellen. Diesmal will ich keinen Fehler machen.«

Einige Besatzungsmitglieder des vierten Schiffes hatten dem Steuermann und den Seefahrern die Schuld an ihrem Scheitern gegeben. Die Crew hatte behauptet, der Steuermann habe sich nicht früh genug mit den Seefahrern in Verbindung gesetzt und so die Warnung der Ze nicht rechtzeitig mitbekommen.

»Ich zuerst?« fragte Emaque. Er haßte es, sich mit dem Steuermann zu verbinden, bevor er unter der Wasseroberfläche ein intelligentes Wesen gefunden hatte, das sie führen konnte. Bei der Fey-zu-Fey-Verbindung fühlte er sich so unwohl, als dränge jemand in seine Persönlichkeit ein. Dieses Gefühl ließ sich nur abschütteln, wenn er tief in das Gehirn eines Meereslebewesens eintauchte.

»Du stehst«, sagte Kapad. Er streckte seine runzlige, mit winzigen Narben übersäte Hand aus. Noch mehr als sein Name bewies diese Hand, daß er zur Generation des Schwarzen Königs gehörte. Als Kapad begonnen hatte, seinen Beruf auszuüben, hatten sich die Steuerleute noch durch jedes Blutgefäß auf ihrer Hand verbinden können. Heutzutage verlangten die Regeln, daß sie nur ihre Finger benutzten.

Emaque seufzte und gönnte sich noch einen letzten kurzen Blick auf die Bäume, das Wasser und den Regen. Einen Augenblick später wäre die Freude über diesen Anblick nicht länger seine Privatsache gewesen. Er hielt Kapad die rechte Hand mit ausgestrecktem Zeigefinger hin und zuckte zusammen, als dieser ihn mit dem kleinen Dorn stach, den jeder Steuermann am Ende seiner Ausbildung erhielt. Dann floß Emaques dunkelrotes Blut, vermischte sich mit dem Regen und tropfte auf das Deck zu ihren Füßen.

Kapad stach sich in den eigenen Finger und preßte dann die beiden Wunden aufeinander. Einen Moment lang spürte Emaque gar nichts. Dann fühlte er die Verbindung wie eine leise Stimme in seinem Kopf. Die Verbindung von Fey zu Fey herzustellen war eine besondere Kunst der Steuerleute, die Emaque trotz aller Bemühungen nicht beherrschte. So konnte der Steuermann die Informationen hören und umsetzen, die der Seefahrer aus der Tiefe zutage förderte.

Es fühlte sich an, als niste ein Teil von Kapad sich direkt hinter Emaques Augen ein. »Imatar ist der nächste«, sagte Kapad, und seine Worte hallten wie ein seltsames Echo erst in Emaques Schädel und dann in seinen Ohren wider. »Warum fängst du nicht schon an, dir einen Ze zu suchen? Je früher wir Hilfe bekommen, desto besser. Ich schicke dir jemanden von der Besatzung her.«

Es gehörte immer zur Aufgabe der Besatzung, die Seefahrer zu bewachen, falls sie Anstalten machten, sich vor lauter Begeisterung über Bord zu stürzen. Emaque hatte diesen Drang noch nie verspürt, aber er hatte auch noch nie eines der Wesen getroffen, die die älteren Seefahrer noch kannten.

Kapad überquerte das Deck, um mit einem der Offiziere zu sprechen. Ganz gleich, was der Steuermann ihm befahl, Emaque weigerte sich anzufangen, bevor nicht ein Mitglied der Besatzung neben ihm stand. Während seiner Ausbildung hatte er einmal mit angesehen, wie ein Seefahrer ins Meer sprang, um sich zu einem Delphin zu gesellen, der ihn angelockt hatte. Der Mann konnte nicht schwimmen und war ertrunken, bevor die Rettungsmannschaft und der Delphin ihn bergen konnten.

Um sich wieder zu beruhigen, holte Emaque tief Luft. Sie hatten es fast geschafft; hatten beinahe schon die Felsenwächter passiert, die Stelle, an der der Fluß ins Meer mündete. Dann mußte er die Blaue Insel in seinem ganzen Leben nicht mehr betreten.

Eine junge Frau trat zu ihm und erklärte, sie sei seine Wache. Er musterte sie kritisch: Sie war groß und drahtig, mit muskelbepackten Armen. Sie würde ihn halten können, falls es soweit kam.

»Hast du das schon mal gemacht?« fragte er sie. Vorne auf dem Deck preßten Imatar und Kapad die Fingerkuppen gegeneinander.

Sie blickte ihn ernst mit großen braunen Augen an. »Ein paarmal in Nye und auf der Hinfahrt«, antwortete sie. Sie sprach leise. Vom Regen wurde ihre Stimme fast übertönt.

»In Ordnung«, sagte Emaque, erleichtert darüber, daß er sich ausführliche Erklärungen sparen konnte. »Wichtig ist, daß du mich festhältst, egal, was passiert. Das letzte Mal, als ein Schiff versucht hat, diese Passage zu meistern, haben die Inselbewohner mit Pfeilen auf die Besatzung geschossen. In solch einer Situation mag es dir vernünftiger erscheinen, mich loszulassen und dich selbst in Sicherheit zu bringen, aber wenn ich über Bord gehe, kann der Steuermann uns nicht mehr führen, und wir müssen alle sterben.«

»Was ist mit dem anderen?« fragte sie und zeigte auf Imatar. Er stand jetzt allein auf der anderen Seite des Decks und beobachtete Emaque. »Was geschieht, wenn du stirbst und er überlebt?«

»Dann sind wir auf einem Auge blind.« Diese Frage hatte Emaque schon öfter gehört. Besatzungsmitglieder verfügten oft über keinerlei Magie oder nur geringere Zauberkräfte, die im Alltag von Nutzen sein mochten, etwa die Fähigkeit, Seile haltbar zu machen, das Deck sauberzuhalten und das Holz vor Fäulnis zu schützen, oder Methoden, Lebensmittel zu konservieren. Die Leute waren unzuverlässig und haßten es, einen Seefahrer zu bewachen. Manchmal war Emaque davon überzeugt, daß die Besatzung sehr wohl über Magie verfügte, ihre Angst vor Verantwortung sie aber dazu trieb, ihre Fähigkeiten zu verheimlichen.

Nur noch ein paar Meilen bis zur Mündung. Kapads Stimme in Emaques Kopf klang blechern. *Ich bin auf meinem Posten. Der Ausguck meldet Schiffe voraus.*

Emaque sandte eine wortlose Bestätigung; dann blickte er über die Reling in das schäumende Wasser, während ihm die Angst wie ein Kloß im Magen lag. Er fürchtete jedesmal, daß es dort unten vielleicht gar keine intelligenten Wesen gab, um sie zu führen.

Imatar ist schon weg. Fang an, Emaque.

Das ließ sich Emaque nicht zweimal sagen. »Jetzt«, befahl er der jungen Frau und beugte sich vor. Sie legte ihm die Hände auf den Rücken, um besser spüren zu können, wann sich seine Muskeln zum Sprung zusammenzogen.

Die Gischt stach ihn wie tausend Nadeln ins Gesicht, und unter der Oberfläche des Flusses lauerten scharfe Steine. Emaque fluchte unterdrückt. Was auch immer passierte, ohne Schrammen würde er wohl nicht davonkommen.

Sein Geist tauchte in die Tiefe, auf der Suche nach einem Funken Intelligenz. Er fühlte nichts, als bewohnte er seinen Körper nicht mehr, überhaupt keinen Körper, als spielten Fleisch und Blut keine Rolle. Alles, was er in diesem Zustand noch erkennen konnte, waren die Funken fremder Intelligenz. Die verschiedenen Lebewesen sandten unterschiedliche Arten von Funken aus. Er suchte. Er sah winzige, stecknadelkopfgroße Punkte und schwaches Leuchten. Es dauerte einen Augenblick, aber dann fand er das Feuer, das er gesucht hatte.

Verzeih den Überfall, Vetter, entschuldigte er sich wie gewohnt. Die Worte dämpften den physischen Schock, mit seinem Bewußtsein in ein fremdes Lebewesen eingedrungen zu sein. Dann fühlte er die Kälte – kein Wunder – und das sanfte, beruhigende Wogen des Wassers um seine neue Erscheinungsform. Es war wundervoll, vom Wasser getragen zu werden, und die Fähigkeit, dort in der Tiefe noch atmen zu können, steigerte sein Entzücken noch.

NICHT ERWÜNSCHT. NEIN. NEIN.

Es war ein Ze. Emaque erkannte ihn erst an der Sprache und dann daran, wie sein Körper sich anfühlte.

Frieden, Vetter. Ich will dir nichts Böses. Ich suche nur nach dem richtigen Weg.

NICHT ERWÜNSCHT. VERSCHWINDE, FREMDER. VERSCHWINDE.

Sobald du mich durch die Mündung und zwischen den Felsenwächtern hindurchgeführt hast, verlasse ich dich wieder.

NICHT ERWÜNSCHT. VERSCHWINDE ENDLICH. VERSCHWINDE.

In dieser Tiefe war das Wasser schlammig. Das spärliche Licht, das hindurchdrang, war trüb. Emaque spürte, daß unter ihm auf dem Grund Felsen waren, für die sich der Ze wahrscheinlich interessierte, und er sah andere Fische vorbeischwimmen. Zwei Gründelfresser knabberten an den Abfällen im Sand zwischen den Steinen. Vor sich sah er einen größeren Umriß, ein Wesen, das er nicht identifizieren konnte.

Als ich das letzte Mal mit einem von euch sprach, hat er

mir alles über die anderen Fische erzählt und mich sicher zwischen den Felsenwächtern hindurchgeführt.

ZE STERBEN. VERSCHWINDE, FREMDER. VERSCHWINDE.

Ze sind gestorben? Warum? Sind wir schuld?

Emaque! Kapads Stimme klang ungeduldig. *Wir haben keine Zeit. Such dir jemand anderen.*

ZE FÜHREN DIE ANDEREN DURCH STRÖMUNG. DANN WIRD DUNKEL. TOTE IM WASSER. FALLEN INS DUNKEL. EER KOMMT. ZE STERBEN.

Eer. Er versuchte sich an die Unterhaltung zu erinnern, die er mit dem anderen Ze geführt hatte. Der hatte ein Eer gesehen. Es war viermal so groß wie ein Ze. Sein Maul starrte von gezackten Zähnen, seine Augen waren winzig und seine Schuppen scharfkantig wie Rasiermesser. Der Ze hatte behauptet, das Eer vernichte alle Lebewesen, die ihm in die Quere kamen, tötete und fraß sie.

Dagegen konnte Emaque nichts einwenden. Die Furcht des Ze war berechtigt.

Finde ein anderes Wesen! befahl Kapad streng.

Was ist mit Imatar?

Imatar geht dich nichts an.

Emaque merkte, daß er handeln mußte. Er wußte nicht genau, woran er merkte, daß es eilte: Sonst waren sein Bewußtsein und er selbst immer von dem Lebewesen, mit dem er sich verband, getrennt gewesen. Aber wenn Kapad jede Auskunft über Imatar verweigerte, hatte auch Imatar nichts gefunden.

Er wußte, daß der Ze Kapad hören konnte, und er war sich nicht sicher, ob auch der Fisch begriff, wie wichtig die Sache war.

VERSCHWINDE ENDLICH. VERSCHWINDE.

Warte. Emaque konzentrierte seine Gedanken direkt auf den Ze. *Selbst wenn ich dich verlasse, hält sich unser Schiff immer noch in diesen Gewässern auf. Ohne deine Hilfe bleiben wir noch länger. Und vielleicht gibt es dann noch mehr Leichen, die den Eer anlocken, wenn du mir nicht hilfst.*

VORHER KEIN EER. ZU VIELE. JETZT. VERSCHWINDE.

Das ist nicht wahr, widersprach Emaque. *Die Eer waren auch schon vorher da. Euer Volk kennt die Eer. Sie sind nur vorher nicht so wild geworden. Ob du mir nun hilfst oder nicht, das Eer wird kommen und töten. Im Meer bist du besser aufgehoben. Nimm mich mit. Du entfliehst dem Eer, und dabei hilfst du mir.*

Einen Augenblick lang schwamm der Ze verwirrt im Kreis, dann stand er in der Strömung und knabberte Algen von einem Felsen. Schließlich nahm er Kurs auf die Flußmündung.

SCHNELL. BEVOR EER KOMMT.

Der Ze durchpflügte das Wasser, schlug mit dem Schwanz, und sein kleiner Körper mühte sich ab. Er hielt sich dicht über dem Boden und umrundete die Felsen wie auf Futtersuche. Emaque begriff, daß der Fisch ein Versteck suchte.

Wie ist die Strömung an der Oberfläche? fragte er. Solange der Fisch unten schwamm, war er dem Schiff nicht sonderlich von Nutzen.

STRÖMUNG STARK. Dieser Ze war nicht so gesprächig wie der erste, und hätten andere Seefahrer nicht dieselbe Erfahrung mit den Ze gemacht wie Emaque, hätte er angenommen, der Erfolg bei seinem ersten Versuch sei purer Zufall gewesen.

Dieser Ze hier war in Panik. Das Blutbad in diesem Teil des Flusses mußte furchtbar gewesen sein.

Und wann erreichen wir die Felsenwächter?

STRUDEL. GROSSE GEFAHR. SOGAR ZE STERBEN IN STRUDELN.

Großartig, mischte sich Kapad ein. *Wir vertrödeln unsere Zeit damit herauszufinden, daß die Strudel sogar Fische töten.*

Emaque ignorierte ihn. *Gibt es einen sicheren Weg, die Felsenwächter zu umfahren?*

MANCHMAL. ZUR LAICHZEIT.

Wann laichen die Ze? fragte Kapad.

Wie zum Teufel soll ich das wissen? sandte Emaque zurück. Er blickte durch die Augen des Fisches und sah, daß andere Ze sie wie eine Schutztruppe flankierten. Man wußte so wenig über die Ze. Hatten sie ihre eigene Methode, sich telepathisch zu verständigen? Emaque hatte sich immer so darauf konzentrieren müssen, Schiffsrouten zu überprüfen, daß er sich um den Rest nicht gekümmert hatte. Seine Unwissenheit machte ihn unsicher. Da besetzte er ungebeten die Gedanken eines anderen Wesens und wußte dabei nicht einmal, um was für ein Lebewesen es sich eigentlich handelte.

Die Felsen wurden dunkler. Kleinere Fische schossen zwischen ihnen hindurch. Die Algen wiegten sich in der Strömung, als wollten sie ihnen den Weg weisen. Emaque wünschte sich, daß der Ze seine Augen auf die Wasseroberfläche richten würde; er wollte gerne sehen, an welcher Stelle sich der Schiffsrumpf inzwischen befand. Der Boden wurde abschüssig, und das Wasser führte ein Eigenleben. Es bildete einen kleinen Wasserfall unter der Flußoberfläche. Obwohl Emaque die Felsenwächter nicht sehen konnte, fühlte er, daß der Ze ihn zur Flußmündung geführt hatte.

Schiffe, warnte Kapad. In seiner geistigen Stimme glaubte Emaque einen Anflug von Furcht zu hören.

Wir müssen so schnell schwimmen, wie wir können. An der Oberfläche werden sie kämpfen, und dann gibt es vielleicht noch mehr Leichen und dunkles Wasser.

VERSTECK DICH. VERSCHWINDE JETZT, UNERWÜNSCHTER. VERSTECK DICH.

Der Ze schwamm auf die Felsen zu. Emaque wünschte, er besäße stärkere Kräfte als nur die seines Geistes. *Nein! Da werden sie dich finden. Bring uns an den Felsenwächtern vorbei, solange noch Zeit ist.*

VERSTECK DICH, wiederholte der Ze.

Nein! Wir werden alle sterben!

Das beeindruckte den Fisch. Emaque hatte Angst, daß er wieder anfangen würde, im Kreis zu schwimmen, aber das tat er nicht. Er schwamm in Richtung Oberfläche. Über ihnen, ein Stück zurück, erblickte Emaque den Rumpf der *Uehe*. Undefinierbare Schatten versperrten dem trüben Oberflächenlicht den Weg, aber Ze hatten keine besonders guten Augen.

Dort, wo der Fluß sich in das Infrin-Meer ergoß, wechselten sich kalte und wärmere Wasserströme ab. Die Wirbel zerrten am Körper des Ze, und der kleine Fisch schwamm noch höher, als wollte er sich aus ihnen befreien. Die *Uehe* folgte ihnen: Bedeutete das, daß Imatar endlich einen Funken fremder Intelligenz erwischt hatte? Oder nur, daß sein Funken noch mehr Widerstand leistete als Emaques Ze?

Erreichen diese Strudel die Oberfläche?

MANCHE. SCHNELL. SCHNELL BEWEGEN. DANN SICHERHEIT.

Emaque mußte einen Augenblick nachdenken, bevor er verstand. Man war nur in Sicherheit, wenn man sich schnell bewegte. Er hoffte, daß die *Uehe* ausreichend Fahrt machte.

Die anderen Schatten, die das Wasser verdunkelten, schienen näher zu kommen. Unter ihnen tanzte ein Eer in den wirbelnden Strudeln. Der Ze schwamm noch schneller; seine Gefährten schwärmten aus, als wollten sie den Räuber ablenken. War Emaque in einen besonderen Ze eingedrungen? Oder wußten sie alle, daß etwas passieren würde? Er hatte noch nie gesehen, daß Fische sich so verhielten. Er gab sich selbst das Versprechen, falls er überlebte, mehr über die Lebewesen, die er besetzte, zu lernen.

Unrat trübte das Wasser: Algenreste, Fischkot und Treibgut

von der Wasseroberfläche, Blätter, Gras und tote Käfer. Jetzt waren sie der Oberfläche schon ziemlich nahe. Durch die Augen des Fisches konnte er die fremden Umrisse deutlicher erkennen.

Schiffsrümpfe. Aber nicht von Fey. Kleine Boote.

Inselbewohner.

Sie haben uns umzingelt! sandte er Kapad.

Mach weiter, antwortete der Steuermann. *Die Probleme über Wasser kannst du uns überlassen.*

Aber die Boote sind nur klein. Er wußte, daß kleine Boote sich manchmal beim Aufstöbern feindlicher Schiffe verirrten.

Die Felsenwächter liegen vor uns.

Emaque konnte sie nicht sehen. Der Unrat im Wasser tanzte vor seinen Augen. Der Ze richtete seinen Blick jetzt wieder nach unten. Offensichtlich wollte er den Eer im Auge behalten.

Er schwamm über mehrere kleine Strudel hinweg, die an seinem Körper zerrten.

Schwimmen wir an der Oberfläche durch die Felsenwächter? fragte Emaque.

BODEN SCHARFE FELSEN. NICHT SICHER. SICHER BEI LUFT.

Kein Wunder, daß die Seefahrer sich schon seit vielen Jahrzehnten an die Ze hielten. Die Fische fürchteten sich davor, daß die Strömung sie gegen die Felsen schleudern könnte.

Ihr Mächte! Kapads Gedanke war scharf und kam plötzlich.

Was ist passiert? erkundigte sich Emaque, aber er bekam keine Antwort. *Kapad! Kapad!*

Schließlich schwach: *Schwimm weiter. Wir haben es fast geschafft …*

Dann nichts mehr. Aber er konnte nicht tot sein. Starb ein Mann während einer Verbindung, konnte auch der andere nicht weiterleben. Kapad mußte noch am Leben sein, aber er hatte aufgehört zu senden. Vielleicht mußte er seine ganze

Konzentration aufwenden, um sowohl Imatars als auch Emaques Wahrnehmungen umzusetzen.

Jetzt ragten, zerklüftet und bedrohlich, die Felsenwächter vor ihnen auf. In Wirklichkeit handelte es sich um einen einzigen Felsen mit zahllosen scharfen Riffen, Höhlen und Einschnitten. Auf der Hinfahrt hatte ein Ze versucht, die Schiffe durch eine Höhle zu führen: In letzter Sekunde konnte der zuständige Seefahrer ihn verlassen und sich einen anderen Wirt suchen.

Auf der porösen Oberfläche des Felsens wuchsen Algen. Manche Halme waren so lang und fein wie Haare. In seiner Panik gönnte ihnen der Ze kaum einen Blick.

DUNKEL! schrie er. DUNKEL!

Erst dachte Emaque, er meine die Wächter, aber dann verstand er. Das Wasser um sie herum hatte sich dunkel verfärbt, als hätte sich der Regen in Blut verwandelt.

Emaque verspürte den Drang, nach oben zu schwimmen, in seinen eigenen Körper zurückzukehren. Nein. Endlich hatten sie die Felsenwächter erreicht. Sie waren diesem schrecklichen Ort fast entkommen. Fast.

Jetzt schwamm der Ze noch rascher auf die Felsen zu. Er hielt sich so dicht an der Oberfläche, daß seine Rückenfinne die Wellen zerteilte. Die Luft fühlte sich so kühl an wie sonst Wasser, wenn Emaque sich in seinem eigenen Körper befand. Der Ze nahm Kurs auf eine Öffnung zwischen den Wächtern, vor der der Ze auf Emaques voriger Fahrt ihn gewarnt hatte.

EER! EER!

Emaque konnte den Eer nicht sehen, aber er wußte, daß er sich unter ihnen im blutigen Wasser tummelte.

Nein! schrie Kapad. *Der Tunnel ist zu eng. Er wird das Schiff in Stücke reißen.*

Gibt es einen anderen Weg?

KEINE ZEIT! EER!

Ich sehe keinen Eer. Bitte laß uns einen anderen Weg suchen.

ANDERER SICHERER WEG WEIT WEG. NUR HIER FLUCHT VOR EER.

Bitte … Emaque dachte nach.

NEIN! Und damit stürzte sich der Ze in die schmale Öffnung zwischen den Wächtern. Einen Augenblick lang verweilte Emaque noch im Körper des Fisches, aber dann sah er ein, daß es keinen Sinn hatte. Er durfte sich nicht zu weit von seinem eigenen Körper entfernen.

Jetzt mußt du dich auf Imatar verlassen, sandte er Kapad und verließ den Ze.

Seine plötzliche Blindheit war wie ein Schock. Er suchte seine Umgebung ab, entdeckte aber keine weiteren Funken. Dann fiel ihm ein, daß er das Wasser ja verlassen wollte.

Sein Bewußtsein drang wieder in seinen eigenen Körper ein, und im gleichen Augenblick fielen ihm zwei Dinge auf: Seine ganze linke Körperhälfte war bis hinauf zum Arm eingeschlafen, und durch seinen Rücken schoß ein scharfer Schmerz. Er war triefnaß; das Haar klebte ihm am Gesicht und die Kleider am Leib. Aber das Schiff bewegte sich nicht mehr, so daß nicht aufspritzende Gischt ihn so durchnäßt haben konnte.

Er öffnete die Augen. Das Wasser unter ihm war blutbedeckt, und einige Leichen trieben an der Oberfläche. Emaque stand da, verwundert über den Schmerz in seinem Rücken, und merkte plötzlich, daß er allein war.

Das Mädchen war fort. Weder sie noch ihre Leiche waren auf dem regennassen, vom Blut glitschigen Deck zu sehen. Emaque zwinkerte und suchte mit den Augen den Horizont ab. Die kleinen Schiffe fuhren wieder zur Blauen Insel zurück. Die *Uehe* hielt noch immer auf die Felsenwächter zu. Sie wurde von der Strömung mitgerissen.

Kapad! Wir müssen beidrehen!

Ich versuch's schon. Kapads Stimme in seinem Kopf war schwach, obwohl er doch so nahe war. Zu schwach.

Jetzt strömte das Blut in Emaques linke Seite zurück. Ein scharfer Schmerz durchflutete ihn, als die Nervenenden wieder zum Leben erwachten. Er legte besänftigend eine Hand auf seinen Rücken und fühlte, daß sein Hemd in Fetzen hing und daß er lange, tiefe Kratzspuren davongetragen hatte – so tief, daß die Haut um sie herum aufgerissen war. Das Mädchen mußte sich an ihm festgeklammert haben, als es weggezogen worden war. Wieder betrachtete er die im Wasser treibenden Leichen, und diesmal erkannte er die junge Frau an ihrer Uniform und ihrem Körperbau. Sie hatte es versucht. Irgendwie hatte sie es fertiggebracht, ihn zu retten, aber nur um den Preis des eigenen Lebens.

Er hatte sie noch nicht einmal nach ihrem Namen gefragt.

Endlich drehte das Schiff bei. Der hölzerne Rumpf ächzte. Kapad hatte nichts gesagt, was ganz ungewöhnlich für ihn war. Emaque richtete sich hoch auf. Jetzt war keine Zeit für Sentimentalitäten. Er ließ den Blick über das Deck wandern. Die Planken waren zersplittert, wie durchschossen. Der Anblick erinnerte ihn an das Kanonenfeuer, das die L'Nacin eingesetzt hatten und das ihre Untergrundbewegung später an die Nye verkauft hatte. Er fragte sich, ob das Schiff noch immer seetüchtig war. Aber darum mußte sich die Besatzung kümmern. Allerdings wußte er nicht, ob überhaupt noch jemand am Leben war.

Auch Imatar stand nicht mehr an seinem Posten auf der anderen Seite des Decks. Vielleicht war er ebenfalls in seinen Körper zurückgekehrt. Oder sein Wächter hatte ihn als Schutzschild benutzt, ein gefährlicher Trick, aber in einer Schlacht manchmal unvermeidlich.

Der Regen hatte sich in einen leichten Nebel verwandelt: Die Wetterkobolde hatten beschlossen, nur bis zu den Felsenwächtern auszusäen. Während das Schiff sein Wendemanöver fortsetzte, sah Emaque noch mehr Leichen und die Planken eines zerstörten Inselschiffes im Wasser vorbeitreiben.

Emaque? Kapads Stimme schien noch schwächer. *Ich brauche Hilfe …*

Emaque rannte sofort über das Deck, wobei er den Einschußlöchern und den Trümmern der Ausrüstung ausweichen mußte. Unter einem Stuhl kauerte ein völlig verkrümmter und geschmolzener Körper. Es überlief ihn kalt. Offensichtlich war es zu einem Zusammenstoß mit den Inselbewohnern gekommen, und diese hatten wieder ihr Gift eingesetzt. Emaque war sich nicht sicher, ob er wirklich sehen wollte, was mit Kapad passiert war.

Trotzdem griff er nach dem Geländer und erklomm die Stufen, die zur Kabine des Steuermanns führten. Etwas war nicht in Ordnung, denn sie waren rutschig. Er mußte sich fest an den hölzernen Handlauf klammern, um nicht zu fallen. Als er oben angekommen war, sah er sich als erstes nach den Felsenwächtern um. Inzwischen lagen sie wieder hinter dem Schiff. Emaque sandte den Mächten einen stummen Dank. Er hätte es nie geschafft, das Schiff durch diese tückischen Felsen zu steuern.

Dann betrachtete Emaque das Trümmerfeld, das einmal die Kabine des Steuermanns gewesen war. Alle Glasscheiben waren zerbrochen, und die meisten Besatzungsmitglieder waren tot und gräßlich entstellt. Der Gestank von Gift und geschmolzenem Fleisch überdeckte sogar den Blutgeruch.

Kapads Körper war unversehrt, aber er war am Fuß des mächtigen Steuerrads zusammengesunken. Emaque trat zu ihm.

»Imatar ist tot«, flüsterte Kapad. Immer noch verursachten seine Worte einen seltsamen Echoeffekt in Emaques Schädel und Ohren.

Ein Schauder überlief ihn. Er mußte so schnell wie möglich die Verbindung zu Kapad lösen.

»Das Schiff zuerst«, sagte Kapad. »Von der Besatzung sind noch einige am Leben. Du mußt uns ins Schattenland steuern. Kannst du das?«

»Wenn es sein muß«, antwortete Emaque. »Mit deiner Hilfe.«

»Ich weiß nicht, wie sehr ich dir dabei noch helfen kann«, flüsterte Kapad.

Wenn du stirbst, sterbe ich auch, übermittelte Emaque.

Ich werde nicht sterben. Als könnte jemand ein solches Versprechen einhalten. Kapad konnte die Augen nicht länger offenhalten. Er streckte eine zitternde Hand nach Emaque aus.

Wo ist Imatar? fragte Emaque in Gedanken.

Die vergifteten Pfeile haben ihn erwischt, als wir die Schiffe sahen. Jemand sagte, daß sich das Mädchen über dich geworfen hat. Langsam kennen sie uns zu gut, Emaque. Kapads Augenlider flatterten. *Wir müssen die Verbindung lösen.*

Emaque nickte. Er zog die kleine goldene Schere aus Kapads Brusttasche und schnitt erst vor der Nase des Steuermannes in die Luft, dann vor seiner eigenen. Niemand wußte genau, wie dieser Zauber eigentlich funktionierte, außer daß er das Lösen der Gedankenverbindung symbolisierte.

Kapad blickte auf. »Wir werden es niemals schaffen, dieses verdammte Eiland zu verlassen«, stieß er hervor und starb.

36

Der Regen hatte aufgehört, aber die Luft war noch immer feucht. Der Rocaan stand am Rand der Grube. In einer Hand hielt er sein kleines, ziseliertes Schwert, in der anderen einen mit Beerdigungskräutern gefüllten Lederbeutel. Eigentlich war es Aufgabe der Daniten, die Toten zu segnen, aber nachdem es in letzter Zeit so oft zu Massenbegräbnissen gekommen war, hatte der Rocaan selbst diese Aufgabe übernommen.

Diese Grabstelle befand sich auf einem flachen Hügel außerhalb Jahns, von dem aus man auf den Cardidas blicken konnte. Die anderen Gräber waren hastig zugeschüttet worden, und jemand hatte eine Warntafel errichtet, um Neugierige fernzuhalten. Die Totengräber warteten am anderen Ende des Hügels. Sie wandten dem Rocaan den Rücken zu. Totengräber waren unrein und durften nicht an religiösen Zeremonien teilnehmen.

Zwei der Ältesten, Porciluna und Andre, hielten respektvoll Abstand. Keiner der Ältesten begrüßte es, daß der Rocaan hier draußen war. Sie hielten ihn für zu alt und gebrechlich, um sich dem Wind auszusetzen.

Der Verwesungsgeruch, der aus dem Massengrab aufstieg, mischte sich mit dem ungewohnten Geruch des Kalks. Der Rocaan starrte auf die Leichen zu seinen Füßen. Jede von ihnen war von Kopf bis Fuß in billiges Leinen gewickelt. Er hoffte, daß der Heiligste ihnen den Weg an Gottes Seite gewiesen hatte. Niemand hatte solch ein Ende verdient, ein Stück Fleisch unter vielen, nur durch eine dünne Erdschicht von anderen Leibern getrennt.

Diese Menschen hier, es waren etwa zwanzig, meist Männer,

waren getötet worden, als sie sechs Viehställe im Süden von Jahn verteidigten. Es hieß, die Fey hätten versucht, die mageren Vorräte der Inselbewohner zu plündern, woraufhin die Mitglieder der Familien zu den Waffen gegriffen hätten. Da sie ihren gesamten Vorrat an Weihwasser bei der Abwehr eines früheren Überfalls verbraucht hatten, waren sie völlig wehrlos gewesen.

Die Fey hatten sie alle getötet und waren entkommen, so wie sie es schon bei gut hundert anderen Überfällen entlang des Cardidas getan hatten. Nur vier Frauen und zehn Kinder waren am Leben geblieben. Die Waisenhäuser waren schon lange überfüllt. Wenn die Kinder in ihrem Zuhause blieben, verhungerten sie, und in den Waisenhäusern waren sie kaum besser dran.

Der Rocaan hatte die Eindringlinge verdammt. Es war ein Fehler gewesen, an jenem verfluchten Tag der Invasion auf Matthias zu hören. Er hatte gewußt, daß Matthias aufgrund seiner eigenen Überzeugung handelte, nicht weil er eine zarte, leise Stimme vernommen hatte, und trotzdem hatte er auf ihn gehört. Hätte er das nicht getan und sich selbst geopfert, wären alle diese Unglücklichen vielleicht noch am Leben.

Die Armenbegräbnisse machten ihm am meisten Kummer. Eigentlich führte er keine Beerdigungen für diejenigen durch, die es sich nicht leisten konnten, das überließ er den Daniten. Aber diese Menschen, deren Familien noch immer trauerten und die so tapfer ihre Heimat verteidigt hatten, besaßen nicht genug Geld für eine Einzelgrabstätte. Statt dessen fanden sie zum Lohn für ihre Tapferkeit eine anonyme Ruhestätte in einem wertlosen Stück Land.

Er konnte sie nicht um Vergebung bitten. Einzig und allein Gott und er selbst konnten ihm vergeben. Aber er konnte all seine Macht als Kirchenoberhaupt dafür einsetzen, daß der Heiligste diese armen Seelen gnädig empfing.

Porciluna beobachtete ihn. Er hielt die Hände hinter seinem schwarzen Talar auf dem Rücken verschränkt, und sein rundes Gesicht zeigte eine teilnahmsvolle Miene. Von allen Ältesten war Andre der einzige, der das Schuldbewußtsein des Rocaan nachempfinden konnte, der nachfühlen konnte, warum der Rocaan jetzt hier stand. Während der Invasion hatte Andre eine kleine Gruppe Kinder gerettet, die gerade im Tabernakel den Glaubensunterricht besuchten, ohne dabei einen einzigen Fey töten zu müssen. Statt dessen hatte er die Eindringlinge mit dem Weihwasser bedroht und ein paar Tropfen davon auf den Boden gespritzt. Die Fey, die die Kräfte des Weihwassers nur zu genau kannten, hatten die Beine in die Hand genommen.

Der Rocaan hielt sein Schwert vor sich über das Grab. »Heiligster«, sagte er mit bebender Stimme, als zelebrierte er das Mitternachtssakrament, »ich bin Dein unwürdigster Diener. Aber ich bitte Dich, blicke nicht auf den Boten, sondern höre auf die Botschaft.«

Aus dem Augenwinkel konnte er sehen, wie Porciluna unbehaglich mit den Füßen scharrte. Diese Worte waren nicht die sonst üblichen. Aber sie paßten zu dem Gebet, das der Rocaan jetzt sprechen wollte.

»Diese Seelen haben alles gegeben, weil es ihre Pflicht war. Sie haben keinen Lohn dafür erhalten, und ihre Familien noch weniger. Ich bitte Dich, Heiligster, finde ihre Innersten Wesen und führe sie an Gottes Seite. Segne sie durch Deine Gegenwart und belohne sie für ihre Liebe.«

Dann ging er zu den eigentlichen Worten der Zeremonie über: »Segne die Geehrten Toten. Hüte ihr Innerstes Wesen, und wir werden ihr Gedächtnis in diesem Land ehren.«

Er beugte sich vor und pflanzte das Schmuckschwert mit dem Knauf in die Erde. Seine Hand scharrte im Kalk. Dann stand er auf, griff in seinen Lederbeutel und verstreute die Kräuter über die Toten.

»So wie der Roca Gott ehrte, so habt auch ihr getan. Wie der Heiligste zu Gott sprach, so habt auch ihr getan. Wie Gott uns alle liebt, so habt auch ihr getan. Ihr kehrt in den Kreislauf des Lebens zurück, indem ihr noch im Tode weiterlebt. Ihr geht mit dem höchsten Segen Rocas, und der Heiligste wird eure Seelen aufnehmen.«

Dann legte er die duftenden Finger an die Stirn, flüsterte noch einen persönlichen Segenswunsch und wandte sich von der Grube ab. Über den anderen frischen Gräbern war die Erde noch weich, aber es waren so viele, daß kein Weg um sie herumführte, so daß er gezwungen war, auf sie zu treten. Seit der Ankunft der Fey hatte sein Volk zahllose Opfer zu beklagen. Besonders der Tag der Invasion war vernichtend gewesen, aber es gab noch immer kleinere Geplänkel in und vor Jahn. Um die Gemeinden außerhalb der Stadt kümmerten sich die Daniten, weil er selbst das Reisen nicht mehr vertrug. Er konnte nur noch so wenig tun.

Als der Rocaan die Ältesten erreicht hatte, blieb er stehen und warf einen letzten Blick auf das Grab. Die Totengräber schaufelten Erde vom Rand der Grube auf die Toten, so daß die Oberfläche eben wurde. Aber sie mußten für die nächsten Toten noch Erde übriglassen. Manche dieser Gräber enthielten bis zu acht Schichten.

»Ihr werdet Euch noch überanstrengen«, sagte Porciluna. Seine Stimme war rauh von zu viel Wein und gutem Essen. Seit er Ältester geworden war, hatte sich sein Körperumfang verdoppelt. »Ihr dürft nicht ständig hierherkommen. Die Daniten können genauso gut die Toten segnen wie Ihr.«

Der Rocaan schüttelte den Kopf. »Wegen meiner Sünden mußten diese Menschen sterben. Dazu können sich die Daniten nicht bekennen.«

»Wie könnt Ihr gesündigt haben?« Porcilunas Tonfall war respektlos. »Ihr habt doch die Fey nicht auf die Blaue Insel eingeladen.«

»Laßt ihn in Ruhe«, mischte sich Andre ein. Er nahm den Rocaan beim Arm und führte ihn über den sumpfigen Boden. Die Luft roch nach Lehm und dem Tang des Cardidas. »Der Heilige Herr weiß mehr über die Gedanken Gottes als jeder von uns. Wenn er das Gefühl hat, daran schuld zu sein, daß dieser Fluch über uns gekommen ist, dann glaube ich ihm und setze alles daran, ihm zu helfen, einen Weg zu finden, um ihn wieder zu bannen.«

»Ihr behauptet, der Heilige Herr ist ein Sünder? Das ist Blasphemie in den Ohren Gottes.« Porciluna unterbrach seine Worte durch heftiges Keuchen, während er versuchte, mit ihnen Schritt zu halten.

»Es ist Blasphemie, im Angesicht des Todes zu streiten«, unterbrach ihn der Rocaan. »Und der Älteste Andre hat nur gesagt, daß er mir glaubt, anders als der Rest von Euch.«

»Dank Euch, Heiliger Herr«, sagte Andre. Er half dem Rocaan die Stufen hinunter, die zur Straße führten. Ihre Kutsche wartete schon, ein großes, schwarzes Gefährt, dessen drei Seitenwände mit kleinen Schwertern verziert waren. Als der Kutscher den Rocaan erblickte, griff er zu den Zügeln. Das Gespann, zwei fast wie Zwillinge aussehende schwarze Pferde, scharrte ungeduldig mit den Hufen.

Porciluna öffnete die Tür, und der Rocaan kletterte hinein. Er setzte sich hinter den Kutscher und streckte die Beine aus. Er war so erschöpft, daß er fast zusammengebrochen wäre. Porciluna und Andre setzten sich ihm gegenüber.

»Heiliger Herr«, sagte Porciluna überrascht. »Ihr habt Euer Schwert am Grab vergessen.«

»Dort ist sein Platz«, antwortete der Rocaan. Um den Ort zu

bezeichnen, an dem die Seelen der Toten aufgenommen wurden. Den Schauplatz des Verbrechens. Seine Schuld.

»Wir sollten den Kutscher danach schicken. Sonst nehmen es die Totengräber noch mit.«

Der Rocaan beugte sich vor. »Porciluna, Ihr habt kein Vertrauen in die Menschen.«

»Im Gegenteil, ich habe zuviel davon«, entgegnete Porciluna.

»Wir sollen von anderen stets das Beste annehmen, nicht das Schlechteste.«

Porciluna wurde flammend rot. »In diesem Jahr, das hinter uns liegt, habe ich das Schlechteste gesehen, das die Welt überhaupt zu bieten hat.«

»Und das Beste«, ergänzte der Rocaan. »Denn es gibt ebenso viele Geschichten über die Gnade wie über das Entsetzen zu erzählen. Habt Vertrauen. Nicht nur in den Roca, sondern in die Blaue Insel selbst.«

»Das ist schwer, Heiliger Herr«, wandte Porciluna ein. »Denn ich erkenne unsere Blaue Insel nicht wieder.«

»Keiner von uns erkennt sie wieder«, sagte der Rocaan. »Aber das Unheil sollte uns näher zusammenbringen, statt uns zu trennen. Und es ist die Pflicht der Kirche, die Einheit zu bewahren.«

Schon als er die Worte aussprach, versetzte es ihm einen Stich. Dadurch, daß er das Weihwasser zu einer Waffe, einem Werkzeug der Vernichtung gemacht hatte, hatte er die Kirche jeder Möglichkeit beraubt, in dieser Krise eine wohltätige Rolle zu spielen.

Selbst die Ältesten schienen die Mission des Rocaanismus vergessen zu haben. Es war an der Zeit, daß er die Dinge wieder selbst ins Lot brachte.

37

Mitten im Schattenland saß Rugar auf dem Versammlungsblock. Aus allen vier Himmelsrichtungen hallten die Schläge der Holzfäller. Drei Wochen hatten seine Leute gebraucht, um den besten Standort für ein zweites, größeres Schattenland zu finden, und es hatte eine weitere Woche gedauert, bis er selbst das Schattenland soweit entworfen hatte, daß jemand einziehen konnte. Die Schlacht von Jahn hatte ihn erschöpft, und auch die anschließenden Scharmützel trugen nicht zu seiner Genesung bei.

Immerhin war dieses Schattenland ein idealer Platz für einen Militärstützpunkt. Rugar hatte nur wenig Zeit darauf verschwendet, die Ränder des alten Schattenlandes zu reparieren oder zu überprüfen, ob die Schiffe miteinander verbunden waren. Die Schiffe blieben im ersten Schattenland, im Hafen von Jahn. Dieses neue Schattenland befand sich außerhalb von Jahn, unweit einiger verlassener Hütten in einem unbesiedelten Teil des Waldes. Die Abgeschiedenheit des Ortes erschwerte die Versorgung, aber sie verhinderte auch Angriffe der Inselbewohner.

Das Schattenland glich einer großen, leeren Kiste, aber sie besaß einen Deckel, einen Boden und Wände. Ihre Begrenzungen fühlten sich fest an, obwohl sie keine sichtbare Form hatten. Irgendwie drang aber Luft hindurch. Wenn unfähige Visionäre oder unerfahrene Führer Schattenlande errichteten, waren sie manchmal nicht zu gebrauchen, und den Bewohnern ging rasch die Atemluft aus. Auf mehr als einem Feldzug hatten viele Soldaten ihr Leben eingebüßt, weil ein schlecht gerüsteter Anführer es nicht geschafft hatte, ein funktionstüchtiges Schattenland einzurichten.

Dieses hier unterschied sich von allen Schattenlanden, die Rugar jemals gesehen hatte. Sonst hatte er sich meist nur ein oder zwei Wochen während eines bestimmten Feldzugs in den Schattenlanden aufgehalten. Manche von ihnen waren nur für Anführer bestimmt gewesen und ähnelten einem Privatzelt. In anderen befanden sich auch Zelte für die Truppe. Aber keines von ihnen war jemals mit so vielen unterschiedlichen Gebäuden wie dieses ausgerüstet gewesen.

Die meiste Arbeit hatte es gemacht, das Holz zu beschaffen. Er hatte die Leute in Fünfergruppen ausgeschickt, um Bäume zu fällen und sie ins Schattenland zu befördern, wo die Domestiken sie in die passende Form brachten. Trotzdem gab es immer noch nicht genug Wohnhäuser. Viele Leute drängten sich auf engem Raum in viel zu kleinen Hütten. Das Schattenland bot genug Platz, aber das Holz war ein Problem.

Was die anderen Vorräte betraf, sah es nicht viel anders aus. Wegen des Wassers hatte Rugar schon Alpträume gehabt, in denen er herausfand, daß die Inselbewohner das gesamte Wasser vergiftet hatten und alle Fey im Schattenland elend verdursten mußten. Die Domestiken hatten behauptet, sie könnten Abwasser reinigen, und hatten ihn überredet, einen Tank anzulegen, aber er brachte es nicht über sich, dieses Wasser zu benutzen, wenn es nicht unbedingt nötig war. Statt dessen schickte er jeden Tag einen Trupp mit Eimern zum Cardidas.

Zur Zeit führte Jewel die Oberaufsicht über den täglichen Wasserverbrauch. Er war ihr so dankbar, daß sie ihm zur Seite stand, und noch dankbarer war er Schattengänger, der sie gerettet hatte. Spät am Abend war sie erschöpft aus der Schlacht um Jahn zurückgekehrt, mit aufgeschürften Handgelenken, in ein blutgetränktes Inselgewand gehüllt. Sie hatte eine schreckliche Geschichte darüber erzählt, wie sie von den Inselbewohnern gefangengenommen worden war. Rugar hatte ihr seitdem verboten, das Schattenland zu verlassen.

Aber jetzt konnte er nicht warten, bis sie kam. Er wartete, halb besorgt, halb erwartungsfroh, auf Neuigkeiten über die *Uehe*. Die Kundschafter, die er zur Mündung des Cardidas geschickt hatte, waren noch nicht wieder zurück, obwohl sie wußten, daß er sofort benachrichtigt werden wollte. Je länger sie ausblieben, desto größer war die Wahrscheinlichkeit, daß das Schiff die Passage durch den tückischen Tunnel geschafft hatte.

Er hoffte es. Er betete darum. Er setzte all seine Kräfte ein, auch wenn sie die Zukunft nur wenig beeinflussen konnten, um sicherzugehen. Solange kein Schiff an den Felsenwächtern vorbeikam, konnten die Fey diesen Ort nicht verlassen.

Die Schläge der Holzfäller ließen sein Herz heftig pochen. Seit er in diesem Schattenland lebte, hatte er sie die ganze Zeit hören müssen. Neue Häuser, neue Holzkonstruktionen. Er hatte sein Volk auf eine lange Belagerung vorbereitet, und er wollte, daß sie es währenddessen bequem hatten. Er wünschte, er könnte ihnen alle Sorgen ersparen, aber das schien nicht in seiner Macht zu stehen. Selbst Nahrung war zu einem Problem geworden.

Sie konnten hier keinen Ackerbau betreiben. Die Formlosigkeit des Schattenlandes erlaubte es nicht, Pflanzen in der Erde zu ziehen. Viele der Domestiken holten sich von draußen Ackerboden und füllten ihn in große Kästen, um Gärten anzulegen. Bis jetzt hatte das noch nicht funktioniert. Jewel hatte vorgeschlagen, die Felder vor den verlassenen Viehställen zu bebauen, und falls es den Domestiken nicht gelang, ihre Gärten im Schattenland in Schwung zu bringen, war Rugar bereit, darüber nachzudenken. Bis dahin schickte er seine Leute auf Raubzüge aus. Meistens ging es dabei um Fleisch, aber manchmal stahlen sie den überraschten Inselbewohnern auch etwas Gemüse.

Es galt so vieles zu bedenken. In seinem ganzen Leben hatte er noch nie so hart gearbeitet und sich so viele Sorgen gemacht. Feldzüge waren immer mit Schwierigkeiten verbunden, aber dies hier war anders. Er mußte alles im Auge behalten: vom Bau der Truppenunterkünfte bis hin zur Versorgung mit Nahrungsmitteln und Kleidung.

Hinter ihm lachte jemand. Er drehte sich um. Jewel bahnte sich einen Weg durch die Holzstapel, die die Domestiken für den Bau von Häusern auf der Rückseite des Versammlungsblockes aufschichteten. Auch Rugar fiel es schwer, sich an die Farblosigkeit des Schattenlandes zu gewöhnen. In der dunstigen, halb undurchsichtigen Luft wirkte Jewels Gesichtsfarbe direkt krank. Ihre dunkle Haut sah fleckig, ihr schwarzes Haar ausgeblichen aus. Als sie ihn erkannte, winkte sie ihm zu. Er winkte zurück.

Sie sprach mit Burden, der erneut in Gelächter ausbrach und Jewel die Hand auf den Arm legte. Eine unauffällige Berührung, die sich unmerklich in eine Liebkosung verwandelte. Rugar straffte sich. Burden überschritt seine Grenzen. Das hatte er seit der Nacht der Ersten Schlacht um Jahn getan, als fühlte er sich Rugar moralisch überlegen. Als verliehen ihm seine Taten in der Schlacht ein Recht auf Jewel. Sie verwies ihn nicht in die Schranken, und das mißbilligte Rugar noch mehr. Schon zu viele Kinder waren aus bloßer Langeweile gezeugt worden. Er wollte nicht, daß seine Tochter an einem Ort wie dem Schattenland ein Kind am Schürzenzipfel hängen hatte.

Jewel befreite sich aus Burdens Griff und rannte zu ihrem Vater. Ihr Haar wehte hinter ihr her, und er mußte unwillkürlich lächeln. Sie war schön. Selbst an diesem grauen Ort strahlte sie eine Lebensfreude aus, die alles leichter machte.

Sie ließ sich mit gekreuzten Beinen neben ihm nieder, so daß ihre Knie sich berührten. »Das Wasser ist rationiert«, sagte sie. »Es wird immer einfacher. Alle haben jetzt Behälter in der richtigen Größe, und keiner drängelt sich mehr vor. Bald werden sie sich Wasser holen können, ohne daß wir sie überwachen.«

Rugar schüttelte den Kopf. »Es wird immer welche geben, die sich zuviel abfüllen.«

»Der Tank läuft fast über«, entgegnete Jewel. »Gia sagt, wir müssen bald einen neuen bauen.«

»Gut«, sagte Rugar. »Gerade jetzt können wir gar nicht genug Wasser haben.«

Jewel lehnte sich zurück und legte die Hände flach auf den Versammlungsblock, den Blick auf den Dunst gerichtet, den man woanders als Himmel bezeichnet hätte. »Glaubst du, daß die Kundschafter tot sind?«

»Keine Ahnung«, entgegnete Rugar. »Ich habe keine Lust, Spekulationen anzustellen.«

»Beim letzten Mal kamen die Kundschafter erst nach den Überlebenden zurück«, erinnerte Jewel sich nachdenklich.

»Beim letzten Mal haben sich die Inselbewohner vom Land aus verteidigt. Hätten sie vom Meer aus angegriffen, wären die Kundschafter als erste zurückgekommen.«

»Weißt du«, sagte Jewel, seinem Blick immer noch ausweichend, »ich habe mich oft gefragt, warum uns noch niemand gesucht hat. Großvater hätte schon längst Verstärkung schikken müssen. Der Schwarze König läßt seine Truppen nie länger als einen Monat oder zwei allein. Glaubst du, ihm ist etwas zugestoßen?«

»Ihm geht es gut«, sagte Rugar.

Jewel richtete sich auf. »Hast du Nachricht von ihm?«

Rugar verneinte. »Ich weiß nur, daß er nicht kommen wird.«

Die Worte standen zwischen ihnen. Jewel strich sich mit der

Hand über das lange Haar, um es zu glätten; dann wickelte sie sich eine Strähne um den Zeigefinger. Schließlich sprach sie wieder: »Das war es also, worüber ihr euch in Nye an dem Tag, als ich auf dich gewartet habe, gestritten habt. Er hat gesagt, er würde dich nicht unterstützen.«

Rugar senkte den Blick auf seine Hände. Tag für Tag, Monat für Monat war er dieses Gespräch in Gedanken immer wieder durchgegangen. Er hatte immer geglaubt, sobald er erwachsen wäre, würde er kluge Entscheidungen, starke Entscheidungen treffen. Er hatte geglaubt, sein Vater habe sich zu weit von seinem Volk entfernt, um noch in die Zukunft blicken zu können. Er hatte vergessen, daß auch der Schwarze König ein großer Visionär war, vielleicht noch größer als Rugar selbst, denn er hatte Jahrzehnte damit verbracht, seine Magie zu vervollkommnen. Was hatte sein Vater Gesehen? Und warum hatte er nichts gesagt?

»Habe ich recht?« beharrte seine Tochter. »Er wollte nicht, daß wir hierherkommen.«

Rugar schluckte. Er konnte es nicht länger für sich behalten. »Er hat gesagt, unsere Leute seien des Kämpfens müde; sie müßten sich jetzt ein paar Jahre ausruhen und die Früchte ihrer Triumphe genießen. Ein paar von den Soldaten, darunter auch ich, hätten ihr ganzes Leben lang gekämpft, und jetzt sei es an der Zeit, sie zu belohnen. Er meinte, den Krieg jetzt fortzuführen würde bedeuten, das erste Mal in unserer Geschichte eine Niederlage zu riskieren.«

»Er hatte recht«, sagte Jewel und zog die Knie an die Brust.

»Ja, jetzt wissen wir es«, erwiderte Rugar. »Aber er hätte sich auch täuschen können.«

»Warum hat er dich dann überhaupt gehen lassen?«

»Weisheit.« Auch Rugar hatte schon darüber nachgegrübelt. »Auf diese Weise kann er sein Reich weiterhin ohne Störenfriede regieren. Aber er war wütend, daß ich dich mitgenommen habe.«

»Ich wollte mit«, entgegnete Jewel.

Rugar nickte. »Und ich habe dich in meiner Vision von diesem Ort Gesehen, Jewel, ich schwör's dir. Du gingst wie die neue Herrin durch den Palast der Blauen Insel. Du warst älter. Ich dachte, das bedeutet, daß wir gewonnen hätten.«

»Wir sind noch nicht am Ende.« Jewel stützte das Kinn auf die Knie. »Ich frage mich nur, warum Großvater uns für Störenfriede hielt.«

Rugar sah sich um. Die Schläge der Holzfäller ertönten wie gewohnt, aber Burden war gegangen, und auch sonst war niemand zu sehen.

»Als mir klar wurde, was er vorhatte, bewunderte ich seine Klugheit.« Rugar seufzte. »Du bist zu jung, um dich daran zu erinnern, aber als ich ein Junge war, stellten wir für ein Jahr alle Kampfhandlungen ein. Wir hatten mit den L'Nacin einen Waffenstillstand geschlossen, und wir hätten unseren Marsch nach Westen zu diesem Zeitpunkt abbrechen können, aber viele Soldaten konnten sich nicht mehr an das zivile Leben gewöhnen. Manche hielten es noch nicht einmal als Wachen aus ... es war ihnen zu langweilig. Sie bildeten Räuberbanden und plünderten L'Nacin, stahlen und mordeten, und dann verkauften sie die Beute, selbst wenn sie kaum etwas wert war. Es gibt immer Leute, die es ohne die Abenteuer des Krieges nicht aushalten. Daran erinnerte sich dein Großvater und befahl mir, nur Freiwillige mitzunehmen, weil er glaubte, diese Leute würden sich ohnehin nicht mehr an die Gesetze halten.«

»Manche von ihnen kamen aber nicht gern.«

»Das stimmt«, sagte Rugar. »Manche folgten mir, weil ich, nicht der Schwarze König, ihr Befehlshaber war. Und manche kamen mit, weil sie finden, daß die Fey sich nicht mit Galinas zufriedengeben sollten. Aber viele kamen auch, weil sie den Kampf lieben.«

Jewel bohrte das Kinn in die Knie. Sie weigerte sich, ihren Vater anzusehen, und das machte Rugar nervös. Er kam nicht an sie heran, kühl und selbstbeherrscht, wie sie war.

»Ich kann nicht glauben, daß er seinen eigenen Sohn so einfach seinem Schicksal überläßt.«

Rugar seufzte. Jewel war noch jung, nicht gewohnt, schwierige Entscheidungen zu treffen. Eines Tages würde sie verstehen, daß es für einen Herrscher nicht immer von Vorteil ist, der Stimme seines Herzens zu folgen. »Er hat versucht, mich davon abzubringen. Wir haben uns einen ganzen Monat lang gestritten. Du erinnerst dich nur an den letzten Tag, als er schließlich nachgab.«

Auch Rugar erinnerte sich daran: an den Ausdruck auf dem Gesicht des Schwarzen Königs, als er sagte: *Sieh zu, ob du eine Truppe zusammenbekommst.* Es war ein Abschiedsblick gewesen. Er hatte nicht wie sonst die Truppe inspiziert. Tatsächlich war er am Tag vor Rugars Aufbruch aufs Land abgereist.

»Aber dich so allein zu lassen …«

»Ich bin erwachsen, Jewel. Ich treffe meine eigenen Entscheidungen, seien sie nun gut oder schlecht.« Rugar lächelte. Er bezweifelte, daß er Jewel gegenüber so stark wie sein Vater sein könnte.

»Aber du bist der nächste in der Thronfolge.«

Rugar nickte. »Und ich bin zwanzig Jahre jünger als er. Wenn er so lange regiert wie die meisten Schwarzen Könige, wird er als steinalter Mann sterben. Mir bleibt dann eine Regierungszeit von höchstens zehn Jahren. Mich zu verlieren ist nicht das größte Risiko auf diesem Feldzug. Dich zu verlieren ist weitaus schlimmer. Die Tatsache, daß er dir trotzdem erlaubt hat, mich zu begleiten, beweist, wie sehr er sich wünscht, mir glauben zu können. Du bist sein wahrer Nachfolger, nicht ich.«

Jewel ließ den Kopf noch tiefer sinken, so daß nur noch Augen und Nasenspitze hervorlugten. Rugar streckte die Hand aus und ließ sie einen Moment lang über ihrem Rücken schweben; dann zog er sie wieder zurück.

Wieder erklangen die monotonen Schläge. Sie hatten eine merkwürdige Mischung von Domestiken mitgenommen. Diejenigen, die das Holz in die richtige Form brachten, waren nicht in der Lage, es so zu beschwören, daß es zusammenhielt. Ganz altmodisch mußten sie Hammer und Holznägel benutzen.

»Wenn ich nicht zurückkomme«, nuschelte Jewel, »was dann?«

Die Frage überraschte ihn nicht. Er hatte sie erwartet, seit Jewel alt genug war, um zu kämpfen. Was ihn überraschte, war, wie lange sie gezögert hatte, sie zu stellen.

»Dein Bruder Bridge wird Schwarzer König werden.«

»Bridge«, stieß sie hervor. Sie wußten beide, daß Jewel die bessere Wahl war. Sie war Bridge in allen Disziplinen überlegen, angefangen vom Schwertkampf bis hin zu militärischer Strategie. »Warum hast du mir das nicht gesagt, bevor wir aufgebrochen sind?«

»Weil ich glaubte, daß wir gewinnen würden«, antwortete Rugar schlicht.

Jewel schloß die Augen und verbarg das Gesicht jetzt vollständig hinter ihren Knien. Diesmal legte Rugar ihr wirklich die Hand auf den Rücken und spürte sofort, wie angespannt sie war. Sie reagierte nicht auf die Berührung. Er hatte sie verraten, indem er sie wie ein Kind behandelte, und nun hatte er die Zukunft aufs Spiel gesetzt, auf die sie sich ihr Leben lang vorbereitet hatte.

Das hatte er nicht gewollt.

»Shima hat ihren eigenen Tod Gesehen. Andere sind zu dir

gekommen und haben dich vor diesem Feldzug gewarnt. Dein eigener Vater hat versucht, dich davon abzuhalten, aber du bist trotzdem gegangen.« Obwohl ihre Worte zornig waren, klang ihre gedämpfte Stimme leise und ungläubig. »Hast du denn niemals selbst an dir gezweifelt?«

»Nein«, sagte Rugar.

Diesmal war er es, der den Blick abwandte. Ihren verlorenen, ernsten Gesichtsausdruck konnte er nicht ertragen. »Als ich ein Junge von dreizehn Jahren war, hatte ich meine erste Vision. Ich sah, wie ein schwarzes Pferd über ein Feld galoppierte. Ein Tierreiter verbarg sich unter einer Decke auf seinem Rücken. Zwei Armeen ritten zu beiden Seiten des Pferdes und sahen zu, wie das Pferd den Anführer der Oudoun erreichte. Der Tierreiter richtete sich auf, das Pferd scheute, und seine Hufe trafen den Anführer und töteten ihn. Ich erzählte meinem Vorgesetzten davon, aber er lachte mich aus. Also erzählte ich es meinem Vater, und als ein Tierreiter ihm genau diesen Plan vorlegte, stimmte er zu. So fiel die Entscheidung im Oudoun-Krieg. Mein Vater sagte, er habe noch nie gehört, daß ein so junger Mensch wie ich eine derartig detaillierte und klare Vision gehabt hätte. Das müsse bedeuten, daß ich einst über große Magie verfügen würde. Ich ging zur Schamanin. Ich unterhielt mich mit anderen Visionären. Sie ließen mich kleine Schattenländer errichten. Sie analysierten meine Visionen. Alle kamen zu demselben Ergebnis. Ich war ein bedeutender Visionär. Und als ich älter wurde, schienen meine Zauberkräfte noch zu wachsen. Ich sah keinen Anlaß, die Vision, in der ich dich erblickte, in Zweifel zu ziehen. Sie war zwar kürzer als gewohnt, aber klar und detailliert.«

»Aber man sagt doch, daß ein Visionär die Pflicht hat, seine Visionen mit denen anderer zu vergleichen«, wandte Jewel ein.

»Das stimmt«, bestätigte Rugar.

»Warum hast du das nicht getan?«

»Ich habe es getan«, widersprach er. »Denk nach, Jewel. Wir sind keine Unsterblichen. Fey können auf Feldzügen getötet werden. Auch wenn Shima ihren eigenen Tod Gesehen hat und andere eine Niederlage, mußte das noch nicht bedeuten, daß wir alle die Schlacht verlieren. Es bedeutete nur, daß wir für den Sieg einen Preis zu zahlen hätten. Und wenn ich geglaubt hätte, daß du oder die Familie oder das ganze Volk der Preis dafür wären, hätte ich dieses Wagnis niemals auf mich genommen.« Jetzt drehte er sich nach ihr um. Ihr Mund war leicht geöffnet, die Augen aufgerissen. Eine Unterhaltung wie diese hatten sie schon sehr lange nicht mehr geführt. Falls überhaupt. Nie zuvor war ihm Jewel erwachsen erschienen. Jetzt, wo sein Vater weit weg auf der anderen Seite des Meeres weilte und seine eigenen Berater ihm nicht mehr zuhören wollten, blieb ihm nur noch dieses schwarzäugige Mädchen.

»Was wolltest du eigentlich erreichen?« fragte sie.

»Hast du das schon vergessen?« Er starrte sie an, bis sie den Blick senkte.

»Nein«, sagte sie schließlich. »Ich habe es nicht vergessen. Aber wir sind immer noch nicht auf dem Weg nach Leutia, und die Blaue Insel scheint mir nicht besonders reich zu sein. Jetzt nicht mehr.«

»Oh, das ist sie aber«, verteidigte er sich. »In dieser Hinsicht habe ich mich nicht geirrt. Sieh dir doch an, wie sie unseren Überfall überstanden haben, obwohl sie unvorbereitet waren. Sie haben immer noch genug Nahrungsmittel, und ihre Leute sind wohlgenährt.«

»Nicht alle.«

Rugar zuckte die Achseln. »Selbst in den reichsten Nationen gibt es Armut. Du siehst immer nur, wie vielen Leuten es schlechtgeht, nicht, ob die Allgemeinheit Not leidet.« Er sah sich um. Zum ersten Mal wurde ihm klar, was für ein Glück sie hatten, daß sie ausgerechnet hier in der Falle saßen – wenn sie schon in der Falle sitzen mußten. Woanders hätten sie leicht verhungern können. »Jetzt ernährt das Eiland sogar noch uns, Jewel, aber es scheint seinen Bewohnern trotzdem an nichts zu fehlen. Wir plündern ihre Gärten und rauben ihr Vieh, und sie haben immer noch genug zu essen.«

Jewel stand auf, stemmte die Hände in die Hüften und reckte sich. Dann sah sie ihn an. Ihr Gesicht hatte einen Ausdruck angenommen, den er nie zuvor an ihr gesehen hatte. »Also wird man uns nicht zu Hilfe kommen. Auch dann nicht, wenn ein Schiff es schafft durchzukommen?«

»Wenn ich das nicht glauben würde, hätte ich keine Schiffe ausgeschickt. Nein. Dein Großvater wird uns Hilfe senden, sobald er erfährt, daß noch welche von uns am Leben sind – viele von uns. Aber er muß auch über das Gift unterrichtet werden, und er braucht Hüter, die ein Gegengift herstellen. Dann, und erst dann, wird er uns eine Streitmacht senden, die groß genug ist, die Insel zu erobern und uns zu retten.«

Jewel nickte und setzte sich wieder hin. »Deshalb hast du also die Schiffe ausgeschickt.«

Rugar runzelte die Stirn. »Was hätte ich denn deiner Meinung nach tun sollen?«

»Kämpfen.« Das Wort klang so einfach, besonders aus ihrem Munde. »Wir sind als Eroberer gekommen. Ich finde, du hättest ein drittes Mal die Truppen in die Schlacht führen müssen, und dann noch einmal und noch einmal.«

»Jewel«, widersprach er. »Wir haben schon ein Drittel unserer Soldaten verloren. Die Zweite Schlacht um Jahn hat gezeigt, daß wir machtlos sind, solange sie ihr Gift gegen uns einsetzen. Der erste Zauberspruch der Hüter hat nicht funktioniert, und es scheint, daß ihnen nichts Besseres einfällt. Solange wir das Gift nicht bekämpfen können, so lange können wir überhaupt nicht kämpfen. Wir sollten uns lieber hier verschanzen, bis wir das Problem gelöst haben, und um Verstärkung schicken.«

Wieder umklammerte Jewel schützend ihre Knie. »Ich hasse es, hier zu sein«, brach es aus ihr heraus. »Ich fange schon an, in Grau zu träumen. Manchmal möchte ich davonlaufen und mich mitten auf die Insel stellen, nur um einmal wieder etwas Grünes zu sehen.«

»Ich weiß«, beschwichtigte Rugar. Wenn er eine Methode wüßte, andere Schattenländer zu errichten, hätte er sie benutzt. Aber er kannte keine. Alles, was ihm einfiel, war, mit Hilfe der Fähigkeiten anderer das Leben in diesem Sarg erträglicher zu machen, in dem er sie alle gefangenhielt.

Eine Weile saßen Vater und Tochter schweigend nebeneinander. Rugar schämte sich ein bißchen, daß er Jewel alles erzählt hatte, als wäre sein Fehlschlag damit besiegelt. Seinerzeit hatte er geglaubt, die richtige Entscheidung zu treffen. Nie zuvor hatte er einen wirklichen Fehler begangen. Aber die Eroberung der Blauen Insel hätte sie Leutia tatsächlich einen Schritt näher gebracht. Selbst wenn die Fey nie über die Blaue Insel hinausgekommen wären, hätten sie doch immerhin deren Schätze an sich nehmen können. Und wenn sie sich entschieden hätten weiterzuziehen, hätte das Eiland einen guten Stützpunkt abgegeben. Ohne die Blaue Insel konnten sie Leutia nicht in ihre Gewalt bringen. Sie hätten ihre Feldzüge ein für allemal einstellen müssen.

Und was hätte er, Rugar, dann tun sollen? Er, der Sohn des Schwarzen Königs, der Prinz, dessen Schicksal es war, zu kämpfen und niemals zu regieren? Er zeugte Kinder, bildete sie in der Kriegskunst aus und überließ es dem Schwarzen König, sie in die Kunst der Staatsführung einzuweisen. Rugar würde nie etwas anderes sein als ein Heerführer, ein Visionär, dessen Vision sie alle ins Unglück gestürzt hatte.

Die Lichter des Torkreises flackerten. Rugar blickte auf. Die

Tür öffnete sich; ein schmaler, grüner Streifen des sie umgebenden Waldes war zu sehen, und der Duft nach Harz hing flüchtig in der Luft. Ein Kundschafter taumelte herein. Sein langes Haar war verfilzt und mit Brombeerblättern übersät, sein Gewand zerrissen und seine Arme völlig zerkratzt. Jewel sprang auf und lief zu ihm. Sie beugte sich über ihn, als wäre sie eine Heilerin, die genau wußte, was sie tat. Andere rannten herbei: eine echte Heilerin, eine Domestikin und Burden scharten sich um den Mann. Rugar blieb abwartend auf dem Versammlungsblock sitzen.

»Bringt ihm einen Schluck Wasser«, befahl Jewel.

Dello, die Domestikin, nickte und rannte mit wehendem, hüftlangem Haar in die nächstgelegene Hütte. Neri, die Heilerin, kniete neben Jewel. Ihre Konzentration vertiefte die Falten auf ihrer Stirn noch. Sie war kleinwüchsig, aber sehr begabt. Sie strich dem Kundschafter mit der Hand über das Gesicht und glättete sein Haar. Schon diese sanfte Berührung schien ihm Erleichterung zu bringen.

»Er kommt wieder zu sich«, sagte sie leise.

»Was gibt es für Neuigkeiten?« fragte Burden ungeduldig.

Rugar zuckte zusammen. Den Jungen mußte er im Auge behalten. Burden wußte genau, daß nur der Anführer einen Kundschafter als erster befragen durfte.

»Er muß mit meinem Vater sprechen«, sagte Jewel.

Dello kam mit dem Wasser. Sie stützte den Kopf des Kundschafters und gab ihm zu trinken.

Rugar stand auf. »Bringt ihn in meine Hütte. Sofort.«

Er wartete, bis Dello, Neri und Burden dem Mann auf die Beine geholfen hatten. Der Kundschafter stolperte ein paar Schritte in ihrem Griff, dann war er in der Lage, alleine zu gehen. Jewel hielt sich dicht bei ihm. Jetzt, wo er stand, erkannte Rugar, daß es Hiere war, der Kundschafter, den er zum Nordufer des Flusses geschickt hatte.

Rugars eigene Hütte lag weiter im Inneren des Schattenlandes. Sie gehörte zu den ersten Gebäuden, die man errichtet hatte. Ursprünglich war sie als Versammlungsraum genutzt worden, dann hatten Jewel und Rugar sie sich als Wohnhütte eingerichtet. Rugar mußte allein sein können, besonders für solche Gespräche wie dieses.

Er trat ein. Die Möblierung war noch immer spärlich und bestand aus kaum mehr als ein paar Stühlen und einem Tisch. Jewel und er hatten ihre Schiffskabinen demontiert, um sich entlang des schmalen Korridors zwei Schlafzimmer einzurichten. Rugar zündete die Lampen an und drehte sich um. Alle fünf standen da und warteten.

»Jewel kann bleiben«, befahl Rugar. »Und Hiere. Ihr anderen könnt jetzt gehen.«

Burden zögerte einen Moment, als wolle er etwas sagen, aber dann verließ auch er den Raum. Rugar wartete, bis sie in der dunstigen Luft außer Sichtweite waren, dann erst bat er Jewel, die Tür zu schließen.

Er bot Hiere einen Stuhl an. Der Kundschafter setzte sich, wobei er einen Seufzer der Erleichterung nicht unterdrücken konnte.

»Und?« fragte Rugar, obwohl er fürchtete, die Antwort schon zu kennen.

Hiere schüttelte den Kopf. »Sie hatten es fast geschafft«, sagte er. »Sie fanden einen Durchschlupf durch die Felsenwächter, aber sie mußten vorher anhalten. Der Angriff kam schnell und blutig. Einen Augenblick lang dachte ich …«, seine Stimme brach, »… dachte ich, sie würden es schaffen. Ich dachte wirklich …«

»Sind sie alle tot?« fragte Jewel.

»Nein«, erwiderte Hiere. »Einer von ihnen konnte das Schiff beidrehen. Aber es ist schwer beschädigt. Ich weiß nicht, ob ihnen die Rückfahrt gelingt.«

»Sonst haben sie unsere Verwundeten immer laufenlassen«, warf Rugar ein. »Die Inselbewohner scheinen nicht so blutrünstig zu sein wie …« Er beendete den Satz nicht. Natürlich waren sie nicht so blutrünstig wie die Fey. Die Inselbewohner hatten noch nicht gelernt, wie entscheidend Mordlust sein konnte.

Hiere nickte. »Mich haben sie auch beinahe geschnappt. Bei den Hütten mußte ich vor ein paar ihrer Leute fliehen.«

»Haben sie dich beim Eintritt ins Schattenland beobachtet?«

Der Kundschafter zuckte die Achseln. »Wenn es so war, sind sie mir jedenfalls nicht gefolgt. Es tut mir leid, daß ich so schlechte Nachrichten bringe, Rugar.«

Rugar klopfte ihm auf die Schulter. »Es ist nicht deine Schuld«, beschwichtigte er.

»Warum bist du gerannt?« erkundigte sich Jewel. »Warst du nicht unsichtbar?«

Hiere sah sie einen langen Augenblick an; seine dunklen Augen lagen tief in den Höhlen. Offensichtlich hatte er schon lange nichts mehr gegessen. Das Wasser hatte ihn nur kurzzeitig erfrischt. »Als ich mich an der Mündung versteckte, mußte ich alle meine Rationen verzehren. Sie haben das Schiff mit ihren kleinen Booten angegriffen, zusätzlich waren im Wald Bogenschützen versteckt. Wäre ich nicht unsichtbar geblieben, hätten sie mich gefunden.« Er rieb eine Wunde auf seinem Arm. »Sie wissen, daß wir immer wieder von neuem versuchen werden, hier herauszukommen. Mit Verlaub, Herr, sie haben es nicht nötig, in das Schattenland einzudringen. Sie brauchen nur an der Mündung des Cardidas auf uns zu warten.«

Jewels und Rugars Blicke trafen sich über Hieres Kopf hinweg. Auch Jewel hatte die Wahrheit dieser Behauptung erfaßt. Rugar nickte.

»Jewel, bring ihn zu den Heilern. Hiere, du bist der erste

gewesen, der uns Nachricht bringt. Ich danke dir für deine Tapferkeit. Ich schicke einen Stoßtrupp aus, um zu helfen, die *Uehe* an Land zu bringen.«

Hiere erhob sich mühsam. Jewel stützte ihn, indem sie sich seinen Arm über die Schulter legte. Sie führte ihn zur Tür und half ihm über die Schwelle. Rugar blickte ihnen nach. Seine Tochter war eine große, kräftige Frau, aber unter Hieres Gewicht ging sie gebeugt. Der Mann war erschöpfter, als er zugeben wollte.

Oder mutloser.

Rugar schloß die Tür und sank in den Stuhl, den Hiere soeben verlassen hatte. Das harte Holz war unbequem. Er hatte gehofft, daß wenigstens dieses Schiff es bis nach Nye schaffen und der Schwarze König ihnen endlich Verstärkung schicken würde. Aber auch dieser Versuch war mißlungen. Sie mußten selbst ein Mittel gegen das Gift finden, doch damit kamen sie kein Stück weiter.

Er hatte noch nie so in der Klemme gesteckt. Er verfügte über keinerlei Reserven mehr: keine Truppenverstärkung, keine Hilfe von seinem Vater, kein Land. Nicht einmal alte Legenden oder Geschichtskenntnis konnten ihm jetzt weiterhelfen. Er mußte sich ganz allein auf eine Lösung besinnen.

Rugar stützte den Kopf in die Hände. Er brauchte eine neue Strategie, und er hatte keine Ahnung, wie sie aussehen sollte.

38

Nicholas hätte es nie für möglich gehalten, daß er einmal keine Lust mehr zum Fechttraining haben würde. Trotzdem empfand er es jetzt schon seit Monaten als bloße Zeitverschwendung. Er saß im Hof des Palastes, auf dessen ausgetrockneten Boden die Sonne brannte. Die unnatürlichen Regenfälle des vergangenen Jahres waren nur noch eine undeutliche Erinnerung. Es hatte Berichte über Regen in der Nähe der Felsenwächter gegeben, aber der Sturm hatte Jahn nie erreicht. Regen machte Nicholas jetzt immer ganz nervös; er erinnerte ihn an den Angriff der Fey, obwohl sich die erste Schlacht im schönsten Sonnenschein abgespielt hatte.

Seine erste und einzige Schlacht. Obwohl die Kämpfe in und um Jahn weitergegangen waren, hatte Nicholas' Vater ihm nicht erlaubt, den Palast zu verlassen. Er hatte gesagt, Nicholas' Leben sei zu kostbar, um es so zu verschwenden. Außerdem war er überzeugt davon, daß die Fey jetzt wußten, wer Nicholas war. Sie würden versuchen, ihn zu töten, sobald sie Gelegenheit dazu hätten.

Nicholas' Schwert ruhte auf seinen Knien. Er war dabei gewesen, die Klinge zu polieren, während er auf den Beginn des Unterrichts wartete. Wahrscheinlich war er zu früh gekommen; Dunbar hatte ihn früher nie warten lassen. Anders als Stephan. Stephan hatte sich immer verspätet. Er hatte es für wichtig gefunden, daß auch ein Prinz die Erfahrung machte, warten zu müssen.

Aber jetzt lehrte Stephan keinen Schwertkampf mehr. Er hatte keine Zeit mehr für Nicholas, sondern rannte dauernd hinter Nicholas' Vater her, und in den Ratssitzungen hockte er neben ihm.

Der Krieg hatte Stephan verändert. Sie alle hatten sich verändert. Jedesmal, wenn Nicholas zu Pferd die Mauern des Palastes verließ, hatte er das Gefühl, seinem Vater gegenüber ungehorsam zu sein.

Ein Schatten fiel auf den Lehmboden. Nicholas blickte hoch. Stephan lächelte ihn an. »Bist du bereit für den Unterricht?«

Nicholas' Herz machte vor Freude einen Sprung, aber er ließ sich nichts anmerken. »Was ist mit Dunbar?«

Stephan zuckte die Schultern. »Er erzählte mir, daß du überlegst, mit dem Schwertkampf aufzuhören. Ich glaube, das wäre der falsche Zeitpunkt, findest du nicht auch?« Er sprach etwas undeutlich. Die rote Narbe, die sich über seine rechte Wange zog, verzerrte seine Lippen und machte die rechte Hälfte seines Mundes fast unbeweglich. Er hatte die Wunde an jenem Tag empfangen, als die Fey-Frau verschwunden war. Am Tag der Invasion. Der Tag, an dem Lord Powell gestorben war.

Nicholas stand auf und ließ sein Schwert in die Scheide gleiten. »Vater läßt mich nicht mit den Soldaten ziehen. Warum soll ich üben, wenn ich doch nicht kämpfen darf?«

»Und was ist mit der Verteidigung?« fragte Stephan. »Sollten die Fey noch einmal in den Palast eindringen, wird dir die Schwertkunst gute Dienste leisten.«

Nicholas grinste ihn an. »Ehrlich gesagt, hat mir der Unterricht mit Dunbar nie so viel Spaß gemacht wie mit dir, Stephan. Er ist gut, aber er ist eben nicht du.«

Auch Stephan lächelte jetzt. Er tätschelte den Knauf seines eigenen Schwertes. »Also, was ist? Wollen wir anfangen?«

»Hier?« Nicholas sah sich im Hof um. Er war leer, aber Stephan hatte ihn gelehrt, niemals Unbeteiligte mit ihren Übungen zu behelligen.

Überraschung huschte so flüchtig über Stephans Züge, daß

Nicholas schon dachte, er hätte es sich nur eingebildet. Dann sagte Stephan: »Nein, natürlich nicht. An unserer alten Stelle.«

Ihre alte Stelle war eine Allee zwischen dem Domestikentrakt und den Unterkünften der Wachen. Dieser Weg wurde nur selten benutzt und war breit genug, daß die beiden Männer einander ausweichen und Stöße parieren konnten.

»Also los«, rief Nicholas. Er ging voraus. Ein Diener, der eines der Streitrosse des Königs am Zügel führte, nickte ihm im Vorübergehen zu. Seit dem Überfall der Fey ritt auch Nicholas' Vater nicht mehr aus. Die Stallburschen mußten ihre tägliche Routine ändern, denn sie durften sich mit den Pferden nicht mehr so weit vom Palast entfernen. Es schien, als glaubte Nicholas' Vater jetzt, wo die Mauern und Tore wieder repariert waren, die dünnen Bretter könnten die Feinde abwehren.

Stephan blieb nicht wie sonst stehen, um mit dem Diener ein paar Worte zu wechseln. Als sich Nicholas unterwegs einmal nach ihm umdrehte, sah er, daß Stephan ihn stirnrunzelnd anblickte. Als der alte Mann merkte, daß er beobachtet wurde, lächelte er, aber das Lächeln spiegelte sich nicht in seinen Augen wider. Vielleicht hatte der König Stephan gebeten, mit Nicholas zu kämpfen. Vielleicht hatte dieser den König endlich davon überzeugen können, daß es für sie alle wichtig war, sich ihrer Haut wehren zu können.

Schließlich waren sie am Ziel. Die Sonne drang nicht durch das dichte Blätterdach, aber der Lehmboden war trotzdem fest. Die Allee endete an den Quartieren der Wachen, war aber zum Hof hin offen. Als Stephan und Nicholas den Weg betraten, überholte sie ein anderer Stallbursche mit einem Pferd am Zügel, nickte und ging weiter zu den Ställen.

»Hier war doch sonst nicht so viel los«, sagte Stephan mißmutig.

»Eigentlich ist es hier noch ruhiger geworden, seit die Wachen nicht mehr vorbeimüssen.« Nicholas runzelte die

Stirn, als er seine übliche Ausgangsposition einnahm. Es sah Stephan gar nicht ähnlich, sich über harmlose Passanten zu beschweren. Schon oft hatten sich eine Handvoll Diener versammelt und ihrem Kampf zugesehen; sie hatten Partei ergriffen und die Kämpfer angefeuert, als wären sie Zeugen einer ernstgemeinten Auseinandersetzung.

»Na denn«, sagte Stephan und zog schwungvoll sein Schwert aus der Scheide. »Es ist lange her.«

»Das stimmt.« Auch Nicholas griff zur Waffe. Er stand mit gebeugten Knien und gezückter Klinge. Aber im gleichen Augenblick hatte Stephan schon einen Schritt auf ihn zu gemacht. Seine Klinge klirrte so heftig gegen Nicholas', daß der Arm des jungen Mannes zitterte.

»He!« rief Nicholas. So hatte Stephan ihn noch nie überrumpelt.

»Neue Taktik«, sagte Stephan, als er sich tänzelnd zurückzog, erstaunlich gewandt für einen Mann seines Alters. »Die Fey warten auch nicht erst auf eine Einladung.«

Das stimmte allerdings. Nicholas erinnerte sich nur zu gut an die Schlacht. Er sprang vor auf den Punkt, den Stephan soeben verlassen hatte, und machte einen Ausfall. Stephan parierte, und die Schwerter klirrten hell. Nicholas führte einen Angriff, aber Stephan parierte jeden seiner Stöße. Dann hielt der Alte plötzlich einen Dolch in der anderen Hand und stach nach Nicholas.

Der junge Mann sprang erschrocken zurück und ließ seine rechte Seite ungedeckt. Stephans Schwertspitze ritzte die Haut über Nicholas' Magen. Der Schmerz war heftig und verblüffend. Nicholas blickte an sich hinunter und sah das Blut auf seinem Hemd.

»Jetzt haben wir Blut geleckt«, rief Stephan mit einer Heiterkeit, die Nicholas an ihm fremd war.

»Aber wir haben doch sonst nie …«

»Beklag dich nicht, Junge«, lachte Stephan und bedrängte Nicholas schon wieder. Nicholas mußte jede seiner Bewegungen parieren. Schon wurde ihm der Arm müde von diesem seltsamen, atemlosen Kampf. »Die Zeiten haben sich geändert.«

»Das Gefühl habe ich auch«, gab Nicholas zurück. Seine linke Hand fühlte sich leer an. Er hatte noch nicht oft mit einem Messer oder einem Schild gekämpft, aber er hatte sich auch noch nie gegen zwei Klingen auf einmal wehren müssen – außer in jener ersten Schlacht. Das war also Stephans Absicht: echte Kampfbedingungen simulieren. Wenn Stephan nicht fair kämpfen wollte, brauchte sich auch Nicholas nicht mehr an die Regeln zu halten.

Er wich vor Stephans Schwert zurück; dann führte er einen Schlag mit der flachen Klinge gegen die Messerhand des alten Mannes. Stephan sprang auf ihn zu, aber Nicholas wich aus und traf Stephans Messerhand noch einmal, dann drehte er die Klinge um und verletzte Stephan am Daumen oberhalb des Knöchels. Das reichte aus, damit der Alte den Griff um den Schaft des Dolches lockerte und Nicholas ihn ihm aus der Hand schlagen konnte.

Der Dolch klirrte gegen eine Hauswand.

»Jetzt kannst du auch ein bißchen Blut lecken«, triumphierte Nicholas.

Stephan biß die Zähne zusammen. Die Narbe auf seiner bleichen Wange zeichnete sich dunkel ab. Jetzt lächelte er nicht mehr. Er sprang vorwärts, stieß zu, machte gleich noch einen Satz hinterher, holte aus und kämpfte wie ein Besessener. Nicholas mußte jeden Stoß parieren, sonst hätte ihn der Alte erneut getroffen. Stephan stieß mit solcher Wucht zu, daß Nicholas nicht wagte, den Kampf einfach abzubrechen. Er hatte Angst, Stephan würde ihn ernsthaft verletzen.

Das war merkwürdig, wirklich merkwürdig. Stephan hatte noch nie zuvor auf diese Weise gekämpft, nicht in all den Jahren, die Nicholas sich von ihm ausbilden ließ. Seine Augen funkelten, und seine Bewegungen glichen nicht denen eines Mannes, der fast ein Jahr lang das Schwert hatte ruhen lassen.

Nicholas fuhr fort, sich zu verteidigen; er wich aus, parierte, hielt die Klingen gekreuzt, so lange es ging. Und jedesmal, wenn sich die Klingen wieder trennten und Stephan zurückwich, um zum Stoß auszuholen, trat Nicholas einen Schritt zurück. Jetzt kam ihm die Allee nicht mehr wie ein freundlicher Ort vor. Die Dunkelheit war wie ein Feind, und auf Stephans Gesicht zeigte sich der wilde Ausdruck eines Mannes, den Nicholas nicht kannte.

Schweißtropfen rannen über Nicholas' Gesicht. Auch er hatte lange nicht trainiert, und obwohl er kräftig war, spürte er die fehlende Übung. Er biß sich die Unterlippe blutig und ließ Stephan keinen Moment aus den Augen. Nicholas tänzelte rückwärts, bis sein Rücken plötzlich warm wurde. Die Sonne. Er war im Hof angekommen.

Auf allen drei Seiten des Hofs hatten sich Leute versammelt und sahen mit ungewohnt ernsten Mienen zu. Niemand feuerte die Kämpfenden an. Sie schienen sich alle unbehaglich zu fühlen. Als er den Mittelpunkt des Halbkreises erreichte, hörte Nicholas auf, sich zu verteidigen, und machte mit letzter Kraft einen Ausfall. Er durchbrach Stephans geschwächte Linke und drängte das Schwert des Alten gegen dessen eigenen Leib. Schließlich verwundete er mit einer einzigen, schnellen Bewegung den linken Arm des alten Mannes von neuem.

»Und wieder Blut«, keuchte Nicholas. »Wir haben jetzt genug Blut geleckt, Stephan. Wir sind quitt.«

»Wir sind noch nicht fertig miteinander«, entgegnete Stephan. Er stand noch immer in der Allee, das Schwert zum nächsten Hieb erhoben.

»Aber ich bin fertig«, sagte Nicholas. Er warf sein Schwert

zwischen ihnen auf den Boden. Staub wirbelte in kleinen Wolken auf. Stephan blickte auf die Waffe zu seinen Füßen, dann auf Nicholas. Dann machte er mit erhobenem Schwert einen Schritt auf Nicholas zu.

Angst stieg in Nicholas' Kehle auf, aber er rührte sich nicht vom Fleck. »Wir sind fertig, Waffenmeister.«

Stephan erstarrte und blickte sich in der Menge um. Er hielt seine Position einen Augenblick zu lange. Und er lächelte nicht. »Ein Mann legt niemals mitten im Duell die Waffen nieder.«

»Es war kein Duell«, sagte Nicholas. »Es war ein Übungskampf.«

»Die Zeiten haben sich geändert, Euer Hoheit«, erwiderte Stephan. »Ihr müßt lernen, in der Schlacht zu kämpfen.«

»Ich habe in der Schlacht gekämpft.« Nicholas zitterte. Er biß die Zähne zusammen. »Ich brauche keine Übungskämpfe mehr. Und du wirst niemals mehr im Unterricht Blut vergießen. Hast du das verstanden?«

Wieder dieser Blick. Stephans Augen verbargen etwas. Trotz? Dann lächelte er und verneigte sich. »Verstanden, Euer Hoheit.«

»Gut«, sagte Nicholas. Ohne Stephan aus den Augen zu lassen, bückte er sich vorsichtig, um seine Waffe aufzuheben. »Ich muß mich säubern. Und du mußt deinen Daumen verbinden lassen.«

»Sehr wohl, Euer Hoheit.«

Nicholas drängte sich durch die Menge und trat durch die Tür zum Festsaal. Dort, in der Kühle des Vorraums, lehnte er sich gegen die steinerne Wand, schweißtriefend und völlig erschöpft. Er schob sein Hemd hoch und untersuchte die Wunde. Sie war klein, nur ein Kratzer, nichts Ernstes. Das Blut war schon geronnen. Das Hemd war ruiniert, und er brauchte trotz allem einen Umschlag für die Wunde. Nicholas seufzte.

Er haßte es, daß das Leben sich verändert hatte. Er hätte sich denken können, daß auch Stephan sich verändern würde.

Seit Stephan mit der Fey-Frau gekämpft hatte, hatte er kein Schwert mehr in die Hand genommen. Sie hatte ihn und Lord Powell angegriffen und Stephan schwerverletzt zurückgelassen. Als Nicholas hinzugekommen war, hatte er nicht gewußt, daß Lord Powell tot war. Erst hatte er gedacht, die Fey hätten den Lord nur gefangengenommen, bis ihm jemand erklärt hatte, daß die Knochen zu seinen Füßen von einem menschlichen Skelett stammten und mit frischem Blut bedeckt waren.

Natürlich stiegen Zorn und Furcht wieder in Stephan hoch, sobald er zum Schwert griff. Auch Nicholas hatte nicht vergessen, wie es war, in der Schlacht zu kämpfen. Warum sollte also Stephan seine schwerste Niederlage verwunden haben.

Auf dem Weg zu seinem Zimmer nahm Nicholas zwei Stufen auf einmal. Die Vorstellung, seinem Vater erzählen zu müssen, daß es mit dem Schwerttraining ein für allemal vorbei war, gefiel ihm gar nicht. Wenn man bedachte, wie hart Nicholas um die Erlaubnis, überhaupt Unterricht nehmen zu dürfen, hatte kämpfen müssen, war es geradezu eine Ironie des Schicksals.

Er öffnete die Tür zu seinen Gemächern, trat ein und versetzte der Tür mit dem Fuß einen Stoß, so daß sie hinter ihm ins Schloß fiel. Als er das besudelte Hemd auszog, zuckte er zusammen. Die Bewegung hatte die Wunde wieder geöffnet. Er ergriff ein Tuch, das auf dem Tisch lag, und drückte es auf den Bauch. Nichts Ernstes, aber lästig.

Dann steckte er den Kopf in die eiskalte Waschschüssel, bis ihn fröstelte. Er richtete sich wieder auf und schüttelte die letzten Tropfen ab. Sie landeten auf seinem nackten Rücken und seiner Brust. Er griff nach einem Handtuch und rieb sich das Gesicht trocken, dann tauchte er einen Zipfel ins Wasser und wusch sich den Rest des Schweißes vom Körper.

Schließlich trocknete er sich endgültig ab und ließ sich rücklings aufs Bett fallen. Die daunengefüllte Matratze umfing ihn weich. Sein Körper prickelte von der ungewohnten Anstrengung, obwohl er noch immer über eine gute Kondition verfügte. Aber dieser Kampf hatte ihn über Gebühr angestrengt. Er hätte sich ebensogut im Wald auf die Lauer legen und abwarten können, bis ein Fey auftauchte.

Ein Klopfen an der Tür ließ ihn aufschrecken.

»Ja?« sagte er.

»Euer Hoheit, Euer Vater wünscht Euch zu sprechen.« Es war die Stimme seines Kammerdieners. »Er sagt, es gebe Neuigkeiten.«

Wie oft hatte er diese Worte in den letzten Monaten gehört? Und es waren nur selten gute Neuigkeiten. Meistens handelte es sich um Tote, untergegangene Schiffe oder Nahrungsmittelknappheit in den Marschen. Sein Vater hatte über die entfernteren Provinzen, die noch nicht von den Fey überfallen wurden, eine Lebensmittelsteuer verhängt, und darüber waren die Landbesitzer gar nicht glücklich. Aber die Fey waren Jahn so nahe, daß die Bewohner der Stadt andernfalls selbst Hunger leiden müßten.

»Komm schon rein«, seufzte Nicholas. »Ich brauche deine Hilfe.«

Die Tür öffnete sich. Der Kammerdiener, ein hagerer Mann, trat ein. Drei Jahre lang war sein Sohn Nicholas' Diener gewesen, doch der Junge war in der Schlacht umgekommen. Sein Vater schwieg meistens und sprach nur, wenn er wirklich etwas Wichtiges zu sagen hatte. Offenbar hatte er die Stellung seines Sohnes übernommen, weil er den Lebensunterhalt seiner Familie nicht allein aus den Erträgen des kleinen Bauernhofs, den er außerdem zu bewirtschaften versuchte, bestreiten konnte.

Der Kammerdiener verbeugte sich. »Euer Hoheit.«

»Kleider«, befahl Nicholas, als wäre das nicht offensichtlich. »Ich wollte mich selbst ankleiden, aber ich habe nicht genug Zeit.«

Der Kammerdiener starrte ihn an. »Ihr blutet, Euer Hoheit.«

»Das ist nichts Ernstes«, erwiderte Nicholas. »Es muß nur verschorfen. Aber ich kann mich jetzt nicht richtig anziehen. Such mir ein Stück Stoff, das ich gegen die Wunde drücken kann, und ein Hemd, durch das nicht gleich das Blut durchscheint.«

Der Kammerdiener verschwand im Ankleidezimmer. Nicholas schlüpfte aus seiner Hose und ließ sie neben das Bett auf den Boden fallen. Der Diener kehrte mit einem Stoffstreifen zurück, den er um Nicholas' Taille wickelte. Dann ging er zurück, holte ein dunkles Hemd und eine Wildlederhose und half Nicholas beim Anziehen.

»Hat mein Vater gesagt, um was für Neuigkeiten es sich handelt?« fragte Nicholas, während er die weiten Schnürmanschetten an seinen Ärmeln in Ordnung brachte.

»Nein, Euer Hoheit. Aber es scheint wichtig zu sein. Da sind Männer auf Pferden angekommen.«

Nicholas nickte. »Danke«, sagte er abschließend. Dann fuhr er sich mit den Fingern durch das feuchte Haar und band es zum Pferdeschwanz. Der Kammerdiener hob die unordentlich hingeworfenen Kleider auf. Nicholas schlang sich sein Messer um die Taille – ohne Waffe ging er nirgendwo mehr hin – und machte sich auf den Weg zum Audienzzimmer seines Vaters.

Wieder nahm er zwei Stufen auf einmal, diesmal treppab, und fragte sich, was ihm bevorstand. Erst gestern war er das letzte Mal nach unten gerufen worden, und da hatte ihm sein Vater verkündet, daß die Soldaten das fünfte Schiff der Fey an der Mündung des Cardidas abgefangen hatten. Es war ziemlich unwahrscheinlich, daß es zwei Tage hintereinander gute Nachrichten gab.

Nicholas marschierte eilig durch den Korridor und betrat das Audienzzimmer allein und unangekündigt.

Im Verlauf des letzten Jahres hatte dieser Raum seinen dumpfen Geruch verloren. Immer noch säumten Speere die Wände, aber jetzt wurden sie von den Händen lebender Wachsoldaten gehalten. In einem Ständer hinter dem Podium, auf dem der Thron stand, staken Schwerter und Flaschen mit Weihwasser.

Nicholas' Vater saß in seinem Thronsessel, neben ihm Stephan und Lord Stowe. Stephan hob die Augenbrauen und verzog andeutungsweise die Lippen zu einem Lächeln, als Nicholas eintrat. Nicholas würdigte ihn keines Blicks.

Zwei Männer in fleckigen Kleidern und mit mehrere Tage alten Bärten standen am Fuß der Stufen. Die Unterbrechung schien sie zu verwirren.

»Nicholas«, sagte sein Vater. »Wir haben ohne dich angefangen.«

»Tut mir leid, Vater.« Nicholas trat näher und nickte den Männern zu, als er an ihnen vorbeiging. Sie rochen nach Schweiß und Pferd. Sie mußten einen längeren Ritt hinter sich haben. »Ich habe gerade erst gehört, daß sie angekommen sind.«

Sein Vater nickte ungeduldig. Nicholas nahm seinen Platz hinter dem Thron ein, zwischen Lord Stowe und Stephan.

»Also«, wandte sich Nicholas' Vater wieder an die Männer. »Fahrt fort.«

»'s war einer ihrer Kundschafter, den wir verfolgten, Herr«, sagte der Mann, der rechts stand. Er war untersetzt, mit breiten Lippen und roter Nase. »Hat den Kampf vom Ufer des Cardidas aus beobachtet.«

»Warum habt ihr ihn nicht dort gefangengenommen?« fragte Lord Stowe.

»Ham ihn nich' gesehen, Mylord«, antwortete der andere

Mann. Auch er war untersetzt, wirkte aber muskulöser. »Stand plötzlich vor uns wie aus dem Boden gewachsen.«

»Wie aus dem Boden gewachsen?« fragte Nicholas ungläubig.

»Sehn Se, Hoheit, erst war's wie ein Umriß, und dann war's dieser Mann«, erklärte der erste.

»Aber ihr habt ihn entkommen lassen«, beharrte Lord Stowe.

»Ja, Mylord«, erwiderte der zweite. »Wir dachten, wenn er 'n Kundschafter is', muß er irgendwo Bericht erstatten, und seit sie den Fluß verlassen haben, wußten wir, daß Ihr sie finden wollt.«

»Wir haben sie bereits gefunden«, sagte Nicholas' Vater. »Und wir wissen, wo sie sich aufhalten.«

Nicholas beugte sich gespannt vor, die Arme auf die Lehne des Thronsessels gestützt. Seine Haltung war nicht direkt respektlos, aber sie deutete an, daß er Alexanders Sohn war und eines Tages selbst auf diesem Thron sitzen würde. »Wir wissen bereits, wo sie sind. Man hat uns berichtet, daß sie in den Wäldern um Jahn verschwunden sind, neben ein paar alten Viehställen.«

»Nich' verschwunden, Verzeihung, Hoheit«, widersprach der erste Mann und machte einen Schritt auf den Thron zu. Er schien der mutigere der beiden zu sein. »Sie haben eine Tür.«

»Wenn das stimmt, warum können wir die Tür dann nicht sehen?« fragte Lord Stowe.

»Könnt Ihr«, sagte der zweite Mann und neigte gerade noch rechtzeitig den Kopf, »Mylord.«

Nicholas stand wie angewurzelt. Wenn diese Männer die Wahrheit sagten, dann hatten sie tatsächlich das Versteck der Fey gefunden. Das war es, worauf die Lords ihre Hoffnung setzten. Die Fey in ihrem Versteck aufzustöbern und sie dann zu umzingeln.

Der erste Mann warf seinem Gefährten einen wütenden

Blick zu und fuhr statt seiner fort: »Bei Tag kann man die Tür sehen. Um sie rum sind kleine Lichter wie Glühwürmchen. Man muß genau hingucken, damit man sie blinken sieht. Aber sie bilden einen Kreis, durch den ein Mann seinen Kopf und seine Schultern stecken kann.«

»Was habt ihr getan, nachdem ihr die Tür gefunden habt?« erkundigte sich Nicholas' Vater.

»Wir ham' gewartet, bis wir keinen mehr gesehen ham', dann sind wir drum herum gegangen. 's ist so, wie das am Fluß sein soll. Man fühlt nix, außer man macht die Augen zu und tut so als ob. Aber die Lichter um die Tür rum sind heiß, wenn man sie anfaßt.«

»Woher wollt ihr wissen, ob es die richtige Tür ist?« mischte sich Stephan in geringschätzigem Ton in das Gespräch. Nicholas warf ihm einen scharfen Blick aus dem Augenwinkel zu. Stephan stand straff und aufrecht da; die Strapaze von vorhin schien ihn nicht im geringsten ermüdet zu haben.

»Verzeihung, Herr, aber wir ham' gesehen, wie der Kerl durchgegangen is'.«

»Was habt ihr?« fragte Stephan zurück. Sein Gesicht färbte sich rot. Warum regte er sich so auf? Vielleicht wußte er etwas, das Nicholas nicht wußte.

»Wir ham' ihn durchgehn sehen. Er rannte vor uns weg, so schnell er konnte – wußte ja nich', daß wir ihn absichtlich laufen ließen – und sprang durch die Tür, wie wenn man einen Kopfsprung in einen See macht. Dann war er weg«, erklärte der zweite Mann. Er fügte keine respektvolle Anrede hinzu.

»Ein Mann, der halb sichtbar, halb unsichtbar war, als ihr ihn zuerst gesehen habt«, wiederholte Stephan. Sein Ton unterstellte, daß die ganze Geschichte von vorn bis hinten erfunden war.

»Ja, Herr«, bestätigte der erste, ohne sich um Stephans ironischen Unterton zu kümmern. »Aber das hier war anders.

's war, als ob der Kreis ihn frißt. Er ist durch eine Tür gegangen.«

»Die Stelle stimmt jedenfalls«, warf Nicholas ein.

»Lord Stowe«, sagte sein Vater. »Bringt diese Männer in einen Raum, wo sie sich waschen und ausruhen können, und gebt ihnen zu essen, was sie wollen. Dann holt Ihr Euch einen Schreiber und laßt sie alles wiederholen, woran sie sich erinnern, jede Kleinigkeit. Wir benötigen diesen Bericht, um die Sache zu überprüfen.«

Nicholas stand erstaunt auf. Jetzt wurde es doch gerade erst interessant. Sonst brach sein Vater eine Besprechung nie so unvermittelt ab, besonders nicht, wenn es um solch wertvolle Informationen ging. Vielleicht war auch ihm Stephans Unterton aufgefallen, und er wollte dem Waffenmeister dafür einen Verweis erteilen.

»Ich werde mich darum kümmern, Sire«, versprach der Lord.

»Gebt mir Bescheid, sobald Ihr damit fertig seid.«

»Jawohl, Sire.«

Lord Stowe führte die Männer aus dem Zimmer. Die Wachen starrten unbeirrt geradeaus, als hätten sie nichts gehört. Nicholas wartete auf seinen Vater. Er wollte ihn nicht in aller Öffentlichkeit ausfragen.

»Stephan, Nicholas, folgt mir«, befahl Alexander. Er zeigte auf einen der Gardisten und winkte auch ihm, ihnen zu folgen. Dann verließ der König das Podium durch die kleine Tür auf dessen Rückseite. Sie führte zu einem kleinen Zimmer, einst eine Kammer für Mithörer, die ungesehen bleiben wollten. Zum letzten Mal hatte Nicholas sich als kleiner Junge in diesem Raum versteckt. Dort hatte er seine erste Spinne gesehen. Sie krabbelte über den Fußboden, und Nicholas' lautes Geschrei hatte die Audienz seines Vaters unterbrochen.

Der Raum war fast zu eng für alle vier Männer. Er besaß vier abgewetzte Stühle, die besser in die Behausungen der

Diener gepaßt hätten. Alexander schob einen von ihnen vor die Tür, und der Wachsoldat nahm darauf Platz, den anderen Männern gegenüber. Nicholas und Stephan schoben sich zwei weitere Stühle heran. Nicholas' Vater blieb stehen.

»Was ist los?« fragte Nicholas. »Warum hast du die Besprechung unterbrochen? Die Männer waren noch nicht fertig.«

»Wir haben genug gehört, um Pläne machen zu können«, beschied ihn sein Vater. »Wir müssen so schnell wie möglich zum Versteck der Fey. Wenn wir sie überraschen, sind wir im Vorteil.«

»Wenn diese Männer recht haben«, warf Stephan ein, »brauchen wir eine Truppe von mindestens hundert Mann.«

»Nicht, wenn wir genug Weihwasser bei uns führen«, erwiderte Nicholas. »Wir sollten ein paar schnelle Läufer zu ihnen hineinschicken. Vielleicht bricht ihr ganzes Geheimversteck schon bei der kleinsten Berührung zusammen. Das ist durchaus möglich.«

»Und was ist, wenn die Geschichte nicht stimmt?« gab Stephan zu bedenken. »Was dann?«

»Nichts dann«, sagte Nicholas' Vater. »Wir haben nichts zu verlieren.«

»Ich finde, wir sollten nur mit einer kleinen Streitmacht losziehen und die Sache erst einmal beobachten, um zu sehen, ob die Männer recht haben«, schlug Nicholas vor. »Wenn es stimmt, was sie sagen, holen wir genug Weihwasser, um das ganze Versteck zu überfluten, und greifen auf zwei Fronten an. Einmal mit Bogenschützen und zum anderen mit Männern, die mit Weihwasserflaschen bewaffnet sind. So können wir sie im Handumdrehen in die Flucht schlagen.«

»Stephan?« fragte sein Vater.

»Ich bin immer noch der Meinung, wir sollten so viele Männer wie möglich zusammenrufen und sie alle auf einmal hineinschicken. Je mehr wir sind, desto sicherer ist es.«

Der König legte nachdenklich zwei Finger an die Lippen. »Wir wissen nicht, welche geheimen Kräfte ihnen dieser Ort verleiht«, gab er zu bedenken. »Bevor wir das nicht herausgefunden haben, sollten wir nicht das Leben so vieler Soldaten aufs Spiel setzen. Wenn wir sie auf einen Schlag überrumpeln können, gut. Wenn nicht …«

»Aber dann haben wir uns verraten«, wandte Stephan ein. »Dann wird ihnen klarwerden, daß wir ihnen auf der Spur sind und ihr Versteck kennen.«

»Ich fürchte, das wissen sie schon«, warf Nicholas ein. »Die Männer haben gesagt, der Kundschafter habe bemerkt, daß er verfolgt wurde.«

»Aber er wäre nicht durch die Tür gegangen, wenn er geglaubt hätte, dabei beobachtet zu werden«, sagte sein Vater. »Jetzt ist Eile geboten. Stephan, ich möchte, daß Ihr Monte holt. Nach dem Abendessen werden wir uns noch einmal zusammensetzen und unsere Pläne ausarbeiten. Und nach Einbruch der Dunkelheit entsenden wir einen Erkundungstrupp.«

»Mitten in der Nacht?« fragte Nicholas verblüfft.

»Sie haben gesagt, daß die Tür von Lichtern umrahmt ist. Dann ist das doch der richtige Zeitpunkt, oder?«

»Wahrscheinlich schon«, sagte Nicholas. Diese Unterredung war irgendwie merkwürdig. Er war beunruhigt.

»Sehr wohl, Sire«, stimmte Stephan zu. Er stand auf und verbeugte sich. Der Wachsoldat erhob sich, rückte seinen Stuhl beiseite und gab die Tür frei. Nicholas' Vater sah Stephan nach, der das Audienzzimmer durchquerte. Dann entließ er den Soldaten und warf die Tür hinter ihm ins Schloß.

»Was ist los?« fragte Nicholas. »Du machst doch sonst keine Pläne, wenn du nur so wenig Informationen hast.«

Sein Vater grinste. »Kriegsräte müssen schnelle Entscheidungen treffen.«

»Aber doch nicht so schnell. Wir wissen noch nicht alles.«

Sein Vater zuckte die Achseln. »Wir wissen genug.«

Nicholas legte den Kopf schief und sah den Vater an. Der lehnte sich gegen die Tür, als wolle er verhindern, daß jemand hereinkam. Nicholas holte tief Luft, bevor er die nächste Frage stellte. »Was geht hier eigentlich vor? Welche Absichten verfolgst du?«

Sein Vater sah ihn lange unverwandt an. Seine blauen Augen schienen durch Nicholas hindurchzublicken. Nicholas erinnerte sich an diesen Blick aus seiner Kindheit, diesen stählernen Blick, der ihn zwang, alle seine Missetaten zu gestehen. Sein Vater öffnete den Mund, dann schloß er ihn wieder.

»Vater?« fragte Nicholas verwirrt.

Alexander fuhr sich mit der Hand über das Gesicht und seufzte. »Dies ist unsere Chance, Nicholas«, sagte er schließlich. »Wir müssen das Beste daraus machen.«

»Aber warum nur Stephan und ich? Warum hast du nicht auf die anderen Lords gewartet und eine große Besprechung abgehalten?«

»Wir haben keine Zeit mehr, mein Sohn«, antwortete sein Vater. Seine Stimme klang traurig. »Es ist schon viel zu spät.«

39

Die Fey-Lampen verströmten ihr Licht von Boden und Wänden, so daß der kleine Raum wie in gleißendem Sonnenlicht erstrahlte. Caseo stand, die Hände hinter dem Rücken, auf den hölzernen Dielen und starrte auf die Lampen. Obwohl die Seelen in ihnen schon eine Woche lang benutzt wurden, brannten sie unverändert hell. Diese Tatsache beschäftigte ihn jetzt schon ein ganzes Jahr. Diese Leute schienen unberührt von Zauberkräften zu sein, besaßen tatsächlich keine eigenen magischen Kräfte, und doch hatten sie die Fey mit einer Waffe in die Flucht geschlagen, die mächtiger war als alles, was Caseo je gesehen hatte.

Er ging zu dem erkalteten Kamin hinüber und lehnte sich gegen die Einfassung. Als Rugar den Hütern ein eigenes Haus für ihre Arbeit zugestanden hatte, hatte Caseo auf einem gemauerten Kamin bestanden. Er selbst hatte sich der Gefahr ausgesetzt und die Steine dafür spät in tiefster Nacht am Ufer des Cardidas gesammelt. Die einzelnen Brocken durften nicht größer als der Kopf eines Mannes und nicht kleiner als eine Faust sein. Sie mußten eine fast viereckige Form besitzen und durften vor dem Zusammenfügen nicht behauen werden. Caseo hatte den Domestiken, der den Mörtel anrührte, persönlich überwacht und jeder Kelle einen Schutzzauber beigegeben.

Außer den Fey-Lampen und einigen Hockern war der Raum kärglich möbliert. Ein Domestik hatte einen Teppich angefertigt, der an der Wand aufgerollt stand. Gemütlichkeit war nicht wichtig; in diesem Raum wurde gearbeitet.

Der Tisch in der Mitte des Zimmers bestand aus Holz; auch bei seiner Herstellung hatte Caseo die Oberaufsicht geführt. Er war den Holzfällern in den Wald gefolgt und hatte selbst den passenden Baum ausgewählt. Der, für den er sich schließlich entschieden hatte, war stark und geschmeidig, und Caseo hoffte, daß diese Eigenschaften auch für den Tisch galten. Bis jetzt war die Rechnung aufgegangen.

Schließlich ließ Caseo seinen Blick zu dem Fläschchen auf dem Tisch schweifen. Der geschliffene Flakon funkelte im Licht. Einer der anderen Hüter hatte diesen Anblick als schön bezeichnet, aber Caseo konnte dem nicht zustimmen. Im letzten Jahr war dieses Fläschchen zu seinem persönlichen Feind geworden. Ein Zauber mit einem Geheimnis, das er nicht zu enträtseln vermochte.

Die scharfen Kanten der Steine bohrten sich in seinen Rücken. Die Fey-Lampen strömten keinen Geruch aus, und der Raum roch nur nach Caseos Schweiß. Er hatte schon den ganzen Tag lang nicht gewagt, ein Feuer zu entzünden, denn er wußte nicht, wie das Wasser in der Flasche auf extreme Temperaturschwankungen reagierte. Das könnte der Gegenstand seines nächsten Experiments sein. Aber auch da war er sich nicht sicher.

Außerdem hielt die Kälte ihn wach. Nach der Niederlage des fünften Schiffes blieb den Fey nur eine Hoffnung: ein Gegengift gegen das gefährliche Wasser zu finden. Oder einen Weg, dieser Waffe auszuweichen. Und er und die anderen Hüter waren die einzigen, denen das gelingen konnte.

Im Verlauf des letzten Jahres hatten sie schon die halbe Flasche verbraucht, obwohl sie Tropfen für Tropfen vorgegangen waren. Ein Hüter war dabei gestorben, und die anderen – die Zaubermächte mochten ihnen vergeben – hatten seinen Todeskampf fasziniert beobachtet. Sie hatten sogar seine verkrüppelte Leiche untersucht, um aus ihr zu lernen. Es war eine schauerliche Arbeit gewesen, und sie hatten alle bemerkt, daß die Flüssigkeit seinen gesamten Körper irgendwie verändert hatte. Nicht nur seine Haut war geschmolzen, auch seine Knochen und inneren Organe, alles, was ihn zu einem lebendigen, atmenden Wesen gemacht hatte.

Daß es so lange dauerte, ärgerte Caseo mehr als alles andere. Seit der Nachricht vom Scheitern des letzten Schiffes hatte er diesen Raum nicht mehr verlassen. Er starrte die Flasche an, als beinhalte sie selbst die Antwort auf seine Fragen, obwohl er genau wußte, daß das nicht der Fall war. Die Fey waren auch an Wasser gestorben, das aus anderen Behältern floß. Nein, es war das Wasser selbst, das anders war als alles Wasser, dem er je begegnet war. Anders auch als das übrige Wasser auf der Blauen Insel, soweit er das beurteilen konnte. Das Wasser des Cardidas vertrugen die Fey ohne Probleme. Sie hatten noch einen anderen Fluß nicht weit vom Schattenland entdeckt, und auch dessen Wasser war ungefährlich.

Irgend etwas mußten die Inselbewohner mit diesem Wasser angestellt haben. Was auch immer das war, er würde es herausfinden, denn darin lag die Lösung verborgen, die er suchte.

Caseo wünschte, er könnte einen Wassertropfen untersuchen wie einen Erdklumpen. Die einzelnen Bestandteile eines Brockens Erde konnte man sehen. Man konnte ihn naß machen und seine verschiedenen Eigenschaften testen. Aber Wasser, außer es schwamm etwas Sichtbares darin, war nicht so einfach zu untersuchen. In diesem Wasser schwamm gar nichts. Das hatte er zuerst überprüft.

Das einzige, was ihnen blieb, waren Experimente mit Gewebe von Fey-Leichen und ein paar Proben von lebenden Fey. Damit hatten sie inzwischen immerhin ein paar Resultate erzielt. Caseo hatte herausgefunden, daß die Wirkung der Lösung sich verlangsamte, wenn man sie verdünnte, und oft war ihre Wirkung dann auch nicht mehr ganz so zerstörerisch. Caseo war sich nicht sicher, wie man diese Erkenntnis in der

Schlacht einsetzen konnte, es sei denn, daß einige Fey sich an den feindlichen Wasservorrat heranmachten und ihn heimlich verdünnten. Aber wenn sie das schafften, konnten sie die Flüssigkeit auch gleich ausschütten oder durch harmloses Trinkwasser ersetzen.

Die wichtigste Entdeckung war die, daß der Schaden für das Körpergewebe minimal blieb, wenn die Lösung so schnell wie möglich mit richtigem Wasser abgewaschen wurde. Diese Methode ließ sich praktisch umsetzen, und das hatte er Rugar auch sogleich mitgeteilt. Er hatte vorgeschlagen, Wunden, die in der Schlacht durch eine in Gift getauchte Waffe oder die Lösung selbst verursacht wurden, sofort auszuwaschen und so den Schaden zu begrenzen.

Aber Rugar hatte die Besatzung des Schiffes, das auf dem Weg zu den Felsenwächtern gewesen war, nicht eingeweiht. *Krieger haben keine Zeit, sich mitten in der Schlacht zu waschen*, hatte er gesagt. *Wir brauchen eine bessere Lösung.*

Caseo hatte sich vorgenommen, noch einmal mit Rugar zu sprechen. Immerhin war diese Lösung besser als gar keine.

Er berührte die Tischkante. Das Holz fühlte sich warm und fest an. Obwohl er schon hundertmal mit dem Fläschchen allein gewesen war, hatte er es noch nie berührt. Er hatte Angst, das Gefäß selbst könnte ihn vergiften.

Vielleicht hatte es das auch schon. Seine Gedanken kreisten nur noch um diesen kleinen Glasflakon. Das Gift erschien ihm sogar in seinen Träumen. Seit sie im Schattenland lebten, hatte Caseo keine neuen Zaubersprüche erfunden, und selbst sein Interesse an den Erfindungen der anderen Hüter hatte nachgelassen.

Solange er dieses Problem nicht gelöst hatte, gab es keinen Grund, für die Zukunft zu arbeiten. Wenn sie das Gift in diesem Fläschchen nicht besiegten, hatten die Fey überhaupt keine Zukunft mehr.

40

Seine Gemächer waren eisig kalt. Matthias seufzte, sah von seinem Buch auf und bemerkte, daß die Sonne inzwischen untergegangen war. Er griff nach dem samtenen Klingelzug und riß heftig daran. Der Aud hätte schon vor Anbruch der Dunkelheit erscheinen müssen, um Feuer zu machen und die Gobelins vor den Fenstern zuzuziehen. In letzter Zeit ließ die Dienerschaft im Tabernakel ziemlich zu wünschen übrig, woran zum Teil sicher die allgemeine Stadtflucht schuld war. Viele Auds verließen die Stadt, um in die Dörfer zu ziehen, weil sie glaubten, dort in Sicherheit zu sein. Wahrscheinlich hatten sie recht.

Matthias zündete die Lampe an und setzte sein Studium fort. Das Buch, über das er sich beugte, war undeutlich mit der Hand geschrieben, aber sein Inhalt war das mühsame Entziffern wert. Matthias hatte alle die alten Texte studiert, um nach Antworten auf die Fragen zu suchen, die ihm der Rocaan in der Nacht der Invasion gestellt hatte. Aber bis jetzt hatte er nur vereinzelte Hinweise auf die physische Erscheinungsform der feindlichen Soldaten gefunden. Die meisten Hinweise bezogen sich auf ihre symbolische Bedeutung.

Das Buch, das er sich gerade vorgenommen hatte, war eine im vorigen Jahrhundert verfaßte Geschichte des Tabernakels selbst. Was Matthias daran so faszinierte, war die Beschreibung der verborgensten Winkel des Tabernakels, die für spezielle religiöse Zwecke eingerichtet worden waren. Bis jetzt hatte er noch keine Gelegenheit gehabt, den Rocaan zu fragen, ob er alle diese Orte kannte, und er war sich auch nicht sicher, ob er es tun sollte. Aber er machte sich Notizen. Er wollte selbst diese geheimen Schlupfwinkel erforschen.

Als er das erwartete Klopfen hörte, schob er seine Papiere zusammen und markierte die Stelle, an der er aufgehört hatte zu lesen, bevor er den Aud aufforderte einzutreten. Er drehte sich auf seinem Stuhl herum und war überrascht, Porciluna zu erblicken.

»Ihr solltet wirklich aufstehen, wenn ein Kollege den Raum betritt«, rügte ihn dieser.

An Porciluna wirkte die schwarze Robe der Ältesten luxuriös. Sein ziseliertes Schwert ruhte auf dem höchsten Punkt seines gewölbten Bauches. Die Schärpe hatte er eher um sich herumgewickelt als gebunden, sie hob sich rot von dem schwarzen Stoff ab. Trotz der harten Lebensbedingungen des letzten Jahres wirkte Porciluna feist und behäbig, und Matthias haßte ihn dafür. Matthias selbst hatte erheblich an Gewicht verloren, was er sich eigentlich nicht leisten konnte, und jeden Morgen entdeckte er im Spiegel eine neue Sorgenfalte in seinem Gesicht.

Er stand nicht auf, legte aber die Feder sorgfältig nieder, um sich nicht die Finger mit der Tinte zu beschmutzen. »Waren wir geschäftlich verabredet, Porciluna?«

Der dicke Mann schürzte die Lippen und schüttelte den Kopf. »Ich dachte, Ihr würdet bestimmt wissen wollen, was heute passiert ist.«

Matthias deutete auf den Stuhl neben sich. Er drehte seinen Stuhl so weit, daß er Porciluna gut sehen konnte. Porciluna seufzte erleichtert, als er sich auf die Sitzfläche sinken ließ und seine Füße sein Gewicht nicht länger tragen mußten. Matthias faltete angespannt die Hände im Schoß. Wenn ihn sonst jemand aufsuchte, bedeutete das gewöhnlich, daß ein Dorf nicht mehr genug Weihwasser besaß oder daß die Fey wieder ein paar Tote auf dem Gewissen hatten. Manchmal glaubte er, dieser Krieg endete erst dann, wenn es keine Überlebenden mehr gab.

»Also?« fragte er, die Hände so fest zusammengepreßt, daß seine Finger schmerzten.

»Der Rocaan hat schon wieder darauf bestanden, selbst die Begräbniszeremonie für die geehrten Toten durchzuführen.«

Matthias merkte erst, daß er die Luft angehalten hatte, als er sie jetzt zischend ausstieß.

»Er hat sein eigenes Schwert am Rand des Grabes zurückgelassen, obwohl ich ihn gewarnt habe, daß die Totengräber es stehlen und verkaufen würden, und seitdem redet er nur noch Unsinn.« Porciluna glättete die schütteren Haarsträhnen auf seinem kahl werdenden Kopf. Seine Wangen färbten sich rosa.

»Und was sagt er?« erkundigte sich Matthias.

»Daß er den Überfall der Fey verschuldet habe. Durch seine Sünden.«

Matthias ergriff die Feder und steckte sie in den Halter. Heute würde er wohl nicht mehr weiterarbeiten.

Porciluna packte seinen Arm. »Wie könnt Ihr bloß so ruhig bleiben. Seht Ihr denn nicht, was hier vor sich geht?«

»Ich sehe eine ganze Menge«, gab Matthias zurück. »Und nichts davon bedeutet etwas Gutes.«

Porciluna hatte feuchte Hände. Sein Griff um Matthias' Arm verstärkte sich. Matthias richtete seinen Blick betont auf die Hand, und Porciluna ließ los. Er wischte sich den Schweiß an seinem Talar ab. »Ich mache mir Sorgen, Matthias. Der Rocaan ist nicht mehr er selbst. Er läßt die Angelegenheiten der Kirche schleifen. Er verbringt viel zuviel Zeit in seiner Zelle. Er hält Beerdigungszeremonien ab, die er besser anderen überlassen sollte, und nun auch das noch.«

»So hat er doch schon seit der Invasion geredet«, widersprach Matthias.

Porciluna schüttelte den Kopf. »Nein. Nicht so. Er hat über theologische Fragen diskutiert, und wir mußten uns auf der

Suche nach Antworten durch diese ganzen Texte wühlen. Aber so wie er sich jetzt benimmt, habe ich das Gefühl, er hat einen Plan. Er plant etwas, das die Fey zum Rückzug veranlassen soll. Etwas … Verrücktes.« Das letzte Wort war so leise, daß Matthias es kaum verstehen konnte.

Übelkeit hob Matthias' Eingeweide, und er schluckte krampfhaft. Noch eine Last. Eine Last zuviel. Er wollte sich nicht auch noch darum kümmern müssen. »Ihr glaubt, der Rocaan hat den Verstand verloren?«

»Ich erkenne ihn nicht wieder«, klagte Porciluna. Als es klopfte, fuhren die beiden Männer erschrocken hoch und blickten einander an. Wer konnte sie belauscht haben? Dann erinnerte sich Matthias, daß er den Aud gerufen hatte.

»Komm rein«, befahl er.

Die Tür öffnete sich, und der Aud schlurfte mit einer brennenden Kerze in der Hand ins Zimmer. Erst beim Schein der kleinen Flamme bemerkte Matthias, wie dunkel es inzwischen im Raum geworden war. Im Licht seiner Schreibtischlampe konnte er gerade noch Porciluna erkennen. Der Rest des Zimmers lag im Dunkeln.

»Ich dachte, ich hätte angeordnet, daß die Zimmer der Ältesten bei Anbruch der Dunkelheit zu beleuchten sind«, sagte Matthias in scharfem Ton.

»Verzeiht mir, verehrter Herr. Ich bin normalerweise nicht für die Zimmer zuständig. Euer Diener scheint verschwunden zu sein.«

Wieder einer. Auch das beunruhigte ihn. »Also gut. Ich wünsche, daß die Vorhänge zugezogen werden, hier und in den Gemächern der anderen Ältesten, außerdem sollen Lampen und Kaminfeuer angezündet werden. Und versichere dich, daß jemand sich um den Rocaan kümmert.«

»Wie Ihr befehlt, verehrter Herr.« Der Aud trat an die erste Lampe heran und entzündete sie.

Sofort erhellte sich der Raum; Licht fiel auf das mit Samt bezogene Sofa und die geschnitzten Stühle, die um den mit kleinen Schwertern verzierten Tisch standen. Der Aud schritt von Lampe zu Lampe, bis der ganze Raum in anheimelnde Helligkeit getaucht war. Dann zog er die dicken Vorhänge vor die Fenster und befestigte sie; schloß die Dunkelheit aus und enthüllte statt ihrer die auf den Gobelins abgebildeten Szenen aus dem Leben des Roca.

Matthias und Porciluna sahen ihm schweigend zu. Einmal warf der Aud ihnen über die Schulter einen Blick zu und fuhr dann in seiner Tätigkeit fort, als fände er ihr Benehmen reichlich seltsam. Schließlich kniete er sich vor den Kamin und baute aus Holzscheiten einen kleinen Scheiterhaufen. Außer den leisen Geräuschen, die er dabei verursachte, war es ganz still im Raum.

Matthias war für diese Unterbrechung des Gesprächs dankbar. Er hatte sich in letzter Zeit nicht um den Rocaan und seine Probleme gekümmert, sondern sich seinen Sorgen hinsichtlich der Fey und der Zukunft hingegeben. Dem alten Mann aus dem Weg zu gehen war nicht schwer gewesen; auch er schien sich in Matthias' Gesellschaft in der letzten Zeit nicht recht wohl zu fühlen, als werfe er ihm seine Entscheidungen während der Invasion vor. Matthias hätte wissen müssen, daß das Problem eines Tages auf ihn zurückfallen würde, denn er war der einzige, dem der Rocaan das Geheimnis des Weihwassers anvertraut hatte. Am Tag der Invasion hatte der Rocaan Matthias zu seinem Nachfolger erkoren. Matthias bezweifelte, daß der Alte jetzt immer noch derartige Gefühle für ihn hegte.

Hinter seinem Rücken fing das Holz zu knacken an, und schwacher Rauchgeruch stieg ihm in die Nase. Er drehte sich um. Der Aud rückte den Kaminrost zurecht. Dann stand er auf, wischte sich die Hände an seinem Gewand ab und neigte den Kopf. »Noch etwas, verehrter Herr?« fragte er.

»Nicht in diesem Zimmer«, antwortete Matthias in der Hoffnung, daß der Aud den diskreten Hinweis auf die übrigen Räume verstehen würde.

Der Aud nickte noch einmal, dann ging er.

Als die Tür hinter ihm ins Schloß gefallen war, sagte Porciluna: »Selbst die kleinen Dinge scheinen aus den Fugen zu geraten.«

»Ach ja«, stimmte Matthias zu. »Nur ein weiteres Anzeichen, nehme ich an. Obwohl ...«, er wählte seine Worte mit Bedacht, »... das noch nicht bedeuten muß, daß der Rocaan wirklich verrückt ist.«

»Er ist nicht mehr in der Lage, klar zu denken«, sagte Porciluna. »Er kümmert sich um die falschen Dinge.«

»Der Rocaan ist ein Mann des Glaubens.« Matthias streckte die Beine aus und lehnte sich zurück. Der hölzerne Stuhl knarrte unter seinem Gewicht. »Es wird immer Zeiten geben, in denen er nicht logisch handelt, sondern jener zarten, leisen Stimme in seinem Inneren folgt.«

»Wir alle sind Männer des Glaubens«, widersprach Porciluna.

»Tatsächlich?« Matthias sah seinem Gegenüber gerade ins Gesicht. Porcilunas Züge wirkten weich, als verwischte das Kerzenlicht alle Härten und Kanten.

Der andere straffte sich und legte die Hände auf die Knie. »Wären wir das nicht, wären wir nicht Älteste geworden.«

Matthias lächelte. »Nun kommt schon, Porciluna. Spart Euch das fromme Gerede für die Gläubigen auf. Ihr wißt genausogut wie ich, daß viele von uns hier sind, weil sie nicht wissen, wo sie sonst hinsollen, und andere, weil sie hier, wenn sie ehrgeizig sind, ein bequemes Leben führen können.«

»Falls Ihr mir unterstellen wollt, daß auch ich aus solch niedrigen Beweggründen hier bin ...«

»Ich will Euch gar nichts unterstellen«, beschwichtigte Matthias. »Aber wenn wir schon über die Zukunft des Tabernakels nachdenken müssen, sollten wir ehrlich zueinander sein. Ich habe Euch beobachtet, Porciluna, und ich kann voraussagen, was Ihr tun werdet. Würdet auch Ihr auf eine leise Stimme in Eurem Inneren hören, könnte ich das nicht. Ihr seid ein ehrgeiziger Mann, der gerne angenehm lebt. Ob Ihr an den Roca oder an Gott glaubt, weiß ich nicht.«

»Alle Männer hier sind gute Männer«, verteidigte sich Porciluna.

Matthias musterte ihn scharf, aber er wußte, er würde aus dem anderen nicht mehr herausbringen. »Ja«, stimmte er nach kurzem Zögern zu. »Das sind sie. Und in den Geschriebenen und Ungeschriebenen Worten ist viel Weisheit zu finden.«

»Aber darüber, was man mit einem verwirrten Rocaan machen soll, verraten sie nichts«, klagte Porciluna. »Ich finde, wir sollten ein Treffen der Ältesten einberufen. Eine Wahl abhalten, ihn vielleicht absetzen.«

Matthias faltete die Hände über dem knurrenden Magen. Er hatte den ganzen Tag noch nichts gegessen. »So etwas ist noch nie dagewesen«, sagte er. »Es könnte eine Spaltung der Kirche auslösen, die wir jetzt nicht gebrauchen können.«

»Es könnte uns retten.«

Die Worte hallten in der Stille wider. Das Knacken des brennenden Holzes glich einer Explosion. Dann fielen die Äste zusammen, während das Feuer herunterbrannte.

Matthias erhob sich mühsam, legte die Hände auf den Rücken und trat an den Kamin. Das Feuer, das der Aud entzündet hatte, brannte vorzüglich. Rote und goldene Funken tanzten im Rauchfang, und die Flammen selbst loderten hoch und heiß. »Aber woher sollen wir wissen«, begann er und ließ die Wärme seine Vorderseite liebkosen, »wie wir entscheiden sollen? Wenn du die Worte studierst, scheint der Roca oft unlogisch zu handeln. Vielleicht ist der wahre Glaube tatsächlich eine Art Wahnsinn.«

»Ich habe das Gefühl, daß der Rocaan das, was er über den Rocaanismus weiß, nicht mit den Kräften des Weihwassers vereinbaren kann.«

»Ihr meint die Tatsache, daß es tödlich wirkt?«

»Jedenfalls für Ungläubige.«

Matthias lachte. »Wenn das der Fall wäre, wäre inzwischen schon die Hälfte der Kirchenführer nicht mehr am Leben. Auch ich habe so meine Schwierigkeiten mit dieser Eigenschaft des Weihwassers, und dabei ist meine Gesinnung nicht so rein wie die des Rocaan.«

»Also glaubt Ihr, daß erst die jüngsten Ereignisse seinen Geist verwirrt haben?«

»Ich glaube, wir alle haben uns verändert.« Matthias legte eine Hand auf den Kaminsims. »Aber ob sie seinen Geist verwirrt haben, kann ich nicht sagen. Ich weiß nur, daß er seither seine Entscheidungen immer wieder in Frage gestellt hat. Und ich weiß auch, daß er mehr als wir anderen auf die zarte, leise Stimme lauscht. Vielleicht hört er sie. Wer will das beurteilen?«

Auch Porciluna stand auf. »Ich beabsichtige jedenfalls, ein Treffen der Ältesten einzuberufen.«

Matthias machte einen Schritt auf ihn zu. Sein Gesicht war von der Hitze gerötet, aber sonst war es im Zimmer noch immer kalt. »Wenn Ihr auch nur ein Wort darüber sagt, daß Ihr ihn absetzen wollt, werde ich Euch so viele Steine in den Weg legen, wie ich nur kann.«

Porciluna runzelte die Stirn. »Warum? Es ist doch ganz klar, daß Ihr der nächste Rocaan werdet.«

»Ich soll ein Amt übernehmen, dem Ihr alle seine Befugnisse rauben wollt? Ich glaube nicht, Porciluna. Der Rocaan sollte im Amt bleiben, bis er eines natürlichen Todes stirbt. Und wenn das der Fall ist, wird er vorher seinen Nachfolger bestimmen, so wie es seit jeher Brauch war.«

»Aber er hat seine Wahl doch schon getroffen«, wandte Porciluna ein.

»O nein.« Wieder wandte sich Matthias dem Kamin zu. Das Feuer war heruntergebrannt, aber die Flammen glühten immer noch mehr blau als rot. Doch Matthias konnte in ihnen nichts erkennen. »Er hat mich das Geheimnis des Weihwassers gelehrt, damit er die Verantwortung, es zu gebrauchen, nicht mehr alleine tragen muß. Daß ich sein Nachfolger werden soll, davon hat er nicht gesprochen. Ich glaube, er wollte mich eher dafür bestrafen, daß ich ihn gezwungen habe zu handeln.«

»Wir könnten die Versammlung ohne Euch abhalten«, drohte Porciluna.

»Aber das werdet Ihr nicht tun«, sagte Matthias. »Ohne meine Hilfe könnt Ihr den Rocaan nicht loswerden. Keiner von Euch kann seinen Platz einnehmen. Und ich werde dieses Amt nicht ohne seinen Segen antreten.« Er drehte sich um und sah Porciluna in die Augen. »Habe ich mich klar ausgedrückt?«

»Klar genug«, erwiderte Porciluna. Bei seinem Tonfall zuckte Matthias zusammen.

»Macht Euch nicht über mich lustig«, warnte Matthias. »Gerade jetzt müssen wir zusammenhalten.«

Porciluna verzog das Gesicht. »In Ordnung. Wir werden zusammenhalten. Jedenfalls jetzt noch. Aber ich warne Euch, Matthias. Wenn es mit dem Rocaan noch schlimmer wird, müssen wir etwas dagegen unternehmen.«

»Ich werde Euch wissen lassen, wenn es schlimmer wird«, entgegnete Matthias. »Ich lasse Euch rechtzeitig wissen, wann Ihr etwas unternehmen müßt.«

»Immer im Dienst, was, Matthias?« Porciluna verbeugte sich leicht, wie der Aud es getan hatte, aber sein Gesichtsausdruck war spöttisch. »Ich entlasse mich selbst. Gute Nacht.«

Matthias würdigte ihn keiner Antwort. Sobald der andere verschwunden war, schloß er hinter ihm die Tür. Dann lehnte er sich dagegen.

Für einen Aufstand innerhalb der Kirche war dies der denkbar schlechteste Zeitpunkt. Er hoffte, daß er das Schlimmste noch einmal hatte verhindern können. Denn sonst stand mehr auf dem Spiel als bloße Glaubensfragen. Die Zukunft des ganzen Eilands war in Gefahr.

41

Er fror. Seit sie die Schiffe verlassen hatten, hatte er keine Nacht mehr richtig geschlafen. Fledderer rollte sich hinter einem Holzstapel am Rand des Schattenlandes zusammen. Sein Wach- und Schlafrhythmus war empfindlich gestört. Er kümmerte sich nur noch um die Annehmlichkeiten des Lebens, wenn seine Dienste gefragt waren. Sonst schlief er, wenn er müde war, und aß, wenn er Hunger hatte.

Als bliebe ihm eine andere Wahl.

Er zog den Mantel über die kurzen Beine und schob sich einen Haufen leere Säcke zu einem Kopfkissen zusammen. Der graue Nebel, der die Basis des Schattenlandes bildete, war kalt, obwohl Rugar das immer leugnete. Und der Boden unter dem Nebel, der Boden, den niemand sehen konnte, fühlte sich wie eine flache Schwertklinge an – kühl, glatt und ohne jede Wärme.

Ein Jahr lang lebten sie jetzt schon im Schattenland, aber niemand hatte es bisher für nötig befunden, sich um einen Schlafplatz für die Rotkappen zu kümmern. Fledderer hatte schon mehrmals mit Tazy, dem Anführer der Fußsoldaten, darüber geredet, und dieser hatte jedesmal versprochen, etwas zu unternehmen.

Geschehen war nichts.

Fledderer hatte sogar schon erwogen, sich bei den Hütern zu beschweren, sich jedoch nicht getraut. Und den Mut, Rugar zu bitten, besaß er schon gar nicht. Rugar würde ihn sowieso nicht beachten.

Fledderer drängte sich enger an den feuchten Holzstapel. Fledderer zitterte, wünschte sich ein bequemeres Lager und schloß die Augen. Alles war grau in grau. Er hatte diese Farbe gründlich satt. Eines Tages war er sogar heimlich entwischt und durch den Wald gewandert, und als er zurückgekehrt war – vor den Augen von Rugars Tochter und ihrer Kameraden von der Infanterie –, hatte niemand ein Wort darüber verloren. Es war, als existierte er gar nicht.

Für die anderen hatte er sowieso noch nie existiert. Für sie war er ein Werkzeug, wie ein Schwert, nützlich in Kriegszeiten, sonst bedeutungslos. Es wurmte ihn, daß er sie nicht eines Besseren belehren konnte. Als junger Mann hatte er davon geträumt, daß er seine Zauberkräfte eben etwas später entwickelte – viel später – und ein mächtiger Schamane oder Magier werden würde, der sie alle in Staunen versetzte. Mindestens hatte er gehofft, Traumreiter zu werden, so daß er ihr Unterbewußtsein kontrollieren konnte, während sie schliefen.

Aber er hatte keine magischen Kräfte entwickelt, genausowenig, wie er weiter gewachsen war, und so hatten sich seine Träume allmählich in Rachephantasien verwandelt, Phantasien, die er dennoch nie in die Tat umsetzen konnte.

Jetzt, wo Schattengänger fort war und seinen Pflichten irgendwo in der Stadt nachging, sprach außer den anderen Rotkappen niemand mehr mit Fledderer. Sie diskutierten über die besten Schlafplätze oder günstige Gelegenheiten, außerhalb der Schattenlande etwas zu essen zu stehlen. Das war nicht besonders aufregend.

»Bursche!« Ein Fuß stieß ihn in den Rücken.

Fledderer hielt die Augen geschlossen. Er bewegte sich nicht. Schon vor langer Zeit hatte er gelernt, daß Leute, die etwas von ihm wollten, oft wieder weggingen, wenn er einfach nicht reagierte.

»He, Bursche!« Der Stoß verwandelte sich in einen heftigen Tritt. Ein stechender Schmerz schoß durch Fledderers Wirbelsäule.

Dieser Idiot würde ihn noch tottrampeln, wenn er jetzt nicht antwortete. Fledderer schlug die Augen auf. Einer der langen Infanteristen ragte über ihm auf. Es war der, der sich dauernd mit Rugars Tochter herumtrieb. Fledderer erinnerte sich, daß er den Namen des Jungen immer recht passend gefunden hatte.

»He, Bursche!« sagte der Kerl und trat noch einmal zu.

Fledderer rollte sich auf die Seite. Burden.

»Was?« fragte Fledderer, um einen Ton bemüht, der seinen Ärger nicht verriet. Wenn er sich jedesmal darüber beschweren würde, wenn ihn jemand ›Bursche‹ nannte, wäre er schon lange nicht mehr am Leben.

»Wir brauchen dieses Holz hier. Verschwinde.«

Fledderer seufzte, schnappte sich seine Decke und die leeren Säcke und setzte sich auf. Bestimmt hatte er vom Tritt dieses Kerls blaue Flecken auf dem Rücken. Dabei war die Stelle schon seit Tagen ein so guter Schlafplatz gewesen. Aber vielleicht gelang es ihm ja, Klaue von seinem Platz unter den Stufen des Domizils zu vertreiben.

»Noch was, Bursche.« Fledderer blickte zu Burden hoch. Dessen Lippen waren zu einem dünnen Strich zusammengepreßt.

»Schlaf gefälligst nicht mehr auf öffentlichen Plätzen. Das schickt sich nicht.«

Fledderer biß die Zähne zusammen, aber er platzte heraus: »Habt Ihr eine bessere Idee?«

Der Junge hob das Kinn, als hätte Fledderer ihm eine Ohrfeige verpaßt. »Wie bitte?«

»Ich habe nur gefragt, ob Ihr einen anderen Schlafplatz für mich wißt. Niemand scheint eine Rotkappe in seiner Hütte aufnehmen zu wollen.«

Burden schüttelte leicht den Kopf, als könnte er gar nicht glauben, was Fledderer da gesagt hatte. »Wir haben uns alle unsere Hütten selbst gebaut, Rotkappe. Ich nehme an, ihr könnt dasselbe tun.«

»Ihr habt Domestiken, die euch helfen. Mit mir sprechen die noch nicht einmal.«

Burden zuckte die Achseln. »Habt ihr keinen Anführer? Rede doch mit dem.«

Fledderer starrte den Jungen an. Jetzt konnte er nicht glauben, was er hörte. Natürlich hatten die Rotkappen keinen Anführer. Fußsoldaten kommandierten die Rotkappen herum und Hüter auch, aber untereinander waren sie nicht organisiert. Das hatte der Schwarze König ausdrücklich verboten. Wurden mehr als zwei von ihnen zusammen auf einem öffentlichen Platz angetroffen, durfte man sie verhaften, ja sogar töten.

»Es gibt keinen«, sagte Fledderer schließlich. »Wenn Ihr nicht wollt, daß ich neben Eurem kostbaren Holz schlafe, würde ich Euch vorschlagen, mit jemand anderem darüber zu verhandeln.«

»Hat dir schon mal jemand gesagt, daß du darauf achten solltest, wie du mit Ranghöheren sprichst?«

Fledderer schluckte. »Ich bin in einer Notlage, Herr. Ihr befehlt mir, nicht an öffentlichen Plätzen zu schlafen, aber niemand will mir helfen, mir einen eigenen Schlafplatz einzurichten. Ihr befehlt mir, mit dem Anführer meiner Kompanie zu reden, aber ich gehöre keiner Kompanie an und habe keinen Anführer. Ich wünsche nur, Eure Befehle zu befolgen.«

Burden schüttelte den Kopf. »Ich wußte nicht, daß das so kompliziert ist«, sagte er. »Hör zu, Bursche. Schlaf einfach irgendwo, wo du keinen störst. Und erinnere dich immer daran, daß wir Holz und Wasser brauchen.«

Er zeigte auf eine leere graue Stelle noch näher am Rand des Schattenlandes. »Schlaf irgendwo dort, wo du keinem in die Quere kommst.«

Einen Augenblick lang stellte sich Fledderer vor, wie er seine Hände um Burdens Hals legte und ihm mit seinen kleinen

Fingern die Luft aus der Kehle preßte. Aber Burden war Infanterist. Er war durchtrainiert und stark, selbst wenn er noch keine Zauberkraft besaß. Er würde Fledderer in Sekundenschnelle niederringen, und dann würden die Hüter oder Rugar Fledderer bestrafen.

Fledderer klemmte sich die Säcke unter den Arm, griff nach seiner Decke und stand auf. »Verzeiht, Herr. Ich bin froh, daß Ihr mir gesagt habt, was ich zu tun habe. Ich werde Euch aus dem Weg gehen. Danke für die Hilfe.«

»Gern geschehen«, antwortete Burden. Er drehte Fledderer den Rücken zu und begann, Holzstücke aufzusammeln.

Fledderer stand noch immer da und beobachtete, wie mühelos der andere die schweren Bretter bewegte. Diese Anmut, dieses Selbstbewußtsein, obwohl er nur ein Infanterist war. Als wüßte er schon jetzt, daß er später über herrliche Zauberkräfte verfügen würde.

Und das würde er auch. Alle großgewachsenen, geschmeidigen Fey erwarben eines Tages Zauberkräfte. Doch ein Fey, der schon im Kindesalter aufhörte zu wachsen wie Fledderer, würde niemals der Magie teilhaftig werden.

Aber alle behandelten ihn, als hätte auch sein Gehirn aufgehört zu wachsen. Und das war ungerecht. Der Kerl hatte noch nicht einmal den Spott in Fledderers Worten bemerkt. Wahrscheinlich dachte er, Fledderer wäre überhaupt nicht in der Lage, seine Worte mit Bedacht zu wählen, genausowenig wie ihm klar war, daß auch Rotkappen eines Mindestmaßes an Bequemlichkeit würdig waren.

Fledderer seufzte. Er würde zum Domizil gehen und versuchen, von den Domestiken einige Essensreste zu erbetteln. Und dann würde er durch das ganze Schattenland wandern und nach einem Schlafplatz suchen, wo ihn niemand mehr störte.

42

Der Vollmond tauchte den Wald in silbrigen Glanz. Theron führte die kleine Truppe vorsichtig den Pfad entlang. Obwohl sie schwer an den Behältern mit Weihwasser zu schleppen hatten, schienen zwanzig Soldaten kaum genug, die ganze Armee der Fey zu überwältigen. Trotzdem war der Plan gut. Wenn schon ein Tropfen der Flüssigkeit genügte, um einen Fey zu töten, konnten sie auf diese Weise vielleicht auch ihr Geheimversteck ausheben.

Theron war bloß der Gedanke zuwider, die Truppe anzuführen, die diesen Überfall auszuführen hatte.

Die Leute, die ihm folgten, bewegten sich überraschend lautlos. Theron selbst war im Wald aufgewachsen, was auch einer der Gründe dafür gewesen war, weswegen ihn Monte für diese Aufgabe ausgewählt hatte. Doch außer einigen wenigen seiner Freunde bestand der Rest aus Städtern, die sich lediglich durch besondere Befähigung im Kampf ausgezeichnet hatten. Theron hatte weder erwartet, daß sie so furchtlos, noch daß sie so leise sein würden.

Der Vollmond war eine große Hilfe. Es war im Wald nicht so dunkel wie sonst, ja, es war fast so hell wie bei Tag. Ein dünnes, silbriges Tageslicht, aber immerhin. Die Luft roch nach Harz und dem Wasser des Cardidas, der sich nur ein paar Meilen entfernt dahinschlängelte. Ein paarmal hatten Tiere mit ihrem Rascheln die Truppe aufgeschreckt, aber Theron hatte die Geräusche immer sofort identifiziert: ein wühlendes Wildschwein, ein jagender Falke, ein Tsia, das nach seinem Gefährten schrie.

Die kleine Streitmacht war bei Nieselregen aufgebrochen, und auch das kam ihren Absichten entgegen. Theron sah, daß vor ihnen schon jemand diesen Pfad benutzt hatte. Wahrscheinlich bestand kein Zusammenhang zwischen diesen Spuren und dem von ihnen geplanten Überfall, aber man konnte nie ganz sicher sein. Er hatte die anderen darauf vorbereitet, daß die Fey vielleicht gewarnt worden waren.

Das Ziel des Überraschungsangriffs bestand darin, so viel Weihwasser wie möglich durch den Lichtkreis zu schütten, hatte Monte erklärt. Wenn es den Soldaten gelang, selbst durch den Kreis einzutreten, um so besser. Was Monte nicht gesagt hatte – und das war auch nicht nötig gewesen –, war, daß diese Truppe wahrscheinlich nie mehr zurückkehren würde.

Die Fey waren gerissen, das mußte Theron zugeben. Als Monte ihm den genauen Standort ihres Verstecks beschrieben hatte, war Theron nicht überrascht gewesen. Jetzt bewunderte er die Feinde nur noch mehr. Er kannte dieses Gebiet. Die meisten jener Viehställe waren schon seit Jahren verlassen. Einer von ihnen gehörte einem kinderlosen Paar, das inzwischen steinalt oder gar gestorben sein mußte. Die einzige bewohnte Hütte war am Tag der Invasion Schauplatz eines aufsehenerregenden Mordes gewesen – schon damals hatten die Fey offensichtlich geplant, sich hier niederzulassen.

Der Wald war urbar gemacht worden, aber kein Inselbewohner hielt sich mehr hier auf. Manchen war der Ort zu nahe an Jahn, anderen zu abgelegen. Hier gab es keinen ruhigen Seitenarm des Cardidas, und der Fluß selbst war an dieser Stelle ziemlich gefährlich. Niemand hatte je in Erwägung gezogen, hier ein Dorf zu errichten. Dieser Teil des Waldes war zu wild für ein bequemes Leben.

Schließlich erreichten sie die beiden nebeneinanderstehenden Eichen, von denen Monte gesprochen hatte. Der Anblick der beiden Bäume, deren Wurzeln fast den Pfad versperrten, beruhigte Theron. Als er gesehen hatte, wie Monte seine

Anweisungen von einem Blatt Papier ablas, hatte er sich gefragt, durch wie viele Hände dieser Plan schon gegangen war. Theron hatte Angst, sich zu verirren und die Fey schließlich doch vorzuwarnen.

Das Gemetzel würde fürchterlich sein.

Es war immer ein gräßliches Blutbad, wenn die Fey den Vorteil der Überraschung auf ihrer Seite hatten. Sie töteten rasch, rücksichtslos und heimtückisch. Die zwanzig Männer konnten längst tot sein, bevor der Anführer überhaupt bemerkte, daß die Fey sie umzingelt hatten.

Theron machte bei den Bäumen halt und legte den Finger auf die Lippen. Auch die anderen blieben stehen. In dem seltsamen Licht konnte er kaum ihre Gesichter erkennen: Kondros, Matio und Adrian, Therons Freunde seit seiner Kindheit; Bendre, Cyta und Lysis, die einzigen Freiwilligen für diesen Auftrag; Ure, Surl und Ort, Mitglieder der Königlichen Garde; und hinter ihnen in der Dunkelheit der Rest der Truppe. Alle sahen ihn schweigend an. Er hörte sie nicht einmal atmen.

Er zeigte in Richtung des Cardidas. Sie wußten, daß sie den Pfad jetzt verlassen mußten. Theron wartete, bis alle versammelt waren, bevor er ihnen den Weg wies. Dann legte er wieder den Finger auf die Lippen und glitt ins Gebüsch.

Der Boden war noch naß vom Regen, und die Luft roch nach feuchter Erde. Theron fand die Orientierungspunkte, die Monte ihm bezeichnet hatte: einen großen Felsblock zur Linken, einen schmalen Tierpfad durch das Gras, einen toten Baum, bleich und dürr im Mondlicht. Als Theron die Stelle erreichte, wo der Lichtkreis sich befinden mußte, machte er wieder halt. Das Auffälligste hatte Monte überhaupt nicht erwähnt.

Ein Kreis auf dem Boden, groß genug, um mehrere Leute gleichzeitig aufzunehmen. In dem Kreis befand sich weder eine Feuerstelle, noch schien dort niedergetrampeltes Gras zu wachsen. Der ringförmige Wall selbst bestand aus Erde. Gras und kleine Blumen reckten ihre Spitzen aus der niedrigen Aufschüttung. Der Erdring befand sich genau in der Mitte der Lichtung, dort, wo nach Montes Angaben der Lichtkreis sein sollte.

Therons Nackenhaare stellten sich auf. Er verabscheute Fehlinformationen und plötzliche Veränderungen. Sie machten ihn nervös. Hätte Monte ihm nicht versichert, daß der König selbst die Ausführung dieses Plans befohlen hatte, wäre er mit seinen Leuten auf der Stelle umgekehrt.

Innerhalb des Erdrings schien das Mondlicht heller zu leuchten als um ihn herum. Als hätte jemand eine Lampe angezündet und so an einen Baum gehängt, daß ihr Licht genau auf diesen Fleck fiel. Aber über dem Ring gab es keine Äste.

Theron schluckte. Er sah sich suchend nach dem Lichtkreis um, obwohl er bezweifelte, ihn in dem hellen Mondlicht überhaupt erkennen zu können. Der Mond verfärbte selbst den Himmel seltsam blaugrau.

Jetzt raschelte kein Tier mehr. Die Truppe schien ganz allein im Wald zu sein.

Eine Hand legte sich auf Therons Schulter, und er mußte sich beherrschen, um nicht aufzuschreien. Er wandte den Kopf. Kondros stand hinter ihm, sein rundes Gesicht vom Mondlicht klar umrissen, und deutete mit dem Kinn auf die Lichtung. Theron schüttelte den Kopf. Kondros zeigte mit dem Finger. Theron folgte der Geste mit den Augen.

Da, direkt über dem Erdring, schwebte ein ebenso großer Kreis in der Luft. Nur daß dieser Kreis aus flackernden, kleinen Lichtern bestand. Theron starrte die Lichter an. Sie kamen ihm irgendwie bekannt vor. Dann merkte er, daß sie den Irrlichtern glichen, die er als kleiner Junge nachts am Blumenfluß gesehen hatte. Aber das hier waren keine Irrlichter. Sie flackerten in regelmäßigen Abständen, und auch ihre Form war anders. Theron hatte fast das Gefühl, daß sie mit ihm sprechen würden, wenn es ihm gelänge, eines von ihnen zu berühren.

Immer noch hielt Kondros Therons Schulter mit festem Griff umklammert. Ohne es zu merken, hatte Theron einen Schritt auf die Lichtung hinaus getan. Er blickte den Freund an.

Der Kreis war größer, als er ihn sich vorgestellt hatte. Es würde nicht schwer sein hindurchzutreten.

Theron legte seine eigene Hand auf die von Kondros. Der andere nickte und ließ los. Theron wandte sich dem Rest der Truppe zu und hielt drei Finger in die Höhe. Die vordersten Männer wiederholten die Geste, so daß auch die hinteren sie sehen konnten.

Theron war froh, daß er den Männern vier verschiedene Pläne vorgelegt hatte. Der dritte war der vorsichtigste.

Die Gruppe verteilte sich um die Lichtung, hielt sich aber von dem Lichtkreis fern. Die ersten vier – Cyta, Adrian, Ort und ein junger Rekrut namens Luke, den Theron sogar für zu jung für einen Wachsoldaten hielt – öffneten die Beutel an ihren Hüften und holten das Weihwasser heraus. Einer aus der Wachkompanie hatte die Behälter vor ein paar Monaten verbessert. Statt der zu religiösen Zwecken benutzten Fläschchen trugen die Männer jetzt Ziegenblasen mit Spritztüllen. Ein schneller Druck, und das Wasser spritzte aus der Tülle. Auf diese Weise reichte der Strahl doppelt so weit wie der Guß aus einer Flasche. Ein Kämpfer konnte mit der Tülle zielen, die Blase drücken und mit großer Treffsicherheit zwei Körperlängen weit spritzen. Diese verbesserten Behälter stellten eine ganz neuartige Waffe dar, mit deren Hilfe die Kämpfer Distanz zu den Fey und ihren geheimnisvollen Zauberkräften halten konnten.

Die restlichen Männer legten ihre angefeuchteten Pfeile auf die gespannten Bogensehnen und warteten darauf, daß die Fey auftauchten. Sie standen schußbereit am Rand der Lichtung; alle wußten, daß äußerste Wachsamkeit geboten war.

Theron konzentrierte sich. Er war der einzige, der nicht zum Bogen gegriffen hatte. Statt dessen umklammerte er ein Messer und seinen eigenen Wasserbehälter. Die anderen konnten ruhig schießen. Wenn er einen Fey sähe, würde er ihn mit eigenen Händen töten.

Die vier Männer überquerten die Lichtung in geduckter Haltung. Cyta ging an der Spitze. Als sie den äußeren Rand des Erdringes erreicht hatten, hob er die Hand und gebot den anderen stehenzubleiben. Dann spritzte er einen kleinen Strahl Weihwasser hinein. Kein Schrei ertönte, und alles blieb, wie es war: Die Lichter schienen hell, die Lichtung war leer.

Cyta stieg über den Erdwall. Seine Haut schimmerte silbrig im Mondlicht. Zuerst folgte ihm Adrian, dann Ort. Luke zögerte kurz. Er war auch der einzige, der sich umblickte, um zu sehen, ob ihnen jemand – oder etwas – folgte.

Theron packte den Wasserbehälter fester. Er war aufs äußerste angespannt. Kondros' Atem kam ihm plötzlich dröhnend laut vor. Das schwache Schlurfen der Füße, die vorsichtigen Bewegungen der anderen Männer, all das zerrte an Therons Nerven.

Jetzt trat Cyta entschlossen auf den Lichtkreis zu. Auch er sah gespannt aus. Er hielt seinen Wasserbehälter wie einen Schild vor der Brust. Seine drei Gefährten folgten ihm. Langsam streckte er die freie Hand aus. Sie ragte in den Lichtkreis, und es sah aus, als würde sie von der Schwärze in dessen Inneren verschluckt. Dann schüttelte es seinen ganzen Körper, er flog rückwärts und landete außerhalb des Erdringes am Fuße der Bäume auf dem Boden.

Auch die anderen spritzten jetzt ihr Wasser mitten in den Lichtkreis. In dessen Mitte traf der Strahl auf etwas Festes und sprühte auf die Männer zurück. Sie drehten sich um und versuchten wegzulaufen, aber sie prallten gegen den Rand des Erdringes wie in einem Glaskäfig gefangen.

Jetzt wurde es auf der Lichtung noch heller, als hätte jemand neben dem Mond noch zusätzliche Kerzen entzündet. Die Männer standen wie erstarrt, als könnten sie nicht glauben, was sie sahen.

Plötzlich tauchten Fey hinter den Männern am Rand der Lichtung auf. Theron öffnete den Mund zu einem Warnruf, aber da packten ihn Hände um die Taille und wirbelten ihn herum. Instinktiv drückte er auf seinen Wasserbehälter und stieß im gleichen Augenblick mit dem Messer zu. Die Klinge drang in den Bauch des Fey, und als er zu schreien begann, spritzte ihm Wasser ins Gesicht. Aber Therons Gefährten reagierten nicht so geistesgegenwärtig. Bogen flogen durch die Luft, und Männer brüllten vor Schmerz, als Fey-Schwerter sie durchbohrten.

Theron sprang von dem schmelzenden Fey zurück und sprühte sein Wasser wahllos auf jeden Fey in seiner Nähe. Die Feinde schrien auf und taumelten zurück; sie zerkratzten sich wie rasend Gesicht, Brust und Arme in dem Versuch, die Flüssigkeit abzuwischen. Kondros, dessen Flanke blutete, griff jetzt auch zum Wasserbeutel und spritzte mit bogenförmigem Strahl in alle Richtungen. Theron verfolgte die letzten Fey, die noch auf seine Leute einhieben, sprühte und verfehlte sie.

Die Fey rannten auf den Lichtkreis zu. Theron, Kondros und einige andere folgten ihnen, Weihwassertropfen funkelten in der Luft, aber die Männer hatten zu kurz gezielt. Die Fey konnten über den Erdwall springen und verschwanden im Lichtkreis.

Noch immer versuchten die drei Inselbewohner vergeblich, den Erdring zu verlassen. Sechs Fey-Frauen packten sie und zerrten sie mit sich durch die Lichter.

Theron rannte hinterher, Kondros auf den Fersen. Die vorher

so stille Lichtung hallte jetzt von Geschrei wider, die Luft roch penetrant nach versengtem Fleisch. Als Theron den Erdwall erreichte, drückte er auf seinen Wasserbeutel. Der Strahl war direkt auf die Lichter gerichtet, aber er prallte an der Luft ab wie an Glas. Dann rann er am Rand des Erdrings hinunter und schuf eine sichtbare Abgrenzung, die aus dem niedrigen Erdwall selbst emporzuwachsen schien.

Kondros lief an Theron vorbei und hämmerte an die seltsame Wand, die das Wasser sichtbar gemacht hatte. Cyta tat es ihm nach, Theron ebenfalls. Ihre Fäuste trafen eine Substanz, die so glatt wie Eis und so fest wie Metall war. Die Tür im Lichtkreis stand offen. Hinter ihr sahen sie ein weißes Licht und keinen Boden. Die drei entführten Inselbewohner schwebten im Griff der Fey zu Häusern, die aus dem Licht ragten. Dann senkte sich Dunkelheit über die Szenerie.

Theron fiel vorwärts in den Ring und landete mit dem Gesicht zuerst im feuchten Gras. Neben ihm grunzte Kondros, dem es ebenso ergangen war; Cyta krümmte sich am Boden.

»Das war kein Zufall«, keuchte er. »Sie wußten Bescheid.«

Sie hatten es gewußt. Und sie hatten es darauf abgesehen, Gefangene zu machen. Gefangene, die Weihwasser bei sich trugen. Vielleicht konnten die drei wieder entkommen. Aber wären es Therons Gefangene, hätte er ihnen als erstes die Waffen abgenommen.

»Sie wollten Weihwasser in ihre Gewalt bringen«, stimmte er zu. »Und wir haben sie nicht daran gehindert.«

»Wir wurden überrumpelt«, wandte Kondros ein.

»Ich wußte es«, sagte Theron leise. »Unser Plan war unzulänglich. Deswegen habe ich auch so viele Vorsichtsmaßnahmen getroffen. Ich habe fast das Gefühl, der König wollte uns absichtlich opfern. Wenn er die Fey wirklich auf einen Schlag überwältigen wollte, warum hat er dann so wenig Männer ausgeschickt? Verläßt man sich damit nicht zu sehr auf eine einzige Waffe?«

»Es hätte klappen können«, wandte Cyta ein. »Du hast selbst gesehen, wie es ihre Körper angreift.«

»Ja«, sagte Theron. »Und Feuer verbrennt Holz. Es verbrennt auch unsere Körper. Aber Eisen schmilzt es.«

»Wir müssen hier raus«, knurrte Kondros.

Theron rappelte sich mühsam hoch. Er wischte sich den Schmutz aus dem Gesicht. Wie viele Tote? Wie viele Verwundete? Er hatte sich immer geschworen, im Falle eines Angriffs zusammen mit seinen Männern zu sterben. Wie konnte er jetzt noch weiterleben?

»Kein Grund zur Eile«, entgegnete Cyta. »Wenn sie uns alle töten wollten, hätten sie es längst getan.« Er ergriff Kondros' Hand und zog ihn hoch. »Nein. Sie wollen, daß wir zurückkehren und den Vorfall berichten.«

»Sie wissen genau, daß es allen Angst einjagen wird, daß sie jetzt im Besitz des Weihwassers sind«, meinte Theron.

»Sie wollen, daß wir wissen, wer hier im Vorteil ist«, bestätigte Kondros. Theron ignorierte Cytas ausgestreckte Hand. Er stand allein auf. »Sie sind nicht im Vorteil. Sie haben sich eine Festung gebaut, die wir nicht stürmen können, aber diese Festung steht auf unserem Land. Sie sitzen in der Falle. Wenn wir wollen, können wir sie alle töten. So leicht lassen wir uns keine Angst einjagen.«

Jedenfalls hoffte er das. Er seufzte und ließ die beiden anderen am Rand des Erdrings stehen. Er selbst ging langsam auf den Wald zu, um nachzusehen, ob außer ihnen noch jemand am Leben geblieben war.

Solanda trippelte die dunkle Straße entlang. Das Kopfsteinpflaster unter ihren Pfoten fühlte sich kalt und hart an. Obwohl der Hafen noch weit entfernt war, roch es überwältigend nach Fisch. Sie schluckte einen Schwall Speichel hinunter und schwor sich, daß sie sich sofort nach diesem Auftrag einen ganzen Lachs gönnen würde.

Die Häuser waren immer noch dunkel und still. Die meisten Leute schliefen. Ein paar von ihnen waren mit den Booten hinausgefahren, aber Solanda war ihnen aus dem Weg gegangen. Die Inselbewohner hatten eine Vorliebe für Katzen. Immer wenn sie Solanda entdeckten, lockten sie sie herbei und boten ihr etwas zu fressen an. Den Lockrufen konnte sie wohl widerstehen, aber nicht den Leckerbissen. Eine Frau hatte ihr eine Hühnerleber hingehalten, sie erst gestreichelt und dann mit in ihr Haus genommen und eingesperrt. Solanda hatte die Nacht abwarten müssen, um wieder ihre menschliche Gestalt anzunehmen und die Tür zu öffnen. So etwas durfte nicht noch einmal vorkommen.

Besonders nicht heute abend. Rugar hatte sie bei Vollmond ausgesandt. Sie war leise durch den Wald geschlichen und, als sie einen Trupp sich nähernder Inselbewohner bemerkte, froh gewesen, daß sie sich rechtzeitig im Schattenland verwandelt hatte. Ein Kampf direkt vor dem Torkreis. Diese Inselbewohner wußten nicht, worauf sie sich einließen. Solanda hatte bedauert, den Ausgang des Kampfes zu verpassen. Den Sieg. Nachts schlief sie auf einer alten Matratze, die sie aus einem der Viehställe gestohlen hatte – gestohlen und geflickt, ganz allein, denn die Domestiken waren zu beschäftigt –, und ließ in Gedanken die erfolgreichen Feldzüge an sich vorbeiziehen, an denen sie schon teilgenommen hatte. Manchmal fühlte sie dann wieder, wie es war, zu den Siegern zu gehören, ganze Kulturen zu unterwerfen, alles beizubehalten, was einem an den Unterlegenen gefiel, und den Rest nach eigenen Vorstellungen zu ändern. Wenn die Fey ein Gebiet erobert hatten, setzten sie Gouverneure ein, deren Aufgabe darin bestand, die Wirtschaft der Gegend in Gang zu halten, die Bevölkerung unter Kontrolle zu bringen und so wenig wie nötig zu verändern. Natürlich führten sie andere Gesetze ein: Die Fey brachten ihr eigenes Rechtssystem und ihre eigene Regierungsform mit; aber Kunst, Sprache und Gebräuche blieben dieselben.

Hier jedoch waren die Dinge noch in Bewegung. Hier fühlte sie sich frei. Sie haßte es, im Schattenland zu leben und Rugars Befehlsgewalt unterstellt zu sein. Er ließ sie nicht aus den Augen und verbot ihr, auf eigene Faust in der Stadt umherzustreifen, denn auf diesem Feldzug war sie der einzige Gestaltwandler. Er fürchtete, sie auch noch zu verlieren.

Diese Furcht wirkte sich nachteilig auf seine Pläne aus. Gestaltwandler waren kaum von Nutzen, wenn sie nur für unbedeutende Aufträge eingesetzt wurden. Ein Gestaltwandler arbeitete am besten als Spion in einem noch unbekannten Land, wo er den Einwohnern ihre Geheimnisse ablauschen konnte. Einige der wichtigsten Siege der Fey waren der guten Arbeit von Gestaltwandlern zuzuschreiben.

Solanda hob den Kopf und folgte einem fremden Uringeruch weiter den Bordstein entlang. Sie hielt inne, schnupperte und kam zu dem Schluß, daß dort zwei Kater einen Revierkampf ausfochten. Außer ihr und den dunklen Häusern war die Straße leer. Sie rannte schnell über das Pflaster. Jetzt wollte sie sich keinesfalls in eine Auseinandersetzung verwickeln lassen. Das war ihr schon einmal passiert, und sie war blutig und zerkratzt in die Schattenlande zurückgekehrt, weil sie sich nicht wie eine normale Katzendame benommen hatte.

Die Mauer des Palastes war nur notdürftig ausgebessert worden. Offensichtlich war man in Eile gewesen, hatte zersplitterte Bretter provisorisch über die Löcher genagelt und versucht, das zertrümmerte Tor mit neuen Brettern wieder funktionstüchtig zu machen. Solanda schlüpfte unter einem abgebrochenen Brett hindurch und gab acht, nicht an der scharfen Kante hängenzubleiben. Sie haßte Holzsplitter im Fell. Dann stolzierte sie über den Pfad und wich den Pfützen von Pferdeurin und den dunklen Haufen der Pferdeäpfel aus. Wie immer beleidigte der Geruch im Palast ihre feine Nase: Zu viele Menschen lebten hier auf zu engem Raum. Tiere liefen frei im hinteren Teil des Hofes herum; der riesige Gemüse- und Kräutergarten wurde mit Hilfe von althergekommenem Dünger bewirtschaftet.

Wenn die Fey erst einmal die Herrschaft übernahmen, würden sie einige der unhygienischen Angewohnheiten dieses kleinen, rückständigen Völkchens ändern.

Falls sie je die Herrschaft übernahmen.

Solanda sprang auf einen Stein vor der Küche und schnappte nach Luft. Unwillkürlich hob sie eine Pfote. Sie benetzte sie mit der Zunge, dann fuhr sie sich damit über das Gesicht und wusch die Reste der üblen Gerüche und den Staub ihrer nächtlichen Wanderung ab. Sie ließ diese Zweifel nur höchst ungern an sich nagen. Rugar war schuld daran. Er war nicht der Anführer, den sie brauchten. Er mußte aufhören, sich im Schattenland zu verstecken, und endlich anfangen, die Fähigkeiten seiner Leute richtig einzusetzen, und die Inselbewohner einfach im Schlaf abschlachten.

Aber er hatte ja immer Angst, daß Gift neben ihren Betten stand. Er hatte Angst, alle seine Soldaten zu verlieren und mit leeren Händen dazustehen.

Und man konnte nicht abstreiten, daß er Grund dazu hatte. Von den sechs Doppelgängern, die sie mitgebracht hatten,

hatten sie allein zwei im Tabernakel eingebüßt. Der eine war in der Ersten Schlacht um Jahn getötet worden, und der zweite hatte versehentlich ein Gefäß voller Gift berührt, das er mit normalem Wasser gefüllt glaubte. Hätte Solanda nicht zufällig auf einem ihrer Erkundungsgänge ein paar Tage später zwei Schwarzkittel belauscht, die sich darüber unterhielten, wie ein unverschämter Fey versucht hatte, in den Tabernakel einzudringen, hätte sie wohl niemals herausgefunden, was mit ihm passiert war.

Und nun sollte sie zwei weitere Doppelgänger an diesen finsteren Ort schicken. Den Hütern des Zaubers war es immer noch nicht gelungen, das Geheimnis des Giftes zu enträtseln. Ein Doppelgänger am richtigen Ort konnte vielleicht dabei behilflich sein.

Die Küchentür öffnete sich, und der Koch streckte den Kopf nach draußen. Sein Gesicht war von der Hitze des Herdes gerötet; Schweißperlen standen auf seiner Stirn, und das Rückenteil seiner weißen Uniform klebte ihm am Leib. Der Schweißgeruch überwältigte Solanda fast noch mehr als der Duft von Essen. Ihr Magen knurrte. Sie ließ die Pfote sinken, blickte den Mann an und miaute kläglich.

Als er sie entdeckte, verzog er das Gesicht zu einem Lächeln. »So früh heute, kleine Dame? Willst den anderen zuvorkommen, was?«

Wieder miaute Solanda, dann sprang sie von ihrem Stein und rieb sich an seinem Bein. Er strich ihr mit seiner großen Hand über den Pelz. Seine Haut roch nach frischgeschlachtetem Hühnchen, Gewürzen und Holz. Solanda leckte das Fett von seiner Handfläche. Es schmeckte salzig.

»Warte mal, kleine Dame. Ich hab was Leckeres für dich vom Schlachter gekriegt. Ich hol's dir, bevor deine kleinen Freunde kommen, dann kannst du's ganz allein verspeisen.«

Solanda ließ sich auf die Hinterpfoten nieder und sah zu,

wie der Mann die Tür wieder schloß. Stimmen hallten durch den Hof, die Diener begannen allmählich mit ihrem Tagewerk. Ein Pferd wieherte. Der Himmel färbte sich rosa. Der Tag versprach schön zu werden.

Der Koch öffnete die Tür wieder und stellte einen Teller mit zerkleinerter Hühnerleber vor Solanda hin. Nur eine Leber, aber groß genug, um ihren kleinen Bauch zu füllen. Sie strich um seine Beine, versuchte, in die Küche zu schlüpfen, aber die Leber siegte. Sie stürzte sich auf den Teller und schlang das Fleisch so schnell in sich hinein, daß sie kaum etwas schmeckte. Wenn sie eine Katze war, aß sie auch wie eine Katze, ganz Geschmack und Gier – und manchmal so hastig, daß ihr das Fressen wieder hochkam. In Sekundenschnelle war die Leber verschwunden.

Sie setzte sich auf und leckte ihre Schnurrhaare. Der Koch sah ihr von drinnen aus zu und lächelte zufrieden. Die Küchentür stand offen. Solanda spürte die Hitze des Feuers. Der Mann bemerkte ihren Blick, kam heraus und schloß die Tür hinter sich. Er bückte sich und streckte die Hand aus. Solanda beschnüffelte sie, um festzustellen, ob sie noch mehr Futter enthielt.

»Da kannst du nicht rein, kleine Dame. Dann bin ich meinen Kopf los. Aber komm du nur immer morgens, dann kriegst du was besonders Gutes.«

Solanda ließ sich streicheln, sowohl als Dank für die Informationen über die Küche wie auch für das Hühnchen. Die Leber hatte sie durstig gemacht, und sie mußte sich etwas zu trinken suchen. Sie warf dem leeren Teller einen letzten sehnsüchtigen Blick zu, dann stolzierte sie in den Hof und leckte sich dabei den Bart.

Rugar hatte ihr befohlen, Schattengänger nicht zu behelligen. Die Informationen über den König, die er lieferte, waren äußerst wertvoll. Tel dagegen hatte jetzt schon ein ganzes Jahr in den Ställen verbracht, aber seine Ergebnisse waren nicht so nützlich, wie Rugar gehofft hatte. In Nye und L'Nacin verfügten die Stallmeister über großes Wissen, weil die Anführer so oft ausritten. Aber auf der Blauen Insel benutzte offensichtlich nur der junge Prinz die Pferde, und dabei pflegte er nicht über Staatsangelegenheiten zu sprechen.

Solanda haßte die Ställe. Mehr als einmal hatte sie versehentlich ein Pferd erschreckt und war fast zu Tode getrampelt worden. Sie setzte sich, wusch sich noch einmal das Gesicht und suchte dann nach einer Pfütze Regenwasser. Fast hätte sie darüber ihren Auftrag vergessen. Die einzige halbwegs saubere Pfütze, die sie fand, stand in einem Schlammloch nahe bei den Ställen. Solanda nahm einen raschen Schluck und schüttelte sich, denn auch dieses Wasser war sandig. Aber man konnte es trinken. Jedenfalls, wenn es sein mußte.

In den Stallungen waren nicht mehr als fünfzehn Pferde untergebracht, in geräumigen Boxen voneinander getrennt. Der saubere Boden war mit frischem Heu bedeckt. Sobald Solanda den Stall betreten hatte, stieg ihr der strenge Pferdegeruch in die Nase, und sie mußte niesen. Bis auf einige Heuballen und das Sattelzeug war der vordere Teil des Stalls leer. Solanda sprang auf einen der Ballen und wartete. Dann erschien Tel.

Seit seinem Wechsel hatte sie ihn erst zweimal gesehen, beide Male an einem verabredeten Treffpunkt. Heute würde er sie nicht erwarten. Sie wußte noch nicht, wie sie mit ihm Kontakt aufnehmen sollte. Die beiden letzten Male hatte er sie nur in ihrer vertrauten Fey-Gestalt gesehen.

Ein Stallbursche kam herein. Er führte einen schwarzen Hengst am Zügel. Das Pferd bäumte sich auf. Solanda duckte sich noch tiefer auf den Heuballen in der Hoffnung, daß das Pferd sie dann übersehen würde. Es klappte. Der Bursche führte das Tier nach draußen.

Ein Pfeifen ertönte. Solanda reckte den Hals und versuchte, über die Ballen hinweg den hinteren Teil des Stalles zu erkennen. Aber ihre Bemühungen waren vergeblich. Und sie würde auf keinen Fall ihren Zufluchtsort verlassen und erneut riskieren, zertrampelt zu werden.

Zwei weitere Stallburschen führten Pferde an ihr vorbei, bevor Solanda den Mann sah, den sie suchte. Tel war jetzt wie ein Reitknecht gekleidet und kommandierte die anderen herum. Solanda wartete, bis die beiden Burschen verschwunden waren, bevor sie auf dem hölzernen Geländer einer leeren Box balancierte.

In seiner menschlichen Gestalt war Tel breitschultrig und muskulös. Keiner der Inselbewohner war besonders hochgewachsen, und Tels Wirt machte da keine Ausnahme. Unter dem braunen Haar verriet nichts in seinem Gesicht Tels Anwesenheit.

Als er Solanda erblickte, stieß er einen saftigen Fluch aus. Er öffnete den Mund und blickte sich um, offensichtlich, um einen der Stallburschen zu Hilfe zu rufen, aber Solanda miaute und hob die Pfote. Er sah sie noch einmal scharf an und runzelte verwirrt die Stirn. Solanda setzte sich neben einen Stützbalken und sagte auf Fey: »Ich habe Durst. Bring mir etwas frisches Wasser, aber vor die Tür dieser stinkenden Höhle.«

»Aber …«

»Ein Doppelgänger sollte die Befehle seines Vorgesetzten niemals in Frage stellen«, entgegnete Solanda und sprang von ihrem luftigen Sitz herunter. Stroh stach sie in die Pfoten, und sie verfluchte Tel im stillen für seinen Beruf. Sie schüttelte die Halme ab und trippelte nach draußen.

Inzwischen lugte die Sonne über das Tor. Nach dem kühlen Nachtregen würde der Tag schwül und heiß werden. Solanda fand ein bequemes Plätzchen und ließ sich die Sonne auf den Pelz brennen.

Schließlich trat Tel aus der Stalltür, in der Hand einen Tonteller voll Wasser. Er stellte das Gefäß vor Solanda auf den Boden und ließ sich im Schneidersitz neben ihr nieder.

»Wer bist du?« fragte er auf Fey.

»Erstens«, begann Solanda und blickte sich um, ob auch niemand in Hörweite war. Sie sah niemanden. »Sprich Inselsprache mit mir. Ich habe im letzten Jahr genug Brocken davon aufgeschnappt. Zweitens: Behandle mich wie eine Katze, die du versuchst zu zähmen. Benutz dieses dumme Babygeplapper, mit dem die Inselbewohner immer mit uns sprechen. Drittens: Ich werde Fey sprechen. Vielleicht versteht dann niemand, was ich tue. Und viertens, du Schwachkopf, bin ich sowieso der einzige Gestaltwandler, den Rugar mitgenommen hat.«

»Solanda?«

»Genau die. Wenn es dich nicht stört, werde ich mir jetzt etwas zu trinken genehmigen.« Sie stand auf, beugte sich über das Wasser und schlabberte es mit der Zunge auf. Die verdammten Pferde hatten es nicht nötig, aus Schlammlöchern zu trinken. Sie hatte gar nicht gemerkt, wie durstig sie war, und leerte den Teller zur Hälfte, bevor sie sich wieder hinsetzte und Tel ansah.

»Du hast Wassertropfen im Schnurrbart«, sagte er in der Sprache der Inselleute.

»Hervorragend beobachtet«, spottete Solanda. Sie schüttelte den Kopf, daß es nur so spritzte. Tel verzog das Gesicht und wischte sich den Arm ab. Solanda verabscheute Doppelgänger. Sie hielten sich für genauso wichtig wie Gestaltwandler, verfügten aber nicht annähernd über deren natürliche Talente. »Rugar schickt mich. Er läßt dir sagen, daß die Informationen, die du ihm überbringen läßt, reichlich mager sind. Er schickt dich zum Tabernakel.«

»Was?«

Wieder führte ein Stallbursche ein Pferd nach draußen. Solanda rieb ihren Kopf an Tels Bein und schnurrte. Tel legte ihr zögernd die Hand auf den Rücken. Solanda zog die Nase kraus. Seine Hand stank nach Pferd.

Sie wartete, bis der Stallbursche verschwunden war, bevor sie fortfuhr: »Du sollst herausfinden, wie sie das Gift herstellen. Die Hüter des Zaubers kommen damit nicht weiter.«

»Beim Schwerte«, stieß er hervor, ein Ausdruck, den Solanda noch nie gehört hatte, aber sie nahm an, daß es sich um einen menschlichen Fluch handelte. »Ich könnte dabei sterben.«

»Du kannst auch von einem Pferd totgetrampelt werden. Würdest du nicht lieber in dem Wissen sterben, daß du Informationen geliefert hast, die uns alle retten können?«

Tel blickte sich um und kraulte Solanda zerstreut hinter den Ohren. Solanda konnte sich nicht länger beherrschen. Das Kraulen fühlte sich gut an, und sie schmiegte sich an Tel.

»Hör zu«, sagte dieser auf Fey. »Ich habe gehört, daß wir schon sterben können, wenn wir jenen Ort nur betreten.«

»Das ist nicht wahr«, widersprach Solanda. »Ich kenne Fey, die drinnen gewesen sind.«

»Und? Haben sie es überlebt?«

Nein. Sie waren alle gestorben. Sogar die Doppelgänger. »Sie waren nicht vorsichtig genug«, sagte Solanda. Trotz der angenehmen Berührung entzog sie sich seiner Liebkosung. »Wenn du dich weigerst, hole ich eine Rotkappe, um dich auszulöschen und in deine alte Gestalt zurückzuverwandeln. Dann mußt du allein und ungeschützt den Weg ins Schattenland finden.«

Tel wischte sich die Hand am Hosenbein ab und starrte Solanda an. »Das ist nicht fair«, beschwerte er sich in der Inselsprache.

»Ich habe Angst vor diesem Gift. Ich möchte diesen verdammten Ort endlich verlassen. Auch das letzte Schiff hat es nicht geschafft, und ich befürchte langsam, daß Rugar sich endgültig hier niederlassen will. Ich will nicht hierbleiben. Ich will weiterziehen. Nye war nicht gerade das Paradies, aber immer noch besser, als im Schattenland zu leben.«

Tel sah sie unverwandt an. Seine Augen verengten sich zu schmalen Schlitzen, und endlich erkannte sie den Fey in ihm. Auch er lebte in beständiger Furcht vor dem Gift.

Er holte tief Luft, fuhr sich mit der Hand über die Stirn und seufzte. »Wieviel Zeit bleibt mir noch, bevor ich gehen muß?« fragte er in der Inselsprache.

»Du sollst sofort aufbrechen«, erwiderte Solanda. »Ich glaube, ich bin nicht die einzige, die ungeduldig darauf wartet.«

Tel schnitt eine Grimasse. Dann hob er den Teller auf und kippte den Rest des Wassers auf den Boden. Beinahe wäre Solanda eine Bemerkung entschlüpft – er hätte sie immerhin fragen können, ob sie noch Durst hatte –, aber dann wurde ihr klar, daß er sie nur ärgern wollte.

»Sobald du im Tabernakel angekommen bist, sollst du Rugar eine Nachricht zukommen lassen. Unten am Lagerhaus nahe beim alten Schattenland erwartet dich morgen um Mitternacht ein Kurier.«

Tel antwortete nicht, obwohl sie ganz sicher war, daß er sie verstanden hatte. Er drehte sich um und ging in den Stall zurück. Solanda kämpfte einen Augenblick mit dem Wunsch, ihm zu folgen. Er war so freundlich gewesen. Sie kannte die Anzeichen. Sie hatte es bereits in Nye zweimal beobachtet: Doppelgänger, die sich verändert hatten; deren Wirte stärker gewesen waren als ihre Fey-Natur. Sie würde Rugar warnen müssen. Nur er konnte entscheiden, ob Tel für den Rest der Fey eine Bedrohung darstellte. Sie hoffte es nicht. Zu viele Fey waren im letzten Jahr umgekommen.

Aber sie hatte jetzt keine Zeit, lange darüber nachzudenken. Sie mußte noch mit einem weiteren Doppelgänger sprechen, und das wollte sie erledigen, bevor die Edelleute aufwachten.

Jetzt bedauerte sie, daß sie nicht versucht hatte, in die Küche zu schlüpfen. Sie trottete über den Hof, froh, daß sie wenigstens etwas zu trinken ergattert hatte. Als die Sonne auf die nassen Steine und den feuchten Lehm fiel, stieg Dampf vom Boden auf. Solanda wollte sich ihres Auftrags entledigen, sich ein schönes, schattiges, kühles Fleckchen suchen und schlafen.

Sie bog um eine Ecke, trabte an der Küche vorbei und den Torweg entlang, wobei sie den Füßen geschäftiger Diener ausweichen mußte. Die meisten von ihnen beachteten sie gar nicht. Der Lärmpegel im Hof war angestiegen. Hühner gackerten, weil sie gefüttert wurden, Pferde wieherten, und Leute riefen sich einen morgendlichen Gruß zu. Eine zerzauste schwarze Katze, deren eines Ohr nur noch zur Hälfte vorhanden war, fauchte Solanda durch ein Loch in der Mauer an. Der Form halber fauchte sie zurück, dann verdrückte sie sich. Im Hof lebten noch mehr Katzen, und ein Kampf war jetzt wirklich das letzte, was sie gebrauchen konnte.

Schließlich fand sie die gesuchte Tür, hinter der ein Korridor zum Festsaal führte. Sie ließ sich dagegenfallen, weil sie hoffte, die Türflügel würden durch ihr Gewicht aufspringen, aber sie blieben verschlossen. Solandas Blick schweifte über den Hof. Vielleicht würde jemand sie sehen und ihr zu Hilfe kommen. Aber niemand erschien. Schließlich kauerte sie sich so nah wie möglich neben die Tür, die Muskeln zum Sprung gespannt.

In dieser Haltung hatte sie etwa eine Stunde lang gedöst, als die Tür sich endlich öffnete. Solanda schlüpfte zwischen einem Paar Stiefel hindurch, ignorierte das empörte »He!« und flitzte den Korridor entlang zum Saal. Sie hatte keine Ahnung, wo Sucher zu finden sein würde, aber hier war es noch am wahrscheinlichsten.

Nach der Hitze war es im Palast angenehm kühl. Solanda genoß das Gefühl der kalten Steinfliesen unter ihren Pfoten. Es roch nach einer merkwürdigen Mischung aus Staub und frischgebackenem Brot. Solanda nahm Kurs auf die Küche, weil ihr nichts Besseres einfiel.

Schließlich hörte sie Stimmen: Am Fuß der Treppe sprach eine Frau leise mit einem Mann. Solanda blieb stehen und linste um die Ecke. Es war eine der Bediensteten. Sie war schlank und sehr blond; ihr Haar noch heller als ihre Haut. Ihre Tracht war über dem Mieder tief ausgeschnitten, aber es sah aus, als hätte sie versucht, das Mieder höher zu ziehen. Sie hielt einen Staubwedel aus Federn wie eine Waffe vor die Brust. Der Mann war Sucher in seiner menschlichen Gestalt als Haushofmeister. Er erteilte der Frau Anweisungen, und sie widersprach ihm. Plötzlich riß er ihr den Staubwedel aus der Hand und schleuderte ihn zu Boden. Er schlitterte über die glatten Steinfliesen und landete so knapp vor Solandas Pfoten, daß sie nicht mehr rasch genug in Deckung springen konnte.

»Oh, meine Güte!« rief die Frau aus. »Ich hab die da nicht reingelassen, Herr.«

»Dann sieh zu, daß du sie wieder hinausschaffst!« fuhr Sucher sie an.

Die Frau lief auf Solanda zu. Solanda entwischte ihr und prallte gegen Suchers Bein. Der schrie auf, als sie ihre Krallen in seine Wade grub und behende an ihm hochkletterte. Er wollte sie abschütteln, aber sie biß ihn in die Hand.

»Halt mir dieses Vieh vom Leibe«, brüllte er.

Die Frau trat unter Entschuldigungen näher.

»Dummkopf«, zischte Solanda auf Fey. »Ich muß mit dir reden.«

Die Frau packte sie. Solanda jaulte auf und grub ihre Krallen noch tiefer in Suchers Fleisch. »Tut mir verflixt leid, Herr. Weiß gar nicht, wie sie reingekommen ist.«

»Geh weiter Staub wischen«, befahl Sucher. »Ich kümmere mich schon selbst um die verdammte Katze.«

»Is'n verrücktes Vieh, die da«, erwiderte die Frau. »Hab noch nie eine so komisch miauen gehört.«

»Geh«, polterte Sucher. »Oder ich brumme dir eine saftige Strafe auf.«

Die Frau lief zu ihrem Staubwedel und hob ihn auf; dann verschwand sie im Korridor.

»Zur Hölle, ich hoffe, daß das wirklich du bist, Solanda«, flüsterte Sucher auf Fey, als er ihre Krallen aus dem Stoff seines Anzugs löste. »Denn sonst kannst du Gift drauf nehmen, daß du den Tag nicht überlebst.«

»Reg dich nicht auf«, sagte Solanda. »Laß uns hier verschwinden. Dann können wir reden.«

Sucher drückte sie mit einer Hand gegen seine Schulter wie einen Säugling. Dann stieg er die Stufen hinauf, eilte am gobelinverhängten Fenster des ersten Treppenabsatzes vorbei und weiter hinauf bis in den ersten Stock. Als Offizier von höherem Dienstgrad besaß er gewisse Privilegien wie das Recht auf ein angemessenes Zimmer im Palast.

Trotzdem war der Raum nur klein. Das altmodische Federbett mußte dringend einmal gelüftet werden. Das einzige Fenster besaß keine Vorhänge, wodurch der Raum größer wirkte.

Sucher setzte Solanda auf dem modrigen Teppich ab – offensichtlich ein abgelegtes Stück der Herrschaft – und ging sofort zur Waschschüssel. Er zog das Hemd aus und entblößte lange Kratzspuren auf Flanke und Armen.

»Hättest du dir nicht was Besseres einfallen lassen können?« beschwerte er sich.

Solanda sprang aufs Bett und nieste im aufgewirbelten Staub, der im durch das Fenster hereinfallenden Lichtstrahl tanzte. Solanda setzte sich auf die Hinterpfoten, wischte sich mit der Pfote über das Schnäuzchen und nieste wieder. »Machst du hier niemals sauber?« erkundigte sie sich.

»Man läßt mir ja kaum Zeit zu schlafen.« Sucher griff nach einem zerschlissenen Tuch und tunkte einen Zipfel ins Wasser. »Haushofmeister zu sein hat seine Vorteile. Ich höre wirklich so manches – aber ich muß so hart arbeiten wie noch nie.«

Solanda seufzte. Klagen. Sie haßte Klagen. Als ob *sie* nichts zu tun hätte. Immerhin mußte sie nicht jeden Tag so tun, als sei sie einer der Feinde.

Als Sucher das Blut aus den Kratzern wischte, zuckte er vor Schmerz zusammen. »Bei den Mächten, tut das weh.«

»Kratzspuren«, sagte Solanda mitleidslos. »Wenn ich du wäre, würde ich einen Heiler aufsuchen, damit sie sich nicht infizieren.«

»Hier gibt es keine Heiler.«

»Muß es aber.«

»Schlächter trifft es besser«, sagte Sucher. »Sie haben keine Ahnung von den Mysterien.«

»Na, so ernst sind deine Wunden auch wieder nicht«, entgegnete Solanda.

Sucher hörte auf, sich abzutupfen. »Wollen sie, daß ich zurückkomme?«

»Nein.« Solandas Vorderpfoten kneteten das Federbett, die Hinterpfoten hatte sie unter sich gezogen. In diesem Raum fühlte sie sich unbehaglich. Der Geruch und der Staub machten sie verrückt. »Einen Augenblick.«

Sie schloß die Augen, konzentrierte sich und stellte sich ihre menschliche Gestalt vor. Ihr Körper wuchs und streckte sich, zauberische Kräfte umgaben sie. An einem gewissen Punkt verschwand das Kitzeln des Staubes, und nur ein schwacher Geruch nach Moder und Sonnenschein blieb zurück. Die Weichheit des Bettes erleichterte den Wandel. Als Solanda fertig war, saß sie in derselben Stellung wie vorher, nur daß sie jetzt die Knie an die Brust drückte und die Hände zwischen die Beine steckte.

Als sie den zugleich lüsternen und schockierten Ausdruck auf Suchers Gesicht bemerkte, war sie unfähig, sich zu rühren. Sie hatte vergessen, daß Doppelgänger eine gesteigerte Sexualität besaßen.

»Tut mir leid«, entschuldigte sie sich und wünschte, sie hätte etwas, um ihre Nacktheit damit zu verhüllen. »Heute war ich wohl schon zu lange Katze.«

Sucher grinste verständnisvoll und ironisch. Beides ging ihr auf die Nerven. Er legte das nasse Tuch hin und setzte sich neben sie. Solanda blieb, wo sie war. Es hatte keinen Sinn, ihn zu verärgern.

»Du brauchst nicht zurückzukommen«, antwortete sie, als wäre nichts geschehen, in der Hoffnung, ihn abzulenken.

Es funktionierte. Er lehnte sich zurück, so daß er ihr Gesicht sehen konnte. »Meine Informationen waren gut«, sagte er.

Solanda nickte, befriedigt, daß er sich verteidigte. »Aber es sind nicht die Informationen, die wir brauchen. Die Angelegenheit ist komplizierter.«

»Die Rocaanisten treffen keine Staatsentscheidungen.«

Also hatte auch er schon darüber nachgedacht. »Nein«, gab sie zu. »Aber sie kennen das Geheimnis des Giftes.«

Sucher wurde bleich. Solanda bewunderte die Fähigkeit der Doppelgänger, sämtliche Eigenarten ihres Wirtes anzunehmen.

»Du hast auch schon daran gedacht«, stellte sie fest.

»Ich habe Gerüchte gehört«, antwortete er. Er fuhr sich mit der Hand durch das schütter werdende Haar und stöhnte leise, als die Kratzer bei dieser Bewegung wieder aufrissen. »Sie haben dort Knochen gefunden. Und dann ist einer der Auds geschmolzen. Allerdings glauben sie, daß es ein Fey in den Kleidern eines Auds war.«

»Wir haben schon zwei von euch im Tabernakel verloren. Rugar hoffte, keinen mehr schicken zu müssen, aber wir können das Geheimnis des Giftes einfach nicht enträtseln.«

»Und wie soll mir das gelingen?« Seine Stimme glitt fast unmerklich in eine höhere Tonlage. »Die Geistlichen müssen das Zeug jeden Tag anfassen.«

»Nicht alle von ihnen«, widersprach Solanda. »Das weiß ja sogar ich.«

Sucher besaß nicht einmal soviel Anstand, darüber zu lächeln, daß sein Versuch, sie hinters Licht zu führen, gescheitert war.

Einen Augenblick wünschte Solanda sich, wieder eine Katze zu sein. Als Mensch war es schwieriger, seinen Ärger zu verbergen. Diese beiden Feiglinge wagten es, sich ihren Befehlen zu verweigern. »Du solltest es besser wissen, als solch ein Hasenfuß zu sein«, rügte sie. »Wir brauchen die Antwort auf diese Frage. Wenn wir sie nicht bald bekommen, müssen wir alle sterben. Glaubst du, daß du dich ewig vor dem Gift drücken kannst? Was passiert, wenn sie mit seiner Hilfe prüfen, ob du echt bist? Du weißt, daß sie das tun werden. Sie sind bloß noch nicht auf die Idee gekommen.«

»Oh, das sind sie schon«, entgegnete Sucher. »Alle Berater des Königs mußten sich damit bespritzen lassen.«

Alle? Solanda bezweifelte das. »Siehst du?« sagte sie. »Also machst du dich besser gleich an die Arbeit.«

»Du hast wohl gar kein Mitleid«, beklagte sich Sucher. Endlich lächelte er. Sie fragte sich, warum ihre Kälte ihn zu reizen schien.

»Gar keins.« Die Worte standen zwischen ihnen.

Sucher berührte ihren Arm. »Ich hatte ganz vergessen, wie schön Fey-Frauen sind.«

Solanda blickte auf seine Hand. »Inselbewohner finde ich abstoßend.«

Er errötete und zog die Hand weg. »Ich bin kein Inselbewohner«, sagte er trotzig, aber in seiner Stimme schwang eine Resignation mit, die ihr verriet, daß er sie genau verstanden hatte.

Solanda streckte die Beine aus und reckte sich. Jetzt verhöhnte sie ihn absichtlich. Die Bewegung tat gut. Während der Dauer einer einzigen Nacht hatte sie vergessen, wie wundervoll es war, lange Beine zu haben. Schließlich wandte sie sich wieder Sucher zu und setzte sich mit gekreuzten Beinen. Sein Blick tastete gierig über ihren Körper, aber er berührte sie nicht.

»Rugar hat mich nicht geschickt, um dich zu verführen oder anderweitig zu belohnen«, stellte Solanda klar. »Er ist unzufrieden mit deinen Informationen. Er hoffte, daß die Doppelgänger ihm das Wissen verschaffen könnten, das er braucht, um dieses Volk endlich zu besiegen. Statt dessen habt ihr es euch alle in euren Imitationen erbärmlicher Inselbewohner gemütlich gemacht.«

»Wir alle?« fragte Sucher.

»Wir halten uns schon zu lange hier auf, und jetzt haben sie auch noch das Schattenland entdeckt. Wenn sie den Weg durch die Tür finden, können sie uns alle töten. Dann werden wir unsere Familien nie wiedersehen. Wir werden diesen Ort nie verlassen.«

»Das ist nicht meine Schuld«, entgegnete Sucher.

»Nein«, gab Solanda zu. »Das nicht. Aber es ist erschreckend, daß du selbst schon daran gedacht hast, ihren heiligen Ort aufzusuchen, und die Angst um dein Leben dich davon abgehalten hat. Du bist nun einmal unser Opfer. Deine Fähigkeiten haben dich dazu ausersehen. Und statt dessen versteckst du dich hier und redest daher, als tätest du uns allen einen großen Gefallen, wenn du ihren Königspalast putzt.«

»So ist es nicht …«, widersprach Sucher.

»Ach nein? So sieht es aber aus.«

»Ich war der Meinung, daß ich hier genug Informationen sammeln könnte.«

Diesmal war es Solanda, die lächelte. Kalt. »Wenn du hier genug Informationen sammeln würdest, müßtest du längst wissen, daß sie das Schattenland entdeckt haben.« Sie hob die Hand. »Versuche nicht, es abzustreiten. Ich habe die Überraschung auf deinem Gesicht genau gesehen. Du hättest das nicht erst von mir zu erfahren brauchen.«

Sucher lehnte den Kopf gegen die Mauer und schloß die Augen. Solanda stand auf und spritzte sich etwas Wasser aus der Schüssel ins Gesicht, dann wischte sie es mit einem anderen zerrissenen Tuch wieder ab. Einige ihrer katzenhaften Gewohnheiten würde sie wohl nie mehr ablegen können. Immer wenn sie nervös war, hatte sie das Gefühl, ihr Gesicht sei schmutzig.

Suchers Angst beunruhigte sie. Wie viele andere wurden davon wohl noch gelähmt? Vielleicht war das der Grund, daß die Hüter des Zaubers kein Gegengift fanden. Sie hatten selbst zuviel Angst vor dem Weihwasser. Sie mußte unbedingt mit Rugar sprechen. Der Schock über ihre Niederlage hatte den Fey jeden Mut zum Risiko genommen.

»Du hast recht«, sagte Sucher schließlich leise. »Ich schäme mich dafür, aber du hast recht. Wann soll ich aufbrechen?«

»Jetzt gleich«, erwiderte Solanda. »Gib mir nur etwas Zeit, um aus diesem Rattenloch wieder herauszukommen. Die Frau hat gehört, daß ich mit dir gesprochen habe.«

Sie ließ das feuchte Tuch fallen und blickte Sucher prüfend an. Er war noch immer rot im Gesicht.

»Du weißt, was du zu tun hast?« fragte sie.

»Ich soll das Geheimnis des Giftes lösen.«

»So schnell wie möglich«, ergänzte Solanda.

Sucher nickte. »Ich habe da schon ein paar Ideen. Ich kann

wählen, wen ich übernehme. Ich werde es für dich herausfinden. Für Rugar. Sag ihm das, Solanda.«

Sie lächelte, diesmal mit echter Wärme. »Ich werde es ihm ausrichten«, versprach sie. »Wenn du mich jetzt entschuldigen willst …« Sie hockte sich auf den Teppich. Dann brachte sie ihren Körper wieder dazu, sich zu wandeln; seine Masse verdichtete sich und schrumpfte. Nicht einmal die Hüter wußten genau, was da eigentlich vor sich ging. Die Katzengestalt fühlte sich an wie eine alte Freundin. Sie hatte sie noch nicht lange genug verlassen, um sich fremd zu fühlen. Wieder mußte sie niesen, als ihr Staub und Moder in die Nase stiegen.

»Ich wünschte, für uns wäre das auch so einfach«, seufzte Sucher.

Solandas Schwanzspitze zuckte. Sucher konnte seine Zauberkraft nicht so einfach aktivieren. Solanda fand, Gestaltwandler wie sie selbst waren die einzigen echten Fey. Der Rest war mangelhaft ausgestattet und besaß nicht halb soviel Zauberkraft.

Sucher erhob sich und griff nach seinem Hemd. Seine Wunden waren inzwischen verschorft.

»Noch etwas«, sagte Solanda.

Er schlüpfte in das Kleidungsstück und schloß die Knöpfe, während er zu ihr hinunterblickte.

»Rugar erwartet, von dir zu hören, sobald du deine neue Gestalt angenommen hast. Ein Bote wird dich morgen abend nach Einbruch der Dunkelheit am Fuß der Brücke über den Cardidas erwarten. Sei auf jeden Fall dort. Wenn nicht, müssen wir annehmen, daß du den Wechsel nicht überlebt hast.«

Sucher schluckte sichtlich, sein Adamsapfel hob und senkte sich. »Ich werde ihn überleben«, versprach er.

44

Alexander betrat das Kriegszimmer allein. Er schloß vor den Wachen die Tür und lehnte sich, immer noch vom Treppensteigen ganz außer Atem, dagegen. Sein Körper erinnerte ihn täglich daran, daß er kein junger Mann mehr war. Wenn er kniete, mußte er sich aufstützen, um wieder hochzukommen, und wenn er Treppen stieg, mußte er auf jedem Absatz eine Pause einlegen.

Der Raum roch nach Kerzenwachs. Jemand war vorausschauend genug gewesen, die Lampen anzuzünden. Es war nicht besonders hell, aber es würde reichen. Was für eine Vergeudung, den Morgen eines so sonnigen Tages in einem fensterlosen Raum zu verbringen!

Er seufzte und strich sich das Haar aus der Stirn. Seine Hand zitterte. Er hatte nicht mehr als eine oder zwei Stunden geschlafen, und auch das nicht ohne Unterbrechungen. Bei jedem Geräusch war er hochgeschreckt und hatte auf einen Boten gewartet, der ihm Nachrichten vom Überfall auf die Fey brachte. Als die Nachricht schließlich eintraf, während er bei einem leichten Frühstück aus frischgebackenem Brot und Milch saß, war er wie vor den Kopf geschlagen. Er hatte das Schlimmste erwartet, aber als das Schlimmste dann eintraf, fühlte er sich schwach und zittrig. Er war unfähig gewesen, seine Mahlzeit zu beenden. Jetzt sah er der Besprechung müde und hungrig entgegen; seine Gedanken kreisten unablässig um die Männer, die er in den Tod geschickt hatte, nur um seine eigene Neugier zu befriedigen.

Im letzten Jahr hatte sich das Kriegszimmer verändert. Die schimmernden, polierten Möbel legten Zeugnis davon ab, daß der Raum jetzt häufig benutzt wurde. Der Tisch glänzte.

Alexander hatte die Ansammlung nicht zueinander passender Stühle und Bänke durch gepolsterte Stühle ersetzen lassen. Die Waschschüssel, um die er gebeten hatte, stand zusammen mit einem Wasserkrug auf einem Beistelltisch. In einem eigens angefertigten Ständer stak eine Auswahl von Schwertern und Messern. An der Wand lehnte eine Matratze, den Boden bedeckte ein Plüschteppich mit einem Muster in Blau, Gold und Braun. Auf den Wandborden lagerte ein kleiner Vorrat an getrocknetem Fleisch, eingelegtem Gemüse und Dörrfisch, außerdem Trinkwasser. Mehrere Flaschen mit Weihwasser standen auf einem niedrigeren Bord. Alexander wollte für den Fall vorsorgen, daß sie bei einem Angriff in diesem Raum eingeschlossen wurden.

Neue Landkarten waren angefertigt worden und hingen an der Wand. Auf einer von ihnen hatte der Zeichner die Schauplätze aller Schlachten und Scharmützel seit der Ankunft der Fey vermerkt. Auf einer weiteren waren alle Kämpfe während des Bauernaufstandes eingezeichnet, in der vagen Hoffnung, auf diese Weise günstige Orte für zukünftige Auseinandersetzungen auswählen zu können. Aber bis jetzt hatten noch immer die Fey die Schauplätze der Schlachten bestimmt.

Alexander verließ die Tür und wanderte unruhig auf und ab. Bald würden die anderen eintreffen, und dann mußte er handeln. Aber im Moment war er noch allein und konnte nachdenken. So vieles war neu: Ständig mußte man wachsam sein, und alles drehte sich nur noch um den Krieg, nicht wie früher darum, daß die Wirtschaft florierte. Seit der Ankunft der Fey hatten keine Handelsschiffe mehr die Insel verlassen, weil Alexander befürchtete, den Feinden auf diese Weise die Passage durch die Felsenwächter zu verraten. Bereits jetzt machte sich Mangel bemerkbar, allerdings waren vorerst nur Luxuswaren davon betroffen. Das einzige, was Alexander wirklich Sorgen machte, war die Versorgung mit Kleiderstoff, denn die Wolle der Inselschafe war grob und kratzig. Aber viele Jahrhunderte lang war die Blaue Insel autark gewesen. Um das wieder zu erreichen, waren nur etwas Zeit und Geduld vonnöten.

Gedanken und Pläne dieser Art bereiteten ihm kein Kopfzerbrechen. Es war der Verlust an Menschenleben, der ihn um den Schlaf brachte. Von Nacht zu Nacht wurden seine Alpträume schlimmer.

Vor den Flaschen mit Weihwasser unterbrach Alexander seine Wanderung. Anders als sein Sohn und die übrigen Berater hatte er in diesem Krieg noch niemanden getötet. Das würde sich heute abend ändern.

Obwohl das, was er vorhatte, noch einmal etwas anderes war. Er handelte nicht im Affekt, weil er überraschend angegriffen wurde. Er hatte diese Tat lange geplant, und schon jetzt drehte sich ihm der Magen um. Er wollte nicht darüber nachdenken. Aber er konnte nicht anders.

Zum Wohle des Königreichs. Er holte tief Luft, ergriff eines der Fläschchen und zog den Stöpsel heraus. Das leise ›Plopp‹ ließ ihn zusammenzucken. Er legte den Stöpsel beiseite und unterdrückte den Drang zu niesen, als ihm das leicht staubige Aroma des Wassers in die Nase stieg. Dann packte er das Fläschchen am Hals, trat zur Waschschüssel und goß die Flüssigkeit hinein. Auf diese Weise war das Weihwasser sofort zur Hand. Alexander hoffte sogar, daß er ganz darauf verzichten konnte, daß ihm etwas einfiel, damit sie alle freiwillig ihre Hände in die Schüssel tauchten. Aber er wußte, daß das nicht passieren würde.

Es klopfte, und er fuhr hoch. Hastig verschloß er die leere Flasche und stellte sie an ihren Platz. Sein Herz pochte wie wild. Er war noch nicht bereit für diese Besprechung. Er würde wohl nie bereit sein.

Er hatte die Wachen angewiesen, erst zu klopfen, wenn mindestens zwei seiner Berater eingetroffen waren. Es klopfte abermals.

»'s ist Lord Stowe, Sire, und Lord Fesler.« Die Stimme der Wache wurde durch die dicken Türflügel gedämpft.

»Kommt herein«, sagte Alexander und zupfte sein Hemd zurecht. Seit der Invasion hatte er seine Königsrobe gegen die Hosen und Hemden eingetauscht, die sein Sohn bevorzugte. So war er beweglicher und zwischen seinen Leuten nicht so leicht auszumachen. Niemand hatte ihm dazu geraten, aber er selbst hielt es für vernünftig. Er trat neben den Stuhl am Kopfende des langen Tisches, als hätte er die ganze Zeit dort gestanden.

Lord Fesler trat als erster ein; ein hagerer Mann mit hohlen Wangen, der immer aussah, als schliefe er nie. Vor dem Krieg hatte er nicht zu den Vertrauten des Königs gezählt, aber während des vergangenen Jahres waren seine leisen, sarkastischen Kommentare oft nützlicher gewesen als die Ratschläge der anderen Männer. Fesler war Alexander unsympathisch, aber er hatte lernen müssen, daß Sympathie in Kriegszeiten nicht zählte.

Ihm folgte Lord Stowe, der seine braunen Locken hinter die Ohren gestrichen hatte. Unter seinen Augen zeigten sich dunkle Ringe. Er schloß die Tür hinter sich und nahm seinen angestammten Platz an Alexanders Seite ein.

»Ihr kennt die Neuigkeiten?« fragte Alexander.

Stowe nickte. »Nachdem sie mit Euch gesprochen haben, sind sie gleich zu mir gekommen.«

»Der Überfall?« erkundigte sich Fesler.

Alexander schüttelte nur den Kopf, unfähig zu sprechen.

»Wir werden uns damit befassen, sobald die anderen hier sind«, sagte Stowe. Wieder klopfte es. Alexanders Hände zitterten. Um seine Nervosität zu verbergen, umklammerte er die Stuhllehne, obwohl ihn die harten Kanten schmerzhaft in die Handflächen schnitten.

»Der Hauptmann der Königlichen Wache, Sir Monte, Lord Egan und Sir Stephan von den Schwertern Seiner Majestät.« Diesmal sprach eine andere Wache mit lauterer Stimme.

Als Stephans Name fiel, wurde Alexanders Mund trocken. »Tretet ein«, sagte er wieder und hoffte, daß man seiner Stimme nichts anmerkte.

Die Türflügel schwangen auf, und Stephan betrat als erster den Raum. Sein Gesicht war völlig ausdruckslos, aber seine Augen schienen jedes winzige Detail in sich aufzunehmen. Er blieb neben einem Stuhl am anderen Ende des Tisches stehen, Alexander genau gegenüber.

Lord Egan folgte ihm. Sein gekrümmter Rücken verbarg seinen Buckel, und sein rundes Gesicht zeigte noch immer Spuren jener Fröhlichkeit, für die er bekannt war. Seit er einen Platz im Rat des Königs eingenommen hatte, waren auch für ihn die Anlässe zum Lachen rar geworden, doch wie die Feslers waren auch seine Ratschläge vernünftig und nützlich.

Monte blieb vor der geöffneten Tür stehen, um den Wachen einige zusätzliche Befehle zu erteilen. Das Kriegszimmer war für die Untergebenen des Königs kein Geheimnis mehr. Die meisten hatten von seiner Existenz gehört, obwohl nur eine Elitetruppe der Leibgarde genau wußte, wo es sich befand.

Alexander rückte seinen Stuhl vom Tisch ab, setzte sich und ließ die Augen über seine Berater schweifen. Er hatte das Gefühl, daß sein Blick genauso unruhig war wie Stephans. Er war unsicher, ob er auch den Waffenmeister ansehen sollte oder ob es besser war, ihn zu ignorieren.

Schon bald fühlte er sich in seinem Stuhl beengt. Er wäre lieber wieder durchs Zimmer gewandert. Daß Nicholas wieder zu spät kam, ärgerte ihn. Alexander runzelte unwillkürlich die

Stirn. Sein Sohn war der einzige Berater, der auch allein vorgelassen wurde.

Er hatte sich vorgenommen, seinen Sohn als letzten zu prüfen. Seinen Sohn, denjenigen seiner Berater, dem er am meisten vertraute. Seit dem Beginn des Krieges war Nicholas der einzige, mit dem Alexander manchmal allein war. Nicholas konnte Alexander auf andere Weise verraten, aber nicht so.

Nicht so.

Aber Nicholas war in dieses Fey-Mädchen vernarrt. Nicholas hatte sie berührt. Nicholas fand sie »umwerfend«.

Alexander strich mit der Hand über die Armlehne seines Sessels. Seine Finger zitterten noch immer. Die Invasion der Fey war an allem schuld: daß er seinem eigenen Sohn nicht mehr traute; daß sein Volk keine Zukunft mehr hatte. Er hatte diesen Gedanken verdrängen wollen, aber vielleicht mußte er sich ihm schon in ein paar Minuten stellen.

Alexander hatte ständig das Gefühl, daß die Zeit drängte, obwohl es seinem Volk im Moment noch gutging. Trotzdem war dies der Augenblick, vor dem ihn sein Vater immer gewarnt hatte. Der Augenblick, in dem es in ihm mehr Widerwillen als Freude auslöste, König zu sein. Der Augenblick, in dem er seine Menschlichkeit aufgeben mußte, um sein Land zu retten.

»Ihr seid ja ganz verstört«, sagte Stephan und blickte auf Alexanders Hand.

Diesem Mann entging wirklich nichts. Alexander kämpfte gegen den Zorn, der in ihm aufwallte. Er sah Stephan an. Die Augen des Waffenmeisters waren kalt. »Ja«, erwiderte Alexander ruhig. »Das stimmt.«

Es klopfte, und die Wache rief: »Seine Hoheit, Prinz Nicholas.«

Ohne auf Alexanders Einladung zu warten, öffnete sich die Tür, und Nicholas trat ein. Sein Haar war zerwühlt, und er rieb sich den Schlaf aus den Augen. Für die Verspätung entschuldigte er sich nicht.

Er sah aus wie immer. Der Junge, den Alexander großgezogen hatte. Das Kind, das er in den Armen gehalten hatte.

Wenn Nicholas verzaubert war, würde Alexander es merken.

Erst beim Ausatmen fiel ihm auf, daß er unwillkürlich die Luft angehalten hatte. »Es wird Zeit, daß wir anfangen. Setz dich, mein Sohn.«

Nicholas nickte. Alexander wartete stirnrunzelnd. Nicholas riskierte zuviel. Eines Tages würde er dafür einen hohen Preis zahlen müssen. Alexander mußte unbedingt mit ihm reden. Ihn warnen. Immer wieder.

Alexander hielt es nicht mehr auf dem Stuhl. Er erhob sich, ging um den Stuhl herum und warf einen prüfenden Blick auf das Wasser in der Schüssel. Sein Anblick erleichterte ihn. Dann holte er tief Luft. »Wir haben Neuigkeiten von dem Überfall auf das Versteck der Fey heute morgen. Fünf unserer Leute sind noch am Leben. Zwei davon wurden schwer verwundet; drei sind unverletzt. Drei weitere wurden vom Feind gefangengenommen. Theron, der Anführer, ist zurückgekommen, um Hilfe für die Sterbenden und Toten zu holen.«

»Gefangengenommen?« fragte Monte. In seinem Ton schwangen all die Schrecken mit, die keiner von ihnen sich vorzustellen wagte.

»Zusammen mit ihrem Weihwasser«, ergänzte Alexander.

Lord Egan sank in seinem Stuhl zusammen. Schweißperlen traten auf seine Stirn. »Jetzt wissen sie, wie sie uns besiegen können.«

Lord Stowe schüttelte den Kopf. Anders als die anderen hatte er sich bereits seit Stunden mit dieser Nachricht beschäftigen können. Wie Alexander wußte er, daß noch nichts entschieden war. »Keiner von uns kennt das Geheimnis des

Weihwassers. Keiner von uns weiß, wie es wirkt. Auch die Gefangennahme unserer Leute wird daran nichts ändern. Die Fey können nicht mit dem Wasser umgehen, denn wenn sie es untersuchen wollen, brauchen sie dazu menschliche Hände.«

»Hat es denn nichts genützt, Wasser in das Versteck zu schütten?« erkundigte sich Stephan.

Alexander blieb hinter seinem Stuhl stehen. Er stützte die Ellbogen auf die Lehne und dachte über die Frage nach. Sie zu stellen war nur vernünftig – schließlich war das der ursprüngliche Plan gewesen. Aber ein Spion würde versuchen herauszufinden, was mit dem Lager seiner Landsleute geschehen war. So oder ähnlich hatte Stephan in den vergangenen Monaten alle seine Fragen gestellt. Vielleicht sogar im ganzen letzten Jahr.

»Nein«, sagte Alexander. »Das mysteriöse Geheimversteck hat standgehalten.«

»Ich begreife das nicht«, mischte sich Lord Fesler ein. »Der Überfall sollte doch überraschend kommen. Wie konnten sie unsere Leute besiegen?«

»Unsere Männer haben etwas vorgefunden, auf das sie nicht vorbereitet waren«, sagte Alexander. »Offenbar haben die Fey auf dem Boden einen Erdkreis aufgeschüttet, der magische Kräfte besitzt. Damit haben sie anscheinend die Möglichkeit, eine unsichtbare Wand zu errichten, an der das Weihwasser abprallt. Theron hat da eine Theorie. Er glaubt, Wasser ist für die Fey wie für uns Feuer. Feuer zerstört unsere Haut, unser Leben und die meisten Dinge, die wir brauchen. Aber Stein kann ihm nichts anhaben, und es schmilzt Eisen. Wir haben nur das eine Element, mit dessen Hilfe wir uns verteidigen können. Sie dagegen haben viele. Zum Glück ist unsere einzige Waffe stärker als alle, über die sie verfügen.«

»Für mich hört es sich an, als ob sie hinter dem Geheimnis des Weihwassers her sind«, sagte Nicholas.

»Das ist möglich«, gab Alexander zurück. »Wir müssen versuchen, so viel über sie herauszufinden, wie wir können, aber bis jetzt hat uns jede Spur in die Irre geführt. Vielleicht gelingt es uns noch.«

»Uns ist es bis jetzt noch nicht einmal gelungen, einen von ihnen zu fangen«, wandte Lord Egan ein.

»Wir haben es noch gar nicht richtig versucht«, entgegnete Monte.

»Glaubt Ihr denn, daß wir gegen diese Leute überhaupt eine Chance haben?« warf Stephan ein.

Alexander kreuzte die Arme über der Brust. »Was haltet Ihr von der Sache, Stephan? Ihr seid hier der Experte, was die Fey betrifft.«

Der Waffenmeister runzelte flüchtig die Stirn. »Ich bin kein Experte.«

»Ihr wart es, der uns am Tag der Invasion mit Informationen über die Fey versorgt hat. An dem Tag, bevor das Mädchen aufgetaucht ist, habt Ihr uns viel über sie erzählt.«

»Das Mädchen« sagte Stephan leise. »Da hatten wir eine Gefangene.«

»Ja«, murmelte Nicholas. »Und wenn du und Lord Powell nicht gewesen wärt, wäre sie noch immer in unserer Gewalt.«

Alexander wollte sich nicht von Stephan ablenken lassen. »Ihr habt uns erzählt, die Fey seien richtige Kampfmaschinen, die nicht eher Ruhe geben, bis sie die ganze Welt erobert haben.«

Stephan zuckte die Achseln. »Das konnte doch jeder sehen. Und es stimmte.«

»Ihr habt behauptet, Ihr hättet die gesamte Kriegsgeschichte studiert, aber es war Lord Stowe, der die meisten historischen Informationen beigesteuert hat. Was ist mit Eurem ganzen Wissen passiert, Stephan?«

»Das meiste davon war angelesen oder mündlich überliefert, wertloses Zeug, Sire.«

»Während der Invasion habt Ihr anders darüber gedacht.«

Lord Stowe beobachtete die beiden Männer, als ob sie einen Schwertkampf ausfochten. Nicholas hatte seinen Stuhl von Stephan abgerückt, damit er im Notfall rasch aufstehen konnte. Lord Egan lehnte sich zurück, das Gesicht zur Maske erstarrt.

Stephan blickte jeden einzelnen von ihnen an, bevor er sich wieder Alexander zuwandte. »Ihr scheint ja eine richtige Tagesordnung zu haben, Sire.«

»Ich bin nur neugierig, warum Ihr Euch weigert, uns Euer Wissen zur Verfügung zu stellen. Am Tag der Invasion habt Ihr verkündet, Ihr wolltet Euch nützlich machen. Das war einer der Gründe, weshalb ich Euch zu den Besprechungen in diesem Zimmer zugelassen habe.«

»Bin ich Euch nicht nützlich gewesen, Sire?«

Die Worte hallten in der plötzlichen Stille wider. Lord Fesler rieb unablässig Daumen und Zeigefinger gegeneinander. Stephans Augen funkelten, als er Alexanders Antwort erwartete.

»Nicht so, wie Ihr es versprochen habt, Stephan.«

»Vielleicht konnte ich es ja nicht.«

»Nein, vielleicht nicht.« Alexander lehnte sich gegen das Tischende. In der Schüssel neben ihm schwappte das Wasser. »Ihr habt uns auch erzählt, daß die Fey mit einer einzigen Berührung töten können.«

»Das haben wir später auch tatsächlich festgestellt. Wir haben Berichte über Männer, die durch bloße Berührung gestorben sind.«

»Ja, das stimmt.« Alexander spürte wieder das Bedürfnis, nach dem Weihwasser zu sehen, aber er wollte sich nicht verraten. »Und dann sind die anderen wieder gegangen, und Ihr habt etwas Interessantes gesagt.«

»Ich habe Euch erzählt, daß sie zaubern können.«

Diese Antwort überraschte Alexander. Er hatte nicht erwartet, daß Stephan sich an diese Unterhaltung erinnern würde. »Und Ihr habt mir erzählt, daß sie in den Körper eines Mannes eindringen können, der ihnen dann zu Willen sein muß.«

Jetzt war es so still im Raum, daß alle Egans schweren Atem hören konnten. Alle blickten auf Alexander, außer Nicholas, der Stephan nicht aus den Augen ließ.

»Was geschah in jenem Korridor, Stephan, mit der Fey-Frau?«

Stephan berührte die Narbe auf seiner Wange. »Das habe ich Euch bereits erzählt«, sagte er. »Sie zerriß ihre Fesseln und griff mich an. Als ich wieder zu mir kam, war sie fort, auf dem Boden lagen Knochen, und die Wachen beugten sich über mich, weil sie glaubten, ich liege im Sterben.«

»Warum hat sie Euch nicht getötet?« fragte Alexander eindringlich.

»Ich weiß es nicht. Vielleicht hielt sie es für unnötig. Vielleicht wehrte Lord Powell sich verzweifelter.«

»Ich denke, die Fey können durch bloße Berührung töten?«

»Nicht alle von ihnen. Das habe ich Euch doch schon alles erzählt. Ich sagte, einige von ihnen verfügen über diese Fähigkeit.«

»Glaubt Ihr, daß sie zu diesen gehörte?«

»Offenbar schon«, antwortete Stephan. »Oder wie ist Lord Powell sonst gestorben?«

»Warum hat sie dann nicht auch Euch auf die gleiche Weise umgebracht? Sie hat Euch doch berührt, oder?«

Stephan blieb die Antwort schuldig. Er stand mit leicht geöffnetem Mund da, als empörte ihn dieses Verhör. »Ihr Messer hat mich berührt«, sagte er schließlich.

»Ihr Messer hat Euch berührt«, wiederholte Alexander. »Und

warum wart Ihr dann bewußtlos? Hat sie Euch berührt oder nicht, Stephan?«

»Was versucht Ihr, mir zu unterstellen, Sire? Daß sie in mich eingedrungen ist?«

»Jemand hat ihre Fesseln durchgeschnitten, Stephan. Jemand hat sie befreit. Lord Powell ist tot.«

Stephan wurde rot. »Das hätte jeder machen können«, erwiderte er. »Jemand anders hätte ihr helfen können. Euer Sohn war auch dabei. Warum hat sie ihn nicht angegriffen? Habt Ihr Euch das schon einmal gefragt?«

Alexander ballte die Fäuste. »Wollt Ihr damit sagen, daß Nicholas verzaubert ist?«

Nicholas riß die Augen auf. Er starrte seinen Vater ungläubig an. »Vater ...«

Alexander gebot ihm Schweigen. Nicholas mußte warten. Alexander durfte sich jetzt nicht ablenken lassen. Noch nicht. »Versucht nicht, das Thema zu wechseln, Stephan. Wir sprechen von Euch.«

Stephan klammerte sich an die Tischkante. »Warum klagt Ihr mich an? All die Jahre habt Ihr mir vertraut!«

»Jemand hat die Fey vor dem Angriff letzte Nacht gewarnt. Ihr und Nicholas wart die einzigen, die in den Plan eingeweiht waren.«

Die Lords sahen entgeistert aus. Monte griff nach dem Messer an seinem Gürtel. Nicholas stand auf.

»Und Euren Sohn wollt Ihr nicht anklagen?« schleuderte Stephan Alexander mit einem Knurren entgegen, das dieser noch nie von ihm gehört hatte. Seit er Stephan kannte, hatte der Waffenmeister noch nie mit derartiger Verachtung gesprochen.

Alexander handelte, ohne nachzudenken. Er wirbelte herum, ergriff die Waschschüssel und schleuderte Stephan ihren Inhalt entgegen. Stephan schrie auf, sprang aus seinem Stuhl, packte Nicholas und hielt ihn wie einen Schutzschild vor sich. Das Wasser spritzte auf Stephans Stuhl und den Tisch und tropfte auf den Boden zu Stephans Füßen, berührte ihn jedoch nicht.

Lord Fesler griff nach einer der Flaschen auf dem Wandbord. Monte erhob sich mit gezücktem Messer. Auch Stephan zog sein Messer und setzte Nicholas die Spitze an die Kehle.

»Wenn Ihr das tut«, rief Stephan Fesler zu, »hat dieser jämmerliche Waschlappen von einem Jungen sein Leben verwirkt.«

»Tut es«, sagte Nicholas mit gepreßter Stimme. »Er wird nicht einmal Zeit haben, mir etwas anzutun.«

Alexander packte die triefende Schüssel. Er keuchte, und sein Herz klopfte wie rasend. Was er auch tat, er setzte das Leben seines Sohnes aufs Spiel. »Was haben sie mit Euch gemacht, Stephan?« fragte er leise. »Ich habe geglaubt, wir alle wären unbestechlich.«

»Ach ja?« höhnte Stephan. »Jeder hat seinen schwachen Punkt.«

»Das ist nicht mehr Stephan«, murmelte Nicholas. Ein Blutstropfen rann über seinen Hals und verschwand unter seinem Hemdkragen. »Wenn er wirklich Stephan wäre, brauchte er nicht solche Angst vor dem Weihwasser zu haben.«

»Dieser Junge hält sich für verdammt schlau«, knurrte Stephan. »Aber was weißt du schon von den Fey und ihren Zauberkünsten? Nichts. Gar nichts. Vielleicht bricht das Wasser bloß den Zauber.«

Fesler zog den Stöpsel aus dem Fläschchen.

Stephan grinste. »Das herauszufinden kostet den Prinzen das Leben.«

»Tut es«, sagte Nicholas wieder.

»Und ich soll meinen kleinen Vorteil verlieren? Niemals.« Stephan ging rückwärts zur Tür, Nicholas fest an sich gepreßt.

Alexander stellte die Schüssel auf den Tisch und hielt beide Hände hoch. »Laßt meinen Sohn los, und ich gewähre Euch freien Abzug.«

»Nein, Sire, so dumm bin ich nicht. Euer Sohn wird mir helfen, hier herauszukommen.«

»Ihr könnt gar nicht fliehen, wenn Ihr ihn hinter Euch herschleppen müßt«, mischte sich Lord Stowe ein. »Wenn der König Euch sein Wort gibt, meint er es auch so.«

»Aber er hat mir sein Wort nicht gegeben, oder?« Stephan grinste wieder häßlich. »Er hat nur ein vages Versprechen geäußert.«

Alexander öffnete schon den Mund, um sein Ehrenwort zu geben, aber in diesem Augenblick trat Nicholas Stephan heftig auf den Fuß. Der alte Mann verzog das Gesicht, und Nicholas packte seinen Arm und bog das Messer von seinem Hals weg. Alexander griff hinter sich, hob den Wasserkrug und schüttete den Inhalt in Stephans Richtung. Das war das Zeichen für Lord Fesler, Stephan mit dem Weihwasser zu bespritzen. Alexanders Wasser traf vor allem Nicholas, aber Feslers Weihwasser erwischte Stephan an der linken Seite.

Nicholas entwand sich dem Griff des Alten und stolperte quer durch das Zimmer. Stephans Kleider schälten sich von seiner Haut. Ein feiner Nebel erfüllte den Raum, gefolgt vom Geruch brennenden Fleisches. Stephan schrie. Die Lords blickten einander entsetzt an. Nicholas griff nach dem Arm seines Vaters. Alexander lehnte sich an ihn. Es beruhigte ihn, den kräftigen Körper des Jüngeren zu spüren, und er war erleichtert, daß sein Sohn immer noch sein Sohn war.

Stephan glitt zu Boden, seine Beine verwandelten sich in Brei. Immer noch versuchte er verzweifelt, das Weihwasser abzuwischen, aber schon schmolzen ihm die Hände, die Haut tropfte an ihnen herunter wie Blut. Ein letzter Schrei … dann brach er zusammen.

Alexander konnte ihn nicht mehr sehen, aber er hörte Pulsschläge, die noch einen Augenblick lang anhielten und dann verstummten. Nebel und Gestank nahmen zu. Alexander mußte krampfhaft schlucken, damit ihm der Inhalt seines Magens nicht in die Kehle stieg.

Schließlich war es totenstill. Alexander tätschelte Nicholas' Hand, dann machte er sich los und ging um den Tisch herum. Stephan war nicht mehr zu erkennen. Nur die Augen waren unversehrt und starrten weit aufgerissen ins Nichts. Der Geruch war so beißend, daß Alexander das Gefühl hatte, jede Zelle seines Körpers sei damit angefüllt.

Er beugte sich über die Leiche. Inzwischen zitterte er noch heftiger. Nur ein winziger Fehler, und er wäre jetzt schon tot. Wäre er nur ein wenig unvorsichtiger gewesen und mit Stephan allein geblieben, hätte dieser nicht gezögert, ihn umzubringen. Der Gestank trieb Alexander Tränen in die Augen. Jetzt wünschte er sich, er wäre die Sache anders angegangen. Er wünschte, er hätte seine Berater gleich zu Anfang geprüft.

»Beim Blutigen Schwert«, stieß Lord Stowe hervor. Er stand jetzt hinter Alexander. Auch Nicholas trat zu seinem Vater, schwieg jedoch. Lord Fesler war totenbleich, und Lord Egan saß noch immer am Tisch, die Hand vor den Mund gepreßt. Monte stand mit dem Messer in der Hand neben der Leiche.

»Ihr habt ihn mit dem Weihwasser getroffen«, wandte sich Nicholas an Lord Fesler.

Fesler nickte.

»Von jetzt an müssen wir jeden, der sich dem König nähern will, mit dem Weihwasser prüfen«, forderte Nicholas.

»Das haben wir schon versucht«, entgegnete Lord Stowe.

»Wie konnte uns Stephan durchs Netz gehen?« fragte Monte. »Er war die ganze Zeit mit dem König zusammen.«

»Zuerst hat er die Prüfung verweigert«, erklärte Alexander. Er sah keinen von ihnen an, sondern starrte unverwandt auf die Leiche. »Er hatte immer irgendeine Entschuldigung parat. Ich habe nicht so genau darauf geachtet. Aber eines Nachmittags nahm er eine Flasche und goß sich den Inhalt in die hohle Hand.«

»Das kann nicht sein.«

»Außer er hat sie selbst gefüllt«, sagte Nicholas.

»Wahrscheinlich hat er das Weihwasser vorher gegen normales Wasser ausgetauscht«, meinte Monte.

»Warum hat er das bei diesen Flaschen nicht auch getan?« wunderte sich Fesler.

»Niemand betritt ohne mich diesen Raum«, sagte Alexander. Er zitterte jetzt so heftig, daß er sich setzen mußte. Er ließ sich in den nächstbesten Stuhl sinken. Es war der, in dem Nicholas gesessen hatte.

»Ich verstehe das immer noch nicht«, wandte Lord Stowe ein. »Er sah aus wie Stephan, aber er hat sich aufgelöst wie ein Fey. Ist es das, was mit einem passiert, wenn man besessen ist?«

»Wenn das so einfach ist, warum haben wir es dann nicht schon bei anderen gesehen?« stimmte Nicholas zu.

»Vielleicht haben wir das ja«, erwiderte Lord Stowe, »und haben es bloß nicht gemerkt.«

»Er sah aus wie Stephan«, wiederholte Alexander. »Er benahm sich wie Stephan. Er erinnerte sich an Dinge, die nur Stephan wissen konnte. Er mußte Stephan sein, nur irgendwie verändert. Diese Frau muß ihn dort im Korridor verzaubert haben.«

»Oder sogar noch vorher«, setzte Nicholas hinzu.

Alexander schüttelte den Kopf. »Vorher hat er sich immer negativ über die Fey geäußert. Danach hat er Dinge gesagt, die uns mißtrauisch hätten machen müssen, wenn wir bloß darauf geachtet hätten.«

»Aber Ihr wußtet es«, wandte Lord Egan ein. »Woher?«

»Ich wußte, daß wir irgendwo eine undichte Stelle haben mußten«, sagte Alexander. »Euch alle hatte ich schon überprüft. Nur Stephan machte sich verdächtig. Er hat sich selbst verraten. Aber das hier habe sogar ich nicht erwartet. Niemals. Als ich die Schüssel nach ihm schleuderte, wollte ich ihn nur ein bißchen erschrecken. Um ihn auf die Probe zu stellen. Ich konnte nicht wissen, daß er derartig in Panik geraten würde.«

»Sie können überall sein«, murmelte Lord Fesler. »Und wir merken es nicht einmal. Sie könnten sogar hier im Zimmer sein, ohne daß es einem von uns auffällt.«

Alexander legte die Hand auf die Stirn. Auch ihm war dieser Gedanke schon gekommen. Jetzt wurde die Aufgabe des Rocaan doppelt so schwierig. Er mußte nicht nur Weihwasser für den Krieg herstellen, sondern auch, um alle möglichen Leute auf die Probe zu stellen. Tägliche Überprüfungen – und wie weit sollten sie gehen? Sollten sie jeden Diener überprüfen? Jeden, der mit dem König in Kontakt kam? Was war mit den Leuten auf der Straße? Den Kindern? Wo endete das Mißtrauen?

»Wie viele von ihnen mag es wohl geben?« fragte Egan.

Alexander seufzte. »Ich weiß es nicht«, sagte er leise. »Den Kampf gestern nacht haben sie jedenfalls gewonnen.« Er wandte den Blick von der Leiche und schaute in die neugierigen Gesichter, die ihn umringten. »Sie haben nicht nur unsere Leute und unser Weihwasser, jetzt haben sie auch noch unser Vertrauen. Wir werden einander nie mehr richtig trauen können.«

45

Jewel preßte die Hand gegen die Stirn, als könnte sie so die Kopfschmerzen in den hintersten Winkel ihres Schädels zurückdrängen. Sie war jetzt fast dreißig Stunden ununterbrochen wach gewesen, und bei jeder Bewegung ihrer Schultern fühlte sie, wie verkrampft ihre Nackenmuskeln waren. Die Wassereimer waren schwer. Sie wünschte, die Domestiken hätten ihr eine andere Pflicht zugewiesen.

Mit der Hüfte stieß sie die Türflügel auf, die ins Domizil führten. Sofort überwältigte sie der Blutgeruch. Das Domizil war das größte Gebäude des Schattenlandes. Rugar hatte es auch zum wichtigsten erklärt, seit es nicht nur Schauplatz der meisten häuslichen Arbeiten war, die im Schattenland anfielen, sondern zusätzlich noch Krankenhaus. Das schmale, langgestreckte Gebäude war in verschiedene Bereiche aufgeteilt: Zimmer für die Küchenmeister, Räume für die Weber und ein eigenes Gemach für die Schamanin. Der Hauptraum, den Jewel jetzt betrat, war so groß wie drei der anderen Zimmer zusammengenommen und diente als Krankenstation.

Sieben Infanteristen mit Schwertverletzungen im Unterleib belegten zur Zeit die Betten. Ein weiterer hatte einen zerschmetterten Arm, und auf dem Feldbett neben der Tür lag ein Toter, bereit zur rituellen Waschung und zur Verauslagung. Jewel setzte ihre Eimer neben dem provisorischen Lager ab und reckte sich. Ihre Rückenwirbel knackten, als ihre Wirbelsäule sich dehnte. Noch nie hatte sie während eines Kampfes untätig zusehen müssen, und die Gerüche, die durch die Wände des Schattenlandes sickerten, erschreckten sie mehr als der kurze Blick in die Dunkelheit, als der erste Fey durch die Kreistür gestolpert kam.

Und natürlich die Gefangenen. Jewel war schrecklich neugierig auf sie. Aber man hatte ihr verboten, sie zu sehen, bevor ihr Vater und Caseo sich mit ihnen befaßt hatten.

Neri kam herein. Ihr Gesicht war angespannt und weiß vor Erschöpfung. Seit dem Umzug in dieses Schattenland hatten die Domestiken kaum ein paar Minuten Pause gehabt, und die Schlacht so ganz in der Nähe hatte sie verängstigt. Neri bückte sich und hob einen der Eimer auf.

»Danke, Jewel«, sagte sie. Ihr Lächeln war so müde wie ihre Augen. »Ich glaube, für den Augenblick haben wir alles getan, was wir können.«

Jewel deutete mit dem Kinn auf die Betten. »Werden sie wieder gesund?«

Neri zuckte die Achseln. »Bei Infanteristen ist das schwer zu sagen. Wir tun unser Bestes, aber die meisten von ihnen besitzen nicht genug Magie, um sich selbst zu heilen.« Dann weiteten sich ihre Augen ein wenig. »Das habe ich nicht böse gemeint«, erklärte sie hastig.

»Kein Problem.« Die meisten Fey wußten noch immer nicht über Jewels Visionen Bescheid. Tatsächlich glaubten viele, daß sie nur deshalb in der Ersten Schlacht um Jahn gefangengenommen worden war, weil sie keine Magie besaß, um sich zu verteidigen.

Sieben Verwundete, vielleicht sieben Tote. Und immer noch keine Verstärkung. Bald waren die Fey so geschwächt, daß die Inselbewohner sie zu ihren Sklaven machen konnten. Nur deshalb, weil ihre Zahl immer weiter abnahm. Vielleicht waren bald keine Fey mehr übrig, um in die Schlacht zu ziehen.

Ihres Vaters Erklärung, daß der Schwarze König ihnen nicht zu Hilfe kommen würde, hatte Jewel zutiefst erschüttert. Das änderte alles. Sie waren ebenso hilflos wie die Hevish damals, als die Fey sie von allen Seiten umzingelt, die Verbindungen zu Straßen und Flüssen abgeschnitten und den Handelsverkehr unterbrochen hatten. Die Hevish waren ein kleines, aber tapferes Volk, und sie hatten sich in ihrer Festung fünf Jahre lang verzweifelt gewehrt. Aber die Zeit hatte gegen sie gearbeitet. Die Fey hatten erst ihre jungen Leute und dann die alten abgeschlachtet, und der Hunger hatte ihnen den Rest gegeben.

Ein eingeschlossenes Volk konnte einer Belagerung nicht lange Widerstand leisten. Vor allem dann nicht, wenn der Belagerer alle Nachschubwege kontrollierte.

Wenn die Hüter nicht bald ein Gegengift entdeckten, mußten die Fey sich einen anderen Ausweg einfallen lassen. Hätten sie nur mehr Doppelgänger mitgenommen. Einer von ihnen hätte einen Matrosen übernehmen und ein Schiff aus der tückischen Bucht steuern können. Aber wie es Brauch war, hatte Rugar die Doppelgänger entweder in der Schlacht oder außerhalb davon eingesetzt, um Informationen über den Feind zu sammeln. Jetzt waren drei von ihnen tot, und auch die beiden, die er in den Tabernakel entsandt hatte, würden diesen gefährlichen Auftrag wohl nicht lange überleben.

Jewel trat aus der Eingangshalle in den wirbelnden Nebel hinaus. Im Verlauf des letzten Jahres hatte sie sich allmählich daran gewöhnt, daß ihre Füße im dunstigen Boden des Schattenlandes versanken. Sie mußte auch nicht mehr dauernd zwinkern, in dem Versuch, das Bild vor ihren Augen zu klären. Die Welt war eben verschwommen. Würde sie blind werden, sobald sie die gleißend helle wirkliche Welt wieder betrat?

Inzwischen war ihr Vater sicher wieder in seiner Hütte. Jewel wanderte mit schnellem Schritt an einigen halbfertigen Gebäuden und streitenden Handwerkern vorbei. Auch an das ständige Gehämmer hatte sie sich erst gewöhnen müssen. Vor der Hütte der Hüter blieb sie stehen. Aus dem Kamin quoll Rauch. Anfangs war es nicht erlaubt gewesen, im Schattenland Feuer zu machen. Aber dann hatten die Fey festgestellt, daß die Wände des Schattenlandes durchlässig waren und die Luft innerhalb der Mauern ebenso rein blieb wie in der Außenwelt.

Feuer zog Jewel an, weil sie die Wärme liebte. Und was mochte in der Hütte geschehen? Ein Schauder überlief sie. Stellten sie etwas mit den Gefangenen an? Sie hoffte es nicht. Sie wollte sie sehen, bevor die Hüter mit ihren Experimenten begannen.

Zuerst jedoch mußte sie bei ihrem Vater vorsprechen. Jewel ging weiter zu ihrer eigenen Hütte. Sie war größer als die anderen Hütten, weil sie zuerst als allgemeiner Versammlungsraum gedient hatte. Das hatte Rugar absichtlich so eingerichtet, damit er sich nicht wegen dieses Privilegs vor den anderen rechtfertigen mußte. Er fürchtete, die Leute würden neidisch werden, wenn sie glaubten, seine Hütte wäre aufgrund seiner Stellung als Anführer geräumiger.

Manchmal hatte Jewel das Gefühl, daß seine Rechtfertigungen nur der unbeholfene Versuch waren, einer Konfrontation auszuweichen, die in ihrer Position unausweichlich war.

Wenn Jewel nicht nach Nye zurückkehrte, würde ihr Großvater einen ihrer Brüder zu seinem Nachfolger ernennen. Darüber hatte er bereits nachgedacht. Das war auch der Grund, weshalb nie mehr als zwei Mitglieder ihrer Familie in derselben Schlacht kämpfen durften. Der Schwarze König wollte seine Erbfolge schützen. Die Geschichte gab ihm Anlaß zu solchen Vorsichtsmaßnahmen. Sein eigener Vater hatte den zweiten Sohn auf den Thron gesetzt, als es schien, daß der erste Sohn bei einem Überfall ums Leben gekommen war. Zu Rugars Glück war der Bruder erst ein Jahrzehnt nach dem Tod des Vaters zurückgekehrt; damit war sein Anspruch verfallen.

Jewel wünschte, sie hätte mehr über die Gründe ihres Großvaters, den Feldzug zur Blauen Insel abzulehnen, gewußt, bevor sie Nye verließen. Sie ärgerte sich, daß sie sich ganz auf ihre seltsame erste Vision konzentriert hatte, anstatt bei den Streitgesprächen besser zuzuhören.

Aber sie hatte eine Vision hinsichtlich Nicholas, den Sohn des Königs der Insel, gehabt. Es war ihr bestimmt gewesen, die Blaue Insel zu betreten. Oder war die Vision eine Warnung?

Sie würde es nie erfahren.

Schließlich erreichte Jewel ihre Hütte. Aber sie ging nicht hinein. Zwei Wachen standen vor der Tür. Einer von ihnen war Burden. Sein schmales Gesicht blickte finster drein. Er mußte wieder mit ihrem Vater aneinandergeraten sein. Der andere, Amar, stand mit leicht gespreizten Beinen und über der Brust gekreuzten Armen da, auf denen sich die Muskeln wölbten. Jewel hatte Amar immer gemocht, obwohl er so alt wie ihr Vater sein mußte und nie Anzeichen von Magie gezeigt hatte. Er war ein wackerer Infanterist und treuer Gefolgsmann der Königsfamilie.

Jewel nickte den beiden zu. »Ist mit meinem Vater alles in Ordnung?«

»Er nimmt endlich die Dinge wieder selbst in die Hand«, antwortete Burden überheblich. Langsam ging Burden auch Jewel auf die Nerven.

»Wie ungewöhnlich für einen Anführer und Sohn des Schwarzen Königs«, sagte sie ironisch.

Burden wurde rot. Amar verkniff sich ein Grinsen. Jewel bemerkte es trotzdem; auch ihre Augen begannen belustigt zu funkeln, aber ihre Miene blieb kühl. Sie ging zwischen den beiden hindurch und betrat die Hütte.

Ohne Feuer wirkte der Raum eng und dunkel. Jewels Vater saß auf dem Tisch, einen Fuß auf seinem Stuhl, der andere hing herunter. Nur seine Augen bewegten sich, als sie die Tür hinter sich schloß und näher kam.

»Du hättest eigentlich hierbleiben sollen«, sagte er.

»Ich konnte nicht länger untätig herumsitzen.«

»Du hättest nachdenken können.«

Jewel zuckte die Achseln. Sie hatte keine Lust, sich zu streiten. »Herumsitzen und Nachdenken paßt nicht zu mir, obwohl ich schon einiges dazugelernt habe.«

»Nur weiter so.« Rugar schob den Stuhl beiseite und sprang vom Tisch. »Ich habe hier ein paar Gefangene für dich.«

Jewels Herz begann schneller zu schlagen, und sie holte tief Luft. Er hatte ihr immer verboten, die Gefangenen zu sehen, bevor die Hüter mit ihnen fertig waren. »Warum hast du sie hierherbringen lassen?«

»Caseo hat mir seine Experimente erklärt, und ich habe entschieden, daß er soviel Gift verbrauchen kann, wie er will, bevor er Menschenleben auslöscht, die für uns noch wichtig werden können.« Rugar sprach ausdruckslos, aber Jewel hörte unterdrückten Ärger in seiner Stimme.

»Du hast doch gesagt, die Gefangenen gehörten ihm.«

»Und das werden sie auch«, erwiderte Rugar. »Wenn ich mit ihnen fertig bin.«

»Hast du sie schon verhört?«

»Ja, und auch ein paar andere haben es versucht. Sie verweigern jede Antwort.«

»Und jetzt bin ich an der Reihe? Ich habe keine Erfahrung mit Verhören.«

»Du hast mehr Erfahrung mit den Inselbewohnern als die meisten von uns. Du bist eine der wenigen Fey, die länger mit einem von ihnen gesprochen haben.«

Jewels Mund war ganz trocken. Das stimmte, aber das war eine ganz andere Situation gewesen. »Was ist mit Solanda?«

»Sie ist noch nicht zurück. Und wir haben hier keine Doppelgänger mehr.«

»Ich hatte seit einem Jahr keinen Kontakt mehr mit den Inselbewohnern. Sicher könnten Burden und die anderen …«

»Sie wissen nur, wie man Inselbewohner tötet. Es gibt einen Haufen Leute, die mir dabei behilflich sein würden.« Jetzt war Rugars Ärger nicht zu überhören. Endlich verstand Jewel, worauf er hinauswollte.

Die Soldaten vergaßen manchmal, daß die Gegner mehr waren als militärische Feinde, nicht einfach nur Wesen, die man zu überwältigen und zu töten hatte. Seit Rugar sich mit seinen Fey in die Schattenlande zurückgezogen hatte, hatte er sich nicht mehr darum bemüht, den Feind wirklich kennenzulernen. Deshalb berief er sich jetzt auf Jewels spärliche Erfahrungen.

»Wo sind sie?« fragte Jewel.

»Im Extrazimmer«, antwortete Rugar. »Ich wollte erst mit dir allein sprechen.«

Jewel nickte. Die Gefangenen konnten sowieso nicht entkommen. Die Wachen waren nur eine Formsache. Die drei Inselbewohner saßen im Schattenland in der Falle. Aber wenn es ihnen gelang, wieder Gift in die Finger zu bekommen, konnten sie eine Menge Unheil anrichten.

Jewel ging den Korridor entlang, stopfte lose Haarsträhnen in ihren Pferdeschwanz zurück und zupfte an ihrer Lederweste. Bei dem Gedanken, gleich den Gefangenen gegenüberzustehen, war ihre Erschöpfung wie weggeblasen. Halb hoffte sie, Nicholas unter ihnen anzutreffen. Sie wollte ihn wiedersehen und mit ihm sprechen, um besser zu verstehen, was sich an jenem Tag zwischen ihnen abgespielt hatte. Eigentlich hätten sie einander gegenseitig abschlachten müssen. Statt dessen hatten sie sich geneckt, als wären sie schon als Kinder ein Liebespaar gewesen.

Bei dieser Erinnerung errötete Jewel unwillkürlich. Kein Mann, nicht einmal ihr Freund Burden, hatte jemals derartige Gefühle in ihr ausgelöst. Sie wußte, was ihr Großvater dazu sagen würde. *Auswirkungen der Magie, mein Mädchen.* Das war seine ständige Redensart und, so behauptete er, das Geheimnis seiner langen Regierungszeit als Schwarzer König.

Auswirkungen der Magie.

Sie stieß die Tür auf. Alle drei Gefangenen saßen auf dem Boden. Knöchel und Handgelenke waren gefesselt, und ein weiteres Seil band sie an die Stühle. Die Seile wirkten locker; wahrscheinlich hatten die Hüter sie mit einem zusätzlichen Zauber versehen. Die Männer hielten die Köpfe gesenkt, aber keiner von ihnen hatte so prächtiges blondes Haar wie Nicholas.

»Es ist unhöflich, jemanden, der gerade den Raum betritt, so zu ignorieren«, sagte Jewel auf Nye. Ihr Wortschatz in der Inselsprache war immer noch klein, obwohl sie inzwischen glaubte, die grundlegenden Regeln begriffen zu haben.

Der Mann ganz links von ihr hob den Kopf. Er war nicht so alt wie ihr Vater, aber auch nicht mehr jung. Sein Gesicht war länglich, Krähenfüße überzogen seine Augenwinkel, sein Mund war weich und sensibel. Die Offenheit seiner Züge erstaunte sie. Inselbewohner sahen aus wie Fey, aber ihnen fehlte jeder Argwohn. »Gäste an ihre Stühle zu fesseln ist nicht weniger unhöflich.«

Jewel mußte lächeln. Vielleicht waren alle männlichen Inselbewohner so wortgewandt. »Ein Punkt für dich«, sagte sie. »Aber ihr seid keine Gäste.«

Der mittlere Mann biß sich auf die Unterlippe und starrte Jewel an. Er war fast noch ein Junge, mager und linkisch. Seine fahle Haut war mit Aknenarben übersät, die tiefblauen Augen waren vor Furcht weit aufgerissen.

»Allein wäre ich niemals hierhergekommen«, erwiderte der erste Mann. »Deine Freunde waren mir dabei behilflich. Wo ich herkomme, macht mich das zu einem Gast.«

Jewel nickte. »Wo ich herkomme, macht dich das zu einem Gefangenen.«

»W-was habt ihr mit uns vor?« fragte der Junge. Sein Nye war dürftig. Offenbar hatte er die Insel noch nie verlassen.

»Schsch«, machte der dritte Mann ungeduldig. Als er sich zu dem Jungen umdrehte, sah Jewel eine Hakennase und schmale Lippen.

»Ich gebe hier die Befehle«, sagte Jewel.

Der dritte Mann warf ihr einen Blick zu, als nehme er sie jetzt erst wahr. Er war älter als die beiden anderen; seine Augen waren so zusammengekniffen wie sein Mund. Er konnte Jewel nicht ausstehen. Sie fühlte förmlich, wie Haß von ihm ausströmte.

»Du bist schließlich nicht gefesselt, du Miststück«, sagte er. Sein Nye war scheinbar nicht besser als das des Jungen, aber er verstellte sich nur. Er beherrschte die Umgangssprache besser als jeder andere Inselbewohner, den Jewel je Nye sprechen gehört hatte.

»Oh«, entgegnete Jewel leichthin, »ich glaube, ich würde Befehle auf jeden Fall erteilen, ob gefesselt oder nicht. Im Schattenland sind nämlich wir Fey die Herren.«

»Aber nicht auf dem Eiland«, gab der dritte Mann zurück.

»Noch nicht«, gab Jewel zu und schloß die Tür.

Der dritte Mann sagte etwas in der Inselsprache zu seinen Kameraden. Jewel schnappte die Worte »allein« und »wir« zusammen mit einem weiteren Fluch auf, der sich offenbar speziell gegen Frauen richtete.

»Entweder du sprichst Nye, oder du wirst bald gar nicht mehr sprechen«, befahl sie.

Der Junge erbleichte. »Tut mir leid, meine Dame«, sagte er, »aber … nicht Nye … äh … ich … spreche.«

»Du sprichst gut genug.« Jewel lächelte ihn an und bemühte sich um einen freundlichen Tonfall. Ihn einzuschüchtern würde nicht schwer sein.

Wieder richtete der dritte Mann das Wort in der Inselsprache an den Jungen. Diesmal verstand Jewel das Wort »Spiel«. Das bedeutete, daß er genau verstand, daß sie es nicht ernst gemeint hatte. Sie zog das Messer aus dem Gürtel, trat neben seinen Stuhl und packte ihn bei den Haaren. Die groben, fettigen Strähnen rochen nach Schweiß und Schmutz. Das Haar war seit Tagen nicht gewaschen worden. Sie riß seinen Kopf zurück und setzte ihm das Messer an den dreckverkrusteten Hals.

»Ich habe gesagt, du sollst Nye sprechen, oder ich bringe dich zum Schweigen«, wiederholte sie. »Soll ich dir lieber die Zunge heraustrennen oder die Kehle durchschneiden?«

»Gnädigste! Bitte!« schrie der Junge auf.

Der erste Mann zischte ihm etwas zu. Das Wort war so kurz und direkt, daß es wie ein Name klang.

»Ich spreche mit dir, alter Mann!« Jewel ließ nicht locker.

»Ich soll mich bei dir entschuldigen, du Miststück?« fragte der Alte. Der Druck ihres Messers machte seine Stimme rauh.

»Ich habe nur gesagt, daß du Nye sprechen sollst. Ob du dich bei mir entschuldigst oder nicht, ist mir egal. Ich habe kein so schwaches Ego, um so etwas nötig zu haben, aber ich will, daß du eine Sprache sprichst, die ich verstehen kann. Wenn du mir nicht folgen kannst, wirst du eben ganz aufs Sprechen verzichten müssen. Ist das klar?«

»Wenn du schon Drohungen ausstößt«, sagte der Alte, »solltest du sie auch in die Tat umsetzen.«

»Da hast du recht«, sagte Jewel. Sie nahm das Messer von seinem Hals. Es hinterließ eine kleine Schnittwunde. Sie wischte das Blut am Hemd des Mannes ab und schob das Messer in den Gürtel zurück. »Entschuldigt mich einen Augenblick.«

Sie öffnete die Tür, rief auf Fey nach ihrem Vater und bat ihn, Burden hereinzuschicken. Rugar sagte etwas, Burden antwortete. Jewel ließ die Tür offen und wandte sich wieder den Gefangenen zu. Der dritte Mann beobachtete sie. Er reckte das Kinn. Blut tropfte seinen Hals hinunter. Der erste Mann wirkte jetzt entspannter, und der Junge hatte feuchte Augen.

Als Burden eintrat, schloß er die Tür hinter sich.

»Bring ihn raus«, befahl Jewel auf Fey und zeigte auf den dritten Mann. Sie trat neben den Stuhl des Gefangenen. Auf Nye sagte sie: »Die Hüter wollen sich deiner bedienen, um herauszufinden, wie Inselbewohner beschaffen sind. Dafür brauchen sie dich lebendig, und sie wären gar nicht erfreut, wenn ich dich jetzt tötete – selbst wenn es aus Versehen geschähe. Also werden sie dir die Zunge herausschneiden, die brauchst du ohnehin nicht mehr, und dann können sie anfangen, ihre Experimente mit dir zu machen.«

»Du bluffst«, knurrte der Mann.

»Sie blufft nie«, mischte sich Burden ein. Er trat von hinten an den Stuhl und löste das Seil, das den Mann zum Sitzen zwang. Dann half er ihm hoch. »Sag deinen Freunden auf Wiedersehen, solange du das noch kannst.«

»Ort, sag, daß du ... wirst. Bitte!« flehte der Junge in seinem armseligen Nye.

»Tut mir leid«, sagte Jewel freundlich. »Aber er hat absolut recht. Eine Frau sollte ihre Drohungen in die Tat umsetzen, sonst nimmt sie niemand ernst.«

Der erste Mann beobachtete Jewel völlig furchtlos, als führte er eine wissenschaftliche Beobachtung durch. Er schien intelligenter zu sein als die anderen. Der Alte – Ort? – täuschte seine Tapferkeit nur vor, um Jewel zu verunsichern. Aber dieser Mann besaß echte innere Stärke.

Jewel wandte ihre Aufmerksamkeit wieder Ort zu. »Bring ihn endlich raus«, wiederholte sie auf Nye. Dann fügte sie auf Fey hinzu: »Die Heiler sollen einen Schweigezauber über ihn sprechen, ihn aber auf keinen Fall Caseo überlassen.«

»Mit Vergnügen«, antwortete Burden in derselben Sprache. Während er Ort vor sich herschubste, stieß er auf Nye Befehle aus. Sobald die beiden den Raum verlassen hatten, schloß Jewel wieder die Tür.

»Also«, wandte sie sich an die beiden Gefangenen. »Fangen wir noch einmal von vorne an. Ich ziehe es vor, mich mit euch auf Nye zu unterhalten. Während ihr hier seid, sprecht ihr entweder Nye oder Fey, auch untereinander. Und ihr werdet unsere Fragen beantworten.«

»Nicht … kann …Fey«, keuchte der Junge atemlos.

»Und Nye kannst du auch nicht besonders gut«, gab Jewel mit einem Lächeln zurück. »Das macht nichts. Du wirst es schon lernen.«

»Also sprichst du keine Inselsprache«, sagte der erste Mann.

»Ich mag diese Sprache nicht. Sie ist zu rauh«, erwiderte Jewel. Sie strich dem Mann mit der Hand über die Wange und hielt ihm ihre Finger, die immer noch mit Orts Blut befleckt waren, so dicht unter die Nase, daß er den Geruch nach rostigem Eisen einatmen mußte. »Und wie heißt du?«

Er biß die Zähne zusammen. Sie spürte unter ihren Fingerspitzen, wie sich seine Muskeln spannten. »Spielt das eine Rolle?« fragte er schließlich. »Du wirst mich sowieso töten.«

Jewel lächelte, ließ ihre Hand an seinem Gesicht herabgleiten und faßte ihm neckend unters Kinn, bevor sie einen Schritt zurücktrat. Er hatte Bartstoppeln, genau wie die Nye. »Wenn wir dich wirklich töten wollten, hätten wir das schon längst erledigen können«, sagte sie.

»Ihr wollt … äh …töten Ort«, brachte der Junge heraus.

»Nein«, sagte Jewel ruhig. »Wenn er sich weigert mitzuarbeiten, wird er sich noch wünschen, daß wir ihn getötet hätten. Aber leider wird er nicht mehr in der Lage sein, seine Wünsche zu äußern.«

Sie zog sich Orts Stuhl heran, drehte ihn so, daß sie den Männern gegenübersaß und warf das Seil auf den Boden. »Ich möchte gerne deinen Namen wissen«, wandte sie sich wieder an den ersten Mann.

»Der ist nicht wichtig.«

Jewel lehnte sich ein bißchen zurück. »Das mußt du mir erklären. In Oudon glauben die Leute, daß man seinen wahren Namen geheimhalten muß, weil jeder, der ihn kennt, Macht über einen hat. Aber die Nye haben uns nie erzählt, daß auch ihr Inselbewohner das glaubt. Dachten die Nye, das brauche uns nicht zu interessieren? Oder glaubst du, sie wollten uns damit einen Vorteil verschaffen?«

Der Junge blickte verwirrt. Entweder sprach Jewel zu schnell für ihn, oder er hatte von diesem Aberglauben noch nie gehört. Er sah erst seinen Kameraden an, dann wieder Jewel.

»Hast du Angst vor mir?« fragte sie ihn.

Sein Adamsapfel hüpfte, als er schluckte. »Ja, Gnädigste.«

Ein Schimmer von Zorn huschte über das Gesicht des älteren Mannes, war aber so schnell wieder verschwunden, daß Jewel sich fragte, ob sie sich getäuscht hatte. »Laß den Jungen in Ruhe«, sagte er. »Er hätte uns niemals begleiten dürfen.«

»Warum ist er dann mitgekommen?« fragte Jewel, bereit, dem Gefangenen die Wahl des Themas zu überlassen.

»Gefragt«, stotterte der Junge. »Und ...«

»Er hat noch nie zuvor gekämpft. In letzter Minute fiel die Wahl auf ihn. Er müßte zu Hause sein, bei seiner Familie.« Zwei rote Flecken erschienen auf den Wangen des Mannes. Jewel bewunderte seinen Mut.

»Das hättet ihr euch früher überlegen sollen«, meinte sie.

Wieder wanderte der Blick des Jungen zwischen ihnen hin und her. »Kann Schaden machen? Namen sagen?« fragte er seinen Kameraden.

Der Ältere seufzte. »Ich glaube nicht. Es kennt sie sowieso schon jeder.«

Jewel nahm an, er meinte jeden aus seiner eigenen Truppe. Da die drei nicht unter den Toten oder überlebenden Verwundeten waren, würden die anderen Inselbewohner erraten, daß sie entführt worden waren. Rugar hatte den Fey-Soldaten strenge Vorschriften auferlegt. *Laßt einige Inselbewohner entkommen. Sie sollen wissen, daß wir ihre Leute und das Gift haben.* Das mochte das Blatt wenden.

»Je mehr ihr uns entgegenkommt, desto freundlicher werden wir euch behandeln«, versprach Jewel.

»Wir hörten …«, begann der Junge und wich absichtlich dem Blick des anderen Mannes aus, »… die *Fey* …« Seltsamerweise benutzte er den Ausdruck, mit dem die Fey sich selbst bezeichneten. »… nicht freundlich.«

»Das ist wahr«, sagte Jewel. »Nicht in der Schlacht. Niemand sollte das sein. Aber jetzt sind wir nicht in der Schlacht. Ihr seid Gefangene, und ihr solltet euch etwas einfallen lassen, damit ihr am Leben bleibt.«

»Was habt ihr mit uns vor?« fragte der Ältere.

Jewel sah keinen Grund, ihm nicht zu antworten. Zu fliehen würde ihm nicht gelingen, und falls man ihn wieder freiließ, würde alles, was er zu erzählen hatte, die Angst der Inselbewohner vor den Fey nur noch steigern. Genau das war Rugars Absicht. »Wir wollen herausfinden, was euch von den Nye unterscheidet. Zu diesem Zweck können wir uns entweder unterhalten, oder ich muß euch einigen Experten überlassen, die ihre eigenen Methoden haben.«

»Kulturelle Unterschiede?« fragte der Mann.

»Und physische«, entgegnete Jewel.

Der Junge konnte dem Wortwechsel nicht folgen. Offenbar kannte er die Wörter nicht. Aber der Mann kannte sowohl die Wörter als auch ihre Bedeutung. Das Blut wich aus seinem Gesicht.

»Er ist noch ein Junge«, sagte er.

Jewel nickte. »Sehr nützlich. Schade, daß wir keine eurer Frauen gefangen haben.«

»Frauen?« Es klang verblüfft.

»Wenn du anders bist, müssen auch sie es sein«, erklärte Jewel.

»Anders?« fragte er wieder.

»Als wir.« Ihr Ton war sanft, und einen Augenblick lang schien der Mann verwirrt. Erst in diesem Moment bemerkte Jewel eine Gemeinsamkeit zwischen ihren unterschiedlichen Rassen: Wenn der Gefangene die Stirn runzelte, glichen auch seine Augenbrauen kleinen Flügeln. Bei dieser Entdeckung schnappte sie unwillkürlich nach Luft. Was, wenn sie alle auf einer gewissen Ebene miteinander verwandt waren, so wie alle Fische oder alle Katzen untereinander? Wenn die Fey keine andere Art Wesen waren, sondern nur eine verbesserte Ausführung desselben Wesens, ein Zustand, den auch die Inselbewohner erlangen konnten? Das würde auch ihr giftiges Wasser erklären: Irgendwie hatten sie eine ähnliche Ebene erreicht wie die Fey, aber ohne sich dessen bewußt zu sein, und das wiederum hatte eine katastrophale Wirkung auf die echten Fey.

»Wir sind tatsächlich anders«, erklärte der Mann. »Wir sind nämlich friedfertig.«

»Aber ihr habt trotzdem gute Arbeit geleistet«, widersprach Jewel und dachte an all die Toten und Verwundeten, die sie heute morgen gesehen hatte.

»Nein«, sagte der Mann. »Das meine ich nicht. Deine Leute haben das merkwürdige Bedürfnis, überall die Herrschaft an sich zu reißen. Wir dagegen sind damit zufrieden, ungestört auf unserem Eiland zu leben. Warum laßt ihr uns nicht einfach in Ruhe?«

Hinter seinen Worten vernahm Jewel eine andere Stimme: *All diese Toten für etwas, das wir euch auch freiwillig gegeben hätten.* Sie schüttelte den Gedanken ab. Damit konnte sie sich später beschäftigen. »Mein Volk treibt keinen Handel. Es ist besser, etwas zu besitzen, als dafür zu bezahlen, oder?«

»Aber ihr könnt nicht alles besitzen«, wandte der Mann ein. »Mich zum Beispiel könnt ihr nicht besitzen, egal, was ihr mir antut. Selbst wenn ihr über meinen Körper bestimmt, gehören meine Gedanken doch mir allein.«

Jewel starrte ihn an. War seine Naivität echt oder gespielt? Dann fiel ihr ein, daß die Inselbewohner vor dem vergangenen Jahr keinerlei Kontakt mit den Fey gehabt hatten und nichts über Doppelgänger wußten. »Dann sollte es für dich doch kein Problem sein, mir deinen Namen zu verraten«, sagte sie schließlich.

Der Mann lehnte sich lächelnd zurück. Die Seile schnitten in seine Kleidung und hinterließen speckige Falten auf dem schmutzigen Stoff. Das schien ihn nicht zu stören. »Adrian«, antwortete er. »Und das ist mein Sohn Luke.«

Das waren immerhin drei äußerst nützliche Informationen. Der Junge blickte seinen Vater noch verwirrter an als vorher. Adrian hatte recht: Der Junge hätte lieber zu Hause bleiben sollen.

»Dein Sohn spricht ziemlich schlecht Nye«, meinte Jewel.

»Wir dachten, er braucht keine Sprachkenntnisse.« Das ›wir‹ überraschte Jewel. Bezog es sich vielleicht auf eine Frau, die gemeinsam mit dem Vater die Entscheidungen traf? Solanda hatte behauptet, Frauen spielten in der Gesellschaft der Insel nur eine untergeordnete Rolle. Oder meinte Adrian damit einen anderen Mann? Den Alten?

»Also ist er nicht dein einziger Sohn.«

Adrian zuckte zusammen. Die Frage hatte ihn überrascht.

Jewel lächelte wieder. »Der älteste Sohn lernt das Handwerk seines Vaters. Die jüngeren Söhne bestellen die Felder. Ist das der Brauch bei euch?«

»Nein«, gab der Mann zurück. »Der älteste Sohn ist der Erbe.«

»Und was wird aus den jüngeren Söhnen?« Jewel hatte schon längst erraten, daß der Junge Adrians Lieblingssohn war.

»Was immer sie wollen.«

»Ihr schickt sie mit leeren Händen in die Welt hinaus und hofft, daß sie überleben?«

Adrian zuckte die Achseln. »So habe ich es jedenfalls gehalten.«

Jewel schlug die Beine übereinander, so daß ihr rechter Knöchel auf ihrem linken Knie ruhte. »Also habt ihr Landbesitz«, sagte sie. »Und ihr bemüht euch, ihn zu erhalten. Bei uns ist das anders. Wir erben alle, und deshalb müssen wir unseren Lebensraum ständig vergrößern, oder unser Besitz würde immer kleiner.«

»Auch Mädchen?« fragte der Junge.

Jewel nickte. »Und jüngere Söhne.«

Luke wurde rot. Adrian warf ihm einen liebevollen Blick zu. Jewel fragte sich, warum ihr die offensichtliche Beziehung zwischen den beiden so lange entgangen war. »Was werdet ihr mit uns machen?« wiederholte Adrian seine Frage von vorhin.

»Wir brauchen Informationen über euch Inselbewohner«, erwiderte Jewel. »Und wir werden sie uns zu verschaffen wissen. Es tut mir leid, daß wir deinen Vater foltern müssen, aber uns bleibt nichts anderes übrig.«

Jetzt lächelte auch Adrian. »Ort ist nicht mein Vater. Er ist ein alter Mann, und oft siegt seine Leidenschaft über seine Vernunft.«

»Aber er ist nicht dumm«, widersprach Jewel. »Er spricht ein besseres Nye, als ich es bis jetzt von irgendeinem Inselbewohner gehört habe. Aber auch er hätte zu Hause bleiben und bei den Friedensverhandlungen mithelfen sollen.«

»Niemand hat über Frieden verhandelt«, wandte Adrian ein.

»Es hat ihn auch niemand angeboten«, konterte Jewel und legte die Hand auf ihre Wade.

»Habt ihr uns deshalb entführt? Damit wir mit der Botschaft zurückkehren, daß ihr Frieden schließen wollt?«

Jewel schüttelte den Kopf. »Ihr werdet nicht zurückkehren. Wir können euch nicht erlauben, diesen Ort zu verlassen.«

»Was … für ein … Ort … das ist?« fragte der Junge. »Kein Himmel.«

»Und auch keine Sonne, kein Regen und kein Wetter.« Jewel lehnte sich ein bißchen vor, obwohl es ihr unangenehm war, dem Jungen so nahe zu kommen. »Dies ist der Ort, an dem wir leben, bis wir den Krieg gewinnen.«

Adrian lachte. »Die Fey haben es doch noch nie zuvor nötig gehabt, sich zu verstecken. Was macht euch so sicher, daß ihr gewinnen werdet?«

»Du«, antwortete Jewel so ruhig, daß sie selbst darüber staunte.

»Ich?« Er lächelte zwar weiterhin, aber seine Augen blieben davon unberührt. »Ich bin ganz unwichtig. Ich bin nur ein einfacher Mann, der sich im letzten Sommer den Streitkräften angeschlossen hat, um seine Heimat zu verteidigen.«

»Der aber über gewisse Erfahrungen verfügt, sonst wäre er nicht für eine so wichtige Mission wie die von gestern ausgewählt worden.«

Der Mann schüttelte den Kopf. »Wir sind kein Volk, das Kriege führt. Ich bin der erste Mann in der Geschichte meiner Familie, der jemals in einer Schlacht gekämpft hat. Ich habe an dem gestrigen Überfall teilgenommen, weil ich gerade zur Hand war, aus keinem anderen Grund.«

Wahrscheinlich sprach er die Wahrheit, aber das war nicht wichtig. Wichtig war, daß drei von ihnen das Gift benutzt hatten und vermutlich wußten, wie es hergestellt wurde. Außerdem war es ein nützlicher Nebeneffekt, hatte Caseo ihr erklärt, daß die Hüter die Wirkung des Giftes an den Inselbewohnern selbst ausprobieren konnten.

Jewel seufzte und lehnte sich wieder zurück. »Ihr könnt euch eine Menge Ärger ersparen«, sagte sie. »Ihr braucht uns nur zu verraten, wie das Gift wirkt.«

»Ich denke, ihr habt gesehen, wie es wirkt«, gab der Mann zurück.

Allerdings. Es ist ein furchtbarer Anblick gewesen. Aber das brauchte er nicht zu wissen. »Mich interessiert, auf welche Weise es funktioniert.«

Adrian brach in Gelächter aus. »Dann frag lieber nicht mich. Ich spritze nur damit herum. Ich habe es nicht hergestellt.«

»Es wird hergestellt?« hakte Jewel nach. Es war eine von Caseos Theorien gewesen, daß das Gift aus einem geheimen Fluß oder See stammte.

»Ich glaube schon«, erwiderte Adrian. »Aber ich weiß es nicht genau. Ich gehöre nicht zu den Würdenträgern des Rocaanismus.«

Jewel runzelte die Stirn. »Was ist denn der eigentliche Zweck des Giftes?«

»Das Wasser? Es wird bei unseren religiösen Zeremonien benutzt. Das Weihwasser wird unter den Mitgliedern der Gemeinde herumgereicht. Man taucht die Finger hinein und reinigt damit die kleinen rituellen Schwerter, die die Mitglieder ständig bei sich tragen.«

»Hattest du auch ein Schwert?« fragte Jewel neugierig.

Adrian warf seinem Sohn einen raschen Blick zu. Der Junge senkte den Kopf und betrachtete seine Hände. »Ich bin nicht gläubig«, antwortete Adrian.

»Also ist deine Religion weder politisch noch Vorschrift, stimmt's?« Das war ein ganz neuer Gedanke. Darüber hatte Jewel noch nie nachgedacht.

Adrian zuckte die Achseln. »Jedenfalls hat niemand etwas

dagegen, wenn man nicht an den Zeremonien teilnimmt, falls du das meinst. Ich war immer der Meinung, es hat keinen Sinn, Plattheiten zu äußern, wenn man nicht daran glaubt.«

Aber sein Sohn glaubte daran. Das war Jewel nicht entgangen. Der Junge sprach kaum Nye, aber er verstand es – solange er nicht unter dem Druck stand, antworten zu müssen. Auf diese Weise sprach auch Jewel ein halbes Dutzend Sprachen. Wenn sie sich nicht darauf konzentrieren mußte zu antworten, verstand sie sie auch. Aber in dem Moment, wo jemand von ihr verlangte zu sprechen, waren ihre Kenntnisse wie weggeblasen. Jewel durfte nicht vergessen, daß der Junge alles verstand, und mußte auch die anderen vor ihm warnen.

»Und du, Luke? Hattest du ein rituelles Schwert?«

Als er seinen Namen hörte, fuhr der Kopf des Jungen in die Höhe. Seine Augen waren vor Furcht weit aufgerissen. »Ich … es nicht mehr … da«, stotterte er.

»Hat es dir jemand weggenommen?«

Er nickte.

Jewel schluckte. Am liebsten wäre sie sofort aus dem Zimmer gestürzt, um ihre Leute zu warnen, die Klinge des Schwertes auf keinen Fall zu berühren. Aber wahrscheinlich hatten sie das inzwischen selbst herausgefunden. Zum Glück war das rituelle Symbol für die fremde Religion leicht als Waffe zu identifizieren. »Und warum muß man das kleine Schwert reinigen?« fragte sie weiter.

»Die Ältesten sagen, daß der Roca das mit seinem eigenen Schwert getan hat, bevor er starb«, erklärte Adrian.

Jewel lächelte. »Für einen Ungläubigen weißt du eine ganze Menge.«

»Wir werden alle religiös erzogen«, gab Adrian zurück.

»Also, was tut ihr, um das Wasser zu weihen?« brachte Jewel die Unterhaltung auf den Punkt.

Adrian schüttelte den Kopf. »Ich weiß es nicht.«

Jewel richtete sich hoch auf. »Weißt du es nicht, oder willst du es mir nicht sagen?«

»Ich weiß es nicht«, wiederholte der Mann störrisch.

Jewel wandte sich an den Jungen. »Und du?«

Luke blickte erst sie an, dann seinen Vater. Adrian nickte ihm ermutigend zu. »Ich ... ich ...«, stammelte der Junge. »Äh, nein.«

»Aber ihr werdet alle religiös erzogen.«

»Das bedeutet nicht, daß wir in alles eingeweiht sind. Religion muß mysteriös bleiben, sonst funktioniert sie nicht«, sagte Adrian. Jewels Nackenhaare stellten sich auf. Die Mysterien. Vielleicht verschleierten die Inselbewohner sie auf andere Art als die Fey. »Aber trotzdem wißt ihr genau, wie man das Gift anwenden muß.«

»Zu religiösen Zwecken? Selbstverständlich. Seine anderen Eigenschaften lernten wir erst kennen, als deine Landsleute auftauchten – jedenfalls wir einfachen Bürger.«

Jewel rührte sich nicht und ließ sich auch sonst nichts anmerken. Wenn sie über diese Wirkung des Giftes vorher nicht Bescheid gewußt hatten, wie hatten sie sie dann entdeckt? Sie mußte unbedingt mit ihrem Vater sprechen. Sie mußten Inselbewohner in ihre Gewalt bringen, die mehr wußten als diese drei. »Was macht das Gift mit euch?« fragte sie weiter.

»Nichts«, erwiderte Adrian.

»Es ...« Der Junge sagte etwas in der Inselsprache und wurde rot. Seine Augen glänzten angstvoll.

»Was hat er gesagt?« fuhr Jewel Adrian an.

»Es reinigt«, erklärte der Mann ruhig. Er blickte seinen Sohn nicht an, aber Jewel spürte, daß auch er besorgt war. Jewels Umgang mit Ort hatte die beiden eingeschüchtert. Jetzt hatten sie Angst, daß Jewel auch Luke etwas antun würde, weil er nicht, wie befohlen, Nye gesprochen hatte.

»Es reinigt«, wiederholte sie leise. »Und was ist nach der Reinigung anders?«

»Dann sind wir würdig vor Gott«, antwortete Adrian.

Jewel überlief es kalt. »Soll das heißen, daß die Fey nicht gereinigt werden können?« fragte sie. »Daß wir eures Gottes nicht würdig sind?«

»Die *Daniten* ... sie sagen.« Der Junge sprach so eifrig, als würde Jewel ihm zum Dank für diese Information vergeben, daß er vorhin in seine Muttersprache verfallen war.

Sie unterdrückte einen Seufzer. Die Fey mußten nicht nur gegen ein mächtiges Gift kämpfen, sondern auch gegen Aberglauben. Gut, daß ihr Vater Doppelgänger in den Tabernakel geschickt hatte. Vielleicht fanden sie den Schlüssel zu den Mysterien der Inselbewohner. Jewel konnte das alles nicht ganz begreifen, jedenfalls nicht in dieser Unterhaltung mit den Gefangenen. Also wechselte sie das Thema. »Wer ist euer Befehlshaber?«

»Auf dieser Mission?« fragte Adrian.

Jewel nickte.

»Theron. Der König hat ihn ausgewählt.«

»Also befehligt der König die Schlachten?« Sie konnte es kaum glauben. Der Mann, den sie getroffen hatte, war unerfahren und verängstigt gewesen. Es war unwahrscheinlich, daß er eine Streitmacht dieser Größe befehligen konnte. Aber die Inselbewohner hatten die Fey schließlich auch noch nicht besiegt.

»Manche Schlachten«, erläuterte Adrian. »Aber es gibt dafür bei uns keine Regeln. Wir sind kein Militärstaat.«

»Das habe ich schon gemerkt«, murmelte Jewel. »Erzähl mir etwas über euer Militär, soweit es existiert.«

Der Mann schüttelte den Kopf. »Wir haben kein Militär. Wir haben Wachen, die den König schützen. Der Rest von uns kämpft, um unsere Häuser, unsere Kinder und unser Leben zu verteidigen.« Während er sprach, reckte er trotzig das Kinn, als erwarte er eine Bestrafung für seine Ehrlichkeit. Jewel hätte fast gelächelt. Sie mochte die Angriffslust der Inselbewohner, ihren leidenschaftlichen Glauben daran, daß sie im Recht waren. Vielleicht verlieh ihnen das mehr Kraft als alles andere.

»Das klingt verdammt edel«, spottete sie.

»Das sind wir auch«, gab Adrian zurück.

»Wir schätzen unsere eigenen Grundsätze genauso hoch ein wie ihr die euren«, sagte Jewel. »Bloß weil ihr sie verurteilt, müssen sie noch nicht falsch sein.«

Kaum hatte sie die Worte ausgesprochen, bereute sie es schon. Er hatte sie dazu gebracht, sich zu verteidigen. Und das hatte sie nicht gewollt.

»Wenn sie mich das Leben kosten, sind eure Grundsätze falsch«, sagte der Mann ruhig.

Einen Augenblick lang starrte Jewel ihn sprachlos an. Plötzlich machte sein Trotz sie wütend. Sie wollte nicht so denken wie er, obwohl er vielleicht nicht ganz unrecht hatte. »Du bist hier sicher genug«, beschied sie ihn kühl.

»So wie Ort?« fragte er.

»Ort wird am Leben bleiben.«

»In welchem Zustand?«

Einen Augenblick lang blieb es still. Dann erhob sich Jewel und blickte auf den Gefangenen hinunter. »Was für Pläne hat euer König noch, um die Fey zu besiegen?«

Adrian hob nicht den Kopf, um sie anzusehen. Statt dessen lehnte er sich in seinem Stuhl so weit zurück, wie die Seile es erlaubten, und blickte auf. So schien es, als befänden sie sich noch immer auf gleicher Ebene. »Selbst wenn ich es wüßte, würde ich es dir nicht verraten. Ich bin doch kein Dummkopf.«

»Nein«, gab Jewel zu. »Das glaube ich auch nicht.« Jetzt hatte sie endgültig genug von dieser Unterhaltung. Sie wollte schon hinausgehen, da hatte sie plötzlich eine Idee.

Sie blieb stehen und warf Adrian einen Blick über die Schulter zu. Er hatte sich zu seinem Sohn gewandt, dessen Unterlippe zitterte wie die eines Babys. Als die beiden bemerkten, daß Jewel noch immer da war, verwandelten sich ihre Gesichter wieder in ausdruckslose Masken.

»Würdest du mir behilflich sein, wenn ich deinen Sohn dafür freilasse?« fragte Jewel.

Adrian öffnete den Mund, aber Jewel winkte ab.

»Du brauchst mir nicht sofort zu antworten. Denk einfach darüber nach.« Sie lächelte. Jetzt hatte sie ihn. »Aber es muß ein fairer Tausch sein. Das, was du mir gibst, muß ein Leben wert sein, das noch nicht einmal zur Hälfte verstrichen ist.«

Damit verließ sie das Zimmer. Sobald sie die Tür hinter sich geschlossen hatte, wurden ihre Knie weich. Sie stützte eine Hand gegen die rauhe Holzwand, ohne sich um die Splitter zu kümmern, die in ihre Handfläche drangen, und holte tief Luft. Sie hatte gar nicht gemerkt, wie sehr sie sich verausgabt hatte. Die ständige Anspannung hinterließ erste Spuren. Manchmal glaubte sie, die Fey würden diesen Ort nie mehr verlassen. Solche Befürchtungen hatten sie früher nicht beunruhigt. Jewel war ohne ein richtiges Zuhause aufgewachsen. Seit ihrer Geburt war ihre Familie dauernd umgezogen. Aber sie hatte sich den meisten Fey, die sie umgaben, ihr Großvater und ihre Brüder eingeschlossen, immer zugehörig gefühlt. Dieses Land hier, das Schattenland, war nur ein schwacher Abglanz dessen, was sie hinter sich gelassen hatte.

Als der Schwächeanfall vorüber war, ging sie über den Korridor zum Zimmer ihres Vaters. Rugar stand, die Hände auf dem Rücken, neben dem Kamin und starrte in die kalte Asche.

»Und?« fragte er, ohne sie anzusehen.

»Sie behaupten, nicht zu wissen, wie das Gift hergestellt wird, aber es spielt in ihrer Religion eine wichtige Rolle. Adrian, der Ältere, sagt, es ist Teil des ›Mysteriums‹ ihrer

Religion.« Jewel trat neben ihren Vater und blickte ebenfalls in die Asche, aus der ein verkohlter Ast ragte. Überall dieses Grau. Wie sie sich nach bunten Farben sehnte.

»Ein Mysterium?« Endlich richtete sich Rugar auf und sah seine Tochter an. »Wissen sie etwa Bescheid?«

»Über unsere Mysterien? Ich glaube nicht. Aber ich weiß es nicht. Vielleicht lügen sie auch alle. Vielleicht wissen sie mehr über uns, als wir jemals über sie herausfinden werden.«

»Aber warum haben uns die Doppelgänger nichts darüber berichtet?«

Jewel schüttelte den Kopf. »Es ist schon ein merkwürdiger Zufall. Erst das Gift und jetzt die Tatsache, daß es mit einem Mysterium verbunden ist.«

»Du suchst nach Zusammenhängen, die es nicht gibt, Kind«, sagte Rugar freundlich.

»Es ist viel zu früh, das zu beurteilen«, brauste Jewel auf. Hatte sie ihre Zeit damit verschwendet, den Gefangenen wichtige Informationen zu entlocken, nur damit ihr Vater darüber hinwegging und sie ›Kind‹ nannte, als wäre sie noch ein kleines Mädchen voller Hoffnungen und Träume?

Rugar seufzte und wandte sich wieder der kalten Feuerstelle zu. Jewel fragte sich, ob er den Blick auf die Asche richtete, weil die Hütte keine Fenster besaß. Fenster waren überflüssig. Draußen sah sowieso alles gleich aus, und auch die Temperatur war immer dieselbe.

»Was hast du noch herausgefunden?« fragte Rugar schließlich.

»Daß die beiden Vater und Sohn sind. Und daß der Vater vielleicht einwilligt, Informationen gegen das Leben seines Sohnes zu tauschen.«

Rugar lächelte. »Du hast gute Arbeit geleistet, Jewel.«

»Stimmt«, erwiderte Jewel in schärferem Ton als beabsichtigt. »Allerdings.«

Sie zog sich einen Stuhl heran und ließ sich, von Erschöpfung überwältigt, darauf sinken. Als Rugar schwieg, hatte sie das Gefühl, die Stille brechen zu müssen. »Ich finde, man sollte die beiden irgendwo zusammen einsperren und ihnen die Fesseln abnehmen. Wenn die Hüter mit ihrem Kameraden fertig sind, sollte er ihnen vorgeführt werden, als warnendes Beispiel für den Vater, was seinem Sohn zustoßen könnte. Auf diese Weise werden wir weiterkommen.«

»Ich möchte, daß du das Verhör fortsetzt«, sagte Rugar.

»Später.« Zu einem Zeitpunkt, den sie selbst bestimmte, dachte sie. Sie war so erschöpft, daß kleine schwarze Punkte vor ihren Augen tanzten.

»Hast du jemals daran gedacht, Frieden zu schließen?« fragte sie.

»Was?« bellte Rugar, als sei er empört, daß sein eigenes Kind es wagte, ihm so etwas vorzuschlagen.

»Frieden. Bis wir einen Ausweg gefunden haben.«

Er sah sie an, als hätte sie den Verstand verloren. »Die Fey schließen niemals Frieden, wenn sie in der schwächeren Position sind.«

Jewel zuckte die Achseln. »Wir müssen den Frieden ja nicht einhalten. Sobald wir alles erfahren haben, was wir wissen müssen, können wir die Inselbewohner immer noch unterwerfen. Niemand hat behauptet, daß wir fair sein müssen.«

»Was hat dich überhaupt auf diese Idee gebracht?« So barsch hatte Rugar noch nie mit ihr gesprochen.

»Unsere Situation«, erwiderte sie. »Wenn Großvater nicht kommt und wir weiterhin Leute verlieren, werden wir alle hier sterben. Aber wenn wir die Inselbewohner hinhalten und herausfinden, was sie so mächtig macht, haben wir vielleicht noch eine Chance.«

»Das klingt nach dem Vorschlag eines Feiglings«, knurrte Rugar.

»Es ist nur vernünftig«, widersprach Jewel. »Wir haben auf diesem Feldzug mehr Leute verloren als auf irgendeinem anderen, an den ich mich erinnern kann.«

»Die Dinge werden sich ändern.«

»Stimmt.« Sie stand auf, und zum zweiten Mal an diesem Tag gaben die Knie unter ihr nach. Sie taumelte. Schwärze umfing sie, aber sie konnte nichts dagegen tun. Ihr Vater fing sie auf; seine warmen, starken Arme hielten sie. Sein eigener Geruch mischte sich mit dem seiner Lederkleidung, und sein Brustkasten war beruhigend fest. Ein Schmerz schoß durch ihre Stirn.

Rugar rief: »Helft ihr doch! Bitte helft ihr!«, aber seine Stimme klang wie aus weiter Ferne. Jewel öffnete die Augen. Ein Schwert hing über ihrem Kopf. Sie war im Tabernakel. Alle Lords und alle Anführer der Fey hatten sich um sie versammelt. Die Zeremonie. Sie hatte die Zeremonie unterbrochen. Ein Mann beugte sich über sie. Seine Augenbrauen waren gerade, sein Haar lang und blond. Er hatte ein ehrliches, offenes Gesicht. Nicholas. Tränen sammelten sich in seinen Augen. Er wiegte sie mit einer Zärtlichkeit in den Armen, die sie nie zuvor erfahren hatte, und sagte: *Orma lii.* Die Inselsprache klang so vertraut wie ihre eigene. *Ist alles in Ordnung?* Dann wiederholte er ihren Namen wieder und wieder.

Jemand goß ihr Wasser über das Gesicht, und sie zuckte zusammen. Nicholas hob abwehrend die Hand.

»Laßt sie machen!« sagte ihr Vater und zog Nicholas' Arm weg. Das Brennen in Jewels Stirn ließ nach.

Dann veränderte sich das Bild. Nicholas hielt sie immer noch. Sie war in den Heilerumhang ihres Vaters gehüllt, aber sie lag in einem steinernen Raum auf einer Matratze, in der sie wie in Wasser versank. Eine Heilerin, Neri, beugte sich, Zaubersprüche singend, über sie. Sie legte einen Breiumschlag auf Jewels Stirn, der nach Rotwurz und Knoblauch duftete. »Sie wird es überleben«, sagte Neri, »aber mehr kann ich nicht versprechen.«

»Was hat sie gesagt?« Nicholas sprach Fey mit so hartem Akzent, daß er kaum zu verstehen war.

»Daß sie überleben wird«, sagte ihr Vater auf Nye, »und unter Umständen wenig mehr als das.«

Aus Nicholas' Kehle drang ein leiser Klagelaut, und er preßte Jewel noch fester an sich. »Jewel.« Er küßte sie zärtlich und strich ihr das Haar aus dem Gesicht. *»Ne sneto. Ne sneto.« Es tut mir leid. Es tut mir leid.*

Auch sie berührte ihn, wie zur Antwort. Diese Nacht war nicht so, wie sie es sich erträumt hatte.

Sein Griff wurde noch fester, und dann packte er sie bei den Schultern und schüttelte sie heftig. »Jewel! Jewel!«

Nicht Nicholas. Ihr Vater. Jewel fühlte eine unbestimmte Enttäuschung, als hätte sich der Schmerz nur gelohnt, wenn Nicholas sie berührte. Die Dunkelheit wich von ihr. Sie öffnete die Augen und starrte an die Decke der Hütte. Ihr Mund stand offen, und Speichel lief ihr über das Kinn. Langsam hob sie den Kopf und erwartete, daß das Brennen in ihrer Stirn wieder einsetzen würde, aber es blieb aus.

»Geht es dir besser?« fragte ihr Vater.

Jewel nickte. Sie fühlte sich irgendwie fehl am Platze, als sei sie zur gleichen Zeit an zwei Orten gewesen. »Ich habe nur zuwenig geschlafen«, murmelte sie.

Rugar half ihr in einen Stuhl. »Du hattest eine Vision.«

Jewel mußte blinzeln, um sein Gesicht zu erkennen. Vielleicht war es zu lange her, daß sie ihn richtig angesehen hatte.

»Oder etwa nicht?«

Auch dieser Ton in seiner Stimme war neu. Mit dieser Mischung aus Ehrfurcht und Zorn hatte er noch nie mit ihr gesprochen. Nur mit seinem eigenen Vater. Was stimmte hier nicht?

Unfähig, darüber nachzudenken, legte sie die Hand auf die Stirn. Warum hatte sie das Gefühl, ihn belügen zu müssen, warum hatte sie ihm vorher verschwiegen, daß sie Visionen gehabt hatte? »Ich glaube schon«, antwortete sie zögernd.

»Erzähl mir, was du Gesehen hast.« Ein Befehl, keine Bitte. Wie sie sich fühlte, schien ihn nicht zu interessieren, obwohl sie aus dieser Ohnmacht fast nicht mehr erwacht wäre. Sollte es zwischen ihnen jetzt immer so sein? Hatte sich sein eigener Vater auch so verhalten, als Rugar seine ersten Visionen gehabt hatte?

»Ich glaube, es war ganz persönlich«, wich Jewel aus. Sie wünschte sich, wieder klar denken zu können, aber sie wußte auch, daß sie dazu erst eine Nacht schlafen mußte.

»In unserer Familie sind Visionen nie persönlich«, beharrte Rugar.

Jewel holte tief Luft und nahm die Hand von der Stirn. Immer noch spürte sie den Nachhall des brennenden Schmerzes, und einen Augenblick lang hatte sie das Gefühl, die Haut unter ihrer Hand sei mit Narben übersät. Wieder berührte sie ihre Stirn. Sie war so glatt wie immer.

»Ist es denn so wichtig, was ich Gesehen habe?« fragte sie.

»Natürlich ist das wichtig!« gab Rugar ungehalten zurück. »Von jetzt an müssen wir zusammenarbeiten.«

»Warum erzählst du mir dann nicht auch, was du Siehst?« fragte Jewel zurück.

Rugar erbleichte. Sein sonst dunkles Gesicht nahm innerhalb von Sekunden den tiefen Grauton des Schattenlandes an. Seine Augen funkelten. »Meine Visionen gehen dich nichts an.«

»Ich glaube, doch«, widersprach Jewel. »Jedenfalls, wenn ich dir meine erzählen soll.«

»Seit wann stehen wir auf verschiedenen Seiten?« fragte Rugar.

»Seit du so auf mich losgehst.«

Endlich lachte Rugar und ließ sich in den Stuhl neben Jewel fallen. Er nahm ihre Hand. Seine Handfläche war schweißnaß. »Ich habe mir Sorgen gemacht, Jewel. Das ist alles. So habe ich dich noch nie gesehen. Es hat mich erschreckt. Ich habe mir nie klargemacht, wie es aussehen muß.«

»Hast du nie gesehen, wie dein Vater eine Vision hatte?«

Rugar schüttelte den Kopf. »Du bist die erste.«

Das klang wieder merkwürdig, aber Jewel entschloß sich, ihm zu glauben. Vielleicht hatte er recht. Vielleicht hatte ihre Ohnmacht ihn genauso erschreckt wie sie selbst.

Jewel schloß die Augen und rief sich die Vision so genau ins Gedächtnis, wie sie konnte. Sie hatte Rugar nicht erzählt, daß sie dieselbe Szene schon zweimal zuvor gesehen hatte, und auch nicht, daß sie sich von Mal zu Mal leicht veränderte. Jetzt verstand sie sie besser, kannte die Sprache, erkannte die Leute, die darin auftraten. Diese Entwicklung der Vision beunruhigte sie mehr als die Vision selbst.

Als Jewel ihren Bericht beendet hatte, starrte Rugar sie an. »Was hat das zu bedeuten?« fragte er.

Jetzt hatte Jewel endgültig genug. »Du bist hier der Experte«, knurrte sie. »Du mußt es mir sagen.«

Rugars Augen blickten leer. Dann schüttelte er den Kopf. »Ich weiß es nicht«, murmelte er. »Ehrlich. Ich weiß es nicht.«

Danksagung

Diesmal gebührt mein Dank Deborah Beale dafür, daß sie mich in die richtige Richtung geschubst hat. Dank auch an Abner Stein, Rich Henshaw und Richard Curtis, die drei Parzen, die mich bei diesem Projekt von Anfang an unterstützt haben; an Harlan Ellison, der mich dazu gezwungen hat, frei und unbefangen über Prosaliteratur nachzudenken; an Renee Dodds für unermüdliche Aufbauarbeit; an Caroline Oakley für ihre Geduld; an Tom Dupree für sein Verständnis; an Nina Kiriki Hoffman und Jerry Oltrion für ihren jede Verpflichtung sprengenden Leseeifer; und an Dean Wesley Smith – fürs Händchenhalten in den schlimmen Zeiten.